BASTEI
LÜBBE
TASCHENBUCH

Weitere Titel der Autorin:

Tochter des Nordens
Kinder des Feuers
Meisterin der Runen

Titel in der Regel auch als E-Book erhältlich

Über die Autorin:

Julia Kröhn wurde 1975 in Linz an der Donau geboren. Heute lebt sie mit ihrer Familie in Frankfurt am Main. Sie veröffentlicht unter verschiedenen Pseudonymen sehr erfolgreich Kinderbücher, Familiensagas und historische Romane. Besuchen Sie die Autorin unter www.juliakroehn.de im Internet.

Julia Kröhn

DAS LIED DER NEBELINSEL

Historischer Roman

BASTEI LÜBBE
TASCHENBUCH

BASTEI LÜBBE TASCHENBUCH
Band 17 151

Dieser Titel ist auch als E-Book erschienen.

MIX
Papier aus verantwortungsvollen Quellen
FSC® C014496
FSC www.fsc.org

Originalausgabe

Dieses Werk wurde vermittelt durch
die Literarische Agentur Thomas Schlück GmbH, 30827 Garbsen.

Lektorat: Melanie Blank-Schröder
Landkarten: Reinhard Borner
Innenillustrationen: © getty-images/SuperStock
Titelillustration: © Plainpicture/Harald Braun;
© getty-images/SuperStock; © getty-images/Chris Clor Ho
Umschlaggestaltung:
Pauline Schimmelpenninck Büro für Gestaltung, Berlin
Satz: Urban SatzKonzept, Düsseldorf
Gesetzt aus der Garamond
Druck und Verarbeitung: GGP Media GmbH, Pößneck
Printed in Germany
ISBN 978-3-404-17151-4

1 3 5 7 6 4 2

Thig crioch air an t-saoghal,
ach mairidh gaol is ceòl.

Die Welt wird zu Ende gehen,
aber Liebe und Musik bleiben bestehen.

Vorbemerkung

Die Isle of Skye ist die größte Insel der Inneren Hebriden, sie liegt vor der schottischen Westküste. Nachdem sie von keltischen Schotten besiedelt wurde, suchten Wikinger die Isle of Skye seit dem 8. Jahrhundert heim und machten sie zu einer Art norwegischem Außenposten.

Im 13. Jahrhundert kämpfte die schottische Krone darum, den Einfluss über die Hebriden zurückzugewinnen, es drohte ein Krieg mit Norwegen …

Frieden herrschte in Schottland auch zu Beginn des 14. Jahrhunderts nicht. Ein Teil des Adels unterwarf sich dem englischen König Edward, der das Land unter seine Verwaltung stellte, ein anderer schloss sich der Rebellion von Robert the Bruce an, der sich 1306 zum König von Schottland krönen ließ und die Unabhängigkeit von England anstrebte.

Im damaligen Schottland sprachen die meisten Menschen Gälisch – eine sehr komplexe Sprache. Viele Konsonanten, die im geschriebenen Wort auftauchen, werden nicht ausgesprochen oder nur gehaucht. Die Namen der Protagonisten im vorliegenden Buch spricht man wie folgt aus, wobei Großbuchstaben auf die betonte Silbe verweisen: »Eilidh« klingt wie »EH-lih«, »Magaidh« wie »Maggie«, »Scáthaigh« wie »SCA-tai«, »Ailean« wie »AI-len« und »Farquhar« wie »FAR-ah-chahr«.

Prolog

Skye – 1266

Hinter ihr hatte sich eine Horde wütender Männer versammelt, vor ihr lag nur das Meer. Die Männer forderten ihren Tod, dem Meer war es gleichgültig, ob sie starb. Verschlingen würden die schwarzen Fluten sie gleichwohl, sobald sie sich hineinstürzte, und auf den spitzen Steinen, die herausragten, würde ihr Körper zerschmettern.

Die junge Frau atmete tief durch. Sie hatte keine Angst vor den Männern – und erst recht keine vor dem Meer. Sein Rauschen erzählte viele Geschichten, so auch, woher die Insel ihren Namen bekommen hatte. Die Norweger hatten sie Nebelinsel genannt, weil nicht nur die spitzen Berge, sondern auch das flache Land oft von grauem Dunst verhüllt wurde. Für die Gälen war sie die Flügelinsel, weil das Meer tiefe Fjorde in das Land geschnitten hatte und die einzelnen Teile wie Flügel aussehen ließ.

Wenn ich die Arme ausbreite, habe ich vielleicht Flügel wie sie. Und falls sie mich nicht tragen, kann ich auf dem Nebel gehen, der sich über dem Wasser zusammenbraut …

Wohin der Nebel sie tragen würde, wusste sie nicht, aber das machte ihr nichts. Sie wollte nur das wütende Gebrüll nicht länger hören müssen.

»Umkreist sie!«

»Der Nebel! Sie beschwört ihn! Sie ist eine Zauberin!«

»Sie hat die Insel verflucht!«

Es klang nicht menschlich, dieses Geschrei, eher wie das Kreischen aufgeschreckter Vögel oder wie das Grunzen eines wilden Ebers.

Erstickt am Schaum, der sich vor euren Lippen bildet! Ich aber werde das Tor zu Andernwelt überschreiten, ich werde leben.

Kaum mehr ein Schritt trennte sie vom Abgrund. Die Klippen waren dunkel vor Nässe, das Meer war tiefschwarz.

»Sie darf nicht davonkommen, diese verfluchte Gotteslästerin, diese Hexe, diese Heidin! Sie hat Unglück über die Insel gebracht.«

Der Nebel wurde dichter, dämpfte die Stimmen dennoch nicht. Kurz war sie versucht, sich umzudrehen und ihren Verfolgern ins Gesicht zu lachen.

Wenn jemand Unglück gebracht hat, wart ihr das mit eurem Geifern, mit euren kleinen Herzen, mit eurer Angst! Ihr Mönchlein habt in euren dunklen Kirchen gebetet, bis ihr heiser wart, aber Christus ist nicht vom Kreuz gestiegen. Seit Jahrhunderten hängt er schlaff da, sein Fleisch ist längst verwest. Nur weil ihr es aus Stein nachformt, stinkt es nicht. Betet, betet nur weiter, freut euch über meinen Tod. Wird das kräftige Gras darob weniger grün wachsen? Werden die rötlichen Berge erbeben? Werden die dichten Wälder ihr Laub verlieren? Gewiss nicht. Das Meer wird nicht lauter oder leiser rauschen, und ihr … ihr werdet sein Lied immer noch nicht verstehen, das Lied dieser Insel.

Ja, all das wollte sie ihnen sagen und den Triumph auskosten, ihre vom Zorn verzerrten Gesichter noch tiefer erröten zu sehen. Doch als sie sich über die rauen Lippen leckte, wusste sie plötzlich, dass sich kein Wort lohnte und sie nie wieder eines sprechen würde. Anstelle eines letzten Grußes an die hiesige Welt hob sie schweigend die Arme und breitete sie weit aus.

»Ergreift sie! Sie wird für alles zahlen!«

Umarme mich, Nebel! Liebkose mich, Meer! Räche mich, Insel!

Ehe einer der Männer seine Hand nach ihr ausstrecken konnte, trat sie ins Nichts.

Erstes Buch

Die letzte Druidin

Tha sinn uile air cuan,
stiùireadh cùrs' tro ar beatha,
a' seòladh geòla dhorch,
air chall an grèim na mara.
A' mhuir, tha i ciùtin, tha i fiadhaich,
tha i farsaing, tha i àlainn,
tha i diamhair, tha i gamhlasach is domhainn.
O, ach sinn, tha sinn dall,
's chan eil againn ach beatha.

Wir alle treiben auf einem Ozean,
steuern durch unser Leben,
auf einem schwarzen Boot segeln wir,
ausgeliefert an die See.
Die See ist ruhig, sie ist wild, sie ist weit,
sie ist schön, sie ist geheimnisvoll,
sie ist boshaft, sie ist tief.
Aber wir, wir sind blind
und haben nichts außer unserem Leben.

I.

Applecross 1306

Der junge Barde war betrunken, daran bestand kein Zweifel.

Eine Weile umkreiste Flora ihn, stapfte heftig auf den Boden, um ihn zu wecken, und als das nichts fruchtete, beugte sie sich über ihn, zog erst zögerlich an seinen rötlich blonden Locken und stupste dann mit den Zehenspitzen seine Schultern an. Die einzige Antwort, die sie bekam, war ein röchelnder Laut, der eher von einem wilden Tier zu stammen schien als von einem stattlichen jungen Mann, gefolgt von einer Woge säuerlichen Gestanks und einem Tropfen Speichel, der über sein erschlafftes Kinn floss. Er musste Aqua vitae zu sich genommen haben. Das Gebräu wurde aus hiesigen Kräutern gebrannt und belebte den müden Geist – vorausgesetzt, man nahm es nur in kleinen Mengen zu sich.

Floras Verzweiflung wuchs. »Wach auf!«, schrie sie ungeduldig. »So wach doch endlich auf!«

»Müh dich nicht«, spottete einer der Wachmänner, die am Hof um ein Feuer saßen, »bis morgen früh gibt der keinen Laut von sich.«

»Aber er soll doch heute Abend singen!«

»Na, wenn das so ist …«

Der Mann trat näher, weniger von Hilfsbereitschaft getrieben als von dem Wunsch, die junge Frau ausgiebig zu betrachten – die rotbraunen Zöpfe, die sich an den Enden lockten, ebenso das Gesicht, das fein genug war, um als schön zu gelten.

Flora ignorierte den aufdringlichen Blick. »Wir könnten ihm einen Eimer kalten Wassers ins Gesicht schütten«, schlug sie vor.

»Bin ich etwa ein Weib, das Wasser schleppt?«

Trotz der rüden Worte beugte sich nun auch der Wachmann über den Betrunkenen. »Mir würde da schon etwas einfallen, das den wieder munter macht«, erklärte er spöttisch.

Ehe Flora sichs versah, schob er sein ledernes Wams über die Hüften und machte sich an seinen Beinkleidern zu schaffen.

»Du willst doch nicht ...«, setzte Flora entsetzt an.

»Ein Schwall stinkender Pisse, und der hier ist wieder wie neu! Und außerdem hat er dann für den Rest des Lebens gelernt, dass man nicht zu viel saufen soll.«

Dem Wachmann selbst schien noch niemand eine ähnliche Lektion erteilt zu haben, sonst wären seine Augen nicht so blutunterlaufen und seine Nase wäre nicht von so vielen Äderchen übersät. Allein sein absonderlicher Vorschlag war ein Beweis dafür, dass sein Geist nicht minder benebelt war als der des jungen Barden.

»Nicht!«, rief Flora.

»Ach, Lämmchen! Wenn du den Anblick eines Mannes nicht erträgst, dann dreh dich um und sieh weg.«

»Hör sofort auf!«

Der Mann ließ seine Hände sinken, ehe er sein Geschlecht hervorgezerrt hatte. »Dann piss eben selbst auf ihn, Lämmchen. Wenn du dich über ihn hockst, hat er gewiss Freude dran.«

Er lachte dreckig und trabte wieder davon.

Flora blickte ihm entsetzt nach. In den letzten Wochen war sie oft gekränkt oder verärgert gewesen, wenn die Mädchen von Perth über die wilden Hochländer getuschelt und sie mit falschem Mitleid überschüttet hatten, weil sie einen von ihnen heiraten musste, doch nun gestand sie sich ein, dass nicht all ihre Schauergeschichten Übertreibungen waren. Die Männer waren zwar nicht so stark, um allein mit Daumen und Zeigefinger Bäume auszureißen, die Frauen mähten nicht wie Schafe und, was noch wichtiger war, rochen auch nicht wie sie, doch dass die Burg von Applecross im äußersten Westen der Grafschaft Ross auch Barbaren ohne jedwede Lebenskultur beherbergte, konnte sie nun nicht länger leugnen.

Der Anblick des betrunkenen Barden stimmte sie zunehmend verzagter. Flora sah sich vergebens nach Moira um, ihrer treuen Dienerin, die für sie sorgte, seit sie denken konnte, und die sie auf der beschwerlichen Reise von Perth im südlichen Flachland Schottlands hierher begleitet hatte. Sie kam zu dem Schluss, dass Moira immer noch unter ihren wehen Knochen litt und sich ausruhte. Vertrauenerweckender als die Wachtposten im Hof waren die Damen, die sich für gewöhnlich in der großen Halle um den Kamin versammelten, doch Flora zögerte dennoch eine Weile, ehe sie sich zu ihnen aufmachte. Die Damen hatten bei ihrer Begrüßung zwar Französisch mit ihr gesprochen, edle Gewänder und Kopfbedeckungen aus italienischer Seide getragen, doch noch war keiner ihrer Blicke wohlwollend genug ausgefallen, als dass sie sich in ihrer Gegenwart so ungezwungen wie im Kreise echter Freundinnen gefühlt hätte. Flora war darum auf der Hut und hätte wohl geschwiegen, hätte nicht eine sie kommen sehen und gefragt, ob sie helfen könne, denn ihre Miene war offenbar vor Sorgen umwölkt.

»Der Barde ist betrunken!«, rief Flora.

Bedauerlicherweise konnte sie nur auf Neugier zählen, nicht auf Anteilnahme. Das Kichern, das jetzt ertönte, glich zwar weniger dem Mähen eines Schafes als dem Meckern einer Ziege – kränkend war es so oder so.

»Nun, dein Bräutigam ist noch nüchtern, nur das ist wichtig. Schließlich musst du morgen ihn und nicht den Barden heiraten. Und im Brautbett zählt etwas anderes als ein hübsches Lied.«

»Aber der Barde hätte heute Abend singen sollen!«, rief Flora.

Obwohl der Mann aus Irland stammte, war ihr versichert worden, dass er auch die französischen Lieder der Troubadoure beherrschte, doch in seinem jetzigen Zustand würde er wohl nicht einmal den eigenen Namen richtig aussprechen. Was sie maßlos enttäuschte, bekümmerte die anderen Damen nicht länger. Schon nahmen sie das Gespräch wieder auf, das Flora unterbrochen hatte.

»Stellt euch vor! Nicht nur Elizabeth, die Frau von Robert the Bruce, und seine Tochter Marjorie wurden gefangen genommen – auch seine Schwestern befinden sich in den Händen der Engländer.«

»Und vergiss Isabella von Buchan nicht, dieses dumme Weib, das sich gegen Bruder und Gatten stellte und Robert eigenhändig krönte.«

»Sie ist nicht nur dumm! Sie ist eine Verräterin!«

»Ich habe gehört, dass sie in einen Käfig gesperrt wurde wie ein wildes Tier. Wie aber konnte sie sich auf Roberts Seite stellen? Ein gottloser Mörder ist er, nichts weiter!«

Kurz stießen die Frauen Laute der Empörung aus, dann begannen sie schrill zu kichern, was nicht nur schadenfroh, sondern auch eitel klang.

»Wir können sehr stolz auf unseren Grafen William sein, weil er zu der Gefangennahme dieser Frauen beigetragen hat.«

Flora unterdrückte ein Seufzen. In Perth sprachen Frauen nie über Politik, hier jedoch andauernd. Weil sie noch nicht wusste, um wessen Wohlwollen es sich zu buhlen lohnte und wem sie offen die Meinung sagen konnte, schwieg sie lieber, anstatt laut zu bekunden, dass ihr Robert the Bruce – ob nun mit oder ohne weibliche Verwandtschaft – herzlich egal war. Was sie sich nicht verkneifen konnte, war, die Nase zu rümpfen, etwas, das die Frauen prompt falsch deuteten. Erstmals triefte der Blick, der auf sie fiel, nicht vor heimlicher Herablassung.

»Ganz recht, so ein Gesicht setzt man am besten auf, wenn von den Frauen eines Verräters und gemeinen Mörders die Rede ist. Sollen sie alle im Kerker oder im Käfig schmachten, bis sie grau sind, bis ihre Knochen knirschen und die Haut zu schimmeln beginnt. Sie haben nichts Besseres verdient.«

»Aber, aber ...« Die Stimme, die die Damen jäh schweigen ließ, kam vom Eingang der Halle. »Mir scheint, ihr urteilt zu hart. Trotz allem sind es Frauen, manche sogar noch Mädchen, denen der Geschmack von Milch vertrauter ist als der von Wein. Überdies stammen sie alle von namhaften Schotten ab, die ihre Ehre und ihre Tapferkeit schon zu Zeiten bewiesen, da unser Land noch Alba hieß. Es ist ein Unrecht, sie wie Tiere zu behandeln.«

Die Frau, die zu ihnen trat, war Floras künftige Schwiegermutter Margaret MacIver – von allen Peg genannt. Ihre Stimme war stets wohltönend, gleichwohl sehr leise. Zu überhören wagte sie auf der Burg von Applecross dennoch niemand, für gewöhnlich verstummte man sogar und nickte, wenn sie ihre Sicht der Dinge kundtat. Nur an diesem Tag war es anders.

»Ein Unrecht war es vor allem, dass Robert nicht nur in der Kirche, sondern gar vor dem Hochaltar einen Mann ermordet hat. Heißt du, liebe Peg, etwa nicht gut, dass er vom Bischof aus der Gemeinschaft der Gläubigen ausgeschlossen wurde?«

»Robert mag gern den Preis für seine Schandtaten bezahlen, doch seine Angehörigen haben nichts verbrochen, was eine harte Strafe verdient. Allerdings, an einem Tag wie heute gibt es lohnenswertere, vor allem aber schönere Gespräche zu führen als solche über Könige, Verräter und Kriege.«

Flora war sich bisher nicht sicher gewesen, was sie von der Mutter ihres künftigen Gemahls halten sollte. So wach und neugierig ihr Blick zumeist war, so stechend wurde er, wenn er noch die kleinste ihrer Gesten einer strengen Prüfung unterzog. Heute schien ihr Lächeln jedoch ehrlich gemeint zu sein.

»Der Barde ist betrunken!«, platzte Flora nun heraus.

Ehe Peg etwas dazu sagen konnte, meldete sich wieder die Frau mit dem Ziegenlachen zu Wort. »Ich fürchte, daran wird unsere liebe Peg nichts ändern können. Mag sie auch mit ihren Kräutern viele kranke Menschen heilen – es gibt nur zwei Mittel, um Betrunkene wieder nüchtern zu machen, und das sind Zeit und Schlaf.«

»Wollen wir ihm beides gönnen«, sagte Peg und legte Flora dann tröstend den Arm um die Schultern. »Es gibt jemand anderen, der singen kann. Der Barde ist nicht allein gekommen, sondern mit seinem noch erfahreneren Meister. Dessen Schatz an Liedern mag reicher sein und seine Stimme ob all der Jahre, da er sie schulte, samtiger.«

»Das ... das ist mir entgangen«, stammelte Flora.

»Kein Wunder bei all der Aufregung.« Das Lächeln war weiterhin gütig, aber Flora glaubte, aus den Worten der Älteren leisen Tadel herauszuhören. Frauen mit einem so wachen Blick erwarteten wohl, dass jeder der Umwelt gleich viel Aufmerksamkeit zuteilwerden ließ wie sie selbst. »Wir wollen gleich mit diesem Iain sprechen.«

Peg hakte sich bei ihr unter, doch Flora entging nicht, dass sie sie etwas auf Abstand hielt, dass sich nur ihre Arme, nicht ihre Leiber berührten. Gleichwohl folgte sie ihr willig aus der Halle. Die Entscheidung, ob sie ihre Schwiegermutter mochte oder nicht, konnte sie auch noch treffen, wenn das Fest vorüber war und man im fernen Perth davon schwärmte.

Wie Flora es sich gewünscht hatte, wurde am Abend ein ganzer Schwan serviert. Sein Gefieder war kunstvoll um das Fleisch drapiert worden, und Kopf und Hals, die gleichfalls im Braten steckten, sahen so lebendig aus, als würde er eben noch lautlos übers Wasser gleiten und eine silbrige Bahn hinterlassen. Leider waren die Spitzen der Federn verbrannt und ließen eher an einen Raben als einen stolzen weißen König denken. Flora gab sich alle Mühe, kein schlechtes Omen darin zu sehen und das erhoffte Lebensglück nicht vom unglücklichen Koch abhängig zu machen, desgleichen wie kein trunkener Barde Macht darüber hatte. Schwarze Schwanenfedern hin oder her – Meister Iain, der für seinen besinnungslosen Schüler einsprang, machte seine Sache gut.

Mittlerweile trug der Barde schon das dritte Lied in tadellosem Französisch vor und bewies damit, dass er tatsächlich bei den Troubadouren im Süden gelernt und dafür die weite Reise samt aller Gefahren auf sich genommen hatte. Gewiss, seine Hände waren nicht die eines jungen Mannes, aber sie zupften die Harfe so sanft, dass Flora kurz vermeinte, ihr Streicheln am eigenen Leib zu spüren. Und seine Stimme, mal flüsternd sanft, mal laut und erregt, klang wohltönend, als triefte Honig von seinen Lippen.

Erst gab Iain einige Sagen von Iren und Gälen zum Besten, in denen diese Heldentaten vollbrachten und nicht nur von Mut und Kraft zum Sieg geführt wurden, sondern überdies von Klugheit und List. Später besang er die Tugenden des Grafen von Ross und all der Clanführer, die diesem treu ergeben waren, darunter auch Bearnard MacIver, Pegs Mann und Floras künftiger Schwiegervater. Leider folgte danach nicht das von Flora erhoffte Hochzeitslied, sondern der verhasste Robert the Bruce wurde in etlichen Versen verspottet.

Nun, Floras Bräutigam David schien es zu gefallen, wenn man denn das leichte Zucken seiner Mundwinkel als Zeichen des Wohlwollens wertete. Flora kannte ihn zu kurz, um in seiner Miene lesen zu können, und an Worten, die mehr über seinen Gemütszustand verrieten, sparte er. Eigentlich hatten sie seit der förmlichen Begrüßung kaum welche gewechselt, aber Männer, das wusste ein jeder, redeten nun mal weder viel noch gern, und Flora wollte sich damit begnügen, dass David ihr – wie jeder kultivierte Mann es handhabte – das Fleisch klein schnitt. Er tat es mit dem edlen Dolch, den er an seinem Gürtel trug, schnitt so lange, bis keine Bissen mehr auf dem Brot lagen, wie Krieger sie in sich hineinstopften, sondern winzige Stückchen, wie nur edle Damen sie zu sich nahmen.

Flora brachte vor Aufregung kaum etwas von dem Fleisch herunter, obwohl es weich war und die Freundinnen aus Perth, die behauptet hatten, dass man im Hochland nur verkohlte Schafe esse, einmal mehr der Lüge strafte. Sie ließ den Blick über die Tafel kreisen, und wenn auch nicht ihr Appetit, so wurde doch ihr Triumphgefühl davon angeregt. Gewiss gab es ebenfalls Schaffleisch, aber dieses war nicht verbrannt, sondern weich gekocht, außerdem wurde Braten vom Hasen und

Rothirsch serviert, Kalbsmagen und Kutteln. Noch mehr gefiel Flora, dass nicht etwa nur Bannoka – schottischer Haferkuchen – aufgetischt wurde, sondern weiches Weizenbrot, außerdem gab es Feigen und Weintrauben, mit denen selbst in reichen Städten wie Perth gespart wurde. Auch die Ausstattung der Halle mit den Wandbehängen, den dunklen Stühlen und Bänken und den Malereien über den Fenstern war edel.

»Also, was meinst du?«

Flora zuckte zusammen. Ausgerechnet jetzt, da sie in Gedanken versunken war, hatte der bislang schweigsame David das Wort an sie gerichtet.

»Ich … ich …«, stammelte sie.

Als er sie erwartungsvoll anblickte, fiel ihr zum ersten Mal auf, dass seine Augen grün waren und sich in ihnen die Farbe seines Plaids spiegelte.

»Ich …«, setzte sie wieder an.

Ein anderer hätte seine Frage vielleicht wiederholt, doch David wandte sich ab, ehe sie mehr hervorbrachte. Zum Glück kam ihr der Barde zu Hilfe.

»Ich wollte nur wissen, worüber ich als Nächstes singen soll«, wandte er sich an sie. »Und ich dachte, dass die schöne Braut vielleicht einen Vorschlag machen will.«

Ganz still wurde es im Saal, als die Gäste ihrer Antwort harrten. Flora nahm all ihre Willenskraft zusammen, um sich nicht verlegen zu winden. »Sing über die Liebe!«, forderte sie selbstbewusst.

David war weiterhin maulfaul, Iain, der Barde, lächelte hingegen väterlich. »Über die Liebe also …«

Nun richteten sich alle Blicke auf ihn, und Flora war so erleichtert darob, dass sie kaum zuhörte, als er das Lied anstimmte.

Hält David mich für ein unbeholfenes, schüchternes Mädchen?, fragte sie sich. Freut er sich auf morgen, wenn wir heiraten werden? Gefalle ich ihm überhaupt?

David hatte wieder begonnen, Fleisch zu schneiden, diesmal in große Stücke, die wohl für ihn selbst gedacht waren, nicht für sie. Flora verkrampfte sich der Magen. Undenkbar war es, erneut den Blick seiner grünen Augen zu suchen, stattdessen hielt sie nach Peg MacIver Ausschau, die ihr freundlich zunickte, und nach Moira, ihrer treuen Dienerin. Diese saß am anderen Ende der Tafel im Kreise der Gäste niedrigeren Standes, schien sich von den Strapazen der Reise erholt zu haben und aß hungrig – ob vom Schwanen- oder vom Schafbraten konnte Flora aus der Entfernung nicht erkennen. Als ihre Blicke sich trafen, lächelte Moira.

Dann sang der Barde weiter, sang – und diesmal hörte Flora zu – von einem Raben und einer Wölfin, der eine ein stolzer Herr der Lüfte, die andere vom Rudel verstoßen und darum einsam ihrer Wege gehend. Die beiden Tiere begegneten sich, erkannten sich, liebten sich, doch den Göttern gefiel es nicht, weil dem einen schließlich der Tag gehörte und der anderen die Nacht. Sie forderten die Trennung, aber Rabe und Wölfin trotzten den Göttern, trotzten auch Tag und Nacht und trafen sich in jenen gestohlenen Stunden, da die Sonne auf- und untergeht und sich Licht und Dunkelheit kurz küssen, ehe die Umarmung des einen für den anderen tödlich wird. Diese Zeit genügte, um ein Kind zu zeugen, und dieses wurde nicht etwa ein absonderliches Mischwesen mit Fell und Federn, Flügeln und Krallen, Schnabel und Maul, sondern ein rosiges Menschenkind, das sich von anderen seiner Art unterschied, weil es das Heulen der Wölfe und das Krächzen der Raben ebenso verstand wie die menschliche Sprache, vor allem aber, weil es unbesiegbar und folglich unsterblich war.

Welch merkwürdiges Lied, dachte Flora, und wie unpassend auch, da ich doch eines über Liebe gefordert habe!

Auch in den Gesichtern der anderen stand Befremden – nur in einem nicht.

Moiras Augen, die für gewöhnlich von den Lidern halb bedeckt waren und immer den Eindruck erweckten, sie würde schlafen oder stünde kurz davor, waren weit aufgerissen. Das Stück Fleisch, an dem sie kaute, hatte sie ausgespuckt, die Hände, die für gewöhnlich ständig in Bewegung waren, vor das bleiche Gesicht geschlagen. Ihr Leib, eigentlich rundlich und vom Alter gebeugt, war gespannt wie eine Saite von Iains Harfe. Sie lächelte nicht mehr – ihr Blick war erfüllt von tiefstem Entsetzen.

Flora wusste nicht viel über Moira. Wenn man deren eigenen Worten traute, gab es auch nicht viel zu wissen. Irgendwie war Moira immer schon alt gewesen, und irgendwie war sie immer da gewesen. Sie umsorgte sie seit ihrer Geburt, ohne sie zu verzärteln, sie redete viel, ohne dass ihre Worte Gewicht hatten, sie spann und webte und nähte ständig, ohne dass man das Gefühl hatte, sie täte es sonderlich gern. Kaum je hatte Flora sie so lange betrachtet wie jetzt. Und niemals hatte sie gedacht: Sie ist ja wie eine Fremde …

Ehe die junge Frau in Moiras Zügen Vertrautes wiederentdeckte, war diese, ansonsten langsam und träge, schon erstaunlich wendig aufgesprungen und hatte den Saal verlassen. Außer Flora hatte wohl niemand bemerkt, wie sehr sie das Lied aufwühlte. Iain zupfte gerade ein letztes Mal an den Saiten der Harfe, ehe er eine leichte Verbeugung andeutete. Die anderen Gäste schienen erleichtert, dass der melancholische Gesang ein Ende hatte, und forderten ein fröhlicheres Lied.

David sagte nichts, sondern kaute an seinem Fleisch. Noch bevor er es geschluckt hatte, erhob sich Flora.

»Erlaub mir doch …«

Mit vollem Mund starrte er sie fragend an, aber sie brachte ihren Satz nicht zu Ende. Sie hatte Moira unter dem Vorwand nachgehen wollen, die Latrinen aufzusuchen, doch die menschlichen Bedürfnisse, die dorthin trieben, waren nichts, worüber man mit einem künftigen Ehemann sprach.

David nickte auch so. Das Stück Fleisch, an dem er kaute, musste besonders zäh sein. Saft rann über sein Kinn. Auf dem Weg hinaus traf Flora Pegs Blick, doch anders als befürchtet, folgte diese ihr nicht, wirkte lediglich nachdenklich und – für eine ansonsten umtriebige Frau – sehr steif. Es schien, als hätte sich der Lauf der Welt verkehrt, die Regen wurden langsam, die Müden erstaunlich flink …

Flora beschleunigte den Schritt. Kaum verließ sie die Halle, musste sie das Tempo jedoch drosseln. Mittlerweile fand sie sich auf der Burg von Applecross zwar zurecht, wusste aber nicht, wo sie Moira zuerst suchen sollte. Sie entschied, die schiefe Treppe nach unten zu nehmen, die in eine Halle so groß wie der Palas führte, nur ohne Fenster, mit schmutzigem Boden und schweren Holzbalken an der Decke, die von Säulen gestützt wurden. Sie stieß auf Leere und Finsternis.

Draußen im Hof tat sich etwas mehr, wenngleich auch hier von Moira nichts zu sehen war. Der betrunkene Barde schlief immer noch röchelnd seinen Rausch aus, der Mann, der ihn mit seinem Urin hatte wecken wollen, wärmte sich immer noch am Feuer. Bevor er sie entdeckte, zog Flora sich wieder zurück, nahm nun, erneut über eine schiefe Treppe, den Weg nach oben. Vom Festsaal aus ging es hoch in den zweiten Stock, wo sich die Wohnräume befanden, kleine Kammern allesamt und niedriger als der Palas, aber mit zahlreichen Fenstern, deren bogenförmige Wölbungen mit Farben in kunstvollen Mustern ausgemalt waren. Im größten der Räume, in dem Flora bis zur Hochzeit schlafen sollte, hatte sich Moira gern aufgehalten – vor dem verstörenden Lied hierhergeflüchtet war sie jedoch nicht. Auch dieser Raum war verwaist.

Während Flora verweilte, nachdenklich auf und ab ging, auf Schritte lauschte, aber keine vernahm, wuchs nicht nur ihre Verwirrung, sondern auch ihr Ärger. Warum hatte Moira mit ihrem sonderlichen Verhalten das Fest gestört? Und warum hatte sie sich selbst stören lassen? Moira war alt, und alte Menschen benahmen sich manchmal wunderlich. Anstatt sie weiter zu suchen, sollte sie an die Seite des Bräutigams zurückkehren, ehe der sein ganzes Fleisch gegessen hatte und sich wunderte, wo sie blieb.

Langsam nahm Flora die Treppe hinunter. Aus dem Festsaal tönten keine Lieder mehr, stattdessen Gelächter, wie es nur zotige Witze hervorzurufen vermochten. Die Männer grölten, die Frauen kicherten, und beides war so laut, dass Flora beinahe den Schrei nicht gehört hätte. Doch gerade als sie eintreten wollte, hielt sie inne.

Moira!

Plötzlich war sie sich sicher, dass diese und keine andere geschrien hatte. Und ihr ging auf, dass sie sie noch nie so laut hatte schreien hören.

So schnell, dass sie beinahe über die schiefen Stufen gefallen wäre, lief sie hinunter in die dunkle Halle, nur dass diese nicht länger dunkel war. Zwei Männer standen da, und einer von ihnen hielt eine Fackel, die bedrohliche Schatten auf die Wände warf. Dann nahm Flora einen dritten wahr, der einen Dolch hielt. Den Dolch, mit dem er ihr vor einigen Augenblicken noch das Fleisch geschnitten hatte …

David!

Was Flora am meisten entsetzte, war nicht, dass Moira wieder und wieder schrie, auch nicht, dass David den Dolch drohend erhoben hatte, sondern vielmehr, auf wen er die Klinge richtete.

»Ich bitte Euch! Tut das nicht!«

Es war Iain, der Barde, der wohl kurze Zeit nach ihr den Saal verlassen haben musste und nun inständig um sein Leben flehte. Seine Stimme klang nicht schön und sanft, sondern voller Panik, doch die Worte konnten ebenso wenig ausrichten wie die erhobenen Hände. David stürzte auf ihn zu, traf seine Brust, zog den Dolch zurück, wollte wieder auf den Fassungslosen einstechen. Der Blick seiner Augen war leer, aus den Mundwinkeln floss immer noch der Saft des gebratenen Fleisches.

»Nein!«, schrie Flora, »nein!«

So laut, wie ihre Stimme von den Wänden widerhallte, war Flora überzeugt, dass jemand sie hören musste, aber oben im Saal wurde weiter gelacht und gescherzt, getrunken und gegrölt. Niemand konnte ahnen, dass der Barde blutüberströmt zusammenbrach, niemand wissen, dass ihr Bräutigam ein Mörder war. David ließ den Dolch sinken, doch sein Gesicht glich einer Maske. Sie hatte Hass immer für ein hitziges Gefühl gehalten, lodernd wie ein Feuer, auch gefräßig und versengend wie dieses, doch jetzt erkannte sie, dass Hass kalt wie eine Klinge war und die Seele tötete.

Als David den Dolch in seinen Gürtel steckte, wischte er noch nicht einmal das Blut davon ab. Er wandte sich um und musterte Flora.

»Geh wieder in die Halle!«, befahl er knapp. »Du solltest nicht hier sein!«

Und sie sind doch Barbaren …

»Wie konntest du nur!«, schrie sie.

»Flora ...« Erstmals flackerte sein Blick. »Wenn du wüsstest, was er getan hat! Er war doch ...«

Ehe er weiterreden konnte, trat der Mann mit der Fackel dazwischen, in dem Flora nun Cinead erkannte, Davids jüngeren Bruder. Er packte David an den Schultern und zwang ihn, ihn anzusehen.

»Du darfst es ihr nicht sagen, David, das weißt du doch! Es ist ... es ist zu gefährlich! Komm, lass uns verschwinden.«

In Cineads Zügen stand kein Hass, wie sie ihn an David wahrgenommen hatte, jedoch Genugtuung, und Flora war sich sicher, dass er notfalls selbst auf den Barden eingestochen hätte.

Der letzte Blick, den David ihr zuwarf, wirkte schuldbewusst, doch das änderte nichts daran, dass er dem Befehl seines Bruders sofort gehorchte. Schon stieg er über Iain hinweg und folgte Cinead nach draußen.

Ein kalter Luftzug traf Flora, die Hände, die die ihren umfassten, waren hingegen warm. Richtig, Moira war auch noch da, Moira, die sie an sich zog, sie so inniglich wie nie zuvor umarmte.

Warum, warum, warum?

Später wusste sie nicht mehr, wie lange sie so dagestanden hatte. Die Schritte der beiden Männer verhallten, in der Halle wurde es finster, und das Blut auf Iains Brust leuchtete nicht mehr rot, sondern war nun pechschwarz.

»Du darfst nicht hierbleiben«, murmelte Moira. »Es ist zu gefährlich. Du musst fort von hier!«

Ihre Worte brachen den Bann. Flora riss sich von Moira los, stürzte auf Iain zu und wäre beinahe über die Harfe gestolpert. Der Barde hatte sie in den Händen gehalten, als der Dolch ihn traf, und sie war ihm entglitten, ehe er selbst zu Boden gegangen war. Eine Saite war gerissen.

Tot, die Harfe ist tot, dachte Flora benommen, und er …

Sie beugte sich über den Mann und hörte zu ihrer Verblüffung, dass er stoßweise atmete.

»Er lebt noch!«, schrie sie.

Moira rührte sich nicht. »Bitte, Flora, du musst Applecross sofort verlassen!«

Flora achtete nicht auf die Ältere. »Warum … warum wollten sie dich töten?«, wandte sie sich an den Barden.

Es war zu finster, um zu erkennen, ob er sich dem Tod ergab oder gegen ihn kämpfte. In jedem Fall rang er um Worte.

»Der Rabe … die Wölfin …«

Floras Geist schien vom Blutdunst wie betäubt. Erst als Iain ihre Hand packte, erstaunlich kraftvoll, war ihr kurz, als könnte sie seine Gedanken lesen.

Das Lied … er will mir sagen, dass er wegen des Liedes sterben muss …

Der Griff seiner Hand erschlaffte, das Röcheln wurde leiser.

»So tu doch etwas!«, schrie Flora Moira an.

Die schien wieder ganz die Alte zu sein. Die Augen waren nicht länger weit aufgerissen, sondern halb von den schweren Lidern bedeckt, der Rücken war gebeugt.

»Du kannst ihn nicht retten. Das Einzige, was jetzt zählt, ist, dass du dich selbst …«

»Was ist passiert?«, fiel Flora ihr harsch ins Wort. »Warum hat David das getan?«

»Ich weiß es nicht. Ich wollte mit dem Barden sprechen … Das Lied, das er sang, kenne ich aus meiner Kindheit, und ich wollte wissen, wer es ihn gelehrt hat. Kaum traf ich ihn hier, waren auch schon David und sein Bruder da … Das andere hast du mit eigenen Augen gesehen …«

Ihre Worte waren eben verklungen, als sich Schritte näherten.

Flora erstarrte. Kurz war sie sich sicher, dass David zurückkehrte und den Dolch erneut ziehen würde, um sein Werk zu vollenden. Nicht minder stark als der Drang, den Barden zu beschützen, war der, Moiras Rat zu folgen und aus Applecross zu fliehen. Sie wollte sich nicht fragen müssen, was passiert war. Sie wollte nie wieder in Davids vom Hass entstelltes Gesicht schauen. Vor allem wollte sie ihn nicht heiraten.

Die Schritte verstummten. Wer vor ihr stand und sich über Iain beugte, war nicht David.

Die Kerzen warfen flackernde Schatten auf die Statuen der Evangelisten, die um den Altar standen, und schienen sie erbeben zu lassen. Sie waren nicht sonderlich groß, doch ihre dunklen Umrisse auf den steinernen Wänden konnten von Riesen stammen. Wie die Schatten zitterte auch der Mönch – nicht aus Entsetzen über eine schändliche Bluttat, wie Flora zunächst vermeinte, sondern aus Angst um sich selbst.

»Warum habt ihr ihn ausgerechnet hierher gebracht?«, fragte er verzweifelt.

Mit vereinten Kräften war es Peg, Moira und Flora gelungen, Iain aus der Halle zu zerren. Der Verwundete selbst hatte so gut es ging mitgeholfen, doch mit jedem seiner Schritte war das Ächzen lauter geworden, und kaum hatten sie die Kirche erreicht, war er ohnmächtig auf den Boden gesunken.

»Wir befinden uns auf heiligem Grund und Boden. Hier findet jeder Schutz, der ihn sucht«, erklärte Peg MacIver mit scharfer Stimme.

Sie selbst hatte die Entscheidung getroffen, den verletzten Barden hierherzubringen, und Flora war so erleichtert darüber gewesen, dass eine andere die Anordnungen übernahm, dass sie ihr gedankenlos gehorchte. Ob dem Barden noch zu helfen war, wusste sie nicht. Derart reglos, wie er da auf dem Boden lag, würde er nicht lange leben, und der Priester schien dasselbe zu denken.

»Ich bete gern für seine Seele«, murmelte er, »aber ... aber ich will keine Schwierigkeiten bekommen. Das Kloster ... es untersteht Graf William von Ross ...«

»Das Kloster untersteht Gott, und Gott lädt jeden ein, der an seiner Tür klopft.«

Flora war froh, dass Peg mit ihr noch nie so streng gesprochen hatte. Solch scharfen Worten hätte sie nur Gestammel entgegensetzen können, und dem Mönch ging es wohl ähnlich. Er sagte nichts mehr, nickte nur widerwillig und beugte sich auch Pegs weiteren Befehlen, die sie ihm nun erteilte.

»Du musst mir einige Dinge bringen, damit ich sein Leben retten kann. Ich brauche etwas Kerbel, um die Blutung zu stillen. Hol mir auch Wermut, um das Fieber einzudämmen, das den Armen womöglich bald peinigen wird. Mehr Kerzen brauche ich auch. Nur mit genügend Licht kann ich überprüfen, wie tief die Wunde ist.«

Der Mönch machte sich gleich auf, das Gewünschte zu holen, indessen sich die Blutlache um Iain immer weiter ausbreitete. Das Blut schien nicht aus dem Körper eines Mannes zu fließen, der eben noch kraftvoll zu singen vermocht hatte, sondern aus einem verdreckten Tümpel. War es überhaupt möglich, den Verlust von so viel Lebenssaft zu überleben?

Peg folgte Floras Blick und schien ihre Gedanken zu lesen. »Zwei Arten von Blut fließen in den Adern des Menschen«, erklärte sie. »Die eine bringt Lebenskraft, die zweite ernährt den Körper. Wenn die Blutung erst gestillt ist, er das Bewusstsein wiedererlangt und ausreichend zu essen und zu trinken bekommt, dann wird er leben.«

Flora zweifelte daran, dass man dem Barden alsbald auch nur Flüssigkeit würde einträufeln können, aber sagte nichts. Sie verkniff sich ebenso die Frage, die ihr seit geraumer Zeit auf den Lippen lag – warum ausgerechnet Peg dem Barden half, wenn es doch ihr eigener Sohn gewesen war, der versucht hatte, ihn zu töten.

»Gib mir ein Stück von deinem Kleid!«

»Aber …«

»Wir müssen die Wunde zunächst bedecken, um sie vor gefährlichen Dämpfen zu schützen. Man sieht sie nicht, sie lauern dennoch überall.«

Das Reißen des Stoffes hallte durch die Kirche und blieb für eine Zeit lang das einzige Geräusch. Flora wagte nicht, laut zu beklagen, dass sie ihr schönstes Kleid ruinieren musste, das dunkelgrüne, das so gut zu den rotbraunen Haaren passte, und auch der Mönch schwieg, als er wenig später wiederkehrte. Gleich darauf schickte ihn Peg noch einmal fort, diesmal, um Nadel und Fäden zu holen, um die Wunde zu nähen – einen dünnen aus Seide und einen festeren, der aus einer Sehne gemacht war.

Flora wandte sich ab, als Peg kurz darauf damit begann, und dankte Gott, dass Iain nichts zu spüren schien und niemand genötigt war, einen sich windenden, schreienden Verwundeten zu beruhigen. Der Mönch betete, und die Schatten zitterten noch mehr, weil er so heftig in Richtung der Kerzen atmete.

»Noch mehr Stoff!«, befahl Peg.

Wieder ertönte das Reißen. Wieder hatte Flora das Gefühl, dass es ihr Leben war, von dem nur Fetzen blieben.

Die Heirat mit David ... unmöglich ... Nicht nach dem, was geschehen ist ... schon gar nicht morgen ... Warum hat er das getan ... was wird nun aus mir?

Immerhin, als sie einen vorsichtigen Blick auf Iain wagte, stellte sie fest, dass die Blutlache nicht größer geworden war.

»Du musst dich in den nächsten Tagen um ihn kümmern«, wandte sich Peg an den Mönch, nachdem sie die Wunde notdürftig verbunden hatte. »Wenn er erwacht, darf er fürs Erste nur ungesüßten Wein trinken. Nach ein paar Tagen sollte er auch weich gekochtes Fleisch und Eier bekommen.«

Flora musste unwillkürlich würgen. Sie konnte sich nicht vorstellen, dass der Verletzte jemals wieder feste Nahrung herunterbringen würde. Und sie konnte sich auch nicht vorstellen, selbst etwas zu essen, ohne an den Bissen Fleisch zu denken, an dem David gekaut hatte, ehe er auf den Barden einstach.

Peg fuhr ungerührt zu reden fort. »Der Verband sollte drei Tage lang nicht gewechselt werden, es sei denn, der Mann blutet stark und leidet an Schmerzen. Die Wundränder dürfen nicht getrennt werden.«

Der Mönch tat, als würde er weiterhin beten, doch dass er nicht widersprach, wertete Peg wohl als ausreichendes Zeichen, dass er sich fügte, denn sie wiederholte ihre Worte nicht, sondern wandte sich an Flora.

»Wo ist Moira?«

Verständnislos starrte Flora sie an. Sie war so beschäftigt gewesen, das Würgen zu unterdrücken, auf die Blutlache zu starren und dem Geräusch des reißenden Stoffes zu lauschen, dass ihr das Offensichtliche entgangen war. In der Kirche befanden sich Peg, der Mönch, die Statuen, sie und Iain – aber Moira nicht. Vage konnte sie sich erinnern, dass sie ihnen geholfen hatte, Iain zu stützen, doch kaum war er auf den Boden niedergesunken, musste sie verschwunden sein. Ihre warnenden Worte – *Du darfst nicht hierbleiben. Es ist zu gefährlich. Du musst fort von hier!* – hatte sie weder wiederholt noch erklärt.

»Du weißt es nicht«, stellte Peg fest, ehe Flora etwas sagen konnte. »Wie merkwürdig. Sie hätte vielleicht gewusst, warum David ...«

Als sie abbrach, machte sich ein Gefühl der Enttäuschung in Flora breit. Peg war eine vernünftige Frau, und sie hatte sich von ihr eine vernünftige Erklärung erhofft, warum David Iain töten wollte – eine, die es vielleicht sogar möglich machte, in den Saal zurückzukehren, sich zu David an den Tisch zu setzen, sich wieder Fleisch von ihm klein schneiden zu lassen und morgen seine Frau zu werden. Das zerrissene Kleid könnte man ja nähen – genauso wie Iains Wunde.

Doch dass Peg offensichtlich keine Ahnung hatte, was den eigenen Sohn umtrieb, schien ihr ein Zeichen dafür zu sein, dass der Barde wahrscheinlich sterben würde – und ihr Kleid für immer zerstört war.

»Was soll ich denn jetzt tun? Ich ... ich kann doch nicht zurück nach Perth ... Mein Vater hat mich dorthin geschickt, als er nach dem Tod meiner Mutter zum zweiten Mal heiratete. Ich sollte dort erzogen werden, nicht mein Leben verbringen ... Und bei ihm selbst kann ich auch keine Zuflucht finden. Er ist vor zwei Jahren gestorben, und seine Witwe kenne ich kaum ...«

Noch stärker als der Drang zu würgen, war der zu weinen. Nur Pegs nachdenklicher Blick hielt sie davon ab.

»Und du hast nicht gehört, worüber David mit Iain gesprochen hat?«

Flora schüttelte den Kopf. »Sein Gesicht, es war so starr,

seine Augen, sie waren so kalt … Er hat den Dolch in den Gürtel gesteckt, obwohl er noch voller Blut war.«

Peg zuckte die Schultern. »Männer ziehen in diesen Tagen schnell ihre Messer. Überall wittern sie Verräter, die gemeinsame Sache mit Robert the Bruce machen.«

Das war kein Name, den Flora jetzt hören wollte. »Verschon mich mit Politik!«, zischte sie. »Was geht es mich an, wer König von Schottland ist oder sein will?«

Nie hatte sie so schroff zur künftigen Schwiegermutter gesprochen, doch die lastete es ihr nicht an, betrachtete sie vielmehr nachdenklich.

»Was soll ich jetzt tun?«, fragte Flora ein zweites Mal.

Peg vermochte vielleicht, den Tod zu verjagen, zumindest für ein Weilchen – diese Frage beantworten konnte sie jedoch nicht.

»Ich werde mit David und Cinead reden«, entschied sie lediglich nach kurzem Nachdenken. »Es muss eine vernünftige Erklärung für all das geben. Warte hier!«

Nichts auf der Welt hätte Flora dazu bewogen, Peg zu ihren Söhnen zu begleiten. Ihr nachsehen zu müssen, wie sie durch das Portal die Kirche verließ, fiel ihr gleichwohl schwer. Sie wusste, sie sollte Moira suchen oder sich zumindest zu Iain knien, vielleicht die Hand des Verwundeten halten und tröstend auf ihn einreden, doch sie konnte sich nicht dazu überwinden, ließ sich nur auf den kalten Boden fallen und umschlang ihre Knie. Still und dunkel wurde ihre Welt, als sie den Kopf dazwischen vergrub. Der eigene Atem war das Einzige, das sie vernahm. Er klang heiser, aber immerhin beruhigte er sich ein wenig.

Der Mönch hörte zu beten auf und verließ die Kirche, sie blickte nicht hoch. Ein Luftzug traf sie, Schritte ertönten, sie blickte immer noch nicht hoch.

»Schau mich an!«

Die Stimme war zu streng, um sich ihr zu widersetzen. Peg stand vor ihr und starrte auf sie herab. In ihrer Gesellschaft befanden sich nicht wie befürchtet die beiden Söhne, sondern ein fremdes Mädchen stand bei ihr. So grau wie sein Kleid war, war es wohl eine Dienstmagd.

»Und ...?«

Peg antwortete erst, nachdem sie Iains Stirn befühlt hatte. »Noch kein Fieber, das ist gut«, stellte sie fest, um dann finster fortzufahren: »Weit weniger gefällt mir, dass ich meine Söhne nirgendwo finden kann. Sie müssen zur Burg Delny im Osten geritten sein, wo Graf William residiert. Ich nehme an, dass sie ihm von den Ereignissen berichten, ehe ihnen jemand zuvorkommt. Wenn ich nur wüsste, was es damit auf sich hat! Es sieht David gar nicht ähnlich, so unbeherrscht ...«

Sie brach ab.

Flora hatte aufstehen wollen, aber sank wieder zurück.

Keine Erklärung, keine tröstenden Worte.

»Das heißt, wir können nichts tun, außer zu warten«, stellte sie fest.

»Was Iains Genesung betrifft, ja«, gab Peg zurück. »Falls du allerdings wissen willst, warum David sich zu dieser grausamen Tat hat hinreißen lassen ...«

Flora blickte sie fragend an.

»Nun«, fuhr Peg fort, »dieses Lied, das Iain sang ... es muss ein altes sein, sonst würde deine Dienerin es nicht kennen. Was immer heute geschehen ist, hat also mit etwas längst Vergangenem zu tun.«

»Aber wie sollen wir mehr darüber herausfinden, wenn Moira ebenso verschwunden ist wie deine Söhne und Iain nicht in der Lage ist, uns zu antworten?«

Peg nickte der jungen Frau zu, die sie begleitet hatte. Bislang hatte sie sich im Hintergrund gehalten, als ginge das alles sie nichts an, doch nun trat sie zu Flora.

»Ich bin Glynis«, sagte sie mit einem Lächeln.

Es wirkte zwar freundlich, aber dennoch fehl am Platz. Um nichts auf der Welt konnte Flora es erwidern, sie konnte Glynis nur verständnislos anstarren.

»Glynis hat das zweite Gesicht«, erklärte Peg. »Für gewöhnlich bitten die Menschen sie, in die Zukunft zu schauen, doch wer die Gesetze der Zeit außer Kraft setzen kann, zumindest für ein paar gestohlene Augenblicke, der vermag den Weg des Lebens nicht nur voran-, sondern auch zurückzugehen. Glynis könnte die Flammen befragen, aber ich warne dich. Vielleicht erfährt sie etwas, das dir nicht gefällt.«

Flora hatte keine Angst vor der Vergangenheit. Sie war eine junge Frau von siebzehn Jahren, in eine namhafte Familie hineingeboren und gewohnt zu tun, was andere ihr rieten. Was die Zukunft anbelangte, bereitete ihr diese weit größere Furcht, aber sie würde nicht schwinden, wenn sie klagend in der Kirche stand, den Verletzten und die Statuen der Evangelisten betrachtete und vergebens auf eine gütige Stimme wartete, die alles erklärte oder – was sie sich insgeheim noch mehr wünschte – sie alles vergessen ließ.

Sie wandte sich an Glynis. »Tu es«, murmelte sie. »Finde heraus, was all das zu bedeuten hat.«

Das ganze Leben ist ein Lied, hatte Iain oft zu Ailean gesagt. Und wer alle Tonarten beherrschte, die lauten und die leisen, die süßen und die traurigen, führe ein meisterhaftes Leben, da ein solches schließlich auch aus Gegensätzen bestehe, aus Höhen ebenso wie aus Tiefen.

Wie so oft hatte Ailean diesen Worten hingebungsvoll gelauscht und sie in sich aufgesogen wie Verszeilen. Er kannte keinen Barden, der so gut sang wie Iain, und keinen Mann, der so klug war wie er. Nicht nur das Singen wollte er an seiner Seite lernen, sondern auch das Leben auszukosten.

Auf eine Erfahrung hätte er allerdings verzichten können – und was das Auskosten anbelangte, wollte er künftig in einen ganz bestimmten Becher nie wieder zu tief blicken.

Das Letzte, an das er sich erinnern konnte, war das dreiste Lachen der Männer, die ihn zum Aqua vitae eingeladen hatten. Dann folgte Schwärze, namenlos und tief, und als er daraus erwachte, hatte er einen Brummschädel, der sich nicht bloß wie ein Misston im großen Lied des Lebens anfühlte, sondern so, als wäre seine Harfe gerissen und er, obwohl die Zuschauer begierig darauf warteten, unfähig, darauf zu spielen.

Genau betrachtet wartete allerdings niemand auf den nächsten seiner Töne. Er wurde nicht einmal beachtet, als er sich ächzend aufrichtete, sein Kopf zu platzen schien und er beharrlich versuchte, den säuerlichen Geschmack herunterzuschlucken. Es gelang ihm nicht, und noch klebriger als der Speichel war die Einsicht, dass er versagt hatte.

Eine Ode auf den Grafen von Ross und Bearnard MacIver hatte er vortragen wollen, ein Lied auf das Brautpaar und eine Geschichte über irische Helden, doch anstatt die Hochzeitsgäste zu erfreuen, war sein Gesang im Dreck des Bodens versickert.

Das Licht des frühen Morgens schnitt wie kalter Stahl in seine Augen, die Stimmen, die plötzlich näher kamen, dröhnten in seinen Ohren.

»Ja … die beiden sind schon losgeritten … Graf William von Ross muss unverzüglich davon erfahren … Was, wenn dieser Barde nicht der Einzige ist, der …«

Ehe er sich einen Reim auf die Wortfetzen machen konnte,

brach der Mann ab. Seiner einfachen Kleidung zufolge musste er ein Pferdeknecht sein. Der, zu dem er gesprochen hatte und der nun nachdenklich seine Stirn runzelte, war ungleich prächtiger gekleidet – sein Plaid war in kunstvollen Falten über Schulter und Hüften drapiert, in die Kordeln, die um seine Stiefel gewunden waren, hatte man Fäden gewoben, die silbrig schimmerten.

»Wer weiß von dem Vorfall?«, fragte er knapp.

»Wenn ich es recht verstanden habe, Eure werte Gattin Peg. Anscheinend ist sie in der Kirche.«

»Sie soll fürs Erste dortbleiben. Wir hingegen müssen in der Zwischenzeit jeglichen Klatsch eindämmen. Das fehlte noch, dass wilde Gerüchte in Umlauf kommen!«

Erst als die beiden sich entfernt hatten, fiel Ailean ein, wer der fein gekleidete Mann gewesen war: Bearnard MacIver, der Vater des Bräutigams, dessen Taten er am Tag zuvor hätte besingen sollen. Er wusste nicht mehr über ihn, als dass er ein enger Freund und Verbündeter von Graf William von Ross war und als ebenso streng wie gerecht galt.

Am liebsten hätte Ailean sich aufstöhnend zurückfallen lassen, doch dann traf ihn ein Tritt.

»Du hast deinen Rausch lange genug hier ausgeschlafen, Bürschchen. Mach, dass du weiterkommst, sonst tritt dich noch ein Pferdehuf zu Brei!«, fauchte ein Mann, ein Wachtposten, wie das Kettenhemd und das Schwert an seinem Gürtel verrieten.

Scham überwog den Schmerz. Nicht dass er ohne zu wanken gehen konnte, aber immerhin schaffte er es, aufrecht stehen zu bleiben und dem anderen ins Gesicht zu schauen.

»Iain ...«, setzte er an. »Wo ist mein Meister?«

»Du weiß nicht, was passiert ist?«

Ailean wollte den Kopf schütteln, befürchtete aber, dass

sich das so anfühlen würde, als hätte ihm der Mann seine Waffe zwischen die Augen gerammt.

Auch so erhielt er Auskunft. Wenn man dem nächtlichen Getuschel trauen könnte, berichtete ihm der Mann, verstecke sich Iain in der Kirche. Er zeigte ihm die Richtung.

Das Lächeln des Wachmanns war mitleidig, was nicht minder verwirrend war als seine Worte selbst.

Iain war niemand, den man oft in einem Gotteshaus antraf. Natürlich glaubte er an Gott. Aber er behauptete auch, dass, wer die Engelschöre singen hören wollte, sich nicht hinter kalten Mauern verstecken sollte, sondern sich unter Birken stellen, um ihr silbriges Rauschen zu vernehmen, ans Meer, um dessen feuchtem Gesang zu lauschen, auf eine Wiese, um dem Knistern des Windes nachzuspüren.

Als Ailean sich allerdings erst einmal darauf konzentrierte, Schritt vor Schritt zu setzen, versiegten alle Gedanken, und sobald er – mit vielem Ächzen und Gestöhne, das aus dem Mund eines Barden noch unwürdiger klang als aus dem eines geübten Trinkers – die Kirche erreichte, war er nicht länger erstaunt.

Natürlich, heute ist doch die Hochzeit, nur darum hat Iain die Kirche betreten!

Dass der Vater des Bräutigams im Hof aufgeregte Worte mit einem Knecht wechselte, war zwar merkwürdig, desgleichen, dass das Portal verschlossen war, und nicht minder, dass keine anderen Gäste auf dem Weg zum Gotteshaus waren, aber diese Gedanken waren noch zu träge, um neuen Zweifel zu säen.

Ailean stöhnte erneut, als er das Tor öffnete. Abgestandene Luft hüllte ihn ein, nicht nur rauchig, sondern faulig, und das Licht im Inneren des Gotteshauses war so trübe, dass er nur Konturen erkannte. Diese allerdings genügten, um festzustellen, dass hier etwas sehr Merkwürdiges geschah.

Drei Frauen waren da, eine alt, zwei jung. Wobei die eine der jungen auch alt wirkte. Von ihren Augen war nur das Weiße zu sehen, was bedeutete, dass sie entweder blind war oder ohnmächtig oder eine Seherin. Keine der drei bemerkte, dass das Portal hinter Ailean zufiel und der Luftzug die Kerzen ausblies.

In die Stille, die folgte, sagte die mit den weißen Augen: »Das Lied … es stammt von der Nebelinsel …«

»Von der Nebelinsel?«, rief die zweite junge Frau aufgeregt. »Was … was meint sie damit?«

»Sie spricht von Skye«, erklärte die Ältere. »Das ist eine Insel im Westen. Aber hör weiter zu.«

Das tat die junge Frau und Ailean auch. Mit jedem Wort wuchs seine Verwirrung.

»Die Wölfin und der Rabe … sie waren zwei Liebende. Du musst von ihnen lernen und …«

»Was soll ich denn von ihnen lernen?«

»Pssst! Jetzt lass sie doch erst mal ausreden!«

»Aber das Kind? Im Lied war von einem Kind die Rede, das den beiden geboren wurde.«

»Ja«, sagte die Weißäugige, »ich sehe ein Kind … Wer seine Eltern sind, weiß ich nicht, nur dass das Kind … verschwunden ist. Such es, du musst es suchen.«

»Aber …«

»Erst wenn du das Kind gefunden hast, findest du deine Bestimmung.«

Ailean trat noch näher an die Frauen heran. Die alte kümmerte sich nicht weiter um ihn, die eine der jungen bemerkte ihn jedoch und musterte ihn ob der Störung vorwurfsvoll. Die Seherin, jetzt war er sicher, dass sie eine solche war, schlug indes kurz die Augen zu, und als sie sie wieder öffnete, waren sie nicht länger ins Weiße verdreht, sondern wasserblau. Sie blickte Ailean an, als erwachte sie aus einem langen Traum und wüsste nicht mehr, wohin die Schwingen der Nacht sie getragen hatten.

Doch auch wenn sie ihn nun sehen konnte – Ailean wurde blind für sie. Die Frauen waren nicht allein in der Kirche. Ein Mann war da, lag reglos auf dem Boden, blutbefleckt …

Iain!

Er lebte, stöhnte gar und schlug die Augen auf. Zum Reden war Iain jedoch zu schwach, obwohl Ailean ihn mit Fragen bestürmte.

Bis er einsah, dass er vergebens auf Antwort wartete, verging geraume Zeit. Die Frau mit den weißen Augen war verschwunden, die ältere redete tröstend auf die jüngere ein, und diese weinte.

Erst jetzt ging ihm auf, dass es Flora war, die Braut.

»Was ist passiert?«, fuhr er sie an.

Selten hatte er so barsch zu einer Frau gesprochen, aber er konnte sich des Eindrucks nicht erwehren, dass alles ihre Schuld war. Auch nachdem sie, stockend und unter neuen Tränen, von den Ereignissen am letzten Abend berichtete, wich sein Ärger nicht Verständnis oder gar Mitleid.

Warum hockte sie da und weinte, während Iain zu sterben drohte?

Warum saß er selbst da und stellte Fragen?

Ailean beugte sich über den Barden. Sein Atem war noch schwächer, als er vermutet hätte, was ihm umso schmerzlicher auffiel, als dass er niemanden kannte, der so lange Töne halten konnte wie Iain.

Flora trat zu ihm. »Das Lied … Kennst du es?«

Entgeistert starrte er sie an.

»Nun, das Lied vom Raben und der Wölfin … es … es war doch der Grund von allem. Iain hat es gesungen, und dann …«

Ailean schüttelte verhalten den Kopf, obwohl er nur ungern eingestand, dass ihm eines von Iains Liedern fremd war.

»Wie hat es denn geklungen?«, fragte er.

Flora zögerte, ehe sie zu summen begann. Ihre Stimme war ähnlich kraftlos wie das Flackern der Kerzen, die Peg MacIver wieder entzündet hatte.

»Du kannst nicht singen«, erklärte er einmal mehr sehr barsch, als sie geendet hatte.

»Alle, die mich singen hören, beteuern stets, ich hätte eine wunderschöne Stimme!«

»Pah, eine Frau kann nie und nimmer mit einem echten Barden mithalten.«

»Ich will ja auch kein Barde sein«, entgegnete sie gereizt. »Du hingegen bist einer. Aber du warst so betrunken, dass du nicht hast auftreten können. Hättest du das getan, wäre all das nicht passiert.«

Ihre Stimme war laut und giftig geworden, doch anstatt es ihr mit gleicher scharfer Zunge heimzuzahlen, musste Ailean sich eingestehen, dass sie recht hatte. Wenn er nicht so viel getrunken hätte ...

Flora schwieg wieder, doch ihre vorwurfsvolle Miene vergrößerte seine Schuldgefühle – und noch mehr tat es der Blick von Iain. Von ihm unbemerkt hatte er die Augen geöffnet und sah ihn so gütig an, so voller Liebe. In all den Monaten, da Ailean ihn begleitete, war Iain ihm fast ein Vater geworden. Am liebsten hätte er ihn jetzt auch so genannt, seinen Kopf auf seine Brust gelegt und ihm den eigenen Lebensodem eingehaucht.

Doch es steckte noch mehr davon in Iains Leib als vermutet. Überraschend legten sich seine Hände um die von Ailean, so sanft, als würde er auf seiner Harfe spielen, und er schaffte es doch noch, Worte hervorzubringen.

»Skye«, presste er über die Lippen, »das Lied ... die Nebelinsel ...«

»Was meinst du damit?«

Iain schloss die Augen. »Skye«, sagte er wieder, »alles hat auf Skye seinen Anfang genommen ... die letzte Strophe des Liedes ... finde heraus, was es damit auf sich hat ... Geh, geh nach Skye!«

Flora zuckte nur die Schultern, als er sie fragend ansah, doch Peg MacIver hatte eine Erklärung.

»An klaren Tagen kann man Skye von Applecross aus sehen. Die Insel gehört zur Grafschaft Ross, William bestimmt, wer dort als Sheriff herrscht. Um nach Skye zu gelangen, muss man entweder ein Schiff nehmen oder einige Tagesmärsche an der Küste entlanggehen. Gegenüber der Burg Maol ist das Meer kaum breiter als ein Fluss. Es reicht ein kleines Boot, um das Wasser zu überqueren.«

Für sie schien es selbstverständlich, dass er Iains Bitte folgen würde.

»Aber ich kann doch nicht ...«, setzte Ailean an.

»Sein Leben liegt in Gottes Hand«, sprach Peg, »wenn ich es recht verstehe, bist du einer, der singen kann, nicht Kranke und Verletzte heilen. Lieder haben nun mal keine Macht, den Tod zu bannen. Ich hingegen kann es zumindest versuchen.«

Sosehr ihn Floras Tränen verärgert hatten, so beruhigend wirkte nun diese dunkle Stimme auf sein aufgewühltes Gemüt und brachte sogar die Frage zum Verstummen, warum er ausgerechnet der Frau vertrauen sollte, deren Sohn für Iains Zustand verantwortlich war. Iain selbst nickte bekräftigend, ehe der Druck seiner Hand, die immer noch die von Ailean hielt, schwächer wurde und er ihn schließlich losließ.

»Warum soll ich denn auf diese Insel?«, schrie Ailean. »Bitte! Sag doch etwas!«

Es war nur mehr ein Wort, das Iain flüsterte, ehe sein Geist im Schattenreich versank – ein Name, den Ailean noch nie gehört hatte.

Er barg sein Gesicht in den Händen und fühlte sich mutlos und verlassen wie nie. Am liebsten hätte er wie Iain die Augen geschlossen, bis der Albtraum vorüber war, doch auf einmal legte sich eine Hand auf seine Schulter und zupfte an seinem Gewand.

»Ich ... ich will mit.«

Floras Tränen waren getrocknet, nur die roten, verquollenen Augen erinnerten daran, wie zahlreich sie geflossen waren.

Verständnislos starrte er sie an.

»Ich will mit!«, beharrte sie. »Nach Skye! Ich will wissen, warum das alles passiert ist. Und außerdem kann ich nicht in Applecross bleiben – nicht, solange ich nicht weiß, warum das alles passiert ist. Moira ... sie hat auch gesagt, dass ich fliehen müsse!«

Schlimm genug, bei der bevorstehenden Reise auf Iains Geleit verzichten zu müssen! Eine jammernde junge Frau mitzuschleppen war das Letzte, was er brauchte!

Doch ehe er rüde den Kopf schütteln konnte, fuhr Flora fort. »Du stammst nicht von hier, sondern aus Irland, nicht wahr? Und das bedeutet, dass du nichts von diesem Land weißt und auch das schottische Gälisch kaum beherrschst.«

In der Tat hatte er bis jetzt nur Inglés gesprochen – eine Variante des Englischen, wie es sich nicht nur im Flachland, sondern auch in jenen Teilen des Hochlands verbreitet hatte, wo man dem englischen König Edward die Treue schwor. Außerdem konnte Ailean Französisch, obwohl er bezweifelte, dass ihm das außerhalb dieser Burg weiterhelfen würde.

»Also ... du brauchst mich«, schloss Flora.

Er brauchte Iain! Er brauchte Antworten!

»Die Sprache der Musik ist überall verständlich«, grummelte er.

Flora ging nicht auf seine Worte ein, sondern wandte sich an Peg. »Glaub nicht, dass du mich aufhalten kannst! Ich kann nicht bleiben und warten, bis dein Sohn zurückkommt!«

Ailean hoffte, dass ihre Worte auf Widerspruch stoßen würden, doch Peg starrte Flora nur nachdenklich an und nickte – und das noch nicht einmal sonderlich unwillig.

»Du bist sehr mutig, wenn du wirklich nach Skye aufbrechen willst«, sagte sie anerkennend. »Ich denke auch, dass es der einzige Weg ist, die Wahrheit herauszufinden. Gewiss, ich will nichts Schlechtes über meine Söhne sagen, aber ich kann mir vorstellen, dass David und Cinead mit Erklärungen geizen werden, wenn sie von Delny zurückkehren.«

Obgleich sie ermutigt wurde, regte sich in Floras Miene Zweifel. »Nur, was ist mit Moira? Ich kann sie doch nicht einfach ...«

»Ich werde mich um sie genauso kümmern wie um Iain.«

Flora nickte zögerlich, indessen Ailean so erbost über die Entscheidung war, die die beiden über seinen Kopf hinweg trafen, dass er sich wortlos umdrehte und zum Portal ging. Auf diese Weise fiel ihm zumindest der Abschied von Iain leichter. Als er einen letzten Blick auf ihn werfen wollte, war sein Leib bereits von den beiden Frauen verstellt.

Hastig trat er ins Freie. Wieder tat ihm das Licht weh, und die Kopfschmerzen, die er in all der Aufregung vergessen hatte, kehrten zurück. Das Leben sollte ein Lied sein, aber die wenigen Töne, die zusammenpassten, verhießen eine so traurige Melodie. Weder wollte er sie hören noch singen! Und am allerwenigsten wollte er, dass Flora ihn begleitete!

Diese aber folgte ihm aus der Kirche, heftete sich an seine

Fersen, und als er den Schritt beschleunigte, begann auch sie zu laufen. Eine Weile tat er, als würde er sie nicht bemerken, doch auch wenn er sich blind zu stellen versuchte, ihren heftigen Atem konnte er nicht einfach überhören.

»Du bist ja immer noch da«, stellte er fest.

»Und du kannst immer noch kein Schottisch«, erwiderte sie schnippisch.

Er konnte ein Seufzen unterdrücken, nicht aber die Erinnerung an Worte, die Iain einmal zu ihm gesagt hatte.

Besser man ist zu zweit, wenn man aufs offene Meer fährt – dann kann der eine rudern und der andere steuern.

Für einen Marsch durchs Hochland galt gewiss dasselbe.

Anstatt sie wegzuschicken, ergab sich Ailean dem Schicksal, doch auch wenn er den Ärger über die ungewünschte Begleitung unterdrücken konnte – die Verwirrung blieb.

»Der Name …«, murmelte er, »… ich habe diesen Namen noch nie gehört.«

»Welchen Namen?«

»Er war das Letzte, was Iain zu mir sagte.«

»War es der Name eines Mannes?«

»Nein, der einer Frau.« Ailean hielt einen Moment inne. »Sie hieß offenbar … Eilidh«, sagte er dann.

So sanft, wie Iain diesen Namen ausgesprochen hatte, hatte er wie Musik geklungen.

II.

Skye
1249

Eilidh hatte viele Geschichten über die Insel Skye gehört, und fast alle von ihnen waren beängstigend. Seit Menschengedenken hatten kriegerische Völker dort gelebt, blutrünstig und grausam. Da waren die Goten unter ihrem Anführer Hubba, dem es nicht genügte, König der Inseln im Westen zu sein, er benannte diese auch nach sich. Da waren die Pikten, die sich die Leiber blau anmalten, ehe sie in den Kampf zogen, und die Gälen aus Irland, die die Frauen der Pikten schändeten, sodass sie keine schwarzhaarigen Söhne mehr gebaren, sondern rotlockige. Als Letztes kamen – und sie waren ohne Zweifel die schlimmste Heimsuchung – die Eroberer aus dem Norden, die man Wikinger nannte. Anfangs blieben sie nur kurz, um zu stehlen, später entschieden sie, sich niederzulassen, Kühe zu halten, Felder zu beackern und die Gälinnen zu ihren Ehefrauen zu machen, sodass diese keine rotlockigen Söhne mehr gebaren, nein, blonde.

Die Inseln nannte man jetzt nicht mehr Hebriden, um König Hubba zu gedenken, sondern Rí Innse Gall, die Inseln der Fremden, gleichwohl die Wikinger nicht lange Fremde waren. Sie vergaßen ihre nordische Sprache bald ebenso wie ihre Götter. Grausam jedoch blieben sie, und wann immer

Eilidh von den Gall-Ghaedil hörte – jenem Volk, in dessen Adern das Blut der Goten, der Pikten, der Iren und der Wikinger floss –, stellte sie sich diese als Riesen vor, die auf den Hügeln saßen, sich dort Schlachten lieferten und dann und wann ins Meer spuckten. Die Flutwellen, die sie damit verursachten, drohten sämtliche Inseln zu verschlucken, und nur die ganz Mutigen und ganz Starken ertranken nicht. Ein kleines blondes Mädchen von neun Jahren, wie sie eines war, zerquetschten diese Riesen mit dem nackten Daumen wie Ungeziefer – zumindest, wenn sie es überhaupt bemerkten.

Eilidh hatte nicht vor, die Aufmerksamkeit auf sich zu ziehen, und machte darum keinen Mucks, als das Schiff ins Loch Eishort einlief, das sich tief in den südlichsten Zipfel der Insel schnitt. Ob sich die Geschichten von den Riesen als Legenden herausstellten oder nicht – da waren keine grausamen Männer zu sehen, nur dichte grüne Wälder, von deren Blättern es tropfte, hohe Berge, die spitzer waren, als sie sie kannte, satte Wiesen, deren Gras höher und dichter wuchs als in ihrer Heimat.

Und da war ein Mädchen, so alt wie sie.

Das Mädchen hüpfte am Strand zwischen den Steinen umher, betrachtete kurz das ankommende Schiff, aber schien keine Angst vor den Männern zu haben, die wenig später an Land gingen. Eilidh selbst bemerkte es anscheinend gar nicht.

Ich würde fliehen, dachte sie nicht ohne Neid und überlegte, was ihr das Mädchen wohl voraushatte, um keine Furcht zu zeigen. Es war etwas größer als sie, aber viel kleiner als die Männer, sehr sehnig, und verglichen mit den muskelbepackten Armen der Ruderer spindeldürr. Sein Haar war von einem dunklen Rotton, wie Eilidh ihn noch nicht gesehen hatte, und es war ebenso dicht wie glatt und reichte bis zu den Hüften. Das Blau seiner Augen glich dem ihrer eigenen, das konnte man sogar aus dieser Entfernung erkennen, wenngleich die Augen des Mädchens nicht schreckgeweitet waren. Sommersprossen übersäten die Stirn, ein paar hockten auch auf Nasenrücken und Wangen, obwohl sie nicht darüber hinwegtäuschten, dass die Haut ansonsten weiß wie Milch war.

Eilidh klammerte sich an ihren Vater, als der sie aus dem Schiff hob.

»Es gibt ja gar keine Riesen hier«, murmelte sie.

»Ach, Eilidh, du darfst nicht alles glauben, was man dir sagt. Deine blühende Fantasie lässt Irrgärten wachsen ...«

Malcolm strich ihr über den Kopf, gedankenverloren und blind für das rothaarige Mädchen, was Eilidh bedauerte. Sie hätte gern gewusst, was er über dieses furchtlose Wesen dachte. Allerdings, die Reise war wichtig für ihn, weitaus wichtiger als ein Kind. Eilidhs Vater war nicht nur als Kaufmann unterwegs wie sonst, sondern kam mit einer Botschaft, die er den Bewohnern der Insel Skye überbringen wollte. Wenn sie mehr über das Mädchen erfahren wollte, musste sie schon selbst zu ihm gehen.

Noch wagte Eilidh es nicht, sie blickte sich neugierig um. Der Strand war voller Steine, zwischen denen Seegras wuchs, vollgesogen mit brackigem Wasser, sodass es aufgedunsenem Gewürm glich, und übel riechend, als hätte das Meer über Jahre seinen Unrat hier ausgespuckt. Die Pfützen zwischen den Steinen hatte nicht erst die letzte Flut vergessen. Sie wirkten so trübe, dass sich wohl schon lange kein Gesicht mehr darin gespiegelt hatte, und selbst wenn, dann war es kein schönes gewesen.

Über den fischigen Gestank erhaben waren nur die Berge. Eilidh erschienen sie vom Ufer aus besehen noch spitzer als vom Schiff aus, und sie dachte unwillkürlich, dass es wohl keinen saubereren Ort gab als diesen – sämtlicher Unrat würde sofort über die steilen Hänge in die Tiefe stürzen.

Stolz wie die Berge waren die Möwen. Sie staksten auf den Steinen umher, als wären diese Burgen und sie ihre Besitzer, bereit, sie mit ihren spitzen Schnäbeln zu verteidigen. Dass die Steine von Moos überzogen waren – in Meeresnähe nicht saftig grün, sondern gelblich, als wären sie verwundet worden und hätten geeitert –, störte sie nicht, zumindest nicht alle. Eine breitete nicht weit von Eilidh entfernt die Flügel aus, flog dicht über das Wasser und verschwand im Nebel, den die Wellen einem weißen Hauch gleich auszustoßen schienen.

Eilidh hatte kaum gewagt, einen Schritt zu machen, doch nun hob das rothaarige Mädchen seinen Kopf und starrte sie durchdringend an. Ob der Blick feindselig oder neugierig war, wusste Eilidh nicht zu sagen, in jedem Fall nahm sie ihren ganzen Mut zusammen, kletterte über die Steine und betete, nicht auszurutschen. Als sie wieder hochblickte, erkannte sie die Überreste einer Kapelle, die so klein war, dass sie sicher nur einem oder zwei Mönchen Platz zum Beten gelassen hatte, vorausgesetzt natürlich, dass diese dabei knieten.

Das rothaarige Mädchen hüpfte um die zerstörten Wände herum, als vollführte es einen sonderlichen Tanz.

»Ehrst du damit Gott?«, fragte Eilidh misstrauisch.

»Bist du verrückt?« Das Mädchen hörte nicht zu hüpfen auf, und jeder Sprung zerhackte seine Sätze, sodass Eilidh es kaum verstand. »Kirche … Jungfrau Maria geweiht … erst später … früher ein Ort … wo Druiden … Feste feiern …«

Eilidh hatte schon einmal von Druiden gehört. Offenbar waren sie Zauberer und bestimmt so gefährlich wie Riesen. Sie brauchten nicht mit dem Daumen zuzudrücken, um lästige Wesen wie sie zu zerquetschen – es gelang ihnen mit der Macht bloßer Gedanken.

»Warum springst du denn so?«

Das Mädchen hielt erstmals inne. »Ich habe Haselnüsse

mitgenommen. Jetzt muss ich mindestens drei Mal in Richtung Sonnenaufgang darum herumtanzen. Später werde ich sie essen, und sie werden mich weise machen … weise wie die Druiden. Irgendwann werde ich auch eine Druidin sein.«

Eilidh erkannte tatsächlich Haselnüsse inmitten der Ruine. Sie wirkten so armselig, dass sie eher Mäusekot als etwas Essbarem glichen.

»Man wird Druidin, indem man Haselnüsse isst?«, fragte sie verständnislos.

»Unsinn!«, sagte die Rothaarige so barsch, dass Eilidh ängstlich zurückwich. »Man muss eine lange Ausbildung machen, die über zwanzig Jahre lang währt. Es gibt viel zu lernen – magische Formeln, religiöse Zeremonien, die gesamte Stammesgeschichte.«

»Gibt es denn hier Druiden, die dich unterrichten?«

»Nicht mehr. Die Mönche haben sie längst vertrieben.« Die Stimme klang plötzlich dunkel wie das Grollen von Gewitter. »Aber einige alte Frauen und Männer erzählen noch Geschichten über sie, die sie wiederum von ihren Eltern gehört haben. Ich werde all die Geschichten sammeln und keine vergessen, und irgendwann werde ich Druidin sein, die erste seit langer Zeit. Und vielleicht für ebenso lange Zeit die letzte, aber das ist meine Bestimmung.«

Eilidh hatte bis jetzt immer nur Männer von ihrer Bestimmung reden hören, meistens Krieger, die sich ihrerseits Königen unterwarfen, mit denen das Schicksal große Pläne hatte. Das Mädchen deuchte sie bei Weitem nicht so bedeutend wie diese, doch um es nicht zu kränken, schwieg sie.

Die Rothaarige sprang eine weitere Runde im Kreis, ehe sie fragte: »Wie heißt du, und was machst du hier?«

Ein Befehlston lag in ihrer Stimme, als gälte es, ein störrisches Schaf in den Stall zu treiben. Eilidh hätte auch ohne diese forsche Art bereitwillig Antwort gegeben.

»Eilidh heiße ich, und mein Vater ist Händler«, sagte sie nicht ohne Stolz. »Er ist oft auf Reisen, manchmal in fernen Ländern, in denen Frauen Stoffe weben, die feiner und leichter sind als alles, was man hierzulande fertigt. Wenn man sie trägt, fühlt es sich an, als würde man vom Sommerwind gestreichelt werden. Und der Wein, den er mitbringt, ist so süß, dass erwachsene Männer weinen, wenn sie ihn trinken.«

Das Mädchen machte ein misstrauisches Gesicht – offenbar hatte es keine sehr hohe Meinung von weinenden Männern.

»Allerdings«, fuhr Eilidh etwas kleinlauter fort, »ist mein Vater nicht hier, um Stoff und Wein zu verkaufen, sondern weil der schottische König ihn gesandt hat. Er soll Leod Geschenke bringen – und eine Botschaft.«

Eilidh war sich nicht sicher, wer Leod war, ob ein Riese, Druide oder einfach nur ein Krieger. In jedem Fall war er wohl sehr mächtig, wenn der schottische König ihm Geschenke zukommen ließ.

»Leod lebt viel weiter im Norden«, meinte das Mädchen immer noch misstrauisch.

»Unser Schiff ist in einen Sturm geraten, deswegen müssen wir hier eine Rast einlegen.«

Eilidh zitterte immer noch, wenn sie an das knirschende Holz und die fluchenden Männer dachte, die salzigen Böen, die in ihren Augen gebrannt hatten, und die Fässer, die ins Wasser geworfen wurden, um Ballast loszuwerden. Das Mädchen aber lachte auf, als wäre das ungemein komisch. Rasch wurde es allerdings wieder ernst.

»So oder so, ein Gesandter des schottischen Königs hat hier nichts verloren. Die Insel Skye gehört zu Norwegen.«

»Ja, aber Norwegen liegt so weit weg, Schottland hingegen

ganz nah, deswegen will der König ...« Eilidh seufzte, sie wusste selbst nicht genau, was der König wollte und warum, und entschied deshalb, das Thema zu wechseln. »Wie heißt du?«, fragte sie.

»Scota.«

»Dann heißt du ja wie Schottland.«

»Unsinn! Ich bin nicht nach Schottland benannt, sondern nach Scátaigh ... Weißt du etwa nicht, wer sie ist?

Eilidh zuckte die Schultern.

»Sie war eine Kriegerkönigin, unglaublich stark und unbesiegbar. Sie konnte besser kämpfen als alle Männer. Cú Chulainn, ein Held aus Irland, kam eigens hierher, um sich davon zu überzeugen. Er war sich sicher, dass er sie im Zweikampf schlagen würde, aber es gelang ihm nicht. Am Ende haben sie gemeinsam Haselnüsse gegessen, Frieden geschlossen und fortan aller Welt bezeugt, dass der andere so unbesiegbar sei wie man selbst.«

Eilidh fröstelte bei dem Gedanken, dass auf dieser Insel sogar Frauen Kriegerinnen waren.

»Sie lebte auf Dunscaith«, fuhr Scota fort, »einer Burg gleich in der Nähe von hier. Sie hat sie mit ihren eigenen Händen erbaut, und das in einer einzigen Nacht. Ich bin dort aufgewachsen, ich gehöre zum Clan der Askills.«

Eilidh war nicht länger verwundert, dass Scota so stark, so entschlossen, so furchtlos war. So wurde man wohl, wenn man auf einer Burg lebte, die in einer Nacht von Frauenhänden erbaut worden war.

»Allerdings«, fuhr Scota fort, »werde ich meine Heimat bald verlassen. Ich bin jetzt acht Jahre alt und damit alt genug, dass Leod mich als Ziehkind aufnimmt. Seine Männer werden noch heute kommen, um mich abzuholen.«

Ihr Vater würde sich gewiss dafür interessieren, doch es fiel

Eilidh schwer, sich von Scotas Seite zu lösen. Diese wirkte so stark und gar nicht traurig.

»Hast du denn gar keine Angst, deine Heimat zu verlassen?«, fragte Eilidh.

Ihr selbst war es unendlich schwergefallen, die Reise mit ihrem Vater anzutreten, das vertraute Haus und ihr kleines Häschen zurückzulassen, umso mehr, da erst kürzlich ihre Mutter gestorben war. Über Wochen war Edana krank gewesen, hatte Blut gehustet und sich nach dem Frühling gesehnt. Als endlich wieder die Sonne schien, hatte sie ihre Strahlen nicht mehr genießen können, sondern ihren letzten Atemzug getan. Eilidhs Vater hatte erst geweint, Edana später schweigend begraben und schließlich mit trauriger Stimme beschlossen, Eilidh auf die nächste Reise mitzunehmen.

Scota zuckte die Schultern. »Vielleicht erfahre ich im Norden der Insel mehr über die Druiden.« Und nach einer Weile fügte sie hinzu: »Du hast eine schöne Stimme. Sie klingt wie das Plätschern eines klaren Bachs.«

Eilidh war nicht sicher, ob Scota sie verspottete oder sie lobte. Wenn ein Mädchen mit so glasklaren blauen Augen von einem Bach sprach, war es aber vermutlich ein Beweis ihrer Anerkennung.

»Ich singe gern«, murmelte sie.

»Die Druiden waren großartige Musiker. Wenn ich singe, kommt leider nur ein Krächzen heraus.«

Eilidh überlegte kurz, ob sie einen Beweis für ihre Worte antreten und ein Lied singen sollte, aber seit dem Tod der Mutter fiel ihr das schwer. Den Vater erfüllten ihre Lieder mit Kummer, und das kleine Häschen schien taub dafür zu sein. Genau genommen hatte sie seit Wochen auch nicht mehr so viele Worte gesprochen wie an diesem Tag.

Scota schien ohnehin weder an ihrem Gesang noch an

einem weiteren Gespräch interessiert, denn sie wandte sich ihren Haselnüssen zu, und im gleichen Moment rief der Vater nach Eilidh.

Wieder balancierte sie vorsichtig über die glitschigen Steine, um nicht auszurutschen. »Ich habe ein Mädchen kennengelernt, das eine Druidin werden will, und ...«

Mit einer Handbewegung brachte der Vater sie zum Schweigen. Als sie näher kam, entdeckte sie eine tiefe Falte auf seiner Stirn. In den letzten Wochen hatte diese oft sein Gesicht gefurcht – ein Zeichen für den Kummer um die Ehefrau. Jetzt verriet die Falte seine Anspannung, und Eilidh sah alsbald, was diese bedingte: Ihr Schiff war nicht länger das einzige, das in der Bucht ankerte. Eben legte ein anderes an. Am Bug stand ein Mann, und auch wenn er nicht groß wie ein Riese war und sein Daumen sicher zu klein, um jemanden zu zermalmen, entging Eilidh nicht das große Schwert, das er am Gürtel trug. Noch ehe sie in seiner Miene lesen konnte und darin eine ähnliche Falte erspähte wie im Gesicht des Vaters, wusste sie, dass er gefährlich war.

Plötzlich bedauerte sie, nicht selbst um die Haselnüsse gesprungen zu sein. Weise wollte sie zwar nicht werden, aber als die Männer von Bord gingen und langsam näher traten, hätten etwas mehr Mut und etwas mehr Kraft wohl den Drang besiegt, unter den Umhang des Vaters zu schlüpfen. Auf der Reise hatte sie das oft getan, warm und dunkel war es dort, die Luft schwer und salzig von seinem Schweiß. Malcolm hatte es ihr nicht nur gestattet, sondern wohlwollend gelacht.

Jetzt herrschte er sie ungewohnt streng an, dass sie auf ihn warten solle, während er auf die Männer zuging. Eilidh erwog, sich bei Scota in der alten Ruine zu verstecken, aber als sie nach ihr Ausschau hielt, stellte sie fest, dass das Mädchen verschwunden war.

Anders als sie schien Malcolm nicht länger besorgt. Seine Stirn war wieder glatt, er lächelte und deutete eine Verbeugung an, als der Mann mit dem Schwert auf den Boden sprang. Er war so groß und schwer, dass er das faulige Seegras mit den Füßen zerdrückte, anstatt darauf auszurutschen. Sein ganzes Gesicht war mit roten Haaren bedeckt, und diese wuchsen so dicht, dass Eilidh nicht sicher war, was zum Haupthaar und was zum Bart gehörte. Beides schien miteinander verflochten zu sein und glich einer dichten roten Hecke, die nicht erkennen ließ, ob er das Lächeln des Vaters erwiderte.

Immerhin, der Fremde trug die gleiche Kleidung wie Malcolm – ein bunt gefärbtes dickes Wolltuch, das man zunächst auf dem Boden ausbreitete, in Falten legte und dann mit einem Gürtel um die Taille festband. Der Vater war geschickt und wendig, wenn er sich ankleidete, der Fremde jedoch so unförmig, dass Eilidh Mühe hatte, sich vorzustellen, wie er auf dem Boden lag und den Stoff um sich drapierte.

Was er nicht trug, waren eng anliegende Hosen. Auf den westlichen Inseln ritt man offenbar wenig und hielt es für wichtiger, ein Schiff zu besitzen – eines, das ungleich größer als das eines Händlers war. Obwohl man bei ihrem Vater, anders als bei dem Fremden, keine nackten Beine sah, kam er ihr nackt vor. Nicht nur das Schwert hatte der andere ihm voraus, auch einen Köcher mit mehreren Pfeilen und einen Schild. Die Männer, die sich hinter ihm aufgestellt hatten, trugen sogar Speere und Wurfäxte.

Angstschauder liefen Eilidh über den Rücken, die Stimme des Vaters zitterte jedoch nicht.

»Ich heiße Malcolm«, begann er, »und ich reise im Auftrag des schottischen Königs Alexander II. nach Skye. Skye fällt in das Hoheitsgebiet der Insel Man, diese wiederum in das Hoheitsgebiet von Norwegen, und mit Norwegen hat Alexander vergebens Verhandlungen aufgenommen. Doch auch wenn der norwegische König wenig davon hält, die Inseln der schottischen Krone zu überlassen – ihr, die ihr hier lebt und sterbt, sät und erntet, jagt und fischt, seht es vielleicht anders.«

Als er geendet hatte, war es kurz still und Eilidhs Furcht noch kälter. Der Fremde legte unvermittelt den Kopf in den Nacken, atmete tief ein und … lachte. Das Echo dröhnte in Eilidhs Kopf, als würde jemand sie schütteln. Der Boden schien zu erzittern, selbst die spitzen Berge muteten an, so stark zu beben, dass sie die Wolken zerfetzten. Eilidhs Brust wiederum schmerzte, als hätte sie eine scharfe Klinge zu spüren bekommen.

Ihr Vater war nicht entsetzt, nur verwirrt. Anstatt auf sein eigentliches Anliegen zurückzukommen, fügte er schnell hinzu: »Eigentlich bin ich gekommen, um Leod zu sprechen. Große Teile der Insel, so heißt es, fallen in seinen Besitz. Nur wegen eines Sturms bin ich hier gestrandet. Kennst du Leod?«

Das Lachen erstarb. »Das kann man wohl sagen, ich bin sein Vetter.« Seine Stimme klang grummelnd und bedrohlich.

»Kannst du uns zu ihm bringen? Und denkst du, die Botschaft des schottischen Königs …«

»Du bist kein Krieger!«, unterbrach der Rotbärtige Malcolm scharf und machte einen Schritt auf ihn zu.

Wieder glaubte Eilidh, dass die Erde erzitterte, doch ihr Vater blieb ganz ruhig stehen.

»Das stimmt, ich bin Kaufmann, und ich …«

»Du bist kein Krieger«, wiederholte der Fremde, »und du hast auch kein Schiff, das schnell ist wie das eines solchen. Während du auf dem Weg nach Skye warst, um für deinen König zu spionieren, haben wir uns auf den Weg zum Festland gemacht, um unsererseits die Lage zu prüfen. Und während du nicht einmal dein Ziel erreicht hast, sind wir schon wieder zurück auf Skye.« Er schnalzte mit der Zunge. »Deshalb weiß ich mehr als du.«

Da war sie wieder – die steile Falte auf der Stirn des Vaters. Tiefer wurde sie, immer tiefer, als der Fremde zu reden fortfuhr.

»Euer Alexander wollte mit dem norwegischen König nicht nur verhandeln. In den Krieg ziehen wollte er gegen ihn. Doch kaum hat er sein Heer gesammelt und ist aufgebrochen, packte ihn bei der Insel Kerrera ein Fieber, das seinen Leib verbrannte.«

Wieder lachte er, doch Eilidh fühlte nicht länger ein Beben den Körper durchdringen. Alles in ihr erstarrte. Die spitzen Berge versteckten sich hinter den Wolken, anstatt sie zu zerschneiden, selbst das Meer schien zu verstummen – genauso wie der Vater.

»Verstehst du denn nicht?« Der Rotbärtige brüllte jetzt. »Dein König ist tot! Und das bedeutet, dass du wieder gehen kannst ... Deine Geschenke hingegen lässt du hier.«

»Geschenke?«, fragte Malcolm unsicher.

»Oh, ich bin sicher, du bist mit reichen Gaben gekommen. Alexander versuchte, uns zu blenden – seit Jahren umwarb er die Herren der Inseln. Aber wir sind nicht dumm. Alexander wollte sie doch nur haben, um England zu zeigen, was für ein mächtiger Mann er ist. Offenbar dachte er, es genügte, so lange Hetzreden gegen Norwegen zu führen, bis wir selbst uns gegen König Hakon IV. auflehnten. Gewiss, wenn das Fieber nicht in ihm gelodert hätte wie ein gefräßiges Feuer, hätte der Plan aufgehen können. Empörend allerdings ist, dass er zu diesem Zweck einen Kaufmann schickte. Einen Händler! Ein Krieger mit gezogenem Schwert hört nie auf einen solchen, und wenn er es täte, wäre er am Ende kein Held, sondern nur ein Verräter.«

»Ihr sollt doch nicht Verrat üben!« Die Stimme des Vaters klang flehentlich. »Ihr sollt lediglich eine vernünftige Entscheidung treffen. Die Zukunft der Inseln liegt in Schottland. Wollt ihr nicht frei von Norwegen sein?«

»Freiheit ist nichts, was man uns schenkt. Wir nehmen sie uns selbst.« Noch einen Schritt machte er, und diesmal wich der Vater zurück. Er war ja so viel kleiner als der rote Riese. »Mit dem Silberschmuck, den du uns bringst, wollte Alexander Ketten fertigen und uns daran legen. Aber die Männer von Skye sind so stark, dass sie sämtliche Ketten zersprengen.« Er hielt inne, strich sich über den Bart, und erstmals glaubte Eilidh, seine schmalen Lippen zu sehen. »Was nicht bedeutet, dass wir dein Silber nicht trotzdem haben wollen. Gib es mir, und dann geh und betrauere deinen König.«

Tu, was er sagt, Vater!, dachte Eilidh. Und vor allem: Sag nichts mehr, sondern schweig!

Malcolm schwieg nicht.

»Du kannst doch nicht einfach ...«

»Dein König ist tot, sein Sohn noch ein Kind. Verschwinde!«

Tu, was er sagt!, dachte Eilidh wieder. Geh!

Malcolm ging nicht.

Er war ein guter Händler, er liebte es zu feilschen. Er dachte wohl, dass er – wenn er schon vergebens gekommen war und sich bestehlen lassen musste – irgendeinen Vorteil daraus schlagen konnte, und war der noch so klein.

»Ich kann dir anbieten ...«, setzte er an.

Der Bärtige wollte nicht feilschen, er wollte nicht einmal mehr reden. In seiner Miene stand Überdruss, als er blitzschnell das Schwert zog und Malcolm mit einem einzigen Schlag den

Kopf abtrennte. Dann kam ein Laut aus seinem Mund, den Eilidh nicht zu deuten vermochte. Vielleicht war es wieder Gelächter, vielleicht ein Zeichen von Bedauern, dass er sich von seinem Temperament hatte hinreißen lassen. Vielleicht war es aber einfach nur ein Rülpser, weil er zu viel Met getrunken hatte, ehe er das Schiff verlassen und ihren Vater getötet hatte.

Ihr Vater hatte es gewiss nicht kommen sehen. In seiner Miene stand kein Ausdruck von Angst, nicht mal von Überraschung zu lesen, nur die Frage: Wie gelingt es mir, das Beste aus der Lage herauszuholen? Er war gar nicht auf die Idee gekommen, dass er sich am Ende nichts anderes einhandelte als einen schnellen, blutigen Tod.

Eilidh hatte während des Wortwechsels ungleich größeres Unbehagen empfunden als er, doch dass es so schnell zum Schlimmsten kommen könnte, hatte auch sie nicht erwartet.

Es ist nicht wahr … es kann nicht wahr sein …

Sie schloss die Augen, öffnete sie wieder. Der Kopf, der Rumpf, das Blut.

Es ist wahr.

Auch der bärtige Mann brauchte eine Weile, um das Geschehene zu begreifen. Er starrte mit so ungläubigen Augen auf sein Schwert, als könnte er nicht fassen, dass er zugeschlagen hatte.

Einer seiner Männer blickte nicht überrascht, sondern nur verdrossen. »War es notwendig, ihn zu töten, Sigurd?«, fragte er, wirkte aber eher gereizt als entsetzt.

»Notwendig! Notwendig! Wenn jeder Tod Sinn ergeben müsste, würden die Menschen auf Skye von den Klippen ins Meer fallen, weil ihnen kein Platz mehr bliebe. Der schottische König hat kein Recht, über die westlichen Inseln zu bestimmen.«

»Der König ist tot! Und der da nun auch!«

»Er hat mich geärgert, das ist alles.«

Es stimmte. Das war alles. Und für Malcolm war es sein ganzes Leben, sein ganzes Blut. Und falls noch etwas von Letzterem durch seine Glieder floss, war es nicht mehr warm und würde nie wieder warm werden.

Der Fremde, nein, der Mörder, nein, der Mann, der Sigurd hieß, erblickte Eilidh. Mit der einen Hand hielt er noch das Schwert, mit der anderen strich er sich über seinen struppigen Bart. Als er gemächlich auf sie zutrat, war sich Eilidh sicher: Jetzt wird er auch mich töten! Jetzt wird auch mein Kopf über den Strand kullern!

Doch Sigurd steckte sein Schwert in die Scheide. Das Blut ihres Vaters haftete noch daran, als er sagte: »Was bist du für ein hübsches Mädchen!«

Sein Mund verzog sich zu einem breiten Grinsen. Wohlwollen lag in seinem Blick, auch ein wenig Mitleid, jedoch keine Reue.

»Das war dein Vater, nicht wahr?«, stellte er dennoch fest.

Eilidh konnte nichts sagen, nicht einmal nicken.

Jetzt wird er mich töten, dachte sie wieder und wusste nicht, ob sie sich davor fürchten oder darauf hoffen sollte. Eine Welt ohne ihren Vater war keine, auf der sie gern leben wollte, und durch das Schwert starb man zumindest schnell.

Als Sigurd allerdings nach seinem Gürtel tastete, zog er nicht wieder seine Waffe hervor, sondern ein Ledersäckchen, das dort neben dem Trinkhorn hing. Er band es auf, und da seine Finger dick und ungelenk waren, dauerte es eine Weile, bis er den Knoten gelöst hatte. Schließlich schüttete er den Inhalt des Säckchens, es waren Spielsteine, auf seine große Handfläche. Er konnte das ganze Dutzend fassen. Die Steine waren gelblich verfärbt und wohl aus dem Knochen oder dem Geweih eines erjagten Tieres gemacht worden.

»Damit hat meine Tochter gern gespielt«, sagte er gedankenverloren.

Eilidh war nicht sicher, was unbegreiflicher war – dass ein Mann wie er freundlich zu ihr war, dass er eine Tochter hatte oder dass er sich jetzt schwerfällig auf den Boden kniete und die Spielsteine dort verstreute, wo das Seegras wie Würmer wuchs und das Blut des Vaters versickerte.

Eifrig begann er das Spiel zu erklären, doch Eilidh verstand weder, was er sagte, noch bemerkte sie, was hinter ihrem Rücken vorging. Erst später gewahrte sie, dass die Männer ihres Vaters aufs Schiff geflüchtet und eilig davongesegelt waren, ohne sich ein einziges Mal nach ihr umzublicken. Malcolms in Kisten verstaute Geschenke hatten sie am Ufer zurückgelassen, wo sie wiederum von Sigurds Männern in Augenschein genommen und dann auf dessen Schiff gebracht wurden.

»Was sollen wir denn nun mit dem Leichnam machen?«, fragte der Verdrossene.

Sigurd brauchte eine Weile, bis er die Spielsteine wieder eingesammelt und sich laut schnaufend hochgekämpft hatte. Schnell töten konnte zwar auch ein wuchtiger Mann wie er – ansonsten geschah alles, was er tat, sehr langsam.

»Die Tiere werden ihn sich schon holen«, verkündete er.

Wieder wandte er sich Eilidh zu. Auch wenn sie nicht mehr erwartete, dass er sie töten würde, schlotterte sie am ganzen Leib. Er bemerkte es nicht, lächelte noch breiter.

»Was für ein hübsches Mädchen du bist«, sagte er wieder.

Ich habe niemanden mehr, ging es Eilidh durch den Kopf. Ich bin ganz allein auf der Welt. Meine Eltern sind tot, ich werde verhungern, ich werde erfrieren, ich werde …

»Ich hatte auch ein Mädchen«, erklärte Sigurd. »Es starb vor ein paar Wochen. Mein Weib kann eine neue Tochter gut gebrauchen.«

Eilidhs Worte gingen Scota nicht aus dem Kopf. Ob sie ihre Heimat vermissen würde, hatte diese wissen wollen, und auch wenn sie es abgestritten hatte, begannen Zweifel an ihr zu nagen, als sie Sigurds Schiff bestieg. Nie hatte sie etwas anderes gesehen als Dunscaith, die Wiesen, Wälder und Buchten in unmittelbarer Nähe, die winzigen Steininseln davor und das höchste Gebirge von Skye, die Cuillins. Ihre Neugier auf den Nordwesten der Insel war groß, die Furcht, das Vertraute hinter sich zu lassen, allerdings auch.

Ach was, sagte sie sich trotzig, die Menschen werde ich nicht vermissen.

Ihre Mutter war lange tot, ihr Vater schien nicht genau zu wissen, ob er fünf, sechs oder sieben Töchter hatte – auch seine Söhne waren so zahlreich, dass ihm das Fehlen von einem nicht aufgefallen wäre –, und ihre einstige Amme riss an ihren Haaren oder kniff sie in den Arm, wann immer Scota erklärte, sie werde dereinst eine Druidin sein. Es hielt Scota nicht davon ab, es dennoch zu behaupten, und insgeheim malte sie sich Strafen für all die blauen Flecke, Schläge, Kratzer und Brandwunden aus, die die Amme ihr zugefügt hatte. Vielleicht aber würde sie die Amme und ihre Gemeinheiten bald schlichtweg vergessen, und das war die größte Strafe von allen.

Lange währte der Triumph ob dieses Gedankens nicht. Sigurd, der Vetter des großen Leod, dem fast alles Land auf der Insel und die Freundschaft der anderen Clans gehörte, wirkte wenig vertrauenerweckend. Seine Flüche erschreckten sie, sein lautes Lachen noch mehr. Obwohl sie seit Monaten wusste, dass sie als Pflegekind auf Burg Dunvegan im Nordwesten von Skye leben würde, damit die Treue ihres Clans dem Leods gegenüber unter Beweis gestellt wurde, war ihr mulmig zumute, als das Schiff ablegte und der Strand, wo sie eben noch um die Haselnüsse gehüpft war, kleiner wurde.

Die Haselnüsse werden verrotten, dachte sie. Ich hätte sie alle essen sollen.

Doch dann entdeckte Scota, dass sie nicht das einzige Mädchen auf dem Schiff war, das sich fürchtete. Eilidh schien sich sogar noch elender als Scota zu fühlen.

Sie saß zusammengekrümmt neben einer der Kisten, die Sigurds Männer aufs Schiff geschafft hatten, und klammerte sich daran fest, als wäre sie ein menschliches Wesen. Von ihrem Vater war nichts zu sehen.

Scota vergaß, stillen Abschied von Dunscaith zu nehmen, und trat näher.

»Nicht!« Sigurd stellte sich ihr in den Weg. »Lass sie besser in Ruhe.«

Erst jetzt bemerkte Scota, dass sein Plaid voller Blut und auch sein Gesicht befleckt war. Scota hatte keine Ahnung, woher es kam, doch das mulmige Gefühl verstärkte sich, und rasch wandte sie sich von Eilidh ab, um ihr Gesicht in den Wind zu halten.

Sobald sie den Fjord verlassen hatten, der tief ins Land schnitt, nahm das Schiff an Fahrt auf. Vögel umkreisten es und bekoteten die Segel – nicht nur die kreischenden Möwen, auch Zwergfalken, Spatzen und Tauben. Weit über ihnen spannte ein Bussard seine Flügel aus und drehte weite Kreise, schien aber unschlüssig, ob er niederstürzen sollte, als ahnte er, dass es auf dem Schiff keine Mäuse gab. Allerdings, so zart Eilidh im Schatten der Kiste wirkte, war sie aus der Höhe betrachtet wohl nicht viel größer als eine Maus. Vielleicht wäre der Bussard sogar stark genug, sie in die Lüfte zu reißen. Scota zweifelte daran, dass das Mädchen für Sigurd wichtig genug war, um es an den Füßen zu packen und festzuhalten.

Würde sie selbst es versuchen?

Scota wollte nicht darüber nachdenken, genau wie sie den

Abschiedsschmerz schluckte. Das Meer war so gewaltig wie nie, die kleinen Inseln Egg und Rhum so nah wie nie, doch die Küste von Skye zeigte sich in vertrauter Weise mit ihren sattgrünen Wiesen und Wäldern, und auch die Cuillins waren, selbst wenn zum ersten Mal von der anderen Seite betrachtet, immer noch so spitz, wie sie sie kannte. Erst nach vielen Stunden, als das Dämmerlicht die Grenze zwischen den rötlichen Gipfeln und dem blauen Himmel verwischte, sah Scota Berge von unbekannter Form, flach nämlich, als hätte ein Riese ein Schwert geschwungen und sie enthauptet ...

Erst jetzt ging Scotas Blick wieder zu Eilidh, und als sie diesmal zu ihr trat und sich auf die Kiste setzte, hielt Sigurd sie nicht davon ab.

»Schau«, sagte Scota, »wie der Ginster blüht.«

Die gelben Blumen bildeten üppige Teppiche am Ufer. Jetzt am Abend nahmen sie die Farbe Bronze an, doch am Tag waren sie tiefgelb.

»Unter der Erde sitzen die Trolle, sie schmelzen Gold, und der Dunst, der hochsteigt, lässt den Ginster wachsen.«

Eilidh blickte hoch, und in ihrem Gesicht stand nackte Angst. »Trolle?«, hauchte sie.

»Ja«, erwiderte Scota. »Man kann sie nicht sehen, aber ... aber sie sind gefährlich.«

Besser, Eilidh fürchtete sich vor diesen unsichtbaren Wesen als vor Sigurd ...

Als sie wenig später an einem Fjord entlangfuhren, erklärte sie, dass die Landzunge zur rechten Seite Waternish hieß, dass die Wälder hier dichter standen als anderswo auf der Insel und kaum je Sonne auf den Boden fiel. Und dass sich hier am längsten die Druiden vor den Mönchen versteckt hatten.

»Die Mönche haben später ein Kloster gegründet und die Druiden endgültig vertrieben. Wen sie nicht so leicht loswerden können, sind die Wölfe. Jede Nacht hört man sie heulen, manchmal wagen sie sich nahe an Siedlungen heran und reißen Schafe … oder kleine Kinder.«

Scota hatte dieses Heulen noch nie selbst gehört, war nur mit Geschichten darüber groß geworden, aber Eilidh glaubte ihr. Ihre Augen weiteten sich noch mehr, als sie anstelle der Wölfe Sigurds neuerliche Flüche vernahmen. Loch Phallort, das sie durchkreuzten, war voller kleiner Inseln, nur ein geübter Seemann konnte sie umschiffen, und manchmal nicht einmal ein solcher. Doch die Männer kämpften verbissen gegen die Strömung an, zogen schließlich sogar das Segel ein und ruderten um eine besonders gefährliche Klippe. Sigurd grinste wieder.

»Wir saufen schon nicht ab!«, rief er Scota zu.

Eilidhs Gesicht wurde grün. Sie sah aus, als ob sie sich gleich übergeben müsste.

»Schau!«, sagte Scota. »Das ist Dunvegan!«

Anders als Dunscaith war die Burg weder von Frauenhänden errichtet worden noch in einer einzigen Nacht, aber ein eindrucksvoller Bau war sie trotzdem. Sie schien aus der Klippe zu wachsen – als Werk der Feinns, der Riesen, die die schweren Steine fast so mühelos, wie einst die Kriegerkönigin Scátaigh es getan hatte, übereinandergestapelt hatten. Jahrhundertelang hieß es, dass Dunvegan uneinnehmbar war, denn die Einzigen, die den steilen Hang und die Mauer hochklettern konnten, waren Moos und Flechten. Leod, Scotas künftiger Ziehvater, hatte es dennoch geschafft, sie in seinen Besitz zu bringen, und damit Eilidhs Gesicht nicht noch grüner wurde, lenkte Scota sie von Sigurds Grinsen ab und erzählte ihr eine weitere Geschichte.

Von Leod handelte sie, einem stolzen jungen Mann, Ziehsohn eines Norwegers namens Paul Balkeson. Leod erbte nach dessen Tod viele Ländereien von ihm, begnügte sich damit aber nicht. Er wollte nicht nur Land, er wollte eine Burg wie Dunvegan. Dunvegan gehörte allerdings einem gewissen Harold, und der hatte eine Tochter namens Amrunn.

Ich will sie heiraten, erklärte Leod.

Ich werde sie dir nicht geben, setzte Harold seinem Trachten entgegen.

Da fuhr Leod mit mehreren Schiffen am Loch Phallort entlang. Harold schloss das große Tor, und auf den Türmen der Burg ließ er Feuer entzünden. Da sie keine Dächer hatten, stieg der Rauch hoch und verkündete allen Nachbarn, die auf ähnlichen Burgen residierten, dass Feinde nahten und dass man sie gemeinsam zurückschlagen müsse. Doch niemand kam Harold zu Hilfe. Er war alt, er hatte nur eine Tochter, Leod war der Mann, dem die Zukunft gehörte, und Leod besaß eine stattliche Flotte, die nun die Burg umkreiste. Noch furchterregender als die Drachenköpfe an den Schiffen waren die vielen Männer.

Was hatte Amrunn wohl gedacht, als sie diese Flotte sah? Ob sie geahnt hatte, dass Leod nicht nur ein mutiger Krieger, sondern auch ein Betrüger war?

Er befahl seinen Männer nämlich, sich in einer Reihe aufzustellen, und erweckte damit den Eindruck, dass sich dahinter noch weitere Massen von Kriegern verbargen. So dicht war das Gedränge, dass einer der Krieger ins Wasser fiel und ertrank. Als Harold dessen Todesschreie vernahm, besiegte die Angst seinen Trotz und Stolz. Er entschied, Leod seine Tochter zu geben, was ihm leichtfiel, und die Burg Dunvegan, was ihm schwerfiel. Was Amrunn dabei fühlte und dachte – darüber wurde nichts erzählt. Scota vermutete, dass sie genauso grün im Gesicht wie Eilidh war, als sie Leod zum ersten Mal gegenübertrat.

Als sie Dunvegan immer näher kamen, das Dach des großen Langhauses innerhalb der Mauern sichtbar wurde und auch die Siedlung davor, sprang Eilidh auf, lehnte sich über die Reling und übergab sich. Es dauerte lange, bis der gräuliche Schaum von den Wellen verschluckt worden war.

Scota spürte Mitleid und legte den Arm auf ihre Schulter.

»Mein Vater ... mein Vater ...«, stammelte Eilidh. »Er ist tot ...«

Scota sah das andere Mädchen eine Weile an. »Er ist nicht tot«, sagte sie dann leise. »Die Druiden würden sagen, dass er nur in Andernwelt ist.«

»Was ist Andernwelt?« Eilidhs Wangen nahmen langsam eine etwas gesündere Farbe an.

»So nennen die Kelten das Jenseits, doch es befindet sich nicht im Himmel, sondern inmitten unserer Welt. Einmal im Jahr, zu Samhuinn, stehen die Tore offen.«

»Wann ist Samhuinn?«

»Erst im Herbst, es sind noch einige Monate bis dahin.«

Eilidh schien kurz so verzweifelt, dass Scota erwartete, sie würde in Tränen ausbrechen, doch dann deutete sie auf Sigurd und fragte: »Ist seine tote Tochter auch in ... Andernwelt?«

»Alle Lebewesen gehen nach dem Tod nach Andernwelt, Menschen wie Tiere.«

»Selbst Schmetterlinge?«

Weit und breit war kein Schmetterling zu sehen, aber Scota nickte, da der Gedanke die andere zu trösten schien. Sie drückte ihre Hand.

»Wir werden uns künftig oft sehen.«

Sie überlegte, ob sie noch hinzufügen sollte: Du bist nicht allein. Und ich werde auch nicht allein sein. Ich weiß nicht, ob ich dich mag, aber da du so große Angst hast, muss ich keine mehr haben.

Letztlich erschien ihr das dann doch zu viel an Worten. Auch Eilidh sagte nichts mehr.

Als sie anlegten, hörte Eilidh Sigurd wieder fluchen, aber wenig später ertönte ein dröhnendes Lachen, das ihr durch Mark und Bein ging. Obwohl sie ihn kaum kannte, hatte sie doch schon gelernt, dass seine Launen zu rasch wechselten, um sie ernst zu nehmen.

Später erfuhr sie, dass die Trauer um seine Tochter zwar tief und heftig gewesen war, dass aber auch sie nicht lange sein Gemüt verdunkelt hatte. Nachdem die kleine Ilva ihren letzten Atemzug getan hatte, war Sigurd in den Wald gegangen. Er hatte ein Wildschwein erlegt, zwei Hasen und einen Fuchs, doch das war ihm nicht genug gewesen. Auch ein Hirsch musste sterben, und er weidete ihn aus und häutete ihn eigenhändig. Obwohl er danach vor Erschöpfung ächzte, war sein Geist so wenig betäubt wie sein Schmerz. Er half mit Met nach, und da er viel vertrug, floss der Inhalt etlicher Trinkhörner die Kehle hinunter, ehe er endlich die Herrschaft über seine Sinne verlor. Auf der Suche nach seiner Bettstatt taumelte er und fiel auf einen Knecht, ohne es zu merken. Als ein anderer kam, um ihn darauf aufmerksam zu machen, war Sigurd trotz des Rausches kräftig genug, um ihm einen Faustschlag zu versetzen. Danach schlief er endlich ein. Die Nase des Mannes, der den Faustschlag abbekommen hatte, war gebrochen und später, nachdem sie zusammengewachsen war, doppelt so breit wie vorher. Der Knecht wiederum, auf dem er unwissentlich geschlafen hatte, war erstickt. Sigurd tat es von Herzen leid – nur weil er manchmal gedankenlos tötete, bedeutete das nicht, dass er es gern tat –, und er befand, dass es mit der Trauer jetzt genug war.

Seiner Frau, die keinen Hirsch ausgeweidet und keinen Mann erstickt hatte, ging es anders. Ihr Blick war stumpf, das Gesicht grau vor Gram, innerhalb kürzester Zeit war ihr Leib abgemagert. Schön anzuschauen war Ilisa dennoch, was weniger an ihren feinen Zügen lag als am prächtigen Schmuck und dem edlen Gewand, das sie trug.

Eilidh lernte sie kennen, als Sigurd sie in eines der kleineren Langhäuser brachte. Es war Teil der Siedlung, die sich außerhalb der Burgmauern befand und unter Leods Schutz stand. Das Feuer, vor dem Ilisa hockte, verbreitete einen süßlichen Geruch, da die Flammen nicht nur von Holz und Torf, sondern auch von duftenden Kräutern genährt wurden. Trotz der Wärme trug Ilisa einen Umhang, der auf der Brust von einer Platte aus Walknochen zusammengehalten wurde. Im flackernden Licht wirkte sie wächsern. An einer funkelnden Bronzeschnalle an ihrem Gürtel hingen weitere Kostbarkeiten, gleichfalls aus Bronze, nicht aus dem viel billigeren Blei – eine Schere, ein Behälter mit Eisennadeln, eine Webvorrichtung und eine kleine Sichel, außerdem ein Kästchen aus Holz, in dem sich, wie Eilidh später erfuhr, Spinnwirtel befanden.

Ilisa stand nicht auf, sie hob nur kurz den Kopf und betrachtete Eilidh nachdenklich. Um ihren Blick nicht gleich erwidern zu müssen, musterte diese nach dem Gürtel das Kleid, das Ilisa trug. Es war pittoresk gemustert, Eilidh hatte so eine Farbenvielfalt noch nie gesehen. Vage erinnerte sie sich an Worte ihrer Mutter, wonach es sehr schwierig war, Farben herzustellen, und geradezu unmöglich, Stoffe in mehr als nur einer zu färben. Diese Frau musste es geschafft haben, schien aber dennoch traurig – und jetzt sogar empört.

»Du bist ja schmutzig!«, rief sie, als sie bemerkte, was Eilidh bis jetzt entgangen war. Ihr Leinenkleid war voller Blutspritzer.

Ilisa warf einen fragenden Blick auf Sigurd, der mit ausreichendem Abstand stehen geblieben war, nun aber murmelte: »Ich habe dir ein Mädchen mitgebracht.«

Ilisa ließ ihren Kopf wieder sinken, jedes heftige Gefühl in ihr erstarb. »Was soll ich denn mit einem Mädchen?«

»Du hast doch ein Mädchen verloren, jetzt kriegst du ein neues.«

»Ich habe nicht irgendein Mädchen verloren, sondern unsere Tochter – das ist ein Unterschied.«

»Nun, dieses Kind wiederum hat seinen Vater verloren.«

Ilisa seufzte. »Ach, Sigurd, warum konntest du dich nicht beherrschen?«

Sie schien sofort erkannt zu haben, dass das Blut auf Eilidhs Kleid und das auf Sigurds Bart dasselbe war.

Sigurd hielt nicht länger Abstand, sondern packte sie und zog sie hoch, umarmte sie und versuchte, sie zu küssen.

Ilisa wich angewidert zurück. »Nicht, bevor du dich gewaschen hast!«

Ihr Tonfall klang tadelnd, was anscheinend weniger daran lag, dass er es gewagt hatte, als Mörder vor sie zu treten, sondern als Schmutzfink. Doch Sigurd grinste nur wie ein frecher Junge, dem selbst die strengste Mutter nicht Herr wird.

Immerhin verschwand er nach draußen, während sich Ilisa wieder auf die Bank sinken ließ.

»So, du bist also von nun an mein Mädchen«, sagte sie. »Wenn das so ist, brauchst du ein neues Kleid.«

Eilidh wagte kaum zu atmen, geschweige denn, etwas zu sagen, doch ob es nun Mitleid war oder Überdruss, der sie dazu bewog – Ilisa stand auf, ging in den hinteren Teil des Langhauses und winkte Eilidh zu sich.

Zögernd machte Eilidh ein paar Schritte. Je trüber das Licht wurde, desto mehr vermisste sie Scota. Diese wurde, wenn sie es richtig verstand, eben zu Leod gebracht und ihm als Mädchen aus dem Clan der Askills vorgestellt. Eilidh wusste nicht genau, aus welchem Clan sie selbst stammte und ob das jetzt noch zählte. Mit ihrem Vater hatte sie nicht in einer Siedlung gelebt, sondern in einem Haus in der Stadt. Wer es wohl künftig bewohnen würde? Und ob dieser für ihr Häschen sorgte?

Sie schluckte rasch die aufsteigenden Tränen. So verzagt sie sich auch fühlte, es beruhigte sie, dass das Langhaus ihrem bisherigen Zuhause glich. Hölzerne Balken stützten das Dach, das aus Flechtwerk, Treibholz und Torf errichtet war. Mit gleichem Torf und Erde waren die Ritzen an den hölzernen Wänden abgedichtet worden. Haken mit Werkzeugen oder kleinen Lederbeuteln hingen daran, daneben standen Kisten, von denen Ilisa eben eine öffnete, außerdem ein Webstuhl, von dem ein halb fertiges Stück Stoff hing. Er war noch nicht bunt gefärbt, sah aber glatt und weich aus. Andächtig, nahezu ehrfürchtig strich Ilisa über den Stoff.

»Meine Mutter stammte aus Norwegen«, begann sie unwillkürlich zu erzählen, »und obwohl sie getauft war, behauptete sie stets, dass es nicht Gott ist, sondern dass es die Nornen sind, die unser Schicksal bestimmen. Sie weben es, aber bei den meisten Menschen geben sie sich keine große Mühe. Die Fäden sind nicht reißfest, das Gewebe ist löchrig. Auf unser Schicksal können wir leider keinen Einfluss nehmen, aber auf die Stoffe, mit denen wir uns bekleiden, schon. Was immer auch passiert und was immer sie mir antun, nie werde ich so lustlos und wenig sorgfältig spinnen und weben wie die Nornen. Nie werde ich in dreckigen Lumpen herumlaufen, und wenn meine Kleider zerknittert sind, dann nehme ich eine Platte aus Walknochen und glätte sie wieder.«

Während sie sprach, hatte sie den Stoff losgelassen, aus einer der Kisten ein Kleid genommen und es hochgehoben. Es war sehr klein, und Eilidh wusste sofort, dass es ihrer verstorbenen Tochter gehört hatte. Sie wusste auch, dass es üblich war, die Kleider von Verstorbenen zu tragen, aber das nahm ihr nicht die Angst vor diesem Kleid. Vor Ilisa hatte sie allerdings noch mehr Angst, und als die ihr das eigene Kleid auszog und das fremde überstülpte, wehrte sie sich nicht, stand lediglich ganz steif, als könnte sie solcherart verhindern, den Stoff auf ihrer Haut zu spüren.

»Gefällt dir dein neues Kleid denn nicht?«, fragte Ilisa, der ihr Widerwille wohl nicht entging.

Eilidh blickte an sich hinab, glaubte immer noch Blutspritzer zu sehen und fragte sich, was ihr Vater davon halten würde, dass sie die Kleidung eines fremden Mädchens trug, von dem sie nichts weiter wusste, als dass es von einem Mörder abstammte. Würde er sie als Verräterin beschimpfen? Oder vielmehr froh sein, dass sie überlebt hatte?

Ilisas Mundwinkel zuckten. »Es gefällt dir nicht«, stieß sie heiser aus, da Eilidh nicht antwortete. Tränen schimmerten in ihren Augen und tropften ihr dann über die Wangen. »Es gefällt dir nicht. Und meine Tochter ist immer noch tot, auch wenn Sigurd mir eine neue brachte.«

Eilidh packte das schlechte Gewissen, hatte sie den Schmerz der anderen doch nicht mehren wollen. »Danke«, presste sie hervor, obwohl es ihr unendlich schwerfiel, das schlichte Wort auszusprechen.

Ilisa seufzte, kämpfte mit sich und wischte sich schließlich entschlossen die Tränen von den Wangen. »Jetzt flechten wir dir erst mal das Haar. Wir können ein paar Blumen hineinstecken, nirgendwo gibt es so viele Blumen wie auf dieser Insel.«

»Danke«, sagte Eilidh wieder.

Nun, da Ilisa nicht mehr weinte, wusste sie, dass auch sie

keine Tränen um Malcolm vergießen durfte, dass sie hier nicht mehr seine Tochter war, sondern die von Ilisa und Sigurd, und dass es am besten war, wenn sie ihn vergaß, und vor allem, wie er gestorben war.

Ilisa streichelte über ihr Gesicht, und plötzlich lag unendlich viel Sehnsucht in ihrem Blick. »Meine Tochter war nicht das einzige meiner Kinder, das gestorben ist. Ich habe fünf geboren und fünf verloren. Du wirst es gut bei uns haben. Du wirst lernen, wie man schöne Stoffe webt.«

»Danke«, sagte Eilidh zum dritten Mal.

Ihre Kehle wurde so eng, dass sie meinte, ersticken zu müssen. Es würde ihr gelingen, nicht mehr an den enthaupteten Vater zu denken, schöne Stoffe zu weben und Ilisa eine brave Tochter zu sein. Sie würde Scotas Gefährtin werden, ihr nahestehen wie einer Schwester, und sie würde sogar mit Sigurds Steinen spielen. Doch soeben hatte sie das letzte Wort gesagt, ehe sie für lange Zeit verstummte.

III.

Im schottischen Hochland
1306

Flora litt Hunger, sehr großen Hunger, Hunger, wie sie ihn noch nie erlitten hatte. Sie waren nun den dritten Tag unterwegs, und ihr Magen verkrampfte sich so schmerzhaft, als würde sich eine Faust darin umdrehen, der Kopf tat ihr weh, als hätte man sie geschlagen, und der Blick schien benebelt, als hätte sie die Augen eines alten Weibs. Ganz zu schweigen davon, dass sie kaum noch einen Fuß vor den anderen setzen konnte und sich nur noch aufrecht hielt, weil Ailean ihr immer wieder skeptische Seitenblicke zuwarf. Bei jedem Ächzen, das ihr über die Lippen kam, schien er stumm zu fragen: Warum habe ich dich nur mitgenommen, wenn du doch ein so verwöhntes Weib bist und zu nichts taugst?

Wie gern wollte sie ihm beweisen, dass dem nicht so war! Wie schnell aber schwanden die verbleibenden Kräfte!

Irgendwann war die Erschöpfung mächtiger als der Stolz. Sie sank nieder und störte sich nicht daran, dass Disteln sie stachen. Unmöglich konnte sie wieder aufstehen, obwohl Ailean missbilligend auf sie herabstarrte.

»Tu nicht so, als wärst du nicht auch am Verhungern!«, zischte sie, um der zu erwartenden Beleidigung zuvorzukommen.

»Natürlich bin ich hungrig! Und das ist nur deine Schuld!«

»Meine?« Trotz der Erschöpfung klangen die Worte unerwartet schrill.

»Nun, ich habe in Applecross niemanden gekannt, der mir hätte Geld geben können. Du hingegen hättest Peg MacIver fragen können.«

»Ich trage zumindest eine teure Gürtelschnalle.«

»Aber die kann man nicht essen.«

»Als ob man Geld essen könnte!«

Zu ihrem Erstaunen verzichtete er auf neue Vorwürfe, seufzte nur und setzte sich neben sie. Fast hätte sie der Versuchung nachgegeben, sich an ihn zu lehnen und zu schlafen, aber noch größer als die Müdigkeit war die Angst, im Schlaf den Hungertod zu sterben, ohne es zu bemerken.

Krampfhaft hielt sie die Augen offen, obwohl das, worauf der Blick fiel, die Verzweiflung nicht schmälerte, im Gegenteil. Als sie von Perth nach Applecross gereist war, hatte sie nicht viel vom Land gesehen, jedoch genug, um zu wissen, dass es in Schottland, zumal im Hochland, kaum Städte gab. Wenn man sich von der Küste entfernte, war es ein Glücksfall, überhaupt auf Dörfer zu treffen, und selbst die größeren unter diesen zählten kaum mehr als zwei Dutzend Seelen. Wer hier lebte, die Namen der Berge kannte, in deren Schatten sie marschierten, und die der Lochs, die sie mühsam umrunden mussten, wusste wahrscheinlich, wo genau sich diese Dörfer befanden, aber Ailean und sie hatten nicht die geringste Ahnung. Sie hatten geglaubt, schneller die von Peg erwähnte Meerenge zu erreichen, wenn sie nicht an der Küste entlanggingen, sondern das Land durchquerten, jedoch nicht damit gerechnet, dass sie nur auf ein paar scheue Tiere stoßen würden, die vor ihnen das Weite suchten.

In der ersten Nacht hatten sie Unterschlupf in einem Verschlag gefunden, in dem man wohl Schafe schor, die zweite hingegen hatten sie unter freiem Himmel verbracht und so gefroren, dass sie kaum ein Auge zugetan hatten. Auch im späten Frühjahr war es hier in der Nähe der Küste immer noch sehr unwirtlich. Bis vor Kurzem war die Erschöpfung quälender gewesen als Kälte und Hunger, doch mittlerweile sehnte Flora sich nicht länger nach einem warmen Bett, sondern nach einer Schüssel Haferbrei oder einem Stück Brot. Nicht minder hartnäckig als der Hunger erwies sich ihr Hader.

Warum hatte sie sich auf dieses Wagnis eingelassen? Warum war der dürftige Proviant, den Ailean von der Reise nach Applecross übrig behalten hatte, so schnell verbraucht? Warum hatte sich Ailean betrunken, anstatt als Barde zu singen? Warum hatte David den Dolch gegen Iain erhoben? Warum hatte der von einer gewissen Eilidh gesprochen? Und warum ... warum stank es plötzlich so erbärmlich?

Erneut verkrampfte sich Floras Magen schmerzhaft, diesmal vor Ekel, nicht vor Hunger. Dennoch sprang sie wie von neuem Leben erfüllt auf.

»Es stinkt!«, rief sie frohlockend.

Ailean starrte sie an, als hätte sie den Verstand verloren.

»Riechst du es nicht auch?«, fragte sie ungeduldig.

»Gewiss. Aber was nützt uns das? Sollen wir etwa Kuhscheiße essen?«

»Kühe leben dort, wo auch Menschen wohnen. Aber es ist nicht Kuhmist, der so riecht, sondern ...«

Sie brach ab, denn Ailean hatte begriffen und sprang ebenfalls auf. Der üble Geruch, der in der Luft hing, kam vom Gerben. In den Städten wurde Leder deswegen außerhalb der Mauern angefertigt, und auch wenn hier keine Stadt zu vermuten war, hielt man es in kleinen Dörfern sicher ähnlich.

»Hinter diesem Hügel muss ein Dorf sein!«, rief Flora.

So erleichtert Ailean zunächst die Nase gerümpft hatte, so unschlüssig wurde er, als er merkte, dass sich der Gestank verflüchtigte.

»Bist du dir sicher?«

Seine Stimme klang eher trotzig als zweifelnd.

»Wollen wir wetten?«

»Um welchen Einsatz denn? Um deine Gürtelschnalle, die uns hier nichts nützt? Gar um deinen lächerlichen Kopfputz?«

Unwillkürlich tastete Flora nach dem Tuch aus edler Seide, kunstvoll mit Blumen und Vögeln bestickt und ein Inbegriff von Eleganz, wie sie in Perth jede Dame anstrebte. Dieser Tölpel verstand natürlich nichts von Mode, und anstatt ihm den Triumph zu gönnen, sie ernsthaft gekränkt zu haben, schluckte sie die aufsteigenden Tränen ebenso wie ihre Verzagtheit.

Wortlos setzte sie Schritt vor Schritt, sodass ihm nichts anderes übrig blieb, als ihr mit weiterhin gerümpfter Nase und trotzigem Zug um den Mund zu folgen.

Der Weg, den sie zurücklegen mussten, um den Hügel zu umrunden, war weiter als gedacht. Wieder tat Flora alles weh – der Magen, der Kopf, vor allem die Füße, die immer wieder an stachligen Ranken hängen blieben, schmerzten. Aber erneut war auf ihren Stolz Verlass, und endlich hörten sie ein Bächlein plätschern, wurden von einer neuen Woge des Gestanks erfasst, aber auch von Rauch, der von einigen wenigen Häusern mit Wänden aus Torf und Dächern aus Grassoden hochstieg. Ein Zaun war um sie errichtet, und Flora eilte erleichtert darauf zu.

»Was für eine große Stadt!«, lästerte Ailean.

»Hier leben auf jeden Fall mehr Menschen, als du eben noch vermutet hast.«

Neben Gestank und Rauch nahm Flora einen köstlichen Duft wahr, der bewies, dass hier nicht nur Leder gegerbt, sondern auch Fleisch gebraten, Eintopf gekocht und frisches Brot gebacken wurde.

»Jetzt bekommen wir endlich etwas zu essen!«, rief sie. »Und das nur meinetwegen.«

»Pah!«, machte Ailean. »Auf das Dorf wären wir so oder so gestoßen. Und noch haben wir kein Essen. Ich kann mir nicht vorstellen, dass die Menschen hier großen Bedarf an bronzenen Gürtelschnallen haben.«

In Perth war Flora nicht oft auf dem Markt gewesen, aber sie wusste, dass sämtliche Straßen gepflastert und noch breiter als ein groß gewachsener Mann waren. Hier führten nur schmale Wege an den Häusern vorbei, und diese versanken im Schlamm. Nun gut, auch in Perth verrottete Unrat auf dem Boden, doch dort banden sich viele Menschen eine Holzplatte unter die Schuhe, die sie vor dem Dreck schützte. Hier besaß niemand Schuhe, und wer, wie einige Knaben, denen sie begegneten, das Pech hatte, im Schlamm auszurutschen, musste sicher bis zum nächsten Waschtag grau verkrustet herumlaufen.

Zum köstlichen Geruch von Essen gesellte sich nun der süßliche Gestank von Schweinen, die hier noch zahlreicher umherliefen als Schafe und Ziegen.

»Das muss ein reiches Dorf sein«, bemerkte Ailean.

»Reich?«, rief Flora ungläubig.

»Aber ja doch. Sonst würde es nicht so viele Schweine geben.«

Sie rümpfte die Nase. Reichtum konnte unmöglich so stinken, Reichtümer besaß, wer auf dem Markt von Perth teure Waren einkaufte – Schuhe und Gürtel, Futterale und Schlösser, Schwerter und Schmuck.

Neben knusprigen Hühnern wurden dort auch getrockneter Fisch angeboten, Haferküchlein, Porridge und schließlich *bland*, geschlagene Molke, doch davon war hier nichts zu sehen. In den Häusern lebten wohl zu wenige Menschen, um ihr Essen an Fremde zu verkaufen oder es gar mit ihnen zu teilen.

Während sie weitergingen, wurden sie nur von misstrauischen Blicken bedacht – erst von Alten und Kindern, dann von Männern und Frauen, die ihretwegen ihr Tagewerk unterbrachen. Einer hörte auf, Bohlen aus Eichenholz zurechtzusägen, eine andere damit, Quark durch einen hölzernen Seiher zu pressen.

Gab es denn nicht irgendjemanden, der ihre Gürtelschnalle mit Neid musterte und ihnen dafür eine volle Schüssel Essen anbot? Die Frau dort hinten vielleicht, die als Einzige lächelte!

Das zumindest war Floras erster Eindruck. Als sie genauer hinsah, kam sie zu dem Schluss, dass der Mund der Frau schlichtweg schief war, als bestünde das Gesicht aus zwei Teilen, die nicht richtig zusammengewachsen waren. So oder so wollte Flora das Wort an sie richten, doch Ailean hielt sie zurück.

»Wir müssen wohlüberlegt handeln«, raunte er ihr zu, nachdem er sie ein Stück weit von den Häusern weggezogen hatte.

»Was gibt es da viel zu überlegen? Ich werde versuchen, meine Gürtelschnalle gegen Essen einzutauschen!«

»Und dann? Dann sind wir für einen Tag satt und haben vielleicht noch Proviant für einen zweiten. Aber bald werden wir wieder Hunger leiden, und dann hast du keine Gürtelschnalle mehr.«

Flora musste jäh an ihre Schätze denken, die sie in einer Truhe verschlossen aus Perth mitgenommen, bei dem überstürzten Aufbruch aber in Applecross zurückgelassen hatte –

zwei Broschen, die golden glänzten, eine Schöpfkelle aus edler Bronze, eine Silbernadel mit einem funkelnden Stein an der Spitze und ein kleines schmuckbesetztes Kästchen, in dem sich ein Flachsglätter befand. Moira hatte all das eingepackt, Moira, die im schlimmsten Augenblick ihres Lebens spurlos verschwunden war, Moira, die mit dem Namen Eilidh vielleicht etwas hätte anfangen können …

»Was schlägst du vor?«, fragte sie mit gepresster Stimme.

»Dass wir die Gürtelschnalle gegen etwas anderes tauschen als Essen – etwas, das für die Menschen hier von Wert ist.«

Flora starrte Ailean verständnislos an.

»Nun denk schon nach, Dummerchen!«, rief er. »Wir tauschen die Gürtelschnalle gegen ein Schwein.«

»Wir sollen ein ganzes Schwein essen? Und du willst es selbst schlachten?«

Sie konnte sich nicht vorstellen, dass seine feinen Finger jemals von Blut befleckt worden waren. Wie er da allerdings vor ihr stand und durchaus hübsch anzusehen war mit den rotblonden Locken, der hohen Stirn und dem vorgereckten Kinn, hätte sie sich auch nicht vorstellen können, dass er jemals betrunken auf dem Boden gelegen und geschnarcht hatte.

»Ich will das Schwein doch nicht schlachten!«, rief er. »Genau genommen will ich auch nicht eins, sondern zwei. Das eine tauschen wir hier gegen Essen ein, das andere nehmen wir mit. In der nächsten Siedlung gibt es vielleicht keine Schweine, und die Menschen geben uns drei Schafe dafür oder gar mehr. Im übernächsten Dorf wiederum …«

Flora runzelte die Stirn, doch Ailean fuhr eifrig fort: »Begreif doch! Wenn wir die richtige Wahl treffen, werden wir jedes Dorf mit einem Handelsgut erreichen, das dort etwas mehr wert ist als im letzten, und so bringen wir uns durch.«

Nicht nur, dass Flora daran zweifelte, ob diese Rechnung aufging. Noch schwerer fiel ihr die Vorstellung, wie man mit einem Schwein durch das hügelige Land ziehen konnte, über Moore, Heiden und sumpfige Wiesen. Ganz zu schweigen, wie sie mit einem oder gar mehreren Tieren die Meerenge zwischen dem Festland und Skye überqueren sollten. Sie wusste nicht viel von Schweinen, hatte aber einmal eine Magd klagen hören, dass sie störrisch wie Esel sein konnten.

»Das schaffst du nie!«, rief sie.

»Lass mich reden, ich werde einen guten Preis für deine Gürtelschnalle erzielen.«

»Ich meine, du schaffst es nie, ein Schwein hinter dir herzuziehen.«

Ihr misstrauischer Tonfall schien seinen Ehrgeiz nur anzustacheln. »Und ob ich das schaffe!«

»Dann beweis es mir!«, forderte sie schnippisch.

Aileans Lippen wurden ganz schmal. Kurz rechnete Flora damit, dass er sie gleich wieder als Dummerchen bezeichnen würde, stattdessen strafte er sie mit überheblicher Miene und stapfte in trotzigem Schweigen durch den Schlamm. Entschlossenheit hin oder her – bereits nach dem zweiten Schritt drohte er auszurutschen. Flora war fast ein wenig enttäuscht, als er sein Gleichgewicht wiederfand, anstatt der Länge nach hinzufallen, aber überzeugt, dass sich bald der nächste Anlass bot, ihn auszulachen. Schon ging Ailean auf ein Schwein zu, das sich gerade an den Exkrementen von Hühnern und Gänsen gütlich getan hatte und sich nun grunzend im Dreck suhlte.

Dass es bereits einen Strick um den Hals trug, machte die Sache für Ailean leichter. Er packte das Tier daran, ignorierte hartnäckig den Dreck, in den er bis zu den Knöcheln versank, und zog so fest am Strick, dass das Schwein zu quieken begann. In Floras Ohren klang es weniger verzweifelt als vielmehr drohend. Doch zu ihrem Erstaunen biss das Schwein nicht. Es ließ sich sogar hochziehen, und als es ein zweites Mal quiekte, klang es schon viel erbärmlicher.

»Was habe ich dir gesagt?«, rief Ailean mit vor Stolz gerötetem Gesicht.

So wenig Flora ihm den Triumph gönnte, so groß war die Genugtuung, als er schon nach wenigen Schritten innehielt. Fast hätte sie aufgelacht, aber der Laut blieb ihr in der Kehle stecken.

Ailean war nicht etwa vom Schwein aufgehalten worden, sondern von einer Frau, die sich ihm plötzlich in den Weg stellte. Genau genommen war es keine Frau, sondern eine Riesin, einen Kopf größer als Ailean und mindestens doppelt so breit. Anstelle eines Kleides trug sie einen grauen Sack, doch selbst der reichte nicht aus, um sie gänzlich zu bedecken. Er gab den Blick auf nackte Schienbeine frei, dick und muskulös wie die eines Mannes und voller schwarzer Haare, die dicht wie ein Bart wuchsen. Einen solchen hatte die Frau auch, wenngleich die Stoppeln über den Lippen von einer ebenso großen wie schlaffen Nase fast gänzlich verdeckt wurden. Die Augenbrauen waren buschig, die Augen selbst wurden von den Lidern fast erdrückt. Überhaupt schien es nichts an der Frau zu geben, das nicht schwer war. Nicht minder bedrohlich als ihre Gestalt war ihre Stimme.

»Wie dreist muss man sein, um am helllichten Tag in ein Dorf zu marschieren und ein Schwein zu stehlen!«, rief sie.

Ailean ließ das Tier los.

»Wir wollten doch nicht ...«, setzte er verzweifelt an.

Flora eilte an seine Seite: »Wir haben doch nur ...«

Es war zu spät. Die schweren Lider der Frau hoben sich gerade weit genug, dass sie sie böse anfunkeln konnte. »Das fehlte uns noch, dass sich herumspricht, Gesindel wäre uns willkommen. Ihr kommt jetzt erst einmal mit! Mit Schweinedieben machen wir hier kurzen Prozess!«

Ailean war in seinem Leben vielen Barden begegnet, doch Iain war von allen der begnadetste gewesen – nicht, weil seine Stimme so rein klang, und auch nicht, weil er meisterhaft die Harfe zupfte, sondern weil er schneller als jeder andere neue Geschichten erfinden und schon bekannte variieren konnte. Seine Fantasie glich einem tiefen Brunnen, aus dem er jeden Tag etliche Eimer schöpfte, ohne dass er auszutrocknen drohte, und mit den Liedern, die er daraus spann, ließ er seine Zuhörer für ein paar gestohlene Stunden vergessen, dass sie froren, hungrig waren oder ihnen die Knochen wehtaten.

Jetzt fror und hungerte und litt Ailean selbst, und er hatte keine Ahnung, wie er die Geschichte, in die er geraten war, gut enden lassen könnte. Anders als Iain war die Schicksalsmacht, die ihn und Flora in diese Lage gebracht hatte, ein denkbar schlechter Barde, womöglich so betrunken wie er, nachdem er zu viel Aqua vitae genossen hatte. In dieser Geschichte reichte es nicht einmal für einen ordentlichen Kerker. Nein, in einen winzigen Verschlag waren sie gesperrt worden, in dem nur ein Brennofen stand – halb in den Boden eingegraben, mit Steinen bedeckt und offenbar dafür da, Gerste zu malzen und auszutreiben. Die Kammer war so niedrig, dass ihnen nichts anderes übrig blieb, als sich neben den Ofen zu kauern, und die Nacht über – der längsten in seinem Leben – damit zu hadern, dass nicht wenigstens ein Feuer im Ofen brannte, das die Kälte aus ihren Gliedern vertrieb.

Zumindest Ailean haderte – Flora plagten ganz andere Ängste.

»Sie werden den Ofen doch nicht etwa anmachen und uns lebendigen Leibes verbrennen?«, fragte sie bange.

»Denkst du, sie machen Branntwein aus uns?«, fragte Ailean spöttisch. »Hab keine Angst. Aus dir würde ja doch bloß Essig werden.«

»So wenig wie du verträgst, würdest du allein davon betrunken werden«, gab sie gereizt zurück.

Dem konnte Ailean leider nicht widersprechen, desgleichen wie er kaum die Sehnsucht nach einem scharfen Gesöff zu unterdrücken vermochte. Gern würde er die Kopfschmerzen, die später stets folgten, in Kauf nehmen, wenn er seine Kehle damit verätzen und die aufwühlenden Gedanken vertreiben könnte, vor allem aber den quälenden Hunger, der nicht kleiner wurde, solange Flora ständig über das schmerzhafte Loch in ihrem Bauch sprach. Im Moment hätte er sogar ein rohes Stück Fleisch verschlungen!

Ailean hatte zwar keine Ahnung, wie rohes Schweinefleisch schmeckte, und noch weniger, wie man ein Schwein mit bloßen Händen schlachtete, aber er war sicher, dass er in seiner Verzweiflung Mittel und Wege gefunden hätte.

Flora tastete indessen den Boden nach Gerstenkörnern ab. »Denkst du, man wird satt, wenn man darauf kaut?«

»Was fragst du mich? Du hast mir doch erklärt, dass du Land und Leute kennst. Nur deswegen war ich bereit, dich mitzunehmen. Sag also lieber du, was wir nun tun sollen!«

Schon rechnete er mit dem Vorwurf, dass er allein es gewesen war, der sie in diese missliche Lage gebracht hatte, doch anstatt drauf herumzureiten, sagte sie lediglich: »Lass mich reden!«

»Mit wem willst du denn reden?«

»Ich kann mir nicht vorstellen, dass diese Aggie uns ewig hier gefangen hält. Irgendwann werden wir auch anderen

Dorfbewohnern gegenüber den Diebstahl rechtfertigen müssen.«

Aggie war der Name der Riesin. Ailean hätte sie anders genannt, wenn er von ihr gesungen hätte, denn Aggie klang in seinen Ohren zu lieblich für einen so wuchtigen Leib. Aber wenn er an sie dachte, blieb ihm ohnehin jedes Lied in der Kehle stecken.

Ohne auf Floras Vorschlag einzugehen, legte er sich nieder. »Wenn wir schlafen, spüren wir den Hunger nicht«, sagte er, und Flora widersprach nicht.

Ailean hatte erwartet, kein Auge zuzumachen, doch der lange Fußmarsch und die Angst um ihr Leben hatten Geist und Körper gleichermaßen zermürbt. Bald schlief er ein, wenn auch nicht tief. Die ganze Nacht über wurde er von Träumen geplagt, in denen immer wieder Aggie auftauchte, grollende Worte murrte oder ihn zu schlagen drohte.

In Floras Träumen schien Aggie keine Rolle zu spielen, denn als sie am Morgen erwachte und ihn schlaftrunken ansah, stand in ihrem Gesicht keine Furcht, nur die Hoffnung eines jungen sorglosen Mädchens, das bald heiratet und sich ein glückliches Leben ausmalt. Die Erinnerungen an ihrer beider missliche Lage kehrten jedoch viel zu bald wieder, und es waren nicht nur diese, die ihre Miene verdüsterten, sondern auch die Schritte, die plötzlich ertönten, gefolgt von Stimmen und dem Quietschen der Tür. Kalte Morgenluft traf sie wie ein Peitschenhieb.

Ailean sprang auf, schlug sich prompt den Kopf an und fluchte. Flora blieb klugerweise auf dem Boden kauern, erklärte jedoch wie am Abend zuvor entschlossen: »Lass mich reden.«

Sie hatte Mut, das musste man ihr lassen. Schließlich sahen sie sich alsbald nicht nur Aggie gegenüber, sondern drei Männern, keiner so groß und wuchtig wie die Riesin, aber nicht unbedingt vertrauenerweckender. Der eine war alt und zahnlos, hatte aber kräftige Arme, das Gesicht des zweiten war stark vernarbt, als wäre er irgendwann einmal in ein Feuer geraten, der dritte war eigentlich eine stattliche Erscheinung, aber blickte so finster, dass man von ihm erst recht keine Gnade erhoffen konnte.

Der Zahnlose begann als Erster zu sprechen, allerdings so undeutlich, dass Ailean nur einzelne Worte verstand, die keinen Sinn ergaben. Erwartungsvoll blickte er auf Flora, die aus den heiser gezischelten Lauten immerhin etwas klüger als er geworden zu sein schien.

»Sie wollen nicht wissen, warum wir das Schwein gestohlen haben, sondern woher wir stammen«, übersetzte sie.

Ailean schöpfte Hoffnung. »Dann sag es ihnen doch! Wenn sie hören, dass wir von einer Burg des Grafen von Ross kommen, werden sie uns gehen lassen.«

Flora schüttelte empört den Kopf. »Bist du verrückt? Was ist, wenn David mich verfolgt? Ich will ihn nicht wiedersehen, nicht, bevor ich weiß, warum er Iain angegriffen hat.«

Ailean hatte andere Sorgen als einen wütenden Bräutigam. »Du musst ihnen ja nicht gleich deinen Namen auf die Nase binden.«

Widerwillig murmelte Flora ein paar Sätze, doch die Männer nahmen sie wenig begeistert auf. Anstatt zu antworten und noch mehr Fragen zu stellen, entspann sich zwischen den dreien ein heftiger Wortwechsel. Nicht nur Ailean hatte Mühe, etwas zu verstehen, auch Flora runzelte verwirrt die Stirn.

»Was ... was sagen sie denn?«, fragte Ailean ungeduldig.

»Ich bin mir nicht sicher ...«

»Du hast behauptet, die hiesige Sprache zu verstehen!«

»Wenn sie doch so undeutlich ...«

»Du Lügnerin!«, entfuhr es ihm.

»Dann rede eben selbst mit ihnen!«, fauchte sie.

Der Narbige hatte keine Geduld mehr. Er trat auf Flora zu, zerrte sie hinaus, um sie dort heftig zu schütteln, und bellte eine weitere Frage, aus der Ailean den Namen Robert heraushörte. Wahrscheinlich war Robert the Bruce gemeint, denn selbst in einem entlegenen Dorf wie diesem hatten sich nicht nur die Geschichten von dem Rebellen verbreitet, sondern auch die Angst vor einem möglichen Krieg.

»Nun sag schon, dass Robert ein Mörder und gemeiner Verräter ist!«, rief Ailean. »Vielleicht stimmt sie das milde.«

Panik stand in Floras Gesicht, als der Griff des Mannes noch fester wurde, doch sie verkniff sich einen Aufschrei. Es gelang ihr schließlich, ein paar verzweifelte Worte auszustoßen.

Die Mienen der Männer blieben missbilligend, das Schweigen, das folgte, schmerzte in Aileans Ohren – umso mehr, als der Zahnlose anklagend die Hand hob und wütend zu zetern begann.

»O Gott!«, stieß Flora aus.

»Was denn? Was haben sie denn?«

»Ich ... ich fürchte, ich habe das Falsche gesagt – genau das Gegenteil nämlich von dem, was ich meinte ...«

Ihr Stammeln ging in einem neuerlichen Sturzbach an Wörtern unter. Die Männer schrien erst sich gegenseitig, dann sie beide an. Nur Aggie sagte nichts. Sie stieß Flora zurück in ihr Gefängnis. Quietschend schloss sich die Tür hinter ihnen, ehe Flora ihre Worte berichtigen konnte.

»Das ... das wollte ich doch nicht!«, rief sie ein ums andere Mal verzweifelt.

Noch vermochte Aileans Ärger sein Entsetzen zu bezähmen. »Du Lügnerin!«, schimpfte er wieder. »Du kannst ja gar kein Gälisch, du hast mir bloß etwas vorgemacht, und jetzt hast du uns …«

»Ich war so aufgeregt!«, hielt sie ihm schwach entgegen und brach prompt in Tränen aus.

Ailean konnte es ihr nicht einmal verdenken. Er setzte sich schnell, um sich den Kopf nicht wieder an der niedrigen Decke anzuschlagen.

»Na großartig!«, rief er. »Jetzt hält man uns nicht nur für Schweinediebe, sondern für Anhänger von Robert the Bruce. Wenn wir Glück haben, bringen sie uns nach Applecross, damit Bearnard MacIver oder Graf William selbst über uns richten. Da sie aber wohl keine große Lust auf einen langen Fußmarsch haben, werden sie uns an den nächsten Baum hängen.«

Noch wurden sie nicht gehängt, sondern bekamen etwas zu essen – allerdings nur dünne Suppe, in der fauliges Gemüse ertrank, und ein paar Fasern flachsigen, nicht minder verdorbenen Fleisches. Flora zwang sich trotzdem, einige Bissen herunterzuwürgen, und hinterher war ihr Magen kein einziges großes Loch mehr. Mit der gewonnenen Kraft kehrte jedoch kein Mut zurück, im Gegenteil. Ihr Geist – genährt wie der Körper – malte sich in den kommenden Stunden in grausamen Einzelheiten aus, was ihnen bevorstand. Ailean erwies sich als wenig tröstlich, schwieg bockig, sah sie anklagend an oder grummelte vor sich hin. Auch wenn sie gemeinsam ihr Schicksal verschuldet hatten – damit hadern tat ein jeder für sich allein.

Mit dem Abend kehrte der Hunger zurück, mit ihm kamen die Kopfschmerzen und die quälenden Fragen, warum sie zu dieser riskanten Reise aufgebrochen war. Flora merkte erst, dass sie mit den Zähnen knirschte, als Ailean sie schroff anfuhr, sie solle leise sein, so könne er nicht schlafen.

Sie verkniff sich eine wütende Entgegnung und legte sich wie er nieder, doch als sie die Augen schloss, öffnete sich nicht das Tor zum gnädigen Reich des Vergessens, sondern grässliche Bilder stiegen vor ihr auf – von David, wie er auf Iain einstach, von Moira, die entsetzt aufschrie, von Iain, der auf dem Boden lag. In ihrem Traum war er nicht so schwer verwundet wie im wirklichen Leben, sondern erhob sich mit blutigem Gesicht.

Eilidh!, rief er ein ums andere Mal. Eilidh!

Es war ein langer klagender Ton, der ihr durch Mark und Bein ging ... Der Ton, der als Nächstes folgte, klang hingegen gereizt.

»Du schnarchst!«, rief jemand vorwurfsvoll.

Flora schlug die Augen auf und blickte in Aileans Gesicht.

»Mein Gott! Kannst du nicht wenigstens einmal etwas Nettes sagen?«

»Was ist denn nett an unserer Lage?«

Sie erwartete neue Vorwürfe, gar Beschimpfungen, stattdessen schlug er zu ihrer Überraschung die Hände vors Gesicht. Obwohl sie oft gehört hatte, dass Männer niemals weinten, stieß sie der Anblick seiner zuckenden Schultern nicht ab, sondern rührte sie unerwartet.

»Du machst dir nicht nur Sorgen um uns, sondern auch um Iain ...«, stellte sie fest.

Mit einer Stimme, wie sie sie noch nie aus seinem Mund vernommen hatte, weil jeder Trotz verstummt und nur die Verzweiflung geblieben war, erzählte er unerwartet von seinem Leben. Sein Vater war Handwerker gewesen und hatte wunderschönes Geschirr hergestellt, glatt, kunstvoll und mit einer grünen Schicht aus Blei versehen. Mönche hatten ihn das gelehrt, die wiederum ihr Wissen vom Festland mitgebracht hatten.

»Er war so stolz auf sein Geschirr«, vertraute er ihr an. »Selbst die Holzscheite, mit denen er den Brennofen heizte, befühlte er voller Ehrfurcht, als müsste er nicht jeden Tag aufs Neue schuften, sondern würde Gottesdienst feiern wie am Sonntag. Ich hingegen ... ich taugte nicht dazu, den Ton zu formen. Meine Hände waren zwar schmal wie seine, aber nicht so geschickt, zumindest nicht, wenn es um Krüge, Teller und Schüsseln ging. Wie oft mir das Geschirr entglitten und zerbrochen ist! Wie oft ich vergebens versucht habe, die Scherben zu verstecken! Mein Vater hat mich nicht einmal dafür geschlagen, er hat mich nur lange angesehen, mit so viel Trauer im Blick, als hätte ich ein lebendiges Wesen ermordet oder gar meine Hand gegen ihn erhoben.« Er schluckte schwer. »Aber dann habe ich die Erfahrung gemacht, dass es etwas gibt, das nicht so leicht zu Bruch geht wie Geschirr. Lieder nämlich. Wenn man singt, kann man einen Misston mit dem nächsten ausgleichen, und wenn man den Text eines Liedes vergisst, kann man sich neue Verse ausdenken. Vielleicht sind Lieder nicht so langlebig wie Porzellan, in jedem Fall sind sie nicht so empfindlich.«

Flora lauschte schweigend. Wenn das, was er von Liedern behauptete, doch nur auch für ihr Leben gelten würde! Wenn sie ihren Fehler wiedergutmachen könnte und ihr Schicksal nicht besiegelt wäre!

Wie er da saß, sein Gesicht in den Händen, nun von Iain sprach, der ihn, anders als sein Vater, nie mit unendlicher Traurigkeit, sondern immer nur mit Verständnis und Wohlwollen angeblickt hatte, wäre Flora beinahe zu ihm gerutscht, um ihm tröstend den Arm um die Schulter zu legen. Doch ehe sie sich einen Ruck gab, ließ ein Geräusch sie zusammenfahren.

Ailean blickte hoch. Seine Augen waren gerötet, aber die Wangen trocken.

»So früh!«, rief er entsetzt.

Er rechnete wohl mit den drei Männern und damit, dass sie mit festen Stricken gekommen waren. Doch es war nur Aggie, die in der Tür stand. Da die Tür so niedrig und das Weib so groß war, konnten sie nur Leib und nackte Beine erkennen, nicht ihre Miene.

»Aufstehen! Rauskommen!«

Am Vortag hatte ihre Stimme wie Gewittergrollen geklungen, jetzt wie das Zischen von Fett, wenn es ins Feuer tropft.

Flora erhob sich mit steifen Gliedern und stellte fest, dass sie länger geschlafen und Ailean länger von seinem Leben erzählt hatte als gedacht. Die Morgensonne war zwar noch träge und blieb hinter einem Hügel versteckt, doch ein paar vorlaute Strahlen lugten schon neugierig darüber. Ihre Kräfte brauchten sie noch, um der Finsternis zu trotzen. Weder konnten sie schon den bleichen Ginster golden färben noch ihre durchfrorenen Leiber wärmen.

»Kommt mit!«, befahl Aggie.

Jetzt war ihre Stimme ganz leise. Auch ihre Schritte versuchte sie möglichst lautlos voreinanderzusetzen. Trotz ihres schweren Leibes gelang ihr das, denn der Schlamm dämpfte alle Geräusche und gab nur dann und wann ein leises Gluckern von sich. Aggie drehte sich mehrmals um, doch anstatt sich zu vergewissern, ob Flora und Ailean ihr folgten, ging ihr Blick immer wieder zu den Häusern, als hätte sie Angst, dass jemand sie belauern könnte.

Dem war nicht so, das ganze Dorf schien noch zu schlafen, nur die Schweine grunzten im Dreck. Erst als sie das letzte

Haus hinter sich gelassen hatte und sich der Weg in Wiesen verlief, wo das Gras kniehoch stand, blieb Aggie stehen.

»Wohin bringt du uns?«, fragte Flora.

»Mein Mann hätte euch am liebsten ein Jahr Torf stechen lassen, ehe er euch wieder die Freiheit schenkt.«

Flora sank das Herz. Sie hörte gar nicht richtig zu, als Aggie begann, von ihrem Clan zu erzählen. Mit Argyll war dieser verbunden, von dort stammte John Comyn, und das war wiederum der Mann, den Robert the Bruce in der Kirche erstochen hatte.

»Als ich sagte, wir stünden auf Roberts Seite, habe ich einen Fehler ...«, setzte Flora an, doch Ailean hob hastig die Hand, um sie zum Schweigen zu bringen.

»Ganz gleich, was dein Mann für Pläne hat, du bringst uns nicht zum Torfstechen«, stellte er fest.

Aggie beugte sich zu ihnen, und der Ausdruck ihres Gesichts veränderte sich auf verblüffende Weise. Sie zog die Lider hoch und gab den Blick auf wunderschöne Augen frei, vom dunklen Braun der Haselnuss, warm und seelenvoll, vor allem aber jung. Als Flora in diesem Blick versank, vergaß sie kurz, wie schwer der Leib der Frau war. Vor einem leichtfüßigen Mädchen schien sie zu stehen, das überzeugt war, all seine Träume leben zu können, wenn es nur lange und schön genug tanzte. Nur die Stimme klang nicht wie die eines Mädchens.

»Nein«, dröhnte sie, »nein, ich bringe euch nicht zum Torfstechen, sondern lasse euch frei. Macht, dass ihr fortkommt, und kehrt niemals wieder hierher zurück!«

Flora sah Ailean an, dass er Aggies Worten so schnell wie möglich Folge leisten wollte, doch diesmal war sie es, die die Hand erhob und ihn zum Innehalten bewog.

»Aber warum?«, fragte sie. »Warum stellst du dich gegen deinen Mann?«

Der Geist des jungen tanzenden Mädchens schien wieder in den schweren Körper zurückzukehren, und obwohl die Beine dick waren, hatten sie nicht die Kraft, seinem Gewicht standzuhalten. Aggie ließ sich ächzend ins Gras plumpsen, indessen ihre Augen weit aufgerissen blieben und sie noch mehr glänzten, als plötzlich Tränen in ihnen schimmerten.

»Es ist doch so eine schöne Liebesgeschichte!«, platzte es aus ihr heraus.

Sie selbst mochte vielleicht schon lange nicht mehr tanzen, aber ihre Träume taten es noch.

»Robert the Bruce ...«, begann sie, »... alle behaupten, er sei ein gemeiner Mörder. Aber wenn es so wäre, hätte Isabella ihn dann zum König von Schottland gekrönt?«

Flora kramte in den Tiefen ihres Gedächtnisses. Aggie musste Isabella von Buchan meinen, über die sich die Frauen in Applecross das Maul zerrissen hatten. Warum sie Robert gekrönt hatte, wusste sie nicht, doch Aggie sehr wohl.

»Sie muss ihn lieben!«, rief sie eifrig.

Flora erinnerte sich nun wieder. Isabella war gefangen genommen und von den Engländern in einen Käfig geworfen worden, um für ihre Tat zu büßen, aber das verschwieg sie Aggie wohlweislich. Wenn fremde Liebe ihr eigenes Leben leichter machte, sollte sie sich so lange wie möglich daran erfreuen.

Aggie ächzte einmal mehr. »Alle nennen Robert einen Mörder, aber er kämpft für die Freiheit Schottlands. William Wallace hat das auch getan. Die Engländer haben seine Frau Marion getötet, doch William hat ihr Grab ausgehoben und die tote Liebste an einen geheimen Ort gebracht, damit die Engländer ihren Leichnam nicht schänden konnten.«

William Wallace war ein noch größerer Feind als Robert, noch ruchloser, noch teuflischer, aber anders als Robert schon hingerichtet und damit einer Strafe zugeführt, die alle Menschen, die Flora kannte, als gerecht befanden. Aggie schien das anders zu sehen. Tränen kullerten über ihre Wangen, nässten die Barthaare und verrieten ihr Mitempfinden für jene Helden, die nicht nur für Schottlands Freiheit kämpften und starben, sondern überdies Liebende waren.

Während Flora tief berührt war, sah Ailean die Sache nüchterner. »Woher weißt du überhaupt von William und Robert?«

Aggie wischte sich die Tränen vom Gesicht. »Mein Bruder Pól ist sehr fromm. Wenn ihr mich fragt, liegt das an einem Schlag, den er einst abbekommen hat. Ein gewisser Roslin, der weder klein ist noch ein Rotschopf, wie sein Name verheißt, sondern kahlköpfig und dick, hat ihn beim Baumstammwerfen mit einem schweren Ast am Kopf getroffen. Seitdem erscheinen Pól Heilige, die den Märtyrertod gestorben sind und die ihn aufrufen, zu ihren Reliquien zu pilgern. Er ist fast immer unterwegs, und wenn er wiederkommt, schildert er nicht nur die Wunden der Märtyrer, sondern bringt auch Neuigkeiten.« Sie beugte sich so weit vor, dass Flora Angst hatte, sie würde gleich auf sie fallen. »Ich glaube ja nicht, dass die Märtyrer viel bewirken, und wenn man noch so inständig zu ihnen betet. Wie soll ausgerechnet einer, dem man den Kopf vom Rumpf geschlagen oder dessen Gedärme man aus dem Leib gerollt hat, den Menschen in der Not helfen? Wahrscheinlich hat Pól einfach nur keine Lust, Schweine zu schlachten.«

Sie lachte dröhnend, wurde aber rasch wieder ernst.

»Um Isabellas und Marions willen lässt du uns also frei«, stellte Ailean fest.

»Nicht nur deswegen. Ihr beide liebt euch doch auch.«

Wenn sie auch schöne haselnussbraune Augen hatte – die Frau musste blind sein. Doch ehe Flora noch spöttisch auflachen konnte, legte Ailean besitzergreifend seinen Arm um ihre Schultern.

»So ist es!«, erklärte er, ohne dass die Lüge seine Stimme zum Beben brachte.

»Verschwindet also, bevor mein Mann euch sieht.« Aggie lachte schadenfroh. »Er wird wütend sein, wenn er merkt, dass ihr entkommen seid und er den Torf allein stechen muss.«

»Du bekommst doch keine Schwierigkeiten?«, fragte Flora besorgt.

»Sehe ich etwa so aus, als würde mir ein Mann jemals Schwierigkeiten bereiten können? Oder als hätte mich jemals einer geliebt?«

Aggie seufzte, ihre Lider schienen wieder schwer zu werden.

Flora wollte sich schon abwenden und gehen, doch jetzt war es Ailean, der sie zurückhielt. »Wenn dir so viel an Liebesgeschichten liegt ... Hast du je eine vernommen, in der eine gewisse ... Eilidh eine Rolle spielte? Offenbar stammte sie von Skye, und vielleicht weißt du ...«

Aggie kämpfte sich hoch und stemmte die Arme in die Hüfte. »Aber sicher habe ich schon mal von Eilidh gehört!« Kurz schwieg sie, ehe sie zu sprechen fortfuhr. »Meine Mutter hat eine spitze Zunge. Wenn sie mich betrachtet, fragt sie sich immer, wie sie mich einst geboren hat, ohne dass ihr Leib zerriss. Und wenn mein Bruder zu einer seiner Pilgerreisen aufbricht, behauptet sie, dass er schon immer schwachsinnig war und nicht erst seit dem Tag, da Roslins Ast ihn traf. Manchmal denke ich, dass ich so schwer geworden bin, damit sie mich nicht länger fortjagen kann, was sie immer wollte, und dass mein Bruder so oft auf Reisen ist, damit sie ihn nicht einsperren kann, was sie auch immer wollte. Sei's drum ...

Wenn meine Mutter singt, klingt ihre Stimme ganz sanft, und sie erzählt nur schöne Geschichten.«

»Von einer Wölfin und einem Raben?«, fragte Flora. »Die sich nicht lieben durften und dennoch ein Kind bekamen?«

»Dieses Lied kenne ich nicht. Aber den Namen Eilidh hat meine Mutter oft erwähnt. Auf der Nebelinsel hat sie einst gelebt und früh ihre Eltern verloren. Vielleicht hat sie auch gar keine gehabt, sondern war ein Feenkind.« Sie schluckte schwer. »Sie muss sehr schön gewesen sein. Den Männern fällt es nun mal leichter, schöne Frauen zu lieben als hässliche. Gewiss ist auch Isabella sehr schön, und Marion war es nicht minder ...«

»Und wen ... wen hat Eilidh geliebt?«, fragten Ailean und Flora wie aus einem Munde.

Aggie zuckte die Schultern. »Ob auch jener Mann schön war, weiß ich nicht. Nur dass er Kieran hieß und aus Irland stammte.«

»War er ein Feenkind wie Eilidh?«

»Hm ...«, machte Aggie. »Darüber hat meine Mutter nie gesungen. Aber sie hat oft genug die erste Begegnung der beiden ausgeschmückt.« Sie seufzte wehmütig und faltete die Hände, als würde sie inbrünstig beten. »Kieran hat sein Herz an Eilidh verloren, kaum dass er sie erblickte ...«

IV.

Skye
1258

Bruder Patrick erzählte ständig Geschichten, doch nur selten brachte er sie auch zu Ende. Kaum erwähnte er einen neuen Namen, fand er daran Gefallen, auch dessen Lebensgeschichte zu ergründen, und da ein Mensch im Laufe seines Lebens vielen weiteren begegnet, wurden aus einer einzigen Geschichte rasch deren zehn.

Während der stürmischen Fahrt von der Insel Iona, wo sie die letzte Rast auf der langen Reise eingelegt hatten, bis zu ihrem Ziel, der Insel Skye, hatte Kieran sich zu elend gefühlt, um zuzuhören, aber als ihr Boot anlegte, sie ausstiegen und er sich sicher wähnte, das Stück trockenen Brotes, das er am Morgen gegessen hatte, bei sich zu behalten, lauschte er den ausufernden Erklärungen des Mönchs mit größerem Interesse.

»In der Nähe von Loch Snizort ist einst der heilige Columban angelandet, um die Heiden, die Skye bevölkerten, zu bekehren. Es heißt, es sei ein kalter, unwirtlicher Tag gewesen und sein Boot habe ein Leck gehabt ...«

Ein Leck also ... Gewiss ist ihm dennoch nicht halb so übel gewesen wie mir, dachte Kieran beschämt.

»Adamnan, der später die Vita des heiligen Columban verfasste, hat ihn übrigens begleitet. Adamnan selbst wiederum …«

Kieran tat, was er nur selten wagte, er fiel Bruder Patrick ins Wort. »Was hat denn der heilige Columban nach seiner Ankunft als Erstes getan?«

Stumm fügte er hinzu: Hat er gefroren wie wir? Hat er sich einsam gefühlt? Hat er gegen den Drang gekämpft, diese unwirtliche Insel sofort wieder zu verlassen?

Bruder Patrick erzählte nichts dergleichen. »Ein dichter Wald wuchs dort, wo er an Land ging«, erzählte er eifrig. »Columban kniete sich auf die feuchte Erde, um zu beten, doch plötzlich erschien ein riesiger Bär und bedrohte ihn. Dieser Bär trieb schon seit Langem sein Unwesen auf der Insel und versetzte die Bevölkerung in Angst und Schrecken. Columban konnte ihn freilich kraft seines Gebets zum Zurückweichen bringen und ihn töten.«

Wie machten Heilige so etwas nur? Und wie kam es, dass sie nach einer langen, beschwerlichen Reise ans Beten und Bärentöten dachten, anstatt sich nach einem Dach über dem Kopf und einem Krug Met zu sehnen?

»Der Bär ist übrigens nicht das erste Ungeheuer, das Columban bezwungen hat«, fuhr Bruder Patrick fort. »Bevor er beschloss, Skye zu missionieren, war er im Hochland unterwegs. Auf dem Weg nach Inverness, einer Stadt im Osten, ist er an einem großen Loch vorbeigekommen, in dem ein Seeungeheuer hauste. Es drohte, ihn und seinen treuen Begleiter zu verschlingen, aber erneut genügte die Kraft des Gebets, es zu bezwingen.«

Kieran unterdrückte ein Schaudern, als Bruder Patrick ausführlich das Riesenmaul des Ungeheuers und die vielen Zähne darin schilderte. Wie es ansonsten aussah und ob sein Schwanz lang und schuppig war, sagte er nicht, denn bei der Erwähnung des Gebisses fiel ihm der Zahn eines Heiligen ein, der irgendwo als Reliquie angebetet wurde.

Kierans eigene Zähne klapperten. Trotz des starken Windes, der Erschöpfung und des flauen Gefühls im Magen kämpfte er beharrlich darum, Schritt vor Schritt zu setzen, doch diese Schritte gerieten immer wackliger. Die Wiese war vom Meer verfärbt worden, als gönnten ihr die nahen Fluten keine satte, kräftige Farbe. Sie ersoff im Schlamm.

»Der Zahn dieses Heiligen ... er ist weiß wie der eines Kindes, als hätte er nie an einem Stück Fleisch gekaut oder hartes Brot gegessen, nur feinen, sämigen Brei ...«

»Und warum ist ihm der Zahn dann ausgefallen?«

»Ach, er ist ihm doch nicht ausgefallen. In der Stunde seines Todes war es jedoch so, dass ...«

Die Wiese machte ein schmatzendes Geräusch, als wollte sie ihn – zahnlos oder nicht – verschlingen, und Kieran achtete nicht länger auf Bruder Patricks Worte. Ein Stück Holz ... er brauchte ein Stück Holz, das er als Stab benutzen konnte! In den Sümpfen war keines zu finden, bei den Sträuchern auch nicht. Aber dort hinten, war dort hinten nicht ein Wald?

»... und dieser Bischof hat den Zahn in eine kleine Schatulle gelegt. Sie war ganz aus Gold und mit rotem Samt ausgelegt, und der Zahn ...«

Kieran nahm eine Regung wahr und erstarrte. Nein, das war kein Wald, nur eine Anhäufung dunkler Steine, aber hinter den Steinen kam nun jemand hervor!

Es waren zwei Mädchen. Oder nein, die Brüste waren zu rund und die Hüften zu breit, um sie noch als Mädchen zu bezeichnen. Zwei junge Frauen waren es, die so plötzlich und unerwartet in dieser Einöde auftauchten wie einst der Bär im Wald, in dem Columban gebetet hatte.

Nicht dass er sie mit einem Ungeheuer vergleichen wollte,

dazu waren sie viel zu schön. Und nicht, dass er sich vor ihnen fürchtete, dazu versank er viel zu sehr in ihrem Anblick.

Bruder Patrick waren die beiden Frauen bis jetzt entgangen. Nachdem er sich ausführlich dem Zahn des Heiligen gewidmet hatte, war ihm wieder der heilige Columban eingefallen.

»Columban hat die Nordseite der Insel missioniert. Im Süden hingegen wirkte der heilige Maelrubha. Dieser Maelrubha wiederum ...«

»Bruder Patrick!«

Kieran deutete auf die Frauen, die ihrerseits stehen geblieben waren und die Fremden misstrauisch musterten.

»Ach, ach, ach!«, machte Bruder Patrick. »Ich habe vergessen zu erwähnen, dass Columban Irland verlassen musste, weil er, und das ohne um Erlaubnis zu bitten, ein Manuskript im Kloster von Moville kopiert haben soll. Darüber entbrannte ein Streit, und dieser führte zu einer Schlacht, die Tausende von Männern das Leben gekostet hat.«

Bruder Patrick erzählte Geschichten nicht nur nie zu Ende, sondern vergaß auch wichtige Details. Kieran war sicher, dass zwischen dem Kopieren des Manuskripts und der Schlacht noch mindestens ein weiteres Ereignis gestanden hatte, das er unterschlug.

Anstatt den Mönch darauf hinzuweisen, rief er erneut: »Bruder Patrick!«

Eben rafften die jungen Frauen ihre Kittel, die sie über einem Leinenhemd trugen und deren Träger nach Wikingersitte mit Broschen an der Brust befestigt waren. Kieran erhaschte einen Blick auf ihre nackten Beine. Bis zum Knöchel waren sie schmutzig vom Schlamm, darüber jedoch weiß wie Milch. Sie flohen nicht, wie er es erwartet hatte, sondern kamen neugierig näher.

Bruder Patrick bemerkte sie immer noch nicht. »Nicht weit

von hier muss Skeabost sein. So heißt der Ort, an dem Columban eigenhändig eine Kirche erbaut hat und später sämtliche Bischöfe von Skye begraben wurden. Leider ist nichts von ihr zu sehen, doch in einer Einöde wie dieser zu wandern hat auch sein Gutes. Es bedeutet, dass unsere Sinne für Gottes Zeichen geschärft werden. Der Allmächtige wird uns sicher zum Kloster führen. Dieses wiederum steht nicht in Skeabost, sondern in der Nähe von Stein, und dort ...«

»Bruder Patrick!«, unterbrach Kieran ihn zum dritten Mal und erreichte diesmal immerhin, dass der Mönch stehen blieb. »Vielleicht hat Gott uns diese beiden Frauen geschickt, damit wir sie nach dem Weg fragen können.«

Bruder Patrick runzelte verwirrt die Stirn, folgte Kierans Blick und sah nun gleichfalls, was dieser sah. Die jungen Frauen trugen ihr langes Haar offen – rot, dick und glatt das der einen, blond und in weichen Wellen fallend das der anderen. Hübsch anzusehen waren sie beide, wobei nur der Blick der Roten streng auf sie gerichtet war, die andere hielt ihren gesenkt. Obwohl Kieran nicht erkennen konnte, welche Farbe ihre Augen hatten, hätte er schwören können, dass sie im gleichen dunklen Blau wie das Meer erstrahlten, in dessen Nähe er aufgewachsen war. Seine Kehle wurde eng vor Heimweh. Bruder Patrick blickte indessen rasch weg.

»Nicht hinsehen!«, befahl er streng.

»Aber der Weg ...«

»Gott wird ihn uns weisen, sonst niemand.«

Tiefe Röte breitete sich auf Bruder Patricks Gesicht aus, die der scharfe Wind allein nicht zeichnen mochte. Er ging schnell weiter, was auf einer sumpfigen Wiese wie dieser nicht so leicht war. Unsichtbare Hände schienen ihn zu halten, auch der Anblick der blonden jungen Frau ließ Kieran nicht los. Der Boden, auf dem sie stand, musste nicht minder feucht sein, und doch versank sie nicht darin wie er. Vielleicht hatte sie kein Gewicht, vielleicht ging sie nicht, sondern schwebte, vielleicht war sie eine Elfe …

Bruder Patrick behauptete natürlich, es gebe keine Elfen, und falls doch, seien sie nichts weiter als gefallene Engel, bösartig und grausam.

»Nun komm schon!«, rief Bruder Patrick.

Kieran wagte nicht, sich zu widersetzen, aber suchte immer noch Mittel und Wege, mit den Frauen zu sprechen.

»Wenn wir sie schon nicht nach dem Weg fragen, sollten wir doch unser Brot mit ihnen teilen … Gewiss sind sie hungrig.«

Im Benediktinerkloster auf Iona hatten sie einige Tage zuvor noch ein üppiges Mahl genossen und so viel Proviant mitbekommen, dass sie sich die lange Bootsfahrt über gut hatten nähren können. Mittlerweile war der Lederbeutel leicht und das Brot hart geworden, und der getrocknete Fisch roch ranzig, aber so zart, wie die blonde Frau wirkte, bekam sie nicht viel zu essen und freute sich gewiss über eine Gabe.

Bruder Patrick hob seinen Blick gerade so lange, um Kieran ein Lächeln zuwerfen zu können. »Du willst das Wenige, das wir haben, teilen«, stellte er fest. »Ach, Kieran, du bist ein lichter Mensch.«

Selten hatte Bruder Patrick, der für gewöhnlich doch nur Heilige rühmte, etwas so Freundliches zu ihm gesagt. Kieran griff sich unwillkürlich an sein Haar.

»Wie kann ich licht sein? Ich habe doch schwarzes Haar und kein blondes wie all die Krieger, die zu Helden werden und deren Locken wie ihre Schwerter glänzen. Ronan hat solches Haar.«

»Ronan ist dein Bruder, nicht wahr?«

Kieran nickte. Die Bitterkeit, die in ihm hochstieg, war so

groß, dass sie ihm selbst den Anblick der jungen Frauen vergällte. Er wusste, er sollte seinen Bruder lieben, und irgendwie tat er das ja auch, hatte es zumindest immer ertragen, von ihm verspottet zu werden. Zu weich war er angeblich, zu scheu, zu zart. Ganz zu schweigen davon, dass er mehr Gefallen am Gesang der Barden als am Schwertkampf fand. Kieran hatte nie widersprochen, doch anstatt ihn dafür zu belohnen, dass er Ronans Beleidigungen stets stoisch hingenommen, sich als langmütig und duldsam erwiesen hatte, hatte ihm das Schicksal eine noch schlimmere Prüfung auferlegt. Er war ausgewählt worden, um als Geisel des Königs von Man – einer Insel in der irischen See – in diese Einöde verschleppt zu werden.

Bruder Patrick musterte ihn aufmerksam. »Soso, du haderst mit deinem schwarzen Haar. Aber auch Holz wird schwarz, wenn es brennt, und dabei entsteht doch ein gleißenderes Licht, als wenn der Mond auf Silber fiele. Wenn du mit deiner hellen Stimme singst, erwärmt sich die Welt. Das Grölen von Kriegern hingegen bringt nichts als Kälte über die Menschen.«

»Mein Vater sieht das anders. Er hat mich geopfert, weil ich nicht so viel wert bin wie Ronan.«

»Hm …«, machte Bruder Patrick. »Von deinem Vater weiß ich zu wenig, um mir ein Urteil über ihn anzumaßen. Ich habe nur den Auftrag bekommen, dich auf diese Insel zu bringen. Keiner erklärte mir, warum die Wahl ausgerechnet auf dich fiel. Vom himmlischen Vater weiß ich jedoch mehr als von deinem irdischen. Und der, das sei gewiss, bestraft dich nicht. Er verlangt von denen die größten Opfer, die er am meisten liebt. Dir hat der Allmächtige den Verzicht der Heimat aufgelastet und eine ungewisse Zukunft. Von mir, der ich gern auf Iona geblieben wäre, hat er gleichfalls verlangt, dass ich Vertrautes zurücklasse und in die Fremde gehe, um hier die Lehre des Papstes zu verbreiten.«

Noch beim letzten Satz ahnte Kieran, was kommen würde, und prompt spann Bruder Patrick die Geschichte eines Legaten, der – gleich ihm – in einsamste Gegenden entsandt wurde, um Briefe aus Rom zu übermitteln und dabei viele Abenteuer durchstehen musste. Kieran wagte einen neuerlichen Blick auf die beiden Frauen, musste aber feststellen, dass sie nun doch Abstand wahrten. Die Rote sah zwar nicht so aus, aber vielleicht hatte die Blonde Angst vor ihm.

Vor mir musst du keine Angst haben, ich bin nicht wie Ronan …

Zum ersten Mal erfüllte ihn dieser Gedanke nicht mit Bitterkeit, sondern mit Stolz.

»Kieran, Kieran …« Bruder Patrick brach die Geschichte des Legaten ab und betrachtete ihn ungewohnt streng. »Gleichwohl du ein lichter Mensch bist, trägst du die Erbsünde in dir. Schließlich wurdest du durch einen Akt der Sünde gezeugt. Davon ausgenommen war nur die allerseligste Jungfrau, als sie Anna und Joachim geboren wurde, und das wiederum nicht, weil Anna und Joachim nicht gesündigt hatten, als sie beisammenlagen, sondern weil der Allmächtige mit der Jungfrau einen Plan hatte.«

Kieran zuckte zusammen. »Ich wollte doch nur …«

»Wir sündigen nicht nur mit unseren Händen, sondern auch mit unseren Blicken!«, mahnte Bruder Patrick. »Du hast diese beiden Frauen mit deinen Augen regelrecht verfolgt. Gottlob gibt es kaum Besseres, das schwache Fleisch und sein teuflisches Begehren abzutöten, als kaltes Wasser, und das gehört zu den wenigen Dingen, von denen es hier reichlich gibt.«

Schon mehrmals hatte Bruder Patrick von jenen Heiligen

erzählt, die in kalten Flüssen badeten, um ihr Begehren zu unterdrücken, und irgendwann so abgehärtet waren, dass selbst die Berührung des schönsten aller Mädchen nur dem Kitzeln einer lästigen Fliege glich. Ausgerechnet an diesem Tag wollte er ihrem Beispiel folgen und deutete prompt auf einen Tümpel vor ihnen.

Kieran unterdrückte ein Seufzen. Schon beim Anblick des dunklen Wassers überkam ihn ein Frösteln.

»Aber ich wollte diesen jungen Frauen nicht mit unzüchtigen Blicken zusetzen. Ich dachte wirklich nur ...«

»Ich werde einen Teil deiner Buße auf mich nehmen.«

Bruder Patrick drehte sich erstmals nach den jungen Frauen um, jedoch nur, um zu prüfen, dass sie sich weit genug entfernt hatten, dann legte er seine Kutte ab.

»Warum«, versuchte Kieran ihm entgegenzuhalten, »warum betrachtest du Frauen als Werkzeuge des Teufels? Im Kloster zu Iona leben Frauen und Männer doch zusammen, um gemeinsam Gott zu dienen!«

»Nein, es sind die Männer, die Gott dienen. Die Frauen sind nur ihr Werkzeug, um täglich aufs Neue zu beweisen, dass ihr Wille stärker ist als die Versuchung des Teufels. All die Jahre habe ich nie eine so neugierig angestarrt, wie du es eben tatest.«

»Du hast dich ja auch ins Skriptorium zurückziehen können. Wenn man in der Einöde plötzlich auf Menschen trifft, ist es etwas schwerer, sie zu missachten.«

Bruder Patrick hörte gnädig über Kierans schnippischen Tonfall hinweg. »Eben«, sagte er. »Gerade, weil es fern der schützenden Mauern eine größere Prüfung ist, fromm zu bleiben, müssen wir noch strenger mit uns sein.«

Immer noch konnte Kieran seinen Trotz nicht schlucken. »Hast du mich nicht selbst darüber belehrt, dass Gott in jeder

Pflanze und jedem Insekt, jedem Vogel und jedem Tier, ja in jedem Mann und jeder Frau wohnt?«

»Ach, Kieran, du hast diese Frauen doch nicht betrachtet, um Gott zu finden und sein Wesen zu ergründen, oder?«

Dies nun konnte er nicht leugnen. Es blieb ihm nichts anderes übrig, als ebenfalls die Kleidung abzulegen – in seinem Fall keine Kutte, wie Bruder Patrick eine trug, sondern ein schlichtes Leinenhemd und Beinkleider aus Leder, wie Bauern sie trugen, damit auf der langen Reise niemand ahnte, dass er von hoher Geburt war.

Die Berührung des Windes glich schmerzhaften Bissen. Noch mehr als diese setzte ihm das Lachen zu, das plötzlich in der Ferne ertönte und ihn daran erinnerte, wie erbärmlich dünn seine Arme und Beine waren und nicht annähernd so gestählt wie die von Ronan.

Es konnte nicht die zarte Blonde sein, die so lachte!

Bruder Patrick war indes in den Tümpel gewatet, ohne einen Schmerzenslaut auszustoßen. Kieran war sich nicht sicher, ob auch er so viel Beherrschung an den Tag legen konnte. Als er die Zehenspitzen ins Wasser tauchte, hielt er die Bisse des Windes jäh für Küsse. Dennoch entledigte er sich seiner Kleidung und überwand sich, noch tiefer einzutauchen. Seine Zähne klapperten, aber wie so oft auf der Reise dachte er: Ich hätte es noch schlimmer treffen können ... sehr viel schlimmer.

Als man ihn zur Geisel bestimmt hatte, hatten ihn schreckliche Ängste erfüllt, und die Aussicht, irgendwann nackt im kalten Wasser zu stehen, wäre mehr Trost als Drohung gewesen. Bis zu diesem schwarzen Tag war Kierans Jugend unbeschwert verlaufen, sah man von Ronans Spötteleien ab und meinte man damit ein Leben, in dem es keinen Hunger und genügend Brennholz gab. Er war in der Nähe von Dublin groß geworden, der reichsten Stadt Irlands. Reich war auch sein

Vater Cainnech, aber leider nicht bescheiden genug, sich damit zufriedenzugeben. Immer wieder brach er mit seinen Schiffen auf, um die Insel Man zu plündern. Zwar hatte er nie die dortigen Klöster überfallen, um Gold zu stehlen – obgleich nicht so fromm wie Bruder Patrick, war er gottesfürchtig genug, um von diesem Frevel abzusehen –, doch die Bauern und Viehzüchter verschonte er nicht. Mit ganzen Rinderherden kam er zurück, und das gequälte Muhen der Tiere war oft noch lauter als das dreiste Lachen seiner Männer.

Eines Tages war kein Muhen zu hören, als Schiffe anlegten, sondern nur das Klirren von Waffen. Magnus III., der König von Man, hatte eine Truppe Krieger geschickt, um sich an Cainnech zu rächen, und er begnügte sich nicht damit, die Rinder wieder zurückzuholen, sondern verlangte überdies, dass ihm Cainnech einen seiner Söhne als Geisel gab, um ihn von künftigen Überfällen abzuhalten.

Bruder Patricks Lippen hatten sich mittlerweile blau gefärbt, doch sein Blick, der auf Kieran ruhte, war warm. »Du erträgst diese Prüfung mit Geduld und Gelassenheit«, rief er ihm zu, »das ist gut. Du bist zum Mönch geboren.«

Kieran war sich dessen nicht so sicher, gleichwohl er das selbst in den letzten Wochen oft behauptet hatte. Nachdem er auf einem fremden Schiff die Insel Man erreicht hatte, hatte ihn der König der Obhut seiner Männer ausgeliefert. Als Gallóclaig bezeichnete man diese, fremde Krieger, denn sie stammten nicht von Man, sondern von allen Orten der Welt, dienten dem König weniger für Ehre als für Geld und waren für ihre Kampfkunst ebenso bekannt wie für ihre Grausamkeit. Ronan hatte sie stets bewundert, wenn Geschichten über sie erzählt wurden, Kieran hingegen hatte sie gehasst und gefürchtet. Sie drangsalierten ihn vom ersten Tag an und quälten ihn noch mehr, als sein Vater nach einigen Wochen versuchte, ihn zu befreien – und schmählich scheiterte.

Mit blauen Flecken und geschwollenen Lippen trat Cainnech vor den König von Man, der ihn nachdenklich musterte. Solange Kieran auf Man bleibe, entschied dieser, drohe weiterhin Gefahr von seinem Vater. Auf Rinder mochte dieser künftig verzichten, nicht jedoch darauf, aller Welt zu beweisen, dass er ein freier, stolzer Mann war, kein buckelnder Sklave eines fremden Königs. Besser, Kieran lebe fern von Man auf einer Insel im Norden, die Skye heiße und in sein Hoheitsgebiet falle, sagte der König von Man. Ein gewisser Leod herrsche dort, in dessen Adern genauso viel Wikingerblut fließe wie in seinen eigenen, und dieser habe ihm oft genug seine Treue bewiesen.

Alles, was er von Leod erfahren hatte, versetzte Kieran in Angst und Schrecken. Dass nicht die Gallóclaig ihn nach Skye brachten, sondern er der Obhut eines Mönchs anvertraut wurde, erfüllte ihn hingegen mit Erleichterung. Die heftigen Gefühle führten dazu, dass er bei ihrer ersten Begegnung vor Bruder Patricks Füßen in den Staub sank.

»Ich ... ich will die Gelübde ablegen!«, stammelte er. »Ich will mein Leben im Kloster zubringen.«

Der König von Man, Zeuge dieser Begegnung, hatte nichts dagegen. Es machte für ihn keinen Unterschied, ob das Druckmittel, das er gegen Cainnech in der Hand hatte, das Haar zur Tonsur geschoren oder lang am Kopf trug, mit einer Kutte oder einem Ritterhemd bekleidet war. Für Kieran hingegen war es ein sehr großer. Selbst jetzt sagte er sich, dass er lieber über Stunden mit Bruder Patrick im eisigen Wasser gestanden hätte, als ebenso lange Schwerter zu polieren und hinterher als Dank den Knauf in den Leib gerammt zu bekommen. Was man bei solch rüder Behandlung allerdings nicht riskierte, war, dass einem die Zehen abfroren. An einem Fuß kribbelten sie noch schmerzhaft, am anderen fühlte er sie schon nicht mehr.

Kieran starrte in den Tümpel und versuchte zu erkennen, ob sie sich bereits blau verfärbt hatten, aber sah nur sein schwarzes, zitterndes Spiegelbild. Der Anblick taugte nicht, das Kribbeln zu vertreiben, ein anderer bot sich ihm allerdings auch nicht. Das Lachen war verstummt, die Frauen schienen endgültig verschwunden. Bruder Patrick betete, doch irgendwann zerhackte das Zittern seine Worte.

»Haben wir genügend Buße geleistet?«, fragte Kieran hoffnungsvoll.

»Ge... ge... ge... genü...nügend!«

Bruder Patrick mochte bei seinen Geschichten manchmal übertreiben, nicht aber, wenn es darum ging, seine Frömmigkeit unter Beweis zu stellen. Als sie aus dem Wasserloch wateten, stellte Kieran erleichtert fest, dass seine Zehen nur dunkelrot waren, nicht schwarz. Dann fiel sein Blick auf jenen runden Stein, auf dem sie zuvor ihre Kleidung ausgebreitet hatten. Er war nackt – genauso nackt wie sie selbst.

Schützend schlang Kieran die schmächtigen Arme um seinen Leib, und Bruder Patrick tat es ihm nach, allerdings erst, nachdem er sich bekreuzigt hatte. »Gütiger Himmel, es muss der Teufel gewesen sein!«, rief er. »Luzifer selbst hat unsere Kleider gestohlen!«

Kieran war sich nicht sicher, ob er wirklich den Teufel meinte oder nicht vielmehr die beiden Frauen, in deren Gestalt er sich zeigte – die Folgen blieben so oder so die gleichen. Sie wurden vom Wind gepeitscht, froren erbärmlich und konnten die nackten Leiber nicht vor Blicken schützen ... den Blicken jener fünf Männer, die plötzlich auf sie zugeritten kamen.

Unwillkürlich presste Kieran seinen Körper an den von

Patrick und sah ihn hilfesuchend an, doch der beredte Mönch blieb ausnahmsweise stumm.

Die Reiter lachten, als sie einen Kreis um sie bildeten, doch Kieran ließ sich nicht davon täuschen. Wenn Krieger lachten, war es seiner leidvollen Erfahrung nach selten ein Ausdruck von Belustigung oder Lebensfreude, sondern von Verachtung.

Diese stand ganz deutlich in den Gesichtern zu lesen, außerdem der Argwohn Fremden gegenüber, der Kieran nicht zum ersten Mal auf der Reise begegnete. Für gewöhnlich stimmte ein Blick auf Patricks Mönchskutte die Menschen versöhnlich, doch diese war ebenso verschwunden wie Kierans Kleidung, und Bruder Patricks Tonsur ließ sich ob seines schütteren Haupthaars nicht gleich erkennen. Die Stimme schien er tatsächlich verloren zu haben, denn als die Männer forsch fragten, wer sie seien und was sie hier wollten, brachte er immer noch kein Wort hervor.

»Wir suchen das Kloster Sankt Columban«, erklärte Kieran an seiner statt, »wo die Brüder des heiligen Benedikts leben. Auf dem Weg dorthin haben wir uns in der Ödnis verirrt und …«

»Nicht nur das! Anscheinend haben euch auch wilde Tiere die Kleider vom Leib gezerrt, ohne euch nur die geringste Wunde zuzufügen!« Ein roter Bart dämpfte die Worte des Mannes, leider aber nicht den Zorn, der sich jäh über sie ergoss. »Haltet mich nicht zum Narren!«, tobte er. »Immer wieder suchen Gesetzlose unsere Küsten heim, und ihr gehört zweifellos zu ihnen!«

»Wenn wir Piraten wären«, hielt Kieran verzweifelt entgegen, »dann wären unsere Arme doch schwer vom Diebesgut und wir nicht nackt.«

Das Lachen des Rothaarigen klang dröhnender als zuvor, aber nicht unbedingt freundlicher. »Soso, ein freches Bürschchen mit vorlauter Zunge spricht da zu mir. Aber wenn sie noch so spitz ist ... mir wird sie keine Lügen verkaufen!«

»Beim Namen des Allmächtigen!«, warf Bruder Patrick ein. »Es ist keine Lüge, sondern die Wahrheit!«

»Selbst wenn's so wäre, könnt ihr diese Wahrheit nicht beweisen. Vielleicht seid ihr auch keine Diebe, sondern Sklaven. Solange ihr keine Kleider tragt und ich mir, ob ich's will oder nicht, eure schrumpligen Gemächte anschauen muss, interessieren mich eure Namen in jedem Fall nicht.«

Kurz erwachte in Kieran die Hoffnung, dass er sie stehen lassen und weiterreiten würde, doch stattdessen verkündete er: »Fesselt sie! Wir nehmen sie mit!«

»Aber ihr könnt doch nicht ...«, setzte Kieran an.

Bruder Patrick sagte nichts, sondern bekreuzigte sich nur, und als er die Hand wieder senkte, streckte er sie bereitwillig den Männern entgegen.

»Wehr dich nicht!«, raunte er Kieran zu.

»Das dürfen sie doch nicht mit uns machen!«

»Verleumdet und erniedrigt wurde auch unser Herr Jesus. Wir lassen diese Prüfung über uns ergehen als Zeichen, dass wir treu zu ihm stehen und ihn nicht verleugnen wie Petrus.«

»Aber was wird mit uns geschehen?«

»Das weiß allein Gott.«

Die Hanfstricke, die sich schmerzhaft in die Handgelenke gruben, waren nicht das einzige Übel. Der Himmel wurde etwas lichter, und hinter den Wolken kam die Sonne zum Vorschein, jedoch so bleich wie Knochen, von denen Aasgeier das verwesende Fleisch gepickt hatten, und machtlos gegen den noch schärferen Wind.

»Ohne Kleidung erfrieren wir!«, rief Kieran verzweifelt.

»Ach was! Immerhin stehen wir nicht mehr im kalten Wasser. Wir wollen das Weitere als Gottes Wille und Teil der noch ausstehenden Buße betrachten.«

Trotz vermeintlicher Entschlossenheit bebte Bruder Patricks Stimme, und Kieran dachte trotzig, dass Gott es ihm niemals auf diese Weise heimzahlen würde, dass ihm die blonde Frau gefallen hatte ... Diese wiederum hätte sie nie in diese Zwangslage gebracht. Es musste die Rote gewesen sein, die ihnen die Kleider gestohlen hatte.

Weder von der einen noch von der anderen war etwas zu sehen, als die Männer losritten und sie den Pferden nachlaufen mussten, um nicht über das Gras geschleift zu werden. Der Hanfstrick zog sich noch enger um die Handgelenke, und sie kämpften gegen Schmerz und Erschöpfung an.

Der graue Himmel begann schwarz zu werden, die Fußsohlen taub, als sie endlich eine Siedlung erreichten. Ein Felsen erhob sich dahinter, auf dem eine Burg errichtet worden war, gleich neben deren Tor befand sich eine winzige Öffnung und dahinter ein schmaler Gang. Sie wurden dorthin gestoßen, ohne dass sie jemand von den Fesseln befreite. Der nackte Stein bannte den Wind, aber nicht die Kälte.

»Wenn sie uns doch wenigstens einen Kittel gegeben hätten«, seufzte Bruder Patrick und verriet erstmals das ganze Ausmaß seiner Verzagtheit.

Kieran versuchte vergebens, den Hanfstrick mit seinen Zähnen zu lösen. Er verkniff sich die Bemerkung, dass man auch Jesus nur mit einem Lendenschurz bekleidet ans Kreuz genagelt hatte.

Eilidh beobachtete die Männer von Weitem, und auch Scota nutzte die Gelegenheit, innezuhalten und zuzusehen, wie unter dem Ächzen und Stöhnen der verschwitzten Arbeiter die neue Mauer wuchs.

Eilidh war voller Mitleid, Scota lediglich erleichtert über die Unterbrechung. Wie immer war sie lustlos bei der Sache gewesen, als sie mithilfe einer steinernen Presse und spezieller Gefäße Milch verarbeitet hatten. Erst hatten sie Rahm und Molke getrennt, dann aus dem Rahm Quark und Käse gemacht. Scota verabscheute Weiberarbeit, während sie selbst gern Essen zubereitete und nie von den Schafen getreten wurde, wenn sie diese molk.

Ilisa war zwar enttäuscht, dass Eilidh ihre Leidenschaft fürs Spinnen, Weben und Stoffefärben nicht teilte, sparte aber nicht an Lob, wenn sie mit vollen Krügen und Schüsseln kam, und wusste sich Eilidhs Vorlieben auch zu erklären.

»Den Schafen macht es schließlich nichts aus, dass du nicht sprichst.«

Die Stoffe hätten sich auch nicht daran gestört, aber anders als diese schienen die Tiere zu fühlen, dass Eilidh es gut mit ihnen meinte.

Der junge, dunkelhaarige Mann, der gemeinsam mit dem Mönch auf die Insel gekommen war und hier seit Tagen schuften musste, fühlte es wohl auch, denn zum wiederholten Male warf er ihr einen flehentlichen Blick zu. Eilidh hätte ihm gern Trost gespendet, konnte jedoch nur hilflos die Hände heben.

Scota kicherte. »Bald bricht er zusammen.«

Eilidhs mahnender Blick genügte, um sie zum Schweigen zu bringen. Obwohl sie nie etwas sagte, schien Scota immer genau zu verstehen, was sie dachte.

»Ich weiß, du findest es verwerflich, dass ich ihnen diesen Streich gespielt habe. Aber ich mag nun mal keine Mönche.«

Eilidhs Blick wurde noch strenger.

»Und ja, du willst, dass ich Leod oder Sigurd erkläre, wer sie sind, aber ich weiß nicht mehr, wo genau ich die Kleidung versteckt habe. Und es ist doch nicht meine Schuld, dass sie die beiden hier schuften lassen und froh über jedes Paar Hände sind.«

Besagte Hände wurden für ein ehrgeiziges Unterfangen gebraucht – die Befestigung von Burg Dunvegan wurde eben erweitert, und zu diesem Zweck mussten Steine aus dem Steinbruch von Strath hergeschleppt und zurechtgeschlagen werden. Außerdem wurde Holz gehackt, um damit Baugerüste zu errichten, und Muschelleim mit Mörtel gemischt, um die Mauern zu stabilisieren. Viele ausgebildete Handwerker waren am Werk – Steinmetze, Tischler und Baumeister. Man erkannte sie daran, dass sie weniger schwitzten, Befehle bellten und andere zusammenstauchten, wenn sie nicht gehorchten, anstatt selbst Steine zu schleppen. Dem jungen schwarzhaarigen Mann fiel eben einer von diesen Steinen aus der Hand und hätte beinahe seinen Fuß zermalmt.

»Er heißt Kieran«, sagte Scota leise. »Man erzählt sich, dass er aus Irland stammt.«

Woher sie das bloß erfahren hatte?

Scota hatte ein unerschöpfliches Gedächtnis und schien jede Neuigkeit so sorgfältig aufzulesen wie ein altes Weiblein Beeren im Wald. Dass sie vieles über die Menschen wusste, bedeutete jedoch nicht, dass sie auch mit ihnen fühlte.

Eilidhs Blick wurde immer finsterer, anstelle von Schuldgefühlen erwachte dennoch nur Trotz in der anderen.

»Du kannst mich noch so ärgerlich anstarren«, zischte Scota, »es bleibt dabei, dass ich ihnen die Kutten nicht vom Leib gerissen, sondern sie diese freiwillig abgelegt haben. Jetzt müssen sie selbst mit den Folgen fertig werden.«

Sprach's und ging davon.

Eilidh wusste, dass sie den Quark nicht lange in der Sonne stehen lassen sollte, doch anstatt Scota zu folgen, musterte sie den jungen Kieran erneut. Trotz der eigenen anstrengenden

Arbeit interessierte er sich für die Arbeit eines Steinmetzes, der eben eine Skizze auf die Mauer malte, um später mit Hammer und Meißel ein Blumenrelief zu fertigen. Die solcherart aus Stein geschlagenen Blumen würden niemals welken, doch Eilidh war sich sicher, dass Kieran auch jene, die den Sommer nicht überdauerten, ähnlich ehrfürchtig betrachten würde.

Er sieht das Schöne. Er lässt sich davon verzaubern. Und er sieht auch … mich.

»Fort! Verschwinde!«, verjagte ihn der Steinmetz, der das Schöne nicht achtete, sondern lediglich sein Geld damit verdiente.

Flüche trafen Kieran, bald neue Befehle. Dass er keine Kraft mehr hatte, Steine zu schleppen, war offensichtlich, man wies ihm gleichwohl eine andere undankbare Aufgabe zu, nämlich Kalkmörtel noch flüssig in die Ritzen zwischen den Steinen zu spachteln, eine nicht ganz so anstrengende, aber umso gefährlichere Arbeit, weil der Mörtel erhitzt wurde und man sich folglich üble Verbrennungen zuziehen konnte.

Eilidh war der Gedanke unerträglich, dass sich dieser junge, schöne, geschmeidige Mann verletzen könnte.

Diese Blume darf nicht welken …

Hastig brachte sie Quark und Käse in die Vorratskammern, und als sie zurückkehrte, hielt sie eine Schöpfkelle mit Molke in der Hand. Die Männer, die sie kannte, bevorzugten Met, aber Kieran nahm gewiss jede Form der Stärkung dankbar an.

Ehe sie ihn erreichte und ihm das Getränk anbieten konnte, trat jedoch der ältere Mönch zu ihm, den man wie Kieran nackt nach Dunvegan verschleppt hatte. Mittlerweile trug er wieder Kleidung, doch die hing ihm in Fetzen, über und über mit Staub bedeckt und nass von Schweiß, vom Leib. Auch er schien mit den Kräften bald am Ende zu sein, fand jedoch immer noch genügend Mut, um nun von Heiligen zu erzählen, die auf Skye gelebt und gebetet und Kirchen gebaut hatten, als es noch keine gab, und die bis zu ihrer Fertigstellung unter freiem Himmel geschlafen hatten. Ein gewisser Maelrubha war darunter, der, solange er seine sonntägliche Messe noch in keinem Gotteshaus feiern konnte, ein Glöckchen in einen Baum gehängt hatte. Dieses wiederum erklang nur am Tag des Herrn – gleich so, als wüsste der Wind um den Willen des Allmächtigen.

»Trotz allem, was uns widerfahren ist«, schloss der Mönch, »diese Insel … sie kann ein Ort der Wunder sein. Wenn wir nicht verzagen, wird auch uns eines widerfahren.«

Kieran sagte nichts, aber in seinem Gesicht stand jenes Misstrauen, das Eilidh selbst oft geschmeckt hatte. Sie glaubte nicht an Wunder, sonst wäre ihr Vater nicht tot und müssten diese beiden Männer nicht als Sklaven schuften.

Ach, warum hatte Scota ihnen nur die Kleider geraubt, und warum hatte sie nicht gewagt, sie davon abzuhalten!

Der Mönch sprach selbst dann noch von dem Glöckchen, als ihm eine neue Aufgabe zugewiesen wurde, Kieran hingegen widmete sich dem Mörtel schweigend.

Endlich trat Eilidh mit der Schöpfkelle zu ihm und hielt sie ihm vor den Mund, doch sein Kopf hing zu tief, um sie zu bemerken. So gern hätte sie etwas gesagt, aber alle Worte, die ihr auf den Lippen lagen, hatten genauso große Angst vor der Welt wie sie. Sie versteckten sich in ihrem Mund und fühlten sich in dessen feuchter Dunkelheit wohler als im Sonnenlicht. Dieses Sonnenlicht war immerhin so stark, dass ihr schmaler Schatten auf Kieran fiel und dieser doch noch den Kopf hob. Er starrte sie an. Seine Augen hatten die Farbe von verbranntem Holz, aber waren nicht tot wie dieses, sondern weich. Versinken hätte sie darin wollen wie in einem Tümpel, mitsamt ihren Ängsten …

»Hab Dank.«

Seine Stimme war sanft wie sein Blick. Wenn sie ihm länger zuhören würde, würde sie vielleicht vergessen, dass es wehtat zu reden, und sich nicht mit einem Nicken begnügen. So aber konnte sie ihm nur schweigend zusehen, wie er trank und ihm die Molke über das Kinn lief.

»Hab Dank«, sagte er noch einmal.

Ihre Finger berührten sich, als er ihr die Schöpfkelle zurückgab. Die seinen waren voller Blasen und heiß, doch sie verbrannte sich nicht daran, spürte vielmehr, dass er eine vermeintlich längst gerissene Saite in ihr anschlug. Welch zauberhafte Töne diese von sich gab! Welch unerwartete Laute! Laute, die nicht nur ihre Furcht bekundeten, sondern Lieder ... Musik ... Ein Meer von Tönen, viel klarer als ein Tümpel. Es verschluckte ihre Ängste nicht nur, es wusch sie rein.

Ich will ihn singen hören, dachte sie. Ich will selbst wieder singen.

Die Stimmen, die anstelle der eigenen ertönten, waren lauter und hässlicher als die Musik in ihr. Jemand rief Kieran zur Arbeit und sie in die Vorratskammer. Kieran wandte sich hastig ab, und auch sie gehorchte, weil sie immer gehorchte, aber das änderte nichts an der Einsicht, dass sie ihm helfen musste und dass ihr eben eingefallen war, wie sie das tun konnte.

Eilidh nahm allen Mut zusammen, den sie hatte, und da das nicht viel war, brauchte sie mehrere Tage dafür. Danach galt es, einen weiteren Tag abzuwarten, bis Sigurd zufällig im Hof der Burg zu tun hatte, obendrein gemeinsam mit Leod. Dass sie auf sie beide zutreten musste, war eine große Überwindung, machte ihr doch einer allein genügend Angst, aber ein Blick auf Kieran, der nur mehr ein Schatten seiner selbst schien, genügte als Ansporn.

Sogar noch schwieriger, als ihre Ängste zu bezwingen, war es, Sigurds Aufmerksamkeit zu gewinnen. Ein Mann, an dem alles laut war, seine Flüche ebenso wie sein Lachen und seine Schritte, war für ein stummes Mädchen meist blind. Eine Weile huschte sie um ihn herum und zupfte an seinem Plaid, ohne dass er es merkte. Schließlich nahm sie – trotz der Vermutung, dass seine Pranke gefühllos war oder, was noch schlimmer wäre, ihre dünnen Finger zermalmen würde – seine Hand, und endlich blickte er auf sie hinab. Obwohl sie kein Mädchen mehr war, sondern eine junge Frau kurz nach dem Erblühen, war er fast drei Köpfe größer als sie und musste sein Kinn tief senken, um sie in Augenschein zu nehmen – was wiederum der lange, dichte Bart nicht gerade erleichterte.

Er lächelte.

»Oh, welch eine Hübsche! Sieh dir das Mädchen an, Vetter, sie hat Haar aus gesponnenem Gold! Wenn ich nur eine Strähne davon verkaufen würde, würde ich reich werden.«

Leod hatte keine Augen für sie, und Sigurd auch nicht sehr lange. Er tätschelte ihren Kopf wie den eines Hundes, versetzte ihr einen liebevollen Klaps und ließ sie wieder stehen. Eilidh hätte alle Bemühungen eingestellt, wenn nicht in diesem Augenblick eine vertraute, nörgelnde Stimme erklungen wäre.

»Siehst du denn nicht, dass sie dir etwas sagen will?«, rief Ilisa.

Sie trug ein buntes Kleid, das ihr Haar noch grauer wirken ließ, und kniff die Augen zusammen, als würde die Sonne sie nicht einfach nur blenden, sondern schmerzen. Ilisa litt am Regen und am Nebel, aber an der Wärme nicht minder. Es gab kein Wetter, das sie nicht irgendwie quälte. Es gab auch keinen

Tag, an dem sie nicht durch ihr Gezeter verriet, dass sie unglücklich war.

In ihrer Stimme lag immerhin die Macht, Sigurds Aufmerksamkeit länger auf sich zu ziehen, als Eilidh allein es konnte.

»Wenn sie mir etwas zu sagen hat, soll sie eben den Mund aufmachen«, erklärte er gereizt.

An Eilidh gerichtet fügte er etwas milder hinzu: »Wobei mir eigentlich ganz recht ist, wenn Frauen nicht zu viel reden.«

Nun tätschelte er ihre Wangen. Wie immer tat es ihr weh, wenn seine Pranken die nackte Haut berührten, was weniger an den Schwielen lag als an dem Blut, das Eilidh noch von ihnen zu tropfen wähnte. Dennoch lächelte sie, sie lächelte fast immer, wenn sie vor Sigurd trat, und heute noch strahlender als sonst.

»Ich glaube, was sie dir zu sagen hat, hat mit den beiden Mönchen zu tun«, sagte Ilisa gedehnt.

Sigurd drehte sich um und schien keine Ahnung zu haben, worauf sie anspielte. Nur langsam kehrten seine Erinnerungen zurück. »Wenn es denn Mönche sind«, knurrte er. Der Rest seiner abfälligen Worte wurde vom Bart erstickt.

Eilidh nutzte unterdessen ihre Chance und lief unvermittelt auf Bruder Patrick zu. Er war nicht mächtig und riesig wie Sigurd, und an seinen Händen hatte wahrscheinlich nie Blut geklebt, doch Angst hatte sie trotzdem. Sie hatte vor allen Männern Angst und vor den meisten Frauen auch, ließ sich davon aber nicht abhalten, sich vor Bruder Patrick in den Staub zu knien.

Leider begriff der Mönch nicht, was sie damit bezweckte. Nicht nur, dass er verständnislos auf sie hinabstarrte – für einen Mann, dessen Glieder vom vielen Schuften schmerzten, wich er erstaunlich schnell zurück. Vielleicht wäre er sogar geflohen, wenn Kieran nicht an seine Seite geeilt wäre.

Eindringlich rief er: »Sie will uns doch nur helfen!«

»Frauen wie sie haben uns doch überhaupt erst ins Verderben gestürzt. Von ihnen kommt das Üble auf der Welt, das war schon so, als der heilige Columban in Irland …«

»Bitte, Bruder Patrick! Sie hat nichts Böses im Sinn. Sieh, wie sie vor dir im Staub hockt. Sie … sie will deinen Segen.«

Voller Hoffnung sah Kieran sie an, und diese Hoffnung ersetzte, was Eilidh an Mut fehlte. Als Bruder Patrick seine Scheu überwand, seine Hand auf ihren Kopf legte – eine feinere und leichtere als Sigurds –, etwas murmelte und das Kreuz über ihr schlug, öffnete sie ihren Mund. Nach Jahren des Schweigens konnte sie nicht einfach Worte machen. Sie wären zu rau und dunkel gewesen für einen so sonnigen Tag. Die Töne, die aus ihrer Kehle tanzten, waren hingegen noch heller als die Strahlen der Sonne, goldener als ihr Haar und glühender als der Blick aus Kierans dunklen Augen.

Sie sang schön. Viel schöner, als er, Kieran, jemals würde singen können. Ihre Stimme konnte fliegen, sich wendig im Kreis drehen. Der seinen wäre längst schwindlig geworden.

Doch wie sie da sang, die junge Frau, nein, die Elfe, der Engel, die meisterhafte Bardin, wie es plötzlich ganz still wurde im Hof, die Arbeiter ihr Werk ruhen ließen, Sigurd sich den Bart rieb und Bruder Patrick vergaß, eine neue Geschichte zu erzählen, da empfand er keinen Neid, sondern nur Erleichterung.

Eilidhs Gesang übertönte das Gelächter der Krieger, die sich mit der irischen Geisel einen Spaß gemacht hatten, übertönte auch die Worte des Vaters. *Nehmt ihn nur, mit diesem Verlust werde ich fertig, lasst mir nur meinen Ältesten.* Er war lauter als die Sätze, die der Vater nicht gesagt und die Kieran dennoch gehört hatte. *Er ist ja gar kein richtiger Mann, sondern nur ein Mädchen.* Lauter als Ronans Spott. *Was bist du nur für ein jämmerliches Geschöpf!* Lauter als die Zweifel seiner Mutter. *Woher hat er das dunkle Haar? Alle anderen Kinder haben rotes. Es wird doch kein schlechtes Omen sein?*

Mit jedem Ton nahm Eilidh diesen Urteilen die Macht. Hab keine Angst, du bist nicht verweichlicht, schien sie zu sagen. Du bist vielmehr gerade weich genug für mich. Du bist auch nicht feige, sondern mein Held, du bist kein Taugenichts, sondern mein Retter.

Als sie endete, folgte Schweigen. Jedes Wort wäre ja doch nur der Abklatsch ihres Gesangs, gar eine Beleidigung gewesen, und als er schließlich dennoch wagte, als Erster zu sprechen, tat er es nicht, um den Zauber zu brechen, sondern um ihn zu nutzen.

»Er … er hat sie geheilt!«, rief er. »Bruder Patrick hat eine Stumme singen lassen! Das ist doch ein Beweis, dass er weder Dieb noch Spion, sondern ein Mann Gottes ist!«

Langsam lösten sich die anderen aus der Starre. Irgendwo hinter ihm begann jemand zu hämmern. Ilisa, die eben noch aufgeschluchzt und die Hände vors Gesicht geschlagen hatte, tat so, als würde sie die Kleidung ordnen. Nur Sigurd konnte seine Gefühle nicht verbergen. Seine Lippen bebten, eine Träne bahnte sich den Weg durch den wildwüchsigen Bart.

»Ich habe vergessen, wie unsere tote Tochter aussah – jetzt weiß ich es wieder«, brachte er erstickt hervor.

Eilidhs Miene verschloss sich und wurde härter als die weichen Töne, die sie eben hervorgebracht hatte. »Ich sang aber nicht von deiner Tochter, sondern von meinem Vater«, erklärte sie mit krächzender Stimme.

Die Tränen in Sigurds Gesicht trockneten. Er lachte ebenso verlegen wie hilflos auf und tätschelte einmal mehr ihren

Kopf. Eilidh schlug seine Hand nicht zurück, aber blickte ihn starr an.

Du verstehst mich, du wirst mich immer verstehen, hatten ihre Augen zu Kieran gesagt.

Du verstehst mich nicht, du wirst mich nie verstehen, sagten ihre Augen jetzt zu Sigurd.

Kieran war ihre Botschaft nicht entgangen, und zu seiner Überraschung dem roten Riesen auch nicht. Wieder zuckten seine Lippen, als würde er weinen, doch stattdessen brach er in noch lauteres Gelächter aus, hoch und unnatürlich und hilflos wie zuvor. Seine Hand zuckte von Eilidhs Kopf zurück, und er wandte sich an Bruder Patrick.

»Dies ist also dein Werk?«, fragte er, nachdem sein Lachen erstorben war. »Doch warum sollte ich glauben, Gott hätte das Wunder bewirkt, nicht ein Zauber, wie ihn die Druiden bewirkten?«

Von der anderen Seite des Hofs ertönte ein ärgerliches Zischen. Eilidhs Gefährtin, die Rothaarige, schien alles beobachtet zu haben. Falls der Gesang auch sie gerührt hatte, war davon unter all der Verachtung für Sigurds Worte nichts mehr zu spüren.

»Herrgott, lass den Mönch mit seinem Schützling endlich ins Kloster gehen«, brach es aus Ilisa heraus. »Du hast sie lange genug schuften lassen. So langsam, wie sie arbeiten, nutzt dir ihr Gebet mehr als ihrer Hände Kraft.«

Sigurd schnaubte unwillig, aber gab sich schließlich doch einen Ruck. Zwar mürrisch, aber mit festen Worten erklärte er, dass Patrick und er frei seien und gehen könnten, wohin sie wollten.

»Bist du jetzt zufrieden, Weib?«

Er verschwendete keinen Blick mehr an die zwei Männer, ehe er an Ilisa vorbeistapfte.

Eilidh indessen trat zu Kieran. »Hab Dank«, sagte sie schlicht.

»Warum dankst du mir? Nur deinetwegen haben wir unsere Freiheit wieder.«

»Es war nicht der Segen des Mönchs.« Ihre Stimme war so heiser, dass er sie kaum hörte. Was immer sie in den nächsten Tagen sagen würde, musste sich wohl aus dem Mund kämpfen und konnte nicht einfach fliegen wie die Töne. »Es war nicht der Segen des Mönchs ... du ... du hast mich geheilt.«

Sie sah ihm nicht in die Augen, während sie sprach, ging danach rasch zur Rothaarigen, die sie ihrerseits mit sich zog.

Kieran starrte Eilidh nach. Ihr blondes Haar – eher silbrig wie die Nacht als golden wie der Tag – wehte im Wind, und er fühlte sich zerrissen wie nie. Schier unerträglich war es ihm, ihr nicht nacheilen zu können und ihr weitere Lieder zu entlocken. Zugleich war er unendlich glücklich, weil er zum ersten Mal seine wahre Bestimmung erkannte. Er war kein Schwächling, keine Geisel, kein Novize. Er war der Mann, der Eilidh für den Rest seines Lebens lieben und irgendwann gemeinsam mit ihr singen würde.

V.

Im schottischen Hochland
1306

»Ich kann singen!«, beharrte Flora.

»Kannst du nicht.«

Ailean gab sich nicht einmal Mühe, sonderlich viel Verachtung in seine Stimme zu legen. Allein das Zucken seiner Mundwinkel verriet deutlich, was er von ihrem Vorschlag hielt.

»Du hast mich noch nie singen hören«, sagte Flora trotzig.

»Doch! Du hast versucht, das Lied zu summen, das Iain vorgetragen hat und das offenbar der Grund war, warum er sterben sollte.«

»Das Lied kannte ich nicht, also ist es nicht meine Schuld, wenn es nicht schön geklungen hat.«

»Trotzdem! Frauen können nicht singen.«

»Das ist nicht wahr! Ich habe von einem Kriegszug gehört, den einige Frauen als Wäscherinnen begleitet haben. Nach einer siegreichen Schlacht haben sie die gefallenen Helden besungen, sodass selbst die abgebrühtesten Ritter Tränen in den Augen hatten.«

Das mit den weinenden Rittern hatte sie sich eben erst ausgedacht, und an den Namen der Schlacht konnte sie sich auch nicht erinnern, doch Ailean hinterfragte ihre Worte ohnehin nicht, sondern schnaubte nur.

»Frauen begleiten Kriegszüge nicht bloß als Wäscherinnen. Ich habe mal von einer gehört, die Pfeile herstellte und sie den Bogenschützen auf der Burgmauer reichte. Aber das ändert nichts daran, dass diese es waren, die die Feinde damit beschossen. Meinetwegen, ich nehme zurück, dass Frauen gar nicht singen können. Aber sie singen nicht so gut wie Männer.«

Flora hätte Ailean am liebsten geschüttelt, um ihm dieses überhebliche Grinsen heimzuzahlen. Nicht dass sie überhaupt sonderlich darauf erpicht war, gemeinsam mit Ailean zu singen. Doch als Aggie ihnen erzählt hatte, dass Eilidh und Kieran nicht nur einander, sondern auch die Musik geliebt hätten, war ihr eine Idee gekommen, wie sie in der nächsten Siedlung Essen und ein Dach über dem Kopf verdienen konnten, ohne in den Verdacht des Schweinediebstahls zu geraten. Die Sehnsucht nach Liebesgeschichten ließ sich womöglich auch andernorts wecken und stillen, und ein gemeinsam vorgetragenes Lied berührte die Herzen gewiss mehr, als wenn Ailean allein es sang. Doch der eingebildete Barde fühlte sich ob ihres Vorschlags in seiner Berufsehre gekränkt.

»Frauen können vielleicht nicht so gut singen wie Männer«, hielt sie ihm entgegen. »Aber hübschen Frauen hört man lieber dabei zu.«

Genau betrachtet war Ailean nicht hässlich, und sie selbst schmutzig und ausgezehrt wie nie, aber er machte sich nicht die Mühe zu widersprechen, sondern rümpfte nur die Nase und stapfte weiter.

Sie war es ebenfalls leid, ihm mit Worten zuzusetzen, begann stattdessen ein paar Strophen eines Liedes zu singen, mit dem Moira sie früher oft in den Schlaf gewiegt hatte. Der Gedanke an die Vertraute ließ ihre Kehle eng werden, doch zu ihrer Überraschung war das den Tönen nicht abträglich. Mehr

Inbrunst als je legte sie hinein, und dass Ailean sie nicht unterbrach, wertete sie als gutes Zeichen. Allerdings konnte er sich auch zu keinem Wort des Lobes überwinden, nachdem sie geendet hatte.

»Es klingt hübsch, nicht wahr?«

»Es ist ein Wiegenlied!«, rief er mürrisch. »Siehst du hier irgendwo Säuglinge, die in den Schlaf gesungen werden müssen?«

»Frauen singen gern und häufig Wiegenlieder, auch wenn keine Säuglinge in der Nähe sind. Weil sie sich entweder auf künftige Kinder freuen oder froh sind, dass die vorhandenen schon groß genug sind und ihnen nicht mehr den Schlaf rauben.«

»Ja, aber auch Frauen sind hier nirgends zu sehen. Warum streiten wir uns, wie wir im nächsten Dorf zu Essen kommen sollen, wenn wir vielleicht nie wieder auf eines stoßen?«

Seine Worte erweckten keinen neuen Trotz, sondern Angst. Aggie hatte sie nicht nur freigelassen, sondern auch mit etwas Essen versorgt, doch das würde nicht mehr lange reichen. Endlos hingegen schien die hügelige, teils bewaldete, vor allem sumpfige Einöde vor ihnen, in der nichts das nahe Meer verriet. Längst verfluchte sie die Entscheidung, von Applecross aus nicht an der Küste entlang, sondern durchs Landesinnere gegangen zu sein.

»Wir schließen eine Wette ab«, sagte sie und versuchte, fröhlicher zu klingen, als ihr zumute war. »Wenn wir ein Dorf finden, bis die Sonne den höchsten Stand erreicht hat, dann darf ich singen, und du begleitest mich auf der Harfe.«

»Und wenn es mittags regnet und wir nicht sehen, wie hoch die Sonne steht?«

»Sei doch ehrlich! Wenn es regnet, wirst du froh sein,

Unterschlupf in einem Haus zu finden, ob mit oder ohne meinen Gesang.«

»Meinetwegen.«

»Nun tu nicht so, als würdest du mir eine große Gnade gewähren. Du hättest deine Chance gehabt, dich als großartiger Barde zu beweisen. Wenn du an jenem Abend gesungen und nicht getrunken hättest, dann wäre alles gut!«

Zu ihrem Erstaunen folgten keine bissigen Worte, nur nachdenkliche. »Im geheimnisvollen Lied des Lebens gibt es nun mal auch missratene Töne ...«

Sie zuckte die Schultern. »Trotz allem wissen wir jetzt mehr als zu dem Zeitpunkt, da wir aufgebrochen sind: einen zweiten Namen neben Eilidhs und dass sie gern gesungen hat. Das ist doch etwas.«

Sie erreichten noch vor Mittag eine Siedlung – allerdings erst am nächsten Tag. Anstatt darauf zu pochen, dass sie die Wette verloren hatte, zog Ailean zum ersten Mal seine Harfe aus dem Lederbeutel, betrachtete sie liebevoll und strich darüber, als wäre sie ein schüchternes Tier, das man durch sanfte Liebkosungen zutraulich stimmen müsste. Das Instrument sah anders aus als die Harfen, die Flora kannte, doch ehe sie danach fragte, begann er von sich aus zu erzählen.

»Diese Harfe hat mir Iain geschenkt«, murmelte er. »Für gewöhnlich sind diese Instrumente mit Darmsaiten bespannt. Nur hier im Hochland und in wenigen Teilen Irlands findet man welche mit dünnen metallenen Saiten. Sie erzeugen klarere Töne, verlangen aber auch ein geübteres Spiel. Mit dieser Harfe, hat Iain gesagt, macht man nicht einfach Musik ... man webt goldene Fäden. Sie sind so hauchdünn, dass sie bei einer falschen Bewegung reißen können.« Er lächelte wehmütig, wurde aber schnell wieder der spöttische, leicht abfällige Ailean. »Nun? Willst du immer noch singen?«

Flora blickte sich um und war sich nicht sicher, was sie mehr einschüchterte: dass die Harfe ebenso selten wie kostbar war oder die Tatsache, dass aus den wenigen Häusern keine Menschen kamen, sondern nur Schafe zu sehen waren – die wiederum kaum mehr Milch geben würden, wenn sie sangen.

»Kennst du nicht noch ein Wiegenlied?«, fragte er grinsend.

»In Perth wurden auch Lieder gesungen, die König Edward rühmten.«

»Und wenn die Leute hier wie Aggie denken?«

»Das Problem ist, dass es hier gar keine Leute zu geben scheint ...«

Nun sah sich auch Ailean um, schien aber gelassener als sie. »Vielleicht haben sie einige ihrer Schafe auf eine andere Weide getrieben, damit die Wiesen hier wieder nachwachsen können, und kommen erst abends wieder. Zeit genug also, um sich das richtige Lied auszudenken. Iain meinte immer, das sei keine leichte Aufgabe. Schon etliche Barden hätten sich eine Tracht Prügel eingehandelt oder wurden gar vor die Tür gesetzt, weil sie in der Hymne auf einen Clanführer ein wichtiges Detail vergaßen. Man muss auch immer genau wissen, wer mit wem verwandt, verbündet oder verfeindet ist ...«

Ob das der Grund war, warum David den Barden zu ermorden versucht hatte? Obwohl der nur über die Liebe gesungen hatte, nicht über Clanführer?

»Wie sollen wir denn herausfinden, was genau die Leute hier hören wollen?«

»Früher wurden den Barden übernatürliche Fähigkeiten nachgesagt«, sagte Ailean, »aber letztlich war das nur Aberglaube. Sie wussten mehr als die anderen Menschen, weil sie ständig auf Reisen waren, andere Barden kennenlernten und Neuigkeiten aus aller Welt erfuhren. Dass sie am Ende spürten, was andere dachten, hat nichts mit Zauberei zu tun, nur mit Neugier und Aufmerksamkeit.«

Je länger er sprach, desto wehmütiger klang er, und Flora hätte Mitleid bekommen, wäre nicht das eigene Leben wie seins zerbrochen und hätte sie nicht genug an ihren Ängsten zu tragen.

Plötzlich nahm sie aus den Augenwinkeln eine Bewegung wahr und fuhr herum. »Das Dorf ist ja doch nicht unbewohnt!«, rief sie überrascht. »Schau, dort ist eine Frau! Am besten, wir fragen sie einfach, welches Lied sie hören will.«

Obwohl sie ihre Stimmen längst gehört haben musste, blickte die Frau nicht hoch. Selbst als sie näher kamen, ließ sie sich nicht dazu herab, die Fremden misstrauisch oder – ob der willkommenen Abwechslung – freudig zu beäugen, sondern rupfte entschlossen ein Huhn, das auf ihrem Schoß lag. Sie hockte auf einer schmalen Bank vor dem Koben mit Federvieh und hatte dem Huhn wohl erst kürzlich den Kopf abgeschlagen. Er lag inmitten einer blutigen Lache auf dem Boden, und ein paar Enten watschelten darum herum, hielten ihn irrtümlich für eine Schnecke und stupsten ihn immer wieder an. Zu fressen wagte ihn aber doch keine.

Noch trug das Huhn so viele Federn, dass man nicht sagen mochte, ob es dick oder dünn war, aber Flora stellte es sich dennoch im krossen Zustand vor, und das Wasser lief ihr im Mund zusammen. Ob die Frau so viel Großmut oder Mitleid haben würde, ihnen davon abzugeben, ließ sich nicht sagen. Tief hingen ihr die Strähnen ihres farblosen Haares ins Gesicht und verbargen, ob sie jung oder alt war.

»Wenn wir dir ein Lied vorsingen«, setzte Flora an, nachdem ihr Gruß auf beharrliches Schweigen gestoßen war,

»können wir dann ein Stück Brot haben, Rüben oder Nüsse oder vielleicht gar eine Nacht vor deinem Herdfeuer schlafen?«

Als sie schon nicht mehr mit einer Antwort rechnete, hielt die Frau kurz mit dem Rupfen inne. Ein Ruck ging durch ihre Gestalt, die Bank knarrte.

»Was für ein Lied wollt ihr mir denn vorsingen?«

Sie blickte immer noch nicht hoch, aber dass sie überhaupt zu ihnen sprach, obendrein mit einem gutmütigen Glucksen in der Stimme, und das auf Inglés, das Ailean auch verstand, war kein schlechtes Zeichen.

»Sag du es uns! Wenn du willst, können wir über die Liebe singen ...«

Das Lachen, das folgte, glich dem Schnattern der Gänse. »Meine Schafe und Hühner wissen nichts von der Liebe, aber mähen und gackern doch den ganzen Tag, bespringen sich gegenseitig und werfen Junge.«

»Hm«, machte Flora.

»Wie wär's dann mit einem Lied, das um mehr Erträge bittet, mehr Milch und Fleisch und Wolle?«, warf Ailean ein.

»Ha!«, rief die Frau aus und wieder: »Ha!« Das Gelächter klang nunmehr nicht wie ein Schnattern, sondern wie der letzte Ton, den das Huhn von sich gegeben haben musste, ehe es seinen Kopf verloren hatte. »Wir kriegen von den Tieren das, was wir uns nehmen, nicht, was sie uns freiwillig geben. Man kommt mit festem Willen und notfalls mit Gewalt zum Ziel, nicht durch Bitten.«

Flora fühlte sich jäh verzagt. Die Häuser dieser Siedlung mochten jenen von Aggies Dorf gleichen, doch der Wind, der durch die Ritzen wehte, sang ein viel traurigeres Lied, und das Echo des Lachens klang nicht minder freudlos.

Einsam ... diese Frau ist unendlich einsam ... Ihr Blick auf die Welt ist so kalt wie ihre Bettstatt, die niemand mehr mit ihr teilt …

Unauffällig blickte Flora sich um. Kaum waren Spuren von Schritten im Schlamm zu sehen. Morsch wirkten die Werkzeuge, die an einer der Hauswände hingen. Der Regen von Jahren schien sie durchnässt zu haben, aber eine kräftige Hand hatte sie wohl schon lange nicht mehr gehalten. Die Löcher in den Dächern waren immens groß, doch weder hatte sich jemand die Mühe gemacht, das Reet auszutauschen, wie man es andernorts einmal jährlich tat, noch schien in den letzten Jahren überhaupt jemand darunter geschlafen zu haben.

»Wir könnten auch von König Edward singen …«, murmelte Flora.

»Oder«, fügte Ailean hastig hinzu, »von König Robert the Bruce …«

Flora ängstigte sich längst nicht mehr davor, für den Falschen Partei zu ergreifen, sondern davor, dass die Frau weder den Namen des einen noch den des anderen kannte, hier also nicht erst seit ein paar Stunden, sondern seit Jahrzehnten hockte und ein Geist war. Doch als sie das Huhn sinken ließ und hochblickte, starrten Flora und Ailean nicht etwa in einen Totenkopf mit schaurig schwarzen Löchern anstelle von Augen, sondern in ein rotes Gesicht mit breiten Wangenknochen und hoher Stirn, tiefen Falten um Mund und Augen und abschätzig verzogenen Lippen. Die Frau sah weder schön aus noch freundlich, aber zumindest wie ein Wesen aus Fleisch und Blut.

»Meine Schafe wissen weder, wer Robert ist, noch, wer Edward. Schmeckt ihnen das Gras weniger gut, geben sie schlechtere Milch? Oder würden sie klüger dreinblicken, wenn ich ihnen sagte, dass ich auf Seiten des einen und nicht des anderen stünde?«

»Nun, aber *uns* kannst du es sagen. Was denkst du dir?«

»Man lebt und stirbt, auch wenn man wenig denkt.«

»Man lebt und stirbt aber nicht irgendwo, sondern in seiner Heimat.«

»Da habt ihr auch wieder recht. Doch seine Heimat verteidigt man nicht, indem man Lieder über sie singt. Ich habe einen Bock. Wenn ein anderer käme, würde er seine Hörner senken und sie ihm in den Leib stoßen, das ist alles.«

Ob sie damit wohl meinte, dass König Edward in Schottland nichts verloren hatte? Flora war sich dessen nicht sicher, umso mehr jedoch, dass sie diese Frau nicht mit einem Lied über Könige erbauen würden.

»Wir könnten ein ganz anderes Lied singen«, schlug sie vor, »ein Lied von ... Eilidh und Kieran.«

Eben hatte die Frau sich wieder vorgebeugt, um das Huhn zu rupfen. Das Haar fiel ihr ins Gesicht, die Federn rieselten wie Schnee zu Boden – zumindest die meisten von ihnen. Die ganz leichten wurden vom Windzug in Floras Gesicht geblasen und kitzelten sie in der Nase, bis sie niesen musste. In dem kurzen Augenblick, da sie die Augen schloss und ein lautes Hatschi ausstieß, passierte so viel, dass sie es hinterher kaum fassen konnte.

Die Frau warf das Huhn auf den Boden, wo bereits sein Kopf verrottete, und sprang auf. Aus dem gleichgültigen Gesicht wurde ein zorniges, aus den wasserblauen Augen bedrohlich funkelnde, und plötzlich hielt sie die Axt in der Hand, mit der sie zuvor das Tier geschlachtet hatte und deren Stiel nicht morsch wie das übrige Werkzeug war. Bedrohlich schwang sie sie in der Luft, als gälte es, Haus und Hof vor gefährlichen Feinden zu beschützen, und als wäre sie selbst bereit, ihren letzten Blutstropfen zu geben. So puterrot, wie ihr Gesicht anlief, würde es wohl aber einen langen, wüsten Kampf benötigen, ehe der vergossen wurde.

»Eilidh und Kieran!«, schrie sie. »Eilidh und Kieran! Wie könnt ihr es wagen, an diesem Ort ihre Namen auszusprechen?«

Die Axt schnitt durch die Luft und schoss ganz dicht an Aileans Kopf vorbei, doch er zuckte rechtzeitig zurück, um nicht getroffen zu werden. Die Enten schnatterten aufgeregt und suchten das Weite, nur Flora war kurz so erstarrt, dass sie nicht fliehen konnte, als die Alte zum zweiten Mal die Axt erhob und sie diesmal auf sie richtete. Anders als Flora handelte Ailean blitzschnell. Er machte einen Satz, packte den Arm der Frau und zog ihn auf ihren Rücken. Die Axt fiel zu Boden und blieb nicht weit vom Kopf des Huhns entfernt liegen.

»Lieber Himmel, was hat sie denn?«, rief Flora erschaudernd.

»Woher soll ich das wissen?«, fragte Ailean und konnte sich nicht verkneifen hinzuzufügen: »Dabei hast du noch nicht einmal zu singen begonnen. Ich hätte ja noch verstanden, dass sie dich in diesem Fall gewaltsam zum Schweigen gebracht hätte.«

Flora verdrehte die Augen, die Alte indessen wehrte sich nicht.

»Ich würde dich gern loslassen«, sagte Ailean, »vorausgesetzt, du versprichst, uns nicht wieder anzugreifen.«

Anstelle eines kleinlauten Versprechens kam von der Alten nur wüstes Gebrüll: »Alle sind sie Heiden! Ich habe es immer gewusst, meine Großmutter hat mich schon als Kind gewarnt. Die Menschen von Skye sind Barbaren und Piraten, rau und wild, mitleidlos und unempfindlich gegen Schmerzen, unbeherrscht und unbesiegbar.«

Je länger sie tobte, desto eindrucksvollere Bilder stiegen vor Floras innerem Auge auf – von Männern, noch größer und schwerer als Aggie und mit fratzenhaften Gesichtern, in denen der Hunger nach Tod geschrieben stand, nicht der nach Brot.

Immerhin, die vielen wütenden Worte erschöpften die Alte. Als sie nur mehr schlaff in Aileans Armen hing, wagte er es, sie zurück auf die Bank zu setzen. Dort griff sie nicht noch einmal nach der Axt, sondern nach dem Huhn, und klammerte sich regelrecht daran fest. Mit jeder Feder, die sie nach einer Weile wieder auszureißen begann, folgten weitere Worte, nicht kreischend laut diese, sondern flüsternd.

»Unser Dorf ist überfallen worden ... kurz nachdem *sie* da war ... Bis heute bin ich mir sicher, dass *sie* uns verflucht hat ... *sie* übte Magie aus, und daraus kann niemals Gutes erstehen. Die Tiere waren verhext, denn hinterher mähten die Hühner und gackerten die Schafe. Die Wolle, die sie gaben, war verfilzt und ihre Milch sauer. Ich bin sicher, es wäre alles anders gekommen, wenn *sie* nicht hier gewesen wäre ...«

»Wen meinst du denn? Eilidh?«

Die Alte schüttelte den Kopf. »Nein, *sie* trug einen anderen Namen, aber den werde ich nie wieder aussprechen. Von Eilidh habe ich natürlich auch gehört ... und von dem Kind, das sie geschlachtet haben.«

Flora starrte kopfschüttelnd auf sie. Dass sie ein totes Huhn in ihren Händen hielt, musste wohl den Geist der Alten verwirrt haben. »Sie haben das Kind ... *geschlachtet?*«

»Geschlachtet und gegessen, jawohl. Heiden sind es, Barbaren, Wilde, Scheusale, allesamt!«

Wenn sie nicht ausgerechnet auf der Suche nach einem verschwundenen Kind gewesen wäre, hätte sie die Worte für dummes Geschwätz gehalten, so aber wuchs ihr Unbehagen.

»Sie haben das Kind doch nicht wirklich gegessen!«, rief Ailean deutlich misstrauischer.

»Was weiß ich! Vielleicht haben sie es auch verbrannt oder ins Meer geworfen. In jedem Fall haben sie es den Göttern geopfert, so wie es die Heiden gewöhnlich mit Tieren machen. Allein das ist grundfalsch. Man nimmt von den Tieren, was man braucht, damit man satt ist und es warm hat, man verschwendet nicht einfach ihr Fell und ihr Fleisch!«

Immer verbissener rupfte sie nun das Huhn, obwohl es schon kaum noch Federn hatte. Die Enten kehrten wieder, als wüssten sie, dass kein neuerlicher Ausbruch zu befürchten stand.

»Eilidh und Kieran ...«, setzte Flora an, »... was haben sie mit diesem Kind zu tun? Sie sind doch bekannt für ihre Liebe und für ihren Gesang. Gewiss sind sie nicht so grausam gewesen ...«

Die Alte blickte hoch, und ihr Blick war erstaunlich klar. »Die Männer, die kamen, nachdem *sie* da war, haben unser Dorf nicht einfach nur ausgeraubt, sondern etliche Bewohner getötet. Einer von ihnen hat sogar ihr Blut getrunken. Früher lebten mehr als ein Dutzend hier, jetzt nur mehr ich. Gewiss, nicht alle fielen den Unholden zum Opfer, etliche starben später, weil sie krank wurden oder alt waren. Und dennoch ... *sie* trägt die Schuld. Ich habe Jahre gebraucht, um die Tiere wieder zu heilen. Also verschwindet von hier! Und untersteht euch, Geschichten von Heiden oder von Wilden zu erzählen, vor allem untersteht euch, irgendeinen Zauber zu sprechen.«

Ailean beugte sich zu der Alten hinunter. »Wir wollen doch keinen Zauber sprechen, wir ... wir hätten nur gern etwas zu essen.«

Lange Zeit blieb es still, und Flora überlegte, was sie tun sollten. Sie waren zu zweit und somit stark genug, sie zu überwältigen und sich zu nehmen, was sie bräuchten. Allerdings wollte sie lieber hungern, als neuen Schrecken zu säen und den wirren Geist noch mehr zu verdunkeln.

Die alte Frau machte jedoch keine Anstalten, sie zu verjagen. Sie stand auf und schleuderte das federlose Huhn fort.

»Das könnt ihr haben. Ich will ohnehin keinen Bissen von dem Fleisch. Es ist beschmutzt von *ihrem* Namen.«

»Du hast diesen Namen doch gar nicht ausgesprochen!«

»Nein, aber ich habe an ihn gedacht ... Ach, wenn man Gedanken nur wie Unkraut ausrupfen könnte ...«

Plötzlich drängte alles in Flora zur Flucht, und Ailean schien es ähnlich zu gehen. Er nahm rasch das Huhn auf und dankte der Alten. Flora wusste, sie würden ein Feuer machen, es darüber braten und essen, weil sie hungerten, aber sie würden sich bei jedem Bissen ekeln.

Als sie gegangen waren und von einer Anhöhe aus einen letzten Blick auf das Dorf warfen, sahen sie, dass die Alte wieder auf die Bank gesunken war, die Hände vors Gesicht geschlagen hatte und, so heftig, wie ihre Schultern zitterten, wohl bitterlich weinte. Aggie hatte aus Rührung Tränen vergossen, diese Frau nun aus Verzweiflung.

Lieber Himmel, dachte Flora. Was haben Eilidh, Kieran und die, deren Namen die Alte nicht aussprechen wollte, nur angerichtet, dass sie die Leute noch so lange nach ihrem Tod zum Weinen bringen?

Sie redeten kaum, als sie weitergingen. Ailean bat Flora zwar, ihm schottisches Gälisch beizubringen, und sie erfüllte seine Bitte bereitwillig, doch er fand keine lobenden Worte für ihre Erklärungen und sie keine für seine rasche Auffassungsgabe, dank derer er die Menschen bald besser verstehen würde.

Auf ödes Grasland folgten mit Flechten und Moosen überzogene Schotterfluren, auf kleine Kiefernwäldchen Flüsse und Lochs, aus denen man nur trinken konnte, wenn man sich durch mannshohes stachliges Gebüsch kämpfte. Die Berge wurden vom Nebel verschluckt, und als ihn der Wind verscheuchte, sah man, dass sie weiß waren.

Die Täler blieben zwar vom Schnee, nicht aber von der Kälte verschont. Ailean und Flora zitterten nicht minder als die dünnen Halme vom Wollgras und die der Binsen, als der Ginster und die silbrigen Blätter der Birken- und Eichenwälder. In ihrem Schatten waren sie vom Wind geschützt, aber mussten zugleich auf die ohnehin nur mageren Sonnenstrahlen verzichten.

Wehmütig dachte Ailean an seine Reise mit Iain. Nicht nur, dass er weniger gefroren und gehungert hatte, überdies war es ungleich unterhaltsamer gewesen, mit dem Barden unterwegs zu sein. Ständig hatte Iain ihm abenteuerliche Geschichten erzählt und gefordert, daraus ein Lied zu dichten. Das, was er nun erlebte, taugte nicht, um zu Versen geschmiedet zu werden.

In den nächsten beiden Tagen trafen sie auf keine weitere Siedlung, keine zotteligen Rinder und keine mähenden Schafe, nur ein paar Rehe, die sie misstrauisch beäugten, ehe sie das Weite suchten. Hätte Ailean einen Speer gehabt, hätten sie sie jagen können, die Harfe jedoch – sein einziger Besitz, der ihn bislang so überaus kostbar deuchte – war nutzlos. Weder konnte er für Essen sorgen noch den Hunger übertönen. Das Knurren des Magens wurde immer lauter, das Ächzen bei jedem Schritt auch, und mit der Mutlosigkeit erwachte die Streitlust.

Nur ein paar Tagesmärsche lägen zwischen Applecross und Skye, hatte Peg MacIver behauptet, und dass sie nun schon so lange unterwegs waren, immer nur auf neue Lochs stießen, mal breit, mal schmal, nährte den Verdacht, dass sie im Kreis gegangen waren.

»Als wir die Alte verließen, haben wir die falsche Richtung genommen!«, rief Flora.

Eine Richtung, die er bestimmt hatte ...

»Du hättest gern bei ihr bleiben und dich von ihrer Axt erschlagen lassen können«, sagte er dennoch schnippisch.

»Nur weil du dich rechtzeitig geduckt hast, bist du noch kein Held.«

»Das habe ich auch nicht behauptet. In jedem Fall ist sie erst wild geworden, nachdem du vorgeschlagen hast, ein Lied zu singen.«

»Und deshalb wissen wir jetzt mehr als zuvor.«

»Ach, wie tröstlich! Jenes rätselhafte Kind ist nicht nur verschwunden, sondern wurde offenbar getötet. Großartig! Daran werde ich mich den Rest meines Lebens erinnern. Wie könnte ich auf die dunklen Träume auch verzichten, die mich ob dieser Geschichte verfolgen.«

»Du schläfst wie ein Stein, also hör auf, über dunkle Träume zu jammern.«

»*Du* bist diejenige, die jammert. Ich sage, dass wir schon noch zum Meer kommen, wenn wir einfach weitergehen. Auf eines ist hier in Schottland doch genauso Verlass wie in Irland: Irgendwann kommt man immer ans Meer. Natürlich könnte es passieren, dass wir zuvor den Engländern in die Hände geraten, und wenn du dann wieder erklärst, dass wir auf Robert the Bruce' Seite stehen, könnte es ungemütlich werden.«

»Wie oft soll ich denn noch beteuern, dass ich ...«

»Still!«

Ailean zuckte zusammen. Gleiches Wort hatte auch ihm auf den Lippen gelegen, doch nicht er hatte Flora unterbrochen, sondern ein fremder Mann. Noch war nur seine Stimme zu hören, jedoch nichts von ihm zu sehen, und so dunkel, wie sie klang, verhieß sie einen Riesen, dessen Faust er nicht so leicht würde ausweichen können wie der Axt der Alten. Als sie der Stimme allerdings folgten, baute sich niemand drohend vor ihnen auf.

Der Fremde hockte auf dem Boden, ballte seine Hände auch nicht zur Faust, sondern flocht dünne Zweige kunstvoll an ein Stück Holz. Sein Haar wuchs noch dicht, und die Haut schien glatt, doch seine Hände, rot, rissig und voller Flecken, verrieten, dass seine Jugendtage schon lange zurücklagen. Er saß an einem Bächlein, das weder sonderlich breit noch tief war. Das Gestrüpp am schlammigen Ufer nutzte der Mann, um sein absonderliches Flechtwerk, offenbar eine Vorrichtung, um Fische zu fangen, daran zu befestigen.

»Still!«, befahl er wieder, als Flora und Ailean wie aus einem Mund fragten, warum. »Wenn ihr zu laut redet«, setzte er flüsternd hinzu, »vertreibt ihr die Fische.«

Ailean wusste nicht, ob Fische hören konnten, jedoch, dass sie gut schmeckten, wenn man sie briet, und darum hielt er den Mund. Noch immer waren sie dem Mann nicht leise genug. Selbst ihr Atem schien ihn zu stören, denn nun erhob er sich und winkte sie vom Bächlein fort.

»Jetzt müssen wir warten«, raunte er. »Viele Tiere tötet man mit Gewalt, Fische jedoch mit Geduld. Dass man nichts tut, sondern einfach geschehen lässt, ertragen viele Menschen nicht. Ihr seht mir auch sehr ungeduldig aus.«

Damit hatte er nicht ganz recht. So gierig Ailean schon jetzt auf ein Stück gebratenen Fisches war, so willkommen war ihm die Gelegenheit, sich zu setzen. Dass der Boden von dornigem Gestrüpp überwuchert wurde, störte ihn nicht. Kratzer hatten sie schon genügend, einen weiteren würde er kaum spüren.

»Teilst du denn deinen Fisch mit uns?«, fragte er.

Der Mann gab keine Antwort, sondern öffnete einen Lederbeutel, den er am Gürtel trug. Angelhaken in verschiedener Größe befanden sich darin, außerdem Schnecken. Ailean vermochte nicht zu sagen, ob sie schon tot waren – ein schöner Anblick war es jedenfalls nicht, als der Mann sie aufzuspießen begann.

»Wenn ich mehr als einen Fisch fange, könnt ihr einen haben«, sagte er.

Ailean kam ein Gedanke. »Als Fischer kennst du bestimmt den Weg zum Meer. Dorthin wollen wir, genauer gesagt auf die Insel Skye.«

Der Fischer fuhr ruckartig hoch, und Ailean wappnete sich gegen neuerliche Flüche auf Heiden und Barbaren, stattdessen strahlte der Mann übers ganze Gesicht.

»Skye!«, rief er begeistert. »Oh, die besten Fische auf der ganzen Welt leben in den Flüssen auf Skye! Zwei an der Zahl gibt es, Hinnisdal und Romesdal heißen sie, und nirgends sonst sind die Forellen so groß und dick wie dort.«

In Ailean wuchs die Hoffnung. »Dann kannst du uns bestimmt den Weg zeigen, uns vielleicht sogar begleiten. Möchtest du nicht einige dieser Riesenforellen fangen?«

Weitere Schnecken mussten dran glauben, bis sich der Fischer zu einer Antwort aufraffte.

»Vielleicht …«, begann er vage.

»Wir wollen nach Skye, um mehr über Kieran und Eilidh herauszufinden«, fiel Flora ihm ins Wort. »Hast du schon einmal von ihnen gehört?«

Der Fischer sagte nichts, sondern ließ die Angelhaken sinken, um stattdessen einen Speer hervorzuziehen und mit einem kleinen Messer die hölzerne Spitze zu schärfen.

»Damit kann man Lachs fangen, nicht wahr?«, fragte Ailean in der Hoffnung, ihn gesprächiger zu stimmen.

»Dort, wo man guten Lachs findet, gibt es nicht immer den besten Hering, und wo man saftigen Weißfisch fängt, nicht unbedingt Forellen. Manche Fische wohnen im Meer, andere in Flüssen. Wenn man von beiden einen nimmt und sie zusammen in einen Tümpel wirft, überlebt zumindest einer nicht.«

Flora schüttelte verständnislos den Kopf, aber Ailean hatte plötzlich das Gefühl, dass er von mehr sprach als von Fischen.

»Kieran und Eilidh stammten aus zwei Welten!«, rief er. »Darum konnten sie nicht glücklich werden. Das meinst du doch, oder? So wie Rabe und Wolf nicht zusammenfinden können, weil sie in verschiedenen Welten leben und der eine am Tag, der andere in der Nacht?«

Die Fischer zuckte die Schultern.

»Aber sie haben sich dennoch geliebt! Was ... was ist aus ihnen geworden?«

Wieder folgte ein langes Schweigen. Doch erneut wurde Floras und Aileans Geduld belohnt. »Es ist gefährlicher, Fische zu fangen, die im Meer leben. Dein Boot kann kentern, wenn es in einen Sturm gerät. Oder die Flut erwischt dich am Strand, wenn du nicht rechtzeitig fliehst.«

»Und Eilidh und Kieran ... haben sie nicht gewusst, wann die Flut kommt?«

»Wie ich schon sagte ... Fische fängt man nicht mit Gewalt, sondern mit Warten«, sagte er und hielt eine Weile inne, ehe er hinzufügte: »Die Flut geht nicht zurück, der Regen lässt nicht nach, und Fische schwimmen nicht schneller, nur weil man es will. Oder ... oder weil man ein Kind opfert.«

Ailean fuhr auf. »Du weißt auch davon?«, rief er.

»Still! Du erschreckst die Fische! Ich weiß nur, wie wichtig es ist, seine Falle an der richtigen Stelle eines Bächleins aufzustellen. Ob im Wasser auch Götter hausen, weiß ich hingegen nicht. Und selbst wenn, dann gefällt es ihnen, dass man gut ist in dem, was man tut, nicht bloß ständig laut bekundet, was man will.«

Ailean ließ sich zurücksinken. Wusste er selbst, was er wollte? Wusste er, was er tat? Und war er gut darin?

Plötzlich sprang der Fischer auf und stieß einen Jubelschrei aus. »Drei Fische!« Er deutete triumphierend auf die Falle. »Das ist ein Zeichen, dass ich euch zum Meer begleiten soll.«

Obwohl er an Worten und Erklärungen sparte, als er die Fische briet, und ebenso, als sie sich später auf den Weg machten, fühlte sich Ailean von seiner Gesellschaft getröstet. Wenn selbst Fische hören konnten, würde es ihm vielleicht doch noch gelingen, aus dieser Reise ein Lied zu erschaffen.

VI.

Skye
1260

Die Frauen waren für gewöhnlich nicht dabei, wenn die Männer über Könige und ihre Kriege sprachen, verräterische oder treue Clans, Niederlagen oder Heldentaten. Doch an diesem Tag herrschte große Aufregung, und niemand wartete ab, bis Ilisa und Eilidh die Trinkhörner gefüllt hatten und verschwanden.

Die Männer hatten sich in einem der neuen Langhäuser versammelt, die Leod an der Ostseite der Mauer hatte errichten lassen. Leod hatte an einem Kopf der Tafel Platz genommen, sein Vetter Sigurd ihm gegenüber, und wegen der weiten Entfernung brüllte Sigurd noch lauter als sonst. Wenn Leod antwortete, klang es wiederum so unheilverkündend wie das Donnern der Wellen während eines Sturms.

Obwohl Eilidh nun schon seit über einem Jahrzehnt auf Skye lebte, sollte sie heute zum ersten Mal das Trinkhorn von Scotas Ziehvater füllen. Man nannte ihn Leod den Hässlichen, und früher hatte sie sich ihn als grausigen Mann vorgestellt – mit Haaren, die noch dichter als die Sigurds wuchsen und in denen Würmer und Schlangen krochen, mit Warzen groß wie Hörner, mit schiefer Nase, Augen und Mund, als hätte man seinen Schädel entzweigehauen und später nicht richtig aneinandergefügt. In Wahrheit waren seine Züge zwar nicht sonderlich schön, aber auch nicht unansehnlich, das Haar stank nach Algen und Schweiß und etwas anderem, das Eilidh nicht benennen konnte, aber nicht schlimmer als das seiner Krieger. Den Bart wiederum hatte er zu zwei strammen Zöpfen geflochten, die bis zur Brust hingen und im Sonnenlicht glänzten.

Warum nennt man ihn hässlich, wenn er es nicht ist?, hatte Eilidh Ilisa einmal gefragt.

Er selbst hat sich den Beinamen gegeben, hatte Ilisa erklärt. Man fürchtet die Menschen mehr, wenn man sie für hässlich hält.

Ob hässlich oder nicht – Eilidh hatte Angst vor Leod. Im Grunde hatte sie vor allen Angst, ausgenommen vielleicht Scota, Ilisa und natürlich Kieran. Sie erwachte mit dieser Angst und ging mit ihr schlafen. Die Angst war nicht einmal rot wie das Blut ihres Vaters, sondern glitschig und schwammig wie Seegras. Keinen Schritt konnte sie machen, ohne darauf auszurutschen. Und jetzt konnte sie Leod nicht einschenken, ohne zu zittern.

Niemand bemerkte es. Das Feuer in der Mitte der Halle war nicht die einzige Lichtquelle – von der Decke hingen kleine Lämpchen, deren Flammen von Robbenöl genährt wurden, auf dem Tisch standen Schälchen mit brennendem Fischtran. Die flackernden Schatten schienen selbst Leod und Sigurd zum Zittern zu bringen.

»Was sollen wir denn nun tun?« Sigurd sprang auf und stampfte auf. »Die Worte des Boten waren unmissverständlich!«

Der Bote hatte auch gezittert, als er zuvor von den Gesandten berichtete, die König Alexander III. nach Norwegen geschickt hatte. Wie schon sein früh verstorbener Vater wollte er

König Hakon die westlichen Inseln abkaufen und dem schottischen Reich einverleiben. Kurz hatte Eilidh befürchtet, Sigurd würde den Boten erschlagen.

»Warum sagst du denn nichts?«, brüllte Sigurd, als Leod schwieg.

»Ich sage nichts, weil ich nachdenken muss«, erklärte der Vetter.

Leod war nicht nur für vermeintliche Hässlichkeit bekannt, sondern auch dafür, dass er Entscheidungen selten aus der Laune eines Augenblicks heraus traf. Die anderen Männer, die an der Tafel saßen, schienen Verständnis dafür zu haben, denn sie hielten ihren Blick hartnäckig auf den Boden gesenkt. Sigurd hingegen stampfte erneut auf.

»Was nützt es dir nachzudenken, wenn wir gar nicht erst gefragt wurden? Die Bewohner der Insel ... sie werden wie Sklaven behandelt, die man auf dem Markt anpreist!«

»König Hakon hat uns nicht angepriesen ... Dass Alexander ihm dieses Angebot unterbreitet, kannst du ihm nicht vorwerfen.«

»Aber Alexander selbst werfe ich es vor!«

»Was hättest du denn getan, wenn er seine Gesandten nicht nach Norwegen, sondern zu uns geschickt hätte, um zu verhandeln?«

Eilidh erstarrte. Dann hättest du ihnen den Kopf abgeschlagen, dachte sie. Bis heute wusste sie nicht, ob Leod von der Ermordung ihres Vaters erfahren hatte.

Sigurd lachte verunsichert auf, setzte sich wieder und winkte Eilidh zu sich, auf dass sie auch sein Trinkhorn füllte.

»So unsinnig ist Alexanders Trachten nicht«, erklärte Leod. »Er ist jetzt erwachsen, nachdem jahrelang die Großen des Reichs für ihn regiert haben. Verständlich, dass er aller Welt zeigen will, dass er ein starker König ist – vor allem England.

Der beste Beweis dafür wäre, die Hebriden zu erwerben, zumal die Inseln Schottland näher sind als Norwegen.«

Er ballte die Hand zur Faust, ließ sie jedoch nicht auf den Tisch sausen – schließlich hatte er einst auch Dunvegan durch bloße Drohgebärden erlangt, nicht durch eine Schlacht.

»Die Inseln sollten unabhängig sein!«, brüllte Sigurd.

»Aber das sind sie nun mal nicht«, sagte Leod. »Seit jeher sind sie Zankapfel zwischen zwei Reichen. Um unabhängig zu sein, müssten diese uns vergessen, und das wird nie der Fall sein.«

»Ich will nicht vergessen werden«, dröhnte Sigurd, »ich will das Blut derer vergießen, die glauben, über meinen Kopf hinweg bestimmen zu können.«

»Besser, du würdest mit diesem Kopf eine vernünftige Entscheidung treffen, nämlich die, auf welcher Seite du stehst – genauso wie es die Herren der anderen Inseln halten. Die MacRuaris bekennen sich eindeutig zu Norwegen, Ewen von Argyll tut es nicht. Angus Mor nennt sich gern Wikinger, aber er weiß, dass ein Bündnis mit Schottland zukunftsträchtiger ist. Er hat die Kirche reich beschenkt, damit die Mönche für das Wohl König Alexanders beten, nicht für das König Hakons. Magnus, der König von Man, ist als Norweger natürlich Hakons Verbündeter. Die Frage ist, ob wir ihm, obwohl Skye unter Mans Verwaltung steht, folgen müssen. In einem hast du nämlich recht: Wir sind keine Sklaven.«

So viele Namen, die da fielen. Eilidh hatte alle gehört, aber sich kaum einen lange gemerkt – ausgenommen den des Königs von Man, der Kieran als Geisel genommen hatte.

Sigurd heulte auf. »Für die Herrscher der Insel ist es beschämend, dass wir überhaupt Partei ergreifen und entweder in norwegische oder schottische Königsärsche kriechen müssen.

Und noch beschämender ist es, dass Alexander nicht um die Insel kämpfen, sondern diese kaufen will.«

Er bebte vor Wut, indessen es Eilidh erstmals gelang, das eigene Zittern zu unterdrücken.

Du hast doch auch mich gekauft, dachte sie, mit dem Versprechen, eine Familie zu haben und Kleidung, Essen und ein Dach über dem Kopf ... Du wähnst dich von Verrätern umgeben, dabei ist dein Ziehkind die größte Verräterin auf Erden.

Natürlich hätte sie nie gewagt, Sigurd das laut zu sagen. Wenn sie nicht gerade sein Trinkhorn füllte, lächelte sie ihn an, spielte mit seinen Steinen, obwohl sie längst kein Kind mehr war, ließ sich über den Kopf streichen und die Wange tätscheln. Sigurd erklärte noch öfter als zuvor, welch hübschen Anblick sie biete, jedoch nie, dass ihm der Mord an ihrem Vater leidtue.

Ilisa trat zu ihm und legte ihre Hand auf seine. »Beruhige dich!«

»Ich kann mich aber nicht beruhigen.« Sigurd schleuderte das Trinkhorn von sich, woraufhin Ilisa empört den Kopf schüttelte. »Die Binsen sind frisch ausgestreut«, schimpfte sie. »Ein Mann mit Brummschädel ist mir lieber als ein verunreinigter Boden.«

Auch Leod blickte streng, während Eilidh sich bückte und das Trinkhorn aufhob. Es fühlte sich, bis auf die bronzene Randfassung und die angenieteten Ösen, an deren Ringen man es am Gürtel befestigen konnte, glatt wie die Haut eines Kindes an. Wenn sie sich recht besann, hatte es zu den Geschenken ihres Vaters gehört, die Sigurd sich nach dessen Tod genauso angeeignet hatte wie sie.

»Hab Dank, mein Kind«, sagte er, als sie ihm das Horn reichte. »Hast du schon gesehen, Leod, wie schön meine Tochter ist?« Er erwartete keine Antwort, und das flüchtige

Lächeln schwand alsbald wieder von seinen Lippen. »Wir müssen etwas tun! Wir tragen keine Kronen wie die hochmütigen Könige, aber gerade deswegen sind unsere Schädel nicht so schwer, dass wir uns ständig ducken müssen.«

Er hielt das Horn, als wollte er es zerquetschen, und da es ihm nicht gelang, schleuderte er es ein zweites Mal hinter sich. Da es diesmal leer war, handelte er sich keine Ermahnung von Ilisa ein.

»Ehe wir ein Urteil fällen«, erklärte Leod, »müssen wir abwarten. Letztlich kann ich mir nicht vorstellen, dass König Hakon die westlichen Inseln hergeben wird. Solange kein Geld geflossen ist, ist es nicht an uns, zu entscheiden, mit welchem Blut wir es beflecken.«

Eilidh sah nicht mehr, wie Sigurd die Worte aufnahm. Da die Männer genug getrunken hatten, scheuchte Ilisa sie aus der Halle. Schnell bückte sie sich, nahm Sigurds Trinkhorn an sich und barg es an der Brust, ehe sie ihr folgte.

Eilidh trug das Trinkhorn noch an ihrem Gürtel, als sie später gemeinsam mit Scota Leinsamenöl aus den Samen des Flachses presste. Ilisa hatte ihnen die Aufgabe zugewiesen, die Eilidh wie alle anderen klaglos, Scota jedoch erst nach längerem Murren erfüllte. Sie war zwar stärker als Eilidh und vermochte ungleich mehr Öl aus den kleinen Samen zu holen als diese, aber sie machte ein so grimmiges Gesicht dabei, als müsste sie die Latrinen reinigen.

»Was denkst du«, fragte Eilidh, »wem wird die Insel in Zukunft gehören?«

»Ich gehöre nur mir selbst, das ist das Einzige, was zählt.«

Was immer Scota sagte – Zweifel waren nie herauszuhören. Anders als das Leinsamenöl war ihr Selbstbewusstsein nichts, was sie dem Leben mühsam abringen musste. Zu Eilidhs Erstaunen fügte Scota allerdings nichts hinzu.

»Erfüllt dich die ungewisse Lage denn nicht mit Sorge? Was denkst du, auf welche Seite Leod sich stellen wird?«

»Was geht's mich an, ob Schotten oder Norweger auf Skye herrschen!«, fauchte Scota unvermutet. »In unseren Adern fließt vor allem das Blut der Kelten.«

»Wenn du so genau weißt, wer du bist, was zeugt dann diesen Ärger?«

Scota schnaubte. »Ich weiß es eben nicht.« Sie hielt eine Weile inne, ehe sie den Grund ihrer schlechten Laune verriet. »Ich habe dir doch einmal erzählt, wie die Druiden ihr Wissen an Schüler weitergaben. In abgedunkelten Räumen lagen diese auf dem Rücken, mit einem Stein auf dem Bauch und einer Decke über dem Kopf. Solcherart merkten sie sich alles, was sie hörten. Oh, ich würde es gewiss auch in meinem Gedächtnis bewahren! Aber es gibt nun mal niemanden, der mich in diese Geheimnisse einweiht!«

Eilidh konnte nicht verstehen, warum sich jemand freiwillig einen Stein auf den Bauch legte. Sie selbst hatte oft das Gefühl, mit einem Stein auf der Brust zu leben, der das Atmen erschwerte und das Singen nahezu unmöglich machte. Nur wenn sie mit Kieran zusammen war, konnte sie singen. Sein Blick allein hatte die Macht, den Stein wegzustemmen …

Sie konnte nicht verhindern, dass ihre Züge bei den Gedanken an ihn ganz weich wurden, gleichwohl Scota es scharf verurteilte, dass sie sich seit einigen Monaten heimlich mit ihm traf.

Anstatt wie so oft über den jungen Mann zu lästern, erklärte diese jedoch: »Ich muss endlich mehr über die Druiden erfahren! Was sie lehrten und was sie glaubten, wie sie Magie betrieben, woher ihr Wissen von den Sternen stammte, welche Götter sie verehrten.«

»Aber wenn du doch sagtest, dass es niemanden gibt, der dich ...«

»Nun, es gibt Kieran«, fiel Scota ihr ins Wort.

Eilidh starrte sie verblüfft an. Erstaunlich genug war es, dass sie den Namen aussprach, ohne dass Verachtung in ihrer Stimme mitschwang. Noch verwirrender schien es, dass sie sich von ihm Hilfe erhoffte.

»Wie kommst du nur auf die Idee, dass er etwas über die Druiden weiß?«

»Er kann doch lesen, oder?«, rief Scota schroff. »Und er hat Zutritt zur Bibliothek des Klosters Sankt Columban.«

»Gewiss. Wenn du etwas über die Legenden der großen Heiligen erfahren möchtest, musst du allerdings nicht einmal lesen können, es genügt, Bruder Patrick zu fragen.«

Scota schnaube. »Du denkst doch nicht, Mönche schreiben nur die Geschichten ihrer Heiligen auf.«

Hatte sie bis jetzt verbissen die Ölpresse bedient, ließ sie nun die Arbeit ruhen. Eilidh kam das zupass, weil sie schon Blasen an den Händen hatte, doch nachdem Scota eine Weile auf sie eingeredet und ihr ihren Plan erklärt hatte, wünschte sie, sie hätte nie davon gehört.

»Ich kann Kieran doch unmöglich um so etwas bitten!«

»Nun, wenn du das nicht kannst, dann kann ich vielleicht auch nicht Stillschweigen darüber bewahren, dass ihr euch heimlich trefft.«

Die Drohung wog schwerer als der Stein auf der Brust, fühlte sich vielmehr an, als würde sie dort ein Messer treffen. Mit einem Mädchen wie Scota befreundet und ihr gar nah wie einer Schwester zu sein versprach kein Gelächter, wie die Mägde es beim Walken ausstießen, und keine Wärme, wie diese sie nächtens fanden, indem sie sich aneinanderkuschelten. Aber Eilidh hatte immer gewusst, dass sie sich auf sie verlassen konnte, dass Scota zwar Mönchen Streiche spielte, doch niemals ihr, und dass der Lebensweg, beschritt sie ihn an ihrer Seite, viel klarer zu sehen war als die Nachbarinsel Harris bei Nebel. Vor allem hatte sie ihr als Einzige gestehen können, dass sie Kieran regelmäßig sah und mit ihm sang.

Wenn sie jetzt an die sanften Melodien dachte, glaubte sie, nur Misstöne zu hören.

»Das ... das würdest du doch nicht wirklich tun?«, rief sie.

Scotas Miene wurde ganz hart, aber auch die Eilidhs.

Wenn sie Ja sagt, werde ich nie wieder ein Wort mit ihr sprechen ...

Sie maßen sich stumm, doch während für gewöhnlich die Rollen der Starken und der Schwachen, der Mutigen und der Verzagten, der Harten und der Geschmeidigen klar verteilt waren, senkte sich die Waagschale heute auf der unerwarteten Seite.

Scota gab nach. »Du weißt genau, dass ich nie etwas tun würde, das dir schadet. Was ich von dir will, ist kein Befehl, sondern eine Bitte. Du erfüllst sie mir doch, oder? Ach, Eilidh ... liebste Eilidh ... Du wirst schon Mittel und Wege finden, Kieran zu überzeugen. Ich vertraue dir, so wie du mir vertrauen kannst. Immer.«

Eilidh unterdrückte ein Seufzen, als ihr aufging, wie wertlos ihr Sieg war.

Wenn man doch das Öl allein mit solch süßen Worten aus den Leinsamen pressen könnte! Es hätte die Arbeit so viel leichter gemacht.

Am ersten Dienstag im September, dem Namenstag Maelrhubas, kamen die Menschen der Umgebung zum Kloster Sankt Columban, um dem Heiligen Gaben darzubringen. Und da der Heilige nur in Gestalt einer Steinstatue zugegen war, nahm Vater Michael, der Abt, sie an seiner statt entgegen. Die Steinstatue machte ein ausdrucksloses Gesicht, Vater Michaels Lippen waren hingegen zu einem Lächeln verzogen, das man für freundlich halten konnte – oder für verlogen.

Kieran war von Letzterem überzeugt. Ihm entging nicht, dass das Lächeln die Augen nicht erreichte, diese lediglich triumphierend aufblitzten, wenn die Gaben – ein halber Kuhleib, Stockfisch oder mehrere Humpen Met – reichlicher als erwartet ausfielen. Ganz schmal hingegen wurden sie, wenn sie nichts taugten – wenn ein Schaf hinkte, eine Sichel nicht schnitt und Nüsse schon von Schimmel überzogen waren.

Manche Menschen waren so arm, dass sie nicht einmal verdorbene Gaben anbieten konnten, nur das Versprechen, für das Kloster zu arbeiten – die Viehherden, die zu Sankt Columban gehörten, zu beaufsichtigen, neue Vorratskammern zu errichten oder Holz zu schlagen.

»Warum nimmt der ehrwürdige Vater solche Gaben an?«, fragte Kieran Patrick leise. »Die Ärmsten sollten sich lieber um ihre eigenen Tiere kümmern und ihr eigenes Land bestellen. Keiner von uns hungert wie sie, schau dir ihre dürren Kinder an.«

»Gott sorgt für sie«, sagte Bruder Patrick. »Wer sich ihm ganz und gar anvertraut, wird reich beschenkt werden, wenn auch nicht immer zu Lebzeiten, sondern erst in der jenseitigen Welt.«

Wer würde Vater Michael jemals vorschlagen, sich erst im Himmel den fetten Lachs einzuverleiben, der ihm eben gereicht wurde und der ihm bekannterweise so viel lieber war als Hering?

»Gott hat sicher nicht vorgesehen, dass wir uns mit vollen Bäuchen dem Himmelstor nähern«, murrte Kieran. »Was, wenn es nicht breit genug ist, um uns durchzuzwängen?«

Die bösen Blicke der anderen Mönche trafen sie.

»Gott hat in jedem Fall vorgesehen, dass wir uns unserem Hirten fügen müssen«, sagte Bruder Patrick schnell.

Kieran verkniff sich eine bissige Bemerkung.

Eins musste man Vater Michael lassen – die Lust an gutem Essen sah man ihm noch nicht an. Er war ein groß gewachsener, stattlicher Mann, und Kieran wurde den Verdacht nicht los, dass man ihn aus diesem Grund zum Abt gewählt hatte. Von einer solch mächtigen Erscheinung erwartete man wohl auch einen großen Geist, und weil er überdies so breit lächeln konnte, viel breiter als der steinerne Maelrubha, hatte bislang niemand die Täuschung entlarvt.

Soeben schwand das Lächeln. Ein Mann war gekommen, um mit zitternder Stimme zu erklären, dass er gern reichlichere Gaben gebracht hätte, von seinem Bruder aber des Erbes beraubt worden sei. Über Nacht war seine ganze Viehherde gestohlen worden und nur eine Kuh zurückgeblieben, der man den bösen Blick nachsagte.

Viel böser als der unseres Abtes kann dieser Blick gar nicht sein, dachte Kieran belustigt.

Mit donnernder Stimme verkündete dieser, dass besagter Bruder samt Familie verflucht sei, dereinst niemand für ihre Seelen im Fegefeuer beten würde und er mit den Seinen gezwungen sei, ewig dort festzusitzen. Falls er das Schicksal abwenden wolle, müsse er die Herde wieder herausrücken und drei Muttertiere dem Kloster überlassen.

Der Mann verzichtete lieber auf sein Vieh als auf die Genugtuung, den habgierigen Verwandten in Angst und Schrecken zu versetzen. Er nickte eifrig, fiel vor dem Abt auf die Knie und dankte ihm überschwänglich.

»Seine verstorbene Frau«, fügte er hastig hinzu, »kann so oder so gern im Feuer schmoren. Sie hat Lügen über mein

Weib verbreitet. Wenn Ihr sie verflucht, kriegt Ihr zwei Tiere mehr …«

Auch das musste man Vater Michael zugestehen – er liebte Geschenke, mochte jedoch nicht um sie feilschen. »Wenn die Ordnung Gottes wiederhergestellt ist, besteht kein Grund dafür«, erklärte er streng.

Die umwölkte Miene glättete sich schon wenig später wieder, als ihm ein Mann aus dem Clan Leod ein Stück Land versprach. Ob er mit oder ohne Leods Zustimmung handelte, sagte er nicht. Kieran war überzeugt, dass sich der Abt beeilen würde, die Schenkungsurkunde zu verfassen und darunter den Abdruck eines Stempels zu setzen, den zu besitzen er überaus stolz war. Aus Kupfer war er gemacht, und er zeigte die heilige Maria, die mit entblößter Brust ihren Säugling stillte, während einige Mönche anbetend vor ihr hockten. Mehr Arbeit, als den Stempel aufs Pergament zu drücken, würde ihn das geschenkte Land nicht kosten. Es zu beackern bliebe den einfachen Brüdern überlassen oder den Novizen.

»Gier ist eine Sünde«, entfuhr es ihm.

»Er handelt doch nicht aus Gier, er tut es für Sankt Columban, das groß und reich wie das Kloster der Benediktiner auf Iona werden soll.«

Bruder Patrick hatte nie verschmerzt, sich nicht länger in die Bibliothek von besagtem Kloster zurückziehen zu können, und seufzte sehnsüchtig.

»Stolz ist auch eine Todsünde«, sagte Kieran. »Du selbst hast mir doch erzählt, dass die ersten Mönche auf Skye sehr arm gewesen sind. In Zellen haben sie gelebt, kaum größer als Bienenwaben, und aus Erde statt aus Stein errichtet, die, wenn es stark regnete, weggespült wurden. Ihre Füße waren stets verschmutzt vom Schlamm und steckten nicht in Lederschuhen.«

»Ach, Kieran …«

Bruder Patrick seufzte erneut, dieses Mal resigniert, und Kieran ahnte einmal mehr, dass er insgeheim auf seiner Seite stand. Er hätte Vater Michael etwas weniger Lachs und mehr Askese angeraten, vielleicht gar Stehen im kalten Wasser, aber er hatte noch nie erlebt, dass der Mönch ihm offen trotzte. So war Bruder Patrick nun mal. Er erzählte gern Geschichten, aber diese nicht zu Ende, er bezeichnete sich als Kierans Seelenfreund, aber interessierte sich nicht dafür, was in seiner Seele vorging, er belehrte ihn darüber, was richtig und was falsch war, aber forderte nur dann ein, dass er danach handelte, wenn er sich in seiner Nähe aufhielt. Was Kieran trieb, wenn Bruder Patrick im Skriptorium las oder schrieb, war ihm gleich.

»Du darfst nicht vergessen«, sagte Bruder Patrick, »wenn das Kloster reich ist, nützt das nicht nur dem Abt und uns Brüdern. Die Menschen auf Skye fühlen sich davon getröstet, beweisen die starken Mauern einer Kirche doch Gottes Gegenwart und Schutz in unruhigen Zeiten wie diesen.«

Das wiederum konnte Kieran nicht in Abrede stellen. Die mächtigen Clans, die bislang die Geschicke der Insel lenkten – ob die von Leod im Norden oder die der MacInnons, MacNicholsons und MacAskills im Süden –, waren zerstritten, weil uneins, ob sie auf Seiten Norwegens oder Schottlands standen. Einig war man sich nur darin, dass es irgendwann zum Krieg kommen würde.

»Wenn er schon so viele Gaben annimmt, sollte er die Menschen hinterher segnen und trösten, anstatt sie vor dem Zorn des heiligen Columban zu warnen«, sagte Kieran

»Nun, auch die Hunde bellen laut, wenn sie die Schafe zusammentreiben. Wenn eines nicht den vorgesehenen Weg beschreitet, knurren sie sogar. Aber das ist zu ihrem Wohle.«

Wieder ernteten sie für ihr Getuschel die zornigen Blicke der Mitbrüder, und Kieran sah ein, dass es keinen Sinn hatte, zu streiten.

»Vielleicht hockt der Teufel auf meiner Schulter und flüstert mir all diese lästerlichen Gedanken ein«, sagte er. »Ich werde mich an einen Ort zurückziehen, wo der Wind stark genug weht, um den Teufel wegzupusten. Dort werde ich zu Gott beten und um Demut bitten.«

Bruder Patrick segnete ihn flüchtig. »Trotz allem hast du eine lichte Seele. Der Allmächtige sei mit dir und schicke dir einen Engel, der mit dir gegen den Teufel kämpft.«

Kieran lächelte schmerzlich berührt. Bruder Patrick schluckte nicht nur leichtgläubig seine Lügen, er hatte sich auch nie gefragt, wer das Feuer nährte, das in seinem Schützling brannte.

Wenn du nur wüsstest, wer mein Engel ist ...

Es war nicht so, dass ihm das Leben im Kloster unerträglich war. Als Kieran sich immer weiter von Sankt Columban entfernte, blickte er sich sogar mehrmals nach dem großen Gebäude um und erfreute sich an seinem Anblick. Es war nicht so eindrucksvoll wie Burg Dunvegan, schien auch nicht wie diese aus den Klippen zu wachsen, sondern aus dem weichen Grün der Wiesen, aber auf einer Insel mit so spitzen Bergen, verwunschenen Mooren und dichten Wäldern versprach es einen sicheren Hort. Aus Stein war zwar nur die Kapelle errichtet, doch dank dicker Holzbalken und Lehmziegel hielt auch das Hauptgebäude Sturm und Wetter stand. Es beherbergte den Schlafsaal der Mönche, das Refektorium und außerdem ein Skriptorium samt Bibliothek – beides klein im Vergleich zum viel gerühmten Kloster von Iona und dennoch Vater Michaels ganzer Stolz. An das Hauptgebäude schlossen sich viele weitere Häuser und Hütten an – Werkstätten, Scheunen, die Schmiede und die Küche, desgleichen mehrere Vorratskammern und -gruben sowie ein Brennofen. Auf den Weiden dahinter grasten friedlich die Schafe. Seit letztem Jahr konnte die Gemeinschaft auch einige Kühe und Pferde ihr Eigen nennen.

Wie dieser Ort zu seinem Reichtum kam, war für Kieran manchmal Anlass von Spott oder Hader, doch daran, dass der Reichtum Frieden verhieß, wollte er nicht zweifeln, desgleichen nicht, dass der ihm guttat.

Ein Jahr nachdem er Skye betreten hatte, hatte ihn ein Brief seines Vaters erreicht. Cainnech verkündete stolz, endgültig Frieden mit dem König von Man geschlossen zu haben – offenbar hatten die beiden einen gemeinsamen Feind, der sie einte, weswegen der ferne Sohn nicht länger als Geisel einen wackligen Waffenstillstand gewährleisten musste. Die Zeilen, die Cainnech wohl diktiert hatte, trieften nicht von väterlicher Liebe oder Sehnsucht nach dem schmerzlich Vermissten, aber atmeten eine Botschaft, die in den Tagen, da Ronan ihn verspottet hatte, nicht selbstverständlich gewesen war: Du gehörst zu uns.

Kieran erfreute jedoch weder der Brief noch sein Inhalt.

Ich gehöre nicht mehr zu euch, hätte er dem Vater am liebsten entgegengesetzt. Ich gehöre zu Eilidh.

Natürlich konnte er das niemandem anvertrauen, weder Cainnech noch einem Mitbruder. Das Wissen, dass er der Mann war, der Eilidh liebte, war in einer Welt, in der man sich erschlagener Feinde rühmte, durchfasteter Wochen oder reicher Ernten, zu wertlos, um damit zu prahlen. Was er dem Vater jedoch schreiben konnte, war, dass er jetzt Gott gehörte und irdische Bande nicht mehr zählten. Der Vater wagte es nicht, dagegen zu protestieren. Vielleicht dachte er sich, dass sein Erstgeborener Ronan sich als noch mutiger und tapferer erwiese, wenn er den anderen Sohn ziehen ließe.

Auch Bruder Patrick und Vater Michael glaubten der Beteuerung, dass er künftig als Novize der Mönchsgemeinschaft angehören und irgendwann die ewigen Gelübde ablegen wollte – Zweiterer allein schon deshalb, weil er nicht auf die Arbeitsleistung eines jungen Mannes verzichten wollte, der bescheiden genug war, um auch mal Schafe zu scheren, den Stall auszumisten und die Latrinen zu leeren.

Kieran beschleunigte den Schritt. Das grüne Gras wuchs umso gelblicher, je lauter er das Meer rauschen hörte. Es stach in die Fußsohlen, während der salzige Wind an seinem Haar riss. Noch warf der baldige Herbst nur einen bleichen Schatten, malte die Bäume golden, aber riss ihre Blätter nicht vom Geäst. Rostrotes Kraut wuchs auf der Heide, als würde sie brennen und ihr Feuer kräftig genug sein, um den Frost für ewig zu bannen. Natürlich war das, ebenso wenig wie die Sonne, die bald in den Süden fliehen und sich nur mehr selten hier blicken lassen würde, keine verlässliche Speerspitze gegen den Winter, aber Kieran wollte nicht in Gedanken an diesen erschaudern, zumal ein paar schnelle Schritte genügten, den Körper schwitzen zu lassen.

Auch Eilidh trug nur ein dünnes Überkleid, das keine Ärmel hatte, lediglich schmale Bänder, die mit zwei Nadeln an der Brust festgemacht waren. Am äußersten Rand einer Klippe stand sie, und wenn der Blick in die Tiefe auch nicht atemberaubend wie am Küstenstreifen gegenüber war – im dunklen Wasser würde ein blondes Geschöpf wie sie ja doch versinken. Der Wind spielte keck mit ihrer Kleidung, als wollte er sie zum Tanzen einladen, doch Flügel verlieh er ihr keine.

Kieran begann zu rennen, während Eilidh einen Fuß hob,

als wollte sie ins Nichts treten. Endlich hatte er sie erreicht, sie gepackt und zurückgezerrt, und die Freude, sie nach mehreren Tagen wiederzusehen, wich Ärger.

»Bist du nicht bei Sinnen?«, schrie er. »Warum tust du das immer wieder? Du hättest in die Tiefe stürzen können!«

Ihr Lächeln war rätselhaft, ihre Stimme unbekümmert. »Ich wollte meinen Schatten auf dem Wasser sehen ...«

Manchmal zweifelte er daran, dass jemand wie Eilidh einen Schatten hatte. Verletzlich war sie gleichwohl und ein Sturz in die Tiefe für sie so tödlich wie für einen schweren, klobigen Menschen.

»Tu das nie wieder!«, befahl er streng, obwohl er wusste, dass sie sich ihm nicht fügen würde. Zu oft hatte er sie schon angefleht, sich nicht in Gefahr zu bringen, zu oft hatte er sie wenig später doch dabei beobachtet.

»Ich ... ich falle schon nicht in die Tiefe. Und wenn doch, ist es meine Schuld, nur meine.«

»Hast du denn keine Angst?«

»Natürlich habe ich Angst! Aber es ist meine Angst, nur meine ...«

Sie zu lieben bedeutete nicht, sie immer zu verstehen. Das Unbehagen vor der Welt und vor allem den Menschen gegenüber teilten sie, und beide nutzten sie die Kunst der Verstellung, um der Prüfung Herr zu werden, unter ihnen zu leben. Doch während seine Lügen in ihm Trotz und Schadenfreude säten, schien sie eine leise Verachtung für sich selbst zu hegen.

Immerhin blieb sie der Klippe fern und setzte sich auf einen der runden Steine, die aus dem lehmigen Boden ragten. Kieran hoffte, dass sie zu singen beginnen würde und er mit einstimmen konnte.

Wenn sie sang, verachtete sie sich nicht, und wenn er einstimmte, hatte er nie das Gefühl, sie nicht zu verstehen und ihr zu wenig geben zu können. Ihre Stimmen umarmten und liebkosten sich dann, und vor allem waren sie beide so leicht, dass sie unmöglich in das schwarze Meer fallen würden.

Doch zu seinem Bedauern sang Eilidh heute nicht, sondern begann zu sprechen – mit einer Stimme, die klang, als würden engelsgleiche Töne schmutzig werden, wenn sie sich zu tief in die Täler des Alltags wagten. Sie sprach von Scota, einem Wunsch, den diese an sie herangetragen hatte, sprach von ihren Zweifeln, ob er, Kieran, ihn erfüllen konnte, zugleich aber von der Hoffnung, er möge es zumindest versuchen.

Bei der Erwähnung Scotas rümpfte Kieran die Nase. Bis heute konnte er ihr nicht verzeihen, dass sie ihnen am Tag der Ankunft auf der Insel die Kleider gestohlen hatte. Allerdings war der spröden Rothaarigen zugutezuhalten, dass sie ihn und Eilidh lange nach der ersten Begegnung wieder zusammengeführt hatte. Nachdem Bruder Patrick und er Dunvegan verlassen hatten und ins Kloster gezogen waren, hatte er sie ein ganzes Jahr lang nicht gesehen, und in dieser Zeit hatte er nicht gewusst, ob er gesegnet war, weil er sie überhaupt kennengelernt hatte, oder verflucht, weil er die Glückseligkeit nur so kurz hatte schmecken dürfen. Doch eines Tages hatte Scota Eilidh von Burg Dunvegan fortgelockt, weil sie auf der Suche nach einem alten Druidenstein war, während er selbst Sankt Columban verlassen hatte, um Torf zu stechen. Plötzlich hatten sie sich wieder gegenübergestanden, hatten sich angestarrt, unwillkürlich an den Händen genommen und gewusst, dass sie sich von nun an immer wieder treffen würden.

Gottlob war es für sie beide nicht schwer, sich fortzustehlen. Eilidh galt als fleißig und gehorsam, Kieran als fromm und gewissenhaft, niemand überwachte sie.

Zwei ausgemachte Betrüger sind wir, dachte er oft, aber von solchen wird eine kreischende, heimtückische Stimme erwartet. Wir sprechen zu sanft, als dass man uns Berechnung zutraut.

»Also ... kannst du Scota helfen?«

Kieran hatte mit zunehmender Verwirrung gelauscht.

Dass Scota nicht zum Gott der Christen betete, wusste er bereits. Dass sie versuchte, absonderliche Gebräuche am Leben zu erhalten, auch. Neu war ihm ihre Verzweiflung, dass sie viel zu wenige davon kannte.

»Das Kloster ...«, murmelte Eilidh, »... Scota meint, dass es dort eine Bibliothek gibt und in dieser Bibliothek Schriften, die Hunderte von Jahren alt sind. Einige von ihnen berichten von den Kelten ...«

Kieran zuckte die Schultern. »Als einst die Wikinger nach Skye kamen, als Piraten noch, nicht als ihre künftigen Bewohner, haben sie die Klöster überfallen, Monstranzen und Kerzenständer aus Gold und Silber eingeschmolzen und die kostbaren Steine von den Einbänden der Bücher gerissen. Das Pergament haben sie verbrannt.«

»Pergament brennt doch so schlecht ... Es sind genügend Bücher übrig geblieben, nicht wahr?«

»Ich kann mir trotzdem nicht vorstellen, dass ausgerechnet Schriften über die Kelten, die lange vor den Wikingern Skye besiedelten, diese Zeit überdauert haben.«

»Aber du kannst versuchen, welche zu finden. Ach, Kieran, du hast Zugang zum Skriptorium, und du kannst lesen! Scota ... Scota ist so unglücklich.«

Vage erinnerte er sich daran, dass Bruder Patrick sich einmal über die Heiden lustig gemacht hatte, weil diese keine Heilige Schrift hatten, sondern ihre Seher und Druiden ihr geheimes Wissen nur mündlich überlieferten. Warum sie der Schrift misstrauten, hatte er nie verstanden, doch jetzt ging ihm durch den Kopf, dass man auch Eilidhs Gesang unmöglich würde auf Pergament festhalten können. Die Schrift würde zum Kerker werden, der ihm jegliche Magie stahl.

»Ich werde sehen, was ich machen kann ...«, murmelte Kieran.

»Scota hat erwähnt, dass die Bibliothek oft reich beschenkt wurde. Die Priester von Snizort und Stein wählen schließlich den Bischof der Insel, und die aussichtsreichen Kandidaten scheuen häufig keine Mittel, sie sich gewogen zu stimmen.«

»Erstaunlich, dass Scota weiß, was Priester treiben«, sagte er. »Weniger erstaunlich ist, dass sie den Klerus ins falsche Licht rückt.«

Eilidh schien sein deutliches Missfallen zu spüren, denn sie wagte nicht, die Bitte zu wiederholen, sondern stand auf, ging wieder zur Klippe und begann endlich doch zu singen, zaghaft noch, aber sehr hoch.

Kieran folgte ihr, wurde vom Blick in die Tiefe jedoch davon abgehalten einzustimmen.

»Ich bitte dich, tritt nicht schon wieder so nah an den Abgrund! So gib doch acht!«

Der Gesang riss ab. »Wenn ich singe«, murmelte Eilidh, »dann habe ich nie Angst. Aber leider kann man nicht immer singen.«

»Wenn man liebt, hat man auch keine Angst«, erwiderte er leise. »Und man kann sich immer lieben, jeden einzelnen Augenblick des Lebens. Ich, Eilidh, ich liebe dich.«

Sie zwinkerte, leckte sich über die Lippen. »Ich ... ich liebe dich doch auch.«

Er hatte nie daran gezweifelt, dass sie seine Gefühle erwiderte, nur manchmal, auch jetzt, kam ihm der Verdacht, dass diese sie nicht stärker machten, sondern schwächten. Wenn schon ihre Töne so zart waren, wie sollte dann ihre Liebe Bestand haben?

Die Liebe lag nun ebenso nackt vor ihm wie ihre Seele. Bis in den verborgensten Winkel konnte er blicken, das freudige Zucken ebenso wahrnehmen wie die bange Frage, wie es mit ihnen weiterging, den Kummer um ihren Vater schließlich, den sie auf so viel grausamere Weise verloren hatte als er den seinen. Diesen Kummer konnte sie weder in Gesang noch Liebe verwandeln. Er warf jenen breiten, großen Schatten, den ihr schmächtiger Körper allein nie hätte bewirken können.

»Du glaubst mir nicht …«, murmelte er. »Zwar dass ich dich liebe, aber nicht, dass Liebe die Angst bannt.«

»Die Angst ist so groß.«

»Die Liebe ist größer. Sie ist so groß wie …«

Kieran fiel kein Wort ein, um auszudrücken, was er fühlte. Gewiss, er hätte auch singen können, aber er sang nun mal nicht so gut wie sie. Deswegen schwieg er, nahm ihren Kopf in seine Hände und küsste sie zum ersten Mal. Eilidhs Körper war wärmer und weicher als vermutet, ihre Lippen süßer und hungriger als gedacht. Er spürte, wie die Ängste von ihr abfielen, zwar nicht für immer, aber wenigstens für diesen gestohlenen Augenblick, und ihre Lippen wurden eins wie ansonsten nur ihre Lieder.

Einige Wochen später erwartete Scota Eilidh einmal mehr mit glühendem Gesicht.

»Was hast du heute erfahren?«, rief sie ihr erwartungsvoll entgegen.

»Nichts Schönes.«

»Pah! Schönheit ist vergänglich! Schau dich doch um, der Winter naht, die letzten Blumen welken, das Meer ist grau wie das schüttere Haar der Alten. Doch die Weisheit stirbt nicht, sie überdauert Jahrhunderte.«

Eilidh fröstelte. Obwohl der Tag sich neigte, war der Boden immer noch mit Raureif bedeckt. Jedes Jahr fürchtete sie sich erneut vor der großen Dunkelheit, da das Eis sich als stärker erwies als die Sonne und man für lange Wochen ins Haus verbannt wurde. Und in diesem Jahr war die Aussicht noch unerträglicher, weil der Winter nicht nur Kälte brachte, sondern eine monatelange Trennung von Kieran. Lag erst einmal Schnee, würde sie sich nicht mehr aus der Siedlung fortstehlen und ihn heimlich treffen können.

»Es hat doch nichts mit Weisheit zu tun, wenn man jemandem den Kopf abschlägt«, murmelte sie.

Scota blickte sie fragend, nicht etwa bestürzt an, und schien auch dann nicht verstört, als Eilidh mehr berichtete.

Ein gewisser Diodoros hatte viel über die Kelten geschrieben. In einem Land, das Sizilien hieß, hatte er gelebt, und dass weder Kieran noch Eilidh je davon gehört hatten, war wohl ein Beweis dafür, dass es weit entfernt von ihrer vertrauten Welt lag. Ein Wunder, dass Diodoros trotzdem nicht nur viel über die Kelten in Erfahrung gebracht, sondern späteren Generationen davon berichtet hatte – so auch, dass sie sich, wenn sie in den Krieg zogen, nicht damit begnügten, den Feind zu töten, sondern ihn enthaupteten, den Kopf an den Gurt ihres Pferdes banden und ihn stolz ihren Frauen zeigten. Köpfe waren eine noch kostbarere Kriegsbeute als Gold, und wenn es gar Helden waren, die fielen, wurden diese Köpfe nicht nur abgeschlagen, sondern entzweigehauen, das Hirn mit Kalk vermischt und Bälle daraus geformt.

Den Kopf meines Vaters hat Sigurd einfach liegen lassen …

»Interessant«, murmelte Scota.

»Interessant? Es ist grauenhaft!«, rief Eilidh. »Warum willst du solche Dinge überhaupt wissen?«

Nachdem Kieran ihr von den abgeschlagenen Köpfen berichtet hatte, hatten sie sich nicht wie sonst geküsst. Küsse waren süß, die Erinnerungen, die in ihr hochgestiegen waren, hatten hingegen gallig geschmeckt.

»Die Kelten glauben, dass der Kopf Sitz der Seele ist«, erklärte Scota. »Darum dieser Brauch ...«

»Bei mir wohnt die Seele in der Brust«, sagte Eilidh unwillkürlich.

»Gewiss, darum klopft dein Herz auch schneller, sobald du Kieran siehst«, spottete Scota halb gutmütig, halb schneidend. »Doch als ob Herzen dem Lauf der Welt ihren Takt aufzwingen könnten! Was hat dieser Diodoros noch geschrieben?«

»Nun, dass die Kelten den Göttern Opfer dargebracht haben«, murmelte Eilidh. »Meist nur Tiere, doch wenn sie ihr Volk in Gefahr wähnten, weil es von Krieg und Krankheit bedroht wurde, auch Menschen. Sie stießen dem Opfer ein Messer in den Leib, direkt über dem Zwerchfell. An der Art des Fallens und an den Zuckungen der Glieder glaubten sie, die Zukunft zu erkennen und zugleich mit dem Toten die Götter zu besänftigen.«

Ein Messer in die Brust, ein Messer in die Seele ...

»Auf diese Weise hatten sie Macht über Leben und Tod!«, rief Scota begeistert.

»Und was hat es mit Macht zu tun, dass sie sich den Leib mit Waid einrieben, bis er blau wurde? Dass sie sich das Haupthaar so lang wachsen ließen, bis es den Boden erreichte? Dass ein Mann mehrere Frauen hatte?«

»Unsere Männer haben das doch auch, nur dass man nicht darüber spricht. Ich habe gehört, dass die Keltinnen frei entscheiden konnten, wen sie zum Mann nahmen, dass auch sie noch weitere Männer lieben durften und dass sie eigenen Besitz hatten.«

»Mir würde ein Mann genügen«, sagte Eilidh, und stumm fügte sie hinzu: Solange es nur Kieran wäre.

»Mag sein. Aber wäre es anders, du wärst des Todes. Mal dir aus, was geschähe, wenn Ilisa Sigurds Beispiel folgen würde. Du weißt doch, dass sie nicht die Einzige ist, die sein Lager teilt.«

Früher war Eilidh das nie aufgefallen, aber mittlerweile wurde sie tatsächlich in vielen Nächten von seinem Stöhnen geweckt. Keine Dienstmagd war sicher vor ihm, doch keine hatte ihm einen Sohn geboren – desgleichen wie Ilisas Schoß seit dem Tod ihres letzten Kindes unfruchtbar geblieben war. Noch häufiger als früher fluchte er, noch wütender beschimpfte er den schottischen König, und wenn die Winterstürme erst mal bissig wehten, würde sein Gemüt sich noch mehr verdunkeln. Kein Stöhnen, schon gar nicht eins, das heimlich und in der Dunkelheit ausgestoßen wurde, würde den Nebel lichten können.

Warum kann es nicht wenigstens Herbst bleiben?, dachte Eilidh. Ich brauche ja gar keinen Sommer mit langen, hellen Nächten, ich brauche keinen Frühling mit leuchtendem Ginster. Ich will nur nicht von der Kälte ins Haus gesperrt werden …

Scota riss sie aus den Gedanken. »Was hat das Mönchlein noch gelesen?«

Eilidh musste eine Weile nachdenken, bis ihr der Name eines gewissen Plinius einfiel. Er stammte zwar nicht aus Sizilien, aber von einem ähnlich fernen Land, was ihn kaum davon abgehalten hatte, sich eine Meinung über barbarische Völker zu bilden.

»Plinius schrieb, dass den Kelten die Misteln heilig waren. Am sechsten Tag des Mondes wurden sie mit großer Feierlichkeit geerntet. Weiß gekleidete Druiden stiegen auf gleichfalls weiße Stiere, die Kränze auf den Hörnern trugen, und schnitten sie.«

Eilidh hatte noch nie einen weißen Stier gesehen, und Scota wohl auch nicht. Etwas anderes wusste diese aber bereits. »Durch Misteln werden unfruchtbare Tiere trächtig!«, rief sie begeistert. »Sümpfe trocknen, und Gifte werden unwirksam. Wenn ich nur wüsste, wo Misteln wachsen!«

»Warum ist dir das so wichtig?«

»Ja, hast du mir nicht zugehört? Die Druiden hatten Macht über das Leben und den Tod.«

»Und wozu brauchst du diese Macht?«

Scota zögerte. Ihre Stimme klang immer tief, doch nie war sie so dunkel gewesen wie jetzt. Hastig blickte sie sich um, um zu prüfen, dass niemand zuhörte. Erst als sie sich sicher sein konnte, dass nur Eilidh und ein paar Schafe ihren Worten lauschten, wagte sie, sich zu bekennen.

»Um keine Angst mehr zu haben.«

Eilidh blieb stumm wie die Schafe, war aber dennoch erstaunt. Darüber, dass Scota, der die Angst doch fremd zu sein schien, diese gleichwohl verspürte. Und auch darüber, dass sie ihr mit Macht begegnen wollte, nicht mit Liedern und Liebe, wie sie selbst es tat.

»Und gerade als Frau braucht man Macht!«, rief Scota. »Bei den Kelten gab es Königinnen, Seherinnen, Druidinnen. Beim letzten Mal hat Kieran dir doch erzählt, dass der wichtigste keltische Gott eine Frau war. Die Mutter aller Dinge, Herrin über alle Elemente, Königin der Toten, Ursprung aller Welten.«

Jetzt stand keine Angst in ihrem Blick, nur dieser eigentümliche Glanz.

»Macht bedeutet, über andere zu bestimmen«, sagte Eilidh. »Bereitet dir das nicht erst recht Angst?«

»Mir würde schon genügen, über mein eigenes Leben zu bestimmen. Was ... was kannst du mir noch erzählen?« Die Stimme klang nicht mehr dunkel, sondern hungrig.

»Genügt das nicht fürs Erste?«

»Bald wird es Winter und folglich schwieriger für dich, ihn zu sehen.«

Eilidh schüttelte ebenso enttäuscht wie empört den Kopf. «Was einer vor tausend Jahren schrieb, hat Wert für dich. Was ich hingegen fühle, nicht?«

Sie kannte die Antwort bereits, ehe Scota den Mund aufmachte. «Liebe ist vergänglich wie die Blätter im Herbst, aber Weisheit bleibt bestehen. Und Macht zu haben ist wichtiger, als glücklich zu sein. Nur Macht schenkt auch Freiheit. Begreife doch: Es ist noch unwahrscheinlicher, dass du jemals mit Kieran zusammen sein kannst, als dass ich weißen Stieren auf der Insel begegne.«

»Wären denn die Misteln weniger heilig, wenn die Druiden auf braunen, zotteligen Stieren gestanden hätten? Und ist unsere Liebe von geringerem Wert, weil sie nicht von König und Königin empfunden wird, sondern von Mönch und Waise?«

Ehe Scota etwas dazu sagen konnte, mähten die Schafe. An die Gegenwart der beiden Mädchen hatten sie sich gewöhnt, nicht an die der Frau, die nun auf sie zugelaufen kam. Eilidh hatte sie in letzter Zeit kaum im Freien gesehen und noch seltener, dass sie sich so hastig bewegte. Ihr Gesicht war gerötet, der Gürtel verrutscht.

»Ich suche dich seit Stunden!«, rief Ilisa, doch trotz des vorwurfsvollen Blicks verzichtete sie auf das übliche Nörgeln.

»Das wusste ich nicht ...«, setzte Eilidh an.

»Komm, komm mit! Ich habe ein wunderschönes Kleid genäht.«

»Für wen?«

»Für wen schon? Natürlich für dich!«

Ilisas Lächeln geriet wie immer nur halbherzig, die Stimme klang dennoch feierlich.

»Aber ich habe doch schon genug Kleider!«

»Künftig wirst du mehr brauchen …«

»Aber …«

»Das Kleid, das ich dir genäht habe, wirst du zu deiner Hochzeit tragen.«

Ilisa war stehen geblieben und streckte die Arme aus, um Eilidhs Schultern zu umfassen, doch nun wäre diese am liebsten gerannt – so schnell und so weit fort wie möglich.

Sie konnte es nicht, sie war viel zu erstarrt. Noch war der Winter nicht gekommen, noch breitete er die Arme nicht aus, um die Insel zu umarmen, aber sie wusste, in ihrem Herzen konnte es nicht kälter werden als in diesem Augenblick.

Für gewöhnlich blieb Scota Ilisa fern. Sie hasste es, zu spinnen und zu weben, ihr war egal, welche Kleidung sie trug, und hinge sie ihr in Fetzen vom Leib. Für die nörgelnde Stimme und die stets leidende Miene hatte sie zudem nur Verachtung übrig. An diesem Abend aber musste sie Sigurds Langhaus betreten. Sie konnte Eilidh nicht sich selbst überlassen, nahm vielmehr ihre Hand und drückte ihre schlaffen und kalten Finger.

Ball deine Hand zur Faust, schlag ihr ins Gesicht!

Eilidh tat nichts dergleichen, als Ilisa endlich erklärte, was geschehen war, und damit ihr Schicksal besiegelte. Sigurd wütete seit Wochen gegen den schottischen König, Alexander III., doch Leods Hass auf diesen war ungleich kurzlebiger. In seinen Adern floss das Blut der Wikinger, und es pochte laut genug, um Hakon, dem norwegischen König, seine Treue zu versichern. Wie mancher Bauer gut daran tat, nicht allein Schafe zu halten, sondern auch Kühe, Enten und Schweine, hatte Leod für den Fall, dass es zum Krieg kommen und

Hakon von Norwegen unterliegen würde, vorgesorgt. Das Festland östlich von Skye gehörte einem treuen Gefolgsmann von König Alexander, dem Grafen von Ross. William I. hieß er, und seine Frau war Johanna Comyn. Keine Frau hingegen hatte sein jüngerer Bruder Alasdair – nach König Alexander benannt war er, aber nur ein Bastardsohn und somit einer, der immer im Schatten eines mächtigen Bruders stehen würde.

Auch Eilidh war ein Schattenkind. Sie nach Ross zu verheiraten bedeutete, ein zaghaftes Band mit der Grafschaft und folglich dem schottischen König zu spinnen, jedoch keinen Strick, in dem Leod sich verheddern und der ihn gar zu Fall bringen könnte. Das Schicksal eines Mädchens wurde zwar manchmal besungen, aber diese Lieder waren nicht laut genug, um im fernen Norwegen gehört zu werden, und selbst wenn König Hakon von dieser Heirat erfuhr, konnte man Eilidh als nutzlose Waise abtun, die man eben hatte loswerden wollen.

Ja, die Heirat versprach politischen Nutzen, und Leod war sehr zufrieden mit sich. An dem Tag, als er Dunvegan ohne Kampf erobert hatte, hatte er sich wohl auch nur seiner Frau Amrunn und noch mehr der Burg erfreut und nicht länger an den Mann gedacht, der vom Schiff gefallen und ertrunken war – der Gedanke an Eilidh würde ihm erst recht keine schlaflosen Nächte bereiten. Sigurd, so musste Ilisa zugeben, hatte vor Zorn gegeifert, bis Schaum vor seinem Mund stand, war danach zur Jagd aufgebrochen und würde wohl mit mehreren Rebhühnern, Wildschweinen und Hirschen wiederkehren. Selbst dann würde er seinen Ärger nicht geschluckt haben, doch der galt vor allem dem Bündnis mit einem schottischen Grafen – weniger der Tatsache, dass Eilidh in die Fremde geschickt wurde.

Ilisa wiederum, die zu viele Kinder verloren hatte, um dem

Leben jemals wieder mit einem heiteren Lächeln zu begegnen, strahlte und wirkte stolz. Dass das Kleid, das sie genäht hatte, womöglich ein grober Mann von Eilidhs Körper reißen würde, störte sie nicht, solange der ein Sohn des großen Farquhar von Ross war. Anders als über Alasdair, von dem sie nur den Namen nennen konnte, wusste sie viel von dessen Vater zu berichten.

»Er stammte aus der Familie O-Beolain, und die wiederum sind Abkömmlinge des irischen Königs von Tara, eines uralten kriegerischen Geschlechts.«

Scota musste unwillkürlich an Diodoros' Schriften denken, daran, dass die ersten O-Beolains wohl noch nicht Christus verehrt hatten, sondern die keltischen Götter, und sie gewiss vielen Feinden die Köpfe abgeschlagen hatten. Sie drückte Eilidhs Hand noch fester.

Sag Nein zu dieser Hochzeit! Wehr dich! Lass sie nicht über deinen Kopf hinweg bestimmen!

Eilidhs Gesicht war so grün wie an dem Tag, da sie die Trauer um ihren Vater ins Meer gespien hatte. Viel leichter war ihr hinterher nicht gewesen, und nun machte sie gar nicht erst Anstalten, sich über dem Kleid zu erbrechen, das Ilisa ihr eben zeigte.

»Farquhar selbst nannte man MacIntasacairt, das heißt Sohn des Priesters. Was genau das bedeutet, lässt sich nur vermuten, aber was zählt, welcher Lende er entsprungen ist, wenn er es doch geschafft hat, zum Ritter geschlagen zu werden?«

Sigurd hätte mit der bloßen Hand einen Tisch zertrümmert, wenn er Zeuge ihrer Worte geworden wäre. Ritter waren in seinen Augen Schwächlinge, die Französisch sprachen und vor ihren Königen buckelten – keine Erben der Gälen und Wikinger. Eilidh hingegen zertrümmerte nichts. Ihre Augen waren zwar feucht, spuckten aber keine Tränen, und Ilisa lächelte, weil sie Ritter nicht für Schwächlinge hielt, sondern für besonders edle Männer, die Frauen Blumen und Bänder schenkten, ehe sie kämpften.

Wein doch! Schlag ihr das Lächeln aus dem Gesicht!

Zu diesem Zweck hätte Scota allerdings Eilidhs Hand freigeben müssen, was sie nicht wagte. Zu groß war ihre Angst, die Gefährtin würde zu Boden fallen oder, was noch schlimmer war, gewichtslos in die Lüfte steigen und dort entschwinden wie all ihr Lebensmut.

»Farquhar hatte vier eheliche Kinder«, fuhr Ilisa fort, »und alle sind sie gut verheiratet. Alasdair mag nur ein Bastard sein, eine bessere Partie als dich hätte er gleichwohl machen können. Dass er dich trotzdem nimmt, ist eine Ehre.«

Ein Ruck ging durch Eilidhs Gestalt, und die schlaffen Finger klammerten sich jäh an Scotas. Entgegen deren Befürchtung hatte sie doch noch eine Stimme. »Du hast nur ein Kind – und das schickst du in die Fremde? Wie eine Tochter bin ich dir gewesen, und jetzt macht es dich stolz, mich zu verlieren?«

Sie hatte mit geducktem Kopf gesprochen, und dennoch waren ihre Worte stark genug, Ilisa das Lächeln zu rauben.

»Leod will es so«, sagte sie leise. »Wir sind seine Familie. Und als Frau macht man seiner Familie Ehre, indem man schön ist, fleißig und pflichtbewusst – und nicht trotzig.«

»Wenn Sigurd mit schmutzigen Füßen das Langhaus betritt, zeterst du wie eine Mutter mit einem unartigen Kind. Ist das kein Trotz?«

»Ach, Eilidh ...« In dem Seufzer, den Ilisa ausstieß, war jenes Bedauern zu hören, das ihre Miene nicht zeigte. »Wir Frauen ändern die kleinen Dinge, nicht die großen. In diesem Fall musst du dem Großen dienen, dem Wohl des Clans, dem Frieden.«

»Seit wann liegt dir etwas an Frieden?«, zischte Eilidh. »Ich dachte, es reicht dir, schön gekleidet zu sein …«

Gut so, zeig es ihr! Quäl sie! Gib dich nicht geschlagen!

»In Friedenszeiten haben Kleider weniger Löcher und weniger Flecken, das weißt du so gut wie ich.«

»Ich weiß nur, dass Sigurd meinen Vater mitsamt seiner Kleidung hat liegen lassen, damit ihn die Würmer und die Vögel fressen. Er hat ihn nicht ermordet, weil er für den Frieden kämpfte, sondern weil er schlecht gelaunt war.«

»Er hätte auch dich dort liegen lassen können«, gab Ilisa scharf zurück. »Hättest du das gewollt?«

»Ich will die Insel nicht verlassen. Ich will nicht heiraten.«

Ehe Scota noch mehr frohlockte, trat Ilisa plötzlich auf sie zu. Sie ignorierte Scota, nahm Eilidhs Hand und der Ziehtochter gleichsam die Stärke.

»Du bist doch ein kluges Mädchen. Du hast doch eine schöne Stimme.«

»Sie ist offenbar nicht schön genug, wenn du nicht hörst, was ich dir zu sagen habe!« Das klang nicht mehr nach Protest, mehr nach Verzweiflung.

Ilisa muss nicht mehr lange auf sie einwirken, dachte Scota enttäuscht, dann …

»Männer haben auch keine guten Ohren. Sie können nicht unterscheiden, ob eine Frau vor Lust stöhnt oder vor Schmerz ächzt, wenn sie auf ihr liegen. Doch weil es so ist, können wir einen Mann hören lassen, was er will. Du kannst das auch!«

»Ich kann nicht lügen.«

»Jetzt sei doch nicht so ungeschickt!«

Ilisa sprach gereizt, als hätte Eilidh beim Spinnen einen Faden reißen lassen oder nicht ordentlich gewoben. Doch anstatt noch länger mit ihr zu streiten, schien Ilisa zu begreifen, dass man Eilidhs Stolz nicht mit Gewalt in zwei Teile hacken konnte, ihn umso leichter aber – wie der Regen den Kot der Tiere – wegspülen. Sie brach in Tränen aus, und jene liefen so überreich über ihre Wangen, dass sie Eilidhs Aufbegehren ertränkten.

»Ich habe mir doch so viel Mühe gegeben mit deinem neuen Kleid, und du dankst es mir nicht?«

Eilidh schwieg betroffen.

Schrei! Sing! Verkriech dich meinetwegen zu deinem Mönch! Er würde dir gewiss bei der Flucht helfen, und mir wäre lieber, du würdest ihn lieben, als zu verstummen! Gib endlich wieder einen Ton von dir!

Doch Eilidhs Lippen wurden immer schmaler, und Scota begriff, was wohl auch Eilidh selbst durch den Kopf ging. Manche Lieder waren zu fröhlich für die dunkle Welt. Nur Blitze konnten diese erleuchten, doch für Gewittergrollen taugte Eilidhs Stimme nicht. Sie war leicht wie eine Feder. Wenn der Regen auf sie fiel, ertrank sie in einer schmutzigen Pfütze.

»Probier es doch an«, sagte Ilisa unter Schluchzen und reichte ihr das Kleid. »Ich bitte dich! Ich will doch nur sehen, ob es dir passt!«

Und Eilidh schlüpfte in das Kleid wie einst in das Gewand der toten Tochter.

Jetzt hat sie verstanden, dass sie Macht braucht, dachte Scota, aber die Hand ausstrecken, um sich diese Macht zu nehmen, das traut sie sich nicht.

Eilidh strich das Kleid glatt, Ilisa hörte zu schluchzen auf. Scota ließ die beiden stehen und ging enttäuscht davon.

VII.

An der Westküste Schottlands
1306

Obwohl Morven, der Fischer, manches über Kieran und Eilidh wusste, fiel es ihm auch in den nächsten Tagen schwer, es in Worte zu fassen. Wenig verriet er zudem über das eigene Leben. Wussten Ailean und Flora zuerst nur, dass er viele Jahre in Einsamkeit zugebracht und in dieser Zeit lediglich mit seinen Fischen gesprochen hatte, erwähnte er später seine zwei Söhne. Oft war er mit ihnen gemeinsam auf Heringsfang gegangen, doch dann hatten sie entschieden, gegen die Engländer in den Kampf zu ziehen. Der Ältere starb in der Schlacht von Stirling, als William Wallace' Heer die Engländer besiegte, der Jüngere in der Schlacht von Falkirk, bei der die aufständischen Schotten vernichtend von König Edward geschlagen wurden.

»Sie wollten nicht als Fischer leben«, schloss Morven, während er einen Fisch ausnahm, flach klopfte und an einem Holzgestell aufhängte. »Aber am Ende haben sie nur erreicht, dass sie nicht als Fischer gestorben sind, sondern als Dummköpfe, die ihr Leben umsonst geopfert haben.«

Es war einer der wenigen klaren Sätze, die er sagte. Wann immer die Sprache auf Eilidh und Kieran kam, blieben die Antworten wirr. Einmal erklärte er, dass man manche Fischrassen kreuzen könne, andere nicht, doch als Flora wissen wollte, ob das verschwundene Kind vielleicht das von Kieran und Eilidh war, starrte Morven sie nur träge an.

»Skye ist ein Ort voller Geheimnisse und Legenden«, murmelte er, »manche Geschichten, auch die, nach der ihr fragt, gleichen einem tosenden Strom. Sie reißen den Zuhörer mit, erwecken den Wunsch, immer mehr zu erfahren. Doch jeder Fluss mündet irgendwann im Meer, und das Meer ist so tief, dass man nicht auf den Grund sieht, wenn man darin ertrinkt.«

Er zuckte die Schultern und ließ es trotz ihres Drängens dabei bewenden.

Dass Skye nicht nur geheimnisvoll, sondern auch schön war, sahen sie bald mit eigenen Augen. Sie waren zwei Tage mit Morven unterwegs, als sie einen Hügel bestiegen, auf dem nur mehr gekrümmte Kriechweiden Wurzeln schlagen konnten und sie einen Ausblick auf das umliegende Land hatten. Die Luft roch zunehmend salzig, und in der Ferne waren Berge zu sehen, die spitzere Gipfel hatten als alle, die sie kannten.

»Das sind die Cuillins«, erklärte Morven, »das höchste Gebirge von Skye.«

Erstaunlich, ihn etwas sagen zu hören, das nichts mit Fischen zu tun hatte. Es konnte natürlich sein, dass es in der Nähe der Berge einen See gab und darin besonders kräftige Tiere schwammen. Nicht viel größer als ein See war die Meerenge zwischen dem Festland und der Insel, die sie am nächsten Tag erreichten. Das Wasser funkelte im Abendlicht golden wie der Ginster, nur die kleinen Inseln, die aus dem Wasser ragten, waren grau. Manche waren so groß, dass man darauf ein ganzes Dorf hätte errichten können, andere glichen den Flossen eines riesigen Fisches. Vor allem die kleineren schienen über dem Meer zu schweben, denn dort, wo sie sich aus dem Wasser erhoben, spann der Dunst weiße Seidenfäden.

»Iain hat mir einmal eine Geschichte von Riesen erzählt«, murmelte Ailean. »Sie gerieten in einen heftigen Streit und schleuderten Felsen aufeinander. Auf diese Weise sind die vielen kleinen Inseln vor Schottlands Küste entstanden.«

»Worüber haben die Riesen sich denn gestritten?«, fragte Flora.

»Offenbar ging es um das Rezept für einen Balsam, der ewige Jugend, vor allem aber Schönheit schenkt. Aus Ziegenmilch wird dieser gemacht, aus Silberkraut und einer anderen geheimen Zutat. Darüber, welche das war, bestand keine Einigkeit.«

Flora musste über die ebenso eitlen wie streitlustigen Riesen lachen und konnte sich zugleich nicht vorstellen, dass es an einem so schönen Ort wie diesem hässliche Menschen gab, die eines Zauberbalsams bedurften.

»Kieran und Eilidh sind gewiss schön gewesen«, entfuhr es ihr.

Morven schwieg. Schönheit war für ihn wohl saftiges Fleisch mit möglichst wenigen Gräten.

Ailean hingegen spottete. »Du sprichst ja schon wie Aggie. Als ob nur schöne Menschen Liebe empfinden könnten!«

»Hast du denn schon einmal geliebt?«, fragte Flora schnippisch.

Ailean zuckte die Schultern. »Meine Eltern, meine Heimat, den Gesang ...«

»Das zählt nicht.«

»Warum soll das nicht zählen? Das ist es doch, was bleibt, während die Liebe zu einer Frau ja doch nur Unglück bringt.«

»Warum muss sie denn Unglück bringen?«

»Wenn ich eine Frau wie dich lieben würde, würde sie das

bestimmt. Seit du in meinem Leben aufgetaucht bist, reißen die Prüfungen nicht ab.«

Flora hatte zu oft Aileans Rausch als wahre Wurzel des Übels benannt. »Dann hast du ja großes Glück, dass du mich nicht liebst«, begnügte sie sich deshalb zu sagen.

»In der Tat!«, rief er. »Ich muss ein wahrlich gesegneter Mensch sein.«

»Und ich nicht minder!«, rief sie mit noch mehr Inbrunst in der Stimme. »Was nützte mir ein Mann, der nichts als singen kann? Oder fällt dir ein, wie wir ohne Boot auf die Insel kommen?«

Bis jetzt hatten sie kein Wort darüber verloren, wie sie die Meerenge überwinden würden.

»Nun, ich kann schwimmen«, erklärte Ailean.

Sein Stolz darauf war nicht sehr langlebig, denn kaum streckte er den Fuß ins Wasser, zog er ihn rasch zurück. »Es ist so kalt, dass es wehtut.«

Flora war überzeugt, dass sie die Kälte ertragen hätte, aber anders als Ailean konnte sie nicht schwimmen, und der feste Wille allein würde sie nicht über das Wasser tragen.

Während sie sich ratlos umblickten, packte Morven seine Angel aus, als würden sich alle Probleme von selbst lösen, wenn er erst genügend Fische gefangen hätte. Flora glaubte zwar nicht, dass die Bewohner des Meeres mit einem Ratschlag aufwarten konnten, und noch weniger, dass sich aus Gräten allein ein Boot bauen ließ, doch wenn sie ehrlich war, war sie hungrig.

Noch ehe er die Angel auswerfen konnte, hielt Morven irritiert inne und lauschte.

»Wir … wir waren doch ganz still!«, rechtfertigte sich Flora.

Morven runzelte nur die Stirn, und wenig später hörte sie es selbst – ein in der Einöde ungewohntes und darum umso durchdringenderes Geräusch. Das Trappeln von Pferdehufen.

Die Reiter sahen nicht unfreundlich aus, was Flora mit Erleichterung feststellte. Dass sie allesamt bewaffnet waren und mit ihren Speeren etliche Tiere erlegt hatten, schürte hingegen ihr Misstrauen. In der Ferne hatte sie zunächst nur drei Reiter ausgemacht, die überdies kurz den Eindruck erweckten, sie würden die Begegnung scheuen und in die andere Richtung fliehen. Aber was immer sie bewogen hatte, doch auf sie zuzureiten – sobald sie sie erreichten und einen Halbkreis um sie bildeten, zählte sie sechs. Einer war schon grauhaarig, der Knappe kaum den Kinderschuhen entwachsen, körperlich überlegen waren sie ihnen wohl alle.

Noch machten die Männer keinerlei Anstalten, die Überlegenheit auszunutzen. Sie stiegen nicht einmal von ihren Pferden, sondern betrachteten sie nur argwöhnisch. Auf Morven blieben ihre Blicke kurz gerichtet, etwas länger verharrten sie auf Ailean, und das größte Interesse zog Flora auf sich. Der Mann mit dem rotbraunen Bart schien weniger ihr Gesicht, als vielmehr ihre Kleidung zu studieren, vielleicht – sie konnte seine undurchdringliche Miene nicht deuten – vor allem das, was sich darunter befand.

Flora lief glühend rot an, senkte rasch den Blick und versteckte sich unwillkürlich hinter Ailean. Der schien nicht minder eingeschüchtert als sie, wollte aber mit straffem Rücken und hochgerecktem Kinn darüber hinwegtäuschen.

»Gott zum Gruße!«, rief er vermeintlich selbstbewusst. »Wohin des Weges?«

Es war nicht der Rotbärtige, der antwortete, obwohl ihn der pelzverbrämte Mantel als von höherem Stand auswies, sondern der Älteste. Kaum verständlich nuschelte er etwas von einer reichen Jagd in seinen Bart – dieser nicht rotbraun, sondern grau – und fragte seinerseits, was sie hier trieben.

»Fischer sind wir, und wir wollen auf Skye Forellen fangen«, erwiderte Ailean. »Das hier ist meine Schwester Flora.«

Viel Ähnlichkeit fanden die Männer wohl nicht, als sie sie studierten, doch dem Alter nach hätten sie durchaus Geschwister sein können. Ihr Haar war, wenngleich von anderer Farbe, ähnlich gelockt, und die Strapazen ihrer Reise sah man ihnen beiden deutlich an.

»Ihr scheint schon eine Weile unterwegs zu sein«, sagte der Alte. »Woher kommt ihr?«

Ailean rang vergeblich nach Worten, und obwohl er Morven einen hilfesuchenden Blick zuwarf, beschäftigte sich der nur hartnäckig mit seiner Angel.

»Wir ... wir haben bis vor Kurzem bei unserer Mutter gelebt«, sagte Flora schnell. »Gewiss kennt Ihr die Siedlung nicht, es ist sehr einsam dort im Norden. Man hört öfter Schafe mähen, als Menschen miteinander sprechen.«

»Ich dachte, ihr würdet von Fischen leben, nicht von den Schafen.«

Flora biss sich auf die Zunge.

»Nach dem Tod unserer Mutter hat uns Morven in seine Obhut genommen«, sprang Ailean ihr hastig bei.

Der Alte nickte bedächtig, ob auch misstrauisch, vermochte Flora nicht zu sagen. Das angespannte Schweigen, das folgte, war in jedem Fall nicht angenehm, und als die Männer sich fragende Blicke zuwarfen, wuchs Floras Unbehagen.

Die Entscheidung schien bei dem Rotbärtigen zu liegen, doch anstatt etwas zu sagen, strich der sich nur übers Gesicht. Auch er schien erschöpft, als läge eine lange Reise hinter ihm.

»Ist's nun genug mit den Fragen?«, warf Morven griesgrämig ein, ehe ein weiteres Wort fiel. »Solange die Pferde schnauben, kann ich unmöglich Fische fangen.«

Dass Morven nur gereizt wirkte, nicht ängstlich, schien dem Rotbärtigen Beweis genug für ihre Worte. Als er seine Hand erhob, fuhr er sich kein weiteres Mal übers Gesicht, sondern gab ein Zeichen zum Aufbruch.

Die anderen blieben argwöhnisch. »Ist das klug?«, entfuhr es dem Alten, um etwas leiser hinzuzufügen: »Schaut Euch das Mädchen an! Die Gürtelschnalle, die es trägt, muss von hohem Wert sein ...«

Flora zuckte zusammen. In Aggies Dorf hatte sie ihre Gürtelschnalle noch verkaufen wollen, danach aber das so leichte Schmuckstück vergessen. Genug Gewicht, um ihr Lügengebäude zum Einsturz zu bringen, hatte es aber dennoch.

Zu ihrer Erleichterung interessierte sich der Rotbärtige nicht für ihren Gürtel. Er warf dem Alten nur einen strengen Blick zu, wendete sein Pferd und gab ihm die Sporen. Die anderen folgten zögerlicher, aber schließlich doch, und nach einer Weile erinnerten nur mehr eine Staubwolke und die Abdrücke der Hufe an sie.

Flora ließ hörbar ihren Atem entweichen. »Wer sie wohl waren?«, fragte sie.

»Wir hätten sie fragen sollen, wie wir nach Skye gelangen könnten!«, rief Ailean.

»Ach was! Ich bin froh, dass sie fort sind. Und du doch auch.«

»Trotzdem.«

Warum musste er immer das letzte Wort haben?

Flora setzte zu einer wütenden Bemerkung an, aber ehe sie etwas sagen konnte, sah Morven sie streng an.

»Könnt ihr jetzt endlich den Mund halten? Wenn hier nicht

bald Stille herrscht, habt ihr alle Fische rund um Skye vertrieben!«

Die Nächte waren bis jetzt immer kalt gewesen und der Boden hart, dennoch fiel es Flora schwerer als sonst, Schlaf zu finden. Zwar knisterte das Feuer, über dem sie den Fisch gebraten hatten, behaglich, doch sein Lichtschein reichte nicht weit, und als sie einmal ruckartig hochfuhr, starrte sie nur in Schwärze, die nicht die geringste Ahnung von der nahen Insel gab.

Vielleicht gibt es sie gar nicht oder sie ist viel weiter entfernt als gedacht. Vielleicht werden wir sie nie erreichen, nie das Geheimnis um das verschwundene Kind lüften und nie glücklich werden …

Verzagt hatte sich Flora oft gefühlt, jedoch nie trostlos und bedroht wie in diesem Moment. Anders als sie, schlief Ailean tief und fest. Sein Anblick beruhigte und verärgerte sie gleichermaßen. Wie konnte er Nachtruhe finden, während sie von diesem Unbehagen geplagt wurde? Und wenn er dieses nicht fühlte, warum sollte sie allein sich damit herumplagen!

Allein aus Trotz schloss sie die Augen und ließ sich von Waldkäuzen und Schleiereulen, deren hohe, klagende Schreie durch den nahen Wald hallten, in den Schlaf singen.

Der Morgen war ebenso träge wie schwach. Nur eine Hand voll Dämmerlicht konnte er der Dunkelheit entgegenwerfen, und dieses reichte kaum, die Schwärze zu bannen. Dunst hing über ihnen, als sie erwachten, und ließ sie nicht weiter als bis zur eigenen Hand sehen. Flora wäre am liebsten liegen geblieben und hätte weitergeschlafen, doch Ailean sprang voller Tatendrang auf.

»Wir sind sicher nicht die einzigen Menschen, die zur Insel wollen. Vielleicht gibt es irgendwo ...«

Er verstummte, doch wegen des Morgennebels erkannte Flora nicht gleich, warum. Erst als sie aufstand, ihm ins graue Einerlei, unter dem sich die Welt verbarg, folgte, erblickte auch sie die zwei Beine, die in zwei speckigen Lederstiefeln steckten. Mehr von dem Mann, der da vor ihnen stand, war nicht zu sehen, aber es genügte, um Flora einen erschrockenen Schrei zu entringen. Als Flora vor dem einen fliehen wollte, lief sie geradewegs in einen zweiten, und der stand nah genug, dass sie sein Gesicht erblicken ... und es wiedererkennen konnte.

»Ein Fischer und seine Schwester! Pah!«, rief einer der sechs Reiter, der am Tag zuvor geschwiegen hatte, an diesem aber umso grausamer lachte. »Die Bären hier sind groß und stark, aber den hier lasse ich mir bestimmt nicht aufbinden.«

Von Morven war nichts zu sehen – vielleicht hatten ihn die Fische gewarnt –, vom Rotbärtigen leider auch nichts. Ihn hätten sie vielleicht anflehen können, sie gehen zu lassen, doch bei den beiden, die zurückgekehrt waren, gab es keine Hoffnung, das erkannte Flora sofort.

Ailean gab nicht so schnell auf. »Was wollt ihr von uns?«, rief er eher gereizt als panisch.

Ja, was wohl?, hätte Flora ihn am liebsten angefaucht. Uns töten natürlich! Wir werden nie erfahren, warum. Und wir werden nie wissen, was uns auf Skye erwartet hätte.

Doch die Männer zogen keine Schwerter, nur Säcke, und trotz des Ärgers auf ihn hastete Flora zu Ailean, klammerte sich an ihn und flehte wider alle Hoffnung: »Bitte tut uns nichts!«

Das Letzte, was sie sah, ehe die Säcke über ihren Kopf gestülpt wurden, war Aileans Gesicht. Und das Letzte, was sie spürte, ehe man ihnen Fesseln anlegte und sie über einen Pferderücken warf, war seine Hand, die tröstend die ihre streichelte.

Flora schloss die Augen, als die Pferde in Galopp verfielen und sich jeder Schritt wie ein Schlag in den Magen anfühlte. Sie richtete all ihr Trachten danach aus, sich nicht zu übergeben. Da war kein Platz mehr für Angst, für Panik, für Verzweiflung, kein Platz auch für Bedauern, weil sie keinen letzten Blick mehr auf Skye hatte werfen können.

VIII.

Skye
1260–1261

Eilidh hatte den Winter nie sonderlich gemocht, aber jetzt wünschte sie sich manchmal, er würde ewig währen. Eine Mauer war er, hinter der sie Zuflucht vor der Zukunft fand, und da in diesem Winter die Winde lauter tobten als sonst und der Schnee länger liegen blieb, konnte sie sich manchmal dem Trug hingeben, dass das Eis, aus dem diese Mauer gebaut war, niemals schmelzen würde.

Insgeheim wusste sie natürlich, dass der laue Frühling noch unerbittlicher kommen würde, als die Kälte jemals zuschlagen konnte, und mit ihm die Zeit, nach Delny aufzubrechen, dem Sitz des Grafen von Ross, dem Ort, an dem ihr zukünftiger Ehemann lebte. Man hatte ihr gesagt, dass Burg Delny noch mächtiger als Burg Dunvegan war, mit Mauern aus Stein, nicht aus Eis. Sie würden sie nicht vor der Zukunft schützen, sondern sie mit ihr einsperren, und dann konnte die Zukunft mit ihr machen, was sie wollte.

Noch gab es einen Ort, an dem sie sicher war. Am ersten warmen Tag des neuen Jahres ging Eilidh zu den Klippen, trat nah an den Abgrund und warf erstmals einen riesigen Schatten.

Oh, wenn sie doch nur mächtig wie ihr eigener Schatten

wäre! Dann würde sie sich wehren, sich gegen die geplante Hochzeit auflehnen, würde vielleicht sogar fliehen! Aber ihr Schatten schwamm fröhlich im Meer und ihr ... ihr fiel nichts anderes ein, als zu singen.

Sie klang verzagt wie nie. Den Winter über hatte sie geschwiegen, jetzt schlichen sich die Töne so vorsichtig aus dem Mund, wie sich die ersten Blumenköpfe aus der feuchten Erde quälten. Im Frost des Morgens erschauderten sie, erst als sie von der Mittagssonne beschienen wurden, erwiesen sie sich als etwas kecker. Mit der Zeit klang auch ihre Stimme kräftiger, traurig aber blieb das Lied.

Immerhin hatte es die Macht, Kieran herbeizulocken. Seine Augen waren warm, das Lächeln jedoch noch etwas steif vom Winterfrost.

»Eilidh ...«

Er stürzte auf sie zu, zog sie an sich, umarmte sie, als wollte er sie nie wieder loslassen, küsste sie und schnupperte an ihrem Haar. Kurz teilte sie die Wiedersehensfreude, die so heftig war, dass sie alle Sorgen vertrieb, später neidete sie sie ihm, weil ihre Sorgen wiederkehrten, sein Glück jedoch ungetrübt blieb.

»Ich war so oft hier«, murmelte er, als er die Sprache wiederfand, »sogar an dem Tag, als Schnee auf den Klippen lag.«

Jetzt war diese mit feuchtem gelbem Gras bewachsen, auf dem man die Abdrücke ihrer Schritte sehen konnte.

Wenn der Wind sie verweht hat, werde ich nicht mehr auf Skye sein ...

Eilidh erwiderte seine Umarmung, sang weiter, aber ihm die Wahrheit sagen – dass in drei, höchstens vier Tagen ein Schiff kam, um sie wegzubringen –, das konnte sie nicht.

Der Kuss, den sie Kieran gab, war der gleiche, den der Frühling dem Winter schenkte. Lustvoll erglühte dieser, ohne zu wissen, dass die Wärme ihn töten würde.

Als sie sich nicht mehr küssten und nicht mehr sangen, erzählte er ihr von den Büchern, die er im Winter gelesen hatte – Bücher über Kelten und Druiden, über Götter und Bräuche.

Eilidh hätte sich am liebsten die Ohren zugehalten.

Ich will nichts hören von weißen Stieren, auf denen man Misteln schneidet. Ich glaube nicht, dass es sie gibt – genauso wenig, wie es eine unschuldige Liebe gibt, die nicht von der Zukunft beschmutzt ist.

»Lass uns nicht darüber reden, was in Büchern geschrieben steht«, unterbrach sie ihn.

»Worüber willst du denn dann reden?«

Eilidh war sich nicht sicher. Sie dachte an die Worte, die er einst zu ihr gesagt hatte – dass zu lieben die Angst ebenso vertreiben würde wie zu singen. Singen konnte sie plötzlich nicht mehr, aber lieben wollte sie, nur für gestohlene Augenblicke, aber dafür mit ganzem Herzen und ganzer Seele und mit ihrem ganzen Leib, war der gemessen an ihrem Schatten auch winzig und zart.

»Komm mit!«, raunte sie.

Sie zog Kieran von den Klippen fort, suchte ein windstilles Fleckchen hinter mannshohem Gebüsch und legte ihren Mantel ab. Ilisa hatte ihn ihr im Winter genäht, aus kräftigem verfilztem Wollstoff, den man so lange mit Essig bearbeitete, bis er schwer und dicht war und nicht nur Wasser abhalten konnte, sondern sogar Feuer und Schwertschläge. Doch gern wollte Eilidh Feuer und Schwert spüren, solange sie einhergingen mit Kierans Streicheln und seinen Liebkosungen. Schüchtern fiel beides zuerst noch aus. Verwirrt, gar überfordert schien er ob der Entschlossenheit, mit der sie nach seinem Körper verlangte, aber nach dem langen Winter war er zu ausgezehrt, um ihren gleichfalls hungrigen Berührungen Fragen entgegenzusetzen. Sie begnügte sich nicht damit, den Mantel abzulegen. Schon zerrte sie so lange an ihrem Überkleid, bis ihre weiße, glatte Haut im kühlen Wind erschauderte.

Ihr Nornen mögt gern mein Schicksal weben, doch für diese gestohlenen Augenblicke ziehe ich es aus, lasse es genauso achtlos liegen wie mein Kleid und steige darüber hinweg zu meinem Geliebten.

»Eilidh, dir muss doch schrecklich kalt sein ...«

Kieran wirkte besorgt, sah nicht, dass sie erst später erfrieren würde, aber er wehrte sich nicht, als sie am Stoff seiner Kutte zog. Sie war rau, nicht ganz so schwer wie ihr Mantel und nicht fähig, Feuer abzuwehren. Doch sein Feuer brannte ohnehin von innen, die dunklen Augen spiegelten die Flammen.

Als sie seine Brust entblößte, entdeckte Eilidh den Stift aus Blei, der an einem Lederfaden hing und verriet, dass Kieran im Skriptorium nicht nur viel gelesen, sondern auch geschrieben hatte. Jetzt schrieb sie auf ihm. Sie beugte sich vor, küsste seine Brust, atmete sein Erschaudern ein. Er roch noch nicht nach Frühling, sondern nach Winter, und solange sie mit ihm zusammen wäre, würde die Mauer aus Eis nicht wanken, nicht einmal haarfeine Risse bekommen.

Seine Hand fuhr durch das blonde Haar, das sich zwischen ihren Beinen kräuselte, suchte ihren Weg und fand ihn. Nicht schwielig war die Hand, sondern überaus zart, hatte das Schreiben doch keine fühlbaren Spuren hinterlassen.

Schreib auf mir wie ich auf dir. Ewige Male möchte ich tragen von unserer Liebe. Schreibe die Lieder auf, die wir gemeinsam gesungen haben, dann werden sie niemals verklingen.

Von Pergament konnte man die Worte wieder wegschaben,

ihre Seele aber würde immer wissen, dass er der Einzige war, und ihr Körper würde sich immer an seine Liebkosungen erinnern, seine Küsse, seine weiche Haut, seine Lippen, seine feuchte, harte Männlichkeit.

Die Lust gebar neue Töne, ein Keuchen, ein Juchzen, ein mattes Stöhnen. Wenn sie künftig singen würde, würde ihre Stimme anders klingen – nicht wie das Rascheln silbrig grüner Triebe eines jungen Baumes, sondern wie die satten rotgoldenen Blätter auf harzigen Ästen. Doch als sie eng verschlungen dalagen, mit glühenden, aber müden, mit satten, aber tauben Leibern, da wusste Eilidh, dass sie auf lange Zeit nicht mehr singen würde.

Als Kieran schlief, erhob Eilidh sich und schlich davon. So wollte sie ihn in Erinnerung haben – mit geschlossenen Augen, die nichts von einer Welt sahen, auf der sie beide nun getrennte Wege gehen würden. Und so wollte sie selbst künftig durchs Leben schleichen, halb schlafend und in schöne Träume flüchtend, wo noch das Echo längst verklungener Töne zu hören war, während der Teil von ihr, der wachte, zwar gehorsam sein, aber dabei nichts fühlen würde.

Schon jetzt war sie vor diesen Gefühlen gefeit. Da war kein Abschiedsschmerz, kein Bedauern, kein Verzweifeln ... da war nur Schweigen. Oder nein, da war doch noch etwas ... Als eine Stimme ihren Namen rief, zuckte Eilidh zusammen und stieß einen ängstlichen Schrei aus.

Die Stimme war zu laut, um Kierans Kehle zu entstammen, die Schritte, die den Boden erschütterten, zu schwer. Anstelle des jungen Mannes kam ihr Sigurd nachgelaufen, mit Schweiß auf der Stirn und einem toten Fuchs auf dem Rücken. Etwas Größeres hatte er an diesem Tag nicht erjagt. Vielleicht hatte er es gar nicht erst versucht, weil er wusste, dass kein Tier mächtig und gefährlich genug war, um ihm die Empörung und den Schmerz zu nehmen.

Er weiß es ... dachte Eilidh bestürzt, er weiß von Kieran und mir ...

Doch dann hatte er sie erreicht und überschüttete sie statt mit Vorwürfen nur mit gequälten Worten.

»Ich will nicht, dass du gehst ... Du bist doch mein Mädchen ... Ach, Eilidh ...«

So rau, wie er den Namen aussprach, ließ sich ehrliche Zuneigung erkennen, aber das, was Sigurd für Liebe hielt, war in Wahrheit wohl nur Hass auf die Schotten.

»Was ... was Leod entschieden hat ...«, fuhr er fort, »... das kann ich doch nicht zulassen ... Ich werfe mein Mädchen nicht den Feinden in den Rachen! Ich will keinen Frieden mit ihnen, mit der bloßen Faust erschlagen will ich sie ...«

Musst du selbst in dem Augenblick, da du dich zu mir bekennst wie nie, ans Töten denken?

Laut sagte sie nichts, auch dann nicht, als Sigurd vor ihr auf den Boden ging und ihre Schultern packte. Selbst kniend war er größer als sie.

»Wir denken uns etwas aus, ja? Wir müssen es verhindern! Du versteckst dich irgendwo ... Ich versorge dich mit Essen und mit Kleidung, und wenn alle erkannt haben, dass man den Schotten nicht trauen kann, hole ich dich zurück ... Ilisa wird mir dankbar sein!«

Mit jedem Wort zwinkerte er ihr verschwörerisch zu, doch mit jedem Wort wurde Eilidhs Ärger lauter.

Zwinkere mir nicht zu! Reiß lieber die Augen auf und erkenne, dass ich dich hasse und fürchte!

Sie hatte ihren Vater nicht begraben und keine Träne um ihn geweint, sie hatte sich am Herdfeuer seines Mörders gewärmt und die Kleider von dessen toter Tochter getragen. Verflucht wäre sie, wenn sie Malcolm ein weiteres Mal verriete!

»Eilidh, nun sag doch was!«

»Ich ...«

»Wir tun, was ich dir vorgeschlagen habe, ja? Wir schlagen den Schotten ein Schnippchen?«

Wenn er sie für den Tod ihres Vaters um Verzeihung gebeten hätte, hätte sie sich an seine breite Brust geworfen, hätte ihm von Kieran und ihrer Liebe erzählt, hätte ihm ihr Leben anvertraut, vielleicht sogar gesungen. Aber er sprach nicht von Malcolm und seiner blutigen Tat, nur von den schrecklichen Schotten.

»Du bist nicht mein Vater«, unterbrach sie ihn irgendwann hart.

Verstört blickte er auf seine Hände, und sie nutzte diesen Augenblick, um sich von diesen loszureißen und davonzulaufen. Sie lief nicht zurück zum schlafenden Kieran, sondern nach Dunvegan, wo ein Schicksal auf sie wartete, das immer noch ein trostloses war, aber das sie sich nun zumindest selbst erwählt hatte. Vielleicht, weil ihr Stolz zu stark, vielleicht, weil die Bereitschaft zu vergessen zu schwach war.

Ihre Liebe zu Kieran schien weder stark noch schwach zu sein. Nutzlos trieb sie im Wind wie all ihre Lieder.

Dass sie verschwunden war, als er erwachte, bekümmerte Kieran nicht weiter. Eilidh war keine, deren Verhalten sich berechnen ließ. Er wollte es auch gar nicht, wollte weder sie noch ihre Lieder besitzen, wollte sie nur lieben und sich bis zum Wiedersehen gedulden. Schließlich hatte er einen reichen Vorrat an Küssen und Umarmungen, von dem er zehren konnte.

In den nächsten Tagen ging er nicht durchs Leben, sondern flog, legte mehr Inbrunst in seine Gebete als je zuvor, führte die schmutzigsten Arbeiten freiwillig aus, als wäre es ein Vergnügen. Selbst wenn er mit beiden Beinen im Schlamm oder in Viehmist watete, vermeinte er, nur von samtigem Wasser umspült zu werden. Er aß kaum und schlief noch weniger.

Bruder Patrick, der darin eine Bußübung sah, war begeistert, die anderen Brüder, denen er immer fremd geblieben war, waren verwirrt. Vater Michael gab sich gleichgültig – Kierans frommes Gebaren war schließlich nichts, womit er sich bereichern konnte.

Dann kam ein klarer Tag, hell und farbenprächtig wie der Frühling und zugleich kalt und windig wie der Winter, ganz so, als lägen die Jahreszeiten im Wettstreit wie einst. Der Winter hatte damals die Sonne packen und vom Himmel zerren wollen, der Frühling ihr jedoch so viel Kraft gegeben, dass sie sich am Himmelszelt hielt. Verhindern, dass sie von den spitzen Bergen aufgerissen wurde, konnte der Frühling jedoch nicht. Die Sonne war von da an verwundet, zeigte sich an vielen Tagen nicht und bei ihrem Auf- und Abstieg immer blutend. Die Cuillins hingegen, die von ihrem Licht gekostet hatten, ließen den Schnee, der auf sie fiel, von nun an rasch wieder schmelzen.

Nicht grau wie Stein, sondern rötlich wie Glut wirkten die fernen Berge auch, als Kieran sie von einer Anhöhe aus betrachtete und ihm seine Liebe stolz und ewig wie sie erschien. In Gedanken kletterte er hinauf, natürlich mit Eilidh an seiner Seite, die den Blick in die Tiefe noch nie gescheut hatte, und in nicht minder schwindelerregender Höhe verstiegen sich seine Fantasien.

Ich kehre mit ihr zurück nach Man. Meinem Vater mag ein naher Sohn mit fremdem Weib lieber sein als ein ferner Mönch …

Was immer von mir verlangt wird, werde ich tun, und sei's, ein Schwert zu heben.

So unbesiegbar fühlte er sich, dass er Ronan niederzwingen könnte, so stark, dass selbst die Gallóclaig schreiend vor ihm flüchten müssten. Schließlich hatten auch die Cuillins vermocht, die Sonne zu verletzen – nicht durch besondere Anstrengung oder Wendigkeit, sondern schlichtweg, weil es sie gab ...

Am Abend jenes Tages blieb von diesem Triumph nur ein schaler Geschmack und von dem vermeintlich kräftigen Mann nur ein jämmerlicher Schatten. Nichts hatte ihn gewarnt, vor allem Eilidh nicht. Er wusste nicht, ob er ihr das anlasten oder für die wenigen Stunden dankbar sein sollte, die sie ihm mit ihrem Schweigen geschenkt hatte.

Ausgerechnet Bruder Patrick war es, der ihm vom Schiff erzählte. Bald würde es ablegen, mit mehreren Männern Leods an Bord, einem Mönch von Sankt Columban, der als Zeuge der Hochzeit und geistlicher Beistand der Braut auf die Reise geschickt wurde, und natürlich Eilidh selbst. Obwohl Bruder Patrick beides in einem Satz nannte, dauerte es eine Weile, bis Kieran den Namen seiner Geliebten mit dem scheußlichen Wort »Hochzeit« verknüpfte. Als er sich der bitteren Erkenntnis nicht länger erwehren konnte, erlosch das Feuer in seinen Augen.

Bruder Patrick schwieg. Vor allem sprach er nicht offen aus, was er wohl mit einem Blick erkannte, und forderte nicht einmal, im kalten Wasser zu baden, um die gefährliche Lust zu töten. Mitleid hielt ihn davon ab, vielleicht auch die Einsicht, dass Kieran keinen Tümpel brauchte, um in eisigen Fluten zu ertrinken.

Noch tat er es nicht, noch rannte er los, rannte schnell wie nie, bis Burg Dunvegan vor ihm aufragte. Doch selbst wenn er den Himmel durchpflügt hätte wie die kreischenden Möwen, wäre er zu spät gekommen. Nur mehr aus der Ferne sah er das Schiff, die bunten Segel, die im Wind knatterten, die Ruder, die das blaue Tuch des Meeres zerrissen. Eilidh jedoch sah er nicht. Entweder hatte sie sich im Schiffsbauch verkrochen oder war zu klein und zart, als dass er sie aus der großen Entfernung erspähen konnte.

Sie ist fort. Ich habe mich nicht einmal von ihr verabschieden können.

Kieran stand da und weinte bitterlich, bis vom Schiff nur noch ein Punkt zu sehen war und das Meer das sanfte Licht des Himmels spiegelte. So tief in der Trauer versunken, hörte er Bruder Patricks Schritte nicht, als dieser ihm folgte, spürte nur, wie er die Hand auf seine Schultern legte.

»Es war Gottes Wille. Wenn du dich dagegen auflehnst, wirst du nur noch schlimmer leiden.«

Kieran schüttelte die Hand ab. Seine Liebe und seine Musik waren zu schwach, um das Eis in seiner Brust zu zerschlagen, aber die Wut war es nicht. Eilidh hatte diese Wut entfesselt, aber da er sie nicht auf sie richten konnte, richtete sie sich auf Bruder Patrick.

»Ich … ich wollte nie wirklich Mönch werden!«, schrie er. »Ich habe all die Jahre gelogen!«

Beinahe hätte er noch Schlimmeres gesagt, Gott verflucht oder Bruder Patrick verhöhnt, aber dessen trauriges Seufzen war nachdrücklicher als seine eigene Wut. Sie verrauchte, ohne das Eis zum Schmelzen zu bringen, und als Bruder Patrick sich abwandte, folgte er ihm. Ohne Eilidh würde er überall heimatlos sein, auch im Kloster, aber der Tagesablauf dort war ihm zumindest vertraut. Er würde kein Trost sein, doch genügend Halt bieten, um weiterzuatmen, weiterzusprechen, weiterzugehen, weiterzuarbeiten. Nur singen würde er nicht.

Ehe sie Sankt Columban erreichten, fiel Kierans Blick erneut auf die Cuillins. Ihr dunkles Rot glich der rostigen Klinge eines vernachlässigten Schwerts, das ein Krieger in einer Pfütze hatte liegen lassen. Eine solche Klinge hatte auch ihn getroffen. Er glaubte nicht länger, dass die Welt gut war, weil Eilidh darauf lebte, dass er seine Bestimmung gefunden hatte, weil er sie liebte, und dass ihnen eine gemeinsame Zukunft winkte, weil er ihre Ängste teilte.

Zweites Buch

Von Drachen, Raben und Wölfen

Bhain tú soir agus bhain tú siar dom,
bhain tú romham is bhain tú mo diaidh dom,
bhain tú 'n ghealach is bhain tú 'n ghrian dom,
's is ró-mhór m' eagla gur bhain tú Diathan dom.

Du hast mir den Osten und den Westen geraubt,
die Zukunft und die Vergangenheit,
den Mond und die Sonne,
und am meisten fürchte ich,
dass du mir auch meine Götter genommen hast.

IX.

Im Osten der Grafschaft Ross
Skye
1261

Das Schiff, das Eilidh bestiegen hatte, legte keine lange Strecke zurück, denn um Delny zu erreichen, galt es nicht das Meer, sondern das schottische Hochland von Westen nach Osten zu durchqueren. Die Männer, die sie begleiteten, fluchten häufig. Sie waren auf ihren Schiffen zu Hause und dort schnell und wendig wie Fische – für den Pferderücken schienen sie hingegen zu schwer zu sein. Die Tiere schnaubten und schäumten, als sie sich durch dorniges Gebüsch kämpften, durch Heidekraut, sumpfige Wiesen und die Furten der Lochs. Eilidh war nicht schwer, aber das Reiten wurde auch ihr zur Qual. Abends schmerzte jeder einzelne ihrer Knochen, und manchmal dachte sie, dass diese brechen würden und sie stürbe, ehe sie das Ziel erreichten. Es war ein tröstlicher Gedanke, der ihr die Angst vor der Zukunft nahm. Hier in der Fremde würde ja doch nur ihr schlaffer Körper bleiben, der Geist sich aber von ihm lösen und zu Kieran heimwärts fliegen.

Aber sie starb nicht, die Seele blieb eine Gefangene der müden Glieder, und schließlich erreichten sie – nach Tagen oder Wochen, sie hatte nicht mitgezählt – die Burg von Delny.

Eilidh wappnete sich gegen den Anblick finsterer Männer,

aber der einzige Mensch, der ihr im schattigen Innenhof entgegentrat, war eine junge Frau. Nach einem Schwall Worte, die sie über Eilidh ergehen ließ, stellte sich heraus, dass sie Nessa hieß, Alasdairs Schwester und noch unverheiratet war und dass sie hier den Haushalt führte, da die Gräfin von Ross sich lieber auf den anderen Burgen aufhielt, Cromarty, Tain oder Fortrose. Die Männer wiederum waren gerade auf der Jagd.

Ob Alasdair genauso wütend Tiere jagt wie Sigurd, weil er hadert, mich heiraten zu müssen?

Eilidh wagte nicht, die Frage laut zu stellen. Bevor sie überhaupt etwas sagte, wollte sie Nessa besser kennenlernen, und die machte es ihr leicht, weil sie weder an Worten sparte noch ihre Meinung verhehlte.

Nessa war jemand, der sehr gern aß, aber noch zu jung war, als dass man es ihr ansah. Die Nase, das Kinn und die Wangenknochen minderten den Eindruck, den die fülligen Wangen eigentlich hinterlassen müssten. Sie führte Eilidh in die längliche Halle und wies ihr einen fellbedeckten Stuhl vor dem behaglich knisternden Feuer zu.

»Du musst mehr essen«, erklärte sie dann streng. »Sonst brichst du, wenn mein Bruder sich auf dich legt, entzwei.«

Ob dieser Worte erwartete Eilidh, dass Alasdair sehr dick und schwer war, doch als Nessa zu erzählen fortfuhr, stellte sich heraus, dass sie lediglich Eilidh für zu dünn hielt, der Bruder hingegen nicht stattlicher als andere Männer war.

Nessa lachte, als sie das sagte – nicht, weil sie es lustig fand, sondern weil sie jedem Satz, den sie sprach, ein kleines Lachen anfügte, als wollte sie die Menschen warnen, sie allzu ernst zu nehmen. Die Wärme des Feuers vertrieb den Schmerz in Eilidhs Gliedern und ließ sie mutiger werden.

»Erzähl mir mehr von deinem Bruder!«, forderte sie.

»Da gibt es nicht viel zu erzählen. Er taugt zum Leben, das ist alles.«

Eilidh blickte sie fragend an.

»Schau dir die Kühe auf der Weide an! Wenn sie genug Milch geben, regelmäßig kalben und ihr Fleisch, nachdem man sie geschlachtet hat, saftig und weich ist, ist jeder zufrieden. Macht sich irgendjemand Gedanken, was in ihren Köpfen vorgeht, wenn sie träge glotzend dastehen und kauen? Gewiss nicht! Selbst wenn sie alle Geheimnisse der Welt enträtseln könnten, sie würden ja doch kein Tröpfchen Milch mehr geben.«

Wieder reihten sich rasch viele Worte aneinander, wieder folgte jedem Satz ein fröhliches Lachen. Hätte Nessa sich auf einen beschränkt, hätte sie wohl gesagt: Mein Bruder ist ein zu schlichter Mensch, um besonders gut oder besonders böse zu sein – und das klang nicht so schlimm, wie es hätte klingen können.

»Da wir von Kühen sprechen ... Rinderbraten esse ich für mein Leben gern«, sagte Nessa leise. Zum ersten Mal lachte sie nicht, und als Eilidh ihren Blick erwiderte, las sie plötzlich Mitgefühl darin. »Die meisten Kühe dürfen ein Leben lang auf derselben Weide grasen und werden nicht durchs ganze Land gescheucht wie oftmals unsereins«, murmelte sie.

Schüchtern legte sie ihre Hand auf Eilidhs Unterarm, und diese wusste, dass sie eine Freundin gefunden hatte – zwar keine starke, stolze, fordernde Gefährtin wie Scota, aber eine, die nicht nur den Geschmack guten Essens kannte, sondern den von Angst, und die dankbar dafür war, fortan nicht ganz allein zu sein.

Als Eilidhs Körper nicht mehr schlotterte und sie ein paar Bissen Brot und Schafskäse hinuntergewürgt hatte – nur Nessa zuliebe, nicht aus Hunger –, zeigte diese ihr die Burg.

Eilidh war blind für das Bauwerk, aber betrachtete interessiert seine Umgebung.

Während der Reise waren sie an vielen Birken vorbeigekommen, an deren Stämmen Moos so üppig hochkroch, als wollte es sie umarmen oder ersticken oder beides. Auch Eichenwälder hatten sie durchritten, die das Land wärmten wie Felle einen fröstelnden Leib. Hier standen die Bäume lichter, und die wenigen gelben Blumen schienen im Wind zu zittern. In der Ferne war ein schmaler Streifen Meer zu sehen, doch es war nicht das, das sie kannte. Sein Gesang klang weder stolz noch lieblich, es flüsterte nur. Nicht die spitzen Cuillins warfen ihre Schatten darauf, lediglich runde Berge, deren Gipfel mit ein wenig Schnee bedeckt waren. Dazwischen klafften dunkle Flecken, die an das Maul eines Alten denken ließen, der die meisten Zähne verloren hat.

Eilidh nahm Nessas Hand. »Ich vermisse meine Heimat schon jetzt.«

»Du hättest mehr essen sollen. Wenn der Magen voll ist, bleibt kein Platz für Heimweh.«

Sie lachte, doch es klang freudlos – ein Zeichen dafür, dass auch ihr Appetit nicht von einem leeren Bauch, sondern einem leeren Herzen geschürt wurde.

Eilidh aß weiterhin nicht so viel, wie Nessa es sich wünschte. Diese hingegen stopfte alles in sich hinein, was die Tafel hergab – erst recht bei der Hochzeit. Nessa hatte selbst die Zubereitung der Speisen überwacht und nicht an erlesenen Zutaten gespart. Besonders stolz war sie darauf, fast alle Gerichte mit dem ebenso teuren wie seltenen Pfeffer würzen zu können, dessen Schärfe den bitteren Geschmack nach verbranntem Fleisch überdeckte.

Eilidh brannte schon nach einem Bissen der Mund, und sie war sich sicher, dass sie Flammen spucken würde, keine Töne, falls sie etwas sagte. Allerdings erwartete niemand, dass sie sich an den Gesprächen beteiligte, und schon gar nicht, dass sie sang. Es genügte, dass sie das Band, mit dem sie bislang ihr Haar zurückgehalten hatte, durch das weiße Tuch der verheirateten Frau ersetzt hatte, und dass sie die mehrtägigen Feierlichkeiten, zu denen getanzt, gesungen, vor allem getrunken wurde, die Männer zur Falkenjagd ausrückten und die Frauen nur mit dem Barden zurückblieben, mit einem scheuen Lächeln über sich ergehen ließ.

Der Barde sang nicht so schön wie Kieran, was vielleicht an seiner zittrigen Stimme lag, vielleicht aber auch nur daran, dass Nessa ihr stets etwas ins Ohr schwatzte. Ausnahmsweise sagte sie Eilidh nicht, dass sie mehr essen müsse, sondern dass sie künftig mit ihr für die Haushaltsführung verantwortlich sei.

»Du wirst die rüden Sitten der Wilden, wie sie auf den fernen Inseln und im Hochland leben, ablegen müssen und einen normannischen Lebensstil pflegen, dein Englisch perfektionieren und Französisch erlernen. Außerdem musst du alle Gesetze kennen, nach denen man sich bei der Verwaltung eines so großen Besitzes richtet. Zu deinen Pflichten gehört ferner die Einstellung und Entlassung von Bediensteten, die Unterhaltung von Gästen und die Entscheidung, welche Geschenke man der Kirche machen soll.«

Immer länger wurde Nessas Liste an Forderungen, immer erschöpfter fühlte sich Eilidh allein bei deren Aufzählung.

Ich will keinen Haushalt führen, ich will an einer Klippe stehen und in die Tiefe schauen.

Aber hier gab es keine Klippen …

Sie sagte weiterhin nichts, weil ihr Mund noch immer brannte, und irgendwann schwieg Nessa.

Alasdair, der nun ihr Mann, aber nach den wenigen Begegnungen immer noch ein Fremder war, schien weitaus weniger von ihr zu erwarten als Nessa. Bis jetzt hatte er kaum das Wort an sie gerichtet, noch nicht einmal gewagt, ihr in die Augen zu sehen – weder als sie als Frischvermählte nacheinander aus ein- und demselben Glas tranken, noch als er von der Jagd zurückkehrte und verkündete, ein Reh erbeutet zu haben, während sein älterer Halbbruder William von Ross einen Auerochsen erlegt hatte.

Selbst als sie sich am Abend ins Gemach zurückzogen, blickte er sie nicht an. Auch Eilidh senkte den Blick, musste plötzlich an Ilisa denken und was diese einmal von ihrer Eheschließung mit Sigurd erzählt hatte. Vor der Hochzeit, so war es Sitte, hatten sie sich eine Nacht lang mit einem Polster zwischen sich, um keusch zu bleiben, ins gleiche Bett legen und über ihre Träume und Hoffnungen sprechen müssen.

Welchen Traum hast du denn benannt?, hatte Eilidh damals gefragt. Nun, den, den alle hegen, hatte Ilisa geantwortet. Dass wir ein gutes Leben haben, wenig Hunger und viele Kinder. Wenn Sigurd gewusst hätte, dass all unsere Kinder sterben werden, hätte er vielleicht keine echte Ehe mit mir geschlossen. Wir hätten uns nur durch ein Loch in einem Stein die Hände gereicht und uns für ein Jahr und einen Tag zu Mann und Frau erklärt. Das tun auf den Inseln und im Hochland viele, um den Bund wieder lösen zu können, falls er nicht gesegnet wird. Allerdings wurde ich kurz nach der Hochzeit schwanger. Ich konnte nur nicht in die Zukunft sehen. Konnte nicht wissen, wie kurz das Kind leben würde. Die Nornen, die das Schicksal weben, konnten es allerdings, hatte Ilisa zu erzählen fortgefahren und den Kopf geschüttelt. Vielleicht haben sie gelacht, als sie mein Leben gewoben haben, vielleicht haben sie geweint.

Nein, dachte Eilidh, als sie zum ersten Mal allein mit ihrem Mann war, die Nornen lachen und weinen nicht. Sie weben so viel, dass sie sich an einem einzelnen Knoten nicht stören. Sigurd hätte Ilisa vielleicht selbst dann nicht verlassen, wenn man ihm den Tod der gemeinsamen Kinder vorhergesagt hätte, zumindest nicht so leichtfertig, wie er Eilidhs Vater getötet hatte …

Ob Alasdair sie verlassen würde?

Nessa hatte gekichert, als sie ihr eine gute Nacht gewünscht hatte, und Graf William von Ross hatte lachend ein paar unflätige Bemerkungen gemacht, als er den Bräutigam zum Ehebett geleitet hatte.

Alasdair hingegen wirkte nicht im Mindesten belustigt, sondern hielt den Kopf weiterhin gesenkt – ob aus Scheu oder Verschlagenheit vermochte Eilidh nicht zu sagen. Als er ihn endlich hob, ließ sich nichts von beidem in seiner Miene erkennen – nur Nüchternheit.

Er mochte der Bastardbruder eines Grafen sein und ein Schwert an seinem Gürtel tragen, aber im Herzen war er wohl ein Händler, der stets berechnete, was er vom Leben bekam und was er dafür geben musste. Solange beides sich die Waage hielt, war er offenbar zufrieden, und Eilidhs Anblick schien ihn nicht zu enttäuschen. Ein gefügiges, stilles Weib war ein guter Lohn für die paar höflichen, steifen Worte, die er selbst zu geben hatte.

Eilidh erreichten diese Worte nicht, aber sie seufzte erleichtert. Händler waren zwar manchmal habgierig, aber selten von Sinnen, und als Tochter eines Händlers konnte sie sich dem im Feilschen so geübten Vater würdig erweisen, indem sie Alasdair vorgaukelte, unbeschädigte Ware zu bekommen.

Das war nicht einmal besonders schwierig. Als er ihr die Haube vom Kopf nahm und ihr langes blondes Haar erst nur betrachtete, dann durch die Finger gleiten ließ, schrie sie auf.

»Du wirst dich schon daran gewöhnen«, sagte er, als er sie zum Bett führte, sie niederdrückte, ihre Schenkel spreizte und sich auf sie legte.

Nessa hatte unrecht, dachte Eilidh, ich breche nicht entzwei, ich spüre ihn noch nicht einmal.

Sein Brusthaar, schwarz wie der Bart und das Kopfhaar, kitzelte sie ein wenig, ansonsten sparte er mit Berührungen, stützte stattdessen die schwieligen Hände auf das Kissen, als er die Ehe vollzog, und Eilidh schrie nicht mehr, schloss ihre Augen und flüchtete sich in die Vergangenheit.

Nein, sie dachte nicht an Skye, nicht an Kieran, Scota, Ilisa, Sigurd, nicht an ihren toten Vater und auch nicht an die Mutter, die kurz vor ihm Blut hustend gestorben war. Sie dachte an das Häschen, das ihr der Vater einst geschenkt und das sie nach ihrem Aufbruch nach Skye nie wiedergesehen hatte, an seine dunklen, feuchten Augen, in denen zwar Scheu, jedoch keine Furcht stand. Eilidh hatte es immer hingebungsvoll gefüttert, ein Nachbarsjunge aber hatte einmal mürrisch gemeint: Was mühst du dich ab? Es wird ja doch bald geschlachtet!

Damals hatte sie ihm nicht geglaubt, heute tat sie es.

Ich würde es trotzdem füttern, dachte sie. Ein Häschen weiß ja nicht, wann und wie es sterben wird, und wenn es das wüsste, würde es trotzdem eifrig grüne Blätter fressen.

Die eine ging, die andere kam.

Anfangs vermisste Scota Eilidh noch schmerzhaft. Die Wut über ihre Schwäche wandelte sich in Sehnsucht, die Enttäuschung über den fehlenden Kampf in Trauer, und wenn sie eine Frau gewesen wäre, die häufig weinte, hätte sie ganze

Bachläufe füllen können. So aber blieben die Tränen aus, und schließlich erkannte sie, dass die Götter ihr zwar eine Gefährtin genommen, ihr zugleich aber eine neue gegeben hatten und dass dieser Tausch kein schlechter war.

Magaidh MacMaghan hieß die Frau, die aus der Grafschaft Ross kam, Leods Neffen Thorvior heiratete und im Namen ihres Onkels William von Ross bekräftigte, dass der in Frieden mit den Inseln leben wolle – so wie Leod ihm Gleiches versprochen habe, als er Eilidh dessen Bastardbruder gab. Nur zwei Monate nach der Hochzeit wurde Magaidh wieder Witwe.

Ihr Haar war farblos wie das Fell einer Maus, ihre Augen waren genauso grau und klein, aber um den Mund stand ein trotziger Zug, der Scota gefiel. Während der Hochzeit hatte Magaidh gelächelt, weil es sich so gehörte, und als sie Witwe wurde, weinte sie, weil es sich so gehörte, aber Scota fühlte, dass weder das eine noch das andere ehrlich gemeint war.

Thorvior war bei einer Jagd im Moor versunken, und alle sagten – wenn auch nur hinter vorgehaltener Hand –, dass es ein ehrenvollerer, weil männlicherer Tod gewesen wäre, wenn ihn ein Eber aufgespießt hätte. So oder so, nicht lange nachdem Vater Michael ein letztes Gebet für seine Seele gesprochen hatte, lächelte Magaidh wieder – allerdings heimlich, sodass es nur Scota sah. Das Lächeln gefiel ihr noch mehr als der trotzige Zug um den Mund, obwohl sie nicht sicher war, ob Magaidh damit ihren dummen Mann verspottete, der im Schlamm erstickt war, oder ob sie schlichtweg erleichtert war, ihn los zu sein. Während alle anderen Abstand hielten, weil sie die Fremde aus Ross war, setzte sich Scota beim anschließenden Mahl zu ihr. Sie selbst nahm nichts zu sich, aber Magaidh aß hungrig vom gesalzenen Hering, von der Rübensuppe und dem in Wurzelsud gekochten Kaninchen.

»Wirst du zurückkehren nach Ross?«, fragte Scota sie, ohne ihr Mitgefühl erneut zu bekunden oder erst einmal behutsam die Stimmung der anderen zu erkunden.

Magaidh spülte den Bissen, den sie im Mund hatte, mit einem großen Schluck Wein hinunter. Sie mochte lächeln wie eine Frau, aber konnte trinken wie ein Mann, und ihre Stimme klang so kraftvoll, als hätte sie einen kräftigen Körper, obwohl sie eine dünne, nicht sonderlich große Frau war.

»Damit man mich ins Bett des nächsten Mannes legt?«, fragte sie knapp.

»Kannst du denn einfach darüber entscheiden, ob du bleibst oder nicht?«

»Darüber wohl nicht. Aber ich kann entscheiden, ob ich meinem Onkel vom Tod meines Mannes berichte. Ich glaube nicht, dass irgendjemand auf Dunvegan daran denkt, es an meiner statt zu tun. Wer will es schon für die Ewigkeit auf Pergament festgehalten sehen, dass einer der Seinen elendiglich im Moor ersoffen ist?« Magaidh deutete auf Vater Michael, der sich nicht damit begnügt hatte, den Toten zu begraben, sondern nun ein ordentliches Stück Kaninchenbraten verspeiste. »So freudlos, wie er gebetet hat, fallen den Engeln, die die Seele meines Mannes zum Himmel tragen, gewiss die Flügel ab«, fügte sie höhnisch hinzu.

Scota erwiderte ihr Lächeln. »Dann plumpsen sie ins Moor wie er ...«

Magaidh lachte kurz, aber heftig, ehe sie wieder ernst wurde. »Ich habe gehört, du hältst nicht viel von den Mönchen.«

»Sie singen in Häusern, und das ist dumm. So können die Elfen sie nicht hören, die auf den Heiden tanzen, und auch nicht die kleinen dunklen Menschen, die in den Wäldern hausen, Musik machen und sich an allen rächen, die Gewalt und Zerstörung nach Skye gebracht haben.«

»Daran glaubst du?«, fragte Magaidh.

Nicht Skepsis lag in ihrem Blick, nur Faszination.

»Ja, daran glaube ich«, sagte Scota. »Ich gehe regelmäßig zu einem Stein der Druiden. Wenn du willst, kannst du mich einmal begleiten …«

»Was ist das für ein Stein?«

»Er ist als Einziger von einem Kreis an Steinen übrig geblieben, aus denen die Mönche später eine Kirche gebaut haben. Er war ihnen nicht nützlich, denn er wird nass, auch wenn es nicht regnet. Das Wasser schmeckt salzig, doch ich glaube nicht, dass es aus dem Meer stammt. Vielmehr sind es Tränen – die Tränen der Druiden. Umschreitet man den Stein drei Mal in Richtung Sonnenaufgang, geht der dringlichste Wunsch in Erfüllung.«

»Und was wünschst du dir?«

»Ich wünsche mir, dass alle Menschen, die nicht an die Macht der Druiden glauben, mit Krankheit und Blindheit bestraft werden.«

Scotas Stimme, anfänglich noch laut und kräftig, ging in ein gefährliches Zischen über.

Du hast auch zu wenig geglaubt, Eilidh. Du hast Ilisa gehorcht, nicht mir. Nun, ich werde mich nicht an deiner statt gegen das Schicksal auflehnen. Ab heute bin ich nicht mehr einsam ohne dich.

»Wenn du mit mir kommen willst, um den Stein zu sehen«, fuhr Scota fort, »musst du auf den Weg achtgeben.«

»Oh, ich bin zwar nicht hier geboren«, gab Magaidh zurück, »aber ich kann unterscheiden, wo der Boden mich trägt und wo ich versinke.«

Sie lachte wieder hell, und Scota stimmte ein.

Ein anderer lachte nicht. Erst jetzt fiel Scota auf, dass mit den Mönchen, die den Toten bestattet hatten und die nun für ihn beteten, auch Kieran nach Dunvegan gekommen war. Sein Haar wirkte noch dunkler als sonst, sein Gesicht noch bleicher, sein Körper noch schmaler. Jeder Atemzug schien ihm Schmerzen zu bereiten, jeder Schritt neue Qualen.

Nicht dass Scota kein Mitleid hatte, als sie ihn betrachtete. Aber zugleich dachte sie verächtlich, dass ein Mann, der im Kummer um die Geliebte ertrank, genauso lebensuntauglich war wie der im Moor ersoffene Thorvior.

X.

An der Westküste Schottlands
1306

Das Lied des Lebens, das schon seit Tagen aus grauen, kalten Tönen bestanden hatte, versank endgültig im schlammigen Wasser. Obwohl es nur bis zu seinen Knöcheln reichte, wurde Ailean das Gefühl nicht los, dass es bis zum Hals hochkroch und dort verkrustete. Die Luft war so feucht, dass er bei jedem Atemzug eine Hand voll Erde zu schlucken wähnte, und das Licht so trüb, als steckten ihre Köpfe immer noch in Leinensäcken.

Unwillkürlich schlang er die Arme um Flora, die sich ihrerseits an ihn klammerte, als drohte sie zu ertrinken.

»Keine Angst«, spottete einer der Männer, der sie in dieses Loch geworfen hatte, »manchmal steigt das Wasser bis zu den Knien oder noch weiter, gänzlich darin untergegangen ist bis jetzt noch niemand.«

Für Ailean war das ein Trost.

Aber bei lebendigem Leib verfault sind hier sicher schon viele …

»Warum sind wir hier?«, rief er. »Wir haben doch nichts getan!«

Diesmal blieb der Spott aus. Fast mitleidig klang der Mann, als er sagte: »Ihr wart zur falschen Zeit am falschen Ort, das ist alles.« Wenig später hörten sie, wie ein Riegel zugeschoben wurde.

Flora ließ Ailean los, watete durchs Wasser und suchte verzweifelt nach einem Stück trockenen Boden. Ailean ahnte gleich, dass es zwecklos war.

»Wir sind noch auf dem Festland, so viel steht fest!«, sagte er und versuchte, der Verzweiflung nicht nachzugeben. »Schließlich sind wir nur ein Stück geritten, nicht mit einem Boot gefahren. Und schau dir die Steinwände an! Wenn schon der Kerker aus solchen errichtet wurde, wird das erst recht für den Rest gelten. Wir müssen auf einer Burg sein, einer großen, prächtigen Burg.«

Flora starrte Ailean entgeistert an. In der Tat war es nicht einfach, sich in diesem feuchten Loch warme, heimelige und mit vielen Kostbarkeiten ausgestattete Räume vorzustellen.

»Ich erinnere mich an ein Lied, das Iain einmal gesungen hat. Es handelte von einer solch großen Burg«, fuhr Ailean mit seinen Mutmaßungen fort. »An der Westküste Schottlands lag sie, und ein gewisser Matheson lebte dort. Seine Mutter war bei der Geburt gestorben, weswegen er seine erste Milch von einem Raben, nicht aus ihren Brüsten bekam, und später konnte er die Sprache dieser Vögel verstehen.«

Flora schüttelte missbilligend den Kopf. »Was interessieren mich Raben? In dieses Loch haben sich gewiss noch nie Vögel verirrt, allenfalls Ratten.«

Ein nicht sehr tröstlicher Gedanke …

Ailean ergründete das Schicksal von Matheson nicht länger, sondern hob abwechselnd ein Bein, um der Feuchtigkeit zu entgehen. Doch weder konnte er vermeiden, immer wieder den Fuß in das schlammige Wasser zu setzen, noch mit vernünftigen Überlegungen seinen Hader vertreiben.

Wie war es möglich, dass sie schon zum zweiten Mal innerhalb so kurzer Zeit Gefangene waren? Sie hatten doch nichts Böses im Sinn gehabt, als sie aufgebrochen waren, sie wollten nur ein Geheimnis lüften!

Flora würde sicher am liebsten in Tränen ausbrechen, doch ehe diese in das Wasser tropfen konnten, ertönte wieder das Quietschen des Türriegels. Ailean ahnte sofort, dass es widersinnig war, auf Freilassung zu hoffen, aber jede Gesellschaft war ihm recht, solange sie von ihrer verzweifelten Lage ablenkte.

Der Mann, der in der Tür erschien, füllte diese fast aus. Er war ebenso groß wie breit, sein Haar fast hüftlang wie das von Flora. Es hob sich farblich kaum von den grünlich braun verwitterten Steinwänden ab. Ailean war sich nicht einmal sicher, ob es überhaupt Haar war oder nicht vielleicht Seegras und Tang. Das Wams des Mannes war steif vor Dreck, als hätte er es nicht nur schon seit Jahren getragen, sondern ginge auch jeden Tag damit schlafen, sein Gesicht war schlammverkrustet. Kein Mensch schien das zu sein, sondern ein absonderliches Wesen, das einst nicht aus dem Schoß einer Frau, sondern aus dem sumpfigen Wasser gekrochen war.

Als der Mann zu sprechen anhob, klang seine Stimme allerdings nicht gurgelnd, sondern krächzend, als wäre er wie Matheson von Raben genährt worden und hätte ihre Sprache angenommen.

»Wollt ihr etwas essen? Wollt ihr etwas trinken?«

Obwohl er Fragen stellte, schien er keine Antwort zu erwarten, denn er stellte eine Platte und eine Schüssel ab. Was immer sich darin befand – ob Milch, Brot oder etwas anderes, Ailean war sicher, dass es nach Schlamm schmecken würde.

Viel hungriger als auf etwas Essbares war er auf Antworten.

»Warum sind wir hier? Wer hat uns hierhergebracht? Und du … Wer bist du?«

Entweder war der andere zu träge, um sich gleich wieder zu

trollen, oder ganz froh über die Gesellschaft. So oder so blieb er im Türrahmen stehen.

»Wie ich heiße?«, gab er zurück. »Könnte ich Donan heißen? So wie diese Insel Eilean Donan heißt? Könnte ich gar heilig sein, wie der Mann, der hier vor Hunderten von Jahren als Erster gesiedelt hat und später von einer Piktenkönigin mitsamt seinen hundertfünfzig Gefährten verbrannt wurde? Hat es ihm wohl sehr wehgetan, als das Feuer das Fleisch von den Knochen fraß, oder wurde er von den Engeln Gottes vor den Schmerzen bewahrt?«

Der Mann war ganz offensichtlich verrückt. Bösartig schien er jedoch nicht zu sein, und sogar Flora wagte es nun, näher zu kommen.

»Sag du es uns!«, rief sie fordernd.

Donans Lächeln war erstaunlich warm für einen klammen Ort wie diesen, die Worte hingegen blieben wenig erbaulich.

»Ist es nicht spannender, Fragen zu stellen, anstatt etwas zu sagen? Besteht nicht die Hoffnung, dass man auf diese Weise irgendwann Antworten kriegt? Warum das Leben so mühsam ist, die Menschen so grausam sind und ein Kerker immer eng und feucht ist?«

»Zum Teufel, warum sind wir hier?«, brüllte Ailean.

»Könnte es sein, dass ihr nicht die richtigen Fragen stellt?«, gab der andere zurück.

Ein Tag in seiner Gesellschaft, und ich werde irr wie er.

Noch war Ailean aber nicht bereit, seinen Verstand fahren zu lassen.

»Eilean Donan«, sinnierte er laut, »so heißt also die Landzunge, auf der die Burg errichtet worden ist. Wem gehört sie?«

Anstelle von Donan gab Flora die Antwort. Ihr Gesicht schien im trüben Licht kreidebleich.

»Ich … ich habe von der Burg gehört … Sie gehört Kenneth

MacKenzie, dem Neffen von William von Ross. Früher haben sie miteinander Krieg geführt, mittlerweile herrscht Frieden ... O mein Gott! Was, wenn doch David hinter alldem steckt?«

»Welchen Grund hätte er, dich in dieses Loch zu werfen?«, gab Ailean zu bedenken.

Donan ließ indessen seinen Blick kreisen. »Wer ist David?«

Diese Frage schien ausnahmsweise eine echte zu sein.

»Der Mann, den ich hätte heiraten sollen«, rief Flora, »und vor dem ich geflohen bin!«

»Du denkst also, es geht um dich und dein kleines Leben?«

Das Lachen schüttelte Donans behäbigen Körper so heftig, dass kleine Brocken Dreck von ihm fielen.

»Was uns widerfahren ist, hat also nichts mit uns zu tun«, sinnierte Ailean. »Woher wir kommen und wer wir sind ist nicht der Grund, warum wir hier gefangen gehalten werden. Was zählt, ist vielmehr, wer einer der Männer war, denen wir begegnet sind, nicht wahr?«

Donan hörte zu lachen auf und wiegte abschätzend seinen Kopf. »Habt ihr mit einem Mann geredet, der nach einer langen Flucht müde zu sein scheint, aber sich die Erschöpfung nicht anmerken lässt? Einem Mann, der von klein auf gewohnt ist, die Menschen ebenso zu beherrschen wie seine Gefühle? Und vor welchen mächtigen Feinden mag er wohl auf der Flucht sein, wenn selbst armselige Geschöpfe, wie ihr es seid, ihm schon gefährlich werden?«

Aileans Gedanken wurden jäh so träge, als steckten sie ebenso im Schlamm wie seine Füße, aber Flora entfuhr ein Aufschrei.

»Robert the Bruce versteckt sich hier vor dem englischen König!«, rief sie. »Er ist auf die Jagd gegangen, um Zerstreuung zu suchen, und sein Weg hat unerwartet unseren gekreuzt. Weil ich eine kostbarere Gürtelschnalle trage als ein gewöhnliches Weib, haben wir sein Misstrauen erregt.«

Donan blickte sie nur vielsagend an. »Würde ich euch, wenn es so wäre, unverhohlen recht geben?«

Mit dieser Frage sagte er mehr als mit allen anderen Worten.

Ailean fühlte sich plötzlich nicht minder erschöpft als der Flüchtende und hätte sich am liebsten in den Schlamm sinken lassen.

Der Rotbärtige ... Robert the Bruce ... Der Mann, der sich eigenmächtig zum schottischen König hatte krönen lassen ... der sich auf der Flucht vor den Engländern befand und dessen Aufenthaltsort niemand wissen durfte ...

Wenn er vorhatte, sie hier festzuhalten, bis er das Land erobert und die Engländer vertrieben hatte, würden sie das Gefängnis verdreckt und irr wie Donan verlassen. Ihre Jugend wäre längst verrottet wie eine Blume im Sumpf, und wie Donan wären sie verdammt, den Rest ihres Lebens Fragen zu stellen. Vor allem, welch böses Schicksal sie in diese Lage gebracht hatte.

Anstatt sich fallen zu lassen, legte Ailean wieder den Arm um Flora, und sie schmiegte sich schutzsuchend an ihn.

Die Zeit war zäh wie Schlamm. Sie floss nicht, sie steckte fest. Der Wasserspiegel sank zwar gegen Abend, Donan brachte ein Bündel Stroh und noch mehr Essen, und Flora zwang sich, etwas zu sich zu nehmen – doch auch wenn sich der Hunger bezwingen ließ, die Verzweiflung machte es ihnen nicht so leicht.

Es hat doch keinen Sinn, zu essen, zu atmen, im Kreis zu gehen, auf Schritte und Stimmen zu lauschen ... Nichts hat Sinn.

Sie schliefen wenig und Donan anscheinend gar nicht. Regelmäßig kam er in den kleinen Kerker, blieb zwar immer an der Tür stehen, aber war wohl so gelangweilt, dass er gern mit ihnen plauderte – meist mit vergnügtem Unterton, als wären sie keine von der Welt Vergessenen und Verfluchten, sondern hätten sich zufällig an einer reich gedeckten Tafel zusammengefunden.

Ailean schloss daraus, dass sie im Moment die einzigen Gefangenen waren, doch Flora war es gleich, ob jemand ihr Schicksal teilte oder nicht.

»Schau ihn dir doch an!«, gab Ailean zu bedenken. »Er muss seit Ewigkeiten hier leben, und das bedeutet, dass er vielen Menschen begegnet ist. Selbst wenn er nicht mit allen gesprochen hat, hat er sicher eine Menge erfahren. Wir ... wir könnten ihn nach Eilidh und Kieran befragen.«

Flora presste die Lippen zusammen. Sie wollte nichts über Kieran und Eilidh wissen, sie verfluchte die beiden vielmehr, weil sie nur ihretwegen in diese Lage geraten waren. Auf der anderen Seite war es in der Tat erträglicher, Donans Fragen anstelle der eigenen Seufzer von den feuchten Wänden hallen zu hören.

»Du kennst bestimmt viele Geschichten«, sprach Ailean ihn bei nächster Gelegenheit an.

Einmal mehr wiegte Donan nachdenklich den Kopf und gab ein Geräusch von sich, das nur seine morschen Glieder verursacht haben konnten. »Ob diese Geschichten auch bedeutsam sind ... Wer weiß das?«, gab er zurück. »Allerdings, haben nicht auch diejenigen ein Bedürfnis, von ihrem Leben zu erzählen, die kein bedeutsames führten? Könnte es also tatsächlich sein, dass ich viel erfahren habe?«

Flora war erstmals nicht verzweifelt, sondern ungeduldig.

Wenn er noch länger nur in Form von Fragen spricht, reiß ich ihm noch sein Zottelhaar aus!

»Was weißt du von der Insel Skye?«, rief sie schroff. »Und was von einem gewissen Kieran und einer Eilidh? Die beiden haben gemeinsam gesungen und einander geliebt, so heißt es zumindest ... Doch dann gibt es da auch noch die Geschichte um ein Kind, das verschwunden, ja vielleicht sogar gewaltsam umgekommen ist.«

Donan lächelte verschmitzt. »Warum soll ich euch sagen, was ich weiß?«

»Also weißt du etwas?«

»Was kriege ich dafür?«

Flora blickte an sich herab. Sie hatte nichts anderes anzubieten als das, was Donan schon überreich besaß: Feuchtigkeit und Dreck. Natürlich war da auch noch ihre Gürtelschnalle, aber der Mann machte nicht den Eindruck, Verwendung dafür zu haben.

Ailean hingegen fiel eine Gabe ein, die sie zu bieten hatten. »Wir könnten dir im Gegenzug von unserem Leben berichten.«

»Und wenn es langweilig ist?«

»Nun«, machte sich Flora bemerkbar, »wir könnten nicht einfach nur erzählen, sondern ... singen!«

Ailean hatte zwar seine Harfe verloren – entweder verrottete sie irgendwo im Dreck oder einer von Roberts Männern hatte sie an sich gerafft –, aber ihre Stimmen gehörten noch ihnen.

»Will ich es vielleicht hören?«, fragte Donan.

Dass er nichts hinzufügte, wertete Ailean als Zustimmung.

»Was sollen wir denn singen?«, fragte Flora ihn leise.

»Wie wär's mit dem Wiegenlied, das du seinerzeit angestimmt hast?«, gab er zurück.

Damals hatte er über sie gespottet und gemeint, dass es weit und breit keinen Säugling gebe, den man in den Schlaf singen müsse, doch jetzt gefiel ihm offenbar die Vorstellung eines unschuldigen Kindes, das in einer weich gepolsterten Wiege lag und von einer fürsorglichen Mutter in den Schlaf gelullt wurde.

Wenig später sangen sie gegen ihr Unglück an. Erst klangen ihre Stimmen noch brüchig, anstatt einen gemeinsamen Rhythmus zu finden, schienen sie im Streit zu liegen – doch so wie Ailean und Flora im Kerker erkannt hatten, wie viel Trost eine Umarmung schenken konnte, fügten sich auch ihre Töne schließlich zu einem harmonischen Ganzen.

Sie sangen vom Reich der Träume, über dessen Schwelle sie das kleine Kind heben wollten – einem riesigen Land voller Verheißungen und einem Zufluchtsort für jeden Geplagten, einem Land voller Düfte und Farben und vor allem von Menschen, die nicht töteten, verschleppten oder andere der Einsamkeit auslieferten, sondern Blumen pflückten. Nie waren diese in Wind und Regen erzittert. Sie wuchsen auf Gras, so weich wie Daunen von Entenküken oder aus Seide gesponnene Wolken. Das Reich der Träume lud jeden ein – den Bettler wie den König. Und wer hier, wo niemals ein Tropfen Blut vergossen oder ein Mensch in seinem Elend gestorben war, nur einmal tief Atem schöpfte, dem ging der Mund über vor süßer Mandelmilch. Hier tanzten Kinder einen Reigen, vergaßen Greise ihre schmerzenden Knochen und fanden Liebende zusammen. Hier wurden die schlimmsten Feinde miteinander versöhnt, erreichten verirrte Wanderer ihr Ziel, wurden die dunkelsten Geheimnisse gelüftet.

Sauber und warm wie die Töne waren Donans Tränen, die plötzlich über seine verkrusteten Wangen rannen, schmale Schneisen in das Grau zogen und schließlich in den Schlamm tropften. Der wuchtige Mann erzitterte, als Ailean und Flora endeten.

»Also gut«, sagte er in die atemlose Stille, »ich erzähle euch alles von Kieran und Eilidh, was ich weiß.«

Erst später fiel ihnen auf, dass er erstmals keine Frage gestellt hatte. Ihr Lied hatte alle beantwortet.

XI.

Im Osten der Grafschaft Ross
Skye
1261–1262

Zwei Monate nach der Hochzeit sah eine der älteren Frauen Eilidh prüfend an und erklärte, dass sie ein Kind unter dem Herzen trüge. Eilidh errötete und schwieg, Nessa sagte mit einem Auflachen, sie müsse sich irren, es sei noch viel zu früh, Eilidhs Bauch habe sich noch nicht im Mindesten gewölbt.

»Beim ersten Kind bleibt der Bauch, besonders bei zierlichen Frauen, oft lange flach«, erklärte die Alte.

Nessa widersprach erneut, Eilidh aber wusste, dass die Frau die Wahrheit sagte. Sie wusste auch, dass es Kierans Kind war, was es leichter machen würde, die Erinnerungen an ihn zu ertragen – und zugleich schwerer.

Zwei weitere Monate später war der Bauch immer noch nahezu flach, aber Eilidhs Brüste begannen anzuschwellen. Alasdair lächelte stolz, als sie ihm die Nachricht verkündete, aber wusste nichts dazu zu sagen. Nessa juchzte freudig, wurde jedoch bald wieder ernst.

»Du musst nun endlich mehr essen. So dünn, wie du bist, kannst du das Kind unmöglich austragen, es … es ist ja zu schwer für dich.«

Eilidh nickte, verweigerte dennoch weiterhin viele Mahlzeiten. Sie würde stark genug sein, das Kind auszutragen, stark genug auch, das Geheimnis zu hüten, wer sein Vater war. Von dem Wehrgang aufs Meer zu blicken, gar bis zur nächsten Bucht zu gehen und den Erinnerungen an Skyes Klippen standzuhalten, schaffte sie allerdings nicht. Als sie ein einziges Mal aufbrach, kehrte sie vorzeitig um, weinte und konnte nicht mehr damit aufhören. Und als sie sich ausmalte, wie Scota sie darob tadeln würde, weinte sie noch mehr.

Die anderen Frauen tadelten sie nicht.

»Es ist nicht ungewöhnlich, dass schwangere Frauen weinen«, sagte eine. »Gut für das Kind ist es dennoch nicht: Es wird davon geschwächt, gleich so, als verlörest du zu viel Blut.«

Eilidh wollte, dass das Kind stark war, hörte zu weinen auf und vermied künftig jeden Blick aufs Meer.

Der Sommer roch nach fauligem Seetang, der Herbst nach Schnee, obwohl der nur auf den Berggipfeln in der Ferne liegen blieb. Als ihre Stunde näher rückte, erklärte Nessa, dass jede Geburt schrecklich sei, am schlimmsten aber die erste.

»Schmale Frauen wie du überleben das Kindbett oft nicht.«

»Woher weißt du das?«, fragte Eilidh. »Du hast doch selbst noch nie geboren.«

»Aber ich habe viele Geschichten gehört.« Und dann begann Nessa beinahe fasziniert, diese Geschichten zu erzählen, so auch die einer Frau, die drei Tage in den Wehen gelegen hatte, ohne dass ihr Leib sich öffnete. »Schließlich hat ein Arzt diesen bockigen Leib aufgeschnitten und das Kind geholt. Die Mutter starb nach wenigen Stunden, das Kind aber lebte. Genau so«, schloss sie, »ist es auch bei einem römischen Herrscher gewesen, der Cäsar hieß.«

Eilidh musste daran denken, dass dieser Cäsar über die Kelten geschrieben und Kieran ihr davon berichtet hatte, aber sie schluckte den Schmerz und erklärte entschlossen: »Mir muss niemand das Kind aus dem Leib schneiden. Es wird wehtun, aber töten wird es mich nie und nimmer.«

Nessa blieb misstrauisch, wurde aber eines Besseren belehrt, als das Kind nicht lange nach Weihnachten zur Welt kam. Die Sonne schien, wenn überhaupt, nur für wenige Stunden, und genauso lange lag Eilidh in den Wehen. Sie begannen, als der schwarze Himmel sich langsam gräulich färbte, wurden am schlimmsten, als die Eisschollen auf dem Wassergraben vor der Burg funkelten, und pressten das Kind aus ihrem Leib, als das Abendlicht rotgoldene Fäden spann.

Schon vor der Geburt hatte Alasdair erklärt, einen Sohn nach seinem Vater benennen zu wollen – Farquhar. Doch erst als sich herausstellte, dass das Kind tatsächlich ein Knabe war und Eilidh den Namen laut aussprach, erfuhr sie von der Hebamme, was er bedeutete.

»Er wird aus zwei irischen Worten gebildet, schließlich stammen die Vorfahren des Grafen von Ross von der Grünen Insel: *fer* heißt Mann, *cara* freundlich. Wenn er sich seines Namens als würdig erweist, wird Farquhar einmal ein freundlicher Mann werden.«

Der freundlichste Mann, den Eilidh kannte, war Kieran, und der trug seinen Namen in jedem Fall zu Recht. *Ciaran* sprachen ihn die Iren aus, und wie bei Farquhar steckte die Silbe *cara* drin. Mochten alle anderen darum denken, dass mit Farquhars Name sein Großvater geehrt wurde – sie wusste es besser, und sie freute sich diebisch darüber.

Eine andere freute sich ebenfalls, wenn auch aus anderen Gründen. Nessa hatte ihre Schauergeschichten vergessen. Während der Geburt hatte sie stundenlang nichts gegessen, und als sie ausgestanden war, begeisterte sie sich darüber, dass Farquhar ein so kräftiger Säugling war.

»Schau dir nur seine wohlgeformten Glieder an! Dieser dunkle Flaum, diese winzigen Finger!«

Sie nahm den Kleinen an sich und wickelte ihn in weiche Tücher, ehe Eilidh ihn selbst halten konnte. Anstatt von der Euphorie der Schwägerin angesteckt zu werden, kratzte der Rauch, der an der Decke wallte, jäh in ihrer Kehle. Eben noch war sie so stark gewesen, so voller Schadenfreude, doch jetzt überkam sie die Erschöpfung, die Nessa stets beschworen hatte. Eilidh schloss die Augen und sah darum nicht, wie Nessa den Säugling drei Mal über das Feuer hielt.

»So wirst du geschützt sein«, murmelte Nessa. »Ich hoffe nicht, dass Elfen dich entführen und gegen eines ihrer Kinder austauschen.«

Eilidh hielt die Augen weiterhin geschlossen.

»Aber keine Angst!«, rief Nessa. »Schon während der Wehen habe ich einen Gegenstand aus Eisen unter das Bett gelegt, weil Elfen Eisen hassen. Und aus diesem Grund wurde auch die Wiege aus dem Holz eines heiligen Baums wie der Eiche gemacht und mit Eisennägeln beschlagen. Jetzt müssen wir nur noch den Dolch deines Vaters darunterlegen.«

Kieran besitzt doch keinen Dolch, dachte Eilidh, und niemals würde er auf die Idee kommen, dem Kleinen eine Waffe zu schenken, mit der man Elfen töten kann. Er würde ihm etwas vorsingen, damit die Elfen tanzen und fliegen und keine Kinder stehlen.

Hier jedoch sang niemand, und der Kleine schrie. Mehr noch, er brüllte aus Leibeskräften, schon als Nessa ihm einen Löffel Butter und Salz in den Mund schob, um ihn zu stärken, und erst recht, als man ihn in kaltes Wasser tauchte, um sich seiner Stärke zu vergewissern.

Alle freuten sich über das Geschrei, auch Alasdair, der herbeigeholt wurde, um den Kleinen zu sehen. Eilidh freute sich als Einzige nicht. Nicht länger war sie erschöpft oder stolz darauf, die Geburt überstanden zu haben, sondern voller Wut, und diese wuchs, als Alasdair seinen Sohn an sich nahm und ihn den anderen Männern zeigte.

Nutzlos war die Wut gleichwohl – so gleichmütig Eilidh hingenommen hatte, als Nessa ihr den Sohn nahm, so wenig entriss sie ihn jetzt Alasdairs Händen.

In den ersten Wochen nach der Geburt wich Eilidhs Wut Schwermut. Einen Graben zog sie zwischen sich und der Welt und füllte ihn mit dunklem Wasser. Keiner sollte auf den Grund schauen können, keiner ihr Geheimnis erahnen, keiner wissen, was sie fühlte. Widerstreitendes war es meist. Sie liebte ihren Sohn, war aber zugleich enttäuscht von ihm. Dieses rotgesichtige Wesen schien immer zornig zu sein und nie friedlich in den Schlaf zu finden, immer erst nach langem Schluchzen. Sein Name mochte an Kieran erinnern, doch sein Wesen tat es nicht. Es blieb Eilidh fremd. Und mit dem Schweigen, in das sie sich hüllte, strafte sie ein klein wenig auch ihren Sohn. Zugleich blickte sie mit schlechtem Gewissen auf ihre Brüste, wann immer er sich von den milchgefüllten der Amme nähren und trösten ließ. Sie konnte ihm nicht geben, was er brauchte, und bekam auch von ihm nicht das Erhoffte. Der Kleine schien mit seinem Geschrei Tote erwecken zu können, aber Kieran zu ersetzen vermochte er nicht.

Obwohl sie sich nur schwer an ihr neues Leben gewöhnte, erfüllte Eilidh stets ihre Pflicht. Sie sagte kaum etwas und sprach die wenigen Worte nur leise aus, aber die Mägde verstanden ihre befehlenden Gesten und fügten sich ihr. Auf Skye hatte sie einst mit Freude Käse und Quark hergestellt, gelber und cremiger beides als aus den Händen anderer Frauen, und auch jetzt blieb es die Zubereitung von Essen, wovon sie am meisten verstand, gleichwohl ihr selbst der Appetit fehlte. Nessa war darüber verwundert, zugleich jedoch erleichtert, Eilidh etliche Lasten des Alltags überlassen zu können. Für diese wiederum war es keine Last, in Küche und Vorratskammer zu walten, sondern Ablenkung. Das Fleisch, das unter ihrer Aufsicht auf den Tisch kam, schmeckte nie wieder angebrannt wie am Tag ihrer Hochzeit, sondern war weich und saftig, die Brotfladen waren nicht zäh, sondern knusprig, die Eintöpfe nicht fad und dünn, sondern würzig und sämig, der Morgenbrei aus geschrotetem Getreide war honigsüß. Aus roten Früchten ließ sie Grütze machen, die Molke, die vom Quark übrig blieb, mit Äpfeln einkochen, und das Fleisch von Schweinen und Rindern pökeln, sodass noch lange nach dem Schlachttag Schinken und Würste auf den Tisch kommen konnten. Niemand vermochte so gute Dickmilch herzustellen wie sie, und noch mehr wurde der Kuchen aus Mandeln und Rosinen gerühmt, wobei das nicht nur an ihren Kochkünsten lag, sondern daran, dass Graf William von Ross sich so seltene teure Zutaten leisten konnte.

Eines Tages im Mai kam William mitsamt seiner Familie nach Delny und mit ihm weitere Clans sowie ihre Anführer, deren Namen Eilidh zwar schon bei ihrer Hochzeit gehört, aber gleich wieder vergessen hatte. Offenbar entsprach es einer lieb gewonnenen Gewohnheit, sich um diese Jahreszeit zu versammeln, um gemeinsam zu essen und Pferderennen zu veranstalten. Es ging nicht darum, der Schnellste zu sein, sondern möglichst viele Widersacher vom Pferd zu stürzen, weswegen die Reiter Lanzen und die Pferde spitze Halsbänder trugen. Die Männer behaupteten, es sei eine normannische

Sitte – Eilidh hingegen hatte ähnliche Wettkämpfe auf Skye erlebt und wusste, dass auch die Wikinger sie liebten.

Was Alasdair über diesen Brauch dachte, sagte er nicht. Als einer der wenigen war er nicht bereit mitzumachen, hatte er sich doch wohl ganz nüchtern vor Augen gehalten, dass ein nur kurzlebiger Ruhm den Einsatz des eigenen Lebens nicht lohnte.

Eilidh nahm neben ihm auf der Tribüne Platz, die mit Kränzen aus süß duftenden Heiderosen geschmückt war. Sie trug ein Kleid mit breitem Gürtel, weiten Ärmeln und einem Saum aus goldenen Fäden, von dem Nessa behauptete, es stünde ihr trotz des dürren Leibes gut. Sie selbst musste beim Anblick des funkelnden Stoffes an den Ginster denken, den die Trolle im Frühling überreich auf Skye blühen ließen. Hier blühte weit und breit kein Ginster, was am langen Winter liegen mochte, aber auch daran, dass die Trolle vom Getrappel der Pferdehufe vertrieben worden waren.

Auch in Eilidhs Ohren klang es unangenehm laut, doch je schneller die Männer ritten, je lauter sie grölten und je grässlicher diejenigen schrien, die zu Boden gingen, desto stärker wurde der Sog, der vom Wettkampf ausging. Er erfasste sie, trieb sie erst an den Rand der Tribüne, später dazu, sich vorzubeugen wie einst auf den Klippen. Etliche Heideröschen hatten sich aus den Kränzen gelöst, waren zu Boden gefallen und von Erdklumpen verschüttet worden. Die wenigen noch heilen Blütenblätter erbebten, als erneut die Pferde näher kamen. Die Tiere hatten Schaum vor dem Maul, die Reiter gerötete Gesichter. Beides widerte Eilidh an, doch anstatt zurückzuzucken, beugte sie sich noch weiter vor.

Sie musste an die Worte denken, die sie einst zu Kieran gesagt hatte, wenn er sie für ihre Tollkühnheit schalt.

... es ist meine Angst, nur meine.

Und nicht nur um die Angst ging es ihr – so wie damals

wollte sie auch ihren Schatten sehen. Plötzlich war da tatsächlich etwas Dunkles zu erkennen, doch ehe sie zum Schluss kam, dass es tatsächlich ihr Schatten war, erfasste sie ein herber Luftzug. Eine Lanze sauste auf sie zu, gleich würde die Spitze ihren Kopf durchbohren, die Knochen zersplittern, das Blut spritzen lassen.

Jetzt brauche ich keinen Schatten mehr, dachte sie.

Da war keine Angst in ihr, nur Frohlocken – und auch ein wenig Scham, weil sie ihren rotgesichtigen, brüllenden Sohn so leichtfertig zurückließ. Doch ehe die Lanze sie traf, sie sterben und fliegen durfte, packten kräftige Hände ihre Schultern, zerrten sie so heftig zurück, dass der Retter mit ihr auf den Boden fiel.

Ein Stück des golddurchwirkten Saumes riss. In weiter Ferne hörte sie Nessa schreien, doch nicht diese lag neben ihr, sondern Alasdair. Viele Nächte hatten sie nun schon das Bett geteilt, und doch hatte sie seinen Körper nie so deutlich gespürt, war sein schwarzer Bart nie so zerzaust und sein Blick nie so besorgt auf sie gerichtet gewesen.

»Eilidh … lieber Himmel! Was machst du nur?«

Nessa verstummte, und Eilidhs Frohlocken erstarb, die Scham blieb und wuchs sogar.

Er mag mich ja, er ist stolz auf mich. Wenn er mich sieht, fragt er sich nicht, wer diese Fremde ist, die er nicht gewollt hat, sondern: Was habe ich für eine hübsche Frau! Ihre Wangen sind rosig wie die Blumen, jedoch nicht so zerknittert …

»Was … wie …«, setzte sie an.

»Gott sei Dank geht es dir gut!«

Alasdair zog sie hoch und drückte sie an sich. Seine Haut war weich und warm wie nie.

Ehe aus Scham Rührung wurde, machte sich Eilidh von ihm los und floh.

An diesem Tag schmeckte das Fleisch wieder angebrannt, weil niemand die Zubereitung überwachte. Eilidh hatte sich in ihr Gemach zurückgezogen, wo die Holzbalken, die die Decke stützten, dunkler schienen als sonst, und ging im Kreis umher.

Hör auf, deinen Schatten zu suchen, hör auf, dich nach dem Tod zu sehnen, beginn endlich, deinen Sohn zu lieben, beginn, deinem Mann das Herz zu öffnen.

Ihre Gedanken gehorchten ihr, ihre Gefühle nicht. Was immer der Kopf sagte, der Trotz in ihrer Brust war ähnlich zäh wie zu der Stunde, da sie Sigurds Hilfe abgelehnt hatte.

Das Leben kann doch so einfach sein, vielleicht sogar schön. Sei Alasdair eine gute Ehefrau, er verdient es!

Der Knoten in der Brust blieb, aber immerhin hatte er nicht die Macht, sie davon abzuhalten, das Gemach zu verlassen und in die Halle zu gehen. Eilidh war fest entschlossen, sich neben Alasdair zu setzen und doch noch vom Fleisch zu essen. Ob verbrannt oder nicht – er würde es ihr in kleine Bissen schneiden, und sie würde lächeln und nichts anderes denken, als dass sie ihm in ihrem golddurchwirkten Kleid gefiel.

Sie ging sehr schnell, um es sich nicht anders zu überlegen, und gottlob waren ihre Gefühle so alt, dass sie den jungen Gedanken nicht hinterherkamen. Wahrscheinlich wäre es ihr sogar gelungen, sie endgültig abzuwerfen, wenn in der Halle über den Sieger des Pferderennens gesprochen worden wäre, einen blondlockigen Mann, der aus dem Süden stammte. Doch er war zum Schweigen verdammt worden und hatte sich schmallippig in eine Ecke zurückgezogen, denn Graf William von Ross hielt eine lange Rede.

Der Halbbruder ihres Mannes und legitime Erbe von Farquhar von Ross war breitschultrig und rothaarig, hatte eine niedrige Stirn und eine lange Nase, schmale Lippen und ein spitzes Kinn. Bis jetzt hatte sich Eilidh kaum je die Mühe gemacht, in seiner Miene zu lesen – nun genügte ein flüchtiger Blick, um zu wissen, dass er ein Mann vom Schlage Leods war – nicht unbeherrscht wie der hitzköpfige Sigurd, der schon mal aus einer Laune heraus Blut vergoss. Bereit zu töten war er gleichwohl. Und wenn es seinen Interessen diente, würde er es hinterher auch nicht bereuen.

»Zweimal hat der König von Schottland den Norwegern angeboten, für die westlichen Inseln zu zahlen!«, schloss er eben seine Rede. »Zweimal haben es die Norweger abgelehnt. Fürwahr! Wenn Schottland ein drittes Mal Silber bietet, wird es nicht die Form einer Münze, sondern die der Klinge eines Schwerts haben. Und Skye wird als Erstes zu spüren bekommen, wie scharf diese Klinge ist.«

Die Männer trommelten begeistert auf den Tisch, während das verbrannte Fleisch unberührt auf den Brettern vor ihnen lag. Eilidh indessen ließen die Worte das Blut gefrieren, und noch mehr tat das der Anblick der Waffen, die an den Wänden lehnten. Da waren Wurf- und Stoßlanzen mit kurzen und langen Spitzen, Bronzespeere mit Silberschäften, Streitäxte, deren Klinge in zwei Spitzen mündete, als gälte es, den Tod mit nicht nur einer Zunge zu verkünden, sondern deren zwei, Schilde aus Lindenholz, deren eiserner Buckel Warzen glich, die jedoch ungleich härter waren als die ledrige Haut eines alten Weibleins. Außerdem entdeckte sie mannshohe Langbogen und Pfeile, Keulen, Wurfschlingen und Dolche, vor allem Schwerter, sehr große Schwerter, zweischneidig, mit kreuzförmigem Griff und rundem Knauf. Auf diese Schwerter waren die Männer besonders stolz. Eilidh hatte oft gesehen, wie Knappen sie hingebungsvoll polierten, obwohl es doch sinnlos war, sie vor dem Krieg zu reinigen.

Und ein Krieg stand bevor, das wusste Eilidh sofort, anders

ließen sich Graf Williams Worte und das zustimmende Gebrüll nicht deuten.

Eine Weile blieb sie unbemerkt am Eingang zur Halle stehen, doch ehe sie sich mit Grausen abwenden und wieder fliehen konnte, fiel ein Blick auf sie.

»Was macht *sie* denn hier?«, fragte Kermac MacMaghan gedehnt.

Er war der Bruder von jener Magaidh, die in Leods Familie eingeheiratet hatte, um wie Eilidh das Bündnis zwischen Skye und Ross zu stärken – ein Bündnis, das William von Ross eben mit Füßen trat.

»Was macht sie hier?«, fragte er wieder. »Sie ist doch ein Weib aus dem Clan Leod.«

Alasdair funkelte ihn wütend an. »Sie ist meine Frau, das ist das Einzige, was zählt.«

Kermac grinste schief, anstatt einen weiteren Einwand vorzubringen, indessen Eilidh sich dazu überwand, zu ihrem Mann zu treten.

»Ihr zieht in den Krieg …«, flüsterte sie. »Ihr wollt, dass die westlichen Inseln endgültig zu Schottland gehören … Ihr … ihr werdet Skye überfallen, um den norwegischen König zu provozieren?«

William hatte sich eben wieder gesetzt, Alasdair starrte auf seine Hände, doch Kermac warf ihr nun ein Lächeln zu.

»Genauso ist es«, erklärte er. »Lästigen Fliegen gleich müssen wir die Häupter der Wikinger umsurren, bis sie zu schnauben und wiehern beginnen. Zum Stachel in ihrem Fleisch müssen wir werden, bis sie bocken. Der König von Man ist zu stark, um sich reizen zu lassen, aber Skye sollte uns eine leichte Beute sein. Dort werden wir bekunden, was wir von Norwegens Vorherrschaft im Westen halten.«

Eilidh stand immer noch wie erstarrt da.

»Setz dich!«, befahl Alasdair.

Eilidh setzte sich nicht.

Ich habe die einzige Heimat verlassen, die ich noch hatte, ich habe mich nicht von Kieran verabschiedet, ich habe einen Fremden geheiratet und ihm einen Sohn untergeschoben. Und das alles für … nichts.

»Ihr habt Leod lediglich in Sicherheit wiegen wollen«, brach es aus ihr hervor. »Ihr seid nie auf Frieden aus gewesen. Unsere Heirat … auch die von Magaidh und Thorvior … sie diente nur der Täuschung.«

»Setz dich!«

Sie wagte nicht, noch länger ungehorsam zu sein, nahm Platz und dachte an den Tag, da Sigurd das Trinkhorn ihres Vaters auf den Boden geschleudert hatte. Wie er getobt hatte, dass König Alexander die Inseln einfach kaufen wollte! Wie er auf ihre Unabhängigkeit gepocht hatte! Und wie laut er erst schreien würde, wenn er von Graf Williams finsteren Plänen wüsste!

Eilidh schrie nicht. Sie musterte William und begriff: Wenn er König Alexander dabei half, die Norweger von den westlichen Inseln zu vertreiben, würde er wohl ein, zwei dieser Inseln bekommen, womöglich sogar Skye. Doch dass sie irgendwann in seinen Besitz fallen würden, hielt ihn nicht davon ab, jetzt zu ihrer Verwüstung aufzurufen und damit König Hakon herauszufordern.

Lieber ist euch totes Land, solange es nur euch gehört, als lebendiges, über das ihr keine Macht habt.

»Skye ist meine Heimat, dort lebt meine Familie«, flüsterte sie. »Bitte, ihr könnt doch nicht einfach … Du kannst doch nicht …«

Erst als die Männer das verbrannte Fleisch verschlungen, ihre Kehlen mit Met benetzt hatten und sich der blondlockige

Gewinner des Pferderennens wieder laut seiner Taktik rühmte, blickte Alasdair hoch.

»Wir sind deine Familie, und Delny ist deine Heimat«, entgegnete er. »Du bist hier in Sicherheit, das muss genügen.«

Kein Stolz auf sie stand nun in seinem Blick, nur Verdrossenheit.

Eilidh konnte trotzdem nicht schweigen. »Auszurücken … ohne Warnung und ohne Anlass, eine Insel zu überfallen … das bist doch nicht du. Du bist ein nüchterner Mann. Und nüchterne Männer begehren Silber, kein Blut.«

»Aber wenn ich an das Silber nur komme, wenn Blut fließt, dann soll es so sein.«

»Vielleicht kann man das Blut vom Silber abwaschen, aber nicht von deiner Seele!«

»Bist du dir sicher?«, fragte er mürrisch. »Wenn ich zu den Mönchen gehe und eine Kapelle stifte, werden sie bis an ihr Lebensende für mein Heil beten. Mönche sind für Silber sehr empfänglich.«

»Tu es nicht!« Eilidh flüsterte nicht länger, sondern rief flehentlich. »Bitte, tu es nicht!«

Unruhig rutschte Alasdair auf der Bank hin und her. »Ich mochte es immer, dass du eine fügsame Gattin bist.«

»Aber …«

»Still, kein Wort mehr.«

Ihr Mund war wie ausgedörrt, ihre Gedanken erlahmten, die Zunge auch. Noch größer wurde der Knoten in der Brust.

Warum bleibst du neben ihm sitzen? Warum fliehst du nicht vor ihm?

Alasdair stand an ihrer statt auf und erhob seinen Kelch auf den siegreichen Reiter, jemand sang ein Lied, das grässlich klang. Noch mehr verbranntes Fleisch wanderte in hungrige

Münder. Eilidh nahm keinen Bissen, und doch schmeckte es in ihrem Mund nach Asche.

Einige Tage später brachen die Männer zeitig am Morgen auf. Der Nebel streichelte das Land sachte, anstatt es wie so oft unerbittlich zu umarmen. Trotz der grauen Schwaden waren ganz deutlich die glänzenden Pferdeleiber zu sehen, die Krieger in Kettenhemden, die sie bestiegen, die Frauen, die mit leuchtenden Augen zusahen und sich schön gemacht hatten, um die tapferen Männer mit ihrem Anblick zu erfreuen und zu verabschieden.

Nur zwei gab es, die sich von der Begeisterung nicht anstecken ließen. Nessas Blick war so traurig wie der von Eilidh, und sie verabschiedete sich ebenso wenig von ihrem Bruder wie diese von ihrem Mann.

»Nun lebst du länger als ein Jahr hier und hast ein Kind bekommen, und trotzdem hast du immer noch nichts angesetzt«, stellte sie bekümmert fest.

»Wir ... wir müssen etwas tun«, sagte Eilidh. Obwohl ihr der Mut fehlte, erneut auf Alasdair einzureden, wollte sie nicht darauf verzichten, um eine Verbündete zu werben. »Wir können doch nicht ...«

»Wieso wirst du nicht einfach dick?« Nessa schrie beinahe. Speichelfäden bildeten sich zwischen ihren Lippen gleich einem Spinnennetz.

Eilidh umfasste ungewohnt fest ihre Schultern. »Du isst ständig und bist auch nicht dick.«

»Zumindest rede ich mehr als du und lache mehr als du.«

»Dann sprich Sätze, die Gewicht haben! Geh zu deinen Brüdern, und sag ihnen, dass sie Skye verschonen sollen! Dass sie keine Mörder werden dürfen!«

»Verstehst du denn immer noch nicht, was man von uns Weibern verlangt? Unsere Leiber sollen weich sein, auf dass sich die Männer nach dem Töten bequem ausruhen können! Worte, die sie von diesem Töten abhalten, sind aber niemals weich, sondern spitz. Ach, Eilidh, es ist schlimm genug, dass du so dünn bist, stell dich nicht auch noch dumm.«

»Dumm ist es, eine Insel zu überfallen und einen Krieg zu provozieren!«

»Weißt du eigentlich, wie unser Vater Farquhar zur Macht gekommen ist? Er war ein Niemand, der Sohn eines Priesters, zwar reich an Ländereien, nicht aber an Ehre. Doch dann kam er zu dem Schluss, dass es manchmal wichtiger ist, etwas gar nicht anstatt im Übermaß zu besitzen. Gerade weil er keine Ehre hatte, konnte er eine Rebellion in Moray und Ross, die sich gegen König Alexander richtete, blutig niederschlagen. Eigentlich hatten die Aufständischen gehofft, er würde auf ihrer Seite kämpfen. Gälen waren es allesamt, und sie wehrten sich gegen die Einführung von Bräuchen und feudalen Rechten aus dem Süden. Farquhar kam nicht aus dem Süden, sondern aus dem Westen, er verbündete sich vermeintlich mit ihnen, aber kreiste sie ein und erschlug viele von ihnen eigenhändig. Danach waren alle, die ihn einen Verräter hätten nennen können, tot. Der König hingegen schlug ihn zum Ritter und machte ihn zum Grafen von Ross. Danach kam keiner mehr auf die Idee, er könnte keine Ehre haben.«

Eilidh dachte an Alasdairs Worte. Wahrscheinlich hatte auch Farquhar den Mönchen Silber gegeben, damit sie mit ihrem Gebet seine Sünden aus dem Buch des Lebens merzten.

»Schluck das Unvermeidliche!«, riet Nessa, als wäre es leichter, das herunterzubringen als ein Stück Brot. »Männer werden sich immer gegenseitig töten. Sei froh, wenn du die Frau von einem bist, der den Tod bringt, nicht empfängt.«

Der Zug setzte sich in Bewegung, die Pferde wieherten, ein paar Männer grölten, der Nebel lichtete sich. Ob die grauen Schwaden Skye verhüllen und schützen würden?

Als Eilidh in ihre Gemächer zurückgehen wollte, kam ihr die Amme mit dem Sohn auf dem Arm entgegen. Entweder dachte diese, dass Eilidh Trost bräuchte oder dass sie an einem stolzen Tag wie diesem den Sohn bei sich haben wollte – was immer sie jedenfalls bewog, ihr das Kind entgegenzustrecken, Eilidh nahm es nicht an sich.

Farquhar war wieder einmal rotgesichtig und brüllte sich die Seele aus dem Leib, sie war wieder einmal stumm und nicht fähig zu verstehen, was der Kleine brauchte und warum er nicht aufhörte zu schreien. Aber vielleicht wollte er gar nicht aufhören, vielleicht lag das Geschrei in seiner Natur, so wie es in der Natur der erwachsenen Männer lag, zu töten.

»Bring ihn hinein!«, befahl Eilidh der Amme.

Nicht einmal über seine Händchen wollte sie streicheln. Weder wollte sie ihn mit ihrer Angst beschmutzen, dass er ein Mann wie Alasdair werden würde, noch mit ihrer Feigheit, weil sie diesen hatte fortreiten lassen, ohne sich vor sein Pferd zu werfen.

Als sie das Hochland durchritten, war der Nebel mal schwer und dick wie eine graue Wand, mal leicht genug, um sich zu heben und nur um die Berggipfel, nicht um ihre Köpfe zu wabern. Nie jedoch geschah es, dass seine zähen Fäden rissen und Sonnenlicht sie traf. Auch als sie das Meer erreichten, erwartete sie kein blaues Funkeln, sondern ein Tümpel, glatt und schwarz wie Pech.

Kermac hörte Alasdair erleichtert seufzen – ein Eingeständnis, dass das Wasser nicht sein Element war und die Schiffsfahrt in seinen Augen eine noch größere Gefahr verhieß als der Zusammenstoß mit Kriegern.

Schwächling, dachte Kermac voller Verachtung.

Es war nicht so, dass ihm der trübe Himmel nicht auch lieber war als gleißendes Licht. Der Nebel würde den Überfall auf Skye begünstigen. Der Nebel war überdies sein eigentliches Element. Nicht laut und grell wie ein Gewitter kam er übers Land, sondern leise, langsam und erstickend.

Sie warteten am Ufer auf eine Truppe von Applecross – weit genug entfernt von der Burg Maol, um nicht gesehen zu werden, aber nah genug, um die Insel zu beobachten. Maol lag auf einem Hügel und wurde nur von einem schmalen Wasserweg vom Festland getrennt. Die hohen Berge und dichten Wälder boten viele Verstecke, was bedeutete, dass sie wie aus dem Nichts kommen und die Menschen überraschen mussten.

»Maol ist zum Greifen nah ... sie wäre ein besseres Ziel für unseren Angriff«, meinte Alasdair.

Schwächling, dachte Kermac wieder.

»Dunvegan gehört Leod«, sagte er, »und Leod ist der mächtigste Mann auf der Insel. Wenn wir ein Zeichen setzen wollen, müssen wir *ihm* schaden.«

Die See blieb ruhig, als die Schiffe von Applecross eintrafen und sie sie bestiegen, und der Himmel war es auch. Anstatt vom Wind gebläht zu werden, hing das Segel schlaff vom Mast und erinnerte Kermac an Alasdair, der ganz grau im Gesicht war und es ihm überließ, Befehle zu erteilen.

Über den Wind konnte Kermac nicht bestimmen, über die Ruderer schon. Bald war ein gleichmäßiges Klatschen im Wasser zu hören, immer schneller ging es voran, und genauso schnell pochte Kermacs Herz, wenngleich er die Vorfreude, die ihn erfasste, nicht zeigte. In Alasdairs Gesicht hingegen stand nicht länger nur Übelkeit, sondern Widerwillen, als ob in seinen Adern kein Blut flösse, sondern nur graues, lehmiges Wasser.

Schwächling! Schwächling! Schwächling!

Nicht einmal an der Spitze des Schiffs stand er, sondern am hinteren Ende, sah nicht auf das unberührte Wasser vor ihnen, sondern auf die Spur, die sie hinterließen, als der hölzerne Kiel die Oberfläche aufschürfte. Die weiße Wunde brauchte nicht lange, um zu heilen, bald war das Meer wieder glatt, als hätten sie es nie durchpflügt.

»Du weißt, was auf Kriegszügen Brauch ist«, sagte Kermac, als er sich zu ihm gesellte.

Alasdair antwortete nur mit einem Schulterzucken.

»Wenn eine Armee ausrückt«, fuhr Kermac fort, »tötet sie das erste Tier, das ihr vor das Schwert kommt, taucht die Messerspitze in sein Blut und leckt es ab.«

Diesmal zuckten nicht bloß die Schultern, sondern auch Alasdairs Mundwinkel, nicht etwa amüsiert, sondern voller Ekel.

Kermac schlug ihm auf die Schulter. »Dann wollen wir hoffen, dass uns als Erstes ein Wolf begegnet, kein Schaf.«

Alasdair presste die Lippen nunmehr zusammen, um das verräterische Zucken zu unterdrücken, aber blieb sichtlich angewidert.

Dabei sind wir uns in so vielem doch ähnlich ...

Beide waren sie nicht vom Schicksal begünstigt, hatten zwar den Ehrgeiz, einen Clan zu führen, aber waren keine Männer, denen man Macht schenkte. In früheren Zeiten hatte weder gezählt, von wem man geboren worden war, noch als der wievielte Bruder oder Sohn – der würdigste Mann des Clans war zum Anführer bestimmt worden. Doch seit zu viele Könige und Priester laut verkündet hatten, dass nicht mehr keltisches Recht gelte, sondern normannisches, war der Erstgeborene der Erbe – unabhängig von seinen Taten und nur unter der Voraussetzung, dass er einer christlichen Ehe entstammte. Die Verbitterung teilten sie, doch Alasdair haderte mit grauem Gesicht und schlaffem Herzen, dass er nur ein Bastard war, während Kermac, der Sohn eines Verräters, gewillt war, alle Nachteile, die ihm das Schicksal aufgebürdet hatte, ebenso zu überwinden wie die Ruderer die Meerenge. Macht bedeutete schließlich nicht nur, einen Clan zu führen. Und Macht besaß auch nicht nur der, der viel Land und Kühe und Frauen und Waffen sein Eigen nennen konnte. Macht hatte, wer allein mit seinem Anblick Furcht säte und kein lautes Gebrüll ausstoßen musste, um andere zurückweichen zu lassen.

»Wir werden ganz leise sein«, erklärte er jetzt Alasdair.

Natürlich verstand der andere ihn nicht. »Was, zum Teufel, meinst du?«

»Nun, dass es eine schmale Grenze zwischen Gewalt und Grausamkeit gibt.«

Alasdair starrte ihn verständnislos an.

»Gewalt ist nie leise«, erklärte Kermac, »sondern bricht aus einem Menschen hervor. Er wird zum Feuer, wenn er niederbrennt, er wird zum Wüstling, wenn er schändet, er wird zum Tod, wenn er tötet.«

»Und was stört dich daran?«

»Es ist ein Zeichen, dass er die Macht über sich selbst verloren hat – ganz anders als die Grausamkeit. Sie begnügt sich mit Flüstern, und dennoch erstarrt die Welt in Furcht und Schrecken. Wenn es nicht die Gier, nicht die Rachsucht, nicht die Unbeherrschtheit sind, die dich antreiben, sondern wenn es nur dein Wille ist, weiß die Welt nicht, wann du endlich aufhörst, und das macht ihr am meisten Angst.«

Der Kopf schien Alasdair plötzlich schwer zu werden. Er

ließ ihn so tief hängen, dass das hochspritzende Wasser ihn traf. Die Tropfen belebten ihn allerdings nicht, sondern ließen ihn nur müde bekennen: »Dein Geschwafel macht die Sache nicht besser ... Was wir tun ... vielleicht ist es wirklich nicht richtig ... Eilidh ist so sanft ... so verletzlich ... Sie wollte nicht, dass ich gehe ... und ich ... ich will ihr doch nichts Böses!«

Kermac vergaß den Vorsatz, leise zu sein, sondern lachte höhnisch auf. »Du ziehst in den Krieg und denkst an dein Weib?«

»Sie war so verzweifelt ... Skye ist doch ihre Heimat ... Hier lebt ihre Familie ...«

»Du bist ihr Mann, das ist das Einzige, was zählt, das hast du ihr doch selbst gesagt.«

»Gewiss, aber ... aber sie sollte mir gehorchen wollen, nicht müssen.«

Eine Falte erschien auf Alasdairs Stirn – langlebiger als die weiße Spur, die das Schiff im Meer hinterließ. Anstatt ihn wieder innerlich als Schwächling und Feigling zu beschimpfen, schluckte Kermac seine Verachtung. Der schottische König überließ es dem Grafen von Ross, auf Skye zu wüten, um seine Macht und seinen Besitzanspruch zu bekunden. Der Graf von Ross wiederum überließ seinen Verwandten diese Aufgabe, er machte sich selbst nicht die Hände schmutzig. Wenn es zum Krieg kam, wenn alle Norweger vertrieben waren und Skye Schottland und folglich Ross gehörte, würde William wohl kein großes Verlangen zeigen, selbst die Meerenge zu überwinden und die Menschen zu unterwerfen, sondern einen anderen in seinem Namen schicken. Noch stand ihm Alasdair näher, doch wenn der versagte, würde William nicht kleinlich die Tropfen ihres gemeinsamen Blutes zählen, sondern die Ströme dessen, das sie hier und heute auf Skye vergossen.

»Wenn du willst«, sagte Kermac leise, »übernehme ich alles. Du musst niemanden töten, du musst nicht einmal den Männern befehlen, es zu tun. Ich ... ich führe sie an. Vielleicht werden wir doch nicht leise sein, sondern ganz laut. Du wiederum kannst mit sauberen Händen und unschuldigem Herzen zu deinem Weib zurückzukehren.«

Die Falte wurde noch tiefer, und entzweigehackt wie die Stirn schienen auch Alasdairs Gedanken. Ehe er eine Entscheidung traf, ertönten Rufe. Drüben am Ufer hatte man ein lebendiges Wesen entdeckt, kein Tier zwar, aber ein altes Weib, das auf den Knien hockte und Muscheln sammelte. Ihr Blut war wahrscheinlich zähflüssig und ihr Lebensodem zu schwach, um laut zu schreien, aber ein willkommeneres Opfer als ein Schaf war sie dennoch.

Die Stirn glättete sich, endlich nickte Alasdair.

»Also gut«, sagte er.

Kermac lächelte. Er lächelte noch, als er den Befehl zum Anlegen gab, als das Gefäß aus Birkenholz, in dem die Alte die Muscheln sammelte, unter einem einzigen Fußtritt barst, als die Muscheln zurück ins Meer rollten. Er tötete die Alte mit einem Hieb, während die noch mit gefalteten Händen um Gnade bat, und tauchte die Schwertspitze in ihren Kadaver. Er bot Alasdair ihr Blut an, doch der schüttelte den Kopf.

Kermac kostete selbst vom Blut. Es schmeckte salzig wie die Muscheln.

XII.

An der Westküste Schottlands
1306

Manchmal hatte der Barde Iain keine gewöhnlichen Lieder gesungen, sondern Verse gedichtet, die den Zuhörern ein Rätsel aufgaben. Ein Wesen mussten diese dann erkennen – entweder Mensch oder Tier –, und es war höchst vergnüglich, mithilfe absonderlichster Attribute die Wahrheit zu entschlüsseln.

An Kieran und Eilidhs Geschichte war hingegen nichts Fröhliches zu finden, und jedes zusätzliche Detail machte Aileans Geist nur noch träger. Unter der Fülle von Donans Worten musste man die mit Gewicht so mühsam suchen wie den trockenen Boden unter dem Schlamm, und dass seine Erzählung keiner zeitlichen Ordnung folgte – ganz so, als wäre das Leben ein Krug, in dem sich untrennbar vermischt, was immer man hineinfüllte –, erschwerte das Zuhören noch mehr.

Nach zwei Tagen wussten sie zwar, dass Eilidh einen Sohn namens Farquhar geboren hatte – und das nicht auf Skye, sondern in der Grafschaft Ross –, doch ob sie weitere Kinder gehabt hatte, konnte Donan nicht sagen, desgleichen nicht, ob mit Farquhar das verschwundene Kind gemeint war.

»Eilidh hat also lange Zeit in Ross gelebt«, schloss Ailean, »und in Ross ist auch Iain niedergestochen worden.«

Auch wenn sie erstmals zwei Fäden verknüpfen konnten, ergaben die noch kein reißfestes Seil. Eher wurde ein unauflösbarer Knoten daraus, wenn man ein weiteres Ereignis hinzufügte: einen grausamen Überfall auf Skye. Damals waren unter den Schwertern etlicher Krieger aus Ross mehr Kinder gestorben als nur eines, doch wann genau sich dieser zugetragen und ob Eilidh ihn hatte miterleben müssen, wusste Donan nicht. Er wusste ja nicht einmal, wann er selbst geboren worden war und von wem er abstammte.

»Aber hat mich das daran gehindert, groß zu werden?«, fragte er.

»War Eilidhs Kind denn damals schon auf der Welt?«, gab Ailean zurück.

Einmal mehr folgte nur ein Schulterzucken von Donans Seite, Flora aber zog aufgeregt an Aileans Arm.

»Weißt du eigentlich, wie alt Iain ist?«

Nun war es Ailean, der unschlüssig die Schultern zuckte. Iains Stimme hatte immer wie die eines jungen Mannes geklungen, und sein Blick hatte wach und neugierig die Welt erforscht, wie es der Jugend zu eigen ist. Die vielen Falten um Mund und Augen waren hingegen ein Zeichen, dass er etliche Jahre auf dem Buckel hatte.

Ehe er allerdings dazu kam, darüber nachzudenken, wie Iains Lebensgeschichte und die des verschwundenen Kindes zusammenpassen könnten, ertönten Laute, die sie lange nicht mehr gehört hatten: Schritte. Während Donan schlurfte, wenn er näher kam, schien nun einer auf Zehenspitzen zu gehen, um dem Dreck bestmöglich auszuweichen. Ein fremder Mann steckte den Kopf in ihr Loch.

»Mitkommen!«

So herrisch seine Stimme klang und so hässlich die vielen Narben in seinem Gesicht aussahen, war es schwer vorstellbar, dass dieser Mann tatsächlich den Dreck scheute, doch er zog unbehaglich die Schultern ein und zögerte, Fuß vor Fuß zu setzen.

»Nun macht schon!«

Einmal mehr nahm Ailean Floras Hand. Seit Tagen hatte er auf diesen Moment gewartet, doch als er auf wackligen, des Gehens entwöhnten Beinen die Stufen hochwankte, war er nicht sicher, ob am Ende der Treppe tatsächlich die Freiheit wartete oder nur ein neues Verhängnis.

Das Licht, das sie traf, tat in den Augen weh, und die Sonne wärmte sie nicht einfach nur, sondern schien sie zu rösten – nicht etwa, weil die Luft so heiß, sondern weil ihre Glieder so kalt waren. Hätten sie nicht sofort die Augen zusammengekniffen, wären sie vielleicht erblindet.

Obwohl Ailean durch den schmalen Spalt, den seine Lider offen ließen, noch nicht viel sah – das Gebäude, in dessen Hof sie standen, war ohne Zweifel riesig, und noch höher als seine Mauern, die aus rotem Stein errichtet worden waren, ragte ein Turm in den Himmel. Das breite Tor war mit einem hölzernen Gatter verschlossen, auf dem Wehrgang standen Wachtposten.

Eine Flucht wäre unmöglich, verstecken konnte man sich schon eher – in einem der Ställe, der Vorratskammer oder in den kleinen Gebäuden neben dem Haupthaus, wo Bedienstete, Ritter oder Gäste schliefen. Doch dorthin würden sie niemals ungesehen gelangen.

»Macht schon!«

Donan war verschwunden, vielleicht war er im Sonnenlicht zu Staub zerfallen. Der narbige Mann hingegen wurde ungeduldig und stieß sie in Richtung des Haupthauses. Auf dem

Weg erhaschte Ailean einen Blick durch eine schmale Luke. Wie erwartet war die Burg umgeben von Wasser, das nicht silbrig glitzerte, sondern so schlickig wie der Boden des Kerkers zu sein schien. Ehe Ailean auch das Umland erkennen konnte, wurden sie durch eine Tür gestoßen, und dann war es auch schon wieder stockdunkel – zumindest im ersten Moment.

Als sich die Augen an das Licht gewöhnt hatten, stellte sich heraus, dass der Raum, in dem sie nun standen, zwar weder so niedrig und feucht wie ihr Kerker war, jedoch nicht minder verschmutzt. Der Boden war mit verfaulten Binsen bedeckt, Decken und Wände rußgeschwärzt, wovon auch die Wandbehänge und die vielen Jagdtrophäen nicht ablenken konnten. Am auffälligsten war das riesige Geweih eines Hirsches. Vielleicht hatte der Besitzer der Burg, der am Ende eines langen Tisches saß und sie erwartete, es selbst erbeutet. Das Feuer, das im Kamin prasselte, war gnädiger als das Sonnenlicht, das Knistern gleichwohl bedrohlich, und die Miene des Mannes, zwar nicht feindselig, aber ausdruckslos – sah man von den verächtlich verzogenen Mundwinkeln ab, kaum dass er sie erblickte.

Kein Wunder, dass ihm vor uns graut. Wenn ich so aussehe, wie ich mich fühle, ist meine Haut nicht rosig, sondern grün.

Der Burgherr stellte sich mit Kenneth MacKenzie vor. Die Frau an Kenneth' Seite lächelte. Unter ihrem Schleier lugte eine Strähne ihres Haares hervor, doch Ailean konnte nur erkennen, dass es fein war, nicht ob blond oder grau. Ihr Gesicht war schön, aber von etlichen Falten durchzogen – ein Zeichen dafür, dass das Leben und das Leid, das es häufig brachte, manche Schneise in die einst jugendliche Unbekümmertheit geschlagen hatte. Allerdings machte die Frau nicht den Eindruck, als störte sie sich daran oder als ließe sie sich gar vom Leid unterkriegen. Ihr Lächeln war nicht freundlich, sondern stolz, ihr Blick ebenso hoheitsvoll wie ihre Haltung, als wäre sie dafür gemacht, eine schwere Krone zu tragen. Vielleicht war sie Kenneth' Frau, vielleicht ein hochwohlgeborener Gast.

Wenn er Robert the Bruce tatsächlich Unterschlupf gewährt, sinnierte Ailean, hat er wohl kaum eigenmächtig, sondern in Absprache mit einflussreichen Nachbarn gehandelt.

Und dann sah er auch Robert, der unschwer an seinem roten Bart zu erkennen war. Bei ihrer ersten Begegnung hatte der etwas zerzaust gewirkt, und auch hier, in der behaglichen Halle, machte er den Eindruck, als wäre er seit Wochen ebenso wenig gestutzt wie sein Haupthaar gekämmt worden. Alles an Robert the Bruce kündete von Hast, vor allem der unruhige Blick, der nicht lange an ihnen hängen blieb. Die angespannte Haltung glich der eines Raubtieres vor dem Sprung, doch gleichzeitig wirkte er so erschöpft, dass, setzte das Raubtier zu diesem an, wohl alle Knochen knirschen würden.

Das Schweigen wurde immer beklemmender. Kenneth war zwar der Burgherr, wollte aber offenbar den Mann zuerst sprechen lassen, den er für seinen König hielt. Der wiederum blickte ratsuchend auf die Frau, die sich ihrerseits mit dem stolzen Lächeln begnügte. Ob es Roberts Blick war, der sie dazu brachte, die Verzweiflung oder schlichtweg die Auszehrung nach der Kerkerhaft – Flora fiel neben ihm auf die Knie.

»Habt Erbarmen mit uns, wir haben nichts Unrechtes getan!«

Erst sagte sie die Worte zu der Frau, wiederholte sie dann an Kenneth gerichtet und wagte schließlich, einen Blick auf Robert the Bruce zu werfen. In Aileans Augen war der nur ein müder Mann, für sie hingegen war er ein Mörder und Verräter, hatte er doch seinen Widersacher in einer Kirche getötet. Doch das hielt sie nicht davon ab, die flehentlichen Worte ein drittes Mal zu sagen, und Ailean tat es ihr gleich.

»Bitte lasst uns nicht in dem feuchten Loch vermodern. Missetäter und Schurken mögen dort gut aufgehoben sein, keine unschuldigen Menschen.«

Er senkte den Kopf, um noch unterwürfiger zu erscheinen, und sah unter den Binsen einen schwarzen Käfer krabbeln.

Diese Menschen, dachte er plötzlich, würden uns zertreten, wie man einen Käfer achtlos zertritt ... Es wird nicht genügen, vor ihnen die Knie zu beugen, um ihr Mitleid zu bekommen.

»Nicht nur, dass wir kein Unrecht verübt haben«, hörte er sich plötzlich mit selbstbewussterer Stimme sagen, »wir sind überdies durchs Land gezogen, um Euren Namen zu rühmen, mein König. Ich bin ein Barde und auch weiterhin gewillt, Euer Los in Liedern zu besingen, doch das ist nicht möglich, wenn Ihr meine Stimme im Kerker verrotten lasst. Damit ich Euch und Eurer Sache dienen kann, müsst Ihr mir schon die Freiheit schenken.«

Er blickte hoch. Zum ersten Mal standen Roberts Augen still, und zum ersten Mal dachte Ailean: Er ist ja doch kein getriebener müder Mann, zumindest nicht immer.

Etwas lag in seinem Blick, das ihn erschaudern ließ, ihm zugleich aber die Kraft und den Mut gab, sich wieder zu erheben. Einem Mann, der die Hand so entschlossen nach der Macht ausgestreckt hatte und sich selbst von einem Peitschenhieb auf diese Hand nicht entmutigen lassen würde, das weiterhin zu tun, gefiel es wohl besser, wenn er um sein Leben kämpfte, als nur darum flehte.

»Und wer hörte deine Lieder?«, fragte Robert. »Wie wurden sie aufgenommen?«

Ehe Ailean antworten konnte, begann Kenneth zu sprechen. »Einem Barden, der zu singen gewohnt ist, sitzt das Mundwerk gewiss sehr locker. Er könnte verraten, wo der König ist, selbst wenn er es gar nicht will ... Es war richtig, sie festzunehmen. Und jetzt ist es unmöglich, sie wieder laufen zu lassen. Es wäre zu gefährlich.«

»Gefährlich ist es auch, dass du mich beherbergst, und trotzdem tust du es. Lange wirst du deine Großzügigkeit nicht mehr beweisen müssen. Ich bin bald fort, dann ist es egal, ob sie mich hier gesehen haben.«

»Dir mag es gleich sein, mir nicht.«

Die Frau lachte plötzlich auf. »Du solltest dich schämen, Kenneth. Dein Vater hat es mit ganz Ross aufgenommen, aber dabei nie vor Angst gewinselt.«

»Was willst du damit sagen?«, hielt Kenneth dagegen. »Ich nehme es immerhin mit ganz England auf!«

»Na und? Das tue ich auch!«, rief sie. »Ich bin Christina von Garmoran, ich besitze die Inseln Uist und Benbecula. Wenn der englische König mich zur Rechenschaft ziehen will, muss er mich von einem Eiland zum nächsten jagen. Dabei werde ich ihm immer einen Schritt voraus sein, und am Ende kann er froh sein, dass er nicht dabei ersäuft. Du lebst doch auch nah genug am Meer, und dennoch traust du seiner Macht nicht?«

»Ich traue nur mir selbst.«

»Aber anscheinend traust du auch Robert zu, ein guter König zu sein, sonst wäre er nicht hier.«

»Schluss jetzt!«, befahl Robert. »Es ist keine Schande, Angst zu haben. Umso mehr jedoch, sich bezwingen zu lassen und Unschuldige gefangen zu halten. Wenn Menschen im Kerker landen, nur weil sie einen Blick auf mich geworfen haben, bin ich ein unwürdiger König. Man trägt eine Krone, um damit gesehen zu werden.«

»Wenn dich der Falsche sieht, wird die Krone bald im Staub liegen …«, warf Kenneth ein.

»Dann werde ich mich bücken, den Staub wegwischen und weiterhin darauf hoffen, mich eines Tages nicht mehr verstecken zu müssen. Wer könnte diese Hoffnung besser wachhalten als ein Barde?«

Während er sprach, war Robert aufgestanden, hatte einen Weinkelch genommen und ihn gefüllt.

Ailean erwartete, dass er selbst daraus trinken würde, doch zu seiner Überraschung trat er stattdessen näher und reichte ihm den Kelch. Blutrot war der Wein und würde gewiss in der Kehle brennen. Noch zögerte Ailean, einen Schluck zu nehmen, weil er an das scharfe Aqua vitae dachte und was es aus seinem wachen Geist gemacht hatte, doch da nahm Flora ihm den Kelch ab und trank gierig daraus. Als sie ihn senkte, lief ein winziger roter Tropfen über ihr Kinn.

»Lang lebe König Robert!«, rief sie.

Die Stimme zitterte nicht ob der Lüge, aber vielleicht war es auch gar keine, und sie sah, wie auch er selbst, mehr in Robert als nur den gottlosen Mörder oder den erschöpften Flüchtenden.

»Du kannst ihnen gern Wein geben, meinetwegen auch Fleisch«, knurrte Kenneth, »aber die Freiheit musst du entweder allen Schotten schenken oder keinem.«

»Freiheit ist nichts, was einem vor die Füße fällt«, sagte Robert, »doch man kann sie sich verdienen. Und man tut es am besten mit dem, was man kann.« Er wandte sich an Ailean. »Wenn du wirklich Lobeshymnen auf mich gesungen hast, beweis es. Wenn du den Staub von meinem Namen wie von meiner Krone fegen willst, rühme mich. Sing für uns, Barde, und wenn du deine Sache gut machst, will ich mit mir reden lassen!«

Es war um die Mittagszeit gewesen, als man sie vom Kerker in die Halle gebracht hatte, jedoch Abend geworden, bis Ailean das erste Lied anstimmen durfte. Mittlerweile war das dritte verklungen, ohne die Herzen der Zuhörer zu erreichen. Robert trank viel von dem roten Wein, in den Kopf stieg ihm dieser dennoch nicht. Kenneth wirkte nicht länger mürrisch, aber gelangweilt, und das Lächeln von Christina von Garmoran geriet etwas müde.

Ailean war beglückt gewesen, seine Harfe wiederzubekommen, doch auch wenn dieser der feuchte Kerker erspart geblieben war – ihre Töne schienen so verrostet wie jene, die ihm über die Lippen flossen. Er begriff es nicht. Warum hatte die Melodie, als sie Donan vorgesungen hatten, seidene Fäden gesponnen, während er nun nur graue Spinnennetze zustande brachte, die gleich wieder zerrissen? Er hielt sich doch an Iains Ratschlag, wonach alle mächtigen Männer dasselbe hören wollten: Geschichten von Helden, die zwar menschlich waren, jedoch ihre eigene Schwäche und somit auch den Gegner überwanden! Es klang mitreißend, als er von Schottland sang – dem wilden Land mit den schneebedeckten Bergen und dem tückischen Nebel, den gluckernden Sümpfen und den Heiden voll blühender, gleichwohl stechender Disteln, einem Land schließlich, das jeden Krieger unterstützte, der für seine Freiheit kämpfte, so als hätten die Naturgewalten die Seele eines Schotten und verneigten sich vor diesem!

Die Wandbehänge, die von Jagd und Kriegen und dem Leben Heiliger kündeten, schienen seine Lieder zu verschlucken, und der Rauch, der vom Kamin aufstieg, färbte sie schwarz. Als sie verklungen waren, stand Schweiß auf Aileans Stirn, Roberts Lippen aber blieben schmal und blass.

Ich habe nicht mehr lange Zeit, ihn zu überzeugen, dann ist unser Schicksal besiegelt …

Erst jetzt ging Ailean auf, dass er im Kerker nicht allein gesungen hatte, sondern mit Flora. Die kauerte neben ihm auf den Binsen, hatte bisher ihre Stimme nicht erhoben – vielleicht wollte sie keinen Mann als König rühmen, der in ihren Augen keiner war.

Jetzt suchte sie seinen Blick.

»Verzweifelt …«, ihre Lippen formten nur das Wort, anstatt es laut auszusprechen, »zu verzweifelt …«

Richtig! Ein Barde musste starke Gefühle im Zuhörer erwecken, er durfte hingegen nicht selbst davon bezwungen werden. Sein Lied musste Tränen fließen lassen, er durfte dennoch nicht darin ertrinken. Wer mit ängstlichen Händen die Harfe zupfe, dem wurden die Saiten rostig wie die Stimme.

Das zu wissen bedeutete aber noch nicht, auch danach handeln zu können.

»So hilf mir doch …«, flüsterte er.

Flora erhob sich, und wie sie da beide in der Halle standen, musste er unwillkürlich an Kieran und Eilidh denken. Ihr Schicksal lag zwar noch weitgehend im Dunkeln, aber nach allem, was Morven und Donan ihnen über sie erzählt hatten, stand fest, dass die beiden gemeinsam gesungen hatten, und das so eindrucksvoll, dass sie weit über ihren Tod hinaus im Gedächtnis der Menschen geblieben waren.

Das muss uns auch gelingen! Man darf uns genauso wenig vergessen wie sie!

Kurz war er nicht sicher, was sie singen sollten, und stimmte lediglich ein paar Töne an, aber Flora reimte erste Verse.

Sie sang nicht von einem Land, das sich vor seinem König verneigte und einen Krieg an seiner Seite ausfocht, sondern von einer Frau, die diesem König ihr Herz geöffnet hatte, für ihn mit ihrem Mann brach, ihren Bruder verriet und den gemächlichen Alltag opferte, die ihn eigenhändig krönte und dafür von seinen Feinden in einen Käfig gesperrt wurde. Die Menschen verspotteten sie und bewarfen sie mit Unrat, der Wind riss an ihren Haaren, und der Regen nässte ihre Kleidung, doch Kälte, Einsamkeit und Enge mochten nicht an ihrer Gewissheit rühren, dass Robert der einzig wahre König von Schottland war und sie, die geschmähte Gefangene, dereinst eine Heldin sein würde.

Es war Isabella von Buchans Schicksal, das Flora besang. Ihre Geschichte, die trotz aller Tragik auch von Mut, Entschlossenheit und Treue kündete, hatte Aggie Tränen in die Augen getrieben, und als Ailean einstimmte, ließ sie Robert aufspringen und den herben roten Wein verschütten. Christinas Lächeln schwand, und ihr stolzes Gesicht war nur mehr traurig. Kenneth rutschte sichtlich unbehaglich hin und her, als ginge ihm auf, dass er zu viel Zeit verschwendet hatte, um Hirsche zu töten und ihre spitzen Geweihe an die Wände zu hängen, anstatt um Frauen zu werben, die auch für ihn Leben und Freiheit gaben.

Das Schweigen, das auf das Lied folgte, tat weh, doch es war ein süßer Schmerz, gleich so, als würde Honig auf eine Wunde tropfen und diese zwar nicht heilen, jedoch verschließen.

»Ich … ich wusste nicht, was Isabella zugestoßen ist«, stammelte Robert.

»Überall erzählt man sich von ihrem traurigen Schicksal …«, sagte Flora. »Nicht nur Eure Schwester, Eure Frau und Eure Tochter sind Gefangene der Engländer, sondern auch sie. Ihr müsst sie befreien … und mit ihr unser ganzes Land.«

Wie klug, das Los einer Gefangenen zu nutzen, um selbst der Kerkerhaft zu entgehen, ging es Ailean durch den Kopf.

Robert sah keine Berechnung darin. Erschüttert hob er den Kelch auf, den er hatte fallen lassen, schenkte jedoch keinen neuen Wein ein. Christina von Garmoran wiegte nachdenklich den Kopf – offenbar nicht sicher, ob Isabella von Buchan eine Heldin oder eine Närrin war und als was ihre Nachfahren wohl sie selbst bezeichnen würden.

Kenneth hingegen saß wieder ruhig da. Was immer das Lied in ihm bewirkt hatte, hatte sich wie Rauch verflüchtigt. Zurück blieben nur rußgeschwärzte Wände – und Misstrauen.

»Wir wissen immer noch nicht, wer die beiden sind«, sagte er verdrossen.

»Wie mir scheint, zwei Menschen, die Herzen gewinnen können.«

»Vielleicht unsere ... aber ganz sicher nicht alle Herzen ... Und außerdem brauchen wir keine Herzen, sondern Waffen, Männer und Pferde!«

Christina beugte sich vor. »Wenn Angus Og sie singen hört, gibt er uns vielleicht diese Waffen, Männer und Pferde, und sogar ein paar Schiffe.«

»Angus Og würde nur zu Robert überlaufen, weil er dessen Feinde mehr hasst als ihn, das ist alles.«

»Aber noch hat er das nicht getan. Lass auch ihn diese Lieder hören, sobald er hier eingetroffen ist!«

Ailean verstand immer weniger. Er konnte sich nicht erinnern, den Namen Angus Og je vernommen zu haben.

»Angus Og MacDonald ist der Herr der Inseln Kintyre und Mull und die einflussreichste Stimme auf den westlichen Inseln«, erklärte Robert, dem Aileans Verwirrung nicht entgangen war. »Wenn er sich auf meine Seite stellt, habe ich die Chance, den Krieg zu gewinnen. Falls er den Engländern hingegen weiter seine Treue erklärt, werde ich auch ewig ein

Gejagter bleiben und Isabella eine Gefangene – genau wie meine Frau, meine Tochter, meine Schwester ...«

Das war also der Dank für sein Lied. Robert schenkte ihnen noch nicht die Freiheit, nur eine weitere Möglichkeit, sie zu erlangen. Wenn Angus Og sich hinter ihn stellte, würde er sich für sie einsetzen. Falls nicht ...

Kenneth seufzte. »Nun, meinetwegen. Angus wird Eilean Donan wohl Ende der Woche erreichen. Bis dahin sind die beiden nicht meine Gefangenen, sondern meine Gäste. Wenn sie versagen, werden sie nicht einmal mehr Gefangene sein, sondern tot.«

XIII.

Skye
1262

Es war ein stiller, friedlicher Tag, ehe die Männer von Ross kamen. Es war ein Tag, an den Kieran sich nicht erinnert hätte, wäre nicht das Grauen über sie hereingebrochen. Der letzte Tag, der in seinem Gedächtnis verblieben war, war der gewesen, als Eilidh die Insel verließ. Danach folgte eine Zeit, da er nach nichts anderem trachtete, als den Schmerz zu betäuben.

Kieran arbeitete nicht länger im Skriptorium, sondern in der Schmiede des Klosters, und wenn er sich abends mit rußgeschwärztem Gesicht über einen Trog Wasser beugte und sich in der glatten Oberfläche spiegelte, erkannte er sich nicht wieder. Genauso fremd wie seine Züge wurden ihm mit der Zeit seine Hände. In den ersten Wochen bediente er nur den Blasebalg, aber als er selbst am Amboss stand, um auf das glühende Eisen einzuschlagen, zählte er jeden Tag neue Blasen und Schwielen. Seine Finger wurden kräftiger, seine Arme sehniger und muskulöser, seine Schultern breiter.

Diese neuen Hände würden selbst Eilidhs zarte Haut nicht mehr fühlen können, und wenn er lange genug den heißen Dunst einatmete, verging ihm auch die Sehnsucht zu singen. Falls sich doch einmal Erinnerungen regten, schlug er noch verbissener auf die glühenden Klumpen ein, tauchte sie noch tiefer ins kalte Wasser und fand ein diebisches Vergnügen daran, dass sie so grau und hart wie sein Leben wurden.

An einem dieser grauen Tage ertönte plötzlich ein Kreischen. Es kam aus der Kehle von Frauen, was ungewöhnlich genug war, näherten sich diese doch nur dem Kloster, wenn Gottesdienst gefeiert wurde, und das mit gemessenem Schritt.

Kieran schaute durch eine winzige Luke in der Wand der Schmiede, hielt noch den Hammer in der Hand, aber ahnte plötzlich, dass er keine taugliche Waffe wäre. Der Feind, von dem das Entsetzen der Frauen und Kinder kündete musste stärker und mächtiger sein als jeder Schmiedehammer. So schnell rannten sie auf das Kloster zu, dass die Erdklumpen nur so hochstoben.

Einige der Frauen hatten wohl Seegras gesammelt, mit dem man die Felder düngen konnte, und Sie hielten es noch in den Händen. Andere mussten Wäsche gewaschen haben an dem Fluss nicht weit vom Kloster entfernt. Eine junge Frau klammerte sich verbissen an einen Wäschekorb, so verbissen, wie sie sich an die Hoffnung zu klammern schien, im Kloster Schutz zu finden.

Doch inmitten des Kreischens, der verständnislosen Fragen der Mönche, der jähen Ahnung fernen Schlachtenlärms, ertönte Vater Michaels Stimme.

»Verriegelt das Tor!«

Er meinte wohl das Tor der Kapelle, das kein mächtiges Portal, sondern nur eine schmale Tür war, kaum breiter als die zur Schmiede, immerhin aber aus Eichenholz gemacht und mit eisernen Beschlägen verstärkt. Anstatt ihm zu gehorchen, liefen die Mönche ähnlich kopflos durcheinander wie die Frauen.

»Lass den Hammer fallen und lauf!«, schrie ihn der Bruder Schmied an.

Aber Kieran konnte ihn so wenig loslassen wie die eine der Frauen ihren Wäschekorb. Mit dem Hammer in der Hand lief er hinaus, um dort wie erstarrt stehen zu bleiben. Die Kapelle schien plötzlich so unendlich weit entfernt, der Schlachtenlärm hingegen kam immer näher – das Klirren von Schwertern, das Knistern von Feuer, vor allem Schreie, so viele Schreie ... Von Tieren ... nein, von Kindern ... nein, von Männern, die im Tod zu Kindern wurden.

»Sie töten jeden, der nicht fliehen kann, Männer, Frauen, kleine Kinder. Sie spießen sie mit den Lanzen auf wie Fleisch, das über dem Feuer gebraten werden soll.«

Als die Worte verklungen waren, wusste Kieran nicht, wer da gesprochen hatte, ob ein Mitbruder oder eine der Flüchtenden. Er wusste auch nicht, ob die Worte wahr waren oder Übertreibung. In seine Seele brannten sie sich dennoch ein wie glühendes Eisen.

Jetzt ließ er den Hammer fallen, hastete zur Kapelle.

»Versperrt das Tor!«, schrie Vater Michael wieder. »Und bringt alle Schätze mit, die ihr fassen könnt.«

Es waren zu viele Schätze, die er in den letzten Jahren an sich gerafft hatte, zu wenig Zeit, um sie zu holen, und vor allem waren zu wenige Mönche da, die mehr retten wollten als nur ihr Leben. Einer dieser Mönche rammte Kieran seinen Ellbogen in die Seite, als er an ihm vorbeihetzte. Kieran taumelte, und als er sein Gleichgewicht wiederfand, kam eine der Wäscherinnen auf ihn zu. Ihr Blick war leer, das Kleid blutig, und ehe er fragen konnte, woher das Blut kam, brach sie vor ihm zusammen.

Er beugte sich über sie. »Wir ... wir müssen ihr helfen!«

Im Kloster gab es ein Krankenzimmer und außerdem einen

Mönch, der viel von Kräutern wusste und selbst die schlimmsten Wunden heilen konnte, doch Kieran konnte ihn nirgends sehen. Er sah nur Bruder Patrick auf sich zueilen, der ihn packte und mit sich ziehen wollte.

»Lass mich!«

Kieran wehrte sich, die reglose Frau in seinen Armen haltend.

»Sie ist in Gottes Hand! Lass sie liegen!«, rief Bruder Patrick.

Wenn Kieran noch den Hammer gehalten hätte, hätte er ihn jetzt auf Bruder Patrick geschleudert.

»Siehst du denn nicht, dass Gott seine Hand zur Faust geballt hat?«

Er riss sich von Bruder Patrick los, schleppte die Frau in die Kapelle und legte sie dort auf den Lehmboden. Sie rührte sich nicht, die Augen waren geschlossen, und der Blutfleck wuchs. Aber sie atmete noch. Kieran stürzte wieder los, um noch mehr Frauen zu helfen, doch ehe er die Kapellentür erreichte, ertönte zum dritten Mal Vater Michaels Befehl, sie zu verschließen, und obwohl die Mönche noch längst nicht alle Reichtümer in Sicherheit gebracht hatten, gehorchte man ihm dieses Mal, schlug die Tür vor den unzähligen Frauen und Kindern, die noch auf das Kloster zustrebten und Zuflucht suchten, zu. Zwei der Gottesmänner verriegelten sie von innen mit einem Balken, von dem Kieran gar nicht gewusst hatte, dass er existierte.

»Ein Gotteshaus darf man doch nicht zusperren!«, schrie Kieran. »Die Frauen ... wir müssen den Frauen helfen, auch den Kindern ... allen da draußen ...«

Niemand hörte auf ihn. Die Mönche fielen auf die Knie und beteten, Bruder Patrick erzählte wieder einmal eine seiner ausufernden Geschichten.

»Thaney ... die Mutter des heiligen Mungo ... sie hat geschworen, jungfräulich zu bleiben, aber wurde von einem Mann begehrt. Eines Tage, als sie Schweine hütete, fiel er über sie her, und als offenbar wurde, dass sie ein Kind empfangen hatte, wollte ihr Vater sie als Hure steinigen lassen. Sie forderte ein Gottesurteil, wurde in die Fluten geworfen, aber ertrank nicht und konnte so beweisen, dass sie nicht unkeusch geworden war. Die Kirche hat sie wieder zur Jungfrau erklärt.«

Kieran starrte ihn fassungslos an. Zum ersten Mal hatte Bruder Patrick eine Geschichte zu Ende erzählt. Selbst das verzweifelte Gebet und das noch verzweifeltere Gekreisch hatten ihn nicht davon ablenken können.

»Die Frauen ...«, setzte Kieran an.

»Gott ... Gott macht alles wieder gut«, stammelte Bruder Patrick mit flackerndem Blick.

Kieran glaubte seine Gedanken zu lesen. Wenn eine geschändete Frau wieder zur Jungfrau werden konnte, war das Schicksal derer, die blutig auf dem Boden lagen, nicht so furchtbar.

»Die Kinder aber bleiben tot!«, brüllte Kieran, und plötzlich wusste er, dass es stimmte.

Die Männer dieser wilden Horde, die die Hölle ausgespuckt hatte, warfen die Kleinen in die Luft und spießten sie mit ihren Lanzen auf. Dabei schrien sie oder lachten und vergaßen im nächsten Moment, was sie getan hatten. Kieran würde es nie vergessen, obwohl er es nicht mit eigenen Augen sehen musste.

»Wir müssen die Kapellentür wieder öffnen!«

»Dann sind wir des Todes.«

»Nun und? Christus ist auch nicht vom Kreuz gestiegen.«

»Christus war Gott gehorsam, und wir gehorchen dem Abt, seinem Stellvertreter.«

»Du kannst nicht ernsthaft behaupten, dass Gott ein habgieriger, kleinlicher, bösartiger …«

»Kieran, du vergisst dich!«

Ein Knirschen ertönte. Das Tor wurde zwar nicht geöffnet, aber die Balken vor der Fensterluke neben der Apsis wurden weggeschoben. Durch diese Luke reichten zwei Mönche den Inhalt zweier Vorratskammern herein. Der war zwar nicht so kostbar wie Bücher mit juwelenbesetzten Ledereinbänden und versilberte Hostienschalen, aber nichts, was Vater Michael seinen Feinden gönnen wollte.

Ein geschlachtetes Schwein war darunter, dessen Fleisch noch niemand getrocknet und gesalzen hatte, außerdem Fässer mit Hering und Stockfisch, mit Rüben und Bohnen, ein Stück Schinken und einige frisch gebackene Fladen Roggenbrot.

Noch nie hatte es in diesen Mauern so salzig gerochen. Kieran wurde übel.

Irgendein Mönch begann gierig zu essen, nicht nur das Brot, sondern auch Stücke vom rohen Schweinefleisch, andere beteten weiter. Nicht zu Gott, der das Geschrei von draußen einfach nicht abreißen ließ, sondern zu Blathmac, der einst von Wikingern gefoltert wurde, auf dass er das Versteck des Klosterschatzes preisgebe. Er tat es nicht, starb unter Schmerzen und wurde als Märtyrer von den Engeln mit einem Lorbeerkranz gekrönt.

Kieran stieg über den Schinken hinweg. Neben den zwei Mönchen, die die Vorräte hereinreichten, hatte er eine Frau entdeckt. Scota. Eilidhs Gefährtin, fast schon ihre Schwester.

»Lasst sie hinein!«

»Bist du von Sinnen?«, schrie Vater Michael. »Sie ist doch an allem schuld!«

Die Welt war von Sinnen, nicht er.

»Spießt sie etwa die Kinder auf, schändet sie Frauen, tötet sie Männer?«, gab er zurück.

»Nein, aber sie ist eine Heidin und eine gottlose Zauberin. Ihretwegen erleiden wir dieses Los. Gott straft die Insel.«

Gott hat die Insel vergessen, das ist alles.

Er konnte Scota nicht länger sehen und hoffte von Herzen, dass sie einen sichereren Zufluchtsort finden würde als die Kapelle. Diese wurde nun von Männern umkreist, nein, von Kriegern ... Nein, von Dämonen mit blutigen Fratzen anstelle von Gesichtern. Der Mönch, der an dem Schweinefleisch genagt hatte, ließ es sinken – vielleicht hatte er endlich bemerkt, dass es noch roh war. Das Gebet der anderen wurde indessen von Knistern übertönt. Die Kapelle war aus Stein errichtet, alle übrigen Gebäude aber aus Holz, und die Dämonen brannten sie nieder – vielleicht, indem sie brennende Scheite auf die reetgedeckten Dächer warfen, vielleicht, indem sie nur einmal ausatmeten und ihr glühender Odem alles versengende Funken regnen ließ. Die Schmiede zerfiel am schnellsten zu Schutt und Asche.

Ich werde nie wieder dort arbeiten, nie wieder meinen Schmerz betäuben, nie wieder die Hoffnung haben, das Leben sei ein glühender Klumpen, den man selbst formen kann.

»Die Bibliothek ...«

Das Entsetzen in Bruder Patricks Gesicht war echt. Geschändete Frauen mochte Gott wieder heilen, verbrannte Bücher aber waren ein für alle Mal verloren.

»Wir müssen die Schriften retten!«, schrie er.

Der Cellerar, einer der beiden Mönche, die die Vorräte in Sicherheit gebracht hatten, versuchte eben, in die Kapelle zu klettern. Die Luke war schmal, sein Leib wuchtig, und als Bruder Patrick seinen Kopf hinauszwängte, wurde das Unterfangen gänzlich unmöglich.

Sie werden beide stecken bleiben und ersticken!

Doch der Tod kam schneller ... zumindest für den Cellerar. Ein Regen aus Pfeilen traf ihn, und der wuchtige Leib erschlaffte. Über seine Finger, die eben noch fettig vom Schinken glänzten, floss Blut.

Kieran duckte sich unwillkürlich, obwohl er hinter der Mauer in Sicherheit war, Bruder Patrick hingegen zog seinen Kopf nicht rechtzeitig zurück.

»Die ... die Bibliothek ...«, stammelte er wieder. Es klang merkwürdig gurgelnd.

»Bruder Patrick!«

Der andere sagte nichts mehr. Seine Beine gaben nach, er wurde kreidebleich, und in seiner Brust steckte ein Pfeil.

Scota hätte nie versucht, sich in der Kapelle zu verkriechen, wenn sie allein gewesen wäre, aber als die Schiffe kamen, die Männer an Land sprangen und die ersten Pfeile abgeschossen wurden, hatte sie sich gerade auf den Weg zur Weide gemacht. Eine noch sehr junge Magd hatte ihr mit schrecklicher Angst im Blick von einem wilden Stier erzählt, den niemand zähmen konnte, und Scota war neugierig auf ein solches Ungeheuer geworden. Mit seinem Blut ließ sich gewiss irgendein Zauber treiben – und sie war fest entschlossen, dass sein Blut flösse, nicht ihres. Widerwillig, zugleich aber fasziniert von Scotas Furchtlosigkeit, hatte das Mädchen sie zu dem Stier gebracht, doch ehe der noch wütend schnaubte, war das Klirren von Schwertern erklungen, die ungleich tödlicher als seine spitzen Hörner waren.

Vergebens sah sich Scota nach einem Versteck um. Da waren nur sattgrüne Wiesen, kein Baum, kein Gebüsch, kein Stein. Und da war das Mädchen, das sich an sie klammerte, als wollte es sie erwürgen. Seine Angst vor den Männern war noch größer als die vor dem Stier.

»Wir müssen den Stier verstecken, sonst schlachten sie ihn!«

»Ich fürchte, zuerst schlachten sie uns«, gab Scota zurück.

»Mein Vater hat mir erzählt, dass er einst im Quiraing eine ganze Herde versteckt hat.«

»Das ist viel zu weit. Vergiss den Stier!«

Zum Kloster war es nicht zu weit. Dieses war der zweite Zufluchtsort, den das Mädchen vorschlug, und Scota stimmte zu, vorausgesetzt, dass sie den Stier seinem Schicksal überließen. Insgeheim hoffte sie, das wilde Tier würde einen der Angreifer aufspießen, aber wenig später ertönte ein röchelndes Brüllen und dann nichts mehr.

Sie und das Mädchen lebten noch, als sie das Kloster erreichten, aber so verzweifelt die Kleine schluchzte, glaubte sie nicht, dass ihnen noch mehr als ein paar Atemzüge geschenkt waren. Scota konnte ihr keine Hoffnung schenken. Die Kapelle war verschlossen, ihre Bitte um Einlass blieb ungehört, und eben kamen von der anderen Seite neue Angreifer, die das Kloster in Brand steckten. Dichter Rauch hüllte sie ein und ließ sie husten, nahm ihr jedoch nicht gänzlich den Atem, sodass sie noch lachen konnte.

Ja, Scota lachte.

Vor dem Kloster stand ein keltisches Kreuz, auf dem neben einem Sonnenrad und Ornamenten die Göttin der Fruchtbarkeit eingeritzt war, war das Kreuz doch einst aus einem heiligen Stein von Druiden errichtet worden. Sah man genau hin, konnte man sogar ihre Scham entdecken, aber keiner der Mönche hatte sich je die Mühe gemacht, es so ausführlich zu betrachten, und schon gar nicht zugegeben, dass sie nichts als gemeine Diebe waren. Jetzt wurden sie dafür bestraft, dass sie den Druiden den Stein gestohlen hatten. Einer der Angreifer drosch so lange auf das Kreuz ein, bis es fiel.

Schade, dass es keinen Mönch erschlagen hat!

Allerdings lagen von denen genügend tot auf dem Boden, mit klaffenden Wunden oder von Pfeilen übersät, und Scota hörte zu lachen auf, wusste sie doch, dass auch ihr dieses Schicksal blühte, vielleicht sogar noch Schlimmeres. Als der Rauch sich lichtete, kamen prompt drei der Krieger auf sie zu, und deren gefährlichste Waffe waren nicht ihre Pfeile, sondern ihr Fleisch. Unverhohlene Lüsternheit stand in ihren Gesichtern.

»Lauf fort! Ich lenke sie ab!«

Später wusste Scota nicht mehr, warum sie sich für das Mädchen geopfert hatte. Sie verachtete es für seine Furcht vor dem Stier, sie kannte seinen Namen nicht, sie wollte einfach nur beweisen, wie stark sie war – erst stärker als das unberechenbare Tier, später stärker als die grausamen Männer. Als sie Richtung Dunvegan lief, wähnte sie sich tatsächlich stark, aber bald erkannte sie, dass sie zwar schnell laufen, aber nicht fliegen konnte, und darum nie und nimmer all den Männern entkommen würde. Die Verfolger konnte sie abschütteln, die, die sich ihr von vorn in den Weg stellten, nicht. Den Händen von zweien, die sie packen wollten, wich sie noch aus, aber der Dritte bekam sie am Kleid zu fassen. Es zerriss, sie lief weiter, versuchte es zumindest. Nach wenigen Schritten hielt ein Vierter sie fest und warf sie sich über die Schultern.

»Die hier gehört mir! Das rote Haar gefällt mir!«

Scota keuchte, spürte erst jetzt den Rauch in ihren Augen brennen. Tränen verschleierten ihren Blick, sodass sie nicht sah, wohin sie verschleppt wurde.

Auf keines der Schiffe ... bitte nicht ... Ich will keine Sklavin sein ... ich will Skye nicht verlassen ...

Es wurde dunkel, doch der Boden, auf dem sie wenig später unsanft landete, schaukelte nicht. Der Mann hatte sie in die Siedlung neben der Burg gebracht, mit einem Fußtritt die Tür eines der Langhäuser geöffnet und sie dort abgeworfen. Vielleicht war es sogar das Haus von Ilisa und Sigurd, doch von keinem der beiden war etwas zu sehen. Bis auf ihren keuchenden Atem und den des Mannes war auch nichts zu hören.

Ich bin noch auf Skye … ich bin noch am Leben.

Als sie sich aufrappelte, traf sie sein Tritt mitten ins Gesicht. Aufstöhnend sank sie wieder zurück, suchte nach etwas, das sie ihm entgegensetzen konnte, aber fand nichts. Wenn sie den Mann mit den Händen gekratzt hätte, wären ihr wohl die Nägel abgefallen, weil seine Haut hart und gefühllos war. Wenn sie ihn mit den Füßen getreten hätte, wären ihr wohl die eigenen Knochen gebrochen, weil seine aus Eisen waren. Nur auf eine Weise konnte sie zeigen, dass sie mehr als ein Bündel aus schlaffem Fleisch und weicher Haut war, ein Mensch vielmehr, in dem Leben steckte und … Würde – indem sie ihre Furcht nicht zeigte. Indem sie nicht schrie.

Schlag mich, schände mich, töte mich, aber zum Kreischen bringst du mich nicht. Ich flehe dich nicht an, mich zu verschonen. Ich bettle nicht um mein Leben.

Der Mann schien ihre Macht zu fühlen. Anstatt wieder zuzutreten, beugte er sich über sie und betrachtete sie fasziniert. So roh seine Tritte gewesen waren, seine Züge waren fein wie die eines Knaben. Seine Augen waren schmal und mit dichten Wimpern umkränzt, sein Mund war schief, sodass man meinen konnte, er lächelte. Er tat es nicht, sonst würde er nicht ärgerlich zischen, weil sie weder einen Ton von sich gab noch die Hände vors Gesicht schlug, sondern ihn nur herausfordernd anstarrte.

Scota schrie auch weiterhin nicht. Nicht, als er seinen Gürtel ablegte und seine Beinkleider öffnete, nicht, als er sie an den Haaren hochzerrte und über einen Tisch warf, ihren Oberkörper daraufpresste und das ohnehin schon zerfetzte Kleid hochschob. Selbst dann nicht, als seine Hände ihre nackte Haut befühlten, grob ihre Schenkel spreizten und sein Gemächt sie zerriss.

Es ist nicht so schlimm, es tut nur ein bisschen weh, ich überlebe es, er hat keine Macht über mich.

Am Ende hatte er nicht einmal Macht über sich selbst. Die Lust besiegte ihn, und als er sich in ihr ergoss – warm war sein Samen, wärmer, als von einem kalten Mann zu vermuten stand –, schrie er auf. Kurz war das falsche Lächeln echt, kurz seine harten Züge weich, kurz sein unbarmherziger Griff ganz schlaff.

Scota unterdrückte das Beben, als sie sich von ihm losmachte und sich aufrichtete. So stark der Drang auch war, das zerfetzte Kleid über ihre Brüste zu ziehen, noch stärker war der Wille, ihm zu trotzen. Nackt und mit gespreizten Beinen blieb sie auf dem Tisch hocken, erwiderte seinen Blick.

Du hast mich nicht bezwungen!, schrie ihr Körper an ihrer statt.

Und doch, ihr Sieg verblasste. Ein anderer Krieger trat in das Langhaus und klopfte ihrem Peiniger auf die Schultern, erklärte, dass sie gerade alle Grubenhäuser angezündet und Brandpfeile über die Mauer von Burg Dunvegan abgeschossen hätten, sprach schließlich seinen Namen aus.

Kermac.

Kermac, Kermac, Kermac.

Er hatte einen Namen, sie nicht. Natürlich könnte sie ihm nachschreien, dass sie Scota heiße, aber er würde es nicht hören, und selbst wenn, würde er sich ihren Namen nicht merken. Ganz gleich, was sie tat, er würde keinen Menschen in ihr sehen, keine Frau mit wachen Augen, in denen die Geschichte des eigenen Lebens und das ihrer Vorfahren eingeschrieben stand, sondern nur einen toten, verfaulten, glitschigen Fisch, den es sich nicht einmal zurück ins Meer zu werfen lohnte.

Sie mochte sich ihren Stolz bewahrt haben, aber als er das Langhaus verließ, als sie allein zurückblieb und plötzlich den Schmerz spürte, die Kälte und wie beschmutzt sie war, da wollte sie nicht stolz sein und nicht mächtig, sondern nur wahrgenommen werden.

Scota blieb, bis sie weder Schlachtenlärm hörte noch Gekreisch. Im großen Schweigen, das folgte, zog sie das zerrissene Kleid über ihren nackten Leib, verließ das Langhaus, stieg über zerborstenes Holz, über schlammbefleckte tote Leiber und abgeschlagene Gliedmaßen, über verendete Tiere.

Ich lebe noch, ich lebe noch, ich lebe noch …

Ihre Gedanken flüsterten nur und trösteten sie nicht. Es war ihr nicht genug zu leben. Sie wollte, dass auch das Mädchen lebte, das sie vor der Horde gerettet hatte, und da sie es zuletzt vor dem Kloster gesehen hatte, brach sie dorthin auf.

Ewig lang erschien ihr der Weg. Sie wankte eher, als dass sie ging. Die hohe Rauchsäule über Sankt Columban war schon von Weitem zu sehen, doch bis sie nah genug war, dass ihre Augen davon tränten, wurde es Abend. Sie stieg über das umgefallene Keltenkreuz, blieb erstmals stehen und übergab sich. Die Tränen versiegten, aber sie konnte nicht verhindern, dass ihr Blut und Samen über die Schenkel liefen.

Ich lebe noch, ich lebe noch, ich lebe noch …

Von dem Mädchen war nichts zu sehen, allerdings etliche von den Mönchen, die nun die Tür der Kapelle öffneten, nach draußen liefen und das zerstörte Kloster beklagten.

Nur Kieran klagte nicht. Er hockte über einen anderen Mönch gebeugt, sprach auf ihn ein und versuchte, das Blut zu stillen, das aus dessen Halswunde floss.

»Du darfst nicht sterben. Wir werden deine Wunde verbinden, und sie wird heilen ... Bitte, gib nicht auf!«

Sein Ton klang flehentlich, und Scota verachtete ihn dafür.

An einem Tag wie diesem fleht man nicht, sondern flucht.

Sie selbst hätte am liebsten die Hände erhoben und das Kloster samt seiner Frömmler und ihrem bleichen Gott verdammt, die schon lange vor der wilden Horde die Insel beschmutzt hatten.

Allerdings hätte sie dann ihr zerrissenes Kleid loslassen müssen, und das wollte ... das konnte sie nicht. Sie ertrug es nicht, nackt zu sein, und noch weniger ertrug sie Kierans Mitleid.

Er hatte sie eben gesehen, ließ den verletzten Bruder liegen und stürzte auf sie zu.

»Scota ...«

Anders als ihr Peiniger kannte er ihren Namen. Er sah sie und ihre Geschichte, er wusste, dass ihr Innerstes zerrissen war.

»Scota ...«

»Fass mich nicht an!«

Seine Hand war voller Schwielen und erinnerte sie an den Griff des Mannes, der sie geschändet hatte.

Kermac, Kermac, Kermac.

Noch mehr Blut floss über ihre Schenkel, noch mehr Samen. Jetzt war er kalt, aber nicht kalt genug. In ihrer Erinnerung würde er immer warm sein.

Sie spuckte aus und traf Kieran. Kermacs Namen fortwaschen konnte ihr Speichel jedoch nicht.

»Ich ... ich wollte dir doch helfen ...«, stammelte Kieran.

»Warum ist die Kapelle nicht über euch zusammengebrochen?«

»Ich bin kein Mönch mehr, ich werde nie wieder zu Gott beten.«

Was er sagte, hätte ihr einst gefallen – damals, als sie dachte, dass Haselnüsse weise machen, dass sie in den Schriften der Mönche mehr über die Druiden erfahren würde, dass sie es mit einem wilden Stier aufnehmen könnte.

Aber der Stier war tot, die Schriften waren verbrannt, und wenn sie Haselnüsse hätte, würde sie sie nicht essen, sondern auf ihre Feinde werfen. Die Feinde jedoch würden über die Haselnüsse lachen. Nur Kermac würde statt zu lachen schief grinsen.

»Scota …«

Sie wankte davon. »Sprich meinen Namen nicht aus!«, warf sie ihm über die Schulter zu.

Es war der Name einer Kriegergöttin. Es war ein zu starker Name für einen Tag, da sie sich schwach wie nie fühlte.

Magaidh schaffte es während des Angriffs nicht mehr rechtzeitig nach Dunvegan. Sie lebte auch nach dem Tod ihres Mannes innerhalb der Mauern, doch da sie beim Anblick des grauen Steins stets vermeinte, Staub zu atmen, ging sie am liebsten so weit weg, bis sie weder die Burg sehen musste noch die Menschen, die in ihrem Schatten lebten.

Als der Sturm losbrach, war der Anblick grauen Steins erstmals nicht beklemmend. Sie wusste, dahinter wäre sie in Sicherheit, und begann, zum einzigen Tor auf der Seeseite zu rennen. Zweiundzwanzig unebene Stufen führten dorthin, und Magaidh war nicht die Einzige, die hochhastete. Wer immer in der Nähe gearbeitet hatte – Männer, die Torf gestochen und Frauen, die Viehfutter gesammelt hatten –, stürzte auf die Treppe zu, und mit jedem weiteren wurde es noch enger. Magaidh spürte Ellbogen in ihrem Bauch, Füße auf ihren Zehen, Fingernägel, die sich in ihre Schultern bohrten. Immerhin schaffte sie es, sich aufrecht zu halten, während andere nicht so viel Glück hatten. Sie rutschten, fielen und wurden bewusstlos getrampelt.

Als Magaidh endlich die Stufen überwunden hatte, stieß sie auf Holz, dickes, hartes, von der salzigen Seeluft verblichenes Holz. Das Tor war geschlossen. Sie drosch darauf ein, schrie, hämmerte, spürte Splitter, die sich in ihre Hände trieben. Vergebens. Das Tor gab nicht nach. Noch mehr Menschen kamen zu Fall, bis sie einsahen, dass es keinen Sinn hatte, weiter um Einlass zu flehen, keinen Sinn auch, Leods Namen zu schreien. Er verkroch sich auf Dunvegan, er würde ihnen nicht zu Hilfe kommen.

Die Angreifer erreichten die Treppe und schlugen mit Schwertern und Lanzen blutige Schneisen in die Menschenmasse. Nun schrie Magaidh einen Namen, doch den eines anderen, den ihres Bruders.

»Kermac! Kermac!«

Er verließ eben eines der Langhäuser und nestelte an seiner Kleidung, als er sie erblickte und im nächsten Augenblick dem Mann, der über ihr das Schwert erhoben hatte, etwas zubrüllte. Anstatt sie zu enthaupten, packte der sie am Arm, zerrte sie die Stufen wieder hinunter und warf sie vor Kermac in den Staub. Dessen Gürtel hing schief, er musste ihn eben erst geschlossen haben.

Was hat er getan? Was wird er noch tun? Woher hat er die Macht, den Männern zu befehlen? Woher kommt das Blut an seinen Stiefeln?

»Ach, Schwesterchen!« Er half ihr hoch. »Es ist kein guter

Tag, um im Freien zu sein. Hast du nicht gesehen, wie neblig es ist? Man kriegt graues Haar vom Nebel.«

»Und welches Haar kriegt man vom Blutvergießen?«, zischte Magaidh.

Er lächelte sie an. Früher hatte sie das Lächeln geliebt.

»Ach, Schwesterchen ...«, sagte er wieder. »Gönn mir doch ein wenig Spaß.«

»Was ihr tut, ist kein Spaß. Außerdem hat sich der Nebel längst gelichtet. Er verbirgt eure Schandtaten nicht länger, sondern stellt euren Verrat bloß. Ihr habt das Bündnis, das ihr mit Skye geschlossen habt, mit Füßen getreten! Ihr tretet mich mit Füßen!«

Kermac zog sie mit sich. Erst als sie eines der Langhäuser betraten, sah er sie wieder an. Hinter ihnen verkohlte Essen. Wer immer zuvor im kupfernen Kessel, der an einem Haken über der Feuerstelle hing, gerührt hatte, war entweder tot oder verwundet.

»Hier ist es wärmer als draußen, da lässt es sich aushalten, nicht?«, sagte er freundlich.

Magaidh riss sich von ihm los. »Was ist aus dir geworden?«, spie sie aus. »Als kleiner Knabe standest du am Rand und sahst nur stumm zu, wenn die anderen sich prügelten. Du warst mein kleiner Bruder ... Niemand stand mir so nah wie du ...«

Er kniff die Augen zusammen.

»Schau mich an!«, rief sie. »Verflucht, schau mich an! Als Knabe hast du Angst gehabt ... ständig Angst.«

»Nun, jetzt habe ich keine Angst mehr.«

»Und das ist noch entsetzlicher, als dass du schändest und tötest.«

Endlich sah er auf, doch nun war sie es, die seinem Blick nicht standhielt und den Kopf senkte.

»Angst haben nur Menschen, die lieben können … ihr Leben, ihr Kind, ihren Mann«, fuhr Magaidh fort.

»Nun, und wo ist dein Mann?«, höhnte Kermac. »Als ich nach ihm fragte, erfuhr ich, dass er tot ist. Und was ein Kind anbelangt, so sehe ich keins, das an deinen Röcken hängt und greint. Wie es ausschaut, ist dein Schoß unfruchtbar geblieben. Sonst wiederum gibt es niemanden, den es sich zu lieben lohnte, weder für dich noch für mich. Unser verräterischer Vater ist ebenso tot wie unsere maulfaule Mutter, die uns auf diese Welt geworfen hat.«

Während er sprach, packte er sie wieder, grober noch als zuvor. Er lächelte nicht mehr, und auf beklemmende Weise fühlte sie sich ihm immer noch so nah wie einst – nur dass das, was sie verband, so ätzend wie der Rauch war, der ihr in der Kehle brannte.

»Ich habe auch verlernt, Angst zu haben, das stimmt«, murmelte Magaidh, »aber ich würde gern etwas fühlen, das so stark ist wie die Angst.«

»Und ich würde gern ein Schotte sein, der um sein Land kämpft, nicht der Sohn eines Verräters.«

Seit sie denken konnten, hatten sie den Schmerz und die Schande darob ebenso geteilt wie die Anfeindungen der anderen. Jetzt ging ihr nur durch den Kopf, dass sie lieber die Tochter eines Verräters als die Schwester eines Mörders war.

Erneut riss Magaidh sich los. »Ein Mann, der Wehrlose niederringt, ist noch kein Schotte. Das tun rohe, herzlose Krieger allerorts. Und um sein Land kämpft, wer es pflügt und wer die Tiere darauf grasen lässt, nicht, wer es mit Blut tränkt.«

Der Rauch schien auch Kermacs Kehle zu verätzen, denn er atmete immer schwerer. »Welche Lettern graben sich denn tiefer in das Gedächtnis der Welt als solche, die mit Blut geschrieben sind? Solche aus Tränen etwa? Der König von Norwegen wird die blutigen Lettern lesen, er wird sie verstehen, er wird vor Furcht erzittern.«

»Aber auch auf deiner Stirn wird künftig ein unauslöschliches Mal stehen. Du magst gefürchtet werden, gerühmt ganz sicher nicht. Man wird vielleicht vergessen, dass du der Sohn eines Verräters bist, doch fortan wirst du der Unhold sein, der unaussprechliche Grausamkeiten beging.«

Kermac wandte sich ab, nahm den Kessel vom Feuer und schleuderte ihn auf den Boden. Etwas Schwarzes floss heraus, doch das meiste von seinem Inhalt blieb darin kleben.

»Glaub nicht, dass du mich reizen kannst!«, brüllte er.

»Und glaub du nicht, dass ich dich bloß wütend machen will. Ich ... ich will deine Reue!«

»Pah!« Er trat gegen den Kessel. »Reue ist das Fressen der Schwachen. Sie stopfen es in sich hinein, um die Erinnerungen zu ersticken. Mich aber werden keine Erinnerungen heimsuchen. Sie sind so schwarz wie dieser Kessel, und es ist sinnlos, das Verkohlte vom Kupfer zu kratzen. Weder kann man es essen noch wird in dem Kessel jemals wieder ein süßes Süppchen brodeln.«

»Bruder ...«, sagte sie, als er das Haus verlassen wollte, flehentlicher, als sie es gewünscht hätte.

Bruder, sei wieder das Kind von einst, sei wieder so schüchtern, sei wieder so verloren, such Trost in meinen Armen und finde ihn ...

In der Ferne schrie eine Frau, die Magaidh kannte. Ilisa.

»Bruder, lass es nicht zu, dass dieser Frau ein Leid geschieht!«, rief sie. »Ich kenne sie, sie ist alt und vom Leben hart genug geprüft, sie ist ...«

»Das will ich nicht wissen!«

»Verschon sie, ich bitte dich!«

»Ich verschone dich, das muss genügen. Und ich lasse dir die Wahl: Komm mit nach Ross oder bleib hier.«

»Ich soll mitkommen und zusehen, wie du dir mit Männern, die dich als Kind verspottet haben, im selben Trog das Blut abwäschst? Nie und nimmer!«

Nach Thorviors Tod war sie auf Skye geblieben, weil sie hier frei war. Nun wusste sie, dass sie bleiben würde, weil sie hier zu Hause war.

Kermac lächelte ein letztes Mal und ließ sie wortlos stehen.

Nachdem die Angreifer abgezogen waren, fand Magaidh Ilisa beim Tümpel – die Überreste von jenem Graben, der einst die Mauern eingeschlossen hatte, später aber weitgehend trockengelegt worden war. Nur ihr Oberkörper ragte aus dem Schlamm, das Gesicht war vom offenen Haar verborgen.

Ilisa lebte noch, aber kaum versuchte Magaidh den Schlamm wegzuwischen, strömte frisches Blut darunter hervor. Womit ihr die Männer am meisten zugesetzt hatten, ob mit ihren Waffen aus Stahl oder mit denen aus Fleisch, konnte Magaidh nicht sagen, nur, dass es zu viel Blut war, um seinen Verlust lange zu überleben.

»Was ... was ist passiert?«

Magaidh hatte Ilisa nie sonderlich gemocht, zumindest nicht so sehr, wie sie Scota mochte, aber bei ihrem Anblick überkam sie tiefe Scham.

Ilisa ist eine alte Frau, sie sollte nicht schmutzig und blutend vor mir liegen.

»Was ist passiert?«, fragte sie wieder.

Während sie ihre ganze Kraft zusammennahm, um Ilisa aus dem Tümpel zu ziehen, erwartete Magaidh keine Antwort mehr, doch plötzlich begann Ilisa zu sprechen. Ihre Stimme schien verwundet wie der Leib, zugleich jedoch nicht minder stark, um so lange durchzuhalten, bis sie gesagt hatte, was zu sagen war.

»Was passiert ist? Nun, was wohl? Das, was immer wieder geschieht, was immer geschehen ist, was wieder geschehen wird. Man spricht nicht darüber, man hat nie darüber gesprochen. Männer behaupten, man hat die Ehre im Blut, aber das stimmt nicht. Man kann bluten und trotzdem Ehre haben. In der Zunge sitzt die Ehre, und mit unserer Zunge erklären wir: Es war nicht so schlimm.« Ilisa hustete. »Es war nicht so schlimm«, wiederholte sie energisch, »allerdings will ich nicht im eigenen Blut und im Dreck sterben. Zieh mir ein neues Kleid an.«

Sie versuchte, sich aufzurichten, aber sackte wieder zu Boden.

»Du wirst nicht sterben!«, rief Magaidh und blickte sich um.

Gerade noch war sie blind für das Grauen um sie herum gewesen, jetzt suchte sie nach Sigurd, auf dass er Ilisas letzte Atemzüge bezeugen konnte. Doch sie entdeckte ihn weder tot noch lebendig.

»Du wirst nicht sterben!«, rief Magaidh wieder.

»Pah!«, machte Ilisa verächtlich. »Nach allem, was ich von dieser Welt weiß, habe ich mehr Angst vor dem Dreck als vor dem Tod.«

»Aber der Tod ist dreckig. Vor allem wenn er von grausamen Männern gebracht wird.«

Wieder ließ sie den Blick kreisen, aber sah nur Zerstörung, Leichen, abgeschlagene Gliedmaßen, Verwundete, sah Kinder, die vergebens nach ihren Müttern riefen, und Mütter, die die toten Kleinen an sich pressten. Nur in Ilisas Gesicht stand keine Trauer, lediglich Trotz.

»Dass wir unsere zerrissenen Kleider nähen können, das haben wir Frauen den Männern voraus«, keuchte sie. »Sie haben die Schwerter, aber wir haben die Nadeln. Und wie man aus der Asche der niedergebrannten Häuser Lauge macht, um die verschmutzten Kleider zu waschen, das wissen auch nur wir.«

»Du ... du wirst nicht sterben«, sagte Magaidh zum dritten Mal. »Du darfst nicht.«

Skye ist doch jetzt meine Heimat, diese stolze Insel darf nicht zum Friedhof werden.

»Pah!«, machte Ilisa wieder. »Der Himmel ist hoch über die Welt gespannt. Und wenn die Krieger noch so heftig in die Pfütze stampfen ... kein Spritzer erreicht ihn. Es müssen Frauen gewesen sein, die sich einen Ort wie diesen ausgedacht haben. Ich sterbe nicht der Männer wegen. Ich sterbe, weil ich es so will.«

Magaidh begann zu weinen.

»Hör zu jammern auf, damit wäschst du mein Kleid nicht sauber. Bring mir lieber ein frisches.«

Ilisa hustete noch heftiger als zuvor, und dieses Mal trat rosiger Schaum aus ihrem Mund.

»Meine ... Mutter war Norwegerin«, fuhr Ilisa röchelnd fort. »Sie hat immer behauptet, dass die Nornen unser Schicksal weben, und später habe ich Eilidh das Gleiche eingebläut. In die Borte, die mein Schicksal umkränzt, scheinen blutige Fäden verwoben, und ich weiß nicht, ob die Nornen das aus Langeweile oder Spott getan haben. Ich weiß nur, wie wir Frauen es alle wissen, wie man Blutflecken beseitigt. Man braucht keine Seife, es geht am besten mit kaltem Wasser ...«

Immer wirrer wurde Ilisas Gefasel, immer dunkler das Blut, das aus ihrem Mund schäumte. Doch plötzlich wurde der glasige Blick wieder klar, und sie packte Magaidh fest am Arm.

»Du musst mir etwas versprechen«, sagte sie. »Wenn Eilidh jemals wieder diese Insel betritt, dann sag ihr, wie leid es mir tut. Ich hätte sie nicht nach Ross schicken dürfen. Ich hätte keine schwache Frau sein dürfen, die von ihr nichts anderes als Schwäche verlangt. Und ich hätte Sigurd dafür verdammen sollen, dass er ihrem Vater den Kopf abgeschlagen hat. Und sag ihr noch etwas! Sag ihr, dass sie meinetwegen den Rest ihres Lebens in schmutzigen Kleidern herumlaufen soll, aber wieder verstummen wie einst als Kind, das soll sie nicht. Ob sie singt oder schreit, flüstert oder kreischt, murrt oder frohlockt, das ist mir einerlei. Sie soll sagen, was sie denkt, und was noch wichtiger ist, sie soll sagen, was sie fühlt. Ich …« Sie versuchte, das Blut zu schlucken, aber es war zu viel. »Ich fühle nichts mehr«, presste sie röchelnd hervor. »Nur noch Kälte …«

Magaidh hielt lange Ilisas Hand. Die Schreie und Klagen um sie verstummten. Die Trauer war am Abend des blutigen Tages ganz leise.

Eine Woche war nach dem Überfall vergangen. Es waren zu viele Tote zu beklagen, um sie alle in Leinensäcken zu bestatten, sodass die meisten nackt oder nur mit ihren blutigen Gewändern in der Erde verscharrt wurden. Grabbeigaben bekam niemand, was zu den wenigen Dingen gehörte, die Vater Michael erfreuten, denn er hatte stets gegen diesen heidnischen Brauch gewettert. Ansonsten beklagte er die Zerstörung des Klosters und verlangte Hilfe beim Wiederaufbau, obwohl so viele Menschen auch ihre eigenen Häuser an die Flammen verloren hatten.

Kieran ärgerte sich nicht länger darüber. Er kehrte den Ruinen den Rücken zu, ohne sich zu verabschieden. Bruder Patrick war der Einzige, dem er gern erklärt hätte, warum er nicht länger bereit war, Gott zu dienen, doch dieser lag im Fieberwahn und würde womöglich nie wieder daraus erwachen. Kieran wünschte ihm das Beste, aber konnte ihm weder helfen noch seinetwegen bleiben.

Als er Dunvegan erreichte, hatten sich die Männer in Leods Halle versammelt. Die Binsen, die den Boden bedeckten, stammten noch aus friedlichen Tagen, aber hatten sich mit dem Blut vieler Verwundeter vollgesogen. Selbst die Wände schienen, vom blassen Abendlicht erhellt, zu bluten. Einige der Krieger standen, aber die meisten saßen an der Tafel. Nur Sigurd kauerte beim Eingang auf dem Boden, als wären seine mächtigen Beine zu schwach, ihn zu tragen. Beinahe wäre Kieran über ihn gestolpert.

Beim Tod seiner Kinder war er, wie Eilidh ihm einmal erzählt hatte, auf die Jagd gegangen, um dabei seine Trauer zu vergessen. Doch mit Ilisas Tod konnte er nicht fertig werden, indem er Tiere erlegte. Ausgerechnet als sie starb, war er in den Wäldern gewesen und hatte sich an der Jagd erfreut. Die dicken Äste und Blätter der Bäume hatten die Schreie der Menschen gedämpft und den Rauch ferngehalten, und als er zurückkehrte – die Brust satt von frischer Luft und den Rücken schwer von erbeuteten Tieren –, waren die Angreifer bereits abgezogen und Ilisa bereits tot. Der ungebärdige Krieger war zu einem gebrochenen Mann geworden, der fortan zu schwach war, auf einem Pferd zu sitzen, seinen Speer auf ein Tier zu richten und es zu erlegen, um solcherart den Schmerz zu vertreiben.

Kieran stieg über Sigurd hinweg und trat auf Leod zu. Früher hatte er sich vor Männern wie ihm gefürchtet und sie nicht minder verabscheut, doch ob sich nun Leod verändert hatte oder er selbst – es fiel ihm nicht schwer, seinem Blick zu trotzen.

»Was willst du hier, Mönchlein?«

»Ich bin kein Mönch mehr. Ich bin Barde, und ich will dir dienen.«

»Ha, ein Barde! Welche Lieder willst du denn singen?« Leod wollte schroff klingen, doch seine Zunge schien müde. »Lieder von kleinen Kindern, die man in die Luft wirft und nicht mit sanften Armen, sondern mit spitzen Lanzen auffängt? Die man nicht einfach nur ersticht, sondern wie wilde Hunde schüttelt?«

Ein röhrendes Geräusch ertönte hinter ihnen, als hätte jemand einen Hirsch erlegt, und als Kieran herumfuhr, sah er, wie Sigurd seine Hände vors tränennasse Gesicht schlug.

Eilidh würden diese Tränen vielleicht rühren, doch Leod ignorierte sie. Er hatte sich während des Überfalls hinter der Mauer der Burg verkrochen, zwar Pfeile abfeuern und glühendes Pech über die Angreifer gießen lassen, aber nicht gewagt, das Tor zu öffnen, hinauszureiten und alle niederzumetzeln, die ihm vor das Schwert kamen. Niemand wagte, ihm Feigheit vorzuwerfen. Doch jeder erwartete, dass er damit lebte, wenigstens jetzt aufrecht stehen blieb und nicht neben Sigurd auf den Boden sank und mit ihm jammerte.

»Also, welche Lieder willst du singen?«, fragte Leod noch barscher.

Kieran straffte sich. »Ich will von einer Insel singen, die sich vom Blut wieder reinwäscht. Von Menschen, die stark genug sind, das Leid zu überleben. Von Kriegern, die sich rächen.«

Leod musterte ihn aus schmalen Augen. »Warum willst du denn plötzlich lieber singen als beten?«

»Ich habe immer schon lieber gesungen.«

Ich habe immer gewusst, dass ich der Mann bin, der Eilidh liebt, kein Mönch. Eilidh habe ich verloren, aber die Lieder gehören noch mir.

»Und warum soll ich dir lieber zuhören, anstatt dich zurück ins Kloster zu schicken?«

Kieran antwortete nicht mit Worten, sondern mit Gesang. Er sang von Skye und seiner wilden Schönheit, sang von der Stille der Wälder, die länger währte als jedes Weinen, und von den spitzen Bergen, die den Himmel zerschnitten, wenn er die Insel zu trösten versuchte. Wir brauchen keinen Trost, sagten die Berge trotzig, wir sind aus Stein, und Stein währt ewig. Aus Stein waren auch die Klippen, die aus dem Meer ragten, mal schwarz, mal rötlich braun. Bei Flut stieg ihnen das Wasser bis zum Hals, bei Ebbe wich es zurück und hinterließ Schlick, Algen und tote Meerestiere. Doch das scherte die Klippen so wenig wie das Schluchzen, das von ihnen widerhallte. Flügelinsel nannte man Skye, weil das Land Flügel hatte. Und die Menschen, die darauf lebten, würden sich Engeln gleich über dem blutigen Boden erheben, sich nicht vom Gewicht der Toten niederdrücken lassen, mit dem weitermachen, was man eben tat, wenn man leben wollte. Man schlachtete Tiere, man pflügte den Boden, man zeugte Kinder. Und Nebelinsel nannte man Skye, weil das Eiland sein Antlitz oft unter Schwaden verbarg. Aus diesem Nebel waren die Feinde gekommen und hatten ihn als Schild benutzt, doch der Nebel war nichts, was man besitzen konnte. Er kam und ging, wie er wollte.

»Das nächste Mal gehört der Nebel uns!«, rief Kieran, nachdem er die letzte Strophe beendet hatte. »Ich mag auf blutigem Boden stehen. Ich mag auf Asche stehen. Aber Asche ist leicht, und wenn ich laut genug singe, puste ich sie fort, bis die Luft davon grau wird. Das nächste Mal gehört der Nebel uns!«

Schweigen folgte seinem Lied und seinen Worten, und plötzlich dachte er, dass sein Vater zum ersten Mal stolz auf ihn gewesen wäre, wenn er ihm hätte lauschen können. Sein Bruder Ronan hätte sein Schwert sinken lassen und nicht über ihn gespottet, und der König von Man wäre vor ihm auf die Knie gesunken, anstatt ihn zur Geisel zu machen.

Die Menschen von Skye waren zu stolz, um auf die Knie zu sinken, aber in den Augen aller, die ihm zugehört hatten, standen Tränen. So schmutzig, wie die meisten Gesichter waren, würden die Tränen wohl bitter schmecken, bis sie die Münder erreichten – nur Sigurd hatte schon so viele geweint, dass seine klar und rein zu Boden fielen.

Er wird nie wieder ein Tier töten, dachte Kieran, und nie wieder einen Menschen.

Leod hingegen würde das tun. Als der Moment der Rührung vorbei war, ließ er seine Faust auf den Tisch donnern und hielt mit tiefer Stimme eine Rede.

»Wir lassen uns nicht gefallen, was geschehen ist. Magnus, der König von Man, muss ebenso davon erfahren wie König Hakon von Norwegen. Die Haare wird der sich raufen, und wenn sie wirr vom Kopf stehen, wird er verkünden, dass ein Heer Richtung Süden ziehen soll – ein Heer, das so viele schottische Frauen und Kinder und Männer tötet wie Menschen auf Skye unter dem Schwert gefallen sind. Die Männer von Ross waren zu feige, sich uns in einer offenen Schlacht zu stellen. Sie haben uns heimtückisch überfallen und uns den Krieg nicht erklärt, sondern ihn vor unsere Füße gespuckt. Wir bücken uns danach, aber bei Gott nicht aus Demut. Denn dann erheben wir uns noch stärker als zuvor und werfen ihnen den Krieg zurück ins Gesicht. Von ihrem dreisten Lachen werden nur gesplitterte Knochen und roter Brei bleiben. Wieder werden sie spucken, jetzt aber ihr eigenes Blut.« Er wandte sich an Kieran. »Gut, Barde, dien uns, sing noch mehr Lieder! Gib uns den Stolz zurück, die Kraft, die

Zuversicht! Wenn wir in die Schlacht ziehen gegen Schottland, wirst du uns begleiten, und du wirst über Odins Raben singen, die den Leichen dieser Mörder die Augen auspicken.«

Scota ertrug die Gesellschaft der Menschen nicht. In den Gesichtern der einen spiegelte sich das eigene Grauen, in denen der anderen Mitleid. Beides lähmte sie, sodass sie tagelang die Schlafstatt nicht verließ. Ihre Wut auf die eigene Schwäche war das erste lebendige Gefühl seit Langem, doch anstatt sich darüber zu freuen, weinte sie. Ich werde nicht mehr weinen, beschloss sie, als sie keine Tränen mehr hatte. Und ich werde mich nicht länger diesen Blicken aussetzen, weder den gequälten noch den mitleidigen.

Sie schnürte ein Bündel mit ihren Habseligkeiten und nahm Proviant für ein paar Tage mit. Die Einzige, von der sie sich verabschiedete, war Magaidh, denn in deren Blick stand kein Mitleid, nur Müdigkeit. Offenbar hatte sie während des Überfalls jemanden verloren, der ihr nähergestanden hatte als der im Moor ertrunkene Gatte. Scota wusste nicht, wer es war, und fragte nicht danach. Magaidh wollte ihrerseits nicht wissen, warum Scota Burg Dunvegan verließ, nur, ob es sie nach Hause ziehe, nach Dunscaith, der Burg, die von der Kriegerkönigin in einer Nacht errichtet worden war.

»Ich frage mich, ob Scátaigh mich verjagt, wenn ich den Fuß über die Schwelle setze«, murmelte Scota. »Oder ob sie mir lieber ein Schwert in die Hand drückt und befiehlt: Das nächste Mal kämpfst du.«

»Vielleicht würde sie dich einfach nur umarmen.«

Scota schüttelte den Kopf. »Nein, das würde sie nicht. Und nein, nach Dunscaith kann ich nicht zurück. Aber kämpfen werde ich beim nächsten Mal gleichwohl, wenn ich auch noch nicht weiß, wie und womit.«

Weder bekräftigte Magaidh sie in diesem Vorhaben, noch zweifelte sie daran. »Wohin willst du dann?«, fragte sie lediglich.

»In den Cuillins liegt ein Goldschatz«, sagte Scota. »Es heißt, wer von ihm nimmt, wird mit jedem Stück böser und böser.«

»Du willst in die Cuillins gehen? Wo der Nebel stets überraschend kommt und mit ihm Kälte, die tötet? So böse kannst du gar nicht werden, um dich davor zu schützen.«

Scota lächelte schwach. »Hab keine Angst um mich! Irgendwo in der Nähe der Cuillins stehen noch Häuser der Pikten. Sie haben sich dort versteckt, wenn Feinde kamen. Warum sollte nicht auch ich dort Zuflucht finden?«

»Und wovon willst du leben?«

»Ich kann kleine Tiere jagen, Beeren sammeln, Äpfel pflücken.«

Von Haselnüssen sprach sie nicht.

Magaidh starrte sie nur schweigend an, doch Scota konnte ihre Gedanken lesen.

Und wenn du das Gold nicht findest? Wenn du nicht böser wirst? Wenn du rohen Männern auch weiterhin hilflos ausgeliefert bleibst?

»In der Einsamkeit werde ich vielleicht das Flüstern der Toten hören«, sagte Scota leise, »und vielleicht werden sie ihre Weisheit mit mir teilen und mir ein wenig Trost spenden.« Sie ballte ihre Hände zu Fäusten. »Der nächste Mann, der sich gewaltsam auf mich legt, wird sterben«, verkündete sie. »Ich werde nicht wieder um Steine tanzen, ich werde so lange ins Nichts starren, bis mein Blick zur Waffe wird und zu Staub zerfällt, wer immer ihn herausfordert.«

Magaidh machte keine Anstalten, sie zu umarmen. »Ich bleibe auf Skye«, sagte sie lediglich.

Scota nickte. Sie beide waren sich ähnlich und doch wieder nicht. Frauen wie Magaidh sammelten die Scherben auf, die das Leben hinterließ, auf dass niemand darauf treten konnte. Scota hingegen war entschlossen, die Scherben in der Hand zu halten, bis sie ihr nützlich waren. Selbst wenn sie sich daran blutig schnitt – irgendwann würden sie ihr ebenso als Waffe dienen wie ihr Blick.

XIV.

An der Westküste Schottlands
1306

Sie wurden nicht wieder in den Kerker geworfen, doch was Flora zunächst erleichterte, versetzte sie kurz darauf in großen Schrecken. Zwei Männer verwiesen sie allein in einen Raum, während sie Ailean woandershin mitnehmen wollten. Panisch hielt sie sich an ihm fest, doch anstatt ihr zu erklären, warum man sie trennte, wollten die Männer sie gewaltsam von ihm losreißen.

»Nicht so grob!«, ertönte eine Stimme.

Christina von Garmoran trat auf sie zu, majestätisch in einen bodenlangen dunkelblauen Umhang gekleidet, der in so weichen Falten zu Boden fiel, dass Flora kleine Steine im Saum vermutete. Auch wenn der Blick ihrer Augen nicht sonderlich gütig war – eine Lügnerin schien sie nicht zu sein. Nachdem sie erklärt hatte, dass sie Ailean bald wiedersehen würde, folgte Flora ihr freiwillig über eine schmale Treppe in ein Turmzimmer.

»Du musst wirklich keine Angst um deinen Liebsten haben«, bekräftigte Christina, als sie oben angekommen waren.

»Er ist nicht mein Liebster!«

»Nicht?«

Flora schwieg verstockt.

»Nun, eigentlich kann mir gleich sein, wer er ist. Du hingegen willst vielleicht wissen, wer ich bin.«

»Christina von Garmoran.«

»Ein Name allein erklärt noch gar nichts.«

Die Tür, die in den kleinen Raum führte, war so schmal, dass ein beleibter Mensch stecken geblieben wäre, und die Decke aus Holzbalken so niedrig, dass man unwillkürlich den Kopf einzog. Doch die Luke stand weit offen und bot freien Blick auf das Wasser, das moosgrün und schaumgekrönt die dicht bewaldeten Berge spiegelte.

Christina von Garmoran schien diesen Anblick allerdings gewohnt zu sein oder war keine Frau, die sich am Anblick von silbrigen Wellen labte. Anstatt gebannt nach draußen zu starren wie Flora, klatschte sie in die Hände, und wenig später kamen zwei Frauen – die eine mit Wasser, die andere mit frischer Kleidung. Christina selbst reichte Flora einen Kamm. Während diese sich wusch, sich das verfilzte Haar durchbürstete und dabei etliche Strähnen ausriss, hatte sich Christina abgewandt, starrte jedoch weiterhin nicht zum Fenster hinaus, sondern blickte auf die Wand.

»Ja«, begann sie mit dunkler Stimme, »mein Name ist Christina von Garmoran, und ich bin etwas, das es nicht geben dürfte – eine Frau, die Macht hat. Genug Macht zumindest, um Robert the Bruce zu unterstützen. Ich stamme aus dem Clan der Ruaris, mein Vater war Alan MacRuari. Nicht dass er müde Lenden hatte, er zeugte jede Menge Kinder, aber Söhne nur außerhalb der Ehe. Früher hätte es keinen Unterschied gemacht, nicht einmal die keltischen Priester scherte es, ob jemand ein Bastard war oder aus einem gottgewollten Bund hervorging. Gleiche Priester haben es ja auch erlaubt, dass während des Gottesdienstes Vieh verkauft wurde. Das ständige Mähen und Meckern muss die Gebete übertönt haben, aber die Leute haben sie trotzdem verstanden, weil sie auf Gälisch gesprochen wurden, nicht auf Latein. Sei's drum. Heute ist alles anders. Die Priester messen sich an Rom, die Könige und Fürsten an den Normannen, und die Inseln Benbecula und Uist – das Land meines Vaters – fielen nach seinem Tod an mich, nicht an meine Brüder Ruari und Lachlan.«

Flora versuchte, sich die Namen zu merken, vor allem aber nicht aufzuschreien, als weitere Haarbüschel am Kamm hängen blieben. Ihre Kopfhaut brannte, bis das Haar wieder in weichen Locken über ihren Rücken fiel.

»Stammst du vom Wasser oder vom Land?«

Christina drehte sich abrupt zu ihr um, und ihr Umhang raschelte.

»Was … was meint Ihr?«

»Hat dich eine der Inseln hervorgebracht oder das Hochland? Hier wie dort sind die Menschen stolz und stark, und dennoch gibt es Unterschiede. Wer den Blick auf Wasser gewohnt ist, sieht in der Weite Freiheit. Er weiß, welche Klippen es zu umschiffen und welchen gefährlichen Strudeln es auszuweichen gilt, wenn er über das Meer vor seinen Feinden flieht. Er spürt den Wechsel der Gezeiten in seinem Blut. Bei den Menschen vom Hochland ist das anders. Sie verstecken sich hinter Hügeln und Bergen, können Nebel und Schnee riechen, und Weite verheißt für sie nicht Freiheit, sondern Gefahr. Jeder lebt nun mal in seiner eigenen Welt mit den ihr eigenen Gesetzen. Und genau darum kämpfen wir. Um das Eigene.«

Das rote Kleid, das Flora über eine leinene Tunika zog, war weich und sauber und passte sicherlich gut zu ihren rotbraunen Locken. Nicht dass es sie retten würde, hübsch zu sein … Im Kerker würde das Kleid alsbald die gleiche grünliche Farbe annehmen wie Donans Haar …

»Ich verstehe«, murmelte sie, obwohl sie nicht sicher war, was Christina hatte sagen wollen.

»Und hast du auch verstanden, was auf dem Spiel steht, wenn Angus Og kommt?«, fragte Christina und kniff ihre Augen prüfend zusammen.

»Ja …«, murmelte Flora. »Um den Krieg gegen England jemals gewinnen zu können und um seinen Anspruch auf den Thron zu festigen, braucht Robert the Bruce die Seemacht der Hebriden. Angus Og aus dem Clan MacDonald ist der Herr von Kintyre und Mull und einer der mächtigsten Männer der westlichen Inseln. Wenn er sich für Robert entscheidet, werden andere seinem Beispiel folgen. Doch noch steht er treu zum englischen König.«

Christina nickte, und aus ihrer Miene war erstmals eine Spur Wohlwollen zu lesen.

Flora fuhr fort: »Die MacDonalds befehden sich seit Ewigkeiten mit den MacDougalls, und die wiederum sind mit den Comyns verwandt. Das macht sie zu Feinden von Robert the Bruce, der John Comyn ermordet hat – weswegen Robert auf ein Bündnis mit Angus hoffen kann. Er muss sich natürlich darüber im Klaren sein, dass dieses nicht aus Liebe zu ihm, sondern aus Hass auf die MacDougalls geboren würde.«

»Du sprichst von Roberts Mord an John Comyn. War es wirklich Mord? Behaupten das nicht lediglich die Engländer, und vertuschen damit, dass Robert nur sein eigenes Leben schützen wollte?«

Flora biss sich auf die Lippen. »Ich glaube an Robert the Bruce' Sache!«, rief sie schnell und hoffte, dass man ihr die Lüge nicht zu deutlich ansah.

»Als Frau ist es besser, wenn man gar nichts glaubt«, fuhr Christina ihr barsch über den Mund. »Da ist so vieles, was man uns einreden will. Sei still, sei schön, sei fügsam … Was für ein Unsinn! Um auf dieser Welt zu bestehen, muss man so viel wie möglich wissen.« Sie schnalzte ärgerlich mit der Zunge. »Was du sagst, stimmt allerdings. Robert könnte die Feindschaft zwischen den MacDonalds und MacDougalls für seine Zwecke nutzen. Meine Bastardbrüder hassen Robert übrigens, aber das tut nichts zur Sache. Sie taugen nur dazu, zu rauben und zu zerstören, und wer immer sie daran zu hindern droht, den verfolgen sie mit glühendem Zorn. Als Frau sollte man nie etwas mit glühendem, sondern nur mit kaltem Herzen entscheiden. Und ich hoffe, dass sich letztlich auch Angus Og nicht von seinen Gefühlen, sondern von seiner Vernunft leiten lässt. Käme Robert an die Macht, könnte er auf jene Gebiete hoffen, die Edward von England bislang den MacDougalls versprochen hat.«

Flora hatte sich das offene Haar zu zwei Zöpfen geflochten, und Christina reichte ihr einen hauchdünnen, mit winzigen Perlen bestickten Schleier, den sie darüber tragen konnte. Erstmals suchte sie bewusst ihren Blick.

»Leider sieht man Robert die Strapazen seiner Flucht nur allzu deutlich an. Wenn man in seine Augen blickt, stößt man nicht nur auf den festen Willen zum Sieg, sondern auf Trauer und Müdigkeit. Ihr beide habt dafür zu sorgen, dass Angus Og blind dafür wird und zugleich, dass er zu träumen beginnt – von einem Schottland nämlich, in dem die Menschen, ob auf den Inseln oder im Hochland, frei sind.«

Flora entging der zweifelnde Unterton nicht, sie wusste aber nicht, ob Christina ihren Fähigkeiten als Barden misstraute oder an Robert the Bruce' Fähigkeiten als Herrscher.

»So, und jetzt bringen wir dich zu deinem Liebsten, und dann müssen wir warten, bis Angus Og hier eintrifft.«

»Er ist nicht mein Liebster!«

»Ihr seid mir aber sehr vertraut erschienen.«

»Wir haben viel Zeit miteinander verbracht, das ist alles.«

»Und siehst du, das ist im Grunde die wichtigste Voraussetzung für die Liebe. Man muss den Menschen, den man liebt, wie einen Schatten begleiten, man darf jedoch keinen auf ihn werfen. Im besten Licht soll er stehen, so wie man selbst erstrahlen muss. Die Liebe ist bunt, nicht grau.«

Flora überlegte, ob Christina je geliebt hatte, aber sie wagte nicht zu fragen.

»Auf dem Weg hierher haben wir von einer großen Liebe gehört«, sagte sie stattdessen, »von einem gewissen Kieran und einer Eilidh, die das Herz aneinander verloren haben. Habt Ihr schon einmal von den beiden gehört?«

Christina lachte auf, wurde aber rasch wieder ernst. »Wer, der auf den Inseln lebt und den Anblick weiten Wassers schätzt, kennt sie nicht? Natürlich habe ich manchen Liedern gelauscht, in denen ihr Los besungen wurde. Fast jedes verhieß, wie groß ihre Liebe gewesen ist. Aber Größe allein ist nicht alles. Diese Burg ist groß, und doch würden die Engländer sie belagern und dem Erdboden gleichmachen, wenn sie um Robert the Bruce' Aufenthaltsort wüssten. Englands Heer wiederum ist auch groß, aber im Nebel nützt das wenig. Die meisten Männer sind größer als ich, aber das bedeutet nicht, dass sie auch so klug sind. Meine Klugheit wird allerorts gerühmt, aber ich weiß noch nicht, ob es klug war, Robert zu unterstützen.«

»Wenn es nicht die Größe ist, die zählt, was ist es dann?«

»Freiheit«, sagte Christina entschlossen, »immer wieder die Freiheit. Freiheit bedeutet jedoch für jeden etwas anderes. Für mich bedeutet Freiheit, zu herrschen, wie ich will. Kieran und Eilidh haben Freiheit gesucht, um zusammenzubleiben. So oder so – es ist bitterer, die Freiheit zu verlieren, als das Leben selbst. Nur deshalb habe ich mich für Robert entschieden.

Lieber gehe ich an seiner Seite zugrunde, als unter Edwards Fuchtel zu stehen. Und wer am Meer lebt, verlernt, die großen Wellen zu fürchten, die einen mit Haut und Haar verschlucken können.«

»Eilidh und Kieran werden also besungen, weil sie sich die Freiheit nahmen, ihrem Herzen zu folgen ...«

»Ob sie ausgerechnet dafür besungen wurden? Freiheit gesteht man meist den Männern zu, nicht den Frauen, und ein Mann, der ein Herz hat, gilt letztlich als genauso schwach wie eine Frau. Ich glaube, die meisten Lieder über die beiden sollen die Menschen nicht rühren, sondern ermahnen und ihnen vor Augen halten, dass Liebe nicht glücklich macht, im Gegenteil. Das Ende der beiden war schließlich ein trauriges ...«

Flora riss die Augen auf. Es war das erste Mal, dass jemand dies offen aussprach, gleichwohl das verschwundene Kind ein unheilvolles Schicksal vermuten ließ.

»Was ist passiert?«, fragte sie gebannt.

»Lass uns nicht darüber reden. Du solltest keine dunkle Geschichte im Kopf haben, wenn ihr vor Angus singt.«

»Aber ...«, setzte Flora an.

»Kein Aber!«, unterbrach Christina sie rüde. »Denk lieber darüber nach, was Freiheit für dich bedeutet.«

Flora zuckte die Schultern. Freiheit war nichts, was sie je angestrebt hatte, und auch jetzt könnte sie gut darauf verzichten, wenn sie nur ihr altes Leben wiederhätte und vergessen würde, wie sich Hunger, Kälte und Nächte auf schlammigem Boden anfühlten. Allerdings ... das Geheimnis, das sie lüften wollten, schenkte vielleicht auch Freiheit – die Freiheit zu entscheiden, ob sie nach Perth zurückkehren oder in Applecross an Davids Seite leben wollte.

»Was immer Freiheit meint«, fuhr Christina fort, »manchen

scheint ein voller Magen noch wichtiger. Ich werde Pökelfleisch, Fladen und Äpfel bringen lassen, du kannst gern gemeinsam mit deinem Liebsten essen.«

»Er ist nicht mein …«

»Das sagtest du bereits. Aber lass eine alte Frau mit einer jungen Scherze treiben. Wenn du ihn tatsächlich nicht liebst, lebst du gewiss leichter. Falls doch, weiß ich nicht, ob ich dir davon abraten würde. Bis heute bin ich mir nicht sicher, ob Liebe teurer ist als Freiheit, das Gleiche oder ihr schlimmster Feind.«

Ailean hatte von Iain gelernt, dass die größte Auszeichnung für einen Barden die Stille war – eine ehrfürchtige, gebannte, atemlose Stille, in der niemand einen Ton zu machen wagte. Schweigen allein verhieß eine solche Stille noch nicht, denn dieses konnte ja auch bedeuten, dass die Zuhörer sich gelangweilt hatten.

Als sie das Lied beendeten, er zum letzten Mal die Harfe zupfte und sich keiner rührte, deutete nichts darauf hin, mit welcher Art der Stille sie es zu tun hatten. Ailean bekam Angst, und er las sie auch in Floras Gesicht.

Hatten sie Roberts künftige Großtaten zu übertrieben geschildert und solcherart nicht die Seelen entflammt, sondern ein grell aufflackerndes Feuer gezeugt, das ein jeder gleich wieder löschen wollte? Oder hatten sie zu große Vorsicht walten lassen, zu zaghaft den Ruhm des Königs verkündet und solcherart nur den vagen Schein eines flackernden Kerzleins auf ihn geworfen, das mit einem einzigen Luftzug ausgeblasen wurde?

In jedem Fall glitzerten in Angus Og MacDonalds Augen keine Tränen, die ein Zeichen für die erhabene Stille gewesen wären. Anstatt etwas zu sagen, griff er erst zum Weinkelch, um seine Kehle zu benetzen, dann zu einer Lammkeule, um sie abzunagen. Schon nach wenigen Bissen ließ er sie allerdings wieder sinken, schmatzte eher verdrießlich als genüsslich und nahm Ailean und Flora in Augenschein.

Was sieht er, wenn er uns betrachtet? Zwei Lügner, die Robert besingen, weil sie ihr eigenes Leben retten wollen? Oder zwei Barden, die dem Zauber des eigenen Liedes verfallen sind und an den König glauben, den sie besingen?

Wen Ailean selbst sah, war ein Mann, auf den das Wort »durchtrieben« passte. Keiner der hier Versammelten schien so in der Kunst der Verstellung geübt wie Angus Og. Robert the Bruce sah man trotz aller Entschlossenheit die Erschöpfung an, Kenneth MacKenzie den leisen Zweifel, ob er gut daran getan hatte, auf ihn zu setzen. Christina von Garmoran wiederum war eine stolze, starke Frau, die sich offenbar nie demütiger gab, als sie war. Nur Angus lungerte am Tisch wie ein Bauer und verriet weder mit Miene noch Geste, dass er einer war, dem andere das Pferd sattelten, den Hermelinpelz bürsteten und die Stiefel aus dem geschmeidigen Ziegenleder schnürten.

»Sollen wir noch ein Lied singen?«, fragte Flora.

Wieder senkte sich Stille über sie, diesmal eine angespannte. Ailean erkannte, dass nicht nur sie beide aufgeregt eines Urteils harrten, sondern auch die anderen. Doch Angus Og ließ sie weiter schmoren, nahm ein kleines Messer und begann das Fleisch von der Lammkeule zu schaben.

»Entweder ist das Fleisch zu zäh, Kenneth, oder meine Zähne sind nicht scharf genug dafür«, sagte er in die Stille hinein. »In jedem Fall hoffe ich, dass die Mägde, die es brieten, nicht genauso schlaffe Brüste haben. Der Wein schmeckt übrigens nicht besser. Er riecht wie Pisse, und zwar von einem, der zu lange im Bett gelegen hat, anstatt ein paar verfluchte MacDougalls zu töten.« Er hielt inne, lachte dröhnend auf. »Ob ich noch ein Lied hören will? Oh, gewiss würde ich einem, in dem ihr den Hurensohn Alexander MacDougall verspottet, sogar sehr gern lauschen. Ich denke allerdings, dass jetzt nicht die Zeit ist, noch länger zuzuhören, sondern etwas zu sagen.«

Angus Og schleuderte das kleine Messer fort, doch was Ailean kurz als Zeichen von Feindseligkeit deutete, war nur der Auftakt, um in ein noch dröhnenderes Gelächter auszubrechen.

»Bei diesem Essen schläft mir der Bauch ein, und es vergeht mir die Lust, ordentlich zu furzen. Aber was den Gesang anbelangt ... nun, da habt ihr euch deutlich mehr Mühe gegeben, das muss man euch lassen.«

Er erhob sich von der Tafel, wohl weniger, um der Rede, die folgte, mehr Gewicht zu geben, als sich die Beine zu vertreten. Einem, der gewohnt war, häufig mit dem Schiff unterwegs zu sein, schien der Ritt nicht gut bekommen zu sein.

»Du bist ein schlauer Fuchs, Robert«, begann er, »Musik wirkt noch besser als Wein. Wenn erst mal klangvolle Lieder ertönen, vergeht der scheuen Braut die Angst vor der Hochzeitsnacht und dem feigen Krieger die Angst vor der Schlacht. Allerdings habe ich keine Angst. Weder vor dir noch vor Edward.«

Robert neigte sich vor. »Das ist gut«, erwiderte er und stimmte in sein Lachen ein, wenngleich es deutlich angespannter klang. »Es sollen mir keine Lämmer folgen, sondern Wölfe.«

»Nun, dann sag mir, warum die Wölfe für einen Hasen heulen sollen?«

»Eben noch hast du mich nicht einen Hasen, sondern einen Fuchs genannt.«

Angus Og lachte wieder, wurde aber rasch wieder ernst. »Der Fuchs ist ein scheues Tier«, erklärte er, »er verkriecht sich gern im Unterholz.«

Unwillkürlich erhob sich Robert, schenkte Wein in einen Kelch und trat damit auf Angus Og zu. Ailean entging nicht, dass er den Kelch umklammerte, als wollte er ihn mit bloßen Händen zerdrücken.

»Ja, der Fuchs ist scheu«, sagte Robert. »Er versteckt sich vor den Jägern. Aber das hält ihn nicht davon ab, nachts den Hühnerstall zu plündern. Am Morgen findet man dort nicht einmal mehr Eier, denn die gackernden Hennen waren derart verängstigt, dass sie keine mehr legen konnten.«

Robert hob den Weinkelch, doch Angus machte keine Anstalten, ihn anzunehmen.

Tu es!, dachte Ailean verzweifelt. Trink daraus!

Und plötzlich hoffte er es nicht nur inständig, weil davon sein eigenes Schicksal abhing, sondern weil er es Robert von Herzen wünschte, die Fesseln zu sprengen, die ihm die Erschöpfung und die Sorge um seine Familie aufnötigten. Wenn Robert das gelang, dann könnte auch er den langen Marsch, die Sorgen um Iain, die Kerkerhaft vergessen. Oder vielmehr nicht vergessen, sondern überwinden, um gestärkt daraus hervorzugehen.

Tu es! Nimm den Kelch!

Angus nahm ihn nicht.

»Gesetzt, ich wäre kein Wolf, sondern ein Hund«, erklärte er stattdessen. »Und gesetzt, dieser Hund wäre seinem Herrn treu ergeben, nämlich dem englischen König Edward … Wenn nun der Hund Edward in die Hand bisse, würde man ihn dann nicht den Rest seines Lebens als tollwütig beschimpfen? Müsste der Hund nicht ständig damit rechnen, erschlagen zu werden?«

»Oh … Ich hatte einst einen Hund«, erwiderte Robert vermeintlich gelassen. »Er hat sich regelmäßig geduckt, aber nicht aus Angst, sondern schlichtweg, um zu scheißen. Danach ließ er den Haufen liegen und rannte weg. Keinen, dem er je vor die Füße geschissen hat, habe ich sagen hören, der Hund sei feige. Nur verflucht wurde er oft, weil er elendiglich gestunken hat.«

Auch wenn Angus den Kelch immer noch nicht nahm, klopfte er Robert zumindest wohlwollend auf die Schulter. »So lange wie du nun schon auf der Flucht bist, hast du wohl auch zu stinken begonnen.«

»Ich brauche keinen neuen Pelz von dir, Angus Og. Ich brauche deine Schiffe, ich brauche dein Schwert, ich brauche deine Männer. Danach können wir gemeinsam stinken, bis Edward die Nase rümpft und nicht mehr sieht, was sich direkt vor seinen Augen zuträgt – dass nämlich die Schotten nicht mehr gegen Schotten kämpfen, sondern sich vereinen, um ihn aus dem Land zu jagen.«

»Von William Wallace hörte man, dass er den Engländern vor der Schlacht von Stirling seinen nackten Arsch gezeigt hat.«

»Und siehst du: Obwohl ich vor ihm fliehe, bekommt Edward das Gleiche auch von mir zu sehen.«

»Dann wollen wir hoffen, dass du größere Eier hast, als gackernde Hühner sie legen, vorausgesetzt, dass der Fuchs sie nicht holt.«

Kein neues Gelächter folgte, Angus Ogs Blick wurde plötzlich so starr wie der von Robert, und die Stille war so feierlich wie die, die Iain beschworen hatte.

»Dass es so ist, das schwör ich dir«, sagte Robert.

Endlich nahm Angus Og den Kelch, endlich trank er ihn bis zum letzten Tropfen leer.

»Ha!«, donnerte er und lachte. »Der Wein schmeckt immer noch wie Pisse, aber wenigstens ist es die eines Königs.«

Wieder schlug er Robert auf die Schulter, und ein Tropfen floss über sein Kinn.

Auf den letzten Tropfen seines Bluts wird Robert nicht hoffen können, dachte Ailean. Er gelobt ihm die Treue mit dem Kopf, nicht mit dem Herzen. Aber im Augenblick braucht Robert keine Freunde, nur Feinde für seine Gegner.

»Es lebe König Robert!«

Kenneth, der Robert vielleicht im See hätte ertränken lassen, wenn das Bündnis nicht geglückt wäre, sprang auf und hob gleichfalls den Weinkelch, und selbst Christina, die Ailean in den Tagen, da sie auf Angus Og MacDonalds Eintreffen gewartet hatten, nie hatte essen oder trinken sehen, tat es ihm gleich. Trotz aller Zweifel war niemals ein Lied freudiger aus Aileans Kehle geflossen als das Trinklied, das er als Nächstes vortrug.

Als der Abend vorbei war, hatte Ailean etliche Kelche geleert – zwar nicht so viele wie Angus und Robert, aber genug, dass seine Wangen glühten und sich jeder Schritt so anfühlte, als würde er im Schlamm waten, statt auf festem Boden zu gehen.

Flora hatte auch getrunken, und ihre Augen füllten sich mit Tränen.

»Weinst du etwa vor Freude, weil wir die Freiheit erlangt haben?«, fragte er. »Und dass Christina von Garmoran uns versprochen hat, dass wir Skye sicher erreichen werden?«

Sie lächelte nicht, sondern zuckte nur müde die Schultern. »Der arme Donan … er kann uns jetzt nie wieder eine Frage stellen.«

»Willst du lieber zurück in den Kerker gehen, damit er sich nicht langweilen muss?«

»Nein, aber jetzt ist es wieder an uns ... ich meine, Fragen zu stellen ...«

Obwohl sein Geist vom Wein benebelt war, ahnte Ailean, worauf sie hinauswollte.

Der Saal war voller Männer, und er zog Flora mit sich, ehe die Feierlaune ihren Höhepunkt erreichte, das Stimmengewirr unartikulierter und die Blicke und Gesten aufdringlicher wurden. Wenig später standen sie auf dem Wehrgang und starrten in die Dunkelheit, die alle Unterschiede verwischte. Weder konnte man das Meer vom Land abgrenzen noch die Ebene von den Bergen. Genauso schwer fiel es Flora offenbar auch, zwischen Freund und Feind zu unterscheiden.

»Du weißt nicht mehr, was du von Robert denken sollst, nicht wahr?«, bemerkte Ailean.

»Es ist einfach so verwirrend ... Der Mann, den ich heiraten sollte, ist ein Mörder, der Mann, den ich immer für einen Mörder hielt, ein König. Und Kieran und Eilidh, die sich so geliebt haben, haben am Ende nicht zusammengefunden. Was, wenn alles sinnlos ist? Wenn wir ein Leben lang vergeblich versuchen, das Geheimnis zu ergründen?«

»Du kannst mir glauben, mehr als ein, zwei Monate opfere ich für dieses Geheimnis nicht ...«

»So oder so ... ihre Geschichte, sie ist so traurig ... Christina hat mir noch mehr erzählt. Mit dem Unglück, das sie andeutete, hatte offenbar eine Druidin zu tun. Von einem geopferten Kind hat sie zwar noch nie etwas gehört, aber jener Druidin, so sagte sie, sei eine schändliche Tat wie diese zuzutrauen.«

»Wir wissen immer noch nicht, was die Druidin mit Eilidh zu tun hat.«

»Das stimmt. Doch ich habe erfahren, dass Eilidh nach Ross verheiratet und der dortige Graf zum schlimmsten Feind der Insel Skye wurde ...«

»Vielleicht konnte Eilidh später wieder heimkehren.«

»Glücklich geworden ist sie dennoch nicht.«

»Nicht für immer. Aber reichen manchmal nicht auch ein paar Tage und Wochen?«

»Wenn das verschwundene Kind tatsächlich ihres ist, scheint aus ihrer Liebe nichts Gutes erwachsen zu sein ... So wenig wie aus unserer Reise.«

Ailean hätte sich nicht zu den nächsten Worten hinreißen lassen, wenn er Flora ins Gesicht hätte sehen können. Doch in der Dunkelheit nahm er nur die Konturen ihrer Gestalt war, und er wollte plötzlich so gnädig wie das Mondlicht sein, das die Schrecken des Lebens nicht bloßstellte, sondern mit einem silbrigen Tuch bedeckte.

»Nun, ich für meinen Teil finde es gar nicht so schlimm, mit dir zu reisen, zumindest nicht so schlimm, wie ich ursprünglich gedacht habe. Du bist weder verwöhnt noch verweichlicht, obwohl das bei einer jungen Frau wie dir zu vermuten stünde. Nein, du bist unerschrocken und entschlossen, wenn es darauf ankommt. Und du kannst besser singen als gedacht.« Er lachte nervös, als sie schwieg, und fügte rasch hinzu: »Wenn ich nun aber meine Meinung über dich geändert habe, ohne mich vor Entsetzen darob in den Burggraben zu stürzen, darfst du auch deine Meinung über Robert prüfen.«

»Untersteh dich, dich in den Burggraben zu stürzen! Ich denke nicht daran, das Boot nach Skye allein zu besteigen, dort wäre ich ja ganz verlassen unter Männern.«

»Ich bin auch ein Mann.«

»Du bist ein Barde, das zählt nicht.«

Ehe er ihr die Beleidigung heimzahlen konnte, ging Ailean

auf, dass Floras Worte keine solche waren, vielmehr Ausdruck von Vertrauen. Erneut ließ er sich zu etwas hinreißen, das er nicht getan hätte, wäre es nicht dunkel gewesen: Er legte seine Hand auf ihre.

Schweigend standen sie eine Weile nebeneinander und starrten in die schwarze Nacht. Flora atmete heftig, entzog ihm die Hand aber nicht. Erst als der Wind schärfer wehte, ihre Kleidung blähte und an den Haaren riss, löste sie sich von ihm.

»Ich weiß nicht, was uns auf Skye erwartet und wann wir wieder unter einem sicheren Dach schlafen werden«, sagte sie. »Wir sollten die letzten Stunden dieser Nacht nutzen, um uns auszuruhen und so viel Kraft wie möglich zu sammeln, anstatt uns den Kopf über Dinge zu zerbrechen, über die wir entweder zu wenig wissen oder die wir nicht ändern können.«

XV.

Skye
An der Westküste Schottlands
Im Osten der Grafschaft Ross
1262–1264

Scota blieb nur einige Wochen in dem Piktenhaus, in dem sie zunächst Zuflucht gefunden hatte. Eigentlich verdiente es seinen Namen nicht, war es doch kaum mehr als eine Höhle, deren Ausgang man mit einem schmalen Tunnel verlängert hatte. In früheren Zeiten mochte er einem Dutzend Menschen Unterschlupf geboten haben, vorausgesetzt, dass sie nicht standen, sondern saßen, doch von den einst stabilen Steinmauern hatte nur eine der Zeit und den Stürmen getrotzt. In der Höhle selbst wiederum war es auch an warmen Tagen klamm und feucht.

Früher hätte Scota die Nase gerümpft und die Kälte ertragen, doch jetzt war sie zu verwundet, um ihr standzuhalten. Ihre Verletzungen, ob sichtbar oder unsichtbar, würden nie zu Narben werden, wenn sie Nacht für Nacht zitternd wach lag.

Noch vor dem Ende des Sommers verließ sie das Piktenhaus und ging Richtung Süden. Egal, von welcher Seite sie die Cuillins betrachtete – die einst vertrauten Berge waren ihr genauso fremd wie sie sich selbst. Das war doch nicht sie, die da so oft verzagte, sich erbärmlich schwach fühlte und von Kopfschmerzen, Hunger und Durst gequält wurde!

Nicht ganz so fremd war der Anblick des türkis schimmernden Fjords, der eine Landzunge von Dunscaith trennte. Als Scota diese erreichte, konnte sie in der Ferne die Burg sehen, die kleiner war, als sie sie in Erinnerung hatte. Kurz wurde auch das eigene Leben, die eigene Vergangenheit, der eigene Schmerz klein. Mehrere Nächte schlief sie im Freien, dann stieß sie an der Spitze der Landzunge auf ein paar halb verfallene Hütten. Sie redete sich ein, dass auch hier die Pikten Zuflucht gesucht hatten oder später die Gälen vor den Wikingern, aber die Wahrheit war wohl, dass in dieser Einsamkeit die Mönche ihren blassen Gott verehrt hatten. Ob sie ihren Seelenfrieden gefunden hatten oder von Dämonen geplagt worden waren, wusste sie nicht, nur, dass sie stets schmutzig gewesen sein mussten, wenn sie sich morgens vom feuchten, lehmigen Boden erhoben.

Scota bedeckte ihn mit Reisig, das ihr beim Schlafen in den Rücken stach, konnte aber trotzdem nicht verhindern, dass die Haare immer mehr verfilzten und die Füße von Dreck starrten. Anstatt sich zu waschen, begnügte sie sich damit, stundenlang aufs Meer und die spitzen Felsen, die bei Ebbe aus dem Wasser ragten, zu starren.

Die Mönche, die vor ihr in der Gegend gelebt hatten, sind allesamt Narren gewesen, dachte sie oft. Wie konnten sie an einen Gott glauben, der die Welt nach einem wohlfeilen Plan erschaffen und hinterher befunden hatte, dass sie gut war? Sie war doch ganz offensichtlich das Werk von ebenso kraftstrotzenden wie unbeherrschten Göttern, die, von Wut oder Ehrgeiz getrieben, die Sterne vom Himmel rissen, sie zerfetzten und, sobald ihr Mütchen gekühlt war, einfach fallen ließen. Gleichgültig, was daraus wurde, und ob sie sich später an spitzen, gen Himmel ragenden Zacken blutige Füße holen würden.

Viel mehr als das erfuhr Scota an diesem Ort über das Wesen der Götter jedoch nicht. Sie schwiegen und verbargen ihr Gesicht – auch die Kriegergöttin, die so viel lauter und herrischer war als die Jungfrau Maria, tat es.

Scota war enttäuscht, aber nicht überrascht. Was sollten starke Götter mit einer schwachen Frau, wie sie eine war, anfangen? Sie schwieg ja selbst, schwieg wie Eilidh.

Wer von diesen Ungeheuern war dein Mann?, fragte sie die einstige Gefährtin stumm. Hat er dir von den toten Kindern und den geschändeten Frauen erzählt, als er zurück in euer Ehebett gekehrt ist? Und was hast du getan? Hast du geweint, ihn angeklagt oder geschwiegen wie ich?

Anstatt die Fäuste zu ballen, umschlang Scota ihre Knie, als gälte es, die ehemalige Freundin zu umarmen.

Ich würde es verstehen. Und ich gebe zu, wenn ich früher behauptet habe, ich hätte keine Angst, habe ich gelogen. Ich hatte immer Angst – Angst, eine Blenderin zu sein, und vor allem Angst vor der Einsamkeit.

Die Einsamkeit hatte ihr schon während ihrer Kindheit auf Dunscaith zugesetzt, obwohl sie viele Geschwister gehabt hatte. Scota, die Jüngste, konnte sich nicht all ihre Namen merken, und selbst wenn sie ihr einfielen, tat sie sich schwer, sie auszusprechen. Was hatte man sie dafür verspottet!

Dumm bist du, schrecklich dumm, hatte Heather oft gesagt. Heather war die Frau gewesen, die sich um sie gekümmert hatte, weil ihre Mutter, Vika, zu müde und kraftlos dafür gewesen war – vielleicht wegen der vielen Geburten, die hinter ihr lagen, vielleicht aus Angst vor weiteren.

Eines Tages begann Vikas Leib wieder zu schwellen.

»Das kann nicht sein!«, rief sie. »Ich bin nicht mehr fruchtbar. Ich habe doch genug Kinder geboren.«

Die anderen Frauen trösteten sie damit, dass nach so vielen Geburten eine weitere kaum noch schmerzen würde. Ein Mönch behauptete, dass auch Frauen im hohen Alter Kinder gebären könnten, die heilige Elisabeth sei das beste Beispiel dafür.

Wie dumm er ist, dachte die kleine Scota und war erleichtert, dass es jemanden gab, der noch dümmer zu sein schien als sie.

Es war nicht so, dass sie schon damals Gottes Macht angezweifelt hätte, alte Frauen zu schwängern, aber sie hätte schwören können, dass im Leib der Mutter kein Kind heranwuchs, sondern ein Stein. Sonst hätte sie nicht so schwer daran getragen, sonst hätte sie nicht so viele Schmerzen, sonst würde sie nicht ständig weinen.

Eines Tages wurde Vika von einer weisen Frau besucht. Wenn diese in den Zeiten gelebt hätte, da schwangere Frauen von Druidinnen anstelle von Mönchen über den Willen der Götter belehrt worden waren, wäre sie wohl eine gewesen.

Sie sah Vika lange an, legte kurz ihre Hand auf deren Leib und verkündete mit heiserer Stimme: »Du trägst kein Kind in dir, sondern den Tod.«

Die anderen Frauen weinten, aber wischten sich bald die Tränen ab. »Wenn wir nur genügend beten, wird alles wieder gut.«

Was seid ihr dumm, dachte Scota. Dumm, dumm, dumm!

Vika weinte nicht. »Ich trage lieber den Tod als noch ein Kind in mir. Meine Kinder gehören meinem Mann, der Tod aber nur mir.«

Du bist auch dumm! Zu leben ist immer besser als zu sterben!

Als die Mutter tot war – die einen sagten, sie sei mit einem Kind im Leib verschieden, das nicht mehr getauft werden konnte, die anderen sprachen von einem blutigen Klumpen, der niemals ein Mensch geworden wäre –, konnte Scota sich plötzlich die Namen all ihrer Geschwister merken und jeden einzelnen aussprechen. Das bedeutete jedoch nicht, dass sie sie auch mochte und sich in ihrem Kreis geborgen fühlte. Sie begriff, dass sie ganz allein auf der Welt war, vor allem, nachdem die weise Frau von der neuen Gattin ihres Vaters verjagt worden war. Auf ihren Händen müsse ein Fluch liegen, weil sie Vika nicht habe retten können, hatte diese behauptet.

Dumm, dumm, was seid ihr alle dumm. Niemand hätte sie retten können! Ich hingegen bin nicht dumm, und ich will leben, nicht sterben!

Auch jetzt, so viele Jahre nach dem Tod ihrer Mutter, sagte Scota sich das vor, wieder und immer wieder. Manchmal glaubte sie daran und war dann fest entschlossen, am kommenden Tag nicht wieder tatenlos aufs Meer zu starren, sondern sich endlich zu waschen. Doch bevor sie sich dazu aufraffte, wurde aus ihrem Hunger Übelkeit, rundeten sich Bauch und Brüste, während ihre Arme abmagerten, und wurde aus der vagen Ahnung Gewissheit.

Kermac mit dem schiefen Grinsen hatte sie geschwängert. Sie stellte sich ein Kind vor, das ihm ähnlich sah, aber konnte es nicht, verstand lediglich, warum ihre Mutter lieber den Tod in sich getragen hatte als ein weiteres Kind.

Ihr Los war noch schlimmer als das von Vika: Sie trug nicht den Tod, sondern ein Kind, das vom Tod gezeugt worden war.

Tag für Tag starrte Scota auf Dunscaith.

Sie zählte die Namen ihrer Geschwister auf, vergaß die der Schwestern aber gleich wieder. Diese waren gewiss längst verheiratet. Die Brüder wiederum würden sich nicht freuen, dass sie ihren Namen richtig aussprach, sondern ihren runden Leib mit schelem Blick mustern, wenn sie heimkehren würde.

»Warum warst du so dumm, dir einen Bastard machen zu lassen?«, würden sie wohl fragen.

Ich war nicht dumm, ich war nur schwach …

Oh, wie sie es hasste, schwach zu sein, sie hasste es mehr als den Tod!

Nein, nach Dunscaith würde sie nicht zurückkehren. Ihren Zufluchtsort verließ sie gleichwohl und wanderte die Küste entlang. Das Land und das Meer schienen hier seit Ewigkeiten im Kampf zu liegen. Manchmal schnitt das Land ins Meer, manchmal das Meer ins Land, tödlich war diese Umarmung nie, nur laut und stürmisch, und sie gebar Unmengen Schlick und Scharen von Seevögeln, die über Scota kreisten und ihr auf den Kopf schissen. Wenn der Kot trocknete, rieselte von ihrem Kopf weißer Staub. Wahrscheinlich blieb das Haar darunter trotzdem weiß. Wäre sie allerdings wirklich die Greisin, für die sie sich hielt, würde kein Kind in ihr wachsen. Längst glaubte sie nicht mehr an einen Gott, der alte Weiber wie Elisabeth fruchtbar machte.

Scota ernährte sich von Möweneiern und getrockneten Algen und erreichte nach vielen Tagen, die sie nicht zählte, die Burg Maol. Sie war einst von einer norwegischen Prinzessin errichtet worden, die man die Freche Maria nannte. Was genau sie gesagt hatte, um sich diesen Ruf einzuhandeln, und ob sie ihm wirklich gerecht wurde, wusste niemand, aber Scota hatte oft gehört, dass Maria nach dem Tod ihres Mannes, einem MacInnon, die Burg geerbt und hohe Zölle von den vorbeifahrenden Schiffen verlangt hatte. Da nicht alle zahlen wollten, schließlich war sie lediglich eine Frau, ließ sie riesige Ketten anfertigen, mit denen sie eigenhändig den Seeweg verschloss. Passieren durfte nur, wer zahlte oder wer Neuigkeiten aus der norwegischen Heimat brachte, nach der sie sich inständig sehnte.

Wenn Scota sich früher vorgestellt hatte, wie die Freche Maria die riesige Kette geschwungen hatte, hatte sie oft überlegt, ob sie wohl so stark wie Scátaigh gewesen war. Jetzt dachte sie, dass Maria es zumindest mit einem Mann, der sie schänden wollte, aufgenommen hätte. Sie hätte ihm die Kette so oft um den Leib gewickelt, bis er erstickt wäre.

Scota konnte nicht sagen, was genau sie nach Maol getrieben hatte, ob nur der Zufall oder die Hoffnung, dass die Menschen hier sie zwar als Leods Ziehkind willkommen heißen, aber keine aufdringlichen Fragen stellen würden. So oder so war sie erleichtert, als sie endlich vor dem Tor auf die Knie sank, mit letzter Kraft ihren Namen stammelte und hineingetragen wurde. Zwei Frauen wuschen, kämmten und versorgten sie mit frischer Kleidung, dann schlief sie zwei Tage und zwei Nächte lang.

Nachdem sie erwacht war und gegessen hatte, stellte Scota fest, dass ihr Haar doch nicht weiß war, sondern noch rot, und auch, dass ihr nicht alle Bewohner von Maol fremd waren. Sie ging gerade die Burgmauer entlang, als sie eine vertraute Stimme hörte. Die Frau, zu der die Stimme gehörte, brachte nur ihren Namen hervor, dann fiel ihr Blick auf Scotas gerundeten Leib, und die Überraschung über das unerwartete Wiedersehen wich Entsetzen.

Scota trotzte diesem Entsetzen.

Ich will nicht schwach sein, ich will mich nicht schämen müssen ...

»Was tust du hier?«, fragte sie.

Magaidh trat näher. Sie hielt den Kopf gesenkt, vielleicht wegen des gerundeten Leibs, vielleicht einfach nur, um ihr Gesicht vor dem scharfen Wind zu schützen.

»In Dunvegan ruft man nicht mehr meinen Namen«, sagte Thorviors Witwe leise. »Dort bin ich nur noch die Frau aus Ross, die Schwester des Feindes.«

»Und die MacInnons, denen Maol gehört, tun das nicht?«

»Sie leben nah am Festland, folglich nah an der Grafschaft

Ross. Seit Jahren versuchen sie, mit Graf William in Frieden zu leben, und wurden damit belohnt, dass man sie beim Überfall verschonte. Leod ist wahrscheinlich sehr wütend auf sie.«

Scota wandte sich wieder ab. »Leod weiß nicht, dass ich hier bin«, sagte sie leise, »und er weiß nicht, dass ich ein Kind in mir trage.«

Es blieb für lange Zeit das letzte Mal, dass Scota über ihre Schwangerschaft sprach. Danach erwähnten sie und Magaidh das Kind ebenso wenig wie den Mann, der es gezeugt hatte. Ihre Tage verbrachten sie gleichwohl miteinander, meist auf der gemörtelten Burgmauer, die so löchrig war, dass die Zugluft die Freche Maria zum Leben hätte erwecken können. Sie spürten den Wind und die Verheißung, die er brachte: Ich wehe euer Leid einfach weg. Ich bin schärfer als ein Schwert, aber ich würde niemals eine Frau bluten lassen ...

Nicht nur die Sehnsucht nach dem Trost des Windes einte sie, sondern auch das Trachten nach einem einfachen Leben. Sie waren lieber draußen als drinnen, ritten auf kleinen Pferden durch das Land, sammelten Kräuter oder holten Wasser aus dem Brunnen. Selbst im Winter, als alle anderen Frauen in der Nähe des Feuers hockten, um dort zu spinnen, zu weben und zu nähen, konnte nichts sie im Inneren der Burg halten. Schnee fiel und blieb nicht länger nur auf den Cuillins liegen. Auf der Meerenge zwischen dem Festland und der Insel trieben Eisschollen, und die Wege waren vereist.

Scota störte sich nicht daran. Sie band sich die Knochen eines Tieres unter ihre Lederstiefel und setzte entschlossen Schritt vor Schritt. Manchmal war sie versucht, auf eine der Eisschollen zu steigen, sich von ihr wegtreiben zu lassen und darauf zu warten, bis sie unter ihr brach – so wie Eilidh einst an den Klippen entlangbalanciert war und damit riskiert hatte, dass sie in die Tiefe fiel.

Scotas Sehnsucht nach ihr war groß wie nie zuvor. Wenn sie mit ihr zusammen gewesen war, hatte immer Eilidh Angst gehabt, nicht sie. Ohne die Gefährtin ihrer Kindheit an ihrer Seite hatte Scota selbst jedoch schreckliche Angst – Angst vor der Geburt und noch größere Angst vor dem Kind, das aus ihrem Leib kriechen würde.

Immerhin wartete das Kind damit, bis die Eisschollen geschmolzen waren und ihr keine Möglichkeit mehr blieb, darauf wegzutreiben und im kalten Wasser zu ertrinken. Und wenn sie während der Geburt auch nicht auf Eilidhs Beistand setzen konnte, so doch auf die Hilfe zweier anderer Frauen. Die eine war Magaidh, die andere ein weiterer Gast aus Dunvegan, der mit Magaidh gekommen war, sich aber erst im Frühling in Scotas Nähe wagte. Es war das Mädchen, das vor dem Überfall so große Angst vor dem wilden Stier gehabt und das Scota vor der Horde Männer gerettet hatte. Das Mädchen war später einem anderen Angreifer in die Arme gefallen. Allerdings hatte der so viel Mitleid wie Scota bewiesen und es verschont.

Scotas erste Freude über das Wiedersehen versiegte rasch.

Warum blieb sie unversehrt, warum nicht ich?

Das Mädchen wollte ihr seinen Namen sagen, doch Scota wollte ihn nicht hören und schickte es weg. Als sie in den Wehen lag und die Kleine wieder schüchtern an ihre Kammer klopfte, hatte sie keine Kraft, sie erneut zu verjagen, aber ihren Namen wollte sie immer noch nicht hören.

»Sag nichts! Sag einfach gar nichts!«, schrie sie.

Sie schrie nicht nur vor Wut, sondern vor allem vor Schmerz, und das schließlich so laut, dass sich das Mädchen ihrem Befehl widersetzte und die heilige Brigida, die den Gebärenden beistand, um Hilfe anrief.

»Untersteh dich!«, schnaubte Scota zwischen zwei Wehen. »Ich weiß, wer Brigida von Kildare war: die Mutter Maria der Gälen. Ihr Vater war Druide, sie selbst eine Druidin, doch dann hat sich diese Verräterin zum Christentum bekehrt, wurde sogar Bischöfin. Ich will ihren Namen so wenig hören wie deinen!«

Und frag mich schon gar nicht, ob ich weiß, welchen Namen ich meinem Kind geben werde. Vielleicht ist es gar kein Kind, sondern ein Stein ... ein Blutklumpen ... ein Ungeheuer.

Das Mädchen betete nicht länger, sondern band Scota einen Gürtel aus Vogelbeeren um den Leib, der die Schmerzen lindern sollte. Diese blieben allerdings gewaltig und ließen sich weder mit duftenden Kräutern, die Magaidh ins Feuer warf, noch mit lauten Schreien und Flüchen bezwingen.

Später dachte Scota oft, dass ihr Kind nicht stumm gewesen wäre, wenn sie nicht so viel geschrien hätte. Und ja, es war ein Kind, das sie zur Welt brachte, kein Ungeheuer. Obwohl sie es gefürchtet hatte, solange es in ihr gewachsen war, warf sie nach seiner Geburt einen Blick darauf und fühlte keine Angst mehr, nur unendliche Sorge. Es war so klein, so schwach ... so leblos. Jemand wie Eilidh brachte solche Kinder zur Welt, doch nicht sie! Was zählte es, dass Kermac sein Vater war, es war doch in ihr gewachsen! Sie hieß Scota nach Scátaigh, und Scátaigh war die stärkste Frau, die je gelebt hatte. Sie verdiente, diesen Namen zu tragen, so wie das Kind zu leben verdiente!

»Warum ... warum schreit es nicht?«, flüsterte sie heiser.

»Ich ... ich könnte es taufen«, sagte das Mädchen kleinlaut. »Manchmal ist es selbst Frauen gestattet ...«

Scota war zu schwach, um die Kleine anzuschreien, aber sie

knurrte: »Wer es nicht wagt, einen wilden Stier an den Hörnern zu packen, hat kein Recht, mein Kind zu berühren.«

»Ich fürchte, für eine Taufe ist es zu spät«, wagte Magaidh zu sagen.

Da erst begriff Scota, dass das Kind tot war.

»Nein ...«, sagte sie tonlos. »Nein ...«

»Es ... es ist ein Mädchen. Willst du es kurz halten?«, fragte Magaidh.

Scota schüttelte den Kopf. Sie selbst hatte den Stier ja auch nicht an den Hörnern gepackt.

»Niemand soll je über dieses Kind reden«, murmelte sie nur.

Magaidh wickelte das Kind in weiße Tücher, sodass man nicht mehr sah, wie klein es war, und wandte sich zum Gehen. Wenn ein Kind vor der Geburt starb, war es Sitte, es in der Nacht unter einem Felsen zu begraben und zu verbrennen, damit niemand sich seiner erinnerte und darum niemand um das Kind trauern musste.

»Ich will nicht, dass es unter einem Stein liegt!«, rief Scota ihr nach. »Begrab es unter einer Esche. Es ist ein Baum mit tiefen Wurzeln und einem großen Stamm – ein Baum, von dem die Druiden glaubten, dass er den Himmel und die Erde verbindet.«

Klettere den Baum hinauf, meine Tochter, und küss die Sterne. Lass dir vom Himmel ein blaues Kleidchen schenken, das niemals blutig werden kann. Tanz auf den Wolken, und sing schöner, als Eilidh es je konnte. Ich werde dein Lied hören. Immer.

Magaidh ging mit dem Kind, das Mädchen blieb bei ihr. Scota kannte seinen Namen immer noch nicht. Sie wusste auch nicht, wie ihre Tochter geheißen hätte, hätte sie leben dürfen.

Scota blieb auf Maol. Auf den Wiesen wuchsen Blumen, aber die Felsen, die aus dem Meer ragten, waren schwarz. Sie schienen verbrannt wie ihre Seele, und das Wasser war zu trüb, um sie zu waschen. Der Wind war in der Meerenge gefangen und hing fest, bis er faulig wurde. Von den Cuillins war nur wenig zu sehen. Ihre spitzen Gipfel wären fähig gewesen, den dunklen Schleier zu zerschneiden, der sie umhüllte, doch sie war zu träge, um selbst dagegen zu kämpfen.

Ich bin nichts, keine Druidin, keine Jungfrau, keine Mutter. Ich bin nur das einsame Mädchen von einst, und es gibt nicht einmal mehr Menschen, die mich dumm nennen.

Während Scota sich wie gelähmt fühlte, drehte sich die Welt weiter. Als die Nächte lang wurden und der Himmel wolkenlos blieb, überwand Magaidh den Bannkreis, den Scota um sich gezogen hatte, und begann zu erzählen, was in der Welt geschah. Nicht dass es Scota sonderlich naheging, doch taub stellen konnte sie sich gleichwohl nicht.

Douglas MacRuari, ein Freund des norwegischen Königs und Herr der Inseln Lewis und Bute, hatte sich den schottischen Plünderern erfolgreich entgegengestellt, als sie nach Skye weitere Inseln überfallen wollten. Jene Schlacht war hingegen nur ein Geplänkel vor einer weitaus wichtigeren gewesen, denn in der Zwischenzeit hatte die Nachricht, was die Menschen von Skye erleiden mussten, auch König Hakon in Bergen erreicht. Der war zu sehr ein Mann des kalten Nordens, um seinem hitzigen Blut sofort nachzugeben, doch dass er wohlüberlegt Rache üben wollte und zu diesem Zweck seine Flotte zusammenrief, zeigte, wie tief der Hass auf Schottland in seinem Herzen wurzelte.

Es war Juli, als die Flotte in Bergen ablegte. Es war August, als sie die Orkneyinseln, wo sie kurz anlandete, verließ. Nicht mehr lange, dann würde sie auf Schottlands Armee treffen.

Aus Magaidhs Stimme klang deutlich Schadenfreude, in Scota regte sich Genugtuung.

Rache, Rache … Die Menschen von Skye werden ihre Rache bekommen!

Als eines Morgens laute Rufe ertönten und verkündeten, dass die Flotte eben durch die Meerenge zog, um in den Süden vorzustoßen, sprang Scota von ihrer Bettstatt auf. Bis jetzt musste sie sich immer überwinden, ihre zwei Beine auf den Boden zu stellen. Und bis jetzt hatte sie jeden Morgen ein schmerzhaftes Ziehen in ihrem Bauch gespürt, das sie daran erinnerte, ein totes Kind geboren zu haben. An diesem Tag spürte sie nichts, sondern rannte gleich ins Freie.

König Hakon selbst führte die Flotte an. Sein Schiff war ganz aus Eichenholz gemacht, hatte achtunddreißig Ruder an jeder Seite und einen vergoldeten Drachenkopf, der mit seinem Glanz das Sonnenlicht brach. Die geknickten Strahlen blendeten Scota und ließen sie die weiteren Schiffe nur verschwommen sehen. Ob auch diese aus Eiche waren und einen vergoldeten Drachenkopf trugen, erkannte sie darum nicht, nur, dass es viele waren, sehr viele.

Noch nie hatte eine so große Armee Norwegen verlassen, und auf dem Weg zum Feindesland war sie sogar noch gewachsen. Auf den Orkney- und den Shetlandinseln mussten sich der Flotte weitere Schiffe angeschlossen haben, auf Lewis und Skye ebenso. Hunderte waren unterwegs, und der Wind blähte die bunten Segel – ein Wind, der aus dem Norden kam und in dessen Heulen sich die Stimme der Frechen Maria zu mischen schien.

Beweist es, beweist es aller Welt! Das Blut der Wikinger ist nicht rot, sondern golden wie das der Drachen!

Magaidh gesellte sich zu Scota.

»König Hakon hat hier auf Skye Magnus getroffen, den König von Man«, sagte sie, »außerdem Douglas MacRuari, um das weitere Vorgehen zu besprechen.«

Der Drache war nicht mehr zu sehen, die Sonne blendete Scota nicht länger, und ihr Licht war nicht grell, sondern rötlich. Noch war der Streit von Herbst und Sommer leise, doch deutlicher als nach schwitzenden Männerleibern roch es nach Regen. Scotas Stolz und Schadenfreude verflüchtigten sich.

Vielleicht war das der letzte goldene Tag in diesem Jahr ... Vielleicht ertrinkt das Feuer des Drachen in Regenpfützen ...

»Sie sollten den schottischen König besiegen, ehe die Blätter von den Bäumen fallen«, sagte sie laut.

Als Scota an den schottischen König dachte, stand deutlich wie nie das Gesicht ihres Peinigers vor ihr – und deutlich wie nie ihr totes Kind. Ihr Körper erbebte heftiger, als der Herbstwind je an Bäumen rütteln würde, und plötzlich lachte und weinte sie zugleich.

»Scota!«, rief Magaidh entsetzt. »Wie ist dir? Geh wieder hinein, ruh dich aus, es war zu früh, um aufzustehen ...«

Scota versteifte sich. »Ich bin noch nicht gesund«, sagte sie, »ich bin noch nicht die Alte. Erst wenn die Norweger mich gerächt haben, dann gehört mein Leben wieder mir.«

Nach langer Zeit sang Kieran wieder, aber er sang nicht von der Liebe, sondern vom Krieg. Er sang von Raben und Drachen und Wölfen und wie sie sich gegenseitig fraßen, und er sang so gut, dass Sigurd weinte und Douglas MacRuari, einer der engsten Verbündeten des norwegischen Königs, verlangte, er solle die Flotte begleiten. Kieran bestieg das Schiff eines gewissen Anndrais Nicolson, Abkömmling einer norwegischen

Familie auf Skye, Freund von Douglas und ebenfalls treuer Gefolgsmann von Hakon. Dass sein kleines Schiff Teil einer riesigen Flotte war, die loszog, um Schottlands König in die Schranken zu weisen, machte ihn sehr stolz. Weniger stolz war er darauf, dass sein Drachenkopf nicht golden war, sondern nur aus Holz.

»Aber wenn wir erst einmal Schottland geplündert haben, bin ich reich genug, um mir nicht nur den Drachenkopf, sondern mein ganzes Schiff vergolden zu lassen«, erklärte er selbstbewusst.

Obwohl das Schiff nicht sehr prächtig anzusehen war, war es wendig. Nyvaig nannte man es. Schiffe wie diese hatte der große Somerled erfunden, von dem die Herren der westlichen Inseln abstammten. Es war so lang, wie zehn Männer zusammen groß waren, hatte ein Steuersystem, mit dessen Hilfe man die gefährlichsten Riffe umschiffen konnte, und bot Platz für ein Dutzend Ruderer auf jeder Seite. Ihre Kraft und die des Windes, der in das Segel blies, ließen das Schiff einem Blitz gleichen, der das Meer spaltete wie den Himmel.

Kieran rühmte Nyvaig mehr als nur einmal in seinen Liedern. Was er verschwieg, war, dass das Tempo, mit dem die Flotte vorankam, nichts nutzte. Anstatt der riesigen Flotte eigene Schiffe entgegenzuschicken, begnügte sich König Alexander nämlich damit, seine Burgen in Küstennähe zu befestigen.

Was für ein Feigling!, hieß es allerorts, und Kieran schmähte ihn in seinen Liedern, um erneut das Wesentliche unausgesprochen zu lassen – dass König Alexander nicht nur ein Feigling war, sondern ein meisterhafter Taktiker.

Solange die Norweger lediglich blitzschnell das Wasser durchpflügten, jedoch auf kein feindliches Heer trafen, gab es keine Schlacht, und solange keine Schlacht ausgefochten wurde, gab es keinen Sieg. An Land zu gehen wollte König Hakon wiederum unbedingt vermeiden, denn dort wäre er den schottischen Rittern nicht so überlegen gewesen wie in den kalten Fluten.

Unter dem Grölen der Männer spottete Kieran über Alexander. Wie ein Wurm verkrieche der sich in der Erde, wie eine Maus in ihrem Loch, wie ein Hase in der Höhle. Doch am Ende dachte er, und die anderen dachten es auch, wiewohl sie es nicht aussprachen, dass auf diese Weise Wurm und Maus und Hase lebten, sie selbst aber ihre Kräfte beim Rudern, nicht beim Kämpfen vergeudeten.

Einmal schickte Alexander ihnen doch Männer entgegen. Es waren keine Ritter, sondern Dominikanermönche. Ihre weißen Kutten waren bei ihrem langen Marsch durch das Hochland schmutzig geworden – ein Zeichen dafür, wie schlammig die Wege waren, wie oft es regnete und wie inniglich der Herbst das Land bereits umarmte.

Frieden bot Alexander durch ihre Zungen an.

Frieden lehnte Hakon ab.

König Alexander hatte Skye verwüsten lassen, jetzt würden sie Schottland verwüsten. Allerdings war Schottland keine kleine Insel, und die Bevölkerung lebte nicht an der Küste, wo man sie ohne große Anstrengung an einem nebligen Tag hätte überfallen können. So blieb Hakon nichts anderes übrig, als mit seinem goldenen Drachen weiterhin die Küste auf und ab zu segeln und darauf zu warten, dass Alexander sich aus der Deckung wagte. Und Kieran blieb nichts übrig, als weiterhin zu singen und großen Ruhm in Aussicht zu stellen, der für den tapferen Krieger im Kampf wartete.

Eines Tages übertönte das Heulen eines heftigen Sturmes seinen Gesang. Es war September, der Sommer lag längst im Sterben, der Sturm trieb ihm die letzte Wärme aus. Zurück blieben kahle Bäume, gelbe Wiesen und eine zerstreute Flotte. Kaum war es windstill genug, die zerrissenen Segel zu flicken, stellte man fest, dass etliche Schiffe abgetrieben waren. Die Männer ließen die Segel ungeflickt, herrschten Kieran zu schweigen an und ruderten ihnen nach. Bei Largs, einem Ort, der einige Tagesreisen südlich von Skye lag, traf man nicht auf die abgetriebenen Schiffe, jedoch auf das feindliche Heer, das sich hinter grauen, seegrasbewachsenen Felsen verschanzte und von dort Pfeile auf die Schiffe abschoss. Die Schotten trafen nicht genügend Männer, um die Ruder zum Stillstand zu bringen, aber ausreichend, um Hakon zu dem Schluss kommen zu lassen, dass hier das gesamte schottische Heer mit König Alexander an seiner Spitze lauerte und es zur entscheidenden Schlacht kommen würde.

Als die Schiffe anlegten und die Männer auf schottischen Boden sprangen, blieb Kieran auf Nicolsons Schiff zurück. Man brauchte seine Lieder nicht mehr, vielleicht würde man sie nie wieder brauchen. Er starrte auf den hölzernen Drachenkopf, und plötzlich ging ihm auf, dass er niemals in Gold baden, sondern die Seeluft ihn zerfressen würde.

»Er hat auf Zeit gespielt«, murmelte er, »König Alexander hat gewartet, bis es Herbst wird und Wind und Kälte sich mit ihm verbünden. Er musste nicht selbst die Flotte zerschlagen, er hat es dem Sturm überlassen.«

Noch hatten nicht alle Männer das Schiff verlassen. Anndrais Nicolson hörte ihn und versetzte ihm einen Faustschlag, weil er den schottischen König für listiger hielt als den norwegischen.

Kierans Welt versank in Schwärze. Als er mit geschwollenem Auge erwachte, wusste er nicht, wie lange er ohnmächtig auf dem Schiff gelegen und wie die Schlacht geendet hatte. Erst nahm er nur graue Schatten wahr, dann vermischte sich das Grau mit Rot. Die meisten Männer, die zurück auf die Schiffe flüchteten, waren blutüberströmt.

Als er sich erheben und fragen wollte, was geschehen war, traf ihn ein Fußtritt. Wieder schien sein Kopf zu zerplatzen.

Verloren, dachte er, ehe sich das Schiff unter ihm zu öffnen schien und er in einen tiefen, dunklen Felsspalt fiel. Hakon hat verloren …

Als Alasdair und die anderen Männer fortgeritten waren, um den Menschen von Skye zum Stachel im Fleisch zu werden, hatte Eilidh im Hof gestanden, ihm nachgeblickt und verzweifelt auf Nessa eingeredet. Als er ging, um gemeinsam mit dem schottischen König gegen das norwegische Heer zu kämpfen, verkroch sie sich in ihrem Gemach.

Zu ihrem Erstaunen klopfte er an der Tür, um sich von ihr zu verabschieden.

»Es könnte sein, dass ich nicht wiederkehre …«

Er klang kleinlaut. Genauso kleinlaut wie an dem Tag, als er ihr erzählen wollte, was auf Skye geschehen war. Sie hatte ihn zum Schweigen gebracht, weil ihr bei jedem Wort die Ohren zu platzen drohten, nun aber öffnete sie die Tür und starrte ihm herausfordernd ins Gesicht.

»Was willst du noch von mir?«, fragte sie.

»Eilidh …«

Seit dem Überfall auf Skye hatte sie nicht mehr in seine Augen geblickt und er nicht in ihre. Er hatte das gemeinsame Bett gemieden und war bei den Mahlzeiten von ihr abgerückt. Nur manchmal, wenn sie ihren Sohn betrachtet hatte, hatte er sich zu ihr gesellt, mit leisen Worten erwähnt, wie schnell der Kleine wuchs, welch kräftige Stimme er hatte und welch ebenmäßige Glieder. Jedes Wort von ihm schürte die Angst, dass

Farquhar eines Tages Alasdair glich, nicht Kieran. An diesem Tag war keine Angst in ihr, nur Ärger, vielleicht weil er so verworren sprach.

»Ach, Eilidh … Du musst mir glauben … Ich wollte nicht … Kermac … ihm gefällt es, aber mir nicht …«

Nicht nur Unbeholfenheit stand in seinen Zügen, sondern Grauen. Was hatte er erlebt? Was war Scota zugestoßen, was Kieran? Lebten sie noch? Ging es ihnen gut?

Eilidh schlug mit beiden Händen auf Alasdair ein. »Das letzte Mal bist du ohne meinen Segen gegangen, um Kinder zu schlachten. Denkst du wirklich, du bekommst ihn heute, weil du dieses Mal nur Männer töten willst?«

Er hielt ihre Hände fest, und sie rechnete damit, dass er zurückschlagen würde, stattdessen zog er ihre Finger an sein Gesicht und küsste sie, als wollte er etwas Weiches, Zartes kosten, ehe er in die harte, grobe Welt hinausmusste.

»Ich … ich habe ein Mädchen gerettet …«, stieß er aus, »damals auf Skye … Es war noch sehr jung … voller Angst … Es hat von einem wilden Stier gesprochen, der sich nicht bändigen ließ. Mich fürchtete es noch mehr als den Stier, aber ich habe es verschont, ich habe es vor Kermac und den anderen Männern versteckt …«

Seine Lippen waren warm und zärtlicher als gedacht. Das Mädchen war vielleicht Scota gewesen, und dass er ihr Leben gerettet hatte, verdiente Dank. Allerdings hätte Scota keine Angst vor einem wilden Stier gehabt.

Dennoch …

Eilidh entriss Alasdair die Hände und schlug sie vor ihre Ohren. »Ich will nichts davon hören!«

Erst als er gegangen war und sich zu Kermac gesellte, der im Hof auf ihn wartete, ließ sie ihre Hände wieder sinken. Sie konnte stumm sein, taub und blind, konnte ihre Gefühle töten und ihre Gedanken lähmen, ihre Träume beherrschen – das konnte sie nicht.

Eilidh träumte viel. In ihren Träumen sang sie, und mit jedem Wort, das aus ihrer Kehle floss, perlte ein Tropfen Blut von den Lippen. Die Töne klangen nicht wie ein Lied, sondern wie Stürme – Stürme des Herbstes, der in diesem Jahr nicht mit bronzenem Licht die Welt liebkoste, sondern einen kalten grauen Schatten auf sie warf. In ihren Träumen sah sie Kieran durch den Sturm wanken. Die Böen rissen ihn hin und her, ohne dass er etwas fand, woran er sich festhalten konnte. Sie konnte ihm nicht helfen, sie vermochte noch nicht einmal, ihren Mund zu schließen und die Töne verstummen zu lassen, ehe aus dem Sturm ein schwarzer Strudel wurde, der alles verschlang …

Wenn sie erwachte, wusste Eilidh oft nicht, wo sie war. Aus dem Sturmland kehrte sie zurück ins Nebelland, wo zwar kein Heulen ertönte, sie Kieran jedoch nicht länger sehen konnte. Der Nebel lichtete sich manchmal gerade so weit, dass Neuigkeiten zu ihr drangen.

Die Macht auf den westlichen Inseln, so bekundeten diese, und auch die Macht vom norwegischen König liege in dessen Flotte. Und gegen die Schiffe, schnell und tödlich wie Blitze, gebe es eine bessere Waffe als Pfeile aus Feuer und Schwerter aus Eisen. Besitzen konnte man diese Waffe nicht, aber sie sich leihen, und das tat König Alexander. Er vertraute nicht seinen Rittern und ihrer Kampfkunst, sondern dem … Wind.

Eines Morgens riss Nessa Eilidh aus ihren Träumen, und als sie mit geschwollener Zunge und säuerlichem Geschmack im Mund hochfuhr, ging ihr auf, dass sie nicht von einem Sturm geträumt hatte, sondern von Krähen.

»Sieg!«, schrie Nessa ein ums andere Mal. »Sieg! Sieg! Der Sieg ist unser!«

Die dunklen Deckenbalken schienen auf Eilidh zu fallen.

»Warum ist es *unser* Sieg, du bist doch kein Mann!«

Sie hatte die Worte offenbar nicht laut gesagt, sondern nur gedacht, denn Nessa lachte begeistert.

»Der Sturm hat die Flotte zerstreut, und die Norweger bekamen es mit der Angst zu tun. Als sie anlegten, warteten am Ufer schon die Schotten. Es war eine blutige Schlacht. Zuerst fielen mehr Schotten als Norweger, auf zehn Tote auf unserer Seite kam nur einer von ihnen. Doch ehe die Norweger tiefer ins Land vordringen konnten, kamen weitere schottische Truppen, und sie sind, erschöpft und feige, lieber geflohen, als sich ihnen zu stellen. Sieg! Sieg! Sieg!«

»Wenn die Norweger geflohen sind, um eine Niederlage zu vermeiden, ist das noch kein Sieg.«

»Ach, sie sind nicht bloß geflohen. Sie werden auch nicht wieder zurückkehren. Es ist schlichtweg zu spät für dieses Jahr. Und bis der Frühling kommt, hat Alexander noch mehr Ritter an den Küsten zusammengerufen und ist ein zu starker Gegner.«

»Und es ist doch kein Sieg«, murmelte Eilidh. »Zumindest kein triumphaler, kein stolzer, keiner, aus dem Helden hervorgehen. Der Herbst hat gewonnen, nicht Schottland, und der Herbst wird seinen Ruhm nicht einfordern. Die Lorbeerkrone, die man ihm aufsetzt, fetzt er von seinem Kopf wie das gelbe Laub von den Bäumen.«

»Sieg!«, rief Nessa dennoch. »Die Barden besingen den Sieg!«

»Was singen sie denn?«

»Na, was schon? Dass die Schotten die Norweger vertrieben haben!«

Eilidh konnte sich keine Melodie ausdenken, die zu solchen Versen passte.

Die Schotten haben die Norweger vertrieben. Männer haben Männer geschlachtet. Ehemänner und Väter haben Frauen und Kinder zu Waisen und Witwen gemacht.

Wie sollte man darüber singen, ohne dass die Stimme zu einem Krächzen verkam, ausgestoßen von den Krähen, die über den Verwundeten und den Leichnamen kreisten?

Auch Nessa schien plötzlich nicht mehr nach Liedern zumute zu sein. Nach dem erregten triumphierenden Gelächter brach sie unerwartet in Tränen aus.

»Sieg ...«, murmelte sie und schluchzte auf.

Der Triumph schien beschmutzt – von mehr als nur der Tatsache, dass allein der Herbst den Schotten dazu verholfen hatte, nicht ihre Kampfkraft und ihr Heldentum. Auf zehn Schotten kamen ein Norweger ... Und wenn Alasdair unter diesen Schotten war?

Kurz wusste Eilidh nicht, was sie mehr fürchtete – seinen Tod oder ihre Erleichterung darüber. Sie fühlte sein Gesicht unter ihren Fingern und dass dieses nicht aus Stein war, sondern weich und warm, von Bartstoppeln übersät und von ein paar Falten gefurcht, die vor dem Überfall auf Skye noch nicht da gewesen waren. Wieder und wieder küsste er in ihren Erinnerungen ihre Finger, aber die Falten wurden davon nicht weniger ...

»Ich werde dich verlieren!«, rief Nessa plötzlich verzweifelt. »Nach der Niederlage der Norweger hat Graf William Folgendes geplant: Die Herren der westlichen Inseln können sich nicht länger auf Norwegens Schutz verlassen und werden sich wohl Schottland unterwerfen. Der König von Man wird das zwar vermeiden, doch sein Recht auf Skye geltend machen wird er auch nicht, dafür ist er nach Largs zu geschwächt und die Insel zu weit von seiner eigenen entfernt. Also schickt William Alasdair erneut nach Skye. Nicht um es zu verwüsten, sondern um dort im Namen der schottischen Krone zu herrschen. Du wirst ihn begleiten. Du wirst ... du wirst heimkehren.«

Erst nach einer Weile ging Eilidh auf, dass Alasdair nicht tot war, sondern dass er lebte und sie zurück in ihre Heimat bringen würde.

Heim auf die Flügelinsel, heim auf die Nebelinsel ...

Aber was, wenn diese Insel nicht mehr da war, wenn es nur mehr eine Kräheninsel gab?

»Warum ausgerechnet Alasdair?«, fragte sie.

»Nun, er kennt Skye ...«

»Nein, er kennt Skye nicht!«, rief Eilidh heftig. »Er kennt nur ein junges Mädchen, das sich vor einem wilden Stier gefürchtet und das er gerettet hat.«

Nessa lauschte verwirrt, aber ging nicht auf ihre Worte ein. »Kermac wird euch begleiten«, sagte sie. »Ich kann mir vorstellen, dass er selbst gern die Macht über Skye ausüben würde, aber er ist der Sohn eines Verräters. Wusstest du das?«

Ich weiß nur, dass sein Lächeln gefährlich ist.

Eilidh wandte sich ab. Fortan würde es nicht genügen, die Hände vor die Ohren zu halten und die Augen zu schließen. Nicht, wenn sie mit Kermac auf Skye lebte, mit Alasdair, mit Scota, mit Kieran, mit Sigurd ...

Die Insel war eigentlich groß, doch in ihrer Vorstellung krümmte sie sich ob der Demütigung, die sie zu erleiden hatte, und schrumpfte zu einem winzigen Fleckchen Erde, das unmöglich Platz für sie alle bot.

Einen hatte sie noch vergessen ... Farquhar, ihren fast zweijährigen Sohn, der mit ihr die Insel betreten würde, den Ort, an dem sein Vater lebte, den Ort der Liebe, der er entsprungen war. Eilidh war nicht sicher, ob er dort so zornig brüllen würde, wie er es immer noch tat, oder sanfter sprechen. Vielleicht würde es auf Skye sie selbst sein, die mit rotem Gesicht schrie.

Es blieb nicht lange Zeit, um sich zum Aufbruch zu rüsten. Alasdair kehrte gar nicht erst zurück nach Delny, sondern reiste nach Applecross, wo Graf William sich gern aufhielt. Dort wollte er mit Eilidh den Winter verbringen, abwarten, bis der Frost nachließ, das graue Meer zu glitzern begann und das öde Land blühende Sträucher trieb, um dann ein Schiff nach Skye zu besteigen.

Nicht auf einem Schiff, sondern erneut zu Pferde musste Eilidh zuvor den Weg durchs Hochland zurücklegen, um Applecross zu erreichen.

»Versprich mir, dass du unterwegs genügend isst«, ermahnte Nessa sie am Tag des Abschieds.

Eilidh hatte immer gezögert, ihre Schwägerin zu umarmen, doch jetzt zog sie sie entschlossen an sich. Nessa war ihr keine Schwester wie Scota geworden, aber ohne sie wäre sie auf Delny vielleicht verhungert.

»Und versprich du mir, dass dich bald noch mehr Dinge glücklich machen werden als gutes Essen«, gab sie zurück.

Nessa rang lange nach Worten, und Eilidh erwartete weitere Warnungen oder düstere Geschichten, so wie damals vor der Geburt, als sie ständig von Frauen erzählt hatte, die im Wochenbett gestorben waren. Stattdessen fiel ihr Blick auf den kleinen Farquhar.

»Ich werde ihn vermissen«, sagte sie unerwartet. »Ich werde niemals einen Sohn haben wie du. Ich habe beschlossen, nicht zu heiraten.«

Eilidh konnte sich nicht erinnern, dass sie mit Nessa jemals über deren Zukunft gesprochen hatte und was sie sich von dieser wünschte.

»Und wenn dein Bruder es verlangt?«

»Dann gehe ich ins Kloster!« Nessas Lachen klang tief wie nie.

»Und wenn du dort fasten musst?«

»Vielleicht werde ich satter sein als je zuvor. Ich will keinen Mann haben, der in den Krieg zieht.«

»Aber du hast doch so stolz den Sieg von Largs verkündet!«

»Hältst du mich für eine, die immer sagt, was sie meint? Hast du nicht gehört, dass ich bei jedem Wort gelacht habe?«

»Nun, dass ich mehr essen soll, das willst du doch wirklich.«

»Ich will nicht, dass du zerbrichst, das ist alles«, sagte Nessa ernst.

Eilidh löste sich aus der Umarmung und nickte.

»Also gut«, murmelte sie.

Ehe sie das Pferd bestieg, setzte sie sich an die Tafel und aß alles, was Nessa ihr servierte, bis zum letzten Bissen – gesalzenen Aal und frisch gebratenen Fasan, knusprige Fladen und cremigen Haferbrei, würzigen Käse und süße Birnen …

Der Drache an König Hakons Schiff war immer noch golden, aber das Segel hing in Fetzen, und mehrere Ruder waren zerbrochen. Als die Flotte die Meerenge bei Burg Maol passierte, stand Hakon nicht am Bug, sondern hatte sich in den Schiffsbauch verkrochen. So schnell wie möglich wollte er nach Norwegen heimkehren, hieß es, aber auch, dass die lange Fahrt im

Spätherbst gefährlich sei und er wahrscheinlich auf den Orkneyinseln Zuflucht finden müsse.

An seiner Stelle, dachte Scota, als sie von Maol aus die Schiffe vorbeiziehen sah, würde ich lieber im kalten Meer ertrinken, anstatt als Gescheiterter heimzukehren.

»Was wird passieren?«, fragte sie Magaidh heiser.

»Skye fällt nun ins Hoheitsgebiet von Ross«, erklärte diese. »William wird jemanden schicken, um sich die Insel anzueignen, vielleicht Alasdair, vielleicht meinen Bruder Kermac.«

Zwei Wörter, und jedes tat weh.

Bruder.

Kermac.

Scota verkrampfte ihre Hände ineinander. Sie blickte Magaidh nicht an, als sie ausstieß: »Der ... der Mann, der mich schändete ... er ... er hieß auch Kermac.«

Und Magaidh blickte sie nicht an, als sie verstört erwiderte: »Unter den Männern von Graf William gibt es nur einen Kermac.«

Bruder.

Kermac.

In ihren Adern fließt das gleiche Blut.

Das eigene Blut gefror ihr. Sie suchte Magaidhs Blick.

»Wusstest du es?«, fragte sie tonlos. »Ahntest du es?«

Magaidh hielt den Kopf immer noch hartnäckig gesenkt. »Ja«, sagte sie. »Nach dem Überfall habe ich viele schaurige Geschichten über Kermac gehört. Auch die, dass er dich in eines der Langhäuser gezerrt hat ...«

Sie biss sich auf die Lippen, als gälte es, weitere Worte gewaltsam zurückzuhalten. Worte, die Scota schmerzen würden. Worte, die auch die eigene Qual spiegelten.

Erst nach einer Weile presste Magaidh hervor: »Früher habe ich ihn geliebt. Jetzt hasse ich ihn.«

Scota schluckte schwer. »Dein Hass wird ihn nicht umbringen, und auch der Drache hat keine Rache geübt ...«

Der Drache war vielmehr immer noch golden, obwohl das Blut der Mörder an ihm kleben sollte ... Und sie war immer noch nichts anderes als eine geschändete Frau.

»Scota ...«

Sie brachte Magaidh mit einer gebieterischen Handbewegung zum Schweigen. Sie wollte nicht mehr über Kermac reden, am allerwenigsten mit seiner Schwester.

»Hakon mag fliehen, aber ich werde mich nicht länger verstecken«, erklärte sie, und ihre Stimme klang nicht länger erstickt. »Ich werde nicht auf Maol bleiben.«

»Ich auch nicht«, sagte Magaidh. »Wen immer William schickt, er wird wohl auf Burg Dunvegan leben. Ich ... ich muss wissen, was dort passiert.«

Der Regen, der sie nässte, als sie mit dem Schiff aufbrachen, war schwer und kalt vom nahen Winter. Dunvegan, aus ewigem Stein erbaut, hatte sich nicht verändert – die Männer, die dort lebten, schon. Sie waren niedergeschlagener als früher, und selbst Leod, Scotas Ziehvater, gab sich rührselig wie nie und wollte sie umarmen. Scota gab ihm keine Schuld, weil König Hakon schmählich gescheitert war, aber sie versteifte sich und sah ihm nicht in die Augen.

Niemanden konnte sie in den nächsten Tagen ansehen – nur einen.

Kurz nach ihrer Ankunft brach Scota zum Kloster Sankt Columban auf. Die Ruinen ragten in den fahlen Himmel wie die blätterlosen Bäume. Es roch bitter nach Rauch, aber auch nach frisch gebratenem Fleisch. In der Kapelle, die als einziges Gebäude heil geblieben war, brieten ein paar Mönche eine halbe Kuh. Wer immer sie ihnen geschenkt hatte, würde wahrscheinlich selbst hungern.

Anstatt sich ihnen langsam zu nähern, stürzte Scota auf die Gottesmänner zu. »Schämt euch, schämt euch!«, schrie sie fassungslos. »Ihr habt euch hinter diesen Mauern verschanzt, während unschuldige Frauen vergeblich um Hilfe flehten. Jetzt lasst ihr euch von ihren Männern auch noch beschenken?«

Vater Michael erhob sich und trat auf sie zu. Nicht ohne Genugtuung erkannte sie, dass seine Kutte voller Flicken war und an seinem Leib schlackerte. Die Gier in seinem Blick war noch nackter als früher. Er hatte gelitten, wenn auch nicht so sehr wie sie.

»Verrückte wie dich bindet man am besten eine Nacht lang ans Kreuz«, knurrte er. »Das ist die einzige Möglichkeit, sie zu heilen.«

Erst jetzt begriff sie, warum sie hergekommen war. Erst jetzt ging ihr auf, dass sie zwar immer noch nicht gerächt worden, aber nicht mehr schwach war. Vom Kloster mochten nur schwelende Ruinen geblieben sein, ihr aber war noch etwas anderes erhalten – ihre Stimme, die so dunkel wie das verbrannte Holz, aber ungleich lauter war.

Scota straffte ihren Rücken und trotzte Vater Michaels Blick. »Wisse, dass ich fortan zwischen dir und den Menschen von Skye stehen werde«, verkündete sie. »Wisse, dass ich keine Rache für die Toten üben kann, aber ihre Stimme sein werde – die Stimme der geschlachteten Kinder, der Frauen, der Männer. Diese Stimme singt kein fröhliches Lied. Sie wird dich in deinen Schlaf verfolgen und in deine Gebete. Während du vor dem stummen Gekreuzigten murmelst, werde ich lachen und kreischen und heulen und brüllen. Wenn du versuchst, gegen meine Stimme anzuschreien, wirst du heiser werden, und wenn du nur mehr krächzen kannst, werde ich immer noch laut und schallend verkünden: Das Unrecht wird nicht vergessen, das Volk wird nicht ohne Trost bleiben, die Mörder und Schänder werden nicht für immer triumphieren.«

Sie bückte sich, nahm eine Hand voll Erde und schleuderte sie dem Abt ins Gesicht. Noch während er hustete, ging sie davon, ohne sich noch einmal umzudrehen. In Friedenszeiten hätte Vater Michael ihr seine Mönche hinterhergeschickt und die Drohung wahr gemacht, sie ans Kreuz zu binden, doch die Mönche aßen lieber die krosse halbe Kuh, die sie in der Kapelle brieten, anstatt einzuschreiten.

Ehe es Abend wurde, kehrte Scota nach Burg Dunvegan zurück, aber sie wusste, dass sie nicht lange bleiben würde. Um wahr zu machen, was sie Vater Michael verkündet hatte, brauchte sie einen Rückzugsort, an dem nur die Getreuen sie finden konnten, die sie künftig um sich zu sammeln gedachte.

Die Piktenhäuser waren zu weit weg, die wenigen Steinkreise boten kein Dach über dem Kopf. Also nutzte sie die letzten klaren Tage des Jahres, um an den flachen Bergen vorbei nach Glendale zu wandern – einer Landzunge der Halbinsel Duirinish, die kaum besiedelt, weil so schwer zu erreichen war. Irgendjemand hatte behauptet, dort stünden noch einige Behausungen der Druiden, bienenkorbförmig und mit einer Felsplatte bedeckt. Scota fand keine einzige, jedoch einen Strand und in der Nähe des Strandes eine Höhle. Im Winter würden Eiszapfen vor ihrem Eingang wachsen, doch spitz genug, um sie zu erdolchen, und kalt genug, um sie erfrieren zu lassen, würden sie nicht sein. Sie wanderte wieder zurück und entschied, Vorräte, Holz und Felle zu sammeln.

Während sie sich für den endgültigen Aufbruch rüstete, lauschte sie den Geschichten von Hakon, die man sich erzählte. Auf der Flucht vor dem Winter waren ihm die Vorräte knapp geworden. Der König selbst hungerte nicht, seine

Männer schon. Sie legten bei Loch Snizort auf Skye an, verlangten Tiere und Vorräte und raubten beides, wenn die Menschen es verweigerten. Anstatt sie zur Rechenschaft zu ziehen, scherte sich Hakon nicht um sie, sondern fuhr weiter bis zu den Orkneyinseln. Er war zu schwach gewesen, um den Herbststürmen zu trotzen – jetzt war er zu krank, um seinen Kriegern ein starker Anführer zu sein.

Mit Fieber legte er sich ins Bett, dieses Bett stand im Bischofspalast von Kirkwall, und er verließ es nicht mehr, ehe er ein paar Tage vor Weihnachten um Mitternacht starb. Zunächst hatte er sich aus der Bibel vorlesen lassen, doch schließlich die Hand erhoben, um den Mönch zum Schweigen zu bringen. An seiner statt hörte er einem Barden zu, der von den ruhmreichen Taten der Götter und seinen heidnischen Vorfahren sang. Die Worte der Bibel mochten ihm Trost gewesen sein, die heidnischen Sagen machten hingegen sein Scheitern noch offensichtlicher.

Auf Schottlands Boden die Vögel Odins,
schwarze Raben über den Körpern der Gefallenen.

Das waren die letzten Verse, die er hörte, und sie zu hören musste nicht minder qualvoll gewesen sein, als röchelnd um Atem zu kämpfen und innerlich zu verbrennen.

Nicht nur von Hakons Tod wurde gesprochen.

»Nessa hat mir geschrieben, dass William von Ross seinen Halbbruder Alasdair nach Skye schickt«, berichtete Magaidh. »Sobald die Frühlingssonne am Winterfrost kratzen wird, wird sein Schiff anlegen. Eilidh wird ihren Mann begleiten, natürlich mit dem kleinen Sohn, den sie geboren hat. Er heißt Farquhar.«

Er hat einen Namen, er lebt … Die leise Eilidh hat einen starken Sohn geboren …

»Freust du dich, sie wiederzusehen?«, fragte Magaidh.

Die laute Scota hat eine tote Tochter geboren …

»Ich werde sie nicht sehen, denn ich werde nicht hier sein, sondern in Glendale«, erwiderte Scota. »Im Namen der Kelten steckt das Wort *ceilid*. Das wiederum bedeutet verbergen. Ich werde eine Verborgene sein.«

»Und was bedeutet das?«

»Dass ich von nun an eine Druidin bin.«

Kein einsames Kind, keine geschändete Frau, keine Mutter eines toten Kindes.

»Hast du nicht einmal gesagt, dass dafür eine lange Ausbildung nötig ist?«

»Vor allem waren Druiden Menschen, die anderen halfen. Es hieß, ihre Hilfsbereitschaft sei so groß gewesen, dass sie jede Bitte, die an sie gerichtet wurde, schneller erfüllten, als ein Stein zu Boden fiel. Niemand sonst wird den Menschen hier helfen, nicht die Norweger, nicht die Mönche, nicht Leod, schon gar nicht die Männer von Ross.«

»Und wie genau willst du den Menschen helfen?«

»Indem ich ihnen zuhöre, indem ich sie verstehe, indem ich sie tröste.«

»Wenn du fern von allen lebst, kann doch niemand wissen, dass du helfen willst.«

»Du wirst es den Menschen sagen.«

Magaidh widersprach nicht, erteilte aber auch nicht ihre Zustimmung.

Scota blickte sie eindringlich an. »Du bist nicht nach Ross zurückgegangen, weil du frei sein wolltest. Du glaubst wie ich daran, dass man alles sein kann, was man will.«

»Und wer glaubt an dich?«

»Ich selbst tue es, und das ist ein Anfang.«

Sie ging, ohne Magaidh zu umarmen. Sie ging, ehe Eilidh nach mehr als zwei Jahren den Boden von Skye wieder betrat.

XVI.

An der Westküste von Skye
1306

Das Wasser war silbergrau, aber es funkelte nicht, gleich so, als hätte man unter Bruchsilber billigeres Blei gemischt, um seinen Wert zu mindern.

Als sie aufgebrochen waren, war Flora übel geworden, und Crannog, der das Boot navigierte und das Segel gespannt hatte, allerdings einen anderen rudern ließ, hatte sie ausgelacht.

»Wenn du jetzt schon seekrank bist, wie wirst du dich erst fühlen, wenn wir uns auf die offene See wagen?«

Noch glich Loch Alsh, das sie von Eilean Donan aus entlangfuhren, einem langen Fluss. Flora musste dennoch würgen.

Crannog lachte wieder. »Die Wellen sind doch zahm wie ein Kätzchen, das gestreichelt werden will.«

»Auch Kätzchen können kratzen!«, fauchte sie, entschlossen, es selbst zu tun, wenn er weiterhin lachte.

»Sag deinem Magen, er ist bei Crannog in guten Händen. Ich hab noch jeder Strömung standgehalten und noch jedes Kliff umrundet. Ein einziges Mal ist es passiert, dass das Boot leckschlug. Aber ich hab mit bloßen Händen das Wasser rausgeschöpft und sicher das Ufer erreicht.«

Flora wurde grün im Gesicht.

»Oh, oh!«, rief Crannog. »Welche Botschaft auch immer du an deinen Magen weitergegeben hast, er scheint eine scheue Jungfer zu sein, die in jedem Mann einen Unhold sieht. Ich bin doch einer von den Guten.«

»Mag sein, aber mein Magen hat keine Ohren.«

»Falls du dich übergibst, dann nicht gegen den Wind. Mein Segel hält viel aus, aber es wäre schade um dein hübsches Kleid.«

Das Kleid hatte sie von Christina bekommen, ebenso einen Umhang aus Marderpelz, feste Lederschuhe und sogar einen Beutel mit ein paar Silbermünzen. Christina war es auch gewesen, die Crannog den Befehl gegeben hatte, sie nach Skye zu bringen, und da die Insel groß war und sie keinen Ort mit Namen genannt hatte, hatte er selbst entschieden, nach Dunvegan im Nordwesten aufzubrechen.

Auf dem Weg dorthin wurde er nicht müde, seine Künste als Seefahrer zu rühmen, und trotz Floras Übelkeit beschleunigte er das Tempo. Den Gefallen, sich zu übergeben, tat sie ihm aber dann doch nicht, zumal sie sich augenblicklich besser fühlte, als sie Loch Duich und Loch Alsh hinter sich ließen. Offenbar hatte ihr der brackige Geruch mehr zugesetzt als jetzt das Schaukeln auf offener See.

Wenn Crannog sich nicht gerade selbst pries, nannte er die Namen der Orte und Lochs auf der Westseite der Insel, an denen sie vorbeisegelten.

»Hier«, erzählte er, »wachsen uralte Bäume, die es schon gegeben hat, als Gott die Welt erschuf.«

»Aber er hat sie doch aus dem Nichts geschaffen«, warf Ailean ein.

»Wenn es nichts gegeben hat außer Gott selbst, dann muss er sich sehr gelangweilt haben«, gab Crannog nachdenklich zurück. »Wie hat er sich wohl die Zeit vertrieben, oder gab es noch gar keine Zeit?«

»In jedem Fall gab es keine Blumen ...«, sagte Flora.

Diese wuchsen an den sanften Hängen noch zahlreicher als die Bäume, und ihre Blütenblätter flatterten blau, rot und gelb im Wind, als würden sie kichern.

»Pah!«, machte Crannog. »Ich bin sicher, Gott hat sich schon an diesen Blumen erfreut, als er noch ganz allein war.«

Seine Augen schienen im Blütenmeer zu baden. Hatte Flora geglaubt, dass es kein Fleckchen auf der Insel gab, auf dem mehr Blumen wachsen konnten als in Sleat an der Südspitze von Skye, wurde sie eines Besseren belehrt, als sie die zwei kleinen Inseln Egg und Rhum hinter sich ließen, auf die Cuillins grüne Hügel folgten und sie Loch Bracadale erreichten, wo jeder Felsen vor Seeanemonen überquoll. Mehr Farben hatten sie als der Regenbogen, und ihre Umarmung schien ebenso feucht wie erstickend. Als wollte Gott beweisen, dass er nicht nur großzügig beim Austeilen von Liebreiz war, sondern auch harte, klare Formen schätzte, folgte ein Küstenabschnitt, der schwarz und steil war und dessen vorgelagerte Felsen Schwertern glichen.

»Verfluchte Mädchen sind das!«, rief Crannog, »richtige Biester! Mithilfe der starken Strömung locken sie jedes Boot heran, doch während sie dich umarmen, reißen sie dir die Eier ab.«

Flora runzelte die Stirne. »Das sollen Mädchen sein?«, fragte sie. »Es ist doch bloß toter Stein.«

»Hier auf der Insel ist nichts tot, glaubt mir das. Wenn ein Seemann meint, dass er stärker als die Klippen und die Felsen ist, nur weil er atmet und sich bewegen kann, liegt er bald auf dem Grund des Meeres. An dieser Küste entlangzusegeln bedeutet, in den Krieg zu ziehen. Das Meer ist wie ein großes

Heer, man kann nur hoffen, dass man es müde antrifft und es nicht streitlüstern zum Angriff bläst. Die Felsen wiederum sind die heimtückische Vorhut, die Pfeile auf dich abschießt, wenn du ihr nicht rechtzeitig ausweichst.«

Crannog zog das Segel ein und half dem Mann am Ruder, bis er schwitzte, hörte dabei aber nicht zu sprechen auf. »Im Übrigen nannte ich die Felsen Mädchen, weil es welche sind – verzauberte Meerjungfrauen nämlich. Ran, die Frau des Gottes Ägir, hat Seeleute gefangen, ihre Seele ausgesaugt und zu Stein gemacht. Als Strafe wurde sie selbst samt ihrer Dienerinnen verzaubert und muss nun hier in den ewigen Fluten ausharren. Gefangene sind sie folglich, aber bei Weitem nicht machtlos und immer noch bösartig. Unterschätzt sie nie!«

Dass er an die nordischen Götter ebenso glaubte wie an einen Gott, der im Nichts Blumen wachsen ließ, schien für Crannog kein Widerspruch zu sein, doch ehe er sich weiter über himmlische und teuflische Wesen ausließ, wechselte Ailean das Thema.

»Da du so viele Geschichten kennst, magst du uns vielleicht weiterhelfen. Wir wollten nach Skye, um mehr über eine gewisse Eilidh und ihren Liebsten Kieran herauszufinden. Auf unserer Reise haben wir sonderbare Andeutungen gehört, von heidnischen Ritualen ... und Druiden.«

Crannog hörte zu rudern auf, doch da sein Gefährte weitermachte, wechselte das Boot seine Richtung und trieb auf die Felsen zu. Kurz schien ihm dies weniger Angst zu machen als die Erwähnung von Druiden.

»Druiden? Meint ihr nicht vielmehr eine Druidin? Scota?«, schrie er. Seiner Stimme fehlte jäh der Spott, der ansonsten jedes Wort begleitet hatte.

Flora frohlockte.

Scota.

Anders als das alte Weib mit dem toten Huhn wagte Crannog den Namen auszusprechen, was bedeutete, dass sie nun einen weiteren kannten.

»Was … was weißt du von ihr?«, fragte sie ungeduldig.

Endlich griff Crannog wieder nach dem Ruder und stieß es so energisch in die Fluten, als wollte er auf sie eindreschen. »Ich weiß genug! Eben fahren wir an Duirinish vorbei, und ihr hört ja selbst, wie die Möwen hier kreischen. Diese Klippen gehören uns, schreien sie, bleibt ihnen fern. Meinetwegen können sie die Klippen gern haben. Ich bin nicht so verrückt, hier anzulegen, niemand ist das. Aber auch zu Fuß ist Duirinish nur schwer zu erreichen, vor allem das Gebiet um Glendale im Norden. Seht ihr die Berge, die so flache Gipfel haben, als hätten die Götter einst wütend draufgedroschen? Sie trennen diesen Flügel der Insel von den restlichen, und nach allem, was ich von Duirinish weiß, ist das auch gut so. Schon meine Mutter hat mir eingebläut, dass es viel zu gefährlich ist, auch nur einen Fuß dahin zu setzen.«

»Warum denn das?«

Crannog zuckte die Schultern.

»Hat deine Mutter vielleicht auch ein verschwundenes Kind erwähnt, das die Druidin den Göttern geopfert hat?«

Wieder zuckte er nur die Schultern, ehe er nach langem Schweigen erneut zu reden begann. »Die Geschichten meiner Mutter waren voller Zauberer und Hexen, Dämonen und Meerungeheuer. Sie hat mich Vorsicht gelehrt und dass man größere Angst vor Gefahren haben muss, die man nicht kennt, als vor denen, um die man weiß. Deswegen hat sie mir keine der Gefahren verschwiegen … Wie auch immer, nach Scotas Tod, so heißt es, hat sich ihr Leib in Nebel aufgelöst, und in dieser Form treibt sie immer noch ihr Unwesen. Ganz plötzlich kommt dieser Nebel über das Meer und verdeckt die

Sicht, und manch einer kreiste hier schon tagelang mit seinem Boot im dichten Grau, ohne je das nahe Ufer zu finden. Vom Durst getrieben tranken diese Armen Salzwasser, bis sie verrückt wurden und ins Wasser sprangen.« Crannog runzelte die Stirn. »Ich fürchte, ich kann euch nicht mehr bis Dunvegan bringen. Auch heute wird Nebel aufziehen. Ich werde euch absetzen, sobald wir Duirinish umrundet haben.«

»Es ist doch keine einzige Schwade zu sehen!«

»Verlasst euch auf Crannogs Nase. Ich kann den Nebel riechen. Und wenn der Himmel noch so klar ist – er ist listig wie das Wasser. Dem dunklen Blau ist so wenig zu trauen wie den Heiratsschwüren eines Ritters, die dieser einer Jungfrau entgegensäuselt. Besser, ihr legt den Rest des Weges zu Fuß zurück.«

»Aber wie kommen wir nach Dunvegan?«

»Es gibt nur einen Weg, und der führt an der Küste entlang. Nehmt ihn, dann werdet ihr irgendwann schon auf Menschen stoßen.«

Ganz gleich, was sie ihm entgegenhielten, Crannog ließ sich nicht erweichen, sondern er ruderte am späten Nachmittag Richtung Ufer. Auch wenn ihn wohl vor allem die Erwähnung von Scotas Namen dazu bewogen hatte, hatte er recht daran getan, dem Himmel nicht zu trauen. Zwar stieg kein Nebel auf, aber alsbald ballten sich immer grauere Wolken zusammen, die um die verbliebenen Sonnenstrahlen kämpften, sie gierig schluckten und mit ihnen ihre schweren, düsteren Leiber füllten. Wind zog auf, wehte ihnen Gischt ins Gesicht und ließ die Wellen tanzen.

An einem Sandstreifen konnten sie an Land gehen, doch zum Verweilen lud er nicht ein. Die Steine, die ihn umgrenzten, waren grau und glatt, der Wald, der dahinter aufragte, im trüben Licht schwarz. Die Berge im Hinterland hoben sich nur unscharf vom Himmel ab, als hätte man eine Schweinsblase, mit der man im Winter die Fensterluken schloss, darübergeworfen.

Flora duckte sich hinter einem der Felsen, um sich vor dem Wind zu schützen, doch so hoch konnte sie den pelzverbrämten Mantel gar nicht ziehen, um seinen schmerzhaften Bissen zu entgehen. Das Haar, eben noch zu strammen Zöpfen geflochten, peitschte ihr ins Gesicht, und sie sah weder, wie Crannog wieder ablegte, noch, wie Ailean neben sie trat.

»Scota hieß die Druidin also«, sagte er, und sein Zittern zerhackte die Wörter. »Jetzt kennen wir also noch einen Namen, nach dem wir die Menschen hier befragen können.«

»Wenn es denn hier Menschen gibt ...«

Als Flora ihr Haar zurückstrich, sah sie nichts als Stein, Sand und Wald.

Falls sich Ailean genauso mutlos und verzagt fühlte wie sie, zeigte er es nicht, sondern drängte stattdessen zum Aufbruch, und als sie sich nicht rührte, zog er an ihrem Mantel, bis ihr dieser von den Schultern glitt.

»He! Ich friere!«

»Das wird nicht besser, wenn du hier hocken bleibst. Nun komm schon.«

Er kletterte über die Steine hoch bis zum Wald, und widerwillig tat sie es ihm gleich.

»Wusst ich's doch!«, rief Ailean triumphierend und reichte Flora die Hand, um sie das letzte Stück hochzuziehen.

Als sie ihr Haar gebändigt hatte, stellte sie fest, dass der vermeintliche Wald nur aus einigen Bäumen bestand. Obwohl die mächtigen Kronen ineinanderwuchsen, standen die dünnen Stämme weit genug auseinander, um ihnen einen Blick aufs Umland zu gewähren ... und auf ein Dorf.

Das Dorf war größer als alle Ortschaften, die sie auf ihrer Reise gesehen hatten. Mehr als ein Dutzend Häuser – viele von ihnen aus Lehmziegeln errichtet, zwei sogar aus Stein und allesamt mit Reet bedeckt – standen kreisförmig um einen Hof. Sie waren durch schmale, holzgepflasterte Wege miteinander verbunden. Anders als auf dem Festland waren die Seitenwände der Häuser rund, der Eingang lag auf der Langseite. Über einem hing ein Geweih, mit dem der Besitzer nicht minder mit seinem Jagdglück protzte als Kenneth MacKenzie auf Eilean Donan. Aus der Ferne sah es aus, als würde der tote Hirsch lachen, doch als sie näher traten, erzitterte das Geweih plötzlich, löste sich an einer Seite von dem Haken, an dem es festgemacht worden war, und rutschte mit einem knarzenden Geräusch über die Wand.

Flora, die eben noch frohlockend auf das Dorf zugelaufen war, hielt unwillkürlich inne und besann sich auf Crannogs Worte. Hier auf der Insel ist nichts tot …

Welch ein Unsinn! Der Hirsch war auf jeden Fall tot! Es war lediglich der Wind, der an dem Geweih zerrte!

Aber hatte der Wind auch sämtlichen Rauch verweht? Warum stieg keiner von den Häusern hoch?

Wie sie selbst hatte auch Ailean innegehalten. »Hörst du das?«, flüsterte er.

»Was denn?« Flora spitzte die Ohren. »Da ist gar nichts zu hören!«

»Eben«, erwiderte er. »Das ist doch … merkwürdig.«

Unwillkürlich packte sie seinen Arm. Ein so großes, reiches Dorf … und da war kein Kinderlachen, kein Gekeife alter Weiber, kein Grummeln von Männern. Da war niemand, der Holz hackte, Hühner fütterte, Schafe schor.

Das Dorf war nicht einfach nur verlassen, es war wie … tot.

Flora wäre am liebsten zurück zum Strand geflüchtet, doch als sie Ailean mit sich ziehen wollte, versteifte sich dieser.

»In den Häusern finden wir vielleicht etwas zu essen. Und wir könnten in einem schlafen.«

Es war eine große Überwindung, unter dem schiefen Hirschgeweih durchzutreten, doch da es zu nieseln begonnen hatte, setzte ihr die Vorstellung, die Nacht unter einem löchrigen Blätterdach zu verbringen, noch mehr zu als der Blick der toten Augenlöcher. Die Holztür war nur angelehnt und gab sofort nach, als Ailean sie mit der Zehenspitze anstupste. Sie traten ein.

Obwohl sie weiterhin keinen Laut vernahmen, wappnete sich Flora dagegen, dass der Besitzer des Hauses wütend auf sie zustürzen und sie mit einer Sichel oder Axt verjagen würde, doch es blieb still. Unwillkürlich zog Flora den Kopf ein. Zwei Holzbalken stützten das Dach, und an diesen hingen etliche Haken. In den Lederbeuteln, die im Luftzug hin und her schaukelten, befand sich leider nichts Essbares, jedoch ein Kraut, dessen Duft sich mit dem süßlichen Geruch von Torf vermischte. Es konnte nicht lange her sein, dass jemand ein Feuer gemacht und sich daran gewärmt hatte, und als Ailean zum Herd trat und mit einem Holzstab die Asche aufwirbelte, blickten ihnen tatsächlich die roten Augen der Glut entgegen.

»Wie merkwürdig ...«, sagte er wieder.

Es war nicht einfach nur merkwürdig, sondern unheimlich.

Ein Knirschen ließ sie zusammenfahren, doch dieser Laut war bei Weitem nicht so Furcht erregend, wie der, der folgte: ein Schrei, der nicht menschlich klang.

Alle möglichen Wesen kamen Flora in den Sinn – Zauberer, Hexen, Druidinnen, die kleine Kinder raubten. Am liebsten hätte sie die Hände vors Gesicht geschlagen und wäre aus dem Haus gerannt. Ailean jedoch ließ sie los und folgte dem Laut beherzt in den hinteren Teil des Hauses, der mit einem hölzernen Gatter vom Wohnraum abgetrennt war. Der Laut war in der Tat nicht menschlich, aber stammte auch nicht von einem unheilvollen Geist, sondern von einer Ziege. Sie glotzte ihnen mit gelben Augen entgegen und meckerte wieder, wobei Flora sich nicht sicher war, ob das Vieh sie verlachte oder um Hilfe anflehte.

»Wem gehörst du?«, fragte sie verstört. »Und warum hat man dich hier einfach zurückgelassen?«

Sie trat näher und streichelte das Tier. Erst schnüffelte die Ziege an ihrer Hand, doch als sie feststellen musste, dass Flora nichts Essbares bei sich trug, wandte sie sich beleidigt ab.

Ailean indessen erforschte weiter das Innere des Hauses. »Dort hinten ist ein Speckstein, und gleich daneben liegt das Werkzeug, mit dem man ihn bearbeitet hat. Schau den Krug an! Er ist noch halb voll mit Milch! Und er steht neben einem großen Fass. Es sieht aus, als wäre gerade eine Frau dabei gewesen, Butter zu machen ...«

Flora folgte seinem Blick. Vom Webstuhl hing ein halb fertiges Stück Stoff, von dem Spinnwirtel ein Faden. Jetzt entdeckte sie auch ein Stück Brot auf der hölzernen Platte vor dem Ofen, doch obwohl sie hungrig war, machte sie keine Anstalten, darauf loszustürzen und es hinunterzuschlingen.

Verflucht, das Dorf ist verflucht ...

Ailean hob einen aus Reisig geflochtenen Korb voller Brennholz hoch, doch wer immer ihn ins Haus getragen hatte, hatte seine Arbeit abrupt unterbrochen, ehe die Scheite an der hinteren Wand des Hauses aufgestapelt waren.

»Die Bewohner des Dorfes haben es am helllichten Tag verlassen«, sinnierte er, »irgendetwas muss sie in die Flucht geschlagen haben ...«

»Lass uns auch fliehen! Komm!«

Dieses Mal sträubte er sich nicht, doch ehe sie ins Freie treten konnten, ertönten Schritte, gefolgt von einer Stimme, die einen Namen rief. Die Schritte waren nicht laut, die Stimme hoch, und dass es offensichtlich nur eine junge Frau war, die zurückkehrte, erleichterte Flora zunächst, drohte von einer solchen doch kaum Gefahr. Als die Frau allerdings auf die geöffnete Tür zugelaufen kam und sie ihr ins Gesicht schauen konnten, jagten neue Schauer über ihren Rücken. In diesem Gesicht stand so viel Angst, mehr noch, nackte Panik. Die Frau blieb kurz stehen und wäre fast über die eigenen Füße gestolpert, als sie Ailean und Flora erblickte, dann stürmte sie hinein, als wäre der unerwartete Anblick von zwei Fremden nichts, was an einem Tag wie diesem Bedeutung hätte. Wenig später nahm sie die Ziege an ihrem Strick, zerrte sie mit sich, und erst als sie das Haus wieder verlassen hatte, warf sie einen Blick über die Schultern.

»Wer seid ihr, und was wollt ihr?«, rief sie.

Sie nahm sich keine Zeit, die Antwort abzuwarten, sondern hastete davon. Ailean und Flora folgten ihr rasch.

»Was ... was ist denn passiert? Wohin läufst du?«

»Schnell! Es kann nicht mehr lange dauern ...«

»Ja, was denn?«

Die junge Frau war zu atemlos, um zu antworten. Sie deutete nur in Richtung des Strandes.

»Sie sind schon da! Wir müssen uns verstecken!«, rief sie.

Die Eichen hinter dem Dorf wuchsen dichter und höher als jene beim Strand. Von den großen Blättern tropfte es, die Erde war schwarz vor Nässe, die Ziege meckerte unwillig.

Schon auf der Flucht hierher hatte sie sich als störrisch erwiesen, doch die junge Frau, Osla, hatte unbeirrt an ihrem Strick gezogen, und am Ende hatte das Tier entschieden, lieber seinen Schritt zu beschleunigen, als erwürgt zu werden. Jetzt wurde es befreit und floh vor dem Lärm ins Unterholz.

Flora hätte es ihm am liebsten gleichgetan, wäre gerannt und gerannt, bis sie kaum noch Atem hatte, doch Osla hielt sie auf.

»Besser, wir warten hier …«, erklärte sie. »Im Wald sucht uns niemand … Manchmal begnügen sich die Männer nicht damit, das Dorf auszurauben, sondern gehen zur Weide und schlachten alle Tiere. Wenn du nicht bleibst, könntest du ihnen geradewegs in die Arme laufen.«

Flora klammerte sich an eine der Eichen, als traute sie sich selbst nicht. »Sie … sie sind nicht zum ersten Mal hier?«, fragte sie fassungslos.

Von ihrem Versteck aus konnten sie die Männer nicht länger sehen, aber der knappe Blick, den sie zuvor auf sie geworfen hatte, genügte. Ein halbes Dutzend war es, mit gefurchten Gesichtern, die der Rinde einer alten Eiche glichen, mit verfilzten Haaren und Bärten, schmutzigen Händen und Füßen. Ihre Blicke waren so leer, als hätte nie Mitleid darin geschimmert, ihre Gier eine schlichte: Sie stahlen, was ihnen unter die Finger kam, und mordeten, wer immer ihnen entgegentrat.

»Beim ersten Mal haben wir noch versucht, uns zu wehren«, berichtete Osla. »Aber was konnten unsere Männer mit ihren armseligen Waffen gegen echte Schwerter ausrichten? Einer der Angreifer hat zwei von ihnen mit einem Hieb getötet. Dem einen hat er den Kopf entzweigehauen und dem dahinter die Brust durchbohrt. Der alte Glenn kam mit dem Leben davon, aber ihm wurde die Hand abgeschlagen. Niemand konnte so schön schnitzen wie er. Am liebsten hat er aus dem harten Buchenholz kleine Drachen und Pferde für die Kinder gemacht, doch wenn er's jetzt mit der noch heilen Hand versucht, kommt bestenfalls ein Hase dabei raus, ohne Ohren und ohne Schwanz. Die Frauen, die nicht mehr rechtzeitig fliehen konnten, wurden geschändet – Jinny so oft und so lange, dass sie verrückt geworden ist. Von da an hat sie den ganzen Tag gelacht, und obwohl alle Mitleid mit ihr hatten, war es unerträglich, sie zu hören. Glenn hat ihr eines Tages mit seiner noch heilen Hand eine Ohrfeige versetzt, und danach ist Jinny mit einem Kittel voller Steine ins Meer gegangen und untergetaucht. Die Fluten haben den Leichnam nicht wieder hergegeben.« Osla erschauderte. »Jetzt steht immer ein Junge an der äußersten Spitze der Landzunge, um uns rechtzeitig zu warnen. Nur deswegen konnten wir unsere Tiere und das Saatgut in Sicherheit bringen – zumindest einen Teil davon. Gottlob sind die Vorräte vom letzten Winter aufgebraucht.«

In Oslas Augen stand Verzweiflung geschrieben, die Stimme jedoch klang ungerührt, als hätte sie sich an das Leid, so oft, wie es über sie hereingebrochen war, längst gewöhnt.

Unwillkürlich nahm Flora ihre Hand. Die der jungen Frau war schwielig und der Zug um den Mund verhärmt, als wäre sie eine Greisin.

»Wer sind diese Männer? Und warum dürfen sie einfach ungestraft wüten?«

»Es sind Gesetzlose, und davon gibt es hier viele. Etliche von ihnen leben auf einer Insel, Chaluim Chille. Dort gab es einst eine kleine Kapelle mit einem Turm, wo erst Mönche lebten, um von dort aus das Christentum zu verkünden, und später Nonnen, um Gott zu ehren. Ich denke, im Himmel ehren sie Gott nicht länger, sondern beklagen das Unrecht und die Entweihung ihres einstigen Heims. Norweger haben es seinerzeit besetzt – die, die auf Skye zurückgeblieben sind, nachdem König Hakon die Schlacht von Largs verloren hat. Sie stahlen nicht nur Essen, sondern auch Weiber, und zeugten mit ihnen Kinder, die noch ruchloser und grausamer sind als sie selbst, hat man ihnen doch von klein auf eingebläut, dass sich ehrliche Arbeit nicht lohnt. Ihre Mütter waren zu eingeschüchtert, um Gegenteiliges zu behaupten. Meine Großmutter hat sogar einmal behauptet, dass man den Frauen die Zungen aus dem Mund geschnitten habe, damit sie den Männern nicht lästig fielen und ihren Kindern weder Glaube noch Sitten beibringen konnten.«

Flora schüttelte entsetzt den Kopf. »Aber warum schreitet niemand ein? Skye ist doch einem Sheriff unterstellt, und der wiederum hat sich vor dem Grafen von Ross zu verantworten.«

»Ach, der …« Osla machte eine wegwerfende Geste. »Wenn ihm ein Gesetzloser in die Hände fällt, hängt er ihn am nächsten Baum auf. Aber sie zu jagen und ihre Nester auszuräuchern, dazu ist er entweder zu faul oder zu feige. Dabei haben wir es noch gut getroffen. Wir leben, während die Menschen auf den Nachbarinseln Raasay und Rona vor einigen Jahren fast ausgelöscht wurden.«

»Auch von den Norwegern?«

»Nein, von Männern, die fast noch schlimmer sind. Sie dienen Lachlan und Ruari MacRuari, den Bastardbrüdern von Christina von Garmoran. Vielleicht habt ihr ihren Namen schon einmal gehört. Ihre Schwester hat das Reich ihres Vaters geerbt und ist ihm eine gute und gerechte Herrscherin, doch ihre Brüder haben noch nie anderes bewiesen als ihre Lust zur Zerstörung. In besseren Zeiten hätte man sie längst zur

Rechenschaft gezogen, aber die Engländer sind damit beschäftigt, Robert the Bruce zu bekämpfen, und der wiederum hat genug daran zu tun, sein eigenes Leben und seine Krone zu retten. Es ist also niemand da, der unserem Sheriff einen Tritt gibt, und deswegen wird der noch so lange geruhsam auf seinem Hinterteil sitzen, bis es breit und flach geworden ist.« Osla lachte zynisch auf. »In letzter Zeit hört man immer wieder, dass sie Dörfer nicht nur ausraubten, sondern anzündeten. Sie schließen Wetten ab, ob einer von ihnen noch eine Seele hat und sich diese vom Feuer erwärmen lässt. Und am Ende haben sie alle ihre Wetten und wir unsere Heimat verloren, weil keiner auch nur das geringste Mitleid empfindet.«

Ihre Stimme wurde immer leiser, die Laute, die in der Ferne von der Zerstörung kündeten, durchdringender. Rufe ließen sich kaum vernehmen, jedoch immer häufiger das Krachen von Holz.

»Ich kann nur hoffen, dass uns zumindest dieses Schicksal erspart bleibt.«

Osla vergrub ihren Kopf zwischen den Knien, als würde das Schlimme nicht geschehen können, wenn sie es nicht hörte. Flora wollte es ihr gleichtun, aber dann sah sie, dass sich Ailean hinter einem Baum hervorwagte.

»Bist du verrückt?«, zischte sie.

»Schau doch nur!«

Um Osla zu schonen, wollte er offenbar nicht laut benennen, was er eben beobachtet hatte. Die Männer hatten etliche Torffackeln entzündet, und das, wie es aussah, nicht nur, um das Werk ihrer Zerstörung in der aufziehenden Dämmerung zu betrachten. Einer hob die Hand und hielt die Fackel gefährlich nah an das breiteste Reetdach.

»Ob Christina von Garmoran davon weiß?«

Flora versuchte, sich zu erinnern, was diese über ihre Brüder gesagt hatte, und war sicher, dass es nur abfällige Worte gewesen waren.

»Selbst wenn sie es wüsste, sie könnte ja doch nichts tun«, gab Ailean zurück. »Sie ist damit beschäftigt, Verbündete für Robert anzuwerben. Der hingegen würde sie mit Feuer und Schwert verfolgen, falls er die Macht dazu hätte.«

»Aber er hat sie eben nicht, und deswegen wird niemand den Menschen von Skye helfen ...«

»Niemand. Nur wir.«

Flora sah Ailean verblüfft an. Er musste genauso seinen Verstand verloren haben wie die geschändete Jinny. Doch während sie noch sicher war, sich nur verhört zu haben, verließ Ailean den Schatten der Bäume.

»Was machst du denn! Sie werden dich noch sehen!«

»Das sollen sie auch.«

Flora wollte ihn packen und zurückzerren, aber griff ins Leere. Sie musste hilflos zusehen, wie Ailean beherzt auf das Dorf zuging.

Verrückt, verrückt, verrückt.

Ailean wusste, was Flora dachte, und ihm selbst hämmerte das Gleiche durch den Kopf.

Verrückt, verrückt, verrückt.

Doch anstatt sich wieder zu verkriechen, setzte er im Rhythmus der Gedanken Schritt vor Schritt, und dann hatten die Männer ihn auch schon entdeckt.

Ich bin nicht nur verrückt, sondern so gut wie tot ...

Und dennoch ... der Gedanke an Oslas Gesicht und deren Verzweiflung, die nicht laut, sondern unendlich müde und gerade darum so unerträglich war, gab ihm Kraft. Das und die Erinnerung an Iains Geschichten. Die Helden darin siegten nie, weil sie muskelbepackte Arme hatten und stählerne Waffen, sie siegten durch ihre List und durch Worte, die geschliffener waren als jedes Schwert.

»Wie viel Silber wollt ihr haben, wenn ihr dieses Dorf nicht anzündet?«, rief er den Männern entgegen.

Der, der eben gegen die Wand eines Stalls getreten hatte, hielt inne, der, der die Fackel zum Reetdach gehoben hatte, auch. Ihre Blicke blieben leer, aber die Augen weiteten sich überrascht.

»Ein schmächtiges Bürschchen wie du wird nicht viel Silber mit sich schleppen.«

Der Mann mit der Fackel trat auf ihn zu, und auch wenn er ihre Hitze nicht spüren könnte, vermeinte er aus dem Zischen des Feuers ein Kichern herauszuhören.

Bald fressen wir nicht nur die Häuser, sondern auch dich ...

»Nun, ich trage das Silber nicht an meinem Gürtel«, gab Ailean zurück und tippte sich an die Stirn, »ich trag's in meinem Kopf.«

Ein Schrei ertönte, der dem Fauchen der Flammen glich. »Dein Kopf wird gleich den Schlamm küssen!«

Ailean musste alle Willenskraft zusammennehmen, um sich nicht umzudrehen und loszurennen. Nicht dass er allzu weit gekommen wäre. Die Männer hatten einen Kreis um ihn gebildet und zogen ihn immer enger, und ihm blieb nichts anderes übrig, als sich weiterhin selbstbewusst zu geben.

»Ich würde lieber ein holdes Mädchen küssen, und ich kann mir vorstellen, dass ihr es ähnlich haltet. Mit dem Silber, das ich für euch habe, werden sich alle Lippen öffnen.«

Der Mann hielt ihm die Fackel vors Kinn, doch auch wenn er ein schmerzhaftes Brennen spürte, zuckte Ailean nicht zurück.

»Das einzige Silber, das für mich zählt, ist das hier.« Ehe Aileans Haut verbrannt wurde, ließ der Mann seine Fackel fallen, jedoch nur, um eine noch tödlichere Waffe zu ziehen: sein Schwert.

»Damit habe ich noch alle Lippen geöffnet, vor allem die zwischen den Beinen. Es gibt kein köstlicheres Geräusch, als wenn sie schmatzen.«

Das glaube ich dir nicht, dachte Ailean, noch lieber ist dir panisches Geschrei.

»Verschont das Dorf«, erklärte er vernehmlich, »und ich verrate euch, wo sich der Mann verkriecht, den ganz England sucht.« Er hielt kurz inne, ehe er triumphierend hinzufügte: »Niemand Geringerer nämlich als Robert the Bruce!«

Bleiernes Schweigen folgte. Der Mann hielt das Schwert erhoben, aber ließ es nicht auf ihn herabsausen.

»Robert the Bruce, sagst du?«

Ailean nickte eifrig. »Er verbirgt sich dort, wo man ihn am wenigsten vermutet … wie ein Maulwurf. Wenn man ihn unter dem größten Erdhaufen sucht, wird man niemals fündig. Man muss dem Maulwurf einen Schritt voraus sein und wissen, wo er den nächsten ausheben wird.«

»Ha! Du bist kein Maulwurf, sondern ein Wurm, den ich gleich zertreten werde!«

Noch höher fuhr das Schwert, noch hauchdünner wurde der Faden, an dem Aileans Leben hing. Doch ein anderer trat dazwischen, ehe er riss.

»Wo steckt der Maulwurf?«, fragte er. Der Mann hatte Narben wie Löcher, als hätte ein Regen aus winzigen Pfeilen einst sein Gesicht durchbohrt. Rau wie die Haut war auch seine Stimme, als er drohend hinzufügte: »Wenn du lügst, das schwör ich dir, grabe ich selbst ein Loch und werfe dich lebendig hinein.«

Ailean leckte sich über die Lippen. Jeder Augenblick, den er noch lebte, fühlte sich wie ein kleiner Sieg an.

»Robert the Bruce verkriecht sich beim Sheriff von Skye«, sagte er schnell. »Als Mann von Ross steht dieser eigentlich auf Englands Seite, aber es sind schon ehrenwertere Männer als er Verräter geworden. Ich … ich kann euch zu ihm nach Dunvegan bringen, ich stehe in den Diensten des dortigen Herrn.«

»Und das nur, damit ein paar Häuser heil bleiben?«

»Ich stamme von hier, und ich will nicht, dass mein Mütterlein nass wird, wenn es regnet. Ihre morschen Knochen sollen nicht noch mehr schmerzen. Da ist mir lieber, ihr zerbrecht Robert the Bruce jeden einzelnen und lasst euch den Haufen, der zurückbleibt, mit Geld aufwiegen. Im Übrigen bin ich kein Wurm, sondern ein Vögelchen. Ich fliege hoch genug, um alles zu beobachten. Nichts, was sich auf dieser Insel zuträgt, entgeht mir.«

»Wenn du Lügen zwitscherst, reiße ich dir jede Feder einzeln aus, das schwöre ich.«

»Ach was!« Ailean wollte leichtfertig klingen, aber seine Stimme zitterte. »Federn sind so viel leichter und nutzloser, gemessen an dem Silber, mit dem Englands König euch überhäufen wird, sobald ihr ihm den gottlosen Mörder bringt.«

Zu seinem Erstaunen ertönte ein dröhnendes Lachen, das den Boden erbeben ließ. »Gottlose Mörder sind wir selbst.«

Immerhin, der Mann mit dem Schwert ließ dieses sinken, und der andere klopfte sich auf die Schenkel, anstatt die Fackel wieder aufzuheben und die Reetdächer zu entzünden.

Ailean atmete hörbar aus. Jetzt musste er nur noch die Männer von hier weglotsen, eine Gelegenheit zur Flucht finden und darauf hoffen, dass sie ihre Zeit und Kräfte nicht an ihn verschwendeten und sich der Zorn, Robert the Bruce nicht zu finden, über den Sheriff ergoss. Wenn der sich zur Wehr setzte und die Gesetzlosen tötete, war es gut. Falls er ihnen unterlag und zum Opfer wurde, hatte er es verdient, so gleichgültig, wie er ihrem Treiben zusah.

Ehe sich Ailean jedoch im Stillen zu seinem Plan beglückwünschen konnte, trat der narbige Mann mit einem Hanfstrick auf ihn zu und fesselte ihm damit Hände und Füße.

»Gut, gut«, knurrte er, »wir werden dir die Federn nicht gleich ausrupfen, aber wegfliegen wirst du auch nicht, Vögelchen. Wir schlafen hier und brechen morgen Richtung Dunvegan auf. Ich binde dich erst los, wenn wir den Strick für Robert the Bruce brauchen, und falls du uns belogen hast, hängen wir dich an den Füßen auf, bis du anstelle von Lügen nur mehr Blut spuckst.«

XVII.

Skye
1264

Eilidh betrat Skye im Frühling wieder, als die Insel ihr schönstes Kleid angelegt hatte. Die Triebe schossen so zahlreich aus dem eben noch schwarzen Geäst der Bäume, dass deren breite Kronen riesigen Blüten glichen. Der gelbe Ginster wuchs überall, als hätte es Gold geregnet. Schafe grasten auf sattgrünen Wiesen, ihr Weiß wurde nur manchmal von Krähen- und Rabenscharen verdunkelt. Sie stakten auf dem Gras, als hätten sie vergessen, dass sie Herren der Lüfte waren, nicht der Erde. Lauter als ihr Kreischen war nur das Wiehern der Pferde.

Diesen hatte man während der Schiffsfahrt die Hinterbeine zusammengebunden, damit sie nicht durchgehen konnten, doch kaum wurden sie befreit, stoben sie in alle Richtungen davon und zertrampelten den Boden. Obwohl er noch hart vom Winterfrost war, gruben sich die Hufe so tief ein, dass alle Nachkommenden im Schlamm stecken zu bleiben drohten.

Alasdair bot Eilidh an, sie zu tragen, doch sie schüttelte den Kopf, hielt Ausschau nach einem schmalen Flecken, der nicht allzu sehr verschlammt war, und balancierte darüber.

Einst konnte ich auf den Klippen über dem Meer mein Gleichgewicht wahren, jetzt schaffe ich es gerade noch, sauber zu bleiben …

Die größten Sorgen hatte sie sich um Scota gemacht, und sie freute sich, wenig später von ihr zu hören. Eine fremde Frau, die freundlich lächelte, nahm sie an ihrer statt in Empfang, nachdem sie die vielen Stufen zum Tor hinter sich gebracht hatten.

»Ich bin Magaidh, eine Freundin von Scota. Sie lebt jetzt in Glendale, aber es geht ihr gut.«

»Was macht sie denn in Glendale?«

Ehe die andere antworten konnte, stürzte Sigurd in den Hof. Er brach in Tränen aus, als er sie sah, riss sie an sich und umarmte sie, als wollte er sie zerdrücken. Sein Barthaar pikste wie viele kleine Messerspitzen.

»Eilidh, ach, meine süße kleine Eilidh!«

»Du tust mir weh!«

Er ließ erst von ihr ab, als Alasdair es befahl. Sigurd fuhr zu ihm herum, musterte ihn, und seine Tränen versiegten.

»Beim letzten Mal, als Ihr die Insel betreten habt, habe ich meine Frau verloren«, sagte er tonlos. Und an Eilidh gewandt murmelte er: »Ilisas Kleid war schmutzig, als sie starb. Wir haben ihr ein neues angezogen, aber das war kaum möglich, weil ihre Glieder so steif geworden waren.«

Nun war auch Eilidh zum Weinen zumute, doch sie hielt ihre Tränen zurück, als Alasdair sich an sie wandte.

»Sie war deine Mutter«, murmelte er. »Es tut mir leid.«

Ihr Gesicht wurde noch feindseliger als die Gesichter der Bewohner Dunvegans, die sie mit Verachtung und Feindseligkeit musterten, es waren.

»Sie war nicht meine Mutter«, zischte sie, »und es tut dir nicht leid. Deine Männer haben sie getötet.«

Dass sie Alasdair verachtete, mochte Sigurd ein Lächeln abringen, die anderen Frauen und Männer stimmte es jedoch nicht gnädig. Als sie die Halle des größten der Langhäuser betrat – in diesem sollte sie künftig mit Alasdair und seiner Leibwache leben –, wichen sie vor Eilidh zurück, als wäre sie ein Schaf, das nach einem Wolf stank.

Nur eine blieb an ihrer Seite, als sie an der langen Tafel Platz nahmen – jene Magaidh, die ihr von Scota berichtet hatte, aus Ross stammte und zur gleichen Zeit, da Eilidh nach Delny aufgebrochen war, Skye betreten hatte. Eilidh musterte sie genauer. Das freundliche Lächeln streichelte ihre Seele, der harte Blick, der nicht dazu passte, rang ihr Respekt ab.

Sie ist eine Wölfin, die sich ein weiches weißes Wollkleid angelegt hat, um alle zu täuschen.

Der Tisch bog sich unter Speisen, die zeigen sollten, dass der Herr von Dunvegan sich dem Unvermeidlichen fügte, dass er den Gesandten von Ross nicht zu bekämpfen, sondern als Gast zu bewirten gedachte. Doch Eilidh entging nicht, dass das Hasenfleisch zäh, die Rüben im Eintopf zu hart und die Fischsuppe ranzig war. Die Stutenmilch, die als besondere Delikatesse aufgetragen wurde, schien von einem uralten Tier zu stammen, desgleichen das Pferdefleisch in einer Suppe, die so grau schmeckte, wie sie aussah. Ganz zu schweigen davon, dass das Geschirr kaputt war. Man sah die hauchdünnen Risse kaum, doch als Alasdair eine Schale zum Mund führte, brach sie, und der Inhalt ergoss sich über sein Wams.

»Das tut mir leid!«, sagte Magaidh und lächelte weiterhin freundlich.

Eilidh erwiderte dieses Lächeln.

Ich will auch wie eine Wölfin lächeln, nicht wie ein Schaf stinken.

Alasdair knurrte. »Warum gibt es hier keine Kupferschüsseln, nur Tongefäße, deren einzige Verzierung das noch eingedrückte Gras ist? Die Wikinger sind doch bekannt für ihr kunstvolles Geschirr!«

Eilidh lächelte ihn wölfisch an. »Das Essen schmeckt gleich, ganz egal, von welchen Tellern man isst. Wir sollten Leod für seinen freundlichen Empfang danken.«

Alasdair hob seinen Kelch auf Leod, der erwiderte den Trinkspruch. Kurz sahen sich die beiden in die Augen und sprachen stumm die Worte aus, die keiner laut zu sagen wagte. Wir unterwerfen uns Ross, aber wir verachten euch, sagte Leod. Ich werde im Namen meines Bruders für Recht und Ordnung sorgen, aber ich hasse dieses verfluchte Eiland, sagte Alasdair.

Mit jedem Stück zähem Fleisch, das er aß, schien Alasdair mit seiner Aufgabe mehr zu hadern und sein Misstrauen zu wachsen. Weder zeigte er es, noch wechselte er das schmutzige Wams, aber Eilidh konnte die Bitterkeit in seinem Mund schmecken. Magaidh lächelte wieder, Eilidh tat es auch – zumindest bis Farquhar zu weinen begann.

Ihr Sohn war nun ein Kleinkind, blauäugig und blond wie sie, aber mit kräftigeren Locken und noch kräftigeren Gliedern. Er schlief immer noch bei seiner Amme, schrie nicht mehr so laut, wenn er Hunger hatte, aber wurde weinerlich, wenn er nicht seinen Willen bekam und auch wenn er Hass witterte. Nie hatte sich Eilidh so deutlich in ihm erkannt wie in diesem Augenblick, da er weniger einem Wolfskind als einem Lämmchen glich. Sie wusste, solange sie selbst eine Wölfin bleiben wollte, durfte sie ihn nicht an sich ziehen und trösten.

Magaidh erhob sich an ihrer statt und sprach mit sanfter Stimme auf das Kind ein.

»Wie schade, dass du keinen eigenen Sohn hast, Schwesterchen«, ertönte eine Stimme.

Sie klang so scheppernd, als würden die Scherben der Schale, die zerbrochen war, aneinandergerieben. Kermac hatte bis jetzt kein Wort gesagt, und Eilidh war es irgendwie gelungen, ihn zu ignorieren, aber als er nun einmal mehr schief lächelte, erschauderte sie. Auch Magaidh entglitten kurz die Züge.

»Oh, wie wünschte ich dir, dass du nicht Witwe geworden und dein Schoß nicht fruchtlos geblieben wäre«, höhnte Kermac, als er sich erhob und näher trat.

Die Scherben kratzten nicht lange genug aneinander, um ihren Blick zu verwunden. Er war zu hart, als dass man tief darin hätte schürfen und blutige Male hinterlassen können.

»Und wie wünschte ich dir, Kermac«, gab sie nicht minder höhnisch zurück, »dass William von Ross dir die Insel anvertraut hätte, nicht Alasdair. Leider hat er es nicht getan.«

Nun schwand das Lächeln auch von Kermacs Lippen, doch Eilidhs Genugtuung darüber währte nur kurz.

Es ist egal, ob wir Schafe oder Wölfe sind, gar Katzen, die mit ihren spitzen Krallen kratzen. Wenn wir uns gegenseitig auffressen, wird das Fleisch nie saftig schmecken, sondern immer nur zäh.

Magaidh hatte indes Farquhars Tränen getrocknet und ging mit ihm hinaus in den Hof. Eilidh folgte ihr, wahrte aber Abstand.

In diesem Hof hatte sie Kieran die Schöpfkelle gereicht, in diesem Hof hatte sie nach langen Jahren des Schweigens wieder gesungen, von diesem Hof aus war sie zu den Klippen aufgebrochen und hatte sich an deren äußersten Rand gestellt, damit die Angst ihr allein gehörte und sie ihren Schatten sehen konnte. Jetzt warf ihr eigener Mann einen langen und dunklen auf die Insel.

Unmöglich, dass sie Scota in Glendale besuchte, unmöglich, dass sie nach Kieran fragte. Wenn sie sich nicht ausreichend für eine Begegnung wappnete, würde sie genauso zerbrechen wie das Geschirr aus Leods Haushalt.

Während Eilidh ins einstige Zuhause zurückkehrte, war Kieran heimatlos geworden. Als er erfuhr, dass Eilidh mit Mann und Sohn nach Skye zurückkehren würde, hatte er Dunvegan verlassen. Verabschiedet hatte er sich von niemandem, nur jedermann eingebläut, künftig keinen wissen zu lassen – am allerwenigsten Eilidh –, dass er hier als Barde gelebt und gesungen hatte. Sein Ansinnen klang merkwürdig, doch er war nicht wichtig genug, als dass sich jemand darüber den Kopf zerbrach.

In den Wochen, die folgten, floh Kieran von einem Ort zum anderen, floh vor Eilidh und den Erinnerungen, floh vor seiner Wut auf sie. Wie hatte sie nur diesen Mann heiraten, wie einen Sohn von ihm bekommen können! Schließlich floh er auch vor der Einsicht, dass er weder singen wollte noch konnte, kaum dass Eilidh einen Fuß auf die Insel gesetzt hatte.

Da Singen das Einzige war, mit dem er je ein Dach über dem Kopf und seinen Haferbrei verdient hatte, sah es schlecht für ihn aus. Eine Weile lebte er in Dun Beag, einem kleinen Fort mit einem Turm in der Nähe von Loch Bracadale, wo sich zur einen Seite ein Blick auf die Cuillins bot, zur anderen einer auf die flachen Berge von Duirinish, und wo Männer hausten, die so uralt schienen wie diese. Sie hatten keine Ehefrauen an ihrer Seite, nur Mägde – zumindest schien Kieran das anfangs so. Nach einer Weile stellte sich heraus, dass die Ehefrauen wie Mägde behandelt wurden und, wenn eine starb, sie von der nächsten ersetzt wurde wie ein Stück Vieh. Mit Barden hielt man es ähnlich. Nachdem er ein paar Lieder gesungen hatte, die nicht gefielen, wurde ihm eine so schallende Ohrfeige versetzt, dass ihm beinahe der Kopf platzte.

Kieran legte es nicht auf eine zweite an, zog weiter und erreichte Dunscaith – die einstige Heimat von Scota. Dass er sie kannte und von ihr erzählen konnte, sicherte ihm fürs

Erste die Gastfreundschaft. Nicht dass irgendjemand Scota hier sonderlich mochte, schon gar nicht ihre zwei Brüder, die Herren der Burg, aber es hatten sich etliche merkwürdige Geschichten von ihr bis hierher verbreitet, und man wollte von ihm wissen, ob sie wahr waren oder nicht. In einer Höhle lebte sie demnach und hatte die Gestalt eines Ungeheuers angenommen. Wann immer sie ihr steinernes Heim verlasse, erzählte ihm Seòras, der jüngere der beiden, spucke sie Flammen. Die meisten Menschen würden davon verbrannt werden und zu Asche zerfallen, aber wem sie gnädig gesinnt sei, dem könne das Feuer nichts anhaben, im Gegenteil. Sämtliche Wunden würden geheilt, kinderlose Frauen fruchtbar und Bettler reich.

»Sie hat sich tatsächlich von allen Menschen zurückgezogen«, bestätigte Kieran, »aber ein Ungeheuer ist sie nicht.«

»Siehst du!«, schimpfte Seòras auf seinen älteren Bruder Seumas ein. »Scota ist immer dumm gewesen, und es ist noch dümmer, solch absonderliche Geschichten von ihr zu erzählen.«

Seumas wirkte nicht nur nachdenklich, sondern traurig. »Wenn selbst die dumme Scota so einflussreich geworden ist, dass man von ihr spricht, zeigt das doch nur, dass es auf dieser Insel an starken Führern fehlt.«

»Selbst wenn sie kein Ungeheuer ist«, warf Kieran ein, »Scota trägt immerhin den Namen jener großen Frau, die diese Burg in einer Nacht errichtet hat.«

»Es ist ja noch dümmer, an so etwas zu glauben als an Scotas Weisheit!«, kreischte Seòras. »Und nicht minder dumm ist es, Weibern irgendeine Macht zuzugestehen.«

Der ältere Bruder wirkte noch nachdenklicher, und Kieran verstand, woher seine Trauer rührte.

Wenn wir das, was ein Wunder ist, für Dummheit halten,

wenn Träume nur mehr als Launen erscheinen und Hoffnungen als ein Wahn – dann ist es schlimm um die Welt bestellt.

Er sang noch scheußlichere Lieder als auf Dun Beag, handelte sich diesmal keine Ohrfeige ein, jedoch den Befehl weiterzuziehen, und erreichte nach einiger Zeit die Burg Maol.

Dort blieb er nicht lange genug, um überhaupt zu singen. Obwohl er die halbe Insel umrundet hatte, lag Eilidhs Schatten immer noch auf ihm. Kurz überlegte Kieran, nach Irland heimzukehren, aber dann ging ihm auf, dass er sich nicht mehr an das Gesicht seines Vaters oder an das seines Bruders erinnern konnte. Ein anderes Gesicht hingegen stand plötzlich ganz deutlich vor ihm – das von Bruder Patrick. Die Sehnsucht nach dem einzigen Menschen, der sich bestimmt manchmal fragte, wie es ihm ging und was er trieb, war überraschend heftig. Und was letztlich den Entschluss bekräftigte, zum Kloster Sankt Columban zurückzukehren, waren neben dieser Sehnsucht Schuldgefühle.

Der Pfeil, der Bruder Patrick beim Überfall der Männer von Ross schwer verwundet hatte, hatte sich nicht tief ins Fleisch gegraben, sodass man ihn herausziehen und die Wunde ausbrennen konnte, doch als Kieran nach Dunvegan gegangen war, um fortan ein Barde zu sein, hatte der alte Mann zu fiebern begonnen. Erst später hatte er erfahren, dass Bruder Patrick genesen war, aber mit eigenen Augen davon überzeugt und vergewissert, dass er tatsächlich wieder der Alte war, hatte er sich nie.

Wohin ein Wiedersehen mit Patrick führen würde und ob er künftig vielleicht wieder mehr beten als singen würde, wusste er nicht, es fühlte sich dennoch gut an, ein Ziel vor Augen zu haben. Auf der letzten Strecke seines Weges machte er zwar einen Umweg, um einen großen Bogen um Dunvegan zu schlagen, verirrte sich auf einer von Disteln übersäten Wiese und zerkratzte sich die nackten Beine, doch schließlich konnte er von einem Hügel aus das Kloster sehen und seufzte erleichtert.

Die meisten Gebäude, die dem Brand zum Opfer gefallen waren, waren wieder aufgebaut worden, wenngleich schlichter und kleiner als früher. Das Dormitorium beherbergte weniger Mönche, die Bibliothek weniger Bücher und Manuskripte, die Kapelle weniger Kandelaber und Hostienschalen aus Silber. Tröstlich war der Anblick gleichwohl. An einem Ort, an dem man noch Rauch zu riechen wähnte, aber nicht darüber sprach, konnte jemand mit vernarbter Seele vielleicht ein neues Leben finden. Das Herz wurde Kieran weit wie nie in den letzten Wochen, doch bevor er – mehr aus Erleichterung als aus echter Freude – lächeln konnte, hörte er den Lärm.

Er wusste ihn zu deuten, noch ehe er die Schiffe sehen konnte. Sie hatten nicht weit vom Kloster angelegt, ihre Besatzung überwand die letzte Strecke zu Fuß. Die Männer gingen nicht, sie trampelten, sie redeten nicht, sie brüllten. Noch klirrten keine Schwerter, aber sie schlugen auf ihre Köcher.

Wer sie waren, wusste Kieran nicht, warum und von wem jetzt ein Angriff erfolgte, konnte er sich nicht erklären. Dass diese Scharen aber nichts als Zerstörung und Tod bringen würden, ahnte er sofort.

Wahrscheinlich wäre er starr stehen geblieben, bis die Männer ihn erreicht hätten, wenn nicht ein Mönch zu ihm gerannt wäre und ihn gepackt hätte. Früher war der ein Gehilfe des Cellerars gewesen, und seit dieser unter einem Regen aus Pfeilen gefallen war, vielleicht selbst mit diesem Amt bedacht. Er zog Kieran mit sich.

»Wer … wer sind diese Männer?«

»Komm mit!«, schrie der andere.

Der Griff des Mönchs war so fest, dass er sich nicht widersetzen konnte, und wenig später hatten sie eines der Grubenhäuser erreicht. Im Winter wurde hier unter Knüppelholz Fleisch im frischen Schnee gelagert, doch mittlerweile war das Fleisch längst verzehrt, der Schnee geschmolzen und das Holz zum Brennen verwendet worden. Der Bruder Cellerar warf sich flach auf den Boden, Kieran lugte durch die Ritzen in der Wand.

»Wer … wer sind sie?«, fragte er wieder.

Der Lärm zerhackte die Worte des Mönchs, aber Kieran genügten die wenigen verständlichen, um zu begreifen.

»Norweger … Hakon angeschlossen … Nach seinem Tod kümmert sich keiner um sie … Statt nach Bergen heimzukehren, plündern sie die Küsten der Hebriden …«

»Der Graf von Ross wird doch nicht zulassen …«

»Alasdair will Skye nicht schützen. Die Menschen müssen allein die Zeche zahlen, dass sie auf Norwegens Seite standen. Er will wohl beweisen, dass die neuen Feinde noch schlimmer sind als er – nicht, indem er sie tötet, sondern indem er sie töten lässt.«

Etwas in Kieran zerbrach, das bis jetzt noch heil geblieben war.

Umsonst, alles ist umsonst gewesen … Dass Eilidh geheiratet hat … dass ich mich von ihr ferngehalten habe … Ich dachte, ich könnte ihr wie mir Leid ersparen, aber auf dieser Welt gibt es nichts als Leid.

Das Einzige, was das Leid einschüchterte, waren nackte Fäuste. Er ballte seine Hände zu solchen und wäre am liebsten nach draußen geeilt, um zuzuschlagen, doch der Bruder Cellerar hielt ihn auf.

»Tu das nicht!«

»Warum nicht? Ich bin nicht mehr dein Bruder, sorg dich nicht um mich!«

»Ich sorge mich um mich selbst. Wenn du nach draußen rennst, machst du die Angreifer auch auf mich aufmerksam. Sitz still und schließ die Augen, es wird nicht lange dauern.«

Wäre er Mitleid begegnet, hätte Kieran endgültig die Fassung verloren. Unter dem kühlen, nüchternen Blick des anderen fand er sie wieder. Er hockte sich neben den Mönch und wartete.

Der Kampflärm war nicht so ohrenbetäubend wie beim letzten Mal, was daran lag, dass weder die Täter noch die Opfer zahlreich waren. Die Gier der Ersten erschöpfte sich darin, ein paar wenige niederzumetzeln und einige Fässer und Säcke mit Getreide wegzuschleppen. Die Gegenwehr der Zweiten begnügte sich wiederum damit, zu Gott zu flehen.

Vater Michael tat das in einer Vorratskammer neben ihnen, doch Kieran sah ihn erst, als alles vorüber war. Mit erhobenen Händen kam der Abt des Klosters hinausgelaufen, kaum dass die Männer abgezogen waren, schrie ihnen ebenso Verwünschungen hinterher wie Scota.

»Kein Wunder, dass Gott die Insel verlassen hat! Sie hat ihn vertrieben. Wenn diese Hexe den Mund öffnet, kommt anstelle von Wörtern Gewürm hervorgekrochen. Man kann darauf treten, es gar zerquetschen, aber glitschig bleibt der Boden gleichwohl. Nichts wächst darauf, was reiche Frucht bringt. Der Glaube, der hier verkündet wird, fällt wie das Saatgut des Bauern aus Jesu Gleichnis in die Dornen. Oh, wenn diese Dornen doch wenigstens das Gewürm aufschlitzten!«

Er tobte weiter, wie Kieran ihn noch nie hatte toben sehen. Die Besessenheit in seinen Augen war längst nicht mehr auf Reichtum gerichtet, sondern nur aufs Überleben, und das war nach diesem Überfall nicht eben leichter geworden.

»Es tut mir leid ...«

Vater Michael tobte zu laut, um zu hören, dass Kierans Mitleid ernst gemeint war.

»Du bist genauso verflucht wie sie!«, brüllte er, als er zu ihm herumfuhr. »Ein Abtrünniger bist du! Anstatt zu helfen, das Kloster wieder aufzubauen, hast du der rauchenden Ruine deinen Rücken zugekehrt. Dereinst wirst du dich in der Hölle in glosender Asche winden, und wenn du den Mund öffnest, um zu schreien, wirst du an deinem eigenen Schrei ersticken ...«

Obwohl er des Mitleids müde wurde, hätte Kieran beinahe wiederholt, wie leid es ihm tat, aber er ahnte, dass er Vater Michael damit die letzte Würde rauben würde, so wie die Angreifer ihm den letzten Sack Getreide genommen hatten.

Schon wollte er wortlos von dannen schreiten, als lautes Geschrei ihn innehalten ließ. Es war der Cellerar, der es ausstieß, und Kieran dachte kurz, er wäre doch noch verwundet worden, ehe er erkannte, dass nicht er, sondern Bruder Patrick im Blut lag. Der wiederum schrie nicht, und in seinen starren Augen stand kein Entsetzen, nur Überraschung.

Er lebte noch, als Kieran zu ihm stürzte, lag jedoch in den letzten Atemzügen. Nicht dass die Wunde in seiner Brust schlimmer war als jene vom Pfeil. Doch heute war der Mönch ein vernarbter, schwacher Mann, der sich in den Jahren, die hinter ihm lagen, noch öfter als früher nach der Bibliothek von Iona gesehnt hatte.

»Er hat Glück, dass er heim zu Gott gehen kann ...«, sagte Vater Michael gleichgültig und stieg über den Verletzten hinweg.

Der Cellerar schrie immer noch – sich um Bruder Patrick kümmern wollte aber auch er nicht.

»Ihr könnt ihn doch nicht sterben lassen!«, rief Kieran.

Doch nicht, nachdem ich mich endlich aufgerafft habe, nach Sankt Columban zurückzukehren. Nicht, nachdem ich mich zum ersten Mal nach seinen Geschichten sehne.

»Ihr könnt ihn doch nicht sterben lassen!«

Als er die Worte wiederholte, schrie er nicht mehr, sondern flüsterte nur mehr. Seine Trauer war leise, das Gefühl der Einsamkeit ebenso übermächtig wie das des Überdrusses – zu viel des Abschieds, zu viel des Todes. Nur von einem schien es nicht zu viel zu geben, sondern zu wenig – von Tränen. Unablässig perlten sie über Kierans schmutzige Wangen, doch es waren nicht genug, um das Blut vom Leib des Verwundeten zu waschen.

»Ich bin alt«, ertönte inmitten des Schluchzens eine Stimme. »Ich war so lange krank ... es ist gut zu gehen.«

Kierans Lippen bebten. »Du hast mich oft getröstet, ohne mich zu verstehen«, murmelte er. »Du hast mich zu etwas ermutigt, wozu ich nie getaugt habe, aber bei dir konnte ich Atem schöpfen. Eine Insel im Fluss des Lebens warst du, zu karg, um Nahrung zu geben oder zu verweilen, aber der rechte Ort, um eine Rast einzulegen und ein wenig zu schlafen.«

Obwohl seine Augen vom Schatten des Todes verdunkelt wurden, brachte Bruder Patrick mit letzter Kraft heraus: »Zumindest die Geschichte meines Lebens ... die habe ich zu Ende erzählt, nicht wahr?«, flüsterte er. »Das hättest du mir nicht zugetraut.«

»Dass ich damals das Kloster verließ, muss dich enttäuscht haben ...«

»Du hast mich nicht enttäuscht. Ich ... ich habe so viele Mönche gesehen, so viele Novizen, aber keiner stand mir so nah wie du.«

»Ich bin nur aus Angst und Bequemlichkeit ins Kloster

gegangen. Nie habe ich Gott geliebt … immer nur Eilidh. Ich tauge nicht zu einem Heiligen, wie sie die Legenden, die du erzählst, bevölkern. Ich bin kein Pilger, der die Welt verlassen will, ich will auf dieser Welt heimisch werden, glücklich …«

Nicht zum ersten Mal gestand Kieran die Wahrheit, doch an diesem Tag waren die Worte schonungsloser und seine Reue war ehrlicher als einst, da er dem Schiff mit Eilidh nachgeschaut und Bruder Patrick an seiner Seite gestanden hatte.

»Und siehst du«, presste Bruder Patrick hervor, und winzige Blutströpfchen perlten aus einem seiner Mundwinkel, »vielleicht … vielleicht hast du mir gerade deshalb so nahegestanden. Vielleicht habe ich … vielleicht habe ich all die Geschichten von den Heiligen nicht zu Ende erzählt, weil … weil sie nicht fesselnd und berührend genug waren. Sieh zu, dass du die richtigen Geschichten erzählst!«

Kieran seufzte. Der Wunsch nach Ehrlichkeit und Offenheit glich einer großen Welle, die aus den noch so verborgensten Ecken die Wahrheit spülte. »Ich … ich habe Angst, Eilidh zu sehen«, gestand er. »Ich wage es nicht, ihre Nähe zu suchen. Ich … ich bin zu schwach dazu.«

»Gott beruft nicht die Starken. Er macht die Berufenen stark.«

»Du denkst, ich bin berufen, sie zu lieben?«

»Denk an die Prüfungen, die die Heiligen zu bestehen hatten … Denk an den heiligen Columban, der das Ungeheuer bezwungen und sein großes Maul nicht gefürchtet hat. Schau in dieses Maul hinein, aber … aber lass dich nicht von ihm verschlingen.«

»Aber du hast mir nie gesagt, wie der heilige Columban das Ungeheuer besiegte oder wie er dem wilden Bären beikam, dem er im Wald bei Loch Snizort begegnet ist.«

»Doch, das habe ich«, flüsterte Bruder Patrick. »Er hatte …

keine Waffen, nur seinen Glauben. Und die Schwestern des Glaubens heißen … heißen Hoffnung und Liebe.«

Seine Stimme verkam zu einem Krächzen, und Kieran fühlte, dass Bruder Patrick seine letzten Worte gesprochen hatte.

Kieran saß und wartete. Der Cellerar hörte auf zu schreien, Vater Michael hörte auf zu fluchen, Bruder Patrick hörte auf zu atmen. Kieran blieb so lange bei ihm, bis er sicher war, dass ein Engel seine Seele geholt hatte, und noch ein bisschen länger, falls die Seele zu schwer für den Engel war und der einen zweiten zu Hilfe rufen musste.

Als die Dämmerung sich über das Land senkte, segnete er den Leichnam und ging davon, ohne sich noch einmal umzudrehen.

Das Heidekraut war ausgebleicht wie das Haar einer einstmals blonden Jungfrau, die der Jugend nachtrauert, die Bäume standen schwarz vor dem matten Himmel, als wären sie verbrannt, die Vögel mochten den Tod, weil er süß roch, und zwitscherten hell und klar. Das gab ihm den Mut, die eigene Stimme zu erheben.

Ich singe, ich glaube, ich hoffe, ich liebe. Ich gehe zu den Klippen, wo Eilidh und ich uns heimlich getroffen haben.

Kieran war in all den Jahren nicht mehr dort gewesen, und sie seit ihrer Rückkehr auch nicht. Heute war es selbstverständlich für ihn, den Ort aufzusuchen – und für sie war es das offenbar auch.

Er sah sie von Weitem, obwohl ihr Haar mit dem bleichen Himmel verschmolz, das rote Kleid mit dem Abendlicht, das weiße Gesicht mit den Nebelschwaden. Sie spannen einen Schleier, der sie vor Blicken zu schützen schien – nur er konnte sie sehen, nur er konnte unter den Schleier schlüpfen, um endlich wieder mit ihr vereint zu sein.

Die Menschen durften nicht wissen, dass sie sich liebten, doch den Vögeln gefiel es, auch dem brennenden Himmel und dem Meer, das zwar dunkel, aber weich war. Es brach die letzten Sonnenstrahlen nicht, sondern ließ sich von ihnen genau wie von Eilidhs Händen liebkosen.

»Eilidh.«

»Kieran.«

Sie streichelte über sein Gesicht, er zog sie an sich.

Eilidh konnte Kieran nicht erklären, was sie zur Klippe getrieben hatte, sie wusste es ja selbst nicht.

Die Nachricht vom Überfall aufs Kloster hatte sich rasch bis nach Dunvegan herumgesprochen, und Alasdair hatte alle kampferprobten Männer in der großen Halle zusammenrufen lassen – seine eigenen ebenso wie die von Leod. Die Männer aus Ross lungerten gleichgültig auf dem Boden, die von Leod griffen ungeduldig zu ihren Schwertern.

»Wir schließen das Tor«, erklärte Alasdair, »die norwegischen Piraten werden es nicht wagen hierherzukommen, aber wir müssen gegen alles gewappnet sein.«

»Wie sollen wir Dunvegan verlassen und gegen sie kämpfen, wenn das Tor geschlossen wird?«, fragte Leod.

»Wir werden Dunvegan nicht verlassen, wir werden nicht kämpfen«, gab Alasdair zurück. »Diese Insel stand treu zu Norwegen, kein Wunder, dass es Hakons Männer hierherzieht. Ich habe damit nichts zu schaffen.«

Der Griff um die Schwerter wurde fester, doch nun lungerten Alasdairs Männer nicht mehr träge umher, sondern sprangen auf. Auf jeden Mann von Skye kam mindestens einer aus Ross. Sie hatten die Hälfte der Langhäuser innerhalb der Mauern besetzt, doch auch wenn sie nun schon seit Wochen dort schliefen, aßen und sich mit den Mägden vergnügten – sie würden nicht zögern, die Wände mit Blut zu besprenkeln.

Leod, dieser stolze, große Mann knickte ein. Vorbei waren die Zeiten, da er sich mit List und Heimtücke eine Ehefrau und eine Burg ertrotzt hatte. Vorbei auch die Zeiten, da Sigurd ihn der Feigheit zieh. Dieser blieb in seiner Ecke hocken, und Leod ließ sich neben ihn auf den Boden fallen. Der eine heulte, der andere trank, gegen die Piraten unternahm niemand etwas.

»Sie haben das Kloster Sankt Columban heimgesucht«, wusste Magaidh später zu berichten. »Geraubt haben sie viel, getötet nur wenige, das Kloster immerhin nicht angezündet. Frauen fielen ihnen nicht in die Hände.«

Sie klang mitleidslos, und mit jedem Wort, das sie sagte, verkündete sie gleichsam, dass es hätte schlimmer kommen können.

Eilidh hingegen konnte nur denken: Kieran, wie geht es Kieran? Ihre Sorge um ihn war größer als die Angst vor einer Begegnung. Die Norweger mochten feige sein, weil sie wehrlose Mönche überfielen, Alasdair ebenso, weil er Skye nicht schützte, und Leod am allermeisten, weil er sich nicht gegen ihn erhob – aber sie, sie nahm ihren ganzen Mut zusammen.

Eilidh ging zur Klippe, nicht zum Kloster. Wenn Kieran noch lebte, dessen war sie sich sicher, würde er dort sein und Trost in Erinnerungen finden, und tatsächlich hörte sie wenig später seine Stimme. Gemessen an ihrem schönen Klang glichen die gelangweilte von Alasdair, die zeternde von Leod und die kühle von Magaidh einer rostigen Sichel, die zu lange in der Scheune gelegen hatte, um noch Getreide zu schneiden. Kierans Stimme war glatt und silbrig.

Sie lag in seinen Armen, kaum dass er die Klippe erreichte, sie küssten sich, ohne dass der Gesang verstummte. Ihr Lied war ein Kuss, und ihr Kuss war ein Lied. Es gab nicht viele

Menschen, die fähig waren, dieses Lied zu hören, doch die, die es konnten, würden auf ewig davon verwundet sein – und auf ewig davon geheilt.

Als sie vom Küssen und Singen atemlos waren, lösten sie sich voneinander.

»Ich war zornig auf dich«, brach es dunkel und heiser aus Kieran heraus, »ich wusste nicht, wie es weitergeht. Ich war so verloren ... ich bin es immer noch.«

»Ich auch.«

Er zog sie zu der Stelle, wo sie sich einst auf glattem Stein und Heidekraut geliebt hatten, erzählte von den Jahren, da er kein Mönch gewesen war, sondern ein Barde, von der Schlacht von Largs, von der Zeit danach. Nach jedem Satz küsste er sie, bis ihr Körper von süßen Malen bedeckt und ihr Geist so randvoll mit seiner Geschichte war, dass sie kurz die eigene vergaß.

Nur darum konnte sie auf den Boden sinken, ihn wieder küssen, die Kleider von ihrem Leib zerren und sich für ihn öffnen. Nur darum konnte sie mit jeder Geste verschweigen, dass ihre Liebe verboten war. Sie liebten sich ungestümer als damals, voller Hast und Schmerz. Wer immer sie sähe, würde sie nicht nur für Liebende halten, sondern für Kämpfende.

Als sie ermattet nebeneinanderlagen, war Kierans Stimme plötzlich schwer wie Blei.

»Ich könnte nach Irland gehen«, sagte er. »Du könntest mich begleiten ... Stell dir vor, wie wir von Ort zu Ort ziehen, uns bei Regen unter den breiten Baumkronen verstecken, bei Sonne am funkelnden Meer entlangwandern würden, wie wir die Menschen mit unseren Liedern erfreuen, sie zum Lachen oder Weinen bringen würden ...«

Eilidh lächelte. »Ob sie bewegt genug wären, uns für die Lieder auch zu bezahlen?«

»Es reicht doch, wenn wir etwa zu essen bekommen und dann und wann ein Dach über dem Kopf. Wir brauchen doch nichts, solange wir uns haben … und unsere Lieder.«

Eilidhs Lächeln schwand. Ihr Körper war noch erfüllt von ihm, ihr Geist nicht mehr. Es gab wieder genug Platz für die eigene Geschichte.

»Alasdair wird niemals zulassen, dass ich unseren Sohn mitnehme.«

Er nickte. »Natürlich! Wie konnte ich nicht daran denken! Du liebst den Kleinen sehr, du kannst ihn nicht aufgeben.«

Kurz war sie den Tränen nahe, kurz erfüllt von der Furcht, dass er sie verachten würde, wenn er die Wahrheit erfuhr: dass ihr das eigene Kind so fremd war, dass sie es nicht geschafft hatte, es anzunehmen. Aber während sie in seinen Armen lag, spürte sie, dass das nicht stimmte. Sie liebte Farquhar, sie liebte ihn von ganzem Herzen.

»Es ist nicht Alasdairs Kind, sondern deines …«

Kieran richtete sich auf und erbebte, und sie teilten den Schmerz, die Freude, das Glück, die Angst, vor allem die bittere Einsicht, dass dies nichts an ihrer Lage änderte.

»Alasdair würde uns bis ans Ende der Welt verfolgen …«, sagte Eilidh leise und begann, sich anzukleiden. »Aber ich ertrage es nicht … dich nicht mehr zu sehen … dich nicht mehr zu lieben.«

»Wir werden uns sehen, doch niemand darf von unserer Liebe wissen … Sie muss ein Geheimnis bleiben.«

Sie küssten sich ein letztes Mal an diesem Tag und entschieden, in Zukunft nicht nur Liebende zu sein, sondern Diebe. Sie würden Augenblicke wie diese stehlen, in ihre Herzen eingraben wie andernorts Leute das Bruchsilber unter ihrer Türschwelle, und geizig wie Vater Michael würden sie auf dem Schatz hocken, anstatt vor aller Welt damit zu prahlen.

Kermac ging den Wehrgang auf Dunvegans Mauern entlang. Wenn er Glück hatte, warfen ihm die Wachtposten hasserfüllte Blicke zu oder machten sich einer Nachlässigkeit schuldig, für die er sie zurechtstauchen konnte. Wenn er Pech hatte, standen die Männer ganz steif, richteten ihre Blicke starr ins Umland und verrieten weder durch ein Zusammenzucken noch ihren unruhigen Atem, dass sie ihn überhaupt wahrnahmen.

Dann fühlte er sich wie der kleine Knabe von einst, der mit Muskelkraft nicht wettmachen konnte, was ihm an gutem Namen fehlte, der vor dem Spott und den Prügeln seiner Gefährten flüchtete und nur bei Magaidh Trost fand. Aus der Ferne musste er später den anderen beim Spielen zuschauen.

Jetzt war es Alasdair, der das Spiel untersagte. Er gab sich pflichtbewusst, streng, manchmal sogar hart wie vor einigen Wochen beim Überfall auf das Kloster. Was Grausamkeit war und wie man sie genoss, hatte er hingegen nicht gelernt, vielmehr seinen Männern, auch Kermac, schon am ersten Tag verboten, der Bevölkerung zuzusetzen.

Er hat kein Mitleid, er tut es noch nicht einmal aus Rücksichtnahme auf Eilidh, er will nur nicht, dass wir bemerken, was für ein Jammerlappen er ist ...

Kermac hatte William von Ross erzählt, dass Alasdair zu nichts taugte, dass dieser während des Angriffs ein Mädchen gerettet statt geschändet hatte und mit sauberem Schwert nach Ross zurückgekehrt war.

Und ausgerechnet ihn willst du in deinem Namen auf die Insel schicken?, hatte er gefragt. Er war sich sicher gewesen, dass nun seine Stunde gekommen war, William voller Empörung dem Bastardbruder die Aufgabe entziehen und sie ihm übertragen würde, dem Schlächter von Skye.

Doch William hatte nur ruhig geantwortet, dass er gerade

so einen brauche. Die Menschen sollten Angst haben vor ihm und seinen Männern, aber sie nicht hassen.

Eine verkehrte Welt war es, in der ein Feigling belohnt wurde! Eine verkehrte Welt, in der er wie ein Aussätziger herumschlich und sich alle blind für ihn erwiesen!

Nicht minder bitter war es, Magaidh zu beobachten, wie sie mit selbstbewusst gerecktem Kopf durch den Hof ging und mit jeder Geste bewies, dass sie hier zu Hause war, während er nichts hatte außer Hader und Langeweile.

Kermac hastete in den Hof. Die Wachtposten reagierten zwar nicht auf seine schnellen Schritte, Magaidh jedoch zuckte zusammen.

»Weißt du eigentlich, dass ich dich immer geschont habe?«, schrie er sie grußlos an. »Dass ich dich vor dem Grauen bewahrt habe?«

Leichtfertig brach er den eigenen Vorsatz, mit gefährlich flüsternder Stimme für Schrecken zu sorgen. Doch was zählte das in einem Augenblick, da grässliche Erinnerungen in ihm hochstiegen?

Das Feuer in Magaidhs Augen war kalt.

»Lass mich in Ruhe!«, sagte sie, ohne auf seine Worte einzugehen. »Such anderswo Zerstreuung, wenn du nicht weißt, wie du dir die Zeit vertreiben sollst.«

Genau genommen hatte er das nie gewusst. Was ihm einst am meisten zugesetzt hatte, waren nicht Spott oder Prügel, sondern die quälenden Stunden, da er von allem, was Ablenkung und Spaß und Abenteuer verhieß, ausgeschlossen gewesen war.

»Ich habe niemals Freunde gehabt, nur dich ...«, entfuhr es ihm plötzlich.

»Durchs Weiberschänden und Morden wirst du keine neuen finden. Und jetzt lass mich.«

Er ließ sie nicht, packte sie vielmehr und zog sie an sich.

»Ich weiß, warum du hier lebst und nicht nach Ross zurückgekehrt bist. Du magst die Menschen von Skye genauso wenig wie die andernorts, doch es kommt dir gelegen, dass sie nichts von deiner Geschichte wissen.«

»Nun, dass du mein Bruder bist, wissen sie ... und das macht es mir schwer genug.«

Als sie sich losreißen wollte, packte er sie noch fester. Niemand achtete auf sie, als er sie in das Haupthaus mit der großen Halle zerrte.

»Ich habe dich verschont!«, rief er wieder. »Und das nicht erst am Tag des Überfalls, sondern schon viel früher ... Du warst noch so klein ... man wollte dir nicht die Wahrheit über unseren Vater sagen ... Du weißt zwar, dass er ein Verräter ist, aber du weißt nicht, warum er zu einem wurde und was man hierzulande mit Verrätern macht ... Williams Vater Farquhar, der erste Graf von Ross, errang sich das Wohlwollen des Königs, als er einen Aufstand niederschlug. Zum Ritter wurde er geschlagen, doch das Blut konnte er sich solcherart nicht vom Kettenhemd waschen. Er hat das Kloster von Applecross mit Geschenken überhäuft, aber das Gebet der Mönche allein konnte ihn nicht reinigen. Also nahm er unseren Vater, den Sohn eines der Aufständischen, als Ziehkind auf, um an ihm zu beweisen, dass er nicht nur grausam, sondern auch großmütig sein kann.«

»Du irrst, wenn du glaubst, ich wüsste nichts davon.«

»Unser Vater war treuer als du«, fuhr Kermac hitzig und speichelspuckend fort. »Du versteckst dich auf dieser Insel und willst nichts von mir wissen. Er hingegen hat sein Blut nicht geleugnet. Lange Jahre hat er stillgehalten und Willfährigkeit geheuchelt, hat geheiratet, Kinder bekommen und William gedient, aber als die Zeit reif war, hat er einen Aufstand geplant ...«

»Die Zeit war nicht reif ...« Erstmals verzog sich Magaidhs starre Miene. »Sie war grün und hart wie ein Apfel im Mai, den man nicht essen kann, ohne sich die Zähne auszubeißen. Und wenn man es doch schafft, schmeckt er so sauer, dass er die Kehle verätzt.«

Kermac betrachtete sie zufrieden. Sie mochte leugnen, dass in ihren Adern dasselbe Blut floss wie in seinen, aber nicht, dass sie von gleichen Erinnerungen verbrannt wurde wie er.

»Du hast gewiss gehört, dass Farquhar unseren Vater eigenhändig getötet hat, nachdem sein Aufstand scheiterte«, fuhr er etwas leiser fort. »Aber du hast keine Ahnung, was seine Ritter zuvor mit ihm gemacht haben. Sie haben ihn kastriert, sie haben ihn geblendet. Oder nein, das klingt viel zu schön. Solche Worte schreibt man in Chroniken, und das Pergament wölbt sich nicht empört, die Dornrindentinte färbt sich nicht blutrot. Und falls dieses Pergament eines Tages verbrannt wird, steigt nur übel stinkender Rauch hoch, der so dicht ist, dass man das Grauen nicht sehen und die Schreie nicht hören kann. Ich sage dir, was keiner aufzuschreiben vermochte: Sie haben unseren Vater zu Boden geworfen. Sie haben ihn festgehalten. Er war stark, aber vier Männer sind stärker als einer. Sie haben ihm die Hose vom Leib gezerrt, seine Beine auseinandergezwängt wie die eines Weibes, das man schänden will, haben ihm die Eier abgehackt und sie in seinen Mund gestopft, um seine Schreie zu dämpfen. Dann haben sie einen Dolch genommen, ihm in die Augen gestochen und so tief gebohrt, bis sie auf den Knochen stießen. Alles ... alles hat man mir später erzählt, damit ich nie vergesse, welch verabscheuungswürdiger Mensch mein Vater war. Alles hat man bis ins letzte grässliche Detail ausgeschmückt. Und ich ... ich habe mich nicht übergeben, ich habe nicht gezittert, noch nicht einmal mit den Wimpern gezuckt. Vor allem aber habe ich dir diese

Geschichte erspart, ich habe dich geschont!« Kermac keuchte erschöpft. »Ich wollte diese Insel doch nur haben, um allen zu beweisen, wer ich bin. Nicht nur der Sohn eines Verräters, sondern ein Mann, der treu zum König und zu Schottland steht, koste es, was es wolle. Ich habe deinen Hass nicht verdient.«

Dieser Hass versteckte sich hinter einem grässlichen Kichern. Erst stieß Magaidh nur dieses aus, dann höhnische Worte. »Ich wusste nicht, dass du ein so großartiger Geschichtenerzähler bist«, begann sie gedehnt. »Aber denkst du wirklich, du kannst mich so leicht erschrecken? Ich habe erlebt, wie eine Frau in meinen Armen gestorben ist, nachdem deine Männer mit ihr fertig waren. Und ich hasse dich noch nicht einmal. Ich verachte dich, weil du ein Dummkopf bist. Wärst du das nicht, würdest du niemals Blut mit Blut abwaschen wollen.«

Sie sprach so heiser, wie er selbst eigentlich hatte sprechen wollen. Er indes war erschöpft vom Schreien. Mit bebenden Lippen trat er von ihr zurück, doch sie tat ihm nicht den Gefallen, vor ihm davonzulaufen, sondern schritt langsam und hoheitsvoll aus der Halle.

»Anders als unser Vater bin ich keine Verräterin. Ich werde immer auf der Seite der Menschen hier stehen. Ich bin eine von ihnen, du hingegen bist ... nichts«, warf sie ihm über die Schulter zu.

Aus einem Grund, den er nicht kannte, schaffte sie es sogar, das Kinn hochzurecken.

Ich hingegen habe meinen Kopf gesenkt, als ich die Männer von Skye erschlug und auf dieser Frau lag ... Man hat keinen geraden Rücken beim Töten und Schänden ...

Der Ekel, der ihn jäh befiel, musste der gleiche sein, den sein Vater empfunden hatte, als man ihm die eigenen Hoden in den schreienden Mund stopfte. Ein Würgen stieg in ihm hoch, und um sich nicht zu übergeben, stürzte er hinaus, fest entschlossen, mit dem erstbesten Mann einen Streit anzufangen und ihn so lange zu provozieren, bis er einen guten Grund zu töten hatte.

Wer ihm da als Erster über den Weg lief, war allerdings kein Mann, sondern eine Frau.

Eilidh.

Anders als Magaidh, ging sie geduckt, und das so hastig, als liefe sie vor etwas davon.

Früher hatte es ihm Spaß gemacht, sie mit seinem Lächeln zu erschrecken, und er hatte sich köstlich darüber amüsiert, dass Alasdairs Schwert ihretwegen sauber geblieben war, sie ihn aber gleichwohl verachtete. Hier auf Skye war sie allerdings zu einem lautlosen Schatten verkommen, der ihn nicht länger interessierte.

»Kermac …«

Sie erstarrte, als sie ihn erblickte. Auch aus ihrem Mund klang sein Name so, als würde sie daran ersticken, doch anders als an Magaidh witterte er nicht nur Verachtung an ihr. Die weit aufgerissenen Augen passten nicht zu den zusammengepressten Lippen. In diesem Blick standen nicht nur Abscheu und Angst, sondern … darin stand ein schlechtes Gewissen … Ja, mehr noch … ein Geheimnis.

Woher auch immer sie kam, sie wollte nicht, dass man es wusste. Bei ihm war es der Ekel vor den eigenen Taten, den er zu verbergen versuchte. Bei ihr war es … Nun, er hatte keine Ahnung, was es war, nur den festen Willen, es herauszufinden.

Kermac deutete eine Verbeugung an.

»Eilidh …«, sagte er. »Liebste Eilidh …«

Alasdairs größte Schwäche ist ja gar nicht seine Feigheit, sondern seine Frau …

Ein sauberes Schwert würde ihm William verzeihen, nicht aber ein aufmüpfiges Weib, das ihm so lange auf der Nase herumtanzte, bis er sich ihrem Rhythmus beugte, anstatt ihr seinen aufzuzwingen.

Eine Weile starrten sie sich an, dann huschte Eilidh an ihm vorbei. Kermac sah ihr lächelnd nach. Der Drang, sich zu übergeben, war jäh geschwunden.

XVIII.

Skye
1306

Osla hatte mit Mühe ein Feuer entzündet. Immer wieder waren die Funken verglüht, ehe die Zweiglein endlich zu brennen begannen, und selbst dann spuckten sie mehr Rauch als Wärme.

Fröstelnd rieb Flora sich die Hände. Die Flammen waren eher bläulich als rot, und um ihre Hitze zu spüren, musste sie sie so dicht darüberhalten, dass sie die Härchen versengten. Sie spürte den Schmerz kaum, spürte nur Angst … namenlose, tiefe Angst um Ailean.

Am liebsten hätte sie ihm sofort geholfen, als die Männer ihn fesselten, aber Osla hatte ihr die Hand vor den Mund geschlagen und sie festgehalten.

»Was sollen wir zwei gegen diese Horde ausrichten?«

»Dann müssen wir eben Hilfe holen!«, rief Flora, kaum dass Osla ihre Lippen freigegeben hatte.

»Warum, glaubst du, ist das ganze Dorf vor diesen Wüstlingen geflohen, anstatt darum zu kämpfen? Weil sie diesen Männern unterlegen wären!«

Flora sah ein, dass sie Ailean jetzt nicht helfen konnte, aber es fiel ihr trotzdem schwer, tatenlos zu bleiben. Innerlich verfluchte sie Ailean für seine Dummheit, doch wann immer sie die giftigen Worte laut sagen wollte, traten ihr Tränen in die Augen.

»Der Einzige, der vielleicht helfen könnte, ist Norman«, murmelte Osla, nachdem sie in die entgegengesetzte Richtung geflohen waren.

Auch wenn Oslas Furcht größer war als das Mitleid, war es nicht so, dass dieses fehlte – genauso wenig wie Dankbarkeit dafür, dass das Dorf noch stand.

»Norman?«

»So heißt der Sohn von Leod, der wiederum war der Ziehsohn von Paul Balkeson, und dieser – ach, ich weiß nicht, wessen Lenden er entstammte. Eigentlich ist es mir auch egal. Meine Großmutter kennt die Namen von einem Dutzend unserer Vorfahren, ich habe sie mir nie gemerkt. So oder so war Leod ein mächtiger Mann, der viel Land auf der Insel besaß, zuletzt allerdings dem Sheriff, der von Ross eingesetzt wurde, unterstand. Norman und sein Bruder Torquil haben ihn beerbt und das Land in zwei Hälften geteilt. Torquil lebt im Süden auf einer Burg in Sleat, Norman im Norden auf Dunvegan.«

»Und er verteidigt euer Dorf ebenso wenig wie der Sheriff?«

»Wir gehören nun mal nicht zu seinem Clan, und in Zeiten wie diesen verpflichten nur die Blutsbande, nicht Mitleid. Mein Mann behauptet trotzdem, Norman sei ein gerechter Mann. Einmal ist er ihm begegnet, und er schwärmt bis heute davon, dass er größer und stärker als alle anderen Männer ist, dass er ein feines Gesicht hat und strahlende Augen und dass ihm der buschige Bart fast bis zu seinem Gürtel reicht.«

»So spöttisch, wie du klingst, scheinst du nicht daran zu glauben.«

»Dass der Bart so lang ist? Oh, das glaube ich schon. Nur, was nützt er? Weder ist er lang genug, um ein Rind einzufangen, noch hart und spitz genug, um Feinde aufzuspießen. Norman mag schön anzusehen sein, aber man isst nicht mit den Augen, sondern mit dem Mund, und man wird nicht vom Schauen satt, sondern vom Essen. Im Übrigen hält Norman es wie sein Vater, er beugt sich dem Grafen von Ross und überlässt dessen Sheriff die Verwaltung der Insel. Der Gesetzlosen Herr werden will er jedoch genauso wenig wie dieser. Ach, wenn es nicht bloß Männer mit langen Bärten, sondern mit Ehre auf dieser Insel gäbe! Oder einen starken König, der denen, die keine haben, die Ehre mit Drohungen und Prügeln eintrichtert!«

Einen König wie Robert the Bruce ...

Als Ailean vor den Männern behauptet hatte, dessen Aufenthaltsort zu kennen, hatte Flora gedacht, er würde ihn verraten, und kurz – gleichwohl sie sich sofort dafür schämte – nicht nur Angst um Ailean, sondern um Robert gehabt.

»Das heißt, wir können nicht mit Normans Hilfe rechnen«, stellte sie fest, um sich abzulenken.

»Nun, ich weiß nur, dass er nicht einmal seinen eigenen Sohn unter Kontrolle hat. Malcolm heißt dieser und ist unter den Frauen berüchtigt. Er pflückt sie sich wie reife Äpfel vom Baum, und wenn sie nicht reif sind – nun, dann pflückt er sie trotzdem, wenn du verstehst, was ich meine. Wenn mein Mann noch länger von Norman schwärmt, werde ich irgendwann einmal sagen, dass der Sohn, den ich trage, sein Bastardenkel ist.« Zu der Angst in ihrem Blick gesellte sich Schmerz, und der Zug um den Mund wurde noch verhärmter. »Ich habe bislang von niemandem einen Sohn empfangen, weder von Malcolm noch von meinem Mann. Vielleicht bin ich verflucht.«

»Du bist doch noch jung!«

»Ich bin seit drei Jahren verheiratet!«

Osla warf noch mehr Holz in die Flammen, und der Rauch kroch geduckt über den Boden, anstatt ihnen ins Gesicht zu steigen, als fürchtete er sich vor dem Leben und wollte sich so klein wie möglich machen. »Mag sein, dass es besser ist, in diesen kriegerischen Zeiten kein Kind zu bekommen, aber ein Trost ist es mir nicht. Schließlich hat meine Mutter mich in einem Hungerjahr geboren und meine Großmutter diese kurz nach der Schlacht von Largs. Die Norweger haben sie verloren, die westlichen Inseln sind schottisch geworden, und auch damals haben viele Gesetzlose ihr Unwesen getrieben. Leod sah ebenso tatenlos zu wie der Graf von Ross. Die Einzige, die den Menschen damals Trost spendete, war die Druidin.«

Flora zuckte zusammen. »Scota?«

»Wie ich schon sagte, ich merke mir Namen nicht so leicht. Meine Großmutter kennt ihn sicher. Wir könnten sie fragen.«

»Aber Ailean retten kann deine Großmutter nicht?«, murmelte Flora verzagt.

»Wer weiß ... Dein Liebster ist bislang immerhin nicht erschlagen worden, und das nicht, weil er Waffen trug, sondern weil er zu einer List gegriffen hat. Listig ist auch meine Großmutter.«

Flora unterließ es, darauf hinzuweisen, dass Ailean nicht ihr Liebster war. Oh, alles könnte er sein, wenn er nur heil aus dieser Sache herauskam!

Sie hockten schweigend bei den Flammen, bis plötzlich ein Meckern ertönte und sich die Ziege zu ihnen gesellte. Die Flammen spiegelten sich seltsam in ihren gelben Augen, aber ihr Leib war warm, und Flora streichelte sie versonnen. Sie fühlte das Herz des Tieres pulsieren und mit ihm die Hoffnung, dass noch nicht alles verloren war.

Solange man lebt, gibt man nicht auf, solange der Rauch einen nur zum Husten bringt, atmet man weiter, solange die Augen nur tränen, aber nicht blind sind, findet man seinen Weg.

Als sie entkräftet in Halbschlaf versank, den Rauch nicht mehr von der Dämmerung unterscheiden konnte und die Dämmerung nicht mehr vom Nebel, kam ihr plötzlich eine Idee, wie sie Ailean retten könnte.

Wann immer die Männer schliefen – in der Nacht taten sie es auf jeden Fall nicht. Ailean hatte gehofft, dass sie in einem der Langhäuser Zuflucht finden, dort erschöpft vom Werk ihrer Zerstörung niedersinken würden und Flora und Osla ihn befreien konnten, während sie laut schnarchten. Doch sie hatten ihn auf ihr Schiff geschafft. Unmöglich, dass Flora sich dorthin wagte, um seine Fesseln zu lösen!

Vergebens versuchte er, es selbst zu schaffen, aber auch wenn er alle Kräfte zusammennahm – er konnte Hände und Füße kaum bewegen, geschweige denn die Stricke so lange am rauen Holz reiben, bis sie rissig wurden.

Anstatt sich auszuruhen, tranken diese wilden Horden, erzählten sich zotige Witze und rühmten sich Schauertaten. Ihnen zuzuhören war ähnlich peinigend, wie den Hanfstrick an Füßen und Händen zu spüren, doch Ailean entkam weder dem einen noch dem anderen.

Einer der Männer hieß Der schiefe Todd. Kieran hatte zunächst vermutet, dass er sich den Namen aufgrund seiner schiefen Nase eingehandelt hatte, entnahm aber den Erzählungen der anderen Männer, dass er gleichermaßen dafür gefürchtet wie gerühmt wurde, die Knochen seiner Feinde so zu brechen, dass sie nicht wieder gerade zusammenwuchsen.

Wer eine Auseinandersetzung mit ihm überlebte, war auf ewig ein Missgestalteter.

»Einer ist danach für den Rest seines Lebens auf den Händen gegangen und ein anderer hat mit seinen Füßen gefressen!«, prahlte Todd.

»Konnte er noch rammeln?«, fragte ein anderer.

»Den härtesten Knochen, den ein Mann haben kann, hab ich nicht gebrochen, sondern abgerissen.«

Das Lachen, das folgte, klang wie knirschender Stein.

»Wenn ihr von harten Männern sprecht ... Einmal hab ich ein Weib gerammelt, das in den Wehen lag. Bei jedem Stoß hab ich den Kopf des Balgs gespürt und zurück in den Mutterleib gedrückt.«

»Hatte hinterher der Kopf ein Loch oder war dein Schwanz hin?«

»Der ist nicht kleinzukriegen, kann jederzeit aufs Neue aufstehen. Das Gleiche gilt für meine Faust. Wenn die dich erst trifft, kannst du nicht mal mehr beten. Die Knochensplitter von deinem Schädel würden überall in deinem Gesicht stecken.«

Ailean schloss die Augen, sich die Ohren zuhalten aber konnte er nicht. Noch nicht einmal ein Lied summen, um sich abzulenken oder das Grölen zu übertönen.

In der Hölle gibt es keine Lieder ...

Ein jeder Ton würde ja doch in den tiefen Brunnen fallen, in dem die Menschlichkeit versiegt war wie die letzten Reste schlammigen Wassers, ob dieser Ton nun süßer Gesang, grässliches Geschrei oder erbärmliches Wimmern war.

Lauf, lauf weg, Flora! Komm diesen Ungeheuern nicht zu nah. Und wenn wir es schon nicht gemeinsam schaffen, das Geheimnis zu ergründen, dann versuch wenigstens du es. Sing mein Lied zu Ende. Füg den dunklen Tönen süße hinzu. Du kannst es besser, als ich zugab ...

Die zotigen Witze wurden noch einfallsloser und grausamer, das Lachen aber irgendwann müder. Als Ailean schon frohlockte und wieder versuchte, die Fesseln an einem Stück hervorstehenden Holzes zu reiben, kamen Schritte näher.

Der Mann, der zuvor den anderen veranlasst hatte, das Schwert einzustecken, und der, wie er bei dem Gegröle herausgehört hatte, Ivar hieß, gesellte sich zu ihm. Das Licht war zu trüb, um in seiner Miene lesen zu können, der Geruch von Met umgab ihn wie eine dicke Regenwolke, doch seine Schritte fielen unerwartet fest aus. Wahrscheinlich hatte er so viel Zeit seines Lebens auf einem wackligen Schiff verbracht, dass er selbst im Rausch nicht stolperte.

Ailean hoffte, Ivar würde nur kurz nach ihm sehen, und stellte sich schlafend, doch Ivar stieß ihn mit seinem Fuß an, und da es ein großer Fuß war, hatte Ailean das Gefühl, all seine Knochen würden brechen. Er schrie auf.

Als der Schmerz abgeebbt war, sah er, dass Ivar auf einer Kiste saß.

»Du sagst, du lebst auf Dunvegan, aber du hast nicht gesagt, was du dort machst.«

Ailean wusste, dass ihn das nicht vor einem neuerlichen Fußtritt schützte, dennoch versuchte er, sich so weit wie möglich aufzurappeln, um wenigstens vor dem Mann zu sitzen anstatt zu liegen.

Bis er endlich Atem fand zu antworten, gab Ivar sie sich selbst: »Deine Hände haben keine Schwielen, deine Arme keine Muskeln, deine Nase aber trägst du dennoch hoch. Ein Schwert hast du sicher noch nie gehalten, einen Pflug auch nicht gezogen. Das Haar trägst du wiederum viel länger als solche, die viel beten. Was also bist du?«

Nicht dass Ailean sich entspannte – dennoch war es eine Erleichterung, nur nüchterne Fragen zu hören statt grausames

Prahlen. Und das Interesse in Ivars Augen schien ehrlich zu sein.

Weiß so ein Mann, wie Barden singen? Kann einer, dessen Haut so gefühllos ist wie Pferdehufe und dessen Seele nicht minder verhärtet ist, Töne hören?

»Ich ... ich bin ein Nebelmacher«, sagte er unwillkürlich.

Ein Laut ertönte, halb Lachen, halb Knurren. »Was soll das sein? Willst du über mich spotten?«

»Wie nennt ihr euch denn selbst?«, gab Ailean zurück, plötzlich überzeugt, dass es dem anderen besser gefiel, wenn er sich aufmüpfig gab als vor Angst schlotternd. »Nennt ihr euch Mörder und Schänder und Räuber? Oder eher tapfere Männer? Namen sind Schleier, hinter denen sich ein hässliches altes Weib verstecken und den Anschein geben kann, es wäre jung und hübsch. Der Nebel wiederum verbirgt dann und wann die Welt, und weil die Welt so hässlich ist, ist er mehr Geschenk als Fluch.«

»Du willst also sagen, dass du den Menschen Lügen schenkst?«

»Nein, ich schenke ihnen Sehnsucht. Aber es kann sein, dass für dich beides dasselbe ist.«

Wieder ertönte das knurrende Lachen, Ivar hieb sich auf die Schenkel. »Ich mag Zungen, die spitz wie geschliffene Messer sind, aber eins sage ich dir – falls deine Worte über Robert auch Lügen waren, spieß ich dich persönlich mit meinem Schwert auf.«

Er sagte nichts mehr, und auch Ailean schwieg, bis diese scheußliche Nacht zu Ende war. Am Morgen befreite ihn Ivar von den Fußfesseln, seine Hände blieben jedoch stramm auf dem Rücken zusammengebunden.

Die Männer hatten beschlossen, zu Fuß zu gehen, anstatt weiterzusegeln, um keine Aufmerksamkeit zu erregen. Wie

Vieh wurde Ailean vom Schiff gestoßen, wie Vieh wurde er angetrieben, und mit jedem Schritt sank seine Hoffnung. Eigentlich hatte er erwartet, dass bei Tageslicht sein Schicksal etwas freundlicher aussehen würde als während der Nacht im dumpfen Schiffsbauch, doch das Gegenteil war der Fall. Der Weg vor ihm zerfloss im Morgendunst, die Felder verloren sich in wabernden Nebelschwaden, und dieser Nebel weckte keine Sehnsucht – höchstens die, darin zu ersticken, damit endlich alles vorbei war.

Vielleicht sollte er es selbst zu Ende bringen, die Flucht wagen und hoffen, dass man ihn schnell tötete, nicht langsam. Doch etwas hielt ihn davon ab. Die Beine wurden träger, die Gedanken immer grauer, der Nebel auch. Und nicht nur das! Auf einmal stieg der Nebel bis zu den Knien und Hüften, erfasste gar die Köpfe und biss schließlich in der Kehle.

Nebel riecht doch nicht! Nur Rauch verätzt die Kehle!

Die grauen Schwestern mussten sich die Hände gereicht haben, doch weit und breit war kein Feuer zu sehen, kein Knistern zu vernehmen.

Die Männer hatten die Schwaden erst ignoriert, denn was keinen Lärm machte, schien ihnen nicht weiter gefährlich zu sein. Doch als selbst ihre verdorrten Augen tränten, blieben sie schnüffelnd stehen. Rasch zogen sie ihre Schwerter, wenn auch die Schatten, die um sie tanzten, viel zu dünn und wendig waren, um sie zu treffen.

Ivar richtete die Waffe auf ihn.

»Was hast du getan?«, schrie er erbost.

»Ich?«

»Ein Nebelmacher bist du, hast du gesagt. Und jetzt hast du einen üblen Zauber über uns gesprochen! Über den Nebel magst du Macht haben, aber nicht über meine Hand.«

Er schwang das Schwert bedrohlich in der Luft, doch das Silber ertrank in den grauen Schwaden.

Ailean wusste, dass er nur mehr einen Atemzug tun konnte, ehe das Schwert auf ihn niedersauste – ob Ivar ihn nun sah oder nicht. Prompt rannte er los. Der Boden war uneben, der Luftzug, der ihn traf, kalt. Ganz knapp hatte ihn das Schwert, das so lautlos wie der Nebel war, verfehlt. Gewiss würde es Ivar ein zweites Mal versuchen, doch als Ailean sich nach etlichen Schritten umblickte, sah er nur eine einzige riesige Wolke, keine Männer. Bestimmt würden sie bald den Weg aus dem wabernden Dickicht finden, aber vorerst war er vor ihnen sicher.

»Lauf! Lauf schneller!«

Die Stimme war klarer als der Nebel, und ohne lange darüber nachzudenken, folgte er ihr, wurde von ihr immer weiter vom Grau weggelotst und schließlich zu Händen geführt – Hände, die ihn erst betasteten, dann seine Fesseln durchschnitten. Es waren deren vier – die Hände von Osla und Flora.

Anstatt zu fragen, woher sie, vor allem aber die Nebelschwaden kamen, hustete Ailean, bis er würgen musste.

»Mach schon!«, rief Flora. »Wir haben keine Zeit! Wir müssen uns wieder verstecken!«

Der Rauch lichtete sich immer mehr, was Fluch und Segen zugleich war. Frische, kühle Luft strömte in Aileans Kehle, und die Augen hörten zu tränen auf. Doch so konnte er sehen, dass sie auf einer öden Heide standen – weit entfernt von schützenden Bäumen oder Felsen. Aus der Ferne betrachtet wirkte die Wolke aus Rauch auch nicht mehr mächtig, zumal die Männer sich langsam aus der grauen Hölle kämpften.

»Was ... wie ...«

»Komm mit! Wir müssen zur Höhle, sie ist ganz nah. Dort werden sie uns nicht finden.«

Sie liefen weiter, bis seine Brust brannte, erreichten die bleiernen Fluten und liefen an einem schmalen, steinigen Streifen Land entlang, an dessen Ende eine kleine Erhöhung mit einem Spalt wartete. Er war zu schmal, als dass Krieger sich samt ihren Waffen hindurchpressen könnten, doch Ailean hielt den Atem an und zwängte sich durch die Öffnung. Der raue Stein schürfte sein Gesicht auf, doch das spürte er kaum, und dann war da nur mehr Schwärze, so abgrundtief, dass er vermeinte, die Welt würde ihn verschlucken und nie wieder ausspucken.

Wieder fühlte er die Hände, sie zogen ihn immer tiefer in die Dunkelheit. Rauch wehte ihnen entgegen, doch er war nicht so bissig wie der Nebel.

»Hier finden sie uns nie!«, rief Osla triumphierend.

»Wie habt ihr …« Seine Worte klangen wie das Krächzen eines Raben.

»Wir sind dem Rat meiner Großmutter gefolgt«, erklärte Osla. »Mit Feuer wollten uns diese Übeltäter heimsuchen, mit Feuer haben wir sie in die Flucht geschlagen.«

»Aber es hat doch nicht wirklich gebrannt!«

»Es gibt einen Pilz hier in den Wäldern, schwammig und größer noch als ein Kindskopf. Wenn man ihn gemeinsam mit dem Holz des Lorbeerbaums und Efeublättern anzündet, spuckt er Rauch in Fülle. Meine Großmutter hat gesagt, wo wir ihn finden, und uns außerdem diese Höhle gezeigt, damit wir hier unterschlüpfen können. Sie … sie wartet auf uns.«

Es tropfte von der Decke. Trotz des Rauchs war die Luft feucht und salzig. Erst jetzt merkte Ailean, dass Flora seine Hand immer noch hielt und sie auch dann nicht losließ, als sie sich dem Feuer näherten.

»Woher kennt deine Großmutter denn diese Höhle?«

Es war nicht Osla, die antwortete, sondern die Alte selbst,

die vor dem Feuer hockte, das sie mit Moos und Tannenzapfen nährte.

»Nun, deine Liebste hat mich nach Scota gefragt, und da fiel mir diese Höhle ein. Scota hat eine Weile hier gelebt …«

Oslas Großmutter, die alte Coira, glich einem Kleidungsstück, das geschrumpft war, nachdem man es zu heiß gewaschen hatte. Einstmals musste sie eine groß gewachsene Frau gewesen sein, nun gab es kein Glied, das nicht verkrümmt schien – Nacken, Rücken, Finger, Füße, ganz so, als wären ihre Knochen weich wie Wachs geworden und nun formbar. Das Gesicht war von so vielen Runzeln und Furchen übersät, dass man in jenem Gebirge aus Hautfalten lange nach Mund und Nase suchen musste. Nur die Augen leuchteten. Schalk blitzte in ihnen, und Coiras Stimme klang jung und furchtlos.

Einen Plan auszuhecken, wie sie Ailean befreien konnten, schien für sie eine willkommene Unterhaltung gewesen zu sein. Dass Flora und Osla dabei ihr Leben riskierten, schien kaum ins Gewicht zu fallen. Wahrscheinlich hatte Coira schon zu viele liebgewonnene Menschen verloren, um einem einzelnen Bedeutung zu geben. Und auch, dass die Frauen Ailean wohlbehalten in die Höhle gebracht hatten, erzeugte weniger Erleichterung als Genugtuung.

Sie kicherte leise vor sich hin. Dass von den dunklen, feuchten Wänden der Höhle einst die Stimme und die Schritte der Druidin gehallt hatten, schien keinerlei Unbehagen in ihr zu wecken.

»Es ist immer gut, ein Versteck zu wissen«, erklärte Oslas Großmutter dem verblüfften Ailean. »Wer so alt ist wie ich, musste mehr als nur einmal dem Gesindel davonlaufen. Selbst als Greisin ist man nicht sicher vor ihm. Gewiss, die meisten Männer sehen es auf Jugend und Schönheit ab. Aber es gibt etliche, die lieber eine Alte als eine Junge schänden, weil die keine Zähne mehr hat, um ihnen in den Schwanz zu beißen.« Sie kicherte wieder, als bestünde das Leben aus einer Reihe höchst vergnüglicher Ereignisse. »Nun, mir ist nie etwas Schreckliches zugestoßen. Ich wusste schließlich, dass es diese Höhle gibt, und hab mich hier oft verkrochen.«

Flora und Ailean ließen sich am Feuer nieder, das unruhige Schatten auf die Wände warf. In knappen Worten berichtete Flora, dass Osla sie zu Coira gebracht und dass sie diese nach Scota befragt habe.

»Sie hat nicht sehr lange hier gelebt«, warf Coira ein. »In den ersten Jahren hat sie sich nach Glendale auf die Halbinsel Duirinish, die am weitesten im Nordwesten liegt, zurückgezogen. Es leben kaum Menschen dort. Der Boden ist zwar fruchtbar, aber um ihn zu beackern, müsste man mit dem Saatgut und den Tieren die Berge mit den flachen Gipfeln überwinden – eine Mühe, die jeder scheut. Jetzt wäre mir das auch zu anstrengend, doch als ich noch jung und der Gesichter der anderen überdrüssig war, bin ich manchmal mit einer Herde dorthin gezogen. Meist waren es Ziegen, manchmal auch Kühe. Es hieß, in Glendale wüchse ein besonderes Kraut. Wenn Kühe davon fräßen, gäben sie so viel Milch wie sonst nie und fingen an wie Menschen zu sprechen.«

Osla schien die Geschichte zum ersten Mal zu hören. »Hat denn eine deiner Kühe tatsächlich zu dir gesprochen?«, fragte sie neugierig.

»Falls es so wäre, dann nichts, das ich weitersagen würde. Scota ist auf jeden Fall nicht in Glendale geblieben. Nach einem großen Streit mit den Mönchen hat sie sich für einige Monate hierher zurückgezogen. Letztlich konnte sie nicht bleiben, weil dieser Ort zu nah an Dunvegan liegt, ganz zu schweigen vom Kloster Sankt Columban, wo bis heute jeder Bruder beim Ablegen seiner Gelübde nicht nur eine Kutte umgelegt und eine Tonsur geschoren, sondern den Hass auf sie eingebläut bekommt. Also ist sie nach Trotternish aufgebrochen. Das ist wiederum der Flügel der Insel, der am tiefsten in den Norden hineinreicht, noch fruchtbarer als Duirinish und ungleich umkämpfter ist. Das Getreide scheint dort wie von selbst zu wachsen, man muss den Boden gar nicht erst mit Seegras düngen.«

»Wenn er so fruchtbar ist, dann leben doch bestimmt mehr Menschen dort als in Glendale«, sagte Ailean. »Ich dachte, Scota hätte Einsamkeit gesucht.«

»Und die hat sie auch gefunden. Inmitten von Wiesen, Feldern und Tälern, die rund wie die Mondsichel sind, ragen etliche Berge auf, die meisten steil und flach wie Würfel. Einer der höchsten Berge ist der Baca Ruadh. Es heißt, er sei verflucht, ich weiß aber nicht, wer das als Erstes behauptet hat – die Druiden oder die Mönche. Lächerlich ist so ein Fluch in jedem Fall. Kann ein Menschlein etwa darauf hoffen, dass sich die Götter, ob sie nun im Himmel wohnen oder unter der Erde, seinem Willen beugen? Die Götter sind wie das Meer, in das die Menschen nur hineinspucken und, wenn sie sich als besonders mutig erweisen, einen Stein werfen können. Länger als ein, zwei Atemzüge lang zieht der aber keine Kreise, und so nichtig ist auch unser Leben gemessen an der Ewigkeit. Nein, nein, unsere Flüche sind bedeutungslos wie wir selbst. Aber nur weil ich nicht daran glaube, heißt es nicht, dass andere genauso furchtlos sind. Der Baca Ruadh ist ein Ort, an dem niemand Scota habhaft zu werden suchte – nicht einmal ihre erbittertsten Feinde.«

»Warum hatte sie Feinde?«, fragte Ailean.

Die Alte kicherte erneut. »Oh, das ist eine lange Geschichte, und ich weiß nicht einmal, wie nah sie der Wahrheit kommt. Die Wahrheit ist ein zitterndes, scheues Reh. Nur ein geübter Jäger trifft es mit seinem Pfeil, und ich für meinen Teil habe zu krumme Finger, um einen abzufeuern.« Jetzt hüstelte Coira. »Für heute habe ich euch auf jeden Fall genug erzählt, vielleicht fällt mir später noch mehr ein. Einem alten Weiblein wird die Zunge schnell trocken. Vielleicht habe ich schlichtweg zu oft ins Meer gespuckt.«

Ohne eine Antwort abzuwarten, schloss sie die Augen, und ihre Lider versanken inmitten des Gebirges an Falten und Furchen.

Osla schien daran gewöhnt zu sein, dass Gespräche mit der Großmutter nie lange dauerten und abrupt endeten. Sie entschied, nach draußen zu schleichen und nachzuschauen, ob von den Männern noch etwas zu sehen war, und falls nicht, die anderen Dorfbewohner zu suchen und ihnen von der wundersamen Rettung zu berichten.

»Die Ziege bleibt bei euch, ja?«, fragte sie.

Deren empörtes Meckern, weil sie inmitten des dunklen Gesteins warten musste anstatt auf fruchtbaren Wiesen zu grasen, blieb eine Weile das einzige Geräusch. Obwohl Coira tief und fest zu schlafen schien, fühlte sich Flora von ihr beobachtet und wollte nicht reden.

Ailean räusperte sich. »Danke«, presste er hervor, »ich meine ... dass du mich aus der Hand dieser Unholde befreien konntest ... Nun, das hätte ich dir nicht zugetraut.«

Flora lächelte flüchtig. »Und woran hast du mehr gezweifelt? Dass ich dir überhaupt helfen würde oder dass ich es schaffen könnte?«

»Wenn ich ehrlich bin, habe ich an beides so wenig geglaubt wie Coira an die Macht von Flüchen.«

»Nun, du hingegen scheinst an Robert the Bruce' Sache zu glauben. Du hättest den Männern schließlich auch seinen wahren Aufenthaltsort nennen können.«

»Wäre dir das lieber gewesen?«

Flora fiel die Antwort schwer. Die Tage, da sie von Robert the Bruce nichts anderes gewusst hatte, als dass er ein gottloser Mörder war, schienen ähnlich lange zurückzuliegen wie Coiras Jugend. So mühsam, wie sie Mosaiksteinchen um Mosaiksteinchen sammelten, um die Vergangenheit zu enthüllen, war es, sich ein neues Bild von ihm zu machen.

Nur eine Wahrheit war schlicht und unabänderlich: Menschen wie Osla sollten sich nicht vor Piraten verstecken und um ihre Häuser, ihr Vieh und ihr Leben bangen müssen. Und im Moment schien ein freies Schottland unter einem starken, entschlossenen König mehr Schutz zu bieten als ein Land, dessen Clans zerstritten waren und das unter der Fuchtel eines fernen Königs stand.

»Ich habe in der Nacht kein Auge zugetan«, murmelte Ailean, »und dir ging es sicher ähnlich. Besser, wir ruhen uns ein wenig aus.«

Während Ailean wie so oft augenblicklich einschlief, betrachtete Flora, obwohl todmüde, lange die Schatten auf den Wänden und fragte sich, welche Laute von ihnen gehallt haben. Flüche, Segnungen, Zaubereien? Sie war nicht sicher, was sie von dieser Scota halten sollte, aber plötzlich rief sie still ihren Namen.

Scota! Wenn du tatsächlich eine Druidin warst, hattest du selbst über die Träume Macht. Schenk mir einen, der von dir und deinen Taten berichtet und was sie mit Kieran und Eilidh zu tun hatten.

XIX.

Skye
1266

»Das Feuer«, schrie die Frau, »das Feuer ist erloschen!«

Obwohl sich der Tag bereits grau gefärbt hatte, waren Scotas Glieder noch träge und ihr Geist nicht minder schläfrig. Erst begriff sie nicht, woher die panischen Worte kamen, später vermochte sie sie nicht zu deuten.

Eine Frau stieß sie aus, von der Scota nicht sagen konnte, ob sie alt oder jung war. Vom Leben gepeinigt schien sie so oder so.

Wer ist das nicht? Aber ich habe doch vielen in den letzten Jahren ein wenig Zuversicht schenken können.

Sie schüttelte die Müdigkeit ab und trat der Frau entgegen.

»Beruhige dich!«, redete sie mit ihrer dunklen, rauchigen Stimme auf sie ein. »Erzähl mir, was passiert ist.«

»Da gibt es nicht viel zu erzählen. Das Feuer ist aus!«

Scota fiel wieder ein, wer die Frau war und dass sie auch ihren Namen, Beitiris, kannte. Bis jetzt hatte sie sich immer stumm und mit geducktem Kopf ihrer Höhle genähert – heute war sie den Tränen nah.

»Das Feuer, das Feuer!«, rief sie schluchzend.

»Ach so … du meinst das Belthane-Feuer.«

Erst wenige Wochen zuvor hatte Scota mit ihren Anhängern ein Fest gefeiert, das den Gott Belenus und vor allem sein Symbol, die Sonne, ehrte. Über die Sonnenstrahlen hatten sie zwar keine Macht, aber über etwas, das ähnlich mächtig und heiß wie diese waren: das Feuer. Erst hatten sie es gelöscht, später ein neues, heiliges entzündet. Rotgoldenen Säulen gleich wuchsen zwei Scheiterhaufen zum Himmel, und zu dem Knistern des Holzes kam bald ein Zischen, als Scota das Fleisch eines Stiers darüber briet, den sie geopfert hatte. Später trieb sie die Viehherden durch die beiden Scheiterhaufen hindurch, sodass der heilige Rauch die Tiere von allen Krankheiten befreite und sie widerständig gegen neue machte. Einige von ihnen scheuten das Feuer, doch sie wurden weitergescheucht, und als das letzte empörte Mähen und Meckern und Muhen verklungen war, hatte ein jeder seine Torffackel am heiligen Feuer entzündet, um damit später dreimal um sein Haus zu gehen. Eine Waffe gegen das Böse war das und auch ein Zeichen, dass neue Hoffnung in den oft so furchtsamen Herzen brannte: Hoffnung auf reiche Ernten, reißfeste Wolle, mildes Wetter und einen fruchtbaren Schoß. Und damit diese Hoffnung nicht nur lebendig blieb, sondern auch erfüllt wurde, durfte das Feuer bis zum Belthane-Fest im nächsten Jahr nicht erlöschen.

»Ich weiß nicht, wie ich so nachlässig sein konnte!«, rief Beitiris verzweifelt. »Ich glaube, ich habe zu lange geschlafen. Mein Mann war schon fort, und du weißt, wir haben keine Kinder mehr …«

Scota war nicht sicher, woran diese gestorben waren – ob sie den Männern von Ross oder schlichtweg dem Hunger zum Opfer gefallen waren. In den letzten Jahren hatte sie zu viele Geschichten des Elends gehört, allerdings auch immer wieder vermocht, diesem Elend ein Ende zu setzen.

Einer Frau, die mehrere Fehlgeburten erlitten hatte, hatte

sie geraten, jeden Tag dreimal um eine leere Wiege zu gehen – und einige Monate später hatte sie einen gesunden, starken Sohn geboren. Eine andere war gar nicht erst schwanger geworden, obwohl sie seit fünf Jahren verheiratet war, doch nachdem sie auf Scotas Rat hin einen bestimmten Stein von Osten nach Westen umkreist und hinterher das Wasser getrunken hatte, das von ihm getropft war, hatte sie empfangen.

Anderen nahm sie die Sorgen um die Herde, indem sie Segenslieder dichtete oder den Füchsen und Wölfen Opfer darbrachte. Und um das Wetter gnädig zu stimmen, damit das Getreide üppig spross, schenkte sie auch dem Wind Gaben: kleine Brotstücke, die sie über die Schultern warf.

Mit Brotstücken allein würde sie Beitiris' Ängsten wohl nicht beikommen, aber Scota winkte sie trotzdem zu sich.

»Komm, setz dich zu mir!«

Ihre Höhle glich einer großen runden Kammer, war jedoch dunkler als eine solche. Sie heizte mit Torf, sodass es süßlich roch wie in den Langhäusern, zugleich aber auch beißender, weil der Rauch nicht abziehen konnte.

»Nun setz dich endlich!«

Scota deutete auf die einzige Sitzgelegenheit – ein Lager aus Reisigbündeln und Fellen. Das Reisig hatte sie selbst gesammelt, die Felle von den Menschen geschenkt bekommen, die sie in Glendale besuchten, mit ihr Feste feierten und um Hilfe baten. Ein Geschenk war auch ein großer kupferner Topf, der auf drei Füßen über der Feuerstelle stand und in dem gerade Rüben köchelten.

Beitiris lehnte ab, als Scota ihr davon anbot.

»Du siehst aber hungrig aus«, stellte Scota mahnend fest. »Es hat keinen Sinn, dich für deine Unachtsamkeit zu bestrafen, indem du nichts isst.«

»Ich muss mich gar nicht selbst bestrafen ... die Götter werden es tun.«

»Wer sagt das? Habe ich jemals behauptet, die Götter seien so kleinlich wie Christus, der sich jede Sünde merkt und sie dem Menschen am Jüngsten Tag aufzählt?«

»Nein, aber ...«

»Bei mir brennt noch das Belthane-Feuer«, fiel Scota ihr entschlossen ins Wort. »Du entzündest später eine Torffackel und nimmst sie mit nach Hause. Niemand muss wissen, was geschehen ist.«

»Aber die Götter wissen es!«

»Nun, ein Gott, dessen Zeichen die Sonne ist, wird von dieser wahrscheinlich so stark geblendet, dass ihm ein so nichtiges Detail wie dieses entgeht.«

Beitiris riss die Augen auf – nicht gewiss, ob Scota über sie oder die Götter spottete und was schlimmer war.

»So wie du das sagst, klingt es ganz einfach. Aber was, wenn fortan ein Fluch auf mir lastet?«

Scota zuckte die Schultern »Das wird sich zeigen. Wenn du mehr Pech hast als sonst, müssen wir einen Segenszauber sprechen. Jedenfalls begegnet man dem Leben, ob es nun lächelt oder brüllt, besser mit einem vollen Magen. Stärk dich endlich, du hast einen langen Marsch hinter dir. Ich bin mir sicher, du bist noch im Finstern aufgebrochen, und das war zu früh. Jeder Mensch muss schlafen.«

»Es heißt, du würdest nie schlafen.«

Doch, dachte Scota, aber so wenig, dass ich nicht träume.

Laut sagte sie nichts dazu, denn die Achtung der Menschen vor ihr wuchs, je mehr sie ahnten, aber je weniger sie wussten.

»Nun, du wirst auf jeden Fall jetzt schlafen. Iss ein wenig, und dann leg dich hin. Ich bin ja hier und werde deinen Schlaf bewachen ...«

Wenig später hatte sich Beitiris auf der Schlafstatt ausgebreitet, während Scota auf dem nackten Boden saß und sie betrachtete.

Flüche und Segenssprüche wollen sie von mir hören, aber mein größtes Geschenk und mein eigentliches Element ist ... die Stille.

Während Beitiris schlief, lichtete sich der Morgendunst, und noch mehr Menschen kamen zu ihrer Höhle, die meisten aus Dunvegan. Niemand war so müde und verzweifelt wie Beitiris, aber besorgt schienen sie alle. Die meisten druckssten herum und konnten die vagen Ängste erst nicht in Worte fassen. Doch bis zum Mittag hatte Scota genug herausgefunden, um ihr Unbehagen zu teilen, und sie wurde es selbst dann nicht los, als sich Beitiris – sichtlich erfrischt und beflügelt – wieder von der Schlafstatt erhob, sich tausendmal bedankte und mit einer Torffackel in der Hand verabschiedete. Als Scota ihr nachblickte, fühlte sie sich kurz einsamer denn je.

Die Sonne machte sich schon daran, wieder vom Himmel zu klettern, als Schritte einen weiteren Besuch ankündigten. Diesen empfing Scota nicht hoheitsvoll in der Höhle, nein, sie sprang auf und lief hinaus. Es war Magaidh, der sie nun entgegenlhastete.

Als Druidin musste Scota über allen Dingen stehen. Als Magaidhs Freundin konnte sie hingegen zugeben, wie sehr sie sich manchmal nach Gesellschaft sehnte. Nur dass sie sich an diesem Tag ungewohnt verzagt fühlte und dass Beitiris' Verzweiflung auf sie abgefärbt hatte, wollte sie auch vor Magaidh nicht zugeben.

»Hat Vater Michael wieder einmal gedroht, meine Höhle auszuräuchern?«, fragte sie spottend.

Seit Jahren war Scota dem Abt ein Dorn im Auge, und in

manchen Nächten lag sie wach und lauschte auf jedes Geräusch, das die heranschleichenden Mönche verraten könnte. Doch auf deren Angst vor der Dunkelheit, der Stunde des Teufels, war Verlass, und tagsüber war sie ihnen immer einen Schritt voraus. Sie kannte Duirinish und vor allem Glendale besser als alle Menschen von Skye, fand noch durch das dornigste Gestrüpp ihren Weg, mied die Täler, in denen der Nebel am zähesten hockte, und wusste um jede Höhle und Grotte, die das Meer in den rötlichen Stein gegraben hatte.

Anders als sonst blitzten Magaidhs Augen nicht, als sie den Abt erwähnte. Sie war zwar keine Frau, die je Gefühle zeigte, aber Scota witterte in ihrer Miene plötzlich die gleiche Sorge, die sie bei den anderen Besuchern wahrgenommen hatte.

»Was ist passiert?«, fragte Scota. »Gab es wieder einen Überfall? Und hat Alasdair erneut nichts dagegen getan?«

»Nein, das nicht«, erwiderte Magaidh endlich. »Zumindest in den letzten Wochen hat die Insel nicht bluten müssen. Es heißt zwar, dass König Magnus von Man eine Flotte sandte, um König Alexander so zu provozieren, aber am Ende gab er klein bei.«

»Also ist er ein Schwächling wie alle anderen auch.«

Magaidh zuckte die Schultern. »Sag das nicht. Vielleicht war er schlichtweg klug. In jedem Fall schwor er Alexander auf den Knien seine Treue, übergab ihm Geiseln, um den brüchigen Frieden zu wahren, und starb wenige Wochen danach.«

»Dann wusste er also selbst, dass er nicht klug, sondern feige war.«

»Auch kluge Menschen sterben.«

»Hat er wie Hakon am Totenbett Geschichten nordischer Helden gehört?«

»Das weiß ich nicht«, sagte Magaidh, »gewiss ist nur, dass er der letzte norwegische König von Man gewesen ist. Alexander hat einen Sheriff nach Man entsendet, und der, so wird erzählt, hat zwar nur ein Auge, aber sieht mit diesem besser als andere mit zweien. Noch die kleinste Auflehnung wittert er und bestraft sie grausamst, zumal sein eines Auge Vergnügen daran findet, beim Foltern zuzusehen …«

Das Unbehagen kroch noch höher, aber Scota ließ es sich nicht anmerken. »Nun, das alles geschieht auf Man, damit habe ich nichts zu schaffen.«

»Das was ich von Skye zu berichten habe, ist allerdings nicht erfreulicher.«

»Dann sag es schnell!«, forderte Scota, als Magaidh schwieg. »Eine Wunde schmerzt nicht weniger, wenn man nur zögerlich darin stochert. Es geht um die Friedensverhandlungen zwischen Norwegen und Schottland, nicht wahr?«

»Sie scheinen vor einem Abschluss zu stehen«, bestätigte Magaidh, »das, was viele für eine Prüfung halten, die nach ein paar Jahren ausgestanden ist, bleibt wohl dauerhaftes Geschick.«

Sie senkte ihren Blick, und Scota tat es ihr gleich.

Nicht dass Magaidhs Worte überraschend kamen. Scota wusste, dass sie nicht die Macht hatte, Alasdair zurück nach Ross zu jagen, und dass sie den Menschen weder Freiheit noch Rache schenken konnte, nur ein wenig Hoffnung. Und doch schmeckte sie gleiche Bitterkeit wie an dem Tag, als Hakons zerstörte Kriegsflotte an ihr vorbeigezogen war und der goldene Drache nicht von den zerrissenen Segeln hatte ablenken können.

Was, wenn auch ich nichts weiter als ein goldener Drachenkopf bin? Er verspricht zwar Macht, doch ohne Segel und Ruder kommt das Schiff nicht voran … Und ich verspreche die Weisheit einer Druidin, aber bin nur eine Hochstaplerin.

Nein, nein, nein! Nicht diese Gedanken, nicht diese Zweifel, nicht diese Erinnerung!

»Und dein Bruder?«, fragte Scota gedehnt. »Lebt er immer noch hier?«

»Ja ... und hadert, weil er in Alasdairs Schatten steht.«

Scota gab einen schrillen Ton von sich. »Anscheinend verbringt er seine Zeit nicht nur mit Hadern, sondern auch damit, Abgaben einzutreiben. Wer zu wenig Schafe hat, dem nimmt er gern den kleinen Finger oder zwei und noch lieber die Frau.«

Für gewöhnlich raunte sie nur, doch jetzt blieb ihre Stimme laut und giftig. Sie fraß an ihrer Seele, ließ ihren Körper erstarren.

»Ach, Scota ...«, seufzte Magaidh, »denk nicht an Kermac! Verschwende nicht deine Kraft, gegen die Feinde zu hetzen. Das tun die Menschen allerorts. Du hingegen bist für sie etwas Besonderes. Du harrst in Einsamkeit bei Wind und Wetter aus und beweist damit, dass die Insel eine lange Geschichte hat und dass der Menschenstamm, der sie bevölkert, ein alter und zäher ist, der taugt, das Unrecht zu überdauern.«

»Und wenn das Alte keinen Wert hat, sondern stinkend verwest?«

»Du weißt schon, was ich meine. Du bist vor deinem Geschick hierher geflohen, lass nicht zu, dass es dich verfolgt.«

»Ich bin nicht geflohen, ich bin mit erhobenem Haupt und geradem Rücken gegangen.«

Jetzt war ihr Rücken nicht gerade, sondern krümmte sich noch mehr, doch das hielt sie nicht davon ab, heftiger als sonst aufzustampfen.

»Mag sein«, gab Magaidh zurück, »aber eben schreist du anstatt zu flüstern. Und schreien und weinen und toben können die Menschen selbst – dafür brauchen sie dich nicht.«

Scota fühlte sich ertappt. Sie mochte Magaidh, weil diese eine starke Frau war, und war ihr dankbar, weil sie Geschichten von ihr verbreitet und ihren Ruf als weise, nahezu heilige Frau gefestigt hatte, aber zugleich fühlte sie sich in ihrer Gegenwart stets an die Stunde erinnert, da sie mit gespreizten Beinen vor ihr gelegen und hilflos, schwach und von Wehen gepeinigt ein totes Kind geboren hatte.

Trotzig reckte sie ihr Kinn. Ihre Stimme klang nun etwas leiser. »Maßregle mich nicht, als wäre ich ein kleines dummes Mädchen oder eines jener zänkischen Weiber, die kleinlich über ihre Kränkungen klagen! Du weißt ja nicht, mit wem du es zu tun hast!«

Magaidh hielt ihrem Blick ungerührt stand. »Überleg lieber, mit wem *du* es zu tun hast. Mit einer Freundin nämlich, die nur das Beste für dich will.«

»Um mich geht es hier nicht. Die, die ich einst war, gibt es nicht mehr.«

»Dann frag so wenig nach Kermac wie du nach Eilidh fragst.«

»Was geht dich Eilidh an?«

»Nichts. Aber soweit ich weiß, stand sie dir einst nah wie eine Schwester. Und deshalb wundert mich ...«

»Ich habe keine Schwester mehr und schon gar keine, die mit einem Mann aus Ross verheiratet ist.« Scota atmete tief durch. Sie dachte an den längst vergangenen Tag am Strand von Dunscaith und was sie damals feierlich zu Eilidh gesagt hatte. »Ich bin die erste Druidin seit Langem«, wiederholte sie die Worte von einst, »und vielleicht bin ich die letzte. Aber das ist meine Bestimmung.«

Das Schweigen, das folgte, war hoheitsvoll wie ihre Worte, aber kalt. Keine der beiden brach es. Scota ging wieder in die Höhle, und Magaidh blickte ihr lange nach. Sie folgte ihr nicht.

Magaidh kehrte erst nach Anbruch der Dunkelheit nach Dunvegan zurück. Zu schmerzlich war es, tagsüber in die Gesichter der Menschen zu schauen.

Unmittelbar nach der Niederlage von Largs waren sie stumpf und leer gewesen, in den letzten Jahren hatte sich insgeheim wieder Hoffnung geregt, obwohl es nicht nur gefährlich, sondern tödlich gewesen wäre, sie laut auszusprechen. Dort, wo sich Alasdairs Hände als zu lasch erwiesen, war Kermac umso schneller bereit, sein Schwert zu heben und zuzustoßen, und da sie seine Schwester war, wagte niemand, die Hoffnung mit ihr zu teilen. Sie war eine Frau, mit der man spann und webte, im Winter das Lager teilte und die Schüssel Essen, eine Frau schließlich, mit der man über Scota tuschelte und über andere offen lästerte, aber ein Wort fiel ihr gegenüber nie: Freiheit.

Wir wollen frei sein von den Gängeleien deines Bruders. Wir wollen wieder zu Norwegen gehören. Wir hoffen, dass uns die Friedensverhandlungen, die im Gange sind, endlich diesem Ziel näher bringen. Dann … dann werden uns diese Jahre unter Ross' Herrschaft nur wie ein böser Traum erscheinen.

Die Hoffnung nicht zu teilen, hätte Magaidh hingenommen. Viel schlimmer war es zu fühlen, wie sie in diesen Tagen langsam und kläglich starb.

Die Kindeskinder des großen Somerled, der einst die Hebriden unter seiner Führung geeint und stark gemacht hatte, hatten sich fast alle der schottischen Krone unterworfen, und diese wähnte sich stark wie nie. Als einige Monate nach der Schlacht von Largs norwegische Botschafter nach Schottland aufbrachen, um ein wenig von dem, was man mit Waffen nicht erreicht hatte, mit halb buhlenden, halb drohenden Worten wettzumachen, waren sie mit Tod und Gefängnis bedroht worden. Spätere Gesandtschaften hatte man etwas freundlicher behandelt und wie Gäste bewirtet, doch nachdem sie satt und warm von der Tafel aufgestanden waren, hatte man sie nicht wieder heimreisen lassen.

Nein, Friede war nichts, worauf der schottische König angewiesen war, also zögerte er diesen hinaus und drohte dem norwegischen König, dem Nachfolger von Hakon, mit einer Invasion der Orkney- und Shetlandinseln, falls man im hohen Norden einmal mehr auf die Idee kam, eine Flotte zu vereinen und in den Süden zu ziehen.

Mal erfuhr Magaidh dies in offenen Gesprächen, mal schnappte sie nur einzelne Worte auf und machte sich einen Reim darauf. So oder so war die Hoffnung der Menschen auf Freiheit immer lächerlich gewesen, gleich so, als würde ein Bettler am Tisch eines Herrschers nach dem Brot greifen dürfen, ohne den Knauf eines Schwertes auf die Finger zu bekommen – schlimmstenfalls sogar dessen Klinge.

Nun, da die meisten schliefen, blieben ihr die enttäuschten Gesichter erspart. Der wiederum, der noch wach war, eben vor dem Eingang der großen Halle hockte und schnitzte, sehnte sich nach anderen Dingen als Freiheit.

Magaidh erstarrte. Sie hatte sich nicht dagegen gewappnet, ihrem Bruder hier zu begegnen, war sie ihm in letzter Zeit doch stets gekonnt ausgewichen. Jetzt aber war es zu spät, sich zu verstecken.

»Magaidh«, sprach er sie an, ohne aufzublicken, »süßes, kleines Schwesterchen … Ein nächtlicher Spaziergang, um die klare Seeluft zu genießen und dich vom silbrigen Glanz der Sterne schmücken zu lassen wie mit edelstem Geschmeide?«

Es war ungewohnt, ihn sitzen zu sehen, und noch ungewohnter, dass er mit einem spitzen Messer etwas anderes machte, als Menschen zu töten oder zu quälen. Welche Form er dem Holz geben wollte, konnte Magaidh nicht sehen, aber sie spürte, dass er zu gelangweilt war, um sie gleich wieder gehen zu lassen.

»Warst du bei der Verrückten?«, fragte er.

Viele Namen wurden Scota gegeben – Druidin, Seherin, Gotteslästerin, Hexe, Heilerin, Verdammte –, doch Kermac hatte das Wort gewählt, das auch in Magaidhs Augen am besten passte. Natürlich hätte sie es nicht so verächtlich ausgesprochen wie er, doch Scota versuchte tatsächlich, die Gesetze der Welt zu verrücken. Sie träumte davon, dass Frauen Männern Angst machten, nicht umgekehrt, dass Schafe lauter mähten als Wölfe heulten, dass eine lockige Haarsträhne Schwerter rostig machte, anstatt von ihnen durchschnitten zu werden. Und so gern Magaidh mit ihr träumte – sie vergaß niemals, dass auf jeden noch so schönen Traum das Erwachen folgte.

»Weißt du eigentlich, dass Scota es war?«, fragte sie unwillkürlich.

»Dass sie *wer* war?«

»Die Frau, die du damals geschändet hast.«

Kurz, ganz kurz schabte das Messer nicht über das Holz.

Er wusste es nicht, ging ihr auf. Und jetzt war er sich nicht sicher, ob ihm das gefiel oder ob es ihm Angst machte.

»Ich habe damals doch keine Frau geschändet«, stieß er lachend aus, »nur ein Schaf.«

»Und obwohl ein Schaf so ein jämmerliches Tier ist, hast du's nicht einmal zum Blöken gebracht, nicht wahr?«

Holz und Messer fochten einen ungleichen Kampf aus. Auch sie selbst war nicht hart genug, um Kermac zu quälen, ohne es dreifach zurückzubekommen, und dennoch fand sie plötzlich ein diebisches Vergnügen daran, sich neben ihn zu setzen, anstatt vor ihm zu fliehen.

»Das hier«, murmelte er mit Blick auf das Holz, »das hier war kein Schaf, sondern ein Hirsch, doch schau, was aus ihm geworden ist, nachdem ich ihn erlegt habe.«

Verspätet erkannte sie, dass er kein Holz bearbeitete, sondern aus einem Geweih einen Kamm schnitzte. Die einzelnen Zinken waren so spitz, als wollte er damit nicht sein Haar kämmen, sondern Köpfe durchlöchern.

»Und hast du auch etwas anderes zu tun als zu jagen?«, stichelte sie.

»Oh, gewiss.« Erstmals blickte er auf, und sein Grinsen schien ihr schief wie nie. »Heute musste ich Alasdair zum Beispiel wieder einmal sagen, was er tun soll.«

»Und er hat auf dich gehört?«

»Mehr noch, er vertraut mir, er hält nichts geheim – nicht einmal die Botschaft, die ihn heute erreichte und die er eigentlich an keinen weitergeben durfte. Er denkt wirklich, ich wäre sein Freund.«

Er lachte wie einer, der einen anderen in Schafkot treten sah.

Alasdair selbst ist das Schaf, dachte Magaidh, *warum sieht er nicht, dass Kermac ihn hasst und nur seine Macht will?*

Eine Weile wurde es still zwischen ihnen. Nur das Schaben des Messers war zu hören und in der Ferne Stimmen.

»Weißt du, dass die, die da reden, jetzt endgültig Schotten sind?«, fragte Kermac unwillkürlich.

Magaidh konnte nicht anders, als ihren Bruder verblüfft anzustarren.

»Die Verhandlungen …«, setzte sie an.

»Sie sind zu Ende. Der Friedensvertrag zwischen Norwegen und Schottland ist von Gesandten beider Seiten unterschrieben worden. In Perth übrigens. Mönch Reginald von Roxburgh hat den Vertrag aufgesetzt, und dieser stammt von der Abtei Melrose. Ein Name wie eine Blume! Ich fürchte nur, die Menschen hier werden ihren Duft nicht riechen, sondern nur ihre Stacheln spüren.«

»Hast du denn jemals den Duft einer Rose eingesogen?«

»Ich mag den salzigen des Meeres lieber, und dieses Meer gehört jetzt ein für alle Mal uns. Was bislang nur Gerücht war, ist nun Gewissheit. Alle Inseln mit Ausnahme der Orkney- und Shetlandinseln bleiben in schottischem Besitz. Denk dir, König Alexander war sogar so großzügig, Norwegen mit etwas Geld zu entschädigen und außerdem das Versprechen abzugeben, keinen der Bewohner für vergangene Schandtaten zur Rechenschaft zu ziehen. Wer also bislang zu den Norwegern stand, dem wird das nicht übel genommen. Wenn er will, kann er sogar sein Bündel nehmen und nach Norwegen gehen. Falls er bleibt, dann bleibt er aber als Schotte, und falls er immer noch von Norwegen träumt, dann gilt er als Verräter.«

»Du klingst so fröhlich. Sind sie Schotten, wirst du die Menschen hier nicht mehr ungestraft quälen können. Du wirst sie nicht als Sklaven, sondern als Brüder behandeln müssen.«

»Ach was! Ehe unser Vater Brüder zeugen konnte, hat er seine eigenen Eier verschluckt. Skye steht nun endgültig unter der Verwaltung von Ross, und um der Insel ein guter Sheriff zu sein, muss man mehr können als Alasdair, der sich ja doch nur seinen Arsch flachsitzt und seinem Weib sehnsuchtsvolle Blicke hinterherwirft. William wird das nun endlich einsehen.«

»Was kannst du eigentlich besser als Alasdair? Der Friede mag ein stachliger sein und bald wieder welken, aber vorerst werden daraus manche Siegeskränze geflochten. Dazu bist du jedoch viel zu ungeschickt. Deine Hand taugt nur dazu, ein Schwert zu schwingen.«

»Aber, aber, Schwesterchen, wo ich dir doch diesen wunderschönen Kamm geschnitzt habe!«

Kermac reichte ihn Magaidh, nein, drückte ihn ihr in die Hand. Sie spürte ein Brennen, denn wie erwartet, waren die Zinken spitz wie Nadeln. Anstatt sich das Blut abzulecken, ließ sie es jedoch achtlos über das Handgelenk fließen.

»Mein Haar war immer schon dünn und farblos«, murmelte sie, »daraus werden niemals glänzende Locken, hätte ich auch einen Kamm aus Gold. Du wiederum trachtest, das grausame Ende unseres Vaters zu vergessen, indem du dich noch grausamer gibst, aber letztlich wirst du immer der Knabe bleiben, mit dem die anderen nicht spielen wollen. Selbst wenn Alasdair versagt – William würde niemals einen wie dich ...«

»Du irrst, wenn du denkst, ich wolle das grausame Ende unseres Vaters vergessen!«, fiel er ihr scharf ins Wort. »Eine Mahnung ist es mir, nur mir selbst zu vertrauen.«

Magaidh spielte mit dem Kamm. So dünn, wie seine Zinken waren, so dick war sein stumpfes Ende.

Nie kann er den mittleren Weg wählen, nur den eiskalten oder brennend heißen.

»Ich wusste es«, sagte sie plötzlich.

»Was?«

Sie beugte sich vor und suchte seinen Blick. »Als du mir die Wahrheit von unserem Vater erzählt hast, hast du gedacht, du könntest dein Grauen ausspucken, auf dass ich es schlucken muss. Aber mein Magen war längst übervoll davon. Ich ... ich wusste, wie er starb. Ich habe es mit eigenen Augen gesehen.« Das Schweigen, das folgte, war schwarz wie die Nacht. »Ich habe ihn schreien hören«, fuhr Magaidh nach einer Weile flüsternd fort. »Und er schrie wie ein Tier, als man ihn blendete und entmannte. Diese Schreie fraßen sich tiefer in meine Seele als die Geschichte, die du später zu hören bekamst, es jemals könnte. Es scheint wohl, ich habe eine stärkere Seele als du. Sie trägt den Schmerz auf breiten Schultern, anstatt ihn wieder in die Welt zu schleudern.«

Kermac war so abrupt aufgesprungen, als hätte sie ihn mit dem Kamm gestochen. Er hob das Messer, und kurz dachte sie, er würde damit auf sie losgehen.

Ruhig trotzte sie seinem Blick.

Du kannst dir ein Hirschgeweih zurechtschnitzen, aber deine Gefühle nicht ...

»Wie ...«, setzte er an, »... warum ...«

»Vater wollte mich damals zu meinem eigenen Schutz in ein Kloster bringen«, fuhr sie ruhig fort. »Doch auf dem Weg dorthin sind wir Graf Farquhars Männern in die Hände gefallen. Als alles vorbei war und sie den Leichnam unseres Vaters den Krähen überließen, habe ich erwartet, sie würden auch mich töten, aber sie waren gnädiger, als du es bist, sie haben ein unschuldiges Kind verschont. Auch ich wollte gnädig sein. Ich wollte dir ersparen, über all das zu sprechen. Ach, Kermac«, sie hob die Hand, um ihm übers Gesicht zu streicheln, und hoffte, ihre Fingernägel wären spitz wie der Kamm, »nichts, was du jemals sagst, kann mich in Furcht und Schrecken versetzen. Vielleicht wirst du irgendwann doch die Macht über Skye erlangen – aber über mich ... niemals.«

Er holte aus, wagte jedoch nicht, sie zu schlagen, und dann hatte sie sich schon von ihm abgewandt. Vor ihren Schritten ertönten jedoch andere. Der Mond erhellte nur einen kleinen Teil des Hofs, während der Rest im Schatten der Mauern lag, das wenige Licht hingegen genügte, um das blonde Haar silbrig schimmern zu lassen.

»Alasdair hat nicht einmal sein Weib im Griff, wie will er da über die Insel herrschen?«, zischte Kermac und wirkte nicht länger aufgewühlt, sondern verbittert.

So erleichtert Magaidh auch war, dass sich sein Hass nicht länger auf sie richtete, so groß wurden ihre Sorgen, als die Schritte wieder verstummt waren.

Ach, Eilidh, warum gibst du nicht besser acht? Warum willst du wie Scota die Gesetze der Welt verrücken? Was, wenn nicht etwas Verbotenes, treibst du des Nachts im Freien?

Sie sagte nichts mehr. Im Gehen ließ sie den Kamm zu Boden fallen und trat mit dem Fuß darauf.

Der kleine Farquhar war mächtig stolz, auf dem Pferd zu reiten. Seit Langem hatte er es sich gewünscht – nun war Alasdair der Bitte nachgekommen.

Kieran konnte sich nicht verkneifen, ihn zumindest heimlich zu beobachten. Für gewöhnlich hielt er sich von dem vierjährigen Knaben fern, war das Wagnis, als Barde auf Dunvegan zu leben und solcherart Eilidh nahe zu sein, schließlich groß genug. Mehr als nur einmal hatte er ihr versprechen müssen, Farquhar keine liebevollen Blicke zuzuwerfen, aber an diesem Tag konnte er nicht darauf verzichten, ihn zu betrachten, selbst dann nicht, als Eilidh in den Hof gelaufen kam.

»Ist das klug?«, rief sie schon von Weitem. »Das Pferd ist riesig, hättet ihr nicht wenigstens ein kleineres nehmen können?«

Alasdair bedachte sie mit einem rätselhaften Blick, den Kieran nicht recht zu deuten wusste. Wer ihn kaum kannte, mochte die gerunzelte Stirn als Zeichen von Missmut werten, doch er spürte instinktiv, dass es Enttäuschung war.

»Wäre dir lieber, mein Sohn würde auf einem Esel reiten? Schau dir Leods Söhne Norman und Torquil an und auf welchen Pferden sie sitzen! Ganz Skye würde mich verlachen, wenn mein Fleisch und Blut auf einem Ackergaul ritte statt auf einem Kriegsross.«

»Norman und Torquil sind viel älter, fast schon junge Männer.«

»Aber Farquhar kommt von Ross.«

»Seit wann haben die Menschen dort keine Knochen, die brechen können?«

»In Ross hat man vor allem Mut.«

»Und was hast du jemals getan, was diesen Mut bewiese?«, fauchte sie.

So schwer es Kieran bereits fiel, sich von Farquhar fernzuhalten, so unerträglich war es ihm, vermeintlich gelassen im Hof zu lungern, über die giftigen Worte hinwegzuhören und das Zusammenzucken von Alasdair zu missachten. Der zog ein Gesicht, als würde er unter Schmerzen leiden – nicht solche, die ein Faustschlag nach sich zog, sondern die von einer schleichenden, quälenden Krankheit herrührten, an der vor allem alte Menschen litten.

Tu es nicht, provozier ihn nicht, es ist auch so schwer genug, unser Geheimnis zu hüten!, hätte er ihr gern zugerufen. Doch da wohnte auch eine andere Seele in seiner Brust, die flüsterte: Setz ihm nur zu! Soll er doch von gleichen Qualen schmecken wie wir und ihm sein innigster Wunsch genauso unerfüllt bleiben. Er bekommt kein liebevolles, fügsames Weib. Wir dürfen uns nicht offen zu unserer Liebe bekennen.

Natürlich sagte er nichts. Er war daran gewöhnt, sich zu bezähmen – und Eilidh war es auch.

Schon schlug sie die Augen nieder. »Verzeih!«, murmelte sie.

Dann floh sie hinein, und Kieran war erneut zerrissen. Sosehr es ihn erleichterte, dass sie den Streit mied, fühlte er ähnliche Enttäuschung wie Alasdair. Warum ließ sie ihren Sohn im Stich? Hatte sie nicht gesehen, wie stolz er darauf war zu reiten? Warum schluckte sie nicht ihre Ängste, lächelte ihm zu und gab ihm, trotz allem, das Gefühl, heute wäre ein großer Tag?

So aber achtete niemand auf Farquhar – nicht Eilidh, die ihm den Rücken zugekehrt hatte, nicht Alasdair, der ihr überdrüssig und hilflos zugleich nachstarrte. Da war zwar noch der Pferdeknecht, der den Kleinen auf den Rücken des Tieres gehoben hatte, aber er machte keine Anstalten, ihn zu stützen oder ihm gar zu sagen, was er zu tun hatte. Die Beine des Kleinen waren zu kurz, um sich sicher auf dem Pferd zu halten – ein hastiger Schritt des Tieres, und er würde im Schlamm liegen.

Nun konnte Kieran gar nicht anders, als aufzuspringen, auf das Pferd zuzustürzen und nach den Zügeln zu greifen. Auch auf ihn achtete niemand, nur Farquhar blickte ihn verwundert an.

»Was machst du hier? Du bist doch der Barde! Männer, die singen, reiten nicht.«

Es lag weniger Verächtlichkeit in seiner Stimme als Erstaunen, und Kieran war gerührt, dass der Kleine ihn kannte und wusste, was er auf Dunvegan trieb, obwohl die Gelegenheiten zu singen selten geworden waren. Fast jedes Mal, wenn er ein Lied anstimmte, begann Sigurd zu weinen, was wiederum Leod so beschämte, dass er ihn schon nach einer Strophe zu schweigen hieß. Die Männer von Ross hatten einen eigenen Barden, und der erzählte lieber schlüpfrige Narreteien anstatt zu singen.

»Es gab eine Zeit, da habe ich nicht gesungen, sondern bin auch geritten«, sagte er und erinnerte sich an den Reitunterricht, den er gemeinsam mit Ronan bekommen hatte. Der hatte ihn stets verspottet, weil er zusammengekrümmt und bleich auf dem Tier hockte, aber das musste er Farquhar ja nicht auf die Nase binden. »Reiten und singen ... das ist gar nicht so verschieden«, fuhr er fort. »Wenn man schnell galoppiert, vermeint man zu fliegen, und wenn man wunderschön singt und die Töne zum Himmel steigen, ist es ebenso.«

»Aber Barden können nicht fliegen und Pferde auch nicht – nur die Vögel.«

Das Pferd wurde unruhig, und Kieran überwand seine Scheu. Er flüsterte ihm etwas auf Gälisch zu, das er lange nicht gesprochen hatte. Das Tier schien sich zu beruhigen, Farquhar wurde neugierig.

»Was hast du ihm gesagt?«

Dass es dich nicht abwerfen soll, dachte Kieran. Dass es meinem geliebten Sohn nichts zuleide tun darf.

Er lächelte vielsagend. »Wenn du ein Tier wärst, welches möchtest du sein?«, fragte er.

Falls er damit den Knaben verwirrte, sagte der es nicht. »Ein Pferd natürlich, was sonst ... Und du?«

»Ich glaube, ein Rabe.«

Ehe er etwas hinzufügen konnte, ertönte eine Stimme hinter ihnen. Alasdair hatte Eilidh lange genug nachgestarrt und vergebens gehofft, sie möge in den Hof zurückkehren.

»Raben sind Odins Vögel«, grummelte er nun. »Sie bringen Unglück und Tod. Als seinerzeit die Norweger unterlagen, sind sie in Schwärmen vom Himmel gefallen.«

Das waren keine Raben, sondern Krähen, und sie sind nicht gefallen, sondern haben den Sterbenden oder Toten die Augen herausgepickt.

Laut sagte er: »Es heißt, dass Raben die einzigen Tiere sind, die sprechen können – nicht nur miteinander, sondern auch mit allen anderen Tieren. Sie verstehen sämtliche Sprachen.«

In Alasdairs Gesicht erschien wieder jener gequälte Zug,

aber Farquhar lachte. »Wirklich? Können sie auch mit Pferden sprechen?«

»Selbst mit Wölfen!«

»Und was sagen sie zu ihnen?«

»Nun, Wölfe heulen den Mond an, aber Raben können zu ihm fliegen. Sie sehen die Welt von oben und erzählen den Wölfen später, wie sie von dort aussieht ... und wie sich die Freiheit anfühlt.«

»Ich glaube, ich will auch ein Rabe sein, kein Pferd.«

»Genug jetzt!«

Obwohl Alasdair gereizt klang, machte er keine Anstalten, Kieran die Zügel aus der Hand zu reißen. Der gab sie ihm freiwillig.

»Vergib! Ich wollte deinem Sohn nur für seinen ersten Ritt Mut machen.«

Und was hast du jemals getan, was diesen Mut bewiese?

Ob auch Alasdair Eilidhs Worte durch den Sinn gingen, wusste Kieran nicht. In jedem Fall zog er am Zügel, und Farquhar jauchzte, als sich das Pferd in Bewegung setzte.

Mit jenem fröhlichen Ton im Ohr ging Kieran hinein. Das, was er dort als Erstes hörte, war weit weniger beglückend.

»Tu das nie wieder!«

Die Worte klangen verzweifelt. Eilidh war zwar ins Innere der Burg geflohen, hatte sich offenbar aber nicht nehmen lassen, durch eine Fensterluke alles zu beobachten.

»Ich musste ein Auge auf ihn haben«, sagte er trotzig. »Du warst schließlich nicht da.«

»Was willst du damit sagen? Dass mir der Kleine gleichgültig ist?«

»Ach, Eilidh! Lass dich nicht von Bitterkeit zerfressen. Einst auf der Klippe hast du mir doch gesagt, dass du keine Angst hast, solange du mich liebst. Und jetzt gibt es nichts, was dir so große Furcht bereitet wie die Liebe – ob die zu mir oder zu unserem Sohn. Das kann … das darf nicht sein.«

»Aber diese Liebe ist verboten! Niemand darf davon erfahren!«

Er las nicht nur Furcht in ihrem Gesicht, sondern auch Schmerz, und er ahnte, dass er ihr weder das eine noch das andere abnehmen konnte. Ein flügellahmer Rabe war er, der nur gequält krächzen konnte, anstatt auszuschmücken, wie schön die Welt von oben war, denn diese Welt wurde nun mal keine andere, auch wenn man sie aus weiter Ferne besah. Selbst für die Wolken und Sterne, für den Mond und die Sonne war und blieb Eilidh Alasdairs Ehefrau und dieser der Vater ihres Sohnes.

»Wir müssen uns mit dem begnügen, was wir haben«, murmelte sie.

Gleichwohl er behauptet hatte, dass ein Rabe alle Tiersprachen verstand, wollte er diese Worte nicht begreifen!

»Was haben wir denn?«, brach es aus ihm hervor. »Seltene Zusammenkünfte an den Klippen, hastige Küsse, noch hastigere Umarmungen und keine Lieder mehr. Schließlich könnte diese jemand hören. Selbst lustvolles Stöhnen versagst du uns.«

»Kieran, versteh doch! Die Angst um mich könnte ich bezwingen … nicht aber die um unseren Sohn. Ich trotze ihr mit aller Macht, wenn dir das, was ich zu geben habe, jedoch zu wenig ist …« Ihre Stimme brach.

»Ach, Eilidh … Ich würde dich noch lieben, selbst wenn du mir gar nichts gäbest. Du musst nicht *mich* glücklich machen, du musst nur selbst glücklich sein … zumindest ein wenig. Dann wäre es ein Leichtes für mich, die vielen Wochen zu ertragen, da wir getrennt sind. Dann könnte ich mich mit gestohlenen Küssen begnügen.«

Er suchte ihren Blick, aber sie senkte ihren Kopf. »Ich …

ich werde es versuchen, jetzt muss ich jedoch gehen. Ich will nicht, dass uns jemand gemeinsam sieht.«

Kieran starrte ihr hilflos nach. Weder konnte er sich überwinden, ihr zu folgen, noch, wieder hinaus in den Hof zu Farquhar zu gehen.

Vielleicht ist der Rabe nicht einfach nur flügellahm, vielleicht hat man ihm die Flügel gestutzt.

XX.

Skye
1306

Endlich erwachte Coira, doch sie zögerte, ihre Erzählung dort wieder aufzunehmen, wo sie sie unterbrochen hatte. Ihr Wissen betrachtete sie wohl als einen Schatz, und da es der letzte war, den sie jemals besitzen würde, wollte sie ihn nur Tropfen um Tropfen verschenken, gleich einem besonders edlen und kostbaren Wein. Sie wartete ab, bis Osla zurückkehrte und berichtete, dass sie ihren Mann und die anderen Dorfbewohner gefunden habe, alle heil geblieben seien und von den Gesetzlosen bislang nichts zu sehen sei.

»Hast du deinem Mann erzählt, dass du Ailean gerettet hast?«, fragte Coira.

»Das war doch nicht ich allein!«

»Weswegen du dich nicht minder dafür rühmen darfst.«

»Harailt weiß schon, was er an mir hat. Er prahlt doch selbst, dass niemand so viel Milch aus den Eutern einer Kuh presst wie ich, dass keine so reißfeste Fäden spinnt und keine so glatte Stoffe webt und dass meine Butter so cremig ist, dass sie beim ersten Schmatzen im Mund schmilzt.«

»Nur ein Kind zu gebären zählt nicht zu deinen Großtaten.«

Osla verzog bestürzt das Gesicht, und die Kerben um ihren Mund wurden tief wie nie.

Coira jedoch kicherte einmal mehr. »Ich werfe dir das doch nicht vor! Ich versuche mir nur zu erklären, warum du alles besser machen willst als die anderen Weiber. Aber glaub mir, das Leben ist nicht gerecht. Das, was man sich wünscht, kann man sich nicht einfach verdienen. Man bekommt es oder man bekommt es nicht.«

»Soll ich etwa aufhören zu arbeiten?«, fragte Osla bissig.

»Nein, aber aufhören, dich zu schämen – das sollst du. Gib deinem Mann das Gefühl, er sei an allem schuld, dann hast du's deutlich leichter. Man hat keine Macht über Menschen, wenn man vor ihnen buckelt, sondern wenn man sie anklagt. Scota war nicht zuletzt deshalb eine mächtige Frau, weil sie über alle Schuld erhaben schien …« Coira wandte sich an Flora und Ailean. »Nicht dass man ihr keine Vorwürfe gemacht hätte. Für jedes tote Schaf, das im Mutterleib stecken geblieben ist, hat man ihr die Schuld gegeben. Doch sie hat sich einfach verkrochen, unter der Erde oder auf den Bergen, sodass der Geifer, den ihr die Mönche so gern ins Gesicht gespuckt hätten, deren eigene Kehlen verätzt hat.«

»Was weißt du denn nun über Scota, über Eilidh und Kieran, über ein verschwundenes Kind?«, fragte Flora ungeduldig.

»Wo sitzen die Erinnerungen?«, fragte die Alte und tippte sich an die Stirn. »Etwa hier im Kopf? Oder …«, ihre Hand fuhr tiefer, »… oder nicht vielmehr hier in der Brust?«

»Macht das denn einen Unterschied?«

»Das vielleicht nicht, aber so oder so sind die Gedanken am Ende des Lebens träge. Man muss sie erst wieder in Bewegung bringen. Wenn ich mit meiner Mutter über die Vergangenheit gesprochen habe, haben wir immer Getreide gemahlen. Auf dem Boden haben wir gesessen, und vor uns standen zwei flache Steine, die wir mit einem hölzernen Griff hin und her schoben. Hin und her. Hin und her. Einen ganzen Tag lang, immer im selben Rhythmus. Ich glaube, wenn wir das taten, haben wir gleichzeitig ein- und ausgeatmet, und auch unsere Herzen wagten nicht, in unterschiedlichem Rhythmus zu pochen. Manchmal haben wir uns Geschichten erzählt, manchmal gesungen.«

»Ich … Wir könnten auch ein Lied singen«, sagte Ailean schnell. »Allerdings müssen wir erst wissen, worum es in dem Lied gehen soll.«

Coira hatte, anstelle zweier Steinplatten, einige Kieselsteine genommen und rieb sie nun aneinander. »Fühlt nur, sie werden nicht heiß, und wenn man sie noch so lange aneinanderreibt. Holz beginnt zu brennen, Steine brennen nicht. Die meisten Menschen bestehen aus Holz, nur die wenigstens aus Stein. Scota gehörte zu Letzteren. Sie war eine, die nichts brechen konnte.«

»Und Eilidh?«

»Das weiß ich nicht. Ich bin ihr nie begegnet.«

»Aber Scota kanntest du.«

»Wer kann eine Frau wie sie kennen? Sie trug immer eine Maske.«

»Eine Maske?«, entfuhr es Flora verblüfft.

»Sie war kein gewöhnlicher Mensch, erst recht nicht nach Samhuinn, jener Nacht, da das Tor zu Andernwelt offen steht.«

»Samhuinn?«, fragte Flora verwirrt. »Ist das Kind etwa damals verschwunden? Wurde es wirklich den Göttern geopfert?«

»Scota würde jetzt wohl sagen, dass ein Kind niemals verschwinden kann. Nichts verschwindet je, es kann nur sein, dass es sich in Andernwelt versteckt, dem Jenseits der Druiden. Von dort kann es allerdings auch wieder zurückkommen.« Coira zuckte die Schultern. »Wenn ich ehrlich bin, weiß ich nicht, ob dieser Gedanke tröstlicher ist als der, in den Himmel zu kommen. Die Himmelspforte, scheint mir, ist dicker und aus festerem Holz als das Tor zu Andernwelt.«

»Da du ständig von Holz sprichst …«, bemerkte Osla, »… hier liegen nur Steine. Bald kannst du dein Feuer nicht mehr nähren, und ich habe keine Lust, im Dunkeln zu hocken. Sag uns doch endlich, was du weißt!«

»Viel ist es nicht, fürchte ich. Man könnte zwar viele Worte draus machen, so wie man Wein mit Wasser verdünnt, aber besser schmeckt er davon nicht. Nun gut, ich kannte Eilidh und Kieran nicht, und aus Scota bin ich nie richtig schlau geworden. Mit wem ich jedoch oft geredet habe, war diese Magd aus Dunvegan. Ich habe keine Ahnung, von wem sie geboren wurde, bei Menschen ihres Standes interessiert sich niemand dafür. Bei Hochgeborenen ist das allerdings nicht anders. Wer verschwendet schon Gedanken an die Schmerzen, die eine Mutter im Wochenbett zu erleiden hat? Wer hört das Echo ihrer Schreie?«

»Großmutter!«

»Aber ja doch … Ich soll mich beeilen, das sagtest du schon … Der Tod beeilt sich nun mal auch nicht, mich zu holen, ich bin also ein gemächliches Tempo gewohnt. Nun denn, diese Magd, sie stand treu wie keine zweite zu Scota, hat alles für sie getan. Sie hieß fast wie ich, nur ein Buchstabe war anders. Ha!« Sie lachte. »Was ein einziger Buchstabe ändern kann! Ich leugne ja nicht, dass es auch mir Spaß gemacht hat, die Mönche geifern zu hören, aber Scota deswegen anzubeten wäre mir nie in den Sinn gekommen. Als ich jung war, hätte ich vor niemandem die Knie gebeugt. Das Leben selbst musste kommen und mir die Knochen gewaltsam verbiegen, auf dass ich …«

»Großmutter!«, rief Osla wieder.

Flora indessen war bleich geworden, erhob sich und starrte Coira an. »Nur ein Buchstabe, sagst du ... Diese Magd ... ist es möglich, dass sie Moira hieß?«

»Das ist ein weicherer Namen als meiner, nicht wahr? Er wird mit den Lippen geformt, nicht mit der Kehle. Doch wenn man es recht betrachtet, war Moira nicht weich ... Hätte sie nicht diese dumme Idee gehabt, sich mit Haut und Haaren Scota zu unterwerfen, hätte sie vielleicht eine Frau aus Stein werden können.«

»Moira ...«, stammelte Flora, »ich ... ich kenne sie ... sie ist meine Dienerin.«

Coira schien immer größeren Spaß zu haben. »Und da habt ihr den langen Weg nach Skye gemacht, anstatt die Fragen einfach ihr zu stellen?«

»Sie ist verschwunden ... sie ... sie ...«

Sie hat mich im Stich gelassen. Sie hat mir geholfen, Iain in die Kirche zu bringen, und war danach wie vom Erdboden verschluckt.

Die Ereignisse zogen blitzschnell an ihr vorbei, doch die Bilder folgten nicht den Gesetzen der Zeit – Iain auf dem Boden der Kirche, David, der ein Stück Fleisch verspeiste, Moira, die entsetzt dem Lied lauschte, Peg, die von Skye erzählte.

Sie hat sich mit Haut und Haaren Scota unterworfen.

»Nun ja«, fuhr Coira unbekümmert fort, »da ihr nun hier seid, stellt ihr eure Fragen am besten jemandem, der auch wirklich alle Antworten darauf kennt. Ich fürchte, ich bin das nicht.«

»Wer ist es denn dann?«, fragte Ailean, während Flora noch mit dem Aufruhr ihrer Gefühle kämpfte.

»Nun, wer schon? Um sie zu sehen, müsst ihr zu einer anderen Höhle gehen. Einer Höhle auf dem Baca Ruadh.«

»Dem verfluchten Berg, auf dem Scota lebte?«, fragte Osla.

»Du sprichst, als wäre das Ewigkeiten her. Aber schaut mich an! Der Tod kaut auf mir herum, aber schluckt mich nicht. Um wie viel zäher ist da wohl ein Weib wie Scota?«

»Sie ist noch am Leben?«, entfuhr es Flora und Ailean wie aus einem Mund.

»Ach, Großmutter!« Osla schüttelte vorwurfsvoll den Kopf. »Hättest du uns das nicht ein wenig früher sagen können?«

»Warum die Ungeduld? Haltet es wie der Tod, und schlingt den Braten nicht herunter, ehe er außen kross und innen weich ist. Ja, Scota lebt. Es ist aber schon einige Jahre her, dass ich sie zuletzt besuchte.«

Flora war nicht sicher, womit sie schwerer fertig wurde ... dass Moira Scota gekannt hatte oder dass diese noch lebte.

»Wie lange dauert der Marsch dorthin?«, fragte Ailean indessen ungeduldig. »Kannst du uns begleiten?«

Coira streckte stöhnend ihre Beine. »Sehe ich etwa so aus, als schaffte ich es einen Berg hinauf? Nein, Osla wird an meiner statt mit euch gehen. Soll ihr Mann ruhig ein paar Tage lang auf sie warten und in dieser Zeit selbst melken, spinnen und kochen. Dann lernt er endlich, was so viele nie gelernt haben: dass es für einen Mann so viel wichtiger ist, ein Weib zu haben als einen Sohn.«

XXI.

Skye
1266

An manchen Tagen wusste Eilidh nicht, wohin mit ihren Gedanken – an anderen nicht, wohin mit ihren Händen. Als Ilisas und Sigurds Tochter hatte sie immer arbeiten müssen, wenn auch nicht schwer – Alasdair jedoch wollte nicht, dass man seine Frau mit einer Dienstmagd verwechseln könnte, und verbot ihr, ans Melken, Käsemachen oder Holzsammeln auch nur zu denken. Anders sah es mit dem Spinnen und Weben aus, aber bei dieser Tätigkeit wurde sie an Ilisa erinnert, und das Herz war ebenso schwer, wie die Hände es waren.

Eine Arbeit, die zwar hart, doch zugleich wie das Spinnen und Weben keine Schande war, weil sie für neue Kleidung sorgte, war das Walken. Erst wurde der Stoff in einer Lauge eingeweicht, später mit den Füßen getreten, sodass er zwar wie gewünscht einging, jedoch nicht zu hart wurde und nicht die Form verlor.

Eilidh hatte niemals viel Kraft in ihren Beinen gehabt, doch jetzt bereitete es ihr ein diebisches Vergnügen, auf den Stoff einzutreten und sich vorzustellen, sie selbst läge dort und bekäme mit all den Tritten die gerechte Strafe für ihre Ängste und ihre Schwäche.

Was kannst du außer treten, was kannst du außer lieben,

aber fühlt sich deine Liebe für Kieran nicht wie ein schmerzhafter Tritt an?

Als sie eines Tages Schritte hörte, rechnete sie damit, dass er ihr in die dunkle Kammer gefolgt war. Noch ehe sie hochblickte, brachen ebenso abwehrende wie verzweifelte Worte aus ihr heraus.

»Du darfst mir nicht heimlich nachgehen! Hat dich jemand gesehen? Kein Mann würde hierherkommen und ...«

»Nun, ich bin kein Mann«, unterbrach sie eine Stimme, mit der sie nicht gerechnet hatte. »Meine Brüste sind zwar zu flach, um zu gefallen, aber man kann auch eine Frau sein, wenn man die Männer nicht mit seinem Anblick erfreut.«

Eilidh fuhr hoch.

Magaidh.

»Ich ... ich dachte ...«, setzte sie an.

In den letzten Jahren hatte sie zu wenig Zeit mit ihr verbracht, um zu wissen, ob sie sie mochte oder nicht. Was sie geneigt stimmte, war die Tatsache, dass Magaidh bei der sterbenden Ilisa ausgeharrt hatte. Weit weniger gefiel ihr die Botschaft, die sie ihr von dieser übermittelt hatte: dass sie, Eilidh, nie wieder verstummen sollte.

Anstatt gerührt zu sein, war sie immer noch darüber verärgert. Ilisa hatte den Prüfungen der Nornen doch auch nichts anderes entgegengesetzt als ihr Nörgeln. Besser, sie hätte nicht ihr zu reden befohlen, sondern sich selbst, nicht länger zu bluten!

Insgeheim wusste sie natürlich, dass sie Ilisa den Tod nicht vorwerfen konnte – und noch weniger, dass sie ihr eigenes Leben meist nur ertrug und so selten genoss.

Magaidh hatte in diesem Leben bislang nur selten eine Rolle gespielt, weswegen es Eilidh erstaunte, dass sich diese nun zu ihr setzte und mit ihr den Stoff trat. Ihre Tritte waren fester als ihre, aber nicht ganz so wütend, die Frage, die sie unvermittelt stellte, wiederum sehr leise, nahezu schüchtern gestellt.

»Hat es dich eigentlich glücklich gemacht, als du damals nach Skye heimgekehrt bist?«

Eilidh hielt inne. Ihre Beine waren krebsrot vom Treten, ihre Hände auch, weil sie sie so fest ineinander verkrampft hatte. Alasdair hätte das nicht gefallen.

Aber wenn dir die weißen, schlaffen Glieder einer Toten lieber sind, hättest du Ilisa nehmen müssen, nachdem deine Männer sie im Dreck haben liegen lassen.

»Heimgekehrt?«, erwiderte sie schroff. »Skye war nie meine Heimat. Ich bin hier nicht geboren worden, war schon ein großes Kind, als ich meinen Vater hierher begleitete ...«

»Davon habe ich gehört.«

Nur Mitleid stand in Magaidhs Blick, doch Eilidh traute ihr nicht, fühlte sich vielmehr ertappt, als hätte sie heimlich in der Vorratskammer vom Honigtopf genascht, nur dass ihre Liebe zu Kieran nicht honigsüß, sondern bitter war.

»Wer ... wer hat dir vom Tag meiner Ankunft auf Skye erzählt?«, fragte sie argwöhnisch

Magaidh zuckte die Schultern. »Vielleicht Sigurd ...«

»Er erinnert sich daran?«, rief Eilidh überrascht.

»Er mag viel Met saufen, seine Erinnerungen kann er dennoch nicht darin ertränken. Doch über Sigurd will ich nicht mit dir sprechen.«

Die Betroffenheit wich Anspannung. Was immer Magaidh hierher trieb – die Macht des Zufalls war es nicht. Magaidh war eine zu starke und beherrschte Frau, um sich dieser Macht auszuliefern.

»Über wen willst du denn dann mit mir sprechen?«, fragte Eilidh.

Magaidh hörte zu treten auf. »Vielleicht ... über Kieran.«

Jedes Wort kam ihr so langsam über die Lippen, als wollte sie es, noch während sie es sagte, wieder zurücknehmen. Doch die fehlende Hast nahm ihnen nicht ihre Härte. Kurz fühlte sich Eilidh so, als wäre sie selbst der Stoff, auf den eingetreten wurde.

Sie weiß es.

Alt waren Magaidhs graue Augen, uralt, aber nicht gebrochen oder verschleiert, sondern wach. Und hart war die Wahrheit, die diese Augen sahen. Selbst wenn sie, Eilidh, noch so lange darauf eintrat, würden nur weiche Lügen daraus.

Sie weiß es.

»Wirst du ... wirst du es jemandem sagen?« Eilidhs Stimme war nur ein Hauch, aber doch fester als erwartet.

»Wäre ich hier in dieser dunklen Kammer, wenn ich es aller Welt erzählen wollte?«, fragte Magaidh ruhig.

Das Lächeln, das auf ihren Lippen erschien, passte zu den grauen Augen. Es war nicht warm, nicht freundlich, aber so aufrichtig, dass Eilidh plötzlich zu reden begann – schneller und heftiger, als sie es je getan hatte.

»Gewiss ... gewiss ... es ist verrückt ... es ist gefährlich ... Dass er obendrein hier als Barde dient ... das ist Wahnsinn. Aber wo soll er denn sonst leben? Etwa im Kloster? Ich kann ihn einfach nicht aufgeben, ich liebe ihn zu sehr, ich sterbe ohne ihn. Doch mit ihm gemeinsam wegzugehen würde bedeuten, Farquhar zurückzulassen. Mich ließe Alasdair vielleicht ziehen – niemals aber seinen Sohn. Er würde uns bis zum Ende der Welt verfolgen. So ein Leben kann ich Kieran nicht zumuten und schon gar nicht meinem Sohn. Vor dem Friedensvertrag von Perth hatte ich noch Hoffnung ... Falls Alasdair nach Ross zurückgekehrt wäre, hätte ich vielleicht Mittel und Wege gefunden, ihm mit Farquhar zu entkommen. Aber so ... Mir fällt nichts ein, um mein Schicksal zu wenden, und deswegen mache ich weiter wie bisher. Nein, ich war damals nicht glücklich, als ich nach Skye zurückkehrte, und nein, ich bin es heute ebenso nicht. Aber man wird ja auch von ranziger Butter und schimmligem Brot satt. Und ein rissiges Kleid wärmt besser als gar keins.«

Magaidh hatte ihr gelauscht, ohne ihr Gesicht zu verziehen. »Schimmliges Brot schmeckt modrig«, murmelte sie, »und ein rissiges Kleid scheuert die Haut auf.«

Eilidh hatte treten können, solange sie sprach. Jetzt blickte sie auf den Stoff zu ihren Füßen und erkannte, dass er zu einem Klumpen verwirkt war.

Ein Kleid aus diesem Stoff würde die Haut nicht nur aufscheuern, sondern zerkratzen ...

»So viele Menschen hungern«, erklärte sie dennoch trotzig, »ich sollte dankbar sein, dass ich nicht darben muss wie sie.«

Magaidh stand auf. Und gerade als Eilidh zu dem Schluss kam, dass diese Frau nichts je beunruhigen konnte, begann sie, ihr die eigenen Sorgen anzuvertrauen.

»Ich will dich warnen, vor allem vor meinem Bruder. Er ist ein Raubtier, das – wenn es nicht gerade die Beute reißt – auf der Lauer liegt. Lass dich nie von seinen schmalen Augen täuschen und noch weniger von seinem schiefen Lächeln. Seine Augen sind nicht schmal, weil sie müde sind, und sein Lächeln niemals Ausdruck von Güte. Wer ein Geheimnis hütet wie du, ist gewohnt, der Welt zu misstrauen. Um wen ich mir nicht minder Sorgen mache als um dich ist ... Scota. Auch über sie wollte ich mit dir reden.«

Der Name der einstigen Gefährtin verstörte Eilidh noch mehr als der Kermacs. »Scota?«, rief sie. Lippen und Zunge schienen von den wenigen Silben zu schmerzen, was kein Grund war, sie nicht wieder und wieder auszusprechen.

»Scota? Hat sie je von mir gesprochen? Siehst du sie oft? Lässt sie mir eine Botschaft übermitteln wie Ilisa?«

Magaidh schüttelte den Kopf. »Sie spricht so gut wie nie über die Vergangenheit. Nicht über dich, nicht über das, was Kermac ihr antat, nicht über ihr totes Kind. Sie glaubt, dass sie jetzt eine andere ist.«

»Eine Druidin ...«

»Ich selbst erhoffe mir vom christlichen Gott so wenig wie von den keltischen Göttern. Der eine hängt am Kreuz, die anderen sitzen auf den Wolken und weben aus den Sonnenstrahlen güldene Gewänder. Vielleicht liegen sie auch auf der Erde und lassen von der Sonne den nackten Leib bescheinen – ich weiß es nicht. Eigentlich ist es mir egal. Jedenfalls war der Friedensvertrag von Perth nicht nur für dich, sondern auch für Scota ein herber Rückschlag. Sie hat wohl gehofft, die Freiheit von einst zu erlangen, wenn sie nur lange genug die alten Bräuche am Leben erhält. Doch mit der Macht des Glaubens, dem eigenen und dem der anderen, lassen sich vielleicht Krankheiten heilen, Tiere fruchtbar machen und Felder ergiebig, aber Freiheit lässt sich nicht heraufbeschwören. Noch widerspenstiger ist sie als Sonnenstrahlen, und geschmeidige Hände wie die Götter hat Scota nicht – dazu hat sie zu oft in ihrem Leben die Fäuste geballt. Gerade eben tut sie's wieder. Sie flucht und schimpft auf die Mönche, auf Alasdair, auf die ganze Welt.«

»Du ... du denkst, sie ist in Gefahr?«

»Wann ist ein Weib auf dieser Welt nicht in Gefahr? Nein, das allein bekümmert mich nicht. Vielmehr, dass sie die Gefahr sucht, dass sie nach ihr verlangt, dass ihr Glaube vom Hass ihrer Feinde genährt wird. Das Feuer im eigenen Herd kann man leicht wieder löschen. Doch wenn man es überall im Haus, im ganzen Dorf legt, wird man irgendwann von den Flammen eingeschlossen sein.«

»Das heißt, sie wird sich verbrennen, wenn sie so weitermacht …«

Magaidhs Mundwinkel zuckten. »Bei einer kühlen Frau wie ihr fällt es schwer, vom Brennen zu sprechen. Mir haben immer ihr Trotz gefallen, ihr Stolz und ihre Stärke, doch man muss wissen, welcher Kampf sich lohnt. Die erhobene Faust kannst du gegen einen richten, der dich schlagen will, aber nicht gegen den Sturm. Vor ihm schützt du dich am besten, indem du die Faust löst und mit den Händen dein Gesicht schützt.«

Eilidh seufzte. »Scota ist an einem Ort aufgewachsen, an dem das Wasser klar ist, an dem die Wälder tief und die Felsen schroff sind. Das Leben ist für sie ein Weg zu entlegenen Gipfeln. Man kommt entweder dort an oder man rutscht aus und fällt in die Tiefe. Sie macht etwas ganz oder gar nicht.«

»Oh, ich wünschte ihr, sie täte etwas mit ganzer Seele und ganzem Herzen – aber nur nicht mit ganzem Hass. Ich weiß, wie Menschen werden, wenn der Hass sie zerfrisst.«

Der Kummer, der jäh in den grauen Augen stand, war kein lauter, aber gleichwohl tiefer.

Auch Steine können weinen, ging es Eilidh durch den Kopf.

Sie rang nach Worten, um Magaidh zu trösten, wollte ihre Liebe zu der einstigen Gefährtin bekräftigen und dass sie diese so gern dem Hass entgegenstellen würde, den Scota gegen die halbe Welt hegte. Doch sie wusste, dass ihre Liebe mehr quälte als erlöste, und ehe sie etwas sagen konnte, traf sie ein wütender Aufschrei.

»Wie könnt ihr nur so von ihr reden?«

Lautlos hatte sich ein junges Mädchen genähert. Seine Haut war fahl, die Lider hingen schwer über den Augäpfeln und ließen sie müde wirken, doch seine Wut war lebendig und die Hände röter als die von Eilidh.

Erbost ging das junge Mädchen auf Magaidh los: »Ich dachte, du verehrst sie wie alle anderen auch?«

Eilidh war ob der scharfen Stimme zusammengezuckt, doch Magaidh schien die Anklage nicht sonderlich zuzusetzen. »Ich war früher gern mit ihr zusammen, aber verehrt habe ich sie nie.«

»So oft bist du bei ihr gewesen, so oft hast du ihre Feste mitgefeiert! Und jetzt verrätst du sie?«, rief die andere noch erboster.

»Ich verrate sie nicht, ich mache mir Sorgen um sie.«

»Sorgen sind das Brot der Feiglinge. Der Hass hingegen ist ein zu großer Brocken für diese. Ihnen fehlen die Zähne, um darauf zu kauen und Kraft zu schöpfen so wie echte Männer aus saftigem Fleisch.«

»Auch Männer ersticken an zähen Brocken.«

»Ach, erstick lieber du an deinem Verrat!«

Sprach's und drehte sich um, ehe Magaidh noch etwas sagen konnte. Kopfschüttelnd starrte diese ihr nach.

»Ich wusste nicht, dass Scota so viele Anhänger auf Dunvegan hat«, sagte Eilidh. »Wer ist sie?«

»Eine Magd, die früher Angst vor einem wilden Stier hatte. Dann kamen die Männer von Ross, und Stiere haben sie seitdem nie wieder erschreckt. Anscheinend wurde sie selbst nicht geschändet, Alasdair soll sie verschont haben, aber sie hat genug Böses gesehen, um für den Rest des Lebens zu wissen, dass kein Tier so grausam sein kann wie ein Mensch.«

Eilidh lauschte betroffen. »Alasdair hat mir einst erzählt, er habe ein Mädchen geschützt, aber ich habe ihm nicht geglaubt ...«, murmelte sie.

»Ich bin mir nicht einmal sicher, ob er ihr damit etwas Gutes getan hat. Danach hielt sie es auf Dunvegan jedenfalls nicht aus und ging mit mir nach Maol. Als Scota dort ihr Kind geboren hat, hat sie ihr Beistand geleistet. Wenn ich mich recht erinnere, wollte sie damals zur heiligen Brigida beten, aber Scota hat es ihr verboten.«

»Wie kam es, dass sie mittlerweile nicht mehr an die heilige Brigida, sondern an Scotas Götter glaubt?«

Magaidh zuckte die Schultern. »Ich bin mir nicht sicher ... Wäre ich ein guter Mensch, ich hätte mich um sie gekümmert und wäre ihr eine Schwester, ja eine Mutter gewesen. Doch ich fürchte, dazu tauge ich nicht.«

»Ich auch nicht«, gab Eilidh kleinlaut zu.

»O doch, sonst wärst du wohl längst mit Kieran geflohen. Ich wünschte, ich könnte dir helfen, aber mir fällt nichts ein, was ich dir raten sollte.«

Nicht dass Eilidh erwartet hätte, die andere würde ihr den Weg weisen. Aber dass selbst eine, die so ruhig, so vernünftig, so stark war, ratlos blieb, raubte ihr den letzten Funken an Hoffnung, der in diesem dunkeln Raum noch hätte glühen können.

»Wie heißt das junge Mädchen eigentlich?«, fragte sie, um ihren Kummer nicht zu zeigen.

»Moira«, sagte Magaidh leise. »Es heißt Moira.«

Moira beschleunigte den Schritt, doch auch wenn sie schließlich so schnell rannte, dass sie zu keuchen begann – mit dem heißen Atem entwich nicht gleichsam der Ärger, und ebenso wenig schwanden Enttäuschung und Ohnmacht.

Die Stimme ihrer Mutter verfolgte sie, obwohl diese so früh gestorben war, dass sie sich nicht mal mehr an ihr Gesicht erinnern konnte.

Die schärfsten Waffen, die Frauen haben, so hatte Màiri einmal behauptet, *sind ihre Worte. Ich glaube, sie sind sogar noch tödlicher als ein Schwert. Doch leider richten sie diese Waffen meist aufeinander, nicht gegen die Männer.*

Moira blieb stehen, stützte sich an einen Felsen und drehte sich erstmals seit dem überstürzten Aufbruch um. Von Dunvegan war nichts mehr zu sehen, von den Schafen, die auf den umliegenden Hügeln grasten, nur weiße Punkte. Der Weg, der hinter ihr lag, war noch breit, während vor ihr nur Gestrüpp und niedrige Wälder warteten. Um durch ihr Dickicht zu finden, musste man sich jedem seiner Schritte bewusst sein.

Warum lästerte Magaidh über Scota? Warum scherte es sie nicht, was sie fühlte? Magaidh war doch jahrelang ihre Verbündete gewesen!

Die anderen Frauen hatten es Magaidh nie verziehen, dass ihre Herkunft sie vor Kermacs Männern geschützt hatte. Und ihr, Moira, war nicht verziehen worden, dass Alasdair sie vor den Horden bewahrt hatte.

Nicht dass sie es gewollt hatte, und nicht dass sie bis heute begriffen hätte, warum er das tat.

Moira keuchte wieder, diesmal nicht ob der Hast, sondern der Erinnerungen, die vor ihr aufstiegen.

Der Stier ... das verschlossene Kapellentor ... Scota, die ihr zuschrie, sie solle sich in Sicherheit bringen ...

Nur ihretwegen war Moira losgerannt, aber hatte plötzlich Alasdair gegenübergestanden.

Damals hatte sie natürlich nicht gewusst, dass es Alasdair von Ross war – ihn lediglich für einen Feind, einen Wüstling, einen Unhold gehalten. Anstatt sie jedoch zu packen, sie auf den Boden zu werfen, ihre Beine zu spreizen und sich auf sie zu werfen, hatte er nur ruhig gesagt: Komm mit, dann passiert dir nichts.

Seine Stimme klang nicht wie das Knurren von Ungeheuern,

sondern menschlich. Sein Gesicht war es zu ihrem Erstaunen auch.

Er brachte sie auf eines der Schiffe. Wellen schlugen gegen den Bug, doch noch lauter als diese war das Schreien, das von draußen zu ihnen drang. Sie war so erleichtert, weil sie selbst keinen Anlass zu schreien hatte. Sie war so voller Scham, weil sie das Schicksal der anderen nicht teilte.

Alasdair schien sich auch zu schämen, denn er konnte ihr nicht in die Augen schauen, richtete seinen Blick nur beharrlich auf seine Hände.

Es sind ja ganz normale Hände …

Später, nachdem er sie längst wieder zum Ufer gebracht hatte – mit noch sauberer Kleidung und heilem Körper – hatten die anderen Frauen absonderliche Geschichten erzählt, von Dämonen, die Löcher statt Augen hatten, Krallen statt Hände, Mäuler statt Münder, doch sie hatte nicht gemeinsam mit ihnen über sie klagen und sie verfluchen, sie hatte nur immer wieder denken können: Ich bin keinem Ungeheuer begegnet, bloß einem Mann.

Je öfter dieser Gedanke in ihrem Kopf kreiste, desto besudelter wähnte Moira sich. Die Frauen, die zwischen den Beinen bluteten, konnten sich waschen, aber sie konnte in keinem Tümpel untertauchen, und wäre er noch so schwarz und tief, um Alasdairs Hände zu vergessen.

Die Einzige, die sie verstand, war Magaidh. Im Winter, der auf das Grauen folgte, nahm diese sie mit nach Maol. Zunächst fühlte Moira sich den Frauen dort näher als denen von Dunvegan, waren sie doch wie sie verschont geblieben, aber dann witterte sie die Enttäuschung, weil sie so gar nichts von Ungeheuern berichten und sie in schauerlichen Geschichten ausschmücken konnte.

Eine gab es, die keine Geschichten von Ungeheuern hören

wollte. Scota trug ein solches Ungeheuer in ihrem Leib, und der wurde immer größer. Als die Stunde der Geburt kam und das Ungeheuer nach draußen drängte, tat Moira, was die Frau sie gelehrt hatte, die der Vater nach dem Tod ihrer Mutter geheiratet hatte. Sie versuchte, dem Ungeheuer mithilfe von Gebeten Herr zu werden. Oh, wie bitterböse Scota sie dafür beschimpfte! Trotz der heftigen Wehen, in denen sie lag, hatte sie Kraft genug, sie anzuschnauzen, als sie zur heiligen Brigida von Kildare flehte.

»Untersteh dich! Sprich ihren Namen nicht aus!«

Die Stimme war rüde, aber Moira erleichtert. Seit Monaten war Scota die Erste, die ihr nur ihre Gebete vorwarf, nicht die Tatsache, dass sie als eine der wenigen der Schändung entgangen war.

Ob sie nun betete oder nicht, das Ungeheuer, das Scota gebar, war nicht lebensfähig. Magaidh trug es hinaus, Moira blieb bei Scota, Scota schlief lange. Als sie erwachte, war ihr Blick so leer, als wäre sie noch im Reich der Träume – nicht von Ungeheuern bevölkert dieses, sondern eine weite, graue Ödnis. Moira erwiderte ihren Blick und erkannte plötzlich die Wahrheit.

Alasdair hat mich nicht gerettet, er hat mich verflucht.

Unerwartet schmerzhaft packte Scota sie am Arm. »Warum bist du noch hier?«

»Bist du auch verflucht?«, gab Moira zurück.

»Die Druiden würden auf einen Fluch mit Segen antworten.«

Trotz der energischen Worte machte sie nicht den Eindruck, als fiele ihr ein solcher ein, und Moira war enttäuscht, ließ Scota allein und verlor sie während der nächsten Monate aus den Augen.

Später begleitete sie Magaidh nach Dunvegan zurück. Scota

hingegen zog es nach Glendale, und dort lernte sie offenbar, wie man Menschen segnete und Feinde verfluchte – zumindest berichteten das alle, die bei dieser rätselhaften, gleichwohl mächtig scheinenden Frau dem Hunger, den Alltagssorgen, den aufdringlichen Schotten und der Angst vor der Zukunft zu entkommen hofften.

Eines Tages brach Moira auf und ließ sich selbst von Disteln und schwarzen Wäldern, Schlamm und Geröll nicht davon abhalten, sich mit eigenen Augen von Scotas wiedergewonnener Stärke zu überzeugen. Tatsächlich machte sie kranke Schafe gesund und stumpfe Sicheln scharf. Sie entzündete heilige Feuer, die mehr Wärme und weniger Rauch gaben als andere, sie kannte Kräuter, um Kopfschmerzen zu vertreiben und die Monatsblutung zu verschieben. Vor allem war Scota eine Frau, die ihre gefährlichste Waffe – das Wort – nie gegen andere Frauen richtete, diese vielmehr tröstete, bestärkte, ermutigte.

Was würde sie tun, wenn sie Magaidh und Eilidh lästern gehört hätte?

Moira wusste nicht, ob sie es ihr erzählen sollte, nur, dass sie heute dringender als sonst ihres Segens bedurfte, und deswegen beschleunigten sie ihren Schritt, kämpfte sich durch das Gestrüpp und ein schmales Tal zwischen zwei Bergen, wo der Wind pfiff, als würde er heiser lachen, kam an Wiesen vorbei, die wie nackt wirkten, weil hier keine Schafe grasten, und schließlich zum Meer. Die Klippen zu beiden Seiten des Fjords – aus rotem, nicht braunem Stein – glichen den weit geöffneten Beinen einer Frau, in deren Schoß man auf ein Stück weichen Sandstrands stieß. Manchmal war sie hier schon auf und ab gegangen, um sich die vom Gehen heißen Füße zu kühlen, heute lief sie weiter zu der Stelle, wo sich die Klippe schroff aus dem Meer erhob und dieses in den Stein ein Loch gefressen hatte.

»Scota?«

Kein Laut ertönte.

»Scota?«

Moira wagte es, die Höhle zu betreten, und blickte sich suchend um. Die Höhle war leer.

Scota, komm! Tröste mich, beweis mir, dass alle Flüche machtlos sind und alles Lästern auch. Diese dummen Weiber haben es nicht geschafft, in mir Zweifel zu säen, ich glaube immer noch daran, dass deine schwarzen Gebete eher in Erfüllung gehen als die farblosen meiner Stiefmutter.

»Scota!«

Weiterhin ertönte keine Antwort, weiterhin blieb sie ohne Trost.

Und wenn sie doch recht haben? Wenn der Friede von Perth ein Zeichen dafür ist, dass Scotas Segen machtlos ist?

Moira trat wieder ins Freie.

»Scota! Wo bist du denn?«

Ein Rascheln antwortete ihr. Es kam von einem Wald, der auf den Klippen stand, nicht groß, aber sehr dicht. Moira folgte dem Rascheln selbst dann noch, als aus ihm ein Knurren wurde, war sie doch überzeugt, dass Scota in der Sprache der Tiere reden konnte.

Doch es war nicht Scota, die knurrte. Es war eine Wölfin.

Die Wölfin hatte gelbe Augen. Das wusste Scota, obwohl sie das Tier nur von hinten sah. Sie wusste auch, dass es die Zähne fletschte und diese Zähne spitz waren, und ebenso, dass es krank war, sonst hätte es sich nie am helllichten Tag so nah an ihre Höhle gewagt.

Was Scota nicht wusste, war, wie sie Moira retten konnte. Moira hatte dunkle Augen, und diese waren weit aufgerissen wie nie, als sie sich erst auf das Tier, dann auf sie richteten. Ihr Flehen blieb stumm und war doch lauter als die üblichen Bitten, die Scota zu hören bekam.

Mach unser Leben ein bisschen besser, forderten die Menschen. Aber an diesem Tag war ein bisschen zu wenig, heute ging es um Leben oder Tod. Die Druiden, so hieß es, hatten Macht über beides, doch das Knurren der Wölfin verspottete sie.

Du bist keine Druidin, nur eine dumme, einsame junge Frau. Du glaubst, du kannst es mit der ganzen Insel aufnehmen, aber die Gebete der Mönche sind in all den Jahren nicht leiser geworden und das Lachen der Krieger ist es auch nicht.

So viele Gedanken waren da, und so wenig Zeit, sie zu ordnen. Plötzlich blieb nur einer übrig, widersinnig und doch so klar.

Eilidh.

Eilidh, die viel zu hell für diese dunkle Welt sang.

Scota verkniff sich den Schrei, der auf ihren Lippen lag, und stieß stattdessen instinktiv ein erbarmungswürdiges Winseln aus.

So hätte wohl ihre Tochter geklungen, wenn sie nach der Geburt einen Laut von sich gegeben hätte …

Der Laut war hungrig und verzweifelt, und wenn auch ein Mann wie Kermac taub dafür gewesen wäre – eine Wölfin war es nicht. Vielleicht hatte sie irgendwo Junge und wähnte sie bedroht. Jedenfalls drehte sich das Tier zu Scota um und starrte sie mit seinen gelben Augen an.

»Lauf weg!«, schrie Scota, wie sie es Moira schon einmal befohlen hatte. »Lauf weg!«

Moira rührte sich nicht, und die Wölfin setzte zum Sprung an. Scota ging auf, dass sie zu laut geschrien hatte, und stieß wieder ein Winseln aus. Wieder ertönte der Laut, den ihr Kind nicht hervorgebracht und den sie sich selbst verboten hatte, als sie unter Kermac lag.

Anstelle des Sprungs machte die Wölfin nur ein paar tänzelnde Schritte. Sie fletschte ihre Zähne nicht länger, sondern schnüffelte misstrauisch, duckte schließlich den Kopf und klemmte den Schwanz ein. Fast eingeschüchtert blickte sie sie aus ihren gelben Augen an, ehe sie sich unerwartet in den Schatten der Bäume zurückzog.

Scota lauschte erst dem Rascheln nach, dann der Stille, die sie heilig wie nie deuchte.

Moira sank vor ihr auf die Knie.

»Wie … wie hast du das nur gemacht? Womit hast du sie vertrieben? Ich war doch so gut wie tot.«

Scota löste sich aus ihrer Starre und ging auf sie zu.

»Komm …«

»Du … du bist stärker als die Ungeheuer.«

»Vielleicht war es nicht ich, die die Wölfin vertrieben hat, sondern dein Name.« Scota räusperte sich. »Moira kommt von *mor* – und Morrígan ist die Königin der Nachtmahre. Sie wird von Raben und Krähen begleitet, erscheint mal als junge Frau, mal als altes Weib. Solch starke Frauen werden nicht von Wölfinnen gerissen.«

Ihre Worte schienen Moira nicht zu erreichen. »Du hast die Macht … ganz gleich, was die anderen sagen. Du kannst das Schicksal der Insel wenden.«

»Das können nur die Götter … oder die Göttinnen. Vielleicht besagte Morrígan, vielleicht die Muttergottheit, die mit nur einem Kopf, aber drei Gesichtern dargestellt wird.«

Moira brach in Schluchzen aus, doch was Scota als Zeichen des ausgestandenen Schreckens hielt, war in Wahrheit heißes, loderndes Triumphgefühl. »Der Fluch!«, schrie Moira ein ums andere Mal. »Du hast mich endgültig von dem Fluch befreit!«

Ähnlich hohe Töne wie zuvor die von Scota ... die von ihrem toten Kind ... kamen aus ihrem Mund.

Mein Kind, das ich so gern in die Arme genommen hätte, ganz gleich, wer es zeugte, meine Tochter, der ich nie gesagt hätte, sie sei dumm, die vielmehr, wäre sie stark genug gewesen zu leben, bewiesen hätte, dass auch ich stark bin.

Die hohen Töne wurden dunkler. »Du hast die Macht«, sagte Moira wieder. »Du hast die Macht.«

»Was soll ich denn tun mit dieser Macht?«, fragte Scota spöttisch. »Noch mehr Wölfinnen vertreiben?«

»Nein, aber wenn du wolltest, könntest du selbst eine Wölfin werden. Alles kannst du werden ... was immer du willst.«

»Und wenn ich keine Wölfin sein will?«

Moira schwieg, starrte sie nur ehrfürchtig an.

Reicht meine Macht auch, mein totes Kind zu suchen?

In Andernwelt war dieses, von einem Tor von der hiesigen Welt getrennt. Das Tor lag auf einer Insel, einem Hügel, einer Höhle oder inmitten von Nebel, und wer es durchschritt, stieß auf Bäume voller reifer Früchte, auf Tische mit duftendem Braten, auf kleine Bäche, in denen nicht Wasser, sondern Wein floss.

Was nutzen meinem Kind Obst, Fleisch, Wein?

Scota schluckte schwer. Für Sterbliche wie sie war es gefährlich, nach Andernwelt zu gehen. Allerdings war auch eine Begegnung mit Wölfen gefährlich, und sie hatte sie unbeschadet überstanden.

»Du hast die Macht«, sagte Moira wieder. »Du kannst den Tod besiegen.«

»Mit dem Herbst kommt eine Nacht, da die Grenzen zwischen den Welten offen stehen«, murmelte Scota unwillkürlich.

Moiras Blick glühte. »Welche Nacht meinst du? Und was geschieht dann?«

»Die Nacht heißt Samhuinn. Man feiert das Fest der Vereinigung. Die Lebenden treffen die Toten.«

»Und was tun sie mit ihnen?«

Scota antwortete nicht darauf. »Die Tage müssen kälter werden«, sagte sie nur, »die Nächte müssen länger werden. Und ich ... ich muss mich vorbereiten. Wir werden Samhuinn dieses Jahr feiern.«

Und erst dann wird sich zeigen, wie groß meine Macht wirklich ist.

Der Herbst kam mit heftigeren Stürmen als sonst. Die Wolken vom Himmel fegen konnten sie allerdings nicht, sie schoben sie nur hin und her. Die Männer rotteten sich in der großen Halle zusammen und verlangten häufiger als früher, dass Kieran für sie sang. Eilidh hörte meistens nicht, ob er den brausenden Wind übertönte und noch beißendere Spottlieder als dieser vortrug, sondern floh, und da es in einer Burg, wo ein Herr und ein Besatzer lebten, nicht viel Platz gab, nahm sie ihre alte Gewohnheit wieder auf und ging zur Klippe, wo sie Kieran geküsst und geliebt, noch öfter aber die Gefahr gesucht hatte.

Wenn ich in die Tiefe falle, ist es gut, wenn nicht, ein Zeichen dafür, dass ich etwas ändern muss.

Sie fiel nicht, aber der Mut, etwas zu ändern, blieb trotzdem aus.

Magaidh schien sich mehr Sorgen um Scota zu machen als um sie, denn als Eilidh eines Tages mit zerzaustem Haar von der Klippe heimkehrte, erwartete sie sie bereits und rief sie schon von Weitem.

»Sie will dieses Jahr Samhuinn feiern!«

Es war nur ein schlichtes Wort, und doch schnitt es tief und schmerzhaft in ihre Seele.

Der Tag ihrer Ankunft in Dunvegan kam Eilidh in den Sinn, wie ihr Erbrochenes auf den Wellen geschaukelt und Scota ihr von Andernwelt erzählt hatte, und dass man dort die Verstorbenen wiedersehe, selbst die Schmetterlinge.

Einmal im Jahr, zu Samhuinn, stehen die Tore offen.

Doch das geschah erst im Herbst und damals waren es noch einige Monate bis dahin. Eilidh schmeckte einstige Enttäuschung. Als Kind war sie betrübt gewesen, weil Samhuinn noch so fern war, heute, weil sie nicht daran glauben konnte, ihren Vater jemals wiederzusehen.

»Weißt du denn nicht, was das bedeutet?«, rief Magaidh erregt und zog sie in die Halle.

Kieran sang nicht mehr, sondern hatte sich zurückgezogen. Alasdair und Vater Michael sprachen miteinander. Der Abt war ein seltener Gast, erwartete er doch, dass seine Schäfchen sich um sein Kloster versammelten und er ihnen nicht wie ein Hütehund nachjagen musste. Eben kläffte er jedoch noch böser als ein solcher.

»Gotteslästerung ist das, eine Blasphemie, ein Sakrileg!«

»Samhuinn wird am selben Tag wie Allerheiligen gefeiert«, flüsterte Magaidh Eilidh zu. »Das macht das Fest noch gottloser.«

Eilidh hatte dem Abt gelassen gelauscht und zuckte die Schultern. »Vater Michael verdammt Scota schon seit Jahren!«

»Aber dieses Mal ist es anders. Alles, was sie tat – den Menschen von den Kelten zu erzählen, Segen zu spenden oder Flüche auszustoßen, waren nur kleine Nadelspitzen. Dass sie Belthane feierte, mochte schon eher als Lanze empfunden werden, aber das hier ist ein Schwert. Man kann, wenn sich ein Schaf den Fuß gebrochen hat, zu einem Heiligen beten und zugleich bei Scota Hilfe suchen, aber man kann nicht zur selben Stunde Allerheiligen feiern und Samhuinn. Es ist etwas grundlegend anderes, den Toten durch das Gebet in den Himmel zu verhelfen, damit sie dortbleiben, als diese einzuladen, für eine Nacht auf diese Welt zurückzukehren. Was Scota von ihren Getreuen fordert, ist nichts Geringeres als eine endgültige Entscheidung zwischen ihr und der Kirche. Deshalb ist Vater Michael so empört.«

Noch deutlicher als Zorn las Eilidh in seiner Miene Hunger und Erschöpfung. Die Überheblichkeit von früher war aus seinem Blick geschwunden, gehetzt war dieser vielmehr, als müsste er ständig fliehen. Eilidh ahnte auch, wovor – nicht vor Gesetzlosen, nicht vor drohenden Feuersbrünsten, sondern vor den eigenen Zweifeln.

Im Grunde hat er selbst keine Lust, an Allerheiligen für die Toten zu beten … Das Fegefeuer scheint ihm ein freundlicherer Ort zu sein als sein Kloster …

»Was genau will Scota denn zu Samhuinn tun?«, fragte sie.

»Ich weiß es nicht. Ich weiß nur, dass es mir nicht gefällt.«

Weitere Wortfetzen des Abtes drangen zu ihnen. »Seit Jahren … nicht durchgehen lassen … Hexerei … Insel verflucht …«

Alasdairs Miene blieb ausdruckslos, nur der Blick war gehetzt wie der des Gottesmannes.

»Macht mit ihr, was ihr wollt«, erklärte er schließlich voller Überdruss. »Aber ich schicke keine Männer, um eine Frau zu jagen.«

Er hatte schließlich auch keine Männer geschickt, um die Insel vor marodierenden Norwegern zu beschützen.

»Siehst du«, flüsterte Eilidh Magaidh zu, »es bleibt beim Gezeter ...«

Magaidh zuckte die Schultern. »Vielleicht, vielleicht auch nicht. Noch mag es Scota retten, hinter den flachen Bergen zu leben, an denen sich kein Mönch vorbeiwagt, noch mag ihre Höhle ein Versteck sein, das nur Eingeweihte finden. Doch ich fürchte, sie wird sie in der Samhuinn-Nacht verlassen, und dann ...«

Sie schwieg vielsagend.

Auch mit Kieran hatte Eilidh einmal über Samhuinn gesprochen. Er hatte ihr eine Geschichte erzählt, mit der ihn einst seine Amme erschreckt hatte, war diese doch offenbar der Meinung gewesen, dass Mut von der Angst geboren wurde, nicht vom Vertrauen.

Dämonen hatten einst auf Irland geherrscht, so begann diese Geschichte, und jene waren grässlich anzusehen. Nur ein Auge hatten sie und nur ein Bein und doch die Macht, das Land gegen alle Eindringlinge zu verteidigen. Vielleicht lag das an ihren Hundeköpfen, vielleicht an der rabenschwarzen Seele, die keine Skrupel kannte. Fomóri hießen die Dämonen, und wen sie nicht sofort ins Meer warfen, als sie die Insel besetzten, den ließen sie als Sklaven für sie schuften. Um zu überleben, durften sie zwar Getreide anbauen, hatten von diesem aber zwei Drittel an die Fomóri abzugeben, und wenn die Ernte schlecht ausfiel und das Getreide knapp war, so mussten sie ihnen ihre Kinder überlassen. Es war die Nacht von Samhuinn, da die Fomóri den Tribut verlangten und die Menschen ihnen ihre Kinder opferten. Letztlich, hatte Kierans Amme erklärt, sind ihnen Kinder lieber als Getreide. Das süße Menschenfleisch schmeckt ihnen besser als trockenes Brot.

Damals war Eilidh erschaudert, heute ging ihr durch den Kopf, dass Kinder verzweifelter, hungriger Eltern nicht süß schmeckten, sondern salzig nach Tränen, bitter nach Enttäuschung und modrig nach Hoffnungslosigkeit …

»Was denkst du?«, riss Magaidh sie aus der Erinnerung.

»Ich denke, dass wirklich grausame Dämonen keine Hunde-, sondern Menschenköpfe tragen …«, murmelte Eilidh, »… von Menschen wie Kermac … Obwohl der nicht weiß, ob Menschenfleisch süß oder bitter schmeckt.«

Magaidh starrte sie an, als hätte sie den Verstand verloren.

Das Bild der Fomóri verblasste. »Keine Sorge«, sagte Eilidh schnell, »ich habe mich nur an etwas erinnert.«

»An was denn?«

»An etwas, das lange zurückliegt und darum nicht zählt. Die Zukunft zählt …«

»Und was willst du in dieser Zukunft tun?«

»Nicht wieder zu den Klippen gehen. Nicht wieder riskieren, dass ich falle. Sondern …«, sie hielt kurz inne, »… sondern Scota endlich wiedersehen. Du kannst mich doch zu ihr bringen, nicht wahr?«

Die Worte des Abtes wurden leiser. Entweder ließ die eigene Erschöpfung oder Alasdairs Gleichgültigkeit den grauen, schäumenden Fluss ruhiger werden.

»Glaubst du, du kannst sie davon abhalten, Samhuinn zu feiern?«, fragte Magaidh erstaunt. »Sie etwa warnen?«

»Du kennst sie, du weißt, dass sie auf niemanden hört, schon gar nicht auf mich.«

»Und dennoch willst du zu ihr.«

Eilidh nickte. Scotas Tadel würde vielleicht stärker als der Wind sein. Sie würde ihr einen Stoß geben. Und dann … dann würde sich zeigen, ob sie in die Tiefe stürzte wie ein Stein oder fliegen konnte.

Einige Tage später legten Eilidh und Magaidh den langen, beschwerlichen Marsch nach Glendale zurück. Wohin immer das Auge reichte – nie fand der Blick flaches Land. Wällen gleich türmten sich von blühender Heide übersät Höhenzüge, die purpurn schimmerten. Der Wind spielte mit den langen Farnen am Wegesrand und fuhr durch die Blätter der Birken, die hinter grauem Gestein Schutz suchten. Die Herbstsonne mochte schüchtern sein und malte doch tiefe Schatten. Auch der Eingang von Scotas Höhle lag im Dunkeln, während das Meer davor noch matt silbrig glänzte.

Scota hockte auf dem Boden, als Eilidh ihr felsiges Heim betrat, und regte sich nicht – weder als Magaidh erklärte, wer sie an diesem Tag begleitete und warum, noch als die sich wieder zurückzog und sie beide allein ließ. Nach einer Weile hob sie immerhin den Blick, doch der war so starr, als wäre Eilidh eine Fremde. Obwohl sie sich kaum bewegte – den Mund aufzutun war sie schließlich doch bereit.

»Was machst du hier?«, fragte sie schroff. »Warum kommst du jetzt auf einmal? Nach all den Jahren?«

Eilidh konnte Scota nicht in die Augen schauen, als sie um eine Antwort rang. Sie sah sich um, aber da war nichts, woran sich ihr Blick festhalten konnte. Die Höhle war kaum hoch genug, um aufrecht darin zu stehen, die Feuerstelle noch kalt, und die Felle auf der Schlafstatt schienen unberührt. An den Haken, die an der Decke befestigt waren, hingen weder Essen noch Kräuter.

Kein Wunder, dass sie Samhuinn feiern will … In dieser Hütte empfängt man Tote, keine Lebenden …

Trotz des eigenen Unbehagens und Scotas Feindseligkeit gab sie sich einen Ruck und bekannte: »Ich bin hier, weil ich Angst um dich habe.«

Endlich ein verräterisches Blinzeln, ein Gefühl, das sich

in ihren Augen spiegelte, Enttäuschung und Sehnsucht zugleich.

»So, so«, begann Scota gedehnt. »Du hast Angst um mich? Nicht etwa um dich selbst?«

»Das natürlich auch. Ich ... ich weiß einfach nicht, was ich tun soll.«

»Wusstest du es je? Warst du nicht immer eine Feder im Wind?«

Die Scota, die Eilidh gekannt hatte, hatte eine tiefe, grollende Stimme. Die, die vor ihr hockte, zischte wie eine Flamme – jedoch keine, an der man sich wärmen konnte. Eilidh setzte sich dennoch neben sie auf den Boden oder ließ sich vielmehr fallen, als wollte sie beweisen, dass sie schwerer war, als Scota ihr zutraute.

»Was kann man einer Feder vorwerfen?«, hielt sie ihr schwach entgegen. »Sie tut doch niemandem etwas Böses.«

Nicht länger suchte sie in der Höhle nach Zeichen der Behaglichkeit, wagte endlich, Scota eingehender zu mustern, Vertrautes ebenso zu entdecken wie die Spuren, die die Zeit hinterlassen hatte. Trotz der Falten, die früher nicht da gewesen waren, und trotz des Schmutzes unter Finger- und Zehennägeln war ihr Haar rot, kräftig und glatt, die Haut noch milchig weiß. Die Höhle war ein tristes Zuhause, auf Scota abgefärbt hatte ihr Grau nicht. Da waren noch Farben, da war noch Leben, da war noch etwas von dem trotzigen, störrischen Mädchen, das Weisheit begehrte und kein Heimweh kannte.

»Gewiss, die Feder tut nichts Böses, aber sie tut auch nichts Gutes«, murrte Scota. »Schlichtweg, weil sie tun lässt. Man kann mit ihr machen, was man will, und wird auch noch von ihr gestreichelt.« Sie begann mit einem Holzstäbchen in die Erde zu schreiben. »Eine Feder, pah! Da bin ich lieber ein knorriges Stück Holz. Selbst dem, der mich bricht, jage ich noch einen schmerzhaften Splitter in die Hand.«

Eilidh konnte nicht erkennen, was sie da auf die Erde zeichnete und ob es eine Bedeutung hatte. »Ist das deine Antwort auf das Leid?«, fragte sie traurig. »Andere bluten zu lassen?«

Nun war es Scota, die sie eindringlich musterte, wahrscheinlich die dunklen Ringe unter den Augen entdeckte, die spitzen Wangenknochen, die schmalen Lippen. Die aber auch sah, dass sie trotz der modrigen Kälte in der Höhle nicht zitterte.

Wohlwollen klang dennoch nicht durch ihre Stimme, als sie rief: »War deine Antwort denn besser? Nach dem Tod deines Vaters hast du dir von Ilisa ein hübsches Kleidchen anziehen lassen und so lange über die grausame Tat geschwiegen, bis du sie vergessen hast.«

»Ich habe sie nicht vergessen. Nie!«

»Aber Sigurd ins Gesicht gespuckt, das hast du auch nicht.«

»Sigurd ist ein gebrochener Mann. Er trinkt noch mehr als früher und weint wie ein Weib. Es ist keine Freude, dabei zuzusehen.«

Das Lachen, das Scota ausstieß, war auch freudlos. Ungleich lebendiger als dieses war das Funkeln in den Augen. Ihre Beine mochten vor Schmutz starren, die langen Fingernägel hart und spröde, der Rücken nach so vielen Nächten auf hartem, kaltem Boden steif sein, doch das Funkeln kündete von einer Frau, die niemals still sitzen wollte, schon gar nicht in geschlossenen Räumen.

»Man wird meist nicht froh, wenn man nur zusieht. Man muss sein Schicksal schon selbst in die Hand nehmen.«

»Um was zu tun?«, wollte Eilidh wissen. »Um die Fäden zu zerreißen, die die Nornen gewoben haben?«

Scota schüttelte den Kopf. »Ich glaube nicht an Nornen wie

Ilisa, ich glaube an die Götter der Kelten. Und selbst die weiblichen von ihnen verbringen keine Zeit mit Weben und Spinnen. Sie herrschen über die Welt, lassen wachsen und welken, gedeihen und untergehen, schenken Leben und Tod.«

Eilidh zitterte immer noch nicht. »Warum glaubst du eigentlich, du wüsstest mehr von den Göttern, dem Leben, dem Schicksal als ich?«, rief sie trotzig. »Weil du laut geschrien hast, als ein fremder Mann auf dir lag? Hat Schmerz denn keine Bedeutung, wenn man nur stumme Tränen weint?«

Ihr gereizter Tonfall entging Scota nicht. Das Lächeln war anerkennend, aber zugleich rückte sie von ihr ab und stand wendiger, als Eilidh vermutet hätte, auf. Obwohl sie ein unförmiges Gewand trug, mehr Sack als Kleid, erkannte Eilidh, wie schmal, wie knochig sie geworden war.

»Ich habe nicht geschrien«, sagte Scota. »Meine Tränen waren so stumm wie deine. Wir haben mehr gemein, als du denkst. Wir leiden am Gleichen, wir fürchten das Gleiche. Aber wir sehnen uns nach unterschiedlichen Dingen. Du suchst das Glück, ich suche die Freiheit.«

»Und was ist daran verwerflich, glücklich zu sein?«

»Glück ist wie ein Humpen Met. Es verspricht viel, aber hält wenig. Du willst immer mehr davon, doch dein Durst wird nie gestillt. Am Ende hast du nur einen Brummschädel, und deine Sinne sind betäubt.«

Eilidh erhob sich wie sie. Sie wollte nicht vor ihr hocken wie eine Dienerin, sie wollte auch nicht zuhören müssen, wie Scota ihr die Welt erklärte.

»Meine Sinne sind nie so wach wie in dem Augenblick, da ich mit Kieran zusammen bin.«

»Und sind sie auch wach genug, um für ihn zu kämpfen? Glaub nicht, dass ich die Liebe selbst verachte. Sie soll den Menschen jedoch stark machen, nicht schwach!«

Den verächtlichen Tonfall hatte Eilidh zu oft gehört, um ihn einfach hinzunehmen. »Ich war immerhin stark genug, einen gesunden Sohn zu gebären«, murmelte sie.

Scotas Kiefer mahlten, als gälte es alles Weiche und Zarte, das ihr verblieben war, zu zermalmen.

»Nun«, sagte sie tonlos, »ich war es nicht. Mein Kind war ein Mädchen und kam tot zur Welt.«

Eilidh erschrak. »Ach, Scota, vergib mir, ich ... ich wollte doch nicht an diesen Schmerz rühren. Ich wollte nur sagen, dass es die Liebe zu Kieran war, die mir Farquhar geschenkt hat ... Ja, Kieran ist sein Vater ... Und da Farquhar nicht schwach ist, kann es auch das, was Kieran und mich eint, nicht sein.«

Scota stieß ein Krächzen aus, das dem eines Vogels glich. Es war kein Vogel, der seine Flügel weit ausspannte und majestätisch den Himmel durchpflüge, sondern ein graues Bündel Federn, das aus dem Nest gefallen war.

»Du wolltest also nicht an meinen Schmerz rühren? Weißt du, ich glaube dir sogar. Weil ich dir letztlich gleich bin. Weil du dir immer nur um dich selbst Gedanken machst.«

Scota begann auf und ab zu gehen, und da die Höhle nicht groß war, waren es nicht viele Schritte. Ihre Bewegungen glichen einem Tanz, aber es war kein schöner. Der Rhythmus fehlte, eine Melodie, die ihn begleitete. Immerhin krächzte sie nicht mehr, sondern sprach nun mit fester Stimme.

»Erst hat dich die Trauer um deinen Vater ganz und gar ausgehöhlt, später die Sehnsucht nach Kieran, schließlich das Entsetzen über die Heirat, zu der man dich zwang. Und jetzt? Jetzt leidest du am Zwiespalt, dass du mit Kieran vereint bist und doch nicht, dass ihr beide einen Sohn habt und doch nicht. Du erklärst, du seist hierhergekommen, weil du Angst um mich hast. In Wahrheit, gib es doch zu, hättest du

Dunvegan niemals verlassen, wenn du nicht meine Hilfe bräuchtest.«

Eilidh starrte auf ihre Hände. »Deine Welt ist immer nur schwarz und weiß gewesen, kalt oder heiß. Sie besteht aus grauem Stein und dunklem Meer, nicht aus Blumen, die welken können.«

Scota leugnete es nicht. »Du bist doch nur hierhergekommen, weil du eine ebenso eindeutige Entscheidung treffen willst.«

Eilidh blickte hoch und wähnte sich dem Ziel weiter entfernt denn je. Die zwei Wege, vor die das Leben sie stellte, überkreuzten sich zu oft. Sie konnte sie nicht entwirren, sie konnte sich nur Scota in den Weg stellen, ihren Arm packen, sie solcherart zum ersten Mal nach Jahren spüren.

»Ich habe dir doch auch einmal geholfen. Nur auf meine Bitte hin hat Kieran mehr über die Kelten herausgefunden!«

»Aber hast du mich auch ernst genommen? Hast du je geglaubt, dass Haselnüsse weise machen?«

»Hast du es denn? Wenn ich mich recht erinnere, hast du die Haselnüsse nicht gegessen, sondern am Strand liegen lassen. Und hier in dieser Höhle sehe ich auch keine. Was tust du hier eigentlich den ganzen Tag? Warum wirfst ausgerechnet du mir vor, dass sich mein Denken allein um mich dreht? Hier gibt es doch auch nur dich!«

»Ich lebe für die Menschen von Skye.«

»Ach was! Du lebst doch nicht, du hockst nur da!«

Scota erstarrte, und Eilidh ließ sie wieder los.

Es steht mir nicht zu, sie zu beleidigen, mir am allerwenigsten.

Am liebsten hätte Eilidh den sehnigen Körper an sich gezogen, ihr Gesicht in Scotas Haar versenkt. Doch sie konnte es ebenso wenig, wie die andere um Vergebung zu bitten.

Scota fand nach peinigendem Schweigen die Sprache als Erste wieder. »Geh, geh einfach!« Sie klang grollender und unheilvoller denn je.

»Scota …«

»Es gibt Menschen, die sich über mich lustig machen, es gibt welche, die mich verfluchen, es gibt andere, die mich hassen. Aber das ist mir gleich. An Samhuinn werde ich ihnen … werde ich dir beweisen, wer ich bin und was ich kann.« Scota hockte sich wieder auf den Boden. »Es stimmt, ich habe kein starkes Kind wie du geboren, aber ich werde mir meines aus Andernwelt zurückholen. Ich habe eine Wölfin bezwungen, und ob du mir glaubst oder nicht – ich werde auch den Tod bezwingen.«

XXII.

Skye
1306

Während der zwei Tagesmärsche nach Trotternish gingen sie die meiste Zeit am Meer entlang. Möwen zogen weiße Bahnen am Himmel, im Spiegel des Meeres wirkten ihre gestreckten Flügel grünlich, und das Wasser war so silbrig, als würde selbst am helllichten Tag Mondlicht darin baden.

Anfangs war ihnen der Himmel gnädig. Weder spuckte er Regen noch entfachte er allzu starke Winde. Doch als sie sich dem Baca Ruadh näherten, verdunkelte er sich immer mehr, als wollte er beweisen, dass er wirklich verflucht war.

Es folgte ein längeres Stück durch das Landesinnere, vorbei an Seen, so grün und verwunschen, als hätte sich seit Jahrhunderten weder das Gesicht eines Menschen noch das eines Tieres darin gespiegelt, und als sie wieder das Meer sahen, entschied Osla, nicht Richtung Küste, sondern weiter bergan zu steigen. Sie hatten schon einige Hügel überwunden, doch keiner war so steil wie dieser, und ausgerechnet jetzt schlug das Wetter um. Die Wolken ballten ihre Fäuste, der Wind pfiff nicht einfach nur, er schrie sie an.

Unten im Tal bestimmt ihr über euer Tun und eure Wege. Aber hier oben blas ich euch winzigen Kreaturen eure Gedanken, Erinnerungen und Sehnsüchte aus dem Kopf.

Furchterregend war der Wind und zugleich tröstlich, denn in einer Welt, in der alles ewig schien, war auch der eigene Schmerz flüchtig.

Hier oben vergisst man, dass das Leben wehtun kann, dachte Flora.

Als sie keine Kraft mehr hatten, um sich vor dem Wind zu schützen und weiterzugehen, legten sie eine kurze Rast ein und blickten zurück auf das Meer. Mal spitz, mal rund ragten Inseln hervor. Gelbes Moos überzog sie, auf das nie das Blut eines Mannes und die Tränen einer Frau gefallen waren. Das einzige Geräusch, das vom Berg hallte, war die Meeresbrandung – mal dröhnend laut, mal lustlos klatschend.

»Ob diesen Weg wohl einst auch Moira gegangen ist?«, sinnierte Flora.

Die Tatsache, dass ihre treue Dienerin von Skye stammte und Scota gekannt hatte, erschien ihr auch nach drei Tagen noch ungeheuerlich. Sie verstand jetzt, warum Moira so bleich geworden war, als Iain das Lied gesungen hatte, wusste sie doch, woher es stammte und wahrscheinlich auch, was es bedeutete. Aber sie konnte sich Davids grausame Tat immer noch nicht erklären.

Nach einer Weile fühlten sich ihre Glieder taub an, doch sie hatten immerhin genügend Kraft weiterzugehen. Spitze Felsbrocken standen vor ihnen, als hätten die Riesen Schach gespielt.

»Was, wenn es verzauberte Menschen sind?«, fragte Osla bange. »Scota könnte die Macht gehabt haben, Menschen zu Stein erstarren zu lassen!«

»Unsinn!«, rief Flora, dachte jedoch voller Unbehagen an die Geschichte von der grausamen Göttin Ran, die Crannog ihnen erzählt hatte – ihr Zauber hatte erst Männer zu Stein werden lassen und war später auf sie selbst zurückgefallen.

Ailean hingegen meinte spöttisch: »Wenn wir nicht bald die Höhle finden, muss uns niemand erst zu Stein verwandeln. Wir werden erfrieren.«

Die nächste Wegstrecke über wagten sie keinen Blick zurück, starrten stur nach vorn. Die Steinwände waren nackt und glatt, als hätte jemand mit einem riesigen Schwert den Gipfel gespalten. Manche dunklen Löcher, misstrauisch blickenden Augen gleichend, verrieten Höhlen, doch diese schienen allesamt zu klein, als dass darin jemand leben konnte.

»Bis du sicher, du findest den Weg, wie ihn dir deine Großmutter beschrieben hat?«, fragte Flora schnaufend.

»Das schon«, erwiderte Osla, »aber natürlich kann ich nicht drauf schwören, ob diese selbst ihn richtig in Erinnerung hat.«

Oder ob sie sich nicht einen Spaß daraus macht, uns auf einen Irrweg zu schicken ...

Dass die Wolken nunmehr weniger schwarzen Fäusten als zerfranster Seide glichen, nutzte wenig, denn das Licht am Himmel schwand auch so unerbittlich. Die Nacht schien hier oben schneller als im Tal zu kommen, als hätte sie der Wind an die Hand genommen und mit sich gezerrt.

»Ich weiß nicht, ob wir hier oben eine Nacht im Freien überleben«, murmelte Flora. »Sollten wir nicht besser umkehren?«

»Wir schaffen es nicht rechtzeitig ins Tal zurück«, gab Osla zu bedenken.

»Lasst uns doch einfach Scota rufen!«, schlug Ailean vor.

Als sie es taten, klang es kläglich, wurden die zwei Silben doch sofort vom Wind verschluckt. Viel deutlicher erscholl Oslas Ruf.

»Da!«

Der Felsspalt, der sich vor ihnen auftat, war ungleich breiter als der am Meer, und dennoch einladender, da er mit einem aus Reisig, dünnen Ästen und Tannenzapfen geflochtenen Vorhang verschlossen wurde. Was im ersten Augenblick tröstlich wirkte, ließ Flora schon im nächsten erstarren. Und wenn ihnen die überreizten Sinne nur einen Streich spielten?

Keiner wagte es, Scotas Namen erneut zu nennen.

Beherzt schritten Ailean und Osla auf die Höhle zu, und obwohl Flora an sich diesen Mut vermisste, wollte sie nicht allein zurückbleiben und folgte ihnen zögerlich. Sobald sie den Eingang der Höhle erreichten, lugte Ailean vorsichtig durch den Schlitz, den der Vorhang freiließ, aber schien nichts zu erkennen.

Immerhin, dachte Flora, niemand springt ihn an und verteidigt den Eingang ... kein Geist ... kein Ungeheuer ...

Sie hätte es trotzdem um nichts auf der Welt geschafft, den Vorhang beiseitezuschieben, Ailean hingegen hob die Hand, um genau das zu tun.

»Nun denn, dann wollen wir endlich das Geheimnis lüften.«

Er wollte frohgemut klingen, aber Flora entging nicht, dass seine Stimme ebenso zitterte wie seine Hand.

Drittes Buch

Das Tor zu Anderwelt

Nuair a dhìreas mi suas an cruadhlach chì mi'n cuan,
bidh na deòirean a' ruith bhom ghruaidhean,
do ghaol cho buan dhomh 's tha 'n cuan.
O nach robh agam sgiathan caol',
gun siùbhlainn thar nan slèibhtean,
's gun seinninn-sa mo dhuanag ghaoil.

Wenn ich den Berg besteige, kann ich das Meer sehen,
Tränen rinnen über meine Wangen,
deine Liebe ist unvergänglich wie der Ozean.
Oh, wenn ich nur Flügel hätte,
ich würde hoch über die Berge fliegen
und meine Liebe besingen.

XXIII.

Skye
1306

Die Stimme, die ertönte, klang menschlich. Es war nicht das Fauchen einer Katze, nicht das Knurren eines Wolfes, nicht das Krächzen einer Krähe, gegen das sich Ailean instinktiv gewappnet hatte. Nur etwas heiser war sie, was vom Alter rühren mochte und dem langen Schweigen, zu dem die Bewohnerin einer so abgelegenen Höhle verurteilt war.

Doch Belustigung stand ihr deutlich im Gesicht geschrieben, zumindest deutete Ailean das breite Lächeln so.

»Kommt näher, weder kratze ich noch beiße ich. Auch wenn ihr den Eindruck macht, dass ihr genau das befürchtet.«

Ailean ließ den Vorhang los, um näher zu treten, und das Licht wurde so grau wie das Haar der Alten.

Sie war mindestens so alt wie Coira, vielleicht sogar etliche Jahre vor ihr geboren worden, aber die beiden hatten wenig miteinander gemein. Coira trotzte dem Alter wie dem Leben, doch dieser Kampf, gleichwohl bis jetzt unentschieden, hatte Spuren hinterlassen. Diese Frau kämpfte nicht mehr, sie lächelte das Alter an. Ihr Geist mochte der menschlichen Gesellschaft entwöhnt sein, war aber weder morsch noch staubig, als würde sie, wenn sie nicht gerade unerwarteten Besuch empfing, die Höhle verlassen und in der Sonne tanzen. An diesem Tag war ans Tanzen nicht zu denken, aber anstatt träge vor dem brennenden Torf zu sitzen, der seinen eigentümlich süßen Geruch verbreitete, flocht die Alte mit geschickten Händen einen Korb.

Es gab etliche von diesen in der Höhle. Sie waren mit Hagebutten, getrockneten Blaubeeren, Pilzen und Nüssen gefüllt, desgleichen mit verschiedenen Kräutern. Manche waren ebenfalls getrocknet, andere noch frisch. Wieder andere hatte die Alte mit den Blüten nach unten an einen Strick aus Gras gehängt, damit sie den Lebensodem aushauchten, bevor sie verwelkten.

Sie sind in voller Kraft gestorben und werden darum ewig leben.

Das Gleiche schien für Scota zu gelten. Sie hatte sich hierher zurückgezogen, als sie noch jung gewesen war, und hatte darum offenbar jung im Geist bleiben dürfen.

Zögernd trat Ailean näher, und Flora folgte ihm.

»Ihr habt ja doch keine Angst, das ist gut«, bemerkte Scota. »Wer sich den Berg hochkämpft, darf nicht viel an Gepäck mitnehmen, sonst ist es ihm kaum möglich, das Ziel zu erreichen. Und kein Gefühl macht das Herz so schwer wie die Angst.«

Osla schien diese Angst noch zu fühlen, denn als Einzige hatte sie neben dem Eingang verharrt. Ailean und Flora blieben vor der Alten stehen.

»Du hast wohl schon lange keine Angst mehr«, sagte Ailean.

Die Flammen zischten. Eben zerfiel ein Scheit mürben Holzes inmitten des Torfs. Es brannte schnell und spuckte tanzende Funken. In ihrem Licht schien Scotas Haar nicht mehr weiß, sondern vom Feuer geküsst, und ihre Lippen waren voller, als von einer alten Frau zu erwarten war.

»Meistens hat man Angst vor dem Morgen«, sagte sie, »vor dem Schrecklichen, das das Leben noch bringen könnte. Ich aber bin zu alt, um eine Zukunft zu haben. Blinde müssen die grelle Sonne nicht fürchten, Taube nicht den Gewitterdonner und Totgesagte nicht das Sterben.«

Ailean blickte sich um. Nicht weit hinter dem Feuer befand sich die Schlafstatt aus Flechtwerk, Blättern, Lehm und Torf, die von einem Fell bedeckt war.

Scota war seinem Blick gefolgt. »Ich habe nicht selbst die Tiere gejagt«, sagte sie, »das Fell war ein Geschenk. Zwar kann ich nicht viele Besucher willkommen heißen, aber die wenigen sind großzügig.«

»Ich fürchte, wir haben nichts anderes mitgebracht als Fragen«, gestand Ailean kleinlaut.

»Oh, auch Fragen sind ein Geschenk. Manche mögen sie nicht, denn sie kratzen an der Maske, die die meisten Menschen tragen. Aber wer so alt ist wie ich, kann seine Maske unbesorgt ablegen. Man erkennt ihn ja doch nicht als den Menschen, der er einmal war.«

Ailean leckte sich über die trockenen Lippen. »Und du … du warst eine Druidin.«

Scotas Lächeln wurde traurig. »Ich war eine Frau, die Angst hatte und sie überwand.«

»An Samhuinn?«

Ailean waren diese Worte entwichen, ohne dass er es wollte. Eigentlich hatte er geplant, sich langsam vorzutasten, doch plötzlich fühlte er, dass Scota schonungslose Offenheit lieber war als nettes Geplänkel. Die Erwähnung von Samhuinn hatte sie zumindest nicht erschüttert.

»Euer Geist drängt voran, aber eure Beine sind müde«, sagte sie freundlich. »Besser, ihr stellt eure Fragen sitzend, das ist bequemer. Und nehmt etwas von dem Eintopf.«

Ailean folgte der Aufforderung, setzte sich auf einen der drei Baumstümpfe, die um das Feuer standen, und nahm die Holzschüssel entgegen, die Scota ihm reichte. Er konnte nicht erkennen, woraus der dampfende Eintopf bestand, in jedem Fall schmeckte er würzig wie der Wald.

Flora indessen war stehen geblieben. Ihre Neugier schien größer zu sein als der Hunger. »Wir ... wir suchen ein Kind ...«, platzte sie heraus. »Das heißt, jetzt ist es wohl kein Kind mehr ... Es ... es soll verschwunden ... vielleicht getötet worden sein. Wir wissen es nicht so genau.« Sie atmete tief durch.

»Manche behaupten, dass du dieses Kind den Göttern geopfert hast«, fügte Ailean entschlossen hinzu.

»Soso ...« Das Lächeln schwand kurz, aber kehrte wieder, als Scota zu ihm rückte. »Nun, ihr seht, dass ich weder das Fleisch eines Kindes esse noch mit seinen Knochen Feuer mache.«

»Dann ist es falsch, was man sich erzählt?«

»Hört ihr, wie der Wind pfeift? Und nun sagt mir, ob er feindselig oder freudig klingt!«

Ailean zuckte mit den Schultern.

»Fünf Menschen können dasselbe hören und trotzdem fünf verschiedene Geschichten erzählen.«

»Und welche erzählst du uns?«

»Ich erzähle euch eine, die ich als Kind einmal gehört habe. Dass an Samhuinn das Tor zu Andernwelt offen steht und man den Toten nahe ist wie nie. Dass man sie in unsere Welt locken kann und in ihre spähen. Und dass man ihnen etwas schenken muss, damit sie sich als gnädig erweisen. Und was wäre Toten lieber als etwas Lebendiges.«

Ailean entging nicht, dass Osla einen Schritt zurückwich und Flora sich doch setzte, allerdings nur, um dicht an ihn rücken zu können.

»Du hast ihnen also ein Kind gegeben ... Kierans und Eilidhs Kind.«

Falls die Namen Erinnerungen weckten, spiegelte sich diese nicht in Scotas Gesicht.

»Ich habe euch nur eine Geschichte erzählt, jedoch nicht gesagt, ob ich auch an sie glaube. Im Grunde verstehe ich nicht, warum man den Toten nachsagt, so gierig wie die Lebenden zu sein – und so bestechlich. Und warum man sie gnädig stimmen muss, damit sie die hiesige Welt wieder verlassen. Vielleicht gehen sie freiwillig, und das ganz ohne Gabe.«

»Hast du das Kind geopfert oder nicht? Was ist denn nun die Wahrheit?«

»Ach, die Wahrheit! Sie trägt so viele Masken, dass man vermeinen könnte, es gäbe gar nicht eine, sondern deren unendlich viele.«

»Coira hat behauptet, du würdest eine Maske tragen. Aber das tust du nicht mehr.«

»Das stimmt, ich habe sie vor einigen Jahren abgelegt. Erwartet deswegen nicht von mir, dass ich die Wahrheit ans Licht zerre und sie verrate. Ich kann euch nur einige ihrer Gesichter zeigen.«

»Die von Eilidh und Kieran?«

Die alte Frau überlegte kurz. »Gewiss. Außerdem mein Gesicht, das von Magaidh, das von Moira und das von Kermac. Ob ihr die Wahrheit danach aber besser begreift, kann ich euch nicht versprechen. Wenn man Torf zusammen mit Holz verbrennt, lodert das Feuer heftiger und gibt mehr Wärme. Doch der Rauch steht dicker und verbirgt alsbald wieder unter seinen Schwaden, was immer sich aus der Dunkelheit wagt.«

XXIV.

Skye
1266

Es begann mit einer Haselnuss, es folgte eine Rübe. Als Magaidh darauf stieg, ärgerte sie sich zunächst über die Unachtsamkeit der Mägde, aber dann betrachtete sie die Rübe genauer. Nicht dass Form und Farbe ungewöhnlich gewesen wären, doch sie lag so auf dem Boden, dass ihre Spitze auf Farquhars Kammer im hinteren Teil von Alasdairs Langhaus zeigte. Der Kleine schlief dort mit seiner Amme, und die war bekannt dafür, gern Honig zu essen, keine Rüben. Farquhar wiederum bekam keine Rüben, sondern viel Fleisch, weil Alasdair erhoffte, dass dieses den Sohn stark machte, vielleicht auch mutiger und blutrünstiger als ihn.

Magaidh hatte schon mehrmals beobachtet, dass der Kleine zwar die Bissen kaute, danach aber heimlich ausspuckte, doch sie sagte es niemandem, sie hoffte insgeheim, dass er es dereinst auch mit den zähen Bissen so halten würde, die ihm das Leben vorsetzte.

Ob er die Rübe ausspucken würde?

Diese war noch ganz, wie auch Moira feststellte, als sie hinzukam. Was in Magaidh Unbehagen erzeugte, weckte bei ihr Faszination. Und was bei Magaidh zur Sorge anwuchs, wurde bei ihr Begeisterung.

»Die Druiden«, rief Moira und schritt um die Rübe im Kreis, als wäre die zu heilig, um sie anzufassen. »Sie haben einst ein Kind ausgewählt, um es den Göttern zu geben. Das war an Samhuinn, dem Tag, da Lebende und Tote sich vereinen. Nur an diesem Tag kann man das Tor zu Andernwelt gefahrlos öffnen.«

»Sie haben Kinder geopfert?«, fragte Magaidh fassungslos.

»Die Druiden«, erklärte Moira, »legten Rüben vor das Haus, in dem das von ihnen erwählte Kind wohnte, um ihre Entscheidung kundzutun.«

Sie zog weiter Kreise um die Rübe, doch Magaidh bückte sich und hob sie auf. Kurz war sie geneigt, sie vor Moira aufzuessen, um zu beweisen, was sie von deren absonderlichen Worten hielt, doch plötzlich war sie sicher, dass die Rübe bitter schmecken und ihre Kehle zu eng sein würde, um sie zu schlucken. Nein, ausspucken würde sie sie wie Farquhar sein Fleisch ...

Warum lag ausgerechnet vor seinem Zimmer die Rübe? Und das nur einige Tage vor Samhuinn und kurz nachdem Scota verkündet hatte, in diesem Jahr dieses Fest zu feiern!

Sie wird doch nicht ... sie kann doch nicht ...

Noch haftete Erde an der Rübe, sie rieselte auf den Boden.

Sie würde Alasdair damit treffen, in gewisser Weise auch Kermac, schließlich ist Farquhar ein Kind von Ross. Vater Michael wäre entsetzt, Eilidh ins Unglück gestürzt ... Eilidh, mit der Scota erst kürzlich so heftig gestritten hatte ...

»Hast du die Rübe etwa hierher gelegt?«, fuhr sie Moira an. Doch die schüttelte nur den Kopf.

Mit der Rübe ging Magaidh noch am gleichen Tag zu Scota. Sie hatte sie nicht wiedergesehen, seit sie Eilidh zu ihr gebracht hatte, und es in naher Zukunft auch nicht vorgehabt – nicht nur, weil der Weg bei nasskaltem Himmel und tosendem Wind mühseliger war und am Ende doch nur die ungemütliche Höhle wartete. Nein, weil Scota längst nicht mehr vermochte, sie mit Worten zu wärmen und in ihr das Feuer der Begeisterung zu entzünden.

An diesem Tag jedoch war sie wütend genug, um Kälte und Nässe nicht zu spüren und den Weg schneller als je zuvor zurückzulegen.

Scota saß auf dem Boden ihrer Höhle und schrieb Zeichen in die feuchte Erde, die keinen Sinn ergaben.

Ob es gleiche Erde ist, die an der Rübe haftet?

Unsinn, in dieser Höhle wuchsen keine Rüben! Und dennoch …

Magaidh schleuderte die Rübe vor Scotas Füße.

»Hast du veranlasst, dass jemand diese Rübe vor Farquhars Kammer legt?«

Scota blickte auf. Mit erdigen Fingern griff sie nach einem Kraut, das sie getrocknet hatte. Es erzitterte in der Zugluft.

»Das bin ich«, sagte Scota in Richtung des Pflänzleins, »der Wind hingegen stammt von den Göttern. Ich tue nur, was sie von mir verlangen.«

»Mach mir nicht vor, dass dich irgendjemand an einen Ort verwehen könnte, an den du nicht willst!«, rief Magaidh zornig.

»Aber warum darf nicht auch ich leicht sein … leicht wie Eilidh?«, gab Scota gelassen zurück.

Das Kraut zerbröselte. Magaidh hätte schwören können, dass es giftig war.

»Du planst doch nicht wirklich, den kleinen Farquhar …«, setzte sie an, aber konnte den ungeheuerlichen Vorwurf nicht aussprechen.

Schweigen antwortete ihr, selbst der Wind stand still.

»Du glaubst doch nicht, dass du dein totes Kind wiederbekommst, wenn du ein anderes ...«

Wieder brachte sie den Satz nicht zu Ende, wieder stieß sie nur auf Schweigen.

Magaidh atmete tief durch, setzte erneut zum Reden an und war diesmal fest entschlossen, nicht vorzeitig zu verstummen.

»Ich habe immer gedacht, du wärst eine starke Frau.«

»Oh, ich bin stark!«

»Wenn Stärke auf Wahnsinn gründet, zählt sie nicht.«

»Die Berge dieser Insel stehen auf dem Wasser und versinken doch nicht darin.«

»Aber vom Wasser steigt Nebel hoch, verhüllt ihre Spitzen, und wer sich im Nebel verirrt, geht zugrunde.«

Scota erhob sich langsam und würdevoll. »Ich habe mich hier noch nie verirrt.«

Der Blick der blauen Augen war klar wie ein See, doch der See war so tief zugefroren, dass Magaidh nicht sehen konnte, ob unter der Eisschicht Leben war.

Ich könnte versuchen, ein Loch in das Eis zu hauen, aber das würde bedeuten, dass ich im kalten Wasser unterginge ...

»Du verirrst dich nicht, weil du allein hier lebst«, sagte sie streng. »Inmitten von Menschen hättest du längst erkannt, dass du den rechten Weg verloren hast.«

»Das liegt an den Menschen, nicht an mir.«

»Hasst du diese Menschen so sehr, dass du ein Kind aus ihrer Mitte stehlen willst?«

»Eilidh spricht von Liebe, du sprichst von Hass. Mich interessiert weder das eine noch das andere. Ich spreche von Leben und Tod.«

Ihre Stimme war so kalt wie ihre Augen.

Magaidh wollte nicht frieren. Sie hob die Rübe nicht auf, sondern ging, ehe die Splitter des Eises sie treffen konnten.

Die Sterne sprenkelten den nächtlichen Himmel wie kleine Löcher. Sie funkelten nicht, sondern waren leer und glanzlos wie die Blicke von einem Mann, der zu oft getötet hatte, um die Schreie seiner Opfer noch zu hören. Vom Himmel getrennt wie durch mächtige, rauschende Flüsse mussten die Sterne schrecklich einsam sein. Und da war keine Furt, um vom einen zum anderen zu gelangen. Sie lebten und leuchteten für sich allein ...

Auch wenn ihr Anblick trostlos war, starrte Eilidh kurz in die Nacht, als sie hinaus in den Hof trat.

So eine Nacht brauche ich ... eine dunkle, aber nicht abgrundtief schwarze, eine wolkige, aber nicht zu windige. Zwar noch nicht heute, aber ... dann.

Dann, wenn sie ihren Plan umsetzen würde.

Eilidh zählte nicht nur die Sterne, sondern auch die Wachen. Sie merkte sich, wann sie ihre Runden auf dem Wehrgang drehten und wer lieber schnarchte als in die Ferne zu spähen, lauschte auch zu den Vorratskammern, wo Mäuse raschelten und sich das unterdrückte Stöhnen von zwei Menschen vernehmen ließ, die sich am helllichten Tag nicht lieben durften.

Wer darf das schon ...

Eilidh duckte sich, als Schritte ertönten. Kermac gesellte sich zu den Wachtposten und wechselte ein paar Worte mit ihnen. Sie ertrug seinen Anblick kaum, und auch den Sternen musste es schwerfallen, ihm standzuhalten, denn sie flackerten jäh. Als er endlich wieder verschwunden war, schien es dunkler als zuvor zu sein, und Eilidh wagte es, über den Hof zu huschen. Das Tor zur Seeseite war geschlossen, aber bald fand sie heraus, dass es einen anderen Weg nach draußen gab – einen schmalen Gang, wo man die Fässer randvoll mit dem süßen Wein des Südens entgegennahm, die regelmäßig von den Schiffen gebracht wurden.

Wie gut, dass Männer so gern soffen, wie gut auch, dass im Moment genügend Fässer gelagert waren, um sie betrunken zu machen ... Nicht heute Nacht, aber ... *dann*. Dann nämlich würde sie durch diesen Gang ins Freie schleichen.

Eilidh drehte sich wieder um, betrat die große Halle und stieg über die Schlafenden hinweg, nicht ohne nach Luken Ausschau zu halten, durch die man sie beobachten könnte, nicht heute Nacht, aber ... *dann*.

Gottlob wurde sie nicht fündig. Sie atmete heftig, doch das Schnarchen von Leods Männern war lauter – in der Halle ebenso wie im nahen Stall, den sie als Nächstes in Augenschein nahm. Die Knappen und Knechte betteten sich hier zur Ruhe. Sie alle schliefen tief und traumlos, nur das Pferd, auf dem Farquhar zu reiten lernte, starrte sie mit feuchten, dunklen Augen an.

Aber du wirst mich nicht verraten ...

Stunde um Stunde verging, während sie die nächtliche Burg erforschte. Schon begannen die Sterne im Morgengrauen zu verblassen, aber sie schienen sich nicht darüber zu grämen. Zumindest weinten sie keine silbrigen Tränen, so wie die untergehende Sonne sich mit roten aufbäumte, wenn sie am Abend vom Himmel gefegt wurde.

Für diese Nacht hatte Eilidh genug erfahren, und es wurde Zeit, zurück in das Langhaus zu kehren, das sie mit Alasdair bewohnte. Der schlief wie immer tief und fest auf einer erhöhten Schlafstatt, die mit einer dünnen Holzwand vom Mittelteil des Hauses abgetrennt war. Er schien nie Albträume zu haben, zumindest hatte sie ihn nie im Schlaf stöhnen hören.

Noch nicht einmal, wenn er auf ihr lag, gab er Geräusche von sich – was allerdings selten geschah, seit er vom Kriegszug zurückgekehrt war, und was sie jedes Mal steif über sich ergehen ließ.

Eilidh versuchte, sich dabei Regentropfen vorzustellen, die vom Leder perlten, und sagte sich, dass Letzteres, solange man es gut pflegte, nicht brüchig und fleckig wurde.

Anstatt sich zu Alasdair zu legen, betrachtete Eilidh ihn eine Weile. Er schnarchte, aber nicht tief und dunkel wie die anderen Männer. Seine Lippen waren schmal, aber seine Züge sanft, und noch weicher schien die Haarlocke zu sein, die ihm ins Gesicht fiel. Nach dieser Nacht und nach all den Plänen, die sie geschmiedet hatte für … *dann*, ertrug sie seine Nähe noch weniger als sonst.

Lautlos wandte sie sich ab und schlich zur entgegengesetzten Seite des Langhauses, dorthin, wo Farquhar mit seiner einstigen Amme eine kleine Kammer bewohnte. Noch ehe sie sie erreichte, trat sie auf etwas Hartes. Eilidh biss sich auf die Lippen, um nicht aufzuschreien, doch eine andere war nicht so leise wie sie.

»Es ist nun schon die zweite!«, ertönte eine Stimme.

Eilidh fuhr herum und erblickte Magaidh. Wie sie selbst schien sie die ganze Nacht über kein Auge zugetan zu haben. Obwohl sie sich in vielem von ihrem Bruder unterschied, brauchte sie wie er kaum Schlaf oder brauchte ihn zwar, aber wollte ihn nicht.

Eilidh zuckte zurück, doch Magaidh bückte sich und hob die Rübe auf.

»Es ist nun schon die zweite«, wiederholte sie, »und schau nur, wohin sie deutet!«

Eilidh musste die Rübe nicht betrachten, um es zu wissen.

»Farquhar …«, murmelte sie.

Schweigen breitete sich zwischen ihnen aus. Tief drinnen mochte das Vertrauen und die Zuneigung füreinander gewachsen sein, doch wenn sie sich gegenüberstanden, glichen sie zwei der Sterne, die trotz ihres Funkelns vom schwarzen Fluss der Nacht getrennt waren.

»Ich fürchte, dass Scota …«, setzte Magaidh an.

»Nicht!« Eilidh hob abwehrend die Hand. »Sprich es nicht aus!«

Magaidh schüttelte vorwurfsvoll den Kopf. »Ich weiß, dass du lieber schweigst als redest, aber du solltest dich der Wahrheit gegenüber nicht taub stellen!«

»Was könnte ich denn tun, selbst wenn ich die Wahrheit wüsste? Was tun denn die Sterne, wenn auf der Erde Blut fließt?«

Magaidh kniff die Augen zusammen. »Du weißt also, was Scota vorhat«, stellte sie fest, »oder du ahnst es zumindest.«

»Ich weiß, dass Scota in Glendale lebt, Farquhar aber hier, und zwar als der Sohn des mächtigsten Mannes auf der Insel.«

Magaidhs Augen blieben schmal, ihre Stimme aber klang vorwurfsvoll. »Verlass dich nicht auf die Macht von Männern. Sie können den Boden niedertrampeln wie eine Herde Rinder, sich kleinmachen wie ein Mäuschen und in engen Höhlen umherhuschen, das können sie nicht. Keiner der Männer ist bislang Scotas habhaft geworden. Weder der Abt noch Alasdair.«

Eilidh zuckte nur die Schultern. »Das liegt daran, dass beide es nicht wollen. Gegen wen sollte Vater Michael geifern und vor wem seinen Mönchen Angst machen, wenn er Scota nicht hätte? Soll er die wahren Feinde Skyes anklagen, die Männer von Ross? Seine Worte sind stumpfe Schilde, keine spitzen Waffen. Sie mögen Schwerter abwehren, aber sie taugen nicht dazu, in den Krieg zu ziehen und diesen zu gewinnen. Und was Alasdair anbelangt … Der schert sich weder darum, dass Menschen Ermutigung und Trost brauchen, noch darum, wo und wie sie beides finden.«

»Aber wenn Scota Farquhar …«

»Nicht!«, rief Eilidh wieder. »Ihre Macht reicht nicht bis hierher!«

»Bist du sicher? Scota ist wie ein Mäuschen. Wenn sie ein winziges Loch gräbt, kann sie die Mauer von Dunvegan unterwandern.«

»Eine kluge Maus läuft niemals der Katze ins Maul.«

»Ist Scota klug?«, fragte Magaidh. »Bist du es?«

Wieder folgte Schweigen, und dieses Mal war es kein misstrauisches wie zuvor, sondern schien Magaidh auf einen Gedanken zu bringen. Sie riss die kleinen Augen auf.

»Du weißt genau, was sie vorhat«, behauptete sie, »doch du hast keine Angst davor. Du … du willst vielmehr Nutzen daraus ziehen.«

Eilidh errötete und war sicher, dass Magaidh es bemerkte, obwohl es noch dunkel war. Eine Frau, deren Seele einem tiefen, dunklen Brunnen glich, konnte offenbar bei Nacht sehen wie die Katzen. Allerdings wollte diese keine Mäuse jagen, weder sie noch Scota.

»Ich verstehe«, sagte Magaidh schließlich. »Endlich verstehe ich …«

Die Röte schwand von Eilidhs Wangen. Wenn ihr Vorhaben gelingen sollte, musste sie kalt wie die Sterne werden.

»Wirst du mich verraten?«, fragte sie.

Wie erwartet schüttelte Magaidh den Kopf. »Du willst also Kieran *und* Farquhar?«

»Er ist Kierans Sohn, nicht Alasdairs.«

»Das dachte ich mir bereits …«

»Du bist gut im Denken. Bist du auch gut im Handeln?«

»Erhoffst du dir meine Hilfe?«

»Eigentlich ist mir lieber, du weißt nicht zu viel. Ich ... ich will dich nicht in Schwierigkeiten bringen. Wenn mir etwas einfällt, das du für mich tun könntest, werde ich es dir sagen. Aber ansonsten ... lass mich einfach gewähren.«

Magaidh bückte sich nicht nach der Rübe, ehe sie nickte, sich abwandte und ging. Auch Eilidh ließ sie liegen, als sie wieder das Langhaus durchquerte und sich neben Alasdair ins Bett legte. Sie scheute seine Nähe nicht länger, ignorierte die weiche Haarlocke ebenso wie die noch weicheren Züge. Wenn er nicht träumte, würde sie es auch nicht tun.

Etwas war anders, als Kieran zur Klippe aufbrach. Der Herbst roch nun, zwei Tage vor Samhuinn, fauliger als sonst, das totenstille Meer glich einem brackigen Tümpel, und die Cuillins waren tief weiß verschneit, als wollten sie der Welt noch deutlicher als sonst beweisen, dass an ihnen der Unrat abprallte.

Bei ihrem Anblick verstärkte sich Kierans Frösteln, und noch kälter wurde ihm, als er in der Ferne Sigurd kommen sah.

Er hat die Wahrheit über uns beide herausgefunden, er ist gekommen, um mich zur Rede zu stellen, er wird mich über die Klippen werfen.

Aber nein, Sigurd hatte ja zu töten verlernt – und wenn doch nicht, würde er sein Schwert schwingen, anstatt sich mit einem Stoß seiner Fäuste zu begnügen. Ein Schwert hatte er allerdings nicht mitgebracht, sondern nur ein Lächeln, und das war breiter, als von einem zu erwarten stand, der seit Jahren jammerte. Anders als Kieran fror er nicht, der schnelle Schritt musste ihn gewärmt haben, und das Lächeln war freundlich. Kieran erschauderte dennoch mehr und rang nach Lügen.

Ich bin hierhergekommen, um mir Lieder auszudenken, nicht, um mich heimlich mit Eilidh zu treffen!

Doch als Sigurd ihn schnaufend erreichte, wollte der keine Lügen hören, auch keine Rechtfertigung oder Beschwichtigung, sondern lieber selbst etwas erzählen.

»Sie hat mir verziehen, sie hat mir verziehen!«

Den Stolz, der in seiner Stimme lag, hatte er wohl zum letzten Mal verspürt, als er ein Tier erlegt hatte, und das war Ewigkeiten her.

Kieran starrte Sigurd an. Er hatte keine Ahnung, was von dessen Worten zu halten war – weder flüsterte das Meer es ihm zu, noch taten dies die schneebedeckten Cuillins.

Ehe er Fragen stellen konnte, berichtigte sich Sigurd jedoch hastig. »Nein, genau genommen hat sie mir nicht verziehen, jemand wie Eilidh verzeiht nicht. Sie tut lediglich so, als hätte sie es ... Und das ist mehr, als ich erwarten darf.«

Mit jedem Wort wurde das Rätsel verwirrender.

»Wo ist sie?«, rief Kieran, und alle Lügen waren vergessen. »Sie ... sie sollte doch heute hierherkommen!«

Sigurd schüttelte bedauernd den Kopf. »Ich fürchte, das wird sie nicht. Ich verspreche dir dennoch, dass du sie bald wiedersehen wirst. Ihr ... ihr werdet euch an einem anderen Ort treffen.«

»Wann?«

»Am Tag der Flucht. Am Tag nach Samhuinn.«

Kieran unterdrückte ein Seufzen.

Warum kann er nicht Worte sprechen, die man auch versteht?

Die wesentlichen schienen im verfilzten Bart stecken zu bleiben.

»Wovon, zum Teufel, redest du?«

Sigurd schlug Kieran auf die Schulter. »Nicht fluchen, nicht fluchen. Männer wie ich können das besser als du. Warst du nicht lange Zeit ein Mönch? Nun, Eilidh hat mir nicht verziehen, aber sie hat mir erzählt, dass sie dich liebt, dass Farquhar dein Sohn ist und dass sie mit dir zusammen sein will – und das kommt aufs Gleiche heraus. Sie weiß, dass ich ihr helfen werde.«

»Helfen wobei?«

Erneut schlug Sigurd zu, und obwohl er in den letzten Jahren viele Kräfte mitsamt seinen Tränen verloren hatte, war seine Pranke mächtig genug, dass Kieran in die Knie zu sacken drohte. Es hielt ihn nicht davon ab zurückzuschlagen.

»Sag mir endlich, was Eilidh plant!«, schrie er.

Und da sagte Sigurd es ihm. Wieder verirrten sich eine Menge Wörter in den Barthaaren, trotzdem wurde deutlich, was Eilidh ausgeheckt hatte. Sie wollte fliehen ... nicht nur mit ihm, sondern auch mit Farquhar ... Dazu brauchte sie einen Verbündeten, und in Sigurd hatte sie einen gefunden. An diesem Tag überbrachte er ihm nur eine Botschaft, am Tag der Flucht würde er Eilidh und Farquhar zu ihm bringen.

Mit jedem Wort wuchs in Kieran die Hoffnung, dass Sigurd es ehrlich meinte, aber zugleich die Angst, er könnte ihn in eine Falle locken.

Trost war ihm nur, dass Sigurd kein heimtückischer Mensch war. Sein Gemüt mochte manchmal vor Zorn brodeln und überschäumen, aber in der Tiefe der Seele war es so weiß wie die Berggipfel der Cuillins.

»Du erinnerst dich an den Ort, an dem ihr euch zum ersten Mal begegnet seid?«, schloss Sigurd seine Rede.

»In der Nähe jenes Lochs ... ja ...«

Wo er im Wasser gestanden und gefroren hatte ...

An diesem Tag hingegen wich die Kälte langsam aus seinen Gliedern.

Flucht … Zukunft … Liebe.

»Genau dort musst du auf sie warten.«

»Aber wie will sie … wie kann sie … was denkt sie sich …?«

Diesmal war der Schlag der Pranke nicht schmerzhaft, sondern ermutigend.

»Du musst ihr vertrauen, das ist das Wichtigste.«

»Aber warum ist sie nicht selbst hergekommen, um mir das Vertrauen abzuringen?«

»Weil es zu gefährlich ist … weil sie sich beobachtet fühlt … weil sie nicht will, dass euch irgendjemand gemeinsam sieht und später Schlüsse zieht … Mit mir hingegen kann sie offen sprechen, für mich interessiert sich niemand.«

Er lachte auf die dröhnende Weise, wie der alte Sigurd gelacht hatte, und plötzlich ahnte Kieran, was der wahre Grund für seine Stimmung war. Nicht nur Eilidhs Vergebung, sondern dass er wieder ein Mann war, der für seine Familie kämpfen konnte.

»Also, vertraust du ihr?«

Kieran seufzte. Kälter als der Wind war seine Angst – die Angst, einen schrecklichen Fehler zu machen, die Angst, sie nicht wiederzusehen. Allerdings hatte er Eilidh schon einmal sein Vertrauen geschenkt, damals, als sie ihn gerettet hatte, indem sie nach langem Schweigen wieder gesungen und damit seine und Bruder Patricks Freilassung bewirkt hatte. Er hatte gar nichts tun müssen, sie nur machen lassen, ihr zuhören.

Sie singt besser als ich, sie ist mutiger.

Er duckte sich, ehe er erneut Sigurds Pranke spürte. »Ja … ja doch, ich vertraue ihr.«

Am Tag vor Samhuinn löschte Scota alle Feuerquellen. Obwohl es erst Mittag war, wurde es in der Höhle schlagartig nachtschwarz. Eine Weile hockte sie wie erstarrt da, ehe sich die Augen an die Dunkelheit gewöhnten und Konturen sichtbar wurden. Nicht dass sie sich nicht auch blind zurechtfand. Die Dunkelheit war ihr genauso wenig Feindin wie die Einsamkeit. Schwestern waren die beiden und hatten sie in ihren Kreis aufgenommen.

Ob sie wissen, was ich vorhabe? Ob sie es gutheißen?

Nun, mehr als verschlucken konnte die Dunkelheit sie nicht. Sie hatte keine scharfen Zähne, um sie zu zerreißen. Und die Einsamkeit hatte nur Macht über Menschen, die sie fürchteten. Wölfe waren deutlich gefährlicher ... aber selbst einen solchen hatte sie besiegt.

Als sie wieder genug sah, nahm sie eine Maske und ein kleines Messer, um an ihr zu schnitzen. Aus einem Ast hatte sie die Maske gemacht, indem sie ihn erst entrindet und später so lange bearbeitet hatte, bis er ganz glatt war. Jetzt galt es nur noch, Augen und einen Mund auszustechen.

Die Maske war glatter als ihre Haut, und vor allem war sie gleichgültiger als ihre Miene. Sie würde weder ihre Gefühle verraten noch ihre Gedanken, sie war alterslos, als hätte der Mensch, der sie trug, ewig gelebt. Und obwohl sie aus totem Holz gemacht war, schien sie eine Seele zu haben ... die einer uralten Druidin ... die einer weisen Frau, die nicht zum ersten, sondern zum hundertsten Mal Samhuinn feierte.

Scota hatte gerade ein Auge ausgestochen, als Schritte ertönten. Sie legte die Maske zur Seite. Es gab nur eine, die so schnell lief und immer außer Atem wirkte, als wäre sie auf der Flucht.

Vor was läufst du davon, Moira? Ich habe die Wölfin doch vertrieben!

Als die junge Frau wenig später vor ihr stand, fragte sie jedoch nur: »Hast du es getan?«

Moiras Haar war dunkel wie ihr Kleid. Sie hob sich kaum von den Wänden ab, schien sich im Grau aufzulösen, als würde der Stein nach ihr greifen.

»Warum ist es so finster?«, fragte Moira. »Ich dachte, du würdest das Samhuinn-Feuer entzünden? Sonst erkennen die Toten morgen den Weg doch nicht ... Wie soll dein Kind dich finden?«

»Ich werde das Feuer entzünden, wenn die Nacht beginnt.«

»Nun, ich habe alles für diese Nacht vorbereitet, so wie du es verlangt hast.«

Moiras Blick blieb an der Maske hängen. Scota war nicht sicher, ob sie sie als solche erkannte, zumal es so finster war, und noch weniger, ob sie deren Seele spürte.

»Bist du nur gekommen, um mir das zu sagen?«, fragte Scota.

Moira zuckte die Schultern, sank zu Boden und saß endlich für eine Weile still. »Ich habe nachgedacht. Selbst wenn dein totes Kind den Weg findet ... Wie soll es ihn denn beschreiten, wenn es doch gestorben ist, ehe es laufen lernte?«

Es muss nicht laufen können, solange es fliegen kann, dachte Scota.

»Schau dir diese Maske an!«, sagte sie leise. »Ich werde sie heute Nacht tragen und dem toten Holz damit gleichsam Leben einhauchen. Die Seele des Menschen ist stark, musst du wissen. Sie kann in den Körper eines anderen Wesens schlüpfen, sich in einen Hirsch oder Eber, Seeadler oder Lachs verwandeln, ohne daran zugrunde zu gehen. Nicht einmal Narben trägt sie davon.«

»Und in welcher Gestalt wird dein Kind zurückkommen?«

Welche Gestalt, fragte sich Scota jäh, würde wohl der Frieden annehmen, wäre er ein Mensch?

Auf dieser Welt war er ein geschundenes, blutiges Wesen, in Andernwelt vielleicht so rein und weiß wie die Engel der Christen. Welches Tier war stark und unschuldig zugleich, tötete nicht, aber wurde auch nicht gefressen, war schwerer als Federvieh, aber suhlte sich nicht im Dreck?

»Das weiß ich nicht«, murmelte sie, »womöglich in Gestalt einer Kreuzung aus Rabe und Wölfin.«

Beide taugten zwar nicht als Eltern des Friedens, aber eines Wesens, das stark und frei war, mutig und weise.

Moiras Zweifel schienen geschwunden, doch als sie aufstand, sich umwandte und wieder loslaufen wollte, hielt sie plötzlich inne.

»Muss es wirklich der kleine Sohn von Eilidh sein?«, fragte sie unwillkürlich. »Ich meine ... Alasdair ... er ist ein mächtiger Mann ... Er wird Rache fordern ...«

Scota starrte auf ihre Maske. »Alasdair ist nicht Farquhars Vater ...«, sagte sie leise. »Nicht dass uns das vor seiner Rache schützt, doch ...«

»Er ist nicht sein Vater?«, unterbrach Moira sie. »Aber wer ist es dann?« Sie überlegte kurz, und noch ehe Scota etwas sagte, zog sie selbst den richtigen Schluss. »Dieser Mönch ... der manchmal auch Barde ist ... Kieran ... Ich habe ihn früher oft mit Eilidh gesehen und mich später gefragt, warum seine Lieder so traurig klingen. Allerdings sang er häufiger von Raben als von der Liebe. Ich wusste nicht, dass sich die beiden so nahestehen ...«

Scota entging nicht, dass Moira beinahe beschämt klang.

»Wie es aussieht, ist Farquhar ein Kind der Liebe und meine Tochter ein Kind des Hasses«, sagte Scota. »Aber wer die Macht hat, den Tod zu besiegen, ist stärker als der Hass.«

»Ich wollte doch nicht anzweifeln, dass …«, setzte Moira hilflos an. Sie hockte sich neben Scota, suchte deren Blick, doch die verweigerte ihr diesen und sah weiterhin auf die Maske. »Es ist doch nur …«, begann Moira wieder. »Ich meine, Eilidh hat mir nie etwas Böses getan. Kannst du dein Kind nicht auch auf andere Weise zurückholen …?«

Scota strich über die Maske. Wenn sie sie erst tragen würde, würde sie kein Mitleid mehr empfinden und keine Schuldgefühle hegen. Jetzt stieg beides in ihr hoch … nicht Eilidh, sondern Moira gegenüber …

Endlich blickte sie doch noch hoch und legte Moira die Hand auf die Schulter.

»Du musst nichts tun, was du nicht willst«, rief sie eindringlich, »aber wenn du es willst, dann lass dich weder von Angst noch Zweifel besiegen.«

Sie wusste, wie Moira sich entschied, noch ehe die es sagte.

Hab keine Angst, hatte Scota gesagt.

Aber Moira hatte Angst. Die Angst war ein zähnefletschendes Ungeheuer, und sie wusste, sie würde sich Scota nur würdig erweisen, wenn sie dieses Ungeheuer verjagte so wie diese die Wölfin, mehr noch, wenn sie einen der spitzen Eckzähne erbeutete, ohne dabei einen Finger zu verlieren, oder ihm eine der Krallen abschnitt, ohne einen Kratzer abzubekommen.

Nicht dass sie wusste, ob sie es konnte, aber sie war fest entschlossen, es zu versuchen, und zu ihrem Erstaunen war das Ungeheuer an diesem Abend zahm. Mehr noch, es schlief sogar. Anstatt Knurren, Zischen und Fauchen ertönte nichts als Schnarchen.

Die Nacht über Dunvegan war noch schwärzer als sonst und machte schläfrig wie nie. Alle Wachtposten, an denen sie vorbeikam, rührten sich nicht. Manche rochen säuerlich nach Wein, andere säuerlich nach Erbrochenem – getrunken hatten sie jedenfalls alle zu viel. Ganz geheuer war Moira das nicht, die Schadenfreude war dennoch lauter als das Unbehagen.

Scota hat mir geholfen! Obwohl sie Dunvegan seit Jahren ferngeblieben ist, geht sie heute Nacht jeden Schritt mit mir. Sie muss die Männer hier verzaubert haben …

Moira grinste in sich hinein. Den sechsten Mann, über den sie hinwegstieg, erkannte sie. Sigurd war das, und es war nicht weiter erstaunlich, dass der so viel soff, bis er nicht mehr Herr seiner Sinne war. Merkwürdig war nur, dass er sein Gesicht zu einem breiten, glückseligen Lächeln verzogen hatte.

Warum lächelt er? Sonst jammert er doch ständig.

Das Unbehagen war träge wie das Ungeheuer. Es begleitete Moira nur zwei, drei Schritte lang, dann dachte sie nicht länger über Sigurds Lächeln nach. Schon hatte sie Alasdairs Langhaus erreicht. Eilidh und Alasdair schliefen in der Kammer auf der einen Seite, Farquhar mit seiner einstigen Amme auf der gegenüberliegenden. Moira näherte sich auf Zehenspitzen, war sie sich doch sicher, dass weder Eilidh noch Alasdair betrunken waren und die Amme erst recht nicht. Sie konnte nur hoffen, dass deren gesunder Schlaf ebenso tief wie der der Wachen war und dass Farquhar keinen Mucks von sich gab, wenn sie ihm den Schlaftrunk einträufelte. Sie trug ihn an ihrem Gürtel, und sie musste ihn dazu bringen, ihn zu schlucken, ohne zu brüllen oder zu erbrechen.

Die Zehenspitzen begannen zu schmerzen, ihr fester Wille hingegen wankte nicht.

Ich schaffe es, ich schaffe es, ich schaffe es! Ich scheue das Ungeheuer nicht und noch weniger ein Kind!

In der kleinen Kammer stand die Luft – es war schwüler und stickiger als im Freien. Beinahe wäre sie über ein Kohlebecken gestolpert, dessen Glut roten Augen glich. Moira hielt erschrocken inne, lauschte.

Nichts. Nur Stille. Im fahlen Licht erkannte sie die Amme. Trotz ihrer schweren Brüste lag sie auf dem Bauch und gleich neben ihr der Knabe, der seinen Arm um sie gelegt hatte.

Hätte er sich an Eilidh geschmiegt, hätte Moira es nicht übers Herz gebracht, ihn mitzunehmen. Aber sie konnte sich nicht erinnern, Eilidh jemals so vertraut mit ihrem Sohn gesehen zu haben.

Er gehört dir nicht, du hast kein Recht auf ihn, zumindest kein so großes Recht wie Scota auf ihr Kind …

Der Arm des Knaben hatte kein Gewicht, als sie ihn von der Amme wegzog, ihr schlechtes Gewissen auch nicht.

Ohne Mühe konnte sie ihm den Trunk aus Schlafmohn, Bilsenkraut und Alraune einträufeln, ihn schultern und hinaustragen. Er wehrte sich nicht, atmete noch nicht einmal heftiger, sondern schlief tief und fest, als sie Dunvegan verließ.

Ich habe das Ungeheuer besiegt, dachte Moira stolz.

Auf die Idee, dass sie selbst ein Ungeheuer geworden war, kam sie nicht.

Kermac erwachte, als die Sonne ihren höchsten Stand erreicht hatte, aber die Schmerzen in seinem Kopf waren so gewaltig, als wäre diese nicht gleißend über das Himmelszelt, sondern über seinen gekrümmten Leib gekrochen. Er schloss die Augen, versank in der Nacht, und die Nacht währte einen Tag, vielleicht sogar länger. Als er erneut zu sich kam, war die Sonne nicht mehr gelb, sondern rot, sein Kinn steif und der Geschmack in seinem Mund bitter.

Bis er sich rühren konnte, fiel ihm wieder ein, woher dieser Geschmack stammte, und er fuhr voller Ekel hoch. Der

Schmerz jedoch war mächtiger und dunkler als der Ekel und ließ ihn wieder zurücksinken. Das Einzige, was sich jetzt noch regte, waren Gedanken ... Erinnerungen an das, was in der vergangenen Nacht geschehen war ... Aber auch an Ereignisse, die noch länger zurücklagen.

Diese Demütigung ...

Auch seine Mutter hatte sie nach dem Verrat des Vaters geschmeckt. Anstatt den bitteren Bissen zu schlucken, hatte sie sich immer wieder übergeben und so lange nichts gegessen, bis sie nur mehr schwach im Bett liegen konnte. Der Tod hatte eine Weile ebenso lustlos an ihr gekaut wie sie am Brot, das man gewaltsam zwischen ihre Lippen schob, aber am Ende hatte er einen besseren Magen und verschluckte sie. Ob damit die Demütigung nicht länger zählte oder diese ihr in der jenseitigen Welt noch schmerzhafter als das Höllenfeuer zusetzte, wusste Kermac nicht, nur dass er selbst nicht so schnell sterben würde und darum mit diesem bitteren Geschmack leben musste.

Wie hatte es dazu kommen können? Wann genau hatte er die Kontrolle verloren? Was hatte er falsch gemacht? Vor allem aber: Was war in all den Stunden geschehen, da er ohnmächtig auf der feuchten Erde gelegen hatte, so reglos, dass die Würmer schon herbeigekrochen kamen, um ihn zu fressen?

Die Abendsonne wurde blasser. Unter Stöhnen richtete er sich schließlich doch auf und machte ein paar wankende Schritte. Kermac erkannte nicht viel von der Umgebung, nur dass hinter ihm das Land war und vor ihm das Meer. Er ging darauf zu, bis das Wasser seine Knie umspielte, dann hatte er keine Kraft mehr und ließ sich fallen. Die Fluten schlugen über seinem Kopf zusammen, eiskalt, aber lautlos. Sie tuschelten nicht über seine Demütigung, sie kicherten nicht.

Wenn ich nicht ersaufen will, sollte ich lieber die Schande schlucken als das Meerwasser.

Prustend fuhr er wieder hoch. Vom bitteren Geschmack war nur mehr salziger geblieben. Das Schädelbrummen war zwar noch da und würde ihn eine Weile begleiten, aber so lange schwächen, bis er ertrank, würde es ihn nicht.

Ich bin nicht so wie du, Mutter. Die Scham zwingt mich nicht in die Knie. Sie besteht nicht aus Feuer wie der Hass, nicht aus Luft wie die Sehnsucht, nicht aus kaltem Stein wie die Rachsucht, nicht aus Erde wie die Heimatliebe. Scham ist nicht wie Blut, Tränen oder Schweiß, sondern wie … Pisse.

Nicht länger stand ihm das Gesicht seiner Mutter vor Augen, sondern das von Scota, und nicht länger hörte er das armselige Röcheln der vor Hunger Sterbenden, sondern die Worte, die die Druidin in der vergangenen Nacht zu ihm gesagt hatte. Er schüttelte sie ab wie das Meerwasser und entstieg den Fluten.

Als er wieder festen Boden erreichte, spiegelte die schwarze Wasseroberfläche sein Gesicht. Die Wellen verzerrten es. Seine Augen wirkten größer als sonst, auch das Lächeln war nicht länger schief. Vielleicht hatte das Wasser nicht nur die Scham von ihm gewaschen, sondern ihm für immer sein spöttisches Lächeln geraubt …

Kermac erschauderte ob des fremden Gesichts, das ihm da entgegenblickte, als plötzlich eine Stimme ertönte. Jemand rief seinen Namen. Ob er noch lächeln konnte oder nicht – er war erkannt worden.

Ihm selbst war der Mann fremd, der auf ihn zuschritt. Sein Kettenhemd ließ vermuten, dass er ein Wachtposten auf Dunvegan war, und sein widerwilliger Blick, dass Alasdair befohlen hatte, ihn zu suchen, er es aber nie freiwillig getan hätte.

Kaum ein Wort, das er sagte, war verständlich, so nachlässig, wie er es nuschelte. Kermac verstand zunächst nur, dass er nach dem, was geschehen war, sofort nach Dunvegan heimkehren müsse.

Was ist denn geschehen?, wollte er fragen, aber tat es nicht, sondern konzentrierte sich darauf, nicht auf den glitschigen Steinen auszurutschen.

Obwohl er seine Ahnungslosigkeit nicht eingestand, grinste der Mann plötzlich. »Du hast ordentlich gesoffen, nicht?« Ehe Kermac entschied, zu nicken oder die Wahrheit zu sagen, fuhr der andere fort: »Dieses Weib hat uns vergiftet ...«

Ja ... aber bei mir hat sie keinen Wein verwendet, sondern ...

Nein, er wollte nie wieder daran denken!

Kermac fuhr sich durch sein feuchtes Haar und berührte dabei die Wunde an seinem Hinterkopf. Ob diese noch blutete oder nur Meerwasser über den Rücken lief, konnte er nicht sagen.

»Was ... was hat Alasdair denn nun vor?«, fragte er.

Der andere spuckte auf den Boden. »Ich denke, das weiß er selbst nicht so genau. Wer kann's ihm vorwerfen, wo er doch eben sein Weib verloren hat ...«

»Eilidh ist tot?«, entfuhr es Kermac, und er konnte nicht länger verbergen, dass er nicht wusste, was geschehen war.

Der mit dem Kettenhemd spuckte erneut auf den Boden. »Ich trauere ihr ganz bestimmt nicht nach. Du etwa? Wie's scheint, ist sie ins Meer gestürzt – genauso wie du. Allerdings ist sie in den Fluten liegen geblieben.«

Und hat Salzwasser geschluckt ... zu viel Salzwasser ...

»Nun ja«, fügte der Mann hinzu, »dass man sein Kind verliert, und das unter so grausamen Umständen, hat kein Weib verdient.«

»Farquhar ist auch tot?«

Der Mann nickte. »Diese verfluchte Scota ist daran schuld.

Nach allem, was man hört, hat sie den Kleinen ins Meer geworfen, aber wenn du mich fragst, traue ich ihr auch zu, dass sie ihn zum Opfer von Flammen hat werden lassen. Eine grässliche Geschichte, fürwahr ... Aber nun beeil dich.«

Eilidh tot, Farquhar tot ... was zum Teufel hatte er versäumt, als er ohnmächtig daniederlag?

Nach allem, was er in der letzten Nacht hatte ertragen müssen, hatte er nicht mit diesem Ausgang gerechnet. Allerdings bedeutete das keineswegs, dass er die Ereignisse nicht für seine Zwecke nutzen konnte.

Nach dieser Nacht kann ich vielleicht nicht mehr lächeln, aber immer noch grinsen. Siehst du mich, Mutter? Schaust du mir zu, wie sich meine Schande in Triumph wandelt?

Ja, Scham war nicht aus Erde, aus Stein, aus Luft oder aus Feuer. Er würde sie in den Boden stampfen, wo sie erstickte, und über der platt getretenen Stelle würde er ein Haus errichten – das Haus eines Herrschers.

XXV.

Skye
1306

Als die Stimme der alten Scota verklungen war, war es draußen tiefste Nacht. Ähnlich stockdunkel musste es damals zu Samhuinn gewesen sein. Weder die Sterne noch der Mond hatten sehen wollen, was sich auf der Erde zutrug, sich vielmehr der kindlichen Hoffnung hingegeben, es würde nicht passieren, solange ihr Licht nicht darauf fiel.

Aber die Berge, dachte Flora, stehen unverrückbar, auch wenn man nicht sehen kann, wo sie aufhören und wo der nächtliche Himmel beginnt. Und das Kind ist tatsächlich geopfert worden … auch wenn es in absoluter Dunkelheit geschah.

Zumindest ging sie nach allem, was sie gehört hatte, davon aus.

Scota hatte unbedingt Samhuinn feiern wollen, um ihr totes Kind zurückzuholen, Magaidh hatte sie nicht davon abbringen können, und Moira hatte ihr den kleinen Farquhar gebracht. Der Plan, den Eilidh erdacht hatte, war zum Scheitern verurteilt gewesen. Anstatt mit Kieran zusammenzutreffen, hatte sie sich vor Gram über den Tod ihres Sohnes von den Klippen gestürzt. Wie lange Kieran wohl vergebens gewartet hatte?

Ailean schien etwas anderes mehr zu interessieren: »Dieser Kermac MacMaghan … er war offenbar ein Wüstling, grausam und unberechenbar … Aber ich habe immer noch nicht verstanden, welche Rolle er in der Nacht spielte. Von wem ist er zusammengeschlagen worden, sodass er den ganzen Tag über ohnmächtig am Meer lag?«

Scota lächelte, was sie jünger aussehen ließ. »Nur weil die Katze spitze Krallen hat, fängt sie nicht jede Maus. Manche Mäuse sind so flink, dass sich die Katze die Krallen ins eigene Gesicht schlägt, versucht sie sie zu fassen.«

Ailean wurde ungeduldig. »Und Alasdair?«, fragte er. »Er hat doch sicher nicht hingenommen, dass Moira sein Kind gestohlen hat … seinen einzigen Sohn! Er hätte dich jagen müssen, selbst bis hierher hätte er finden müssen. Der Baca Ruadh mag verflucht sein, aber unbezwingbar ist er nicht. Und bevor du hierhergekommen bist, hast du offenbar eine Zeit lang in dieser Höhle am Meer gelebt.«

Wieder lächelte Scota, wenngleich es nachdenklicher wirkte. »Ist euch denn nie in den Sinn gekommen, dass ich Alasdair einen Gefallen getan habe?«

»Weil Farquhar nicht sein Kind war?«, rief Flora aufgeregt. »Wusste er das denn?«

»Und ist das die Erklärung, warum Sigurd und alle anderen Männer schliefen?«, fiel Ailean ihr ins Wort. »Konnte Moira deshalb so leicht das Kind holen?«

»Moira wiederum«, sinnierte Flora, »hat später vielleicht doch noch ein schlechtes Gewissen bekommen, weil sie Eilidh das Kind gestohlen hat … Sie muss geglaubt haben, dass diese keine gute Mutter war, doch dass sie sich vor Gram getötet hat, hat sie sich nie verzeihen können. Sie hat Skye sicher verlassen, um anderswo neu zu beginnen. Als sie das Lied gehört hat, muss sie zutiefst erschrocken gewesen sein.«

»Aber in diesem Lied war nicht die Rede davon, dass das Kind stirbt, im Gegenteil«, gab Ailean zu bedenken. »Es hieß, es sei stark wie kein zweites gewesen, ja unsterblich.«

»Vielleicht ... vielleicht hat Iain nur Spott getrieben!«

»Warum hätte er das tun sollen?«

Heftig gingen die Worte hin und her. Derart in Mutmaßungen vertieft, merkten Flora und Ailean nicht, wie sich die alte Frau abwandte. Sie war aufgestanden und beim Erzählen auf und ab gegangen, jetzt hockte sie sich ans Feuer und nährte es mit Reisig. Die Flammen züngelten hoch bis zu ihrem Gesicht, aber leckten nicht daran. Schwarze Schatten tanzten auf der plötzlich fahlen Haut.

»Erinnert ihr euch, was ich über die Wahrheit gesagt habe?«, fragte sie leise.

»Gewiss. Dass sie viele Masken trägt. Vielleicht verbirgt sich nicht nur ein Gesicht darunter, sondern deren mehrere. Eine Wahrheit versteckt sich allerdings nicht vor uns: dass ein kleines unschuldiges Kind sterben musste. Wie konntest du das tun? Wie es seiner Amme entreißen und dieses schauerliche Opfer darbringen? Genutzt hat es dir anscheinend nichts, denn hättest du dein totes Kind zurückbekommen, wäre es hier. Du bist ein Scheusal, dich an einem Kind zu vergreifen!«

Seine Stimme war heiß vor Zorn, doch Flora ahnte, dass es nicht allein die Alte war, die diesen bedingte, sondern ihre und Aileans Unwissenheit.

Mit jedem Scheit, den wir ins Feuer werfen, um die Vergangenheit zu erhellen, wird die Dunkelheit nur noch verschlingender ...

»Warum sagst du uns nicht endlich, was genau zu Samhuinn passiert ist?«, fuhr Ailean erbost fort. »Warum hast du uns nur von der Zeit davor und danach berichtet?«

»Ich soll es euch wirklich … sagen?«

Ailean machte einen wütenden Satz auf Scota zu, doch Flora hielt ihn zurück. Die alte Frau hatte den Kopf gehoben und blickte sie unverwandt an, und plötzlich hätte Flora schwören können, dass sie keinen Spott mit ihnen trieb und die Wahrheit nicht böswillig vor ihnen verheimlichte. Dass sie nicht mehr sagen konnte, hatte andere Gründe. Vielleicht waren gesprochene Worte zu widerspenstig.

Anders sah es wohl mit … *gesungenen* Worten aus.

Die Schatten tanzten nicht länger im Gesicht der alten Frau, als sie sich erhob, nun ganz im Dunkel stand und zu singen begann. Die Wahrheit wurde jäh von gleißendem Licht erhellt.

»Mein Gott!«, stieß Flora aus, als das Lied verklungen war. »Kann es sein, dass alles ganz anders …« Sie brach ab.

»Was hast du denn?«, fragte Ailean verwirrt.

Flora brachte kein Wort hervor. Selbst Osla, die bis jetzt am Rand gestanden, sich weder eingemischt noch Fragen gestellt hatte, kam näher.

»Nun sag schon!«, drängte sie genau wie Ailean. »Was geht in deinem Kopf vor?«

Doch Flora brachte keinen Ton heraus, konnte nur fassungslos auf die alte Frau deuten. Diese bewegte ihre Lippen eine Weile lautlos, ehe plötzlich weitere Töne hervorkamen, noch heller und klarer als die vorangegangenen.

Es klang nicht so, als würde eine alte Frau singen, vielmehr, als würden Blumen seufzen, wenn Schmetterlinge sie umflattern und Sonnenstrahlen sie necken. Die ganze Höhle wurde von den Tönen erfüllt. Sie nisteten sich in jedem Winkel ein, spannen einen großen Kokon, der sie weich und samtig einhüllte. Wenn er irgendwann platzte, würden sie vor der Höhle vielleicht keine Berge vorfinden, sondern ein Meer von Blumen und selbst darum herumflattern.

Sie lauschten gebannt, doch als das zweite Lied verklungen war, war es nur Flora, die vermeinte, die Welt hätte den Atem angehalten. Ailean hingegen schöpfte nach neuem, um seinen Vorwurf zu wiederholen.

»Dass du jetzt singst, ändert nichts daran, dass du ein unschuldiges Kind auf dem Gewissen hast!«

»Still!«

Flora kannte die eigene Stimme nicht wieder, wenngleich sie nicht wusste, ob sie sich vom Zuhören verändert hatte oder von der Wucht der jähen Erkenntnis.

»Du willst doch nicht schönreden, dass sie ...«

»Sag, bist du taub?«

»Natürlich nicht, alle haben wir gehört, wie schön sie singen kann, aber das heißt doch nicht, dass ...«

»Gut«, fiel Flora ihm schroff ins Wort. »Dann bist du also nicht taub, sondern dumm.«

»Das sagt die Richtige!«

»Wann habe *ich* mich denn dumm verhalten? Als ich dich vor ein paar Tagen gerettet habe? Nachdem du geglaubt hast, du könntest dich mit einer Horde Gesetzloser ungestraft anlegen?«

»So leichtgläubig war ich nicht. Mir war schon klar, dass ich notfalls mein Leben opfern müsste, um ...«

»Oh! Neuerdings bist du also kein Barde mehr, sondern ein Held. Doch ein solcher würde nie das Offensichtliche übersehen.«

»Still!«

Diesmal war es die alte Frau, die sie zum Innehalten brachte. Flora schämte sich augenblicklich, dass sie die Höhle mit ihrem kleinlichen Streit gefüllt hatten, und auch Ailean wirkte betreten, wenngleich die gerunzelte Stirn bewies, dass er noch immer nichts begriffen hatte.

Schließlich war es Osla, die zu sprechen begann. »Es ist alles ganz anders, als wir dachten ... Diese alte Frau hier ... Sie ist gar nicht Scota ... sondern ... Eilidh.«

Ailean machte ein so dümmliches Gesicht, dass Flora am liebsten aufgelacht hätte. Sie verkniff es sich, weil ihre Verwirrung letztlich größer war als ihre Belustigung. Und dass Ailean seine noch deutlicher als sie zeigte, machte es auch nicht leichter, der vielen Fragen Herr zu werden.

Wie konnte es sein, dass Eilidh noch lebte? Und was war mit Scota passiert? Hatte sie den Verstand verloren? Hatte Eilidh sich für den Tod ihres Kindes gerächt?

Obwohl die alte Frau im Augenblick weder rätselhaft noch mächtig, sondern eher erschüttert wirkte, traute sie ihr alles zu. Daran änderten auch die Tränen nichts, die jäh in ihren Augen glänzten, und ihre bebenden Lippen, denen es immer noch schwerfiel, ein Geheimnis preiszugeben, das sie jahrzehntelang gehütet hatte.

»Scota ...«, setzte Flora an, um sich rasch zu berichtigen. »Eilidh ...«

Die alte Frau fand ihre Stimme wieder. Diesmal sang sie nicht, sondern murmelte heiser: »Als ich seinerzeit mit Alasdair nach Skye zurückkehrte, sah ich Scota jahrelang nicht. Irgendwann habe ich mich doch nach Glendale gewagt und die Höhle betreten, in der sie lebte. Bis heute weiß ich nicht genau, was ich mir erhoffte, ob Kraft oder Mut oder Tollkühnheit oder alles zusammen. Diese Begegnung hat jedenfalls alles verändert ... Wir ... wir haben gestritten.«

»Und danach war dir Scota so böse, dass sie dein Kind stahl?«

»Ja, wir haben gestritten«, wiederholte Eilidh, »aber ... aber nicht die ganze Zeit … Als sich die Gewitterwolken verzogen, stand der Himmel klarer als je zuvor. Ich glaube, in diesem Augenblick habe ich zum ersten Mal begriffen, wer Scota wirklich war.«

»Und wer war sie?«

Eilidh seufzte lange und tief, die Trauer eines ganzen Lebens schien sich zu entladen. »Ein Mensch, der lieben konnte … mit ganzem Herzen und mit ganzer Seele … Und ein Mensch, der selbstloser war als wir alle zusammen.«

XXVI.

Skye
1266

»An Samhuinn werde ich dir beweisen, wer ich bin und was ich kann.«

Die wütende Stimme, die von den Wänden widerhallte, erfüllte die Höhle mit mehr Leben als je zuvor.

»Es stimmt, ich habe kein starkes Kind wie du geboren, aber ich werde mir meines aus Andernwelt zurückholen. Ich habe eine Wölfin bezwungen, und ob du mir glaubst oder nicht – ich werde auch den Tod bezwingen.«

Ein ärgerliches Zischen tönte Scotas Stimme nach und jäh musste sie sich eingestehen: Ganz gleich, was sie behauptete, in dieser Stimme lag keine Macht. Mit dieser Stimme würde sie nicht einmal eine Maus verjagen und eine Wölfin erst recht nicht. Die Maus würde kichern, die Wölfin zubeißen.

Jäh schwand ihre Wut auf Eilidh und mit ihr der Stolz. Zurück blieb Enttäuschung, die weniger der einstigen Gefährtin als ihr selbst galt.

Zwei zänkische Weiber sind wir, nichts weiter. Wir haben die Einsamkeit nicht verdient, nicht die Stille, und am allerwenigsten die Erhabenheit, die beide schenken.

Eilidh hatte ihr den Rücken zugewandt, war aber stehen geblieben. Hätte sie die Höhle verlassen, wäre Scota in ihrem

Trotz verharrt und hätte ihr letzte wütende Flüche nachgerufen. So aber erhob sie sich wieder und ging langsam auf Eilidh zu. Deren Rücken war so ... stark. Ganz gleich, wie oft sie ihr vorwarf, schwach zu sein – etwas in Eilidh war unverwüstlich, sonst wäre sie nicht hergekommen, sonst hätte sie nicht mit ihr gestritten, sonst würde sie nicht verzweifelt nach einem Weg suchen, der sie mit Kieran und Farquhar vereinte.

»Eilidh ...«

Eilidh drehte sich um, und ihre blauen Augen wirkten im trüben Licht so grau wie die von Magaidh.

»Wie willst du den Tod bezwingen?«, fragte sie heiser, aber furchtlos. »Wie?«

Den Augen konnte Scota nicht die Farbe zurückgeben, den bleichen Wangen nicht das Rot, dem stumpfen Haar nicht den Silberton, aber jäh die Hand heben, sie berühren, streicheln und an sich ziehen – das konnte sie. Knochig waren Eilidhs Schultern, aber ihr Leib war warm. Genauso inniglich hatte Scota sie an dem Tag gehalten, als Eilidhs Vater ermordet worden war und sie sich übergeben hatte. Scota hatte sich nicht vor den Spuren des Erbrochenen geekelt, das noch an ihrem Kinn gehaftet hatte.

»Wie willst du den Tod bezwingen, wie dein Kind zurückholen? Sag es mir!« Eilidh schrie. »Lehre es mich! Dann ... dann finde ich vielleicht einen Ausweg!«

Scota zuckte die Schultern, und ihr Trotz zerfiel zu Staub. »Ich bin mir nicht einmal sicher, ob ich das Leben bezwingen kann«, gestand sie betreten. »Vielleicht rede ich nur deshalb ständig vom Tod.«

»Aber du hast doch eben ...«

»Geprahlt habe ich, maßlos übertrieben. Das wird schließlich von mir erwartet. Den Menschen fehlen der Mut und die Kraft zur Lüge, mir nicht. Uns geht es schlecht, sagen sie und machen sich nichts vor. Ich hingegen lüge andauernd. Ich habe Macht, ich habe Weisheit, ich kann euch trösten, ich sage euch, was ihr tun sollt.«

»Das heißt, du kannst den Wölfen keine Befehle erteilen?« Eilidh schrie nicht länger, sie klang enttäuscht.

»Vielleicht kann ich es. Aber nicht, weil ich schärfere Krallen und spitzere Zähne habe, nicht, weil mein Blick das Böse bannen und Gesetze der Welt aushebeln kann, sondern nur, weil ich lange genug mit ihnen den Mond angeheult habe.«

Kein zänkischer Ton lag mehr in ihrer Stimme, nur Trauer, unendliche Trauer. All die Jahre hatte sie diese Trauer wie ein Schatten verfolgt, aber da sie meist im Dunkeln gesessen hatte, hatte sie ihn kaum gesehen, nur gefühlt. Es war der Schatten einer verzagten Frau, keiner mächtigen Druidin, und Eilidh war die Einzige, vor der sie das eingestehen konnte.

»Ich ... ich verstehe immer noch nicht«, murmelte Eilidh. »Was bist du? Was glaubst du? Ich dachte, du wolltest an Samhuinn das Tor zu Andernwelt öffnen und dein Kind zurückholen.«

Scota ließ sie los. Es war leichter zu reden, wenn sie sie nicht länger umarmte, sondern sich von ihr abwandte. Sie kannte die Worte nicht, die aus ihrem Mund quollen. Ihr Schatten sprach sie, nicht sie selbst.

»Nachdem du damals Skye verlassen hast, habe ich Kieran kaum mehr gesehen. Er hat mir nichts mehr über die Kelten erzählt, und dann ... dann kam der Tag, da das Kloster brannte und mit ihm all die Schriften. Es gab nicht länger die Möglichkeit, mehr über die Kelten zu erfahren. Natürlich weiß ich manches, auch dass sie das Fest Samhuinn feierten, aber im Grunde bin ich das Kind geblieben, das um Haselnüsse tanzt.« Scota schluckte schwer. »Ich ... ich bin keine Druidin. Ich werde nie eine sein. Was ich von Druiden weiß, ist nur, dass sie stets hilfsbereit waren. Dass sie, wann immer man um ihren Beistand flehte, diesen schneller gewährten, als ein Stein zu Boden fällt. Ein Stein ist schwer, und ich wollte auch schwer sein ... Ich wollte Gewicht haben, und in gewisser Weise ist es mir gelungen. Das hier ist ein Ort ohne Zweifel, ohne Ängste, ohne Sorgen. Ein Ort, an dem Wundersames passiert. Die Menschen sehen in mir die Druidin, weil sie es wollen. Sie finden hier etwas, weil sie danach suchen. Aber ich ... ich suche nicht mehr, ich habe meinen Glauben an die Götter längst verloren. Ich weiß, dass ich für den Rest meines Lebens einsam bleiben werde.«

Nun war es an Eilidh, den Arm um Scotas Schultern zu legen. »Du hast mich«, murmelte sie. »Gewiss, ich habe all die Jahre deine Nähe gescheut, aber nicht, weil ich dich vergessen hätte, sondern weil ich mich schuldig fühlte. Ich habe dich immer geliebt, das ... das weißt du doch, oder?«

»Aber Kieran liebst du mehr und dein Kind auch. Ich hingegen habe niemanden, den ich mehr lieben könnte als dich.«

»Und deswegen bist du so hart zu mir?«

»Deswegen bin ich so hart zu mir selbst.« Tränen traten in Scotas Augen, sie schluckte. »Du bist nicht gekommen, um die Freundin von einst zu sehen«, fuhr sie entschlossen fort, »sondern weil du den Rat von einer Druidin hören wolltest. Nun, ich werde dich nicht wegschicken. Wenn du weißt, was du willst, kann ich dir vielleicht sagen, wie du es bekommst.«

Eilidh lächelte traurig und nahm ihren Arm von Scotas Schultern. »Du musst für mich keine Wölfin bezwingen. Ich wäre selbst gern eine. Aber es genügt mir nicht, den Mond anzuheulen ...«

»Willst du lieber knurren, bis er erschrickt? Und dann? Steigt er höher in den Himmel, bis man ihn nicht mehr sieht, oder fällt er auf die Welt?«

»Ach, Scota ... Ich bin mir nicht einmal sicher, ob der Wolf glücklich wäre, wenn er endlich den Mond bekäme.«

Scota schüttelte den Kopf, als könnte sie solcherart ihre Gedanken ordnen. »Lass uns nicht länger von Wölfen und dem Mond sprechen, sondern von Kieran, von dir und dem Kind. Du möchtest gemeinsam mit ihnen leben?«

»Ja.«

»Aber du wagst die Flucht nicht.«

»Wir würden für den Rest unseres Lebens verfolgt werden.«

»Alasdair würde dich nur verfolgen, wenn er wüsste, dass das Kind lebt. Also muss er denken, es ist tot.«

»Aber wie soll das geschehen?«

Scota begann auf und ab zu gehen.

Ich fürchte dich nicht mehr, Schatten. Ich werde dich benutzen. Ich werde dich auf die Welt werfen, und die Welt wird dunkel werden.

»An Samhuinn wirst du es sehen«, sagte Scota heiser. »Ich habe eine Wölfin bezwungen, ich werde auch den Tod bezwingen.«

»Ich verstehe immer noch nicht ...«

»Wenn es dunkel ist, können wir tun, was immer wir tun wollen. Niemand wird die Wahrheit sehen. Ich habe eine Idee, und wenn du dich zu mir setzt, erzähle ich dir davon.«

Langes Schweigen folgte, die Wände der Höhle schimmerten im Feuerschein rötlich, und ihrer beider Schatten tanzten ausgelassen, obwohl sie selbst ruhig saßen. Vielleicht fühlten sie sich befreit, weil sie nicht länger von Furcht und Unbehagen gefesselt wurden. Vielleicht hatten sie bereits all die Jahre getanzt und sie hatte es nur nicht gesehen.

Eilidh kehrte nach Dunvegan zurück, und mit jedem Schritt wogen ihre Gedanken schwerer. Solange sie sie in Scotas Gegenwart ausgesprochen hatte, hatten sie keine Macht gehabt. Jetzt kamen die Zweifel zurück.

Ich schaffe es, ich schaffe es nicht, ich schaffe es, ich schaffe es nicht.

Um es zu schaffen, so viel stand fest, brauchte sie einen Verbündeten. Scota allein genügte nicht. Es musste jemand sein, der sie mochte, zugleich aber gedankenlos genug war, um ihr das waghalsige Vorhaben nicht auszureden.

Bis ihr einfiel, wer das sein könnte, wurde es Abend, und der Abend war selten eine Zeit, da man den Betreffenden nüchtern fand. Wie erwartet, schlief er tief und fest, als Eilidh in der Nähe der Stallungen fast über ihn gestolpert wäre. Ein würziger, scharfer Geruch lag in der Luft, und noch mehr als die Pferde stank Sigurd selbst. Kurz überlegte sie, ihn anzustoßen oder an seinem Bart zu ziehen, bis er erwachte, doch stattdessen griff sie unwillkürlich nach seinem Gürtel, wo das Ledersäckchen mit den Spielsteinen hing. All die Jahre hatte er es bei sich getragen, selbst als sie längst erwachsen war und er nicht mehr nur beim Spielen soff. Sigurds schnaufender Atem glich dem eines alten Pferdes. Er schmatzte, aber schlief weiter, während sie das Säckchen behutsam öffnete und die Steinchen auf den von Hufen gefurchten Boden legte. Sie waren kälter und rauer, als sie sie in Erinnerung hatte. Als sie ein Kind gewesen war, war es ihr gelungen, ein Türmchen daraus zu bauen, während sie jetzt gerade mal fünf übereinanderstapeln konnte, ehe sie umfielen.

Ich schaffe es, ich schaffe es nicht, ich schaffe es, ich schaffe es nicht …

Wenn die Steinchen stehen blieben, würde sie es auch ohne Sigurds Hilfe wagen … Eins, zwei, drei, vier … Nein, sie blieben nicht stehen, sondern fielen erneut in sich zusammen.

Es ist doch nur ein dummes Spiel. Keiner baut sein Leben auf Spielsteinen auf. Keiner denkt, sie könnten ein verstörtes Kind, das eben seinen Vater hat sterben sehen, trösten.

Wieder ertönte ein Schnaufen und Schmatzen. Mit den Lippen öffneten sich die Augen und erkannten sie. Sigurd fuhr hoch, oder nein, dieser Berg von einem Mann konnte sich nicht so rasch bewegen, sondern sich nur vom Liegen zum Sitzen wälzen.

Allein das bereitete ihm unglaubliche Anstrengung. Eilidh entdeckte Schweißtropfen in seinem Schnauzbart. Rote Furunkel wucherten auf seiner Wange, schienen aber bei Weitem nicht so zu schmerzen wie der Anblick der Spielsteine.

Sigurds Augen wurden einmal mehr tränennass. »Als du noch ein Kind warst, war alles gut.«

Eilidh baute einen dritten Turm, und dieser blieb stehen. Aber sie versetze ihm selbst einen Stoß.

»Für mich war nichts gut, gar nichts!«

»Ich weiß ... dein Vater ...«

In Sigurds Blick stand nur schlechtes Gewissen, nicht die Selbstherrlichkeit von früher.

»Einst hast du mit jeder Geste bekundet, dass die Welt dir gehört«, murmelte sie. »Doch die Welt ist ein störrisches Pferd, nicht wahr? Sie wirft jeden ab, der es zu zähmen glaubt, und auch du bist unsanft auf dem harten Boden gelandet. Leider hast du das Pech gehabt, dir zwar alle Knochen, aber nicht das Genick zu brechen ... Deshalb lebst du noch, deshalb säufst du in der Nähe des Stalls, deshalb betrachtest du die Pferde, aber weißt, dass du nie wieder auf einem reiten wirst.«

Bei jedem ihrer Sätze zuckte er zusammen, als würde sie auf den schmerzenden Kopf eindreschen.

»Ach, Eilidh«, seufzte er schließlich. »Denkst du nicht, ich wurde genug bestraft?«

»Warum?«, fragte sie schlicht. »Warum hast du meinen Vater damals getötet? Wirklich nur aus einer Laune heraus?«

Sie rieb zwei der Würfel in der Hand aneinander und verursachte damit ein kratzendes Geräusch. Sigurds Stimme war schwer von seinem Elend, als er zu erzählen begann.

»Schon als Knabe ging ich gern zur Jagd. Damals gab es noch Rentiere auf Skye, sogar Elche, obwohl alle behaupten, dass diese nur mehr auf den Orkneyinseln leben. Ich habe mehr als nur einen erlegt. Niemand war so geschickt wie ich, niemand konnte sich so lautlos anschleichen, niemand mit Pfeil und Bogen jedes noch so weit entfernte Ziel treffen. Eines Tages habe ich mehr Tiere erlegt, als wir brauchten. Wir konnten nicht die ganze Beute mit uns schleppen. Wildkatzen waren dabei, Rotfüchse, Marder und sogar ein Auerochse. Mein Vater befahl mir, sie im Meer zu versenken. Ich habe gefragt, warum wir die toten Tiere nicht einfach liegen lassen. Doch da hat er gesagt: Wir machen unsere Arbeit, nicht die der Bären und Wölfe.« Nahezu flehentlich sah er Eilidh an. »Verstehst du nicht?«, rief er verzweifelt, als sie beharrlich schwieg. »Es wäre so leicht, wenn jeder an seinem Platz bliebe und täte, was ihm zu tun bestimmt ist. Warum jagt man zwei Hirsche, wenn einer satt macht? Warum will ein König ein zweites Reich, wenn er schon eines hat? Was hatte dein Vater auf dieser Insel zu suchen?«

»Red keinen Unsinn! Du hast immer mehr Tiere erlegt, als du essen konntest. Und du hast es nicht getan, weil du darin gut warst, sondern weil es dir Vergessen schenkte.« Eilidh öffnete die Hand und schleuderte die Steine in den Stall. »In ein paar Tagen werden diese Steine unter der Erde begraben liegen, weil zu viele achtlos drauftreten, und niemand wird mehr an sie denken«, sagte sie. »Man muss nicht töten, um zu vergessen. Und du musst auch nicht töten, um mir zu helfen. Hilfe aber brauche ich von dir.«

Sigurd lächelte traurig. »Du wirst nie vergessen, was ich getan habe, du wirst mir nie vergeben.«

Eilidh öffnete die Hand, ein letzter Stein befand sich noch darin. »Ich werde so tun, als ob. Das muss genügen.«

»Wie kann ich dir helfen?«

»Darüber muss ich noch nachdenken.«

Sie erhob sich wendig. Ihre Gedanken waren nicht länger schwer, gleich so, als hätte Sigurd, an dem alles wuchtig war, sie auf sich geladen, um sie fortan mühelos zu tragen.

»Es hatte keinen Sinn, sie ins Meer zu werfen«, murmelte sie, ehe sie über ihn hinwegstieg.

»Was meinst du?«

»Die toten Tiere, die ihr nicht mitgenommen habt. Vielleicht habt ihr dem Wolf und dem Bären eine leichte Beute geraubt, aber im Meer leben Fische, die sich daran gütlich taten, und nachdem das Meer die Überreste der Kadaver an den Strand spült, warten dort Fliegen, Würmer, Vögel und Ratten. Kein Tier stirbt ohne Nutzen für ein zweites. Nur manchmal ist dieses zweite so winzig, dass man ihm kaum Beachtung schenkt.«

Sigurd brach in schallendes Gelächter aus. »Das merke ich mir. Ab heute bin ich gern ein Wurm.«

Eilidh ging. Als sie sich ein letztes Mal umdrehte, sah sie, dass er aufgestanden war und die Spielsteine eingesammelt hatte – alle, nur den einen nicht, den sie noch bei sich trug.

XXVII.

Skye
1306

»Das also war euer Plan«, stellte Ailean fest. »Alle Welt sollte glauben, dass Scota das Kind geopfert und du dich aus Gram selbst getötet hast, während du in Wahrheit endlich mit Kieran und Farquhar vereint sein durftest. Du selbst hast die Rüben vor das Zimmer gelegt, um einen falschen Verdacht zu schüren. Magaidh wolltest du nicht zu viel verraten, aber Sigurd hast du in deinen Plan eingeweiht. Er hat die Wachen betrunken gemacht, damit Moira das Kind unbehelligt wegbringen konnte. Diese wiederum hat als Einzige geglaubt, dass an Samhuinn das Tor zu Andernwelt offen steht …«

Eilidh wiegte nachdenklich den Kopf. »Vielleicht steht es tatsächlich offen, vielleicht ist Andernwelt nur nicht so, wie wir es uns vorstellen … nicht ein Platz der Toten nämlich, sondern der Lebenden, denen es gelingt, die Gesetze der Welt auszuhebeln. In Andernwelt können Frauen über ihr Leben selbst bestimmen, finden Liebende zusammen, wächst ein Kind bei dem Vater auf, der es liebt …«

»Dennoch«, unterbrach Flora sie, »habt ihr Moira an der Nase herumgeführt. Schlimmer noch – ihr habt sie für eure Zwecke benutzt.«

Ailean war das Gleiche durch den Kopf gegangen, aber als

er sah, dass Eilidh zusammenzuckte, vermeinte er, sie in Schutz nehmen zu müssen.

»Moira hat kein Mitleid verdient!«, rief er. »Immerhin war sie bereit, ein Kind zu töten!«

»Doch nur, damit Scota ihre Tochter zurückbekommt.«

»Das macht es nicht besser!«

»Nicht besser ... aber ... aber verständlicher!«

»Gib es doch zu, dass deine Dienerin verrückt ist, es vielleicht immer schon gewesen ist.«

»Es war aber nicht sie, sondern David, der das Messer gegen Iain gehoben hat.«

»Nun, vielleicht ist der auch verrückt.«

»Ich kann mir nicht vorstellen, dass er mit seiner Tat das Tor zu Andernwelt aufstoßen wollte.«

Eilidhs Blick ging fragend zwischen den beiden hin und her, und als Ailean sich dessen bewusst wurde, schämte er sich für ihr kindisches Gezänk.

»Es tut uns leid«, murmelte er zerknirscht, »es ist nur so, dass wir vieles immer noch nicht verstehen. In deiner Erzählung klaffen Lücken. Der Plan, war er auch wohlfeil durchdacht, muss gescheitert sein, sonst würde Scota in dieser Höhle hocken, nicht du. Und was ist mit Kermac? Wer hat ihn bewusstlos geschlagen, wann und warum? Es muss etwas Unvorhergesehenes geschehen sein.«

Eilidh seufzte. »So oft habe ich wach gelegen und darüber nachgedacht, aber bis heute bin ich mir nicht sicher.«

»Willst du uns nicht sagen, was noch an Samhuinn passiert ist?«

Wieder folgte ein Seufzen, doch ihr Blick war nicht länger von Trauer verschleiert, nein, Neugier stand darin.

»Ihr habt mir viele Fragen gestellt und manche Antwort erhalten. Gewiss nicht alle, das gebe ich zu. Ich wiederum müsste eingestehen, dass ich noch weniger weiß, nämlich weder, warum ihr hier seid, noch wer euch schickt. Anscheinend kennt ihr Moira, auch der Name Iain fiel und der eines Mannes – David –, der ihn bedroht hat. Diese Namen zu hören ist für mich ähnlich verwirrend wie meine Geschichte für euch. Schenkt mir ein wenig Klarheit, dann will auch ich sie euch geben.«

Nicht dass Ailean ihr Trachten nicht verstand – enttäuscht war er gleichwohl, nicht endlich die ganze Wahrheit zu erfahren. Es war Flora, die nun zu erzählen begann, zunächst sehr wirr, als wäre auch sie eine alte Frau, die vieles durcheinanderbrachte, dann aber sammelte sie sich.

»Es hat alles damit begonnen, dass Ailean sich betrunken hat und ohnmächtig im Hof lag ...«

Obwohl er eigentlich wollte, dass sie ihre Erzählung so schnell wie möglich zu Ende brachte, fuhr Ailean auf. »Ich lag nicht ohnmächtig im Hof, ich habe geschlafen!«

»Hättest du nur geschlafen, wärst du erwacht, als ich deinen Namen rief und dich rüttelte. Hab ich dir eigentlich schon mal erzählt, dass der Wachtposten sich auf dir erleichtern wollte?«

»Er wollte ... *was?*«

»Nun, ich habe ihn gebeten, dich zu wecken.«

»Und da hast du zugelassen, dass er ...«

»Nein, eben nicht! Ich habe es verhindert, und dafür solltest du mir dankbar sein, aber dankbar bist du ja nie.«

»Das stimmt nicht, ich war durchaus froh, dass du mich vor diesen Unholden gerettet hast.«

Wieder ging Eilidhs Blick zwischen ihnen hin und her, diesmal deutlich belustigt. Der von Osla hingegen war streng, als sie laut in die Hände klatschte.

»Gott, habt ihr nie genug? Könnt ihr euch nicht endlich einmal inniglich küssen, auf dass ihr zu streiten vergesst?«

Flora wurde flammend rot, und auch Aileans Wangen fühlten sich heiß an, wenngleich er nicht sicher war, ob das von Beschämung rührte oder der Vorstellung, Flora tatsächlich zu küssen.

Wieder klatschte Osla in die Hände, und es war ihr anzusehen, dass sie ihnen noch lieber eine Maulschelle verpasst hätte.

Eilidh indes lächelte. »Ach herrje!«, rief sie. »Zwischen euch brennt ein Feuer, das nie erlöscht. Nutzt es für euch, anstatt euch gegenseitig mit Brandpfeilen zu beschießen. Dieses Feuer kann euch verschlingen, aber wenn ihr es richtig anstellt, auch wärmen.« Das Lächeln schwand. »Das Element, das Kieran und mich verband, war nicht Feuer, sondern Luft. Gemeinsam konnten wir fliegen, aber sicher auf der Erde zu stehen, das ist uns nicht gelungen.«

Ob ihres traurigen Blicks fand Ailean seine Selbstbeherrschung wieder, und als Flora fortfuhr, von den Ereignissen, die sie hergeführt hatten, zu berichten, fiel er ihr nicht ins Wort. Er ergänzte nur manches Detail über Iains Herkunft und nahm die Erzählung an der Stelle auf, als er ihn in der Kirche gesucht, ihn dort jedoch schwer verwundet angetroffen hatte.

»Peg MacIver hat seine Wunden genäht, und gleichwohl er schwach war, konnte Iain kurz mit mir reden. Er hat deinen Namen genannt, Eilidh, und mich nach Skye geschickt.«

»Gleiches hat auch die Seherin gefordert, die Peg herbeiholte«, bestätigte Flora. »Sie sagte, dass ich alle Antworten auf der Insel fände und dass das Geheimnis mit einem verschwundenen Kind zu tun habe. Damit ist doch dein und Kierans Kind gemeint, der kleine Farquhar, oder?«

Ailean stellte verblüfft fest, dass Eilidh leichenblass geworden war. Ihre Haut war so dünn, dass er vermeinte, die Knochen durchschimmern zu sehen. Nichts war da, um ihr Innerstes abzuschotten. Schmerz, Bestürzung und Sorge sprachen aus ihrem Blick.

»Was … was hast du denn?«

Eilidh war wie erstarrt. Selbst die Flammen schienen stillzustehen, als beugten sie sich einem stummen Befehl. Plötzlich sprang sie auf und begann hin und her zulaufen.

»Ich … ich kann nicht bleiben … Ich muss sofort nach … nach Applecross … Ihr begleitet mich, ja? Wir brechen noch in dieser Stunde auf!«

»Aber es ist doch mitten in der Nacht!«, rief Ailean. »Und hör nur, wie heftig der Sturm weht.«

Eilidh blieb nicht stehen, verriet vielmehr mit jedem Schritt den Willen, die Nacht vom Himmel zu fegen und den Sturm zu übertönen, und mit einem Mal fühlte er, was diesen Willen nährte: nicht etwa Angst oder Entsetzen, sondern … Schuld.

Sie konnten Eilidh zwar überreden, bis zum Morgen zu warten, doch schon beim ersten fahlen Lichtstreifen, der in die Höhle drang, war sie auf den Beinen und schnürte ein Bündel mit Proviant. Sie sah nicht aus, als hätte sie geschlafen, und ihr geschwächter Körper konnte mit dem ruhelosen Geist kaum mithalten. In der Höhle hatte sie vom Alter unberührt gewirkt, draußen jedoch zeigte sich umso deutlicher, dass ihre Jugend lange zurücklag. Die Haut schien grauer, das Haar dünner, die Knochen spröder. Jeder Schritt bereitete ihr Mühe, was ihr Ächzen ebenso verriet wie die gequälte Miene, doch das hielt sie nicht davon ab, beharrlich Fuß vor Fuß zu setzen. Der Boden war kaum zu sehen, Dunst hockte darüber, als hätte man heiße Milch ausgegossen, die langsam verdampfte. Unter dem weißen Schleier wirkten die Berge nicht bedrohlich, sondern einsam und verloren.

»Willst du uns nicht wenigstens sagen, warum wir so abrupt aufbrechen?«, fragte Ailean. »Und außerdem habe ich keine Ahnung, wie wir das Festland erreichen können.«

»Mir fällt schon etwas ein«, erklärte Eilidh stur.

Auf die erste Frage ging sie gar nicht erst ein. Ailean wiederholte sie mehrmals, bewirkte aber nichts weiter als einen gehetzten Gesichtsausdruck.

Als sie einmal kurz rasteten, zog Flora Ailean mit sich, um unter vier Augen mit ihm zu sprechen. »Bestimmt hat das alles mit Iain zu tun ...«

»Du denkst, sie will zu ihm?«

»Wohin denn sonst? Als sie von seiner Verletzung hörte, war's um ihre Seelenruhe geschehen.«

»Was den Verdacht bestätigen würde, dass er ihr und Kierans Sohn ist.«

»Das haben wir schon früher vermutet. Und nun, da wir wissen, dass Eilidhs Kind offenbar doch nicht starb ...«

»Und welche Rolle spielte Moira bei alldem?«

»Wir werden es erfahren ... vorausgesetzt, wir erreichen Applecross.«

Bei der Vorstellung, eine genauso mühselige, hürdenreiche Reise antreten zu müssen, wie sie sie in den letzten Wochen zurückgelegt hatten, erschauderte sie, und Ailean fühlte sich ähnlich verzagt. Er konnte nur hoffen, dass Eilidh wirklich Mittel und Wege wusste, die Meerenge zu überwinden. Und noch etwas anderes bereitete ihm Kopfzerbrechen – ein Gedanke, der von ähnlich weißen Schwaden verhüllt schien wie die Berge. So einleuchtend es war, dass Iain tatsächlich Eilidhs Sohn war, blieb doch ein vager Verdacht, dass sie etwas Wesentliches übersehen hatten.

Schließlich gab er es auf, im Nebel zu stochern.

»Wir sind aufgebrochen, um ein verschwundenes Kind zu suchen«, sagte er lediglich. »Wie es aussieht, haben wir die verlorene Mutter gefunden.«

XXVIII.

Skye
1266

Schlaf, mein Kind, schlaf tief und fest, wandere ins Reich der Träume, wo der Himmel niemals schwarz wird. Schlaf, mein Kind, es wird dir nichts Böses zustoßen.

Mit jedem Schritt beschwor Eilidh den Sohn, obwohl sie ihn nicht mehr sehen konnte. Lange hatte sie Moira nachgeblickt, als diese mit dem Kind davongeeilt war, sie dann aber der Dunkelheit überlassen müssen. Erst als Moira außer Hör- und Sichtweite war, hatte sie den gleichen Weg wie diese genommen.

Den ersten Teil der Strecke kam sie kaum voran, musste sie doch, nachdem sie über den höhlenartigen Gang die Burg verlassen hatte, über feuchte Steine balancieren. Als Dunvegan hinter ihr jedoch immer kleiner und der Boden vor ihr trockener wurde, beschleunigte sie ihren Schritt. Eine mondbleiche Nacht schmiegte sich träge an die Welt. Das Licht, das Meer und das Land begannen ihr uraltes Spiel – sie neckten einander, umtänzelten sich, ohne sich ernsthaft zu bekriegen, alle drei ihrer Ewigkeit bewusst.

Schlaf weiter, mein Kind, von morgen an wirst du nie wieder einschlafen und ins Reich der Träume gehen, ohne dass mein Gesang dich begleitet …

Die Hoffnung auf ein anderes Leben wurde zur Brücke über sumpfige Pfade. Mehrmals blieb Eilidh knöcheltief stecken, und die Welt schmatzte, als wollte sie sie verschlingen. Immer gelang es ihr, den Fuß wieder herauszuziehen und weiterzugehen. Am kommenden Morgen würde sie schmutzig, müde und hungrig sein, allerdings auch mit Kieran und mit Farquhar vereint … Vielleicht zum ersten Mal richtig.

Weiter ging sie, kämpfte sich durch Gestrüpp. Auf Birkenwälder folgten feuchte Heiden, auf karges, gleichwohl raschelndes Grasland Moore, auf glitschige Geröllfelder schmale Pfade. Meist fiel es ihr leicht, sich wieder und wieder aufs Neue Mut zu machen und Kraft zu geben. Nur irgendwann, als sich der Schweiß auf der Stirn und im Nacken so kalt anfühlte, als wären silberne Tropfen des Mondlichts auf sie gefallen, hielt sie inne. Mit dem Gefühl der Mutlosigkeit und Verzagtheit, das irgendwo hinter ihrer Entschlossenheit lauerte, konnte sie fertig werden. Aber da war etwas anderes … etwas, das ihr ungleich mehr zusetzte.

Ich bin eine Wölfin … und Wölfe wittern Gefahr früher als Menschen. Sie hören sie, sie riechen sie, sie spüren sie …

Noch konnte sie sich einreden, dass die Dunkelheit ihre Sinne verwirrte, doch wegen der Dunkelheit allein würden sich nicht plötzlich sämtliche Härchen aufrichten, die Hände eiskalt werden und die Fingerspitzen taub wie die Zehen.

Ungewohnte Geräusche hätte sie sich erklären können, nicht aber, dass sie … *fehlten.* Und ja, es war, als hätte sämtliches Getier, das für gewöhnlich im Gebüsch raschelte, von Baumkronen aus nach Beute spähte oder in der Erde Löcher grub, innegehalten und schnüffelnd die Nase gehoben. Etwas hatte sich genähert, hatte einen Bannkreis um sie gezogen, etwas, das mächtiger als die Schwärze der Nacht war.

Und wenn der Tod weiß, dass wir ihn betrügen wollen?

Was für ein Unsinn! Sie musste weitergehen, bald würde sie ihr Ziel erreichen, bald würde alles gut werden!

Eilidh setzte Schritt vor Schritt, versuchte, die Geräusche, die sie dabei machte, zu ignorieren, und vor allem, dass sie eine Zeit lang die einzigen blieben. Dann war endlich wieder ein Krächzen, ein Heulen, ein Gurren zu vernehmen, und mehrere Atemzüge lang wurde sie davon getröstet. Doch als sie nach einem flachen Wegstück ohne Wurzeln und Steine ein Wäldchen erreichte, so schwarz, als wären die bei Tage bronzenen Blätter unter Pech erstarrt, nahm sie plötzlich eine Bewegung wahr.

Dieser eine Baum dort ... er ließ sich nicht einfach nur vom Nachtwind kitzeln, er ... er machte einen Schritt.

Eilidh erstarrte, hielt den Atem an, kniff die Augen zusammen. Eine Wolke schob sich vor den Mond. Als er sich wieder dahinter hervorgekämpft hatte, bewegte sich der Baum erneut. Diesmal war sie es, die verstummt war, während ein Vogel wütend kreischte.

Der Baum war ein Mann.

Der Mann war Kermac.

Er hätte sich auch hinter dem Stamm verstecken können, erst hervorspringen, als sie ganz nah war. Dass er sie nicht unvermutet packte, sondern sich aus einigem Abstand zu erkennen gab, war ein Zeichen dafür, dass er sie nicht einfach nur überwältigen, sondern ihr Angst machen wollte.

Betrüg ihn um diesen Spaß! Flieh nicht, flieh nicht, flieh nicht!

Eine Weile brachte sie es nicht fertig, diesem Befehl zu gehorchen, sondern stand wie erstarrt da. Aber dann straffte sie sich und trat trotz ihrer bebenden Knie langsam, ganz langsam auf Kermac zu.

Kermac bewegte sich nicht länger. Steif empfing er sie inmitten der Bäume, wo es zu dunkel war, um sein schiefes Lächeln erkennen zu können. Allerdings klang es durch seine Stimme, als er ihr unvermittelt eine Frage stellte.

»Weiß Moira eigentlich, dass du sie verfolgst?«

Eilidh zuckte zusammen. Wenn er Moira gesehen hatte, so gewiss auch, dass sie Farquhar auf dem Arm trug. Doch es gelang ihr, die Erschütterung darob zu verbergen.

»Sie weiß es nicht«, bekannte sie mit fester Stimme.

Die Schwärze zwischen den Bäumen schien sie ebenso zu verschlucken wie das Schweigen, das folgte. Ehe es ihr zur Pein wurde, schluckte sie Unbehagen und Furcht.

»Wenn du denkst, dass ich vor Alasdair fliehen und nie wieder zu ihm zurückkehren will«, fügte sie energisch hinzu, »hast du übrigens recht. Und ja, ich habe auch vor, ihm seinen Sohn zu rauben. Ich frage mich, ob ausgerechnet du ihm Weib und Kind wiederbringen wirst?«

Ein nervöses Lachen verriet Kermacs Verblüffung. Bald schwoll es zu lautem Gelächter an, und selbst nachdem es abgeklungen war, klang seine Stimme belustigt.

»Ach, liebe Eilidh. Ich dachte immer, du wärst noch schwächer und feiger als er, vor allem noch blutleerer. Doch so forsch, wie du mit mir sprichst, habe ich mich wohl geirrt.«

»Warum hast du mich dann überhaupt verfolgt? Was willst du mit einem blutleeren Geschöpf anfangen? Blut fließen zu lassen ist doch das Einzige, was du kannst.«

»Oh!« Das Lachen klang kreischender noch als zuvor. »Keine Beleidigungen, ich bitte dich! Du hast zu reden begonnen, als hättest du keine Furcht. Zeig sie nicht, indem du nun um dich trittst.«

Sie grub ihre Fersen tief in den Waldboden. Die Erde war zwar kalt, aber weich. »Das tue ich nicht«, erwiderte sie entschlossen. »Und wer ich bin und was ich vermag, ist doch eigentlich nicht weiter wichtig. Für dich zählt nur Alasdair. Du hasst ihn.«

Sie hätte schwören können, dass sein Lächeln breiter wurde. »Ach, liebe Eilidh«, sagte er wieder. »Nun lass uns nicht in der Jauchegrube des Lebens waten. Die Nacht ist doch so klar, das silbrige Mondlicht riecht so köstlich. Und es stimmt nicht, dass du mir gleichgültig bist. Mehr noch als mein Hass interessiert mich nämlich deine Liebe. Die gilt diesem Barden, nicht wahr? Wo steckt er? Eigentlich hätte ich ihn an deiner Seite erwartet.«

Auch Eilidh musste plötzlich lächeln.

Den Mond glaubst du zu riechen, aber du hast keine Ahnung, was wir vorhaben ... Kieran ist in Sicherheit ... und Farquhar bei Scota auch ...

Dass sie schwieg, deutete er falsch. »Ich verstehe. Du willst also nicht darüber reden ... Nun gut, so sei es. Dann lass uns eben nicht über deine Liebe zum Barden sprechen, sondern über Alasdairs Liebe zu dir.«

Eilidhs Lächeln schwand, und trotz ihrer Vorsätze wich sie unwillkürlich zurück. Sie hatte mit einem Angriff gerechnet, mit Beleidigungen oder Spott ... Nicht mit einem üblen Scherz wie diesem. Doch als er zu reden anhob, musste sie erkennen, dass seine Worte ernst gemeint waren.

»Ja, Alasdair liebt dich, er liebt dich sogar von Herzen. Natürlich auf seine Weise, was bedeutet, dass er es niemals wird aussprechen können. Nach dem Überfall auf Skye hat er keine Worte für seinen Ekel gefunden, woher soll er solche für die Liebe kennen? Geekelt hat er sich übrigens vor dem Töten, und ich bin mir bis heute nicht sicher, ob du das weißt. Kein Einziger ist unter seinem Schwert gefallen. Schon auf dem Weg nach Skye gestand er mir, dass er dein Flehen nicht aus dem Kopf bekomme.«

Alasdair und Liebe waren zwar zwei Dinge, die nicht zusammenpassten, aber es gab so vieles auf der Welt, was nicht zusammenpasste, jedoch so lange beschnitten, geknetet, geschlagen, gepresst wurde, bis es das tat …

»Das ist noch kein Beweis von Liebe!«, rief sie.

»Vielleicht. In jedem Fall ist es ein Beweis dafür, dass Liebe sich nicht lohnt. Denn du hast ihm nicht geglaubt, du hast ihn verachtet, du hast ihn guten Gewissens hintergangen. Er ist immer nur *irgendein* Mann für dich gewesen, nie *deiner.*«

»Was geht's dich an?«

Kermac lehnte sich gemächlich gegen einen Baumstamm. »Soll ich dir die Wahrheit sagen? Mondlicht duftet nicht köstlich, es stinkt auch nicht, sondern riecht nach gar nichts, und genauso nutzlos sind Alasdairs Gefühle. Seit Jahren wirbt er vergebens um dich. Er will diese Insel nicht, er wollte sie nie, er ist nur hierher aufgebrochen, damit du in deiner Heimat leben kannst. Weißt du, was das Schlimmste ist? Wenn er an meiner statt hier stünde und wenn ihn die Ahnung überkäme, dass Farquhar nicht sein Sohn ist, sondern der des Barden, dann würde er nicht die Arme ausstrecken, um dich zu erwürgen, sondern dich betrachten und denken, wie schön du im Mondlicht doch bist und wie dein feines Haar glänzt.«

Eilidh schluckte schwer, aber ließ nicht zu, dass er ihr noch länger die Fassung raubte. Keine Angst vor ihm zu haben oder sie zumindest nicht zu zeigen – das war das Einzige, was jetzt in ihrer Macht lag.

»Was willst du?«, fragte sie schroff.

»Was ich will?« Er lehnte seinen Kopf vorsichtig an den Stamm, als wollte er es sich vor einem längeren Schwätzchen gemütlich machen. »Oh, ich glaube, ich will dir etwas erzählen. Nicht dass es dir gefallen wird, es ist keine schöne Geschichte, aber schön ist schließlich auch nicht, dass du deinem

Mann davonläufst … Nun, mein Vater war ein Verräter. Als man seiner habhaft wurde, hat man ihm die Eier abgeschnitten und sie ihm ins Maul gestopft. Ich hätte ihm gegönnt, dass er daran erstickt, aber leider kam der Tod nicht so schnell und gnädig. Ach, Eilidh, sieh mich nicht so an! Für gewöhnlich erwähne ich das nicht vor Damen, aber gib doch zu, dass du's verträgst. Schließlich bist du diejenige, die Alasdair die Eier abgeschnitten hat, und danach hast du sie einfach fallen lassen. Irgendwie ist es schade um sie, nicht wahr? Was soll ich nur mit ihnen machen?« Er lachte verschlagen. »Weißt du, was das Verrückteste ist? Ausgerechnet mit mir spricht er oft über dich. Erst kürzlich hat er mir gestanden, dass er dich seit Jahren heimlich beobachtet. Keine Angst, er weiß nicht, dass du regelmäßig zum Barden schleichst, aber er hat immerhin erkannt, dass du dich auf Skye verändert hast. Denkst du, sie ist endlich glücklich?, hat er mich gefragt. Denkst du, sie wird mir ihr Herz irgendwann öffnen? Oh, er ist ein Narr! Ausgerechnet das Lächeln, das du einem anderen schenkst, gibt ihm Hoffnung.«

Kermac kam auf Eilidh zu und strich ihr über das Haar. »Keine Angst«, rief er spöttisch, »ich bin nur das Mondlicht, ich rieche nach nichts, ich kitzle dich nur. Ich enthülle noch nicht einmal, wer du in Wahrheit bist – nämlich ein eiskaltes, berechnendes, selbstsüchtiges Weib.«

Sie spürte seine Finger nicht, nur ein paar Haarsträhnen, die sich aus ihrem Zopf lösten und ihr ins Gesicht fielen. Unangenehm, gar schmerzhaft war es gleichwohl.

»Lass mich!«, befahl sie, aber ihrer Stimme fehlte jäh die Schärfe.

»Eigentlich muss ich dich dazu beglückwünschen, wie du die ganze Welt täuschst, mir ist das nie so meisterhaft gelungen. Jeder denkt, du wärst zart, schwach, ängstlich. In Wahrheit hast du alle dazu gebracht – die einen mit Lügen, die anderen mit der Wahrheit –, dass sie dir helfen. Frauen wie du erzeugen niemals Angst und Schrecken, nur Mitleid, doch du hast deine Schwäche zu deiner stärksten Waffe gemacht. Wenn du mit mädchenhaftem Lächeln, schönen Gesängen und schüchternem Blick kämpfst, musst du dich nicht im Geringsten anstrengen. So fein ist dein Haar ... Es hat sich noch nie mit Schlamm oder Blut vollgesogen, nicht wahr? Glaub nicht, dass ich das nicht bewundere. Ich hingegen gehe leider ungleich gröber ans Werk. Ich durfte nie schwach sein, ich wäre zugrunde gegangen, hätte ich es mir erlaubt, also musste ich zu Waffen aus Eisen greifen. Ich werde beim Kämpfen dreckig, brauche Ewigkeiten, mich zu waschen, und bin hinterher doch nicht sauber.«

Eilidh schwieg verstockt.

»Erstaunlich, dass wir uns dennoch gleichen ...«

»Wir gleichen uns nicht!«

Er zog seine Hand wieder zurück, doch schmutziger als diese waren seine Worte.

»O doch!«, rief Kermac. »Ich glaube, du bist mir ähnlicher, als mein liebstes Schwesterchen es jemals sein könnte.«

»Das ist gelogen!«

»Aber wahr ist doch, dass du deinen Vater ebenso früh verloren hast wie ich den meinen, oder?«

»Nicht jeder, der zur Waise wird, ist grausam wie du.«

»Soso ...« Er seufzte übertrieben und raunte dann: »Ich fürchte, ich habe die falschen Worte gewählt. Wir haben unseren Vater nicht einfach nur verloren, wir mussten ihn totschweigen. Doch wer so viel schweigt wie wir, ist häufig allein, und wer allein sein kann, bestimmt selbst über sein Geschick, anstatt es anderen in die Hand zu legen. Menschen wie wir kämpfen ohne Rücksicht, und wir kämpfen nur für uns.«

»Das ist nicht wahr!«

»Ist es das nicht?«

Wieder begann er, über ihr Haar zu streicheln, und diesmal spürte sie seine Finger. Sie waren weicher als erwartet, fast liebevoll, rochen nach Wald und Erde.

Es ist wahr ...

Seine Finger erreichten ihre Stirn, ihre Schläfen, drückten sie sanft.

Ich habe Moira hintergangen, Scota riskiert ihr Leben für mich, Sigurd habe ich immer noch nicht verziehen, und Farquhar bringe ich in Gefahr. Ganz zu schweigen davon, dass ich ihn nicht richtig lieben kann. Alasdair habe ich immer verachtet, und Kieran ... Kieran hätte ohne mich ein geruhsameres Leben geführt ...

Wem hatte sie jemals etwas Gutes getan?

Und hatte nicht auch Scota behauptet, es würde sich alles nur um sie drehen?

Es ist wahr ...

Kermac strich ihr nunmehr über die Wangen, die Nasenspitze, die Lippen.

»Gräm dich nicht. Lass uns lieber überlegen, was wir nun tun werden. Nicht nur, dass wir uns gleichen – wir haben auch ähnliche Ziele. Du willst zwar von der Insel fort, und ich will sie bekommen, aber beides hat mit Alasdair zu tun. Ihn willst du mit diesem Spuk schließlich hinters Licht führen, nicht? Es würde mich ja interessieren, welche Aufgabe dabei meinem Schwesterchen zukommt!«

»Keine«, sagte sie schnell. Sie wollte sich über die Lippen lecken, aber hatte Angst, seine Berührung zu schmecken. »Oder zumindest ... fast keine«, berichtigte sie sich. »Sie wird Alasdair die Wahrheit sagen.«

»Über dich und Kieran?«

»Über Farquhar.«

»Ach, ich verstehe … du setzt darauf, dass Alasdair am Ende sogar froh sein wird, einen unliebsamen Bastard losgeworden zu sein, erwartest, dass er einen Neuanfang mit einem anderen Weib und einem anderen Kind wagen wird. Das Problem ist nur, dass er nun ja keine Eier mehr hat!«

Endlich gelang es ihr, seine Hand zurückzuschlagen. »Was willst du von mir?«, rief sie.

»Oh, eigentlich nur, dass du mir das Vergnügen lässt, auf diesen Eiern zu kauen. Und dass du nun gehst und alles so umsetzt, wie ihr es beschlossen habt.«

Es klang zu einfach, um ihm zu trauen. Einer wie Kermac würde nicht darauf verzichten, sie zu quälen. Allerdings war nichts quälender, als zu hören, dass sie einander glichen, und zu wissen, dass er nicht ganz unrecht hatte.

»Worauf wartest du?«, rief er. »Denkst du, ich ramme dir mein Schwert in den Rücken? Keine Angst! Sieh nur, ich nehme es vom Gürtel, lehne es an den Baumstamm. Und außerdem solltest du mich besser kennen. Ich sehe meinen Opfern beim Töten lieber ins Gesicht. Also geh, du hast genug Zeit mit mir verschwendet.«

»Und du wirst wirklich …«

»Tu, was du tun musst. Und ich tue, was ich tun muss. Wie ich schon sagte: Wir sind das Gleiche, und wir wollen das Gleiche.«

Trotz ihres Misstrauens schaffte sie es irgendwie, erst von ihm zurückzuweichen und dann Schritt vor Schritt zu setzen. Die Kälte des Waldes fühlte sich modrig an. Der getrocknete Schweiß glich einer zweiten Haut, die jede Bewegung steif ausfallen ließ. Ganz gleich, was er beteuert hatte – sie rechnete mit jedem Atemzug damit, dass er sie packen und zurückzerren würde. Doch als sie es schließlich wagte, einen zaghaften

Blick über ihre Schulter zu werfen, stand er an derselben Stelle wie zuvor und starrte ihr unverwandt nach. Die Einzigen, die nach ihr zu greifen schienen, waren die Bäume, und je dichter sie standen, desto unentwirrbarer wurde das Labyrinth aus Ästen und Blättern. Feucht vom Regen, Nebel oder dem nahen Meer waren sie, und bald tropfte es von Eilidhs Gesicht, als würde sie bitterlich weinen. Weiter, immer weiter, über Wurzeln, Moos und Blätter lief sie. Ein paar brachen unter ihrem Gewicht, andere blieben an den Sohlen ihrer Schuhe haften. Weiter, immer weiter ... Endlich wuchsen die Bäume lichter, vermischte sich eine salzige Brise mit dem Geruch nach Erde. Ehe sie jedoch der abgrundtiefen Schwärze ebenso entfliehen konnte wie Kermacs Blick, ertönte ein dumpfer Schlag.

Eilidh fuhr herum. In der Ferne erkannte sie die Umrisse seiner Gestalt, und sie riss die Augen auf, als ihr aufging, was dieses unerwartete Geräusch bedingt hatte.

Sie hatte damit gerechnet, dass Kermac sie angreifen würde – nicht dass auch er von einem Feind bedroht werden könnte. Sie sah nicht, wie sein Lächeln schwand, nur, dass er auf die Knie sackte. Kurz hielt er sich noch aufrecht, dann traf ihn ein zweiter Schlag, und sein Oberkörper fiel lautlos zu Boden.

Eilidh hätte schwören können, dass ihn ein Ast getroffen hatte, der von einem Baum gebrochen war. Doch als sie zurücklief, nahm sie hinter den Bäumen eine Regung wahr. Eine Gestalt stand da, eingehüllt in einen Mantel. Eine Kapuze bedeckte den Kopf, das Gesicht war hinter einer Maske verborgen. Die wurde nun langsam zurückgeschoben.

»Scota!«

Scota hielt einen Stein in der Hand, den sie jetzt fallen ließ. Das Poltern blieb für lange Zeit der einzige Laut, ehe Scota ein Lachen ausstieß, das ebenso kalt wie triumphierend klang.

»Wie ... wie lange stehst du schon da? Hast du gehört, was Kermac zu mir sagte?«

Und dass ich nur halbherzig widersprochen habe, als er meinte, wir beide glichen uns?

Scota sagte nichts.

»Und Farquhar!«, rief Eilidh heiser. »Was ist mit ihm? Ist er ...«

Erst jetzt schien die Gefährtin sie überhaupt wahrzunehmen.

»Mach dir keine Sorgen. Moira hat mir das Kind gebracht, es schläft in meiner Höhle. Ich habe allen verboten, sie zu betreten.«

»Und warum bist du hier?«

»Weil du einfach nicht gekommen bist. Ich wollte sichergehen, dass alles in Ordnung ist ...«

Wieder lachte sie. So hatte Sigurd früher gelacht, wenn er ein Tier erlegt hatte.

Eilidh wagte einen vorsichtigen Blick auf den reglosen Kermac. Sein Haar bedeckt das Gesicht, es unterschied sich in der Schwärze kaum von der weichen Erde und dem noch weicheren Moos.

»Ist er ... ist er tot?«, fragte Eilidh.

»Das hoffe ich nicht! Er soll erst von den Qualen kosten, die er anderen zugefügt hat.«

»Willst du ihm Qualen bereiten? Aber das geht doch nicht, wir müssen zu Farquhar, wir haben keine Zeit, um ...«

Scotas Miene war so starr, als trüge sie noch die Maske. Diese reichte sie nun Eilidh. »Tu, was du tun musst. Und ich tue, was ich tun muss.«

Es waren die gleichen Worte, die Kermac zuvor gewählt hatte.

»Aber ...«

»Wenn du die Maske trägst, werden alle denken, du wärst ich. Nimm das Kind, zeig es ihnen allen, sprich ein paar Zauberworte oder sing ein Lied, und dann ... dann verschwinde im Nebel ... Dreh dich nicht um. Hinterher kann ich allen erzählen, ich sei in Andernwelt gewesen und hätte das Kind dort gelassen.«

»Und du?«, fragte Eilidh erschaudernd. »Was wirst du tun?«

Kein Wort kam über Scotas Lippen. Ihr Schweigen war tiefer und schwärzer als die Nacht, und Eilidh fiel nichts ein, was sie diesem Schweigen entgegensetzen konnte.

Es geht nicht nur um mich, es darf nicht nur um mich gehen!

»Ich verstehe«, murmelte sie. »In dieser Nacht bekomme ich mein Kind, und du bekommst deine Rache.«

Vielleicht war diese Rache so tot wie die Tochter, die Scota geboren hatte, vielleicht lebendig, rotgesichtig und brüllend wie Farquhar bei seiner Geburt, aber es war nicht an ihr, das zu entscheiden.

Eilidh hob ihre Hand, wollte sie Scota reichen, aber unterließ es dann doch. Keine Geste taugte, ihre Verbundenheit auszudrücken. Keine Berührung war notwendig, um ihr Vertrauen und ihre Liebe zu bekräftigen. Und mit keinem Wort ließ sich die Ahnung leugnen, dass sie sich zu dieser Stunde das letzte Mal begegnet waren.

XXIX.

An der Küste vor Skye
Applecross
1306

Der Sturm brach los, kaum dass sie das Schiff bestiegen hatten. Der Himmel, dunkelgrau und schwer von Wolken, schien ins Wasser zu fallen, dieses klatschte tosend an die Wände, und der Regen befeuerte jene feuchte Umarmung. Er kam von allen Seiten, als wäre die Welt keine Scheibe, sondern eine Kugel, die von einem neugierigen Kind geschüttelt wurde.

Bis eben hatten Ailean und Flora gestritten, nun klammerten sie sich hilfesuchend aneinander. Eilidh hingegen schien keine Todesängste auszustehen. Anstatt sich auf den Schiffsboden zu kauern und sich an Tauen festzuhalten, stand sie am Bug, starrte in die brodelnde, farblose Weite und schien aus dem Blick auf die Wassermassen, die genauso feindselig, aber ungleich lebendiger als die steinernen Berge waren, Kraft zu schöpfen.

Flora wollte etwas schreien, kam aber nicht gegen das Heulen und Fauchen an.

Ich will leben, halt mich fest … Vielleicht hattest du doch recht.

Ailean war von Anfang an skeptisch gewesen, dass Eilidh Mittel und Wege finden würde, nach Applecross zu gelangen.

Die Menschen, die sie besuchen, sind entweder alt oder verrückt, hatte er zu bedenken gegeben, ganz sicher haben sie keine Schiffe. Nur weil sie uns nicht alles erzählt hat, ist sie noch keine Lügnerin, hatte Flora ihm entgegengehalten. Wenn sie also sagt, ihr falle etwas ein, sollten wir ihr vertrauen.

Trotz ihrer Beschwichtigungsversuche – es war nicht so, dass sie sich nicht selbst viele Fragen stellte: Warum wollte Eilidh nach Applecross aufbrechen, was würde sie dort erwarten, und wie konnte sie vermeiden, David in die Hände zu laufen, noch ehe das Geheimnis gelüftet war?

Das Schiff, mit dem sie nach Applecross fuhren, gehörte einem gewissen Niall. Er navigierte es nicht nur, sondern hatte es selbst gebaut und damit einmal mehr bewiesen, dass er aus seiner Art schlug. Sein älterer Bruder hatte ebenso wie sein jüngerer von klein auf dem Vater nachgeeifert, der wiederum Barde und Sackpfeifenbläser auf Dunvegan war. Niall hingegen hatten sich stets alle Haare aufgestellt, sobald nur ein Laut erklungen war.

Und das war nicht alles!, hatte er mit seiner dunklen, dröhnenden Stimme gerufen, als sie ihn kennenlernten. Als ich mich einmal auf seine Füße übergab, während mein Vater die Sackpfeife spielte, hatte ich endgültig genug.

Was hat er getan?, hatte Flora gefragt. Er hat mich ins Meer geworfen, war Nialls Antwort gewesen.

Natürlich wollte der Vater seinen Sohn nicht ersäufen, er wollte ihn prüfen. Er brachte Niall zu einem Schiffsbauer, damit dieser dessen Handwerk erlernte, und der hatte ihn nur als Lehrjungen aufnehmen wollen, wenn er tatsächlich so gut schwimmen konnte, wie er behauptete. Hielte er sich über Wasser, so hatte er erklärt, sei das ein Zeichen, dass er als Schiffsbauer tauge. Falls nicht ... nun ja ...

Niall ertrank nicht, sondern lebte fortan an der Küste von

Trotternish, während sein Vater und seine Brüder in Dunvegan Sackpfeifenbläser aus dem ganzen Hochland empfingen und sie lehrten, wie man das Instrument noch klangvoller spielen konnte. Auch wenn Niall die Musik nicht ertrug und die Brüder ertrunken wären, hätte man auch sie ins Wasser geworfen – die Familienbande erwiesen sich als stark. Selbst als sie längst erwachsen waren, trafen sich alle regelmäßig. Die Brüder verzichteten dann darauf zu musizieren, und Niall, der ansonsten auf dem Wasser lebte und schlief, kam an Land. Weil ihnen wenig einfiel, was sie gemeinsam tun konnten, tranken sie so lange, bis sie in den Schlaf sanken.

Eilidh kannte Niall schon seit vielen Jahren. Er und sein älterer Bruder Niocal waren noch Kinder gewesen, als sie eine Mutprobe gewagt und sich an die Höhle der geheimnisumwitterten Frau herangeschlichen hatten. Anstatt zu Staub zu zerfallen, wie sie es insgeheim erwartet hatten, wurden sie freundlich empfangen und kamen in all den Jahren immer wieder, um Geschichten aus einer Zeit zu lauschen, da die Insel noch zu Norwegen gehört, der große Leod geherrscht hatte und König Hakon mit seiner Flotte an Skye vorbeigezogen war.

Niocal sang später Lieder darüber, Niall schnitzte Drachen für seine Schiffe, die er vergoldete. Auf einem von diesen, so erklärte er bereitwillig, als Eilidh mit Osla, Flora und Ailean die Küste erreichte, könne er sie gern nach Applecross bringen.

Längst war er kein Lehrling mehr, der ins Wasser geworfen wurde, sondern Schiffsbaumeister, und als solcher hatte er selbst schon zwei Jungen ertränkt, um ihre Fähigkeiten zu prüfen.

Wirklich?, hatte Flora entsetzt gerufen.

Na ja, genau genommen sind sie irgendwann wieder aufgetaucht, hatte er geantwortet. Sie waren ganz bleich, und ich musste ihnen eine Zeit lang auf die Brust drücken, bis sie das

Wasser wieder ausspuckten. Hinterher wussten die beiden ein paar Wochen lang nicht mehr, wie sie hießen. Eigentlich bin ich mir nicht einmal sicher, ob ihnen ihre Namen überhaupt wieder eingefallen sind.

Das Schiff, das Niall ihnen zur Verfügung stellte, hieß *Pfeil des Meeres*. Osla, die auf Skye bleiben wollte, betrachtete es misstrauisch.

»Und du willst wirklich die Insel verlassen?«, fragte sie Eilidh. »Meine Großmutter hat immer behauptet, alte Weiber seien wie knorrige Bäume. Wenn man sie ausreiße, würden sie samt der Wurzeln vertrocknen.«

»Na und?«, entgegnete Eilidh. »Auf diese Weise geben wir gutes Brennholz ab, damit die Jungen sich wärmen können und andere Alte weiche Glieder kriegen.«

Ihr Tatendrang kannte keine Grenzen. Sie bestand darauf, noch in derselben Stunde aufzubrechen, obwohl sich der Sturm bereits mit feindseligem Gebrüll ankündigte.

Niall hatte keine Angst vor dem Wasser, ob es nun vom Himmel kam oder an seinem Bug hochspritzte. Flora hegte Zweifel, wollte das aber zunächst nicht vor Ailean bekennen. Erst nachdem sie wehmütig von Osla Abschied genommen, ihr alles Gute, vor allem ein Kind, gewünscht hatte, gestand sie sich ihre Mutlosigkeit ein. Und als sich das Wetter gegen sie verschwor, sie nicht in Richtung des Festlandes, sondern immer weiter von dort wegpeitschte, konnte sie sich nicht länger von Ailean fernhalten.

»Du hast gesagt, dass du schwimmen kannst ... das bedeutet, dass zumindest du dich retten kannst!«, schrie sie, während sie sich an ihn klammerte.

»Ich kann nur schwimmen, wenn das Meer ruhig ist«, gab er zurück.

Jetzt erhoben sich die Wellen wie gekrümmte Gestalten, als

drängten sich unheilvolle Meeresbewohner an die Oberfläche, die, listig, bösartig und heimtückisch, nach allem Lebendigen gierten. Sie leckten am Holz des Schiffes und wurden nicht satt davon. Bald schwankte das Schiff so stark, dass Flora befürchtete, es würde umkippen.

»Hab keine Angst!«, schrie Ailean. »Irgendwie wird es mir schon gelingen, mich über Wasser zu halten ... und dich auch!«

»Du kannst uns unmöglich beide retten, falls wir kentern. Wir würden gemeinsam ertrinken, und dann bliebe das Geheimnis auf ewig im Dunkeln.«

»Noch nicht mal, wenn es um dein Leben geht, bist du einer Meinung mit mir?«

»Wir können nun mal nichts anderes, als zu streiten.«

»Wir haben zusammen immerhin schon wunderschön gesungen.«

»Es muss schlimm um uns stehen, wenn du das zugibst.«

Wieder ertönte ein Rumoren, als würde sich das Schiff unter Schmerzen krümmen – kein Wunder, trafen es die Wasserwuchten doch wie Peitschenschläge. Flora richtete sich auf, konnte aber hinter der grauen Wand aus Regen weder Eilidh noch Niall erkennen. Vielleicht waren sie beide längst über Bord gegangen, und mit ihnen war die Wahrheit ertrunken. Noch fester klammerte sie sich an Ailean.

»Und wenn wir niemals ankommen?«

Sie hörte ihre eigene Frage nicht, denn diese wurde vom Sturm sofort davongefegt. Ihr verzweifelter Gesichtsausdruck sagte jedoch genug, denn Ailean legte ihr tröstend die Hände an die Wangen.

Streiten und singen ... das haben wir tatsächlich meisterhaft vermocht ... Und jetzt bleibt uns nicht einmal mehr das. Wie bitter, dass wir vor der letzten Strophe verstummen müssen, wie enttäuschend, dass unser Lied unvollendet und ein anderes Lied – das von der Wölfin und vom Raben – rätselhaft bleibt.

Kurz lichtete sich der graue Schleier, und Flora glaubte am Bug eine Gestalt wahrzunehmen, aber sie war sich nicht sicher, ob es Niall war oder Eilidh. Vergebens schrie sie ihre Namen.

Jaja, Sturm, dachte sie plötzlich, und zu ihrer Verzweiflung und Angst gesellte sich Trotz, lach uns aus, zeig uns, dass du lauter bist als unser Singen und unser Streiten, aber eines können wir besser als du, besser als das Meer, besser als der Regen.

Entschlossen legte sie ihre Hände an Aileans Wangen, so wie er es zuvor bei ihr getan hatte. Reglos starrte er sie an. Als Flora sich vorbeugte und ihn küsste, fühlte sie kurz weder Kälte noch Nässe.

Seine Lippen schmeckten salzig vom Meer, aber waren so weich wie seine Wangen, die an ihrem Gesicht rieben, und so warm wie seine Hände, die über ihren Rücken streichelten. Sie bekam kaum noch Luft, hatte große Angst, entweder auf seine Zunge oder auf ihre zu beißen, und mehrmals stießen ihre Köpfe schmerzhaft zusammen, weil der Boden unter ihnen schwankte. Dennoch konnte sie sich nicht entsinnen, dass sich jemals etwas herrlicher angefühlt hatte als dieser Kuss oder dass jemals etwas ihr tiefstes Inneres mit der Gewissheit erfüllt hatte, dass sie nicht allein auf dieser Welt war, dass sie nie wieder allein sein würde. Ganz gleich, was geschah, niemand konnte ihr die Erinnerung an dieses schmerzlich süße Ziehen im Magen, an dieses wohlige Streicheln seiner Hände, diesen allzu vertrauten Geschmack seiner Lippen wieder nehmen.

Auch der Sturm schien seine Freude an ihrer Umarmung und ihrem Kuss zu haben, denn aus seinem Gezeter wurde erst Gelächter und später ein leises Gekicher, das schließlich ganz erstarb. Der Himmel klarte auf, das Meer glättete sich, und die unheilvollen Gestalten, die aus den Wellen gestiegen waren, ließen sich wieder in die schwarze Tiefe fallen.

Es war Nacht, als der Sturm einschlief. Auch Ailean und Flora gaben ihrer Erschöpfung nach – nur Niall, der das Unwetter ebenso unbeschadet überstanden hatte wie Eilidh, blieb wach.

»Ich bin den Sternen nachgesegelt«, erklärte er am nächsten Morgen, »jetzt sind wir in der Nähe von Applecross.«

Ailean blickte sich um. Die Bergkette vor ihnen glich einer uneinnehmbaren Feste, die alles von Menschenhand Errichtete – ob nun ein Dorf, ein Kloster oder eine Burg – vor ihren Blicken verbarg. Selbst die wenigen Farben, die das Grau durchbrachen, dunkles Braun, Grün und Ocker, wirkten so kraftlos, als wäre dieses Land seit Ewigkeiten nicht von der Sonne beschienen worden.

»Bist du sicher, dass die Sterne nicht gelogen haben?«

»Die Sterne sind die besten Freunde eines Seemanns und vor allem für einen wie mich – sie können keine Musik hören, weil sie ebenso stumm wie taub sind.«

Ailean hatte auch nicht das Gefühl, jemals wieder Musik hören zu können, und das Verstummen war gleichfalls verführerisch. Nur so ließ sich vermeiden, mit Flora über ihren Kuss zu reden und was er zu bedeuten hatte. Wenn er daran dachte, breitete sich trotz des klammen Wetters eine wohlige Wärme in ihm aus, doch er war sich nicht sicher, ob es ihr genauso ging. Vielleicht bereute sie den Kuss längst, wenngleich in ihrer Miene kein Bedauern stand, eher Angst. Und da er nicht so schlecht geküsst hatte, dass sie sich fürchten musste, galt diese wohl eher einer Begegnung mit David.

Schließlich unterdrückte Ailean jeden Gedanken daran,

zumal so nah am Ziel die Sorge um Iain erwachte, die er in den letzten Wochen meist hatte bezwingen können. Das trübe Licht schien kein gutes Omen zu sein, und die Bergkette wirkte noch feindseliger, als sie darauf zusegelten. Eilidh, die die letzten Stunden über geschlafen hatte, trat wieder an den Bug, wirkte aber merkwürdig abwesend, als wäre ein Teil von ihr auf Skye zurückgeblieben.

Wenig später legten sie an. Niall rühmte sich, weil er gekonnt die vielen kleinen Steine umrundet hatte, die aus den schwarzen Fluten ragten, und erklärte dann, auf dem Schiff zurückbleiben zu wollen.

»Schließlich«, fügte er mit dröhnendem Lachen hinzu, »werde ich immer seekrank, wenn ich zu lange auf festem Boden stehe.«

Zumindest wies er ihnen den Weg, und als sie diesem folgten, stießen sie, anders als erwartet, nicht auf eine graue Wüste, sondern auf bewaldete Täler und fruchtbare Wiesen. Selbst auf den Schotterfluren wuchsen Pflanzen. Sie kletterten über die Steine, sodass diese nicht mehr hart und kalt wirkten, sondern weichen Polstern glichen. Menschen trafen sie keine, nur jede Menge Schafe, die sie zwar misstrauisch, fast ein wenig vorwurfsvoll anstierten, aber nicht lauter mähten als zuvor. Möwen kreisten über ihnen, später auch ein Seeadler, doch als sie hüfthoch in Binsen und Seggen versanken, die hier höher sprossen als anderswo und in den letzten Jahren wohl nie von Schritten geknickt worden waren, sah dieser ein, dass sie keine brauchbare Beute verhießen.

Niall hatte behauptet, sie würden Applecross schon bald erreichen, zumal es nah am Meer lag, doch der Himmel begann sich zu verdunkeln, und der Schnee auf den Bergspitzen wurde grau, ehe sie sich dem Ziel näherten. Ailean machte sich auf eine weitere feuchte, kalte Nacht gefasst, sorgte sich um Flora, die in ihren klammen Kleidern immer heftiger bebte, und noch mehr um Eilidh, für die jeder Schritt zum Kampf wurde. Als er schon vorschlagen wollte, ihre Kräfte nicht länger an den zehrenden Fußmarsch zu verschwenden, sondern lieber nach einem Blätterdach oder einer Höhle Ausschau zu halten, schimmerten in der Ferne einzelne Lichtpunkte. Viel größer wurden sie allerdings nicht, als sie darauf zugingen.

Floras Hoffnung schwand, die Sprache allerdings fand sie wieder. »Das sind sicher nur Sterne«, murmelte sie.

»Und die stehen an einem grauen Tag wie diesem so tief?«

Sie zuckte die Schultern. »Vielleicht hat sie der Sturm vom Himmel gefegt …«

Allerdings waren die Lichtpunkte nicht silbrig, eher rötlich golden, und nachdem sie weitergingen, erkannten sie, dass es keine fernen Himmelskörper waren, sondern Fackeln von Wachtposten, die den Wehrgang der Burg entlangschritten. Diese verschmolz mit der Dunkelheit, nur die Häuser, die in ihrem Umkreis errichtet worden waren, waren deutlich zu erkennen und der Rauch, der von ihnen hochstieg. Durch manche Luken drang Licht, doch anstatt erleichtert zu sein, fühlte sich Ailean mit einem Mal trostlos wie nie.

Warm ist es dort drinnen … warm und heimelig … Während wir hier in der Kälte wandern, ein jeder von uns entwurzelt und nach dem langen Tag und der vergangenen Nacht zu müde, um die Hoffnung zu hegen, hier willkommen zu sein …

Kurz erwachte in ihm das Verlangen, seinen Arm um Flora zu legen, um ihr zugleich Mut zu machen und sie zu beschützen, doch dann erkannte er, dass Flora nicht darüber verzagt, sondern vielmehr froh war, Applecross bei Dunkelheit zu erreichen.

»So kann David mich nicht gleich sehen, falls er nach seinem überstürzten Aufbruch überhaupt wieder dorthin zurückgekehrt ist«, sagte sie.

Unwillkürlich fragte Ailean sich, mit welchen Gefühlen sie an den Verlobten dachte – ob da nur Furcht und Hass waren oder auch die vage Sehnsucht, dass sich alles klären und sie doch noch mit ihm glücklich werden könnte. Allein bei der Vorstellung, sie könnte David vergeben, versetzte es ihm einen Stich – und das nicht nur, weil dieser Iain angegriffen hatte. Doch er verdrängte den Anflug von Eifersucht ebenso wie jeglichen Gedanken an ihren Kuss.

»Wir sollten sofort zur Kirche gehen«, schlug er vor. »Iain ist vielleicht noch dort … Zumindest hoffe ich das.«

»Denkt ihr, dass wir auch Peg MacIver dort treffen werden?«, fragte Eilidh. Es waren die ersten Worte, die sie seit dem Sturm sprach.

Ailean verwirrte die Frage, aber Flora schenkte ihr nicht weiter Beachtung. »Und Moira … ich hoffe, wir finden auch Moira!«, rief sie.

Als sie an den ersten Häusern vorbeigingen und den Weg zur Kirche einschlugen, war Ailean seltsam zwiegespalten. Einerseits konnte es ihm gar nicht schnell genug gehen, sich Iains Wohlergehen zu vergewissern – andererseits hätte er den Moment der Gewissheit, ob er noch lebte oder nicht, gern hinausgezögert.

Eilidh indessen wirkte plötzlich furchtsam und blickte sich um.

»Du … du warst doch schon einmal hier, nicht wahr?«, fragte er.

Eilidh nickte. »In den Monaten, bevor ich nach Skye zurückkehrte, lebte ich mit Alasdair auf Applecross … und natürlich mit Farquhar.«

Ailean leckte sich über die Lippen. Vielleicht konnte er diesen Augenblick der Verzagtheit nutzen, endlich weiter zu ihr durchzudringen und auszusprechen, worüber er bislang nur mit Flora gemutmaßt hatte.

»Als du hörtest, dass Iain verwundet wurde, wolltest du sofort hierherkommen. Er ist dein und Kierans Sohn, nicht wahr?«

Eilidh zuckte zusammen – weniger ob seiner Frage, sondern ob der Schritte, die sich plötzlich näherten. Noch ehe er in ihrer Miene eine Bestätigung für seine Annahme fand, kam eine junge Frau auf sie zugelaufen. Ailean konnte sich nicht erinnern, sie jemals gesehen zu haben, und auch für Eilidh schien sie eine Fremde zu sein, doch Flora löste sich aus ihrer Starre und eilte ihr entgegen.

»Was machst du denn hier?«, rief sie überrascht.

»Das frage ich dich!«, gab die junge Frau zurück. »Du ... du bist doch nach Skye aufgebrochen. Nie und nimmer hätte ich damit gerechnet, dass du so schnell zurückkehrst.«

»Wir waren wochenlang unterwegs.«

»Dennoch ...«

»Wo ist Peg MacIver?«, fragte Flora. »Wie geht es Iain? Und hast du meine Dienerin Moira gesehen?« Ehe sie eine Antwort bekam, legte sie misstrauisch die Stirn in Falten. »Und warum erstaunt es dich, mich zu sehen? Du hast doch das zweite Gesicht, und das bedeutet, du kannst in die Zukunft schauen. Konntest du meine Rückkehr nicht vorhersagen?«

Erst jetzt begriff Ailean, dass die junge Frau jenes rätselhafte Geschöpf mit den ins Weiße verdrehten Augen war, das auf dem Kirchboden hockend von dem verschwundenen Kind berichtet hatte. Er selbst war nach Skye aufgebrochen, weil Iain ihn darum gebeten hatte – Flora wegen ihrer Vision.

Als sie sich nun wand, hatte sie nichts mit einer weisen,

geheimnisvollen Frau gemein, die die Gesetze der Zeit außer Kraft setzen konnte.

»Nun sag schon!«, drängte Flora. »Was hat das alles zu bedeuten?«

Dass Floras Stimme so schroff klang, half nicht gerade, der anderen die Verlegenheit zu nehmen. Die junge Frau gab keinen Ton von sich, und auch Eilidh blieb stumm.

»Wir gehen jetzt zur Kirche«, verkündete Ailean ungeduldig und ging entschlossenen Schrittes voran.

»Wartet!« Die Seherin wirkte nicht länger nur verlegen, sondern schuldbewusst. »Bevor ihr dorthin geht, solltet ihr die Wahrheit erfahren.«

Die Wahrheit ...

In den letzten Tagen schien diese eine ebenso glitschige Schlange zu sein wie die Lüge. Kaum bekam man sie zu fassen, entglitt sie den Zupackenden Händen sofort wieder.

Ailean schnaubte und wollte nicht auf die junge Frau hören, aber Flora wurde stutzig. »Welche Wahrheit? Was ... was meinst du damit?«

Wieder wand sich die andere vor Verlegenheit. »Ich ... ich wollte doch nicht ... Wenn ich gewusst hätte ... Ich habe mir solche Vorwürfe gemacht. Du musst mir glauben, ich habe mich wirklich um dich gesorgt.«

»Himmel, nun sprich endlich so, dass man es auch versteht!«

Die Seherin seufzte. »Was ich dir in der Kirche vermeintlich im Zustand der Entrückung gesagt habe, entsprang keiner Vision. Mir wurde befohlen, genau diese Worte zu sagen und keine anderen. Ich kann weder in die Zukunft schauen noch die Vergangenheit ergründen. Es ... es war alles eine Lüge.«

XXX.

Skye 1266

Was soll ich tun?

Niemand sagte etwas. Die Gesichter, die sich auf Eilidh richteten, waren erwartungsvoll, neugierig, hoffnungsfroh. Da war keine Angst, kein Trotz, kein Misstrauen – nur der nackte Wunsch, dass, ganz gleich, was sie tat, das Leben am kommenden Tag ein neues wäre, ein leichteres und ein besseres.

Eilidh war sich nicht sicher, ob sie an Scotas statt diesen Wunsch erfüllen konnte. Ihre Arme begannen zu schmerzen, weil Farquhar ihr langsam zu schwer wurde, und unter der Holzmaske wurde es heiß – ganz zu schweigen davon, dass sie kaum frische Luft bekam. Alles in ihr drängte zur Flucht, und dennoch stand sie nun schon seit geraumer Zeit vor Scotas Höhle und dachte nicht daran, deren Ratschlag zu befolgen.

Verschwinde im Nebel … dreh dich nicht um …

Es wäre so leicht gewesen. Das Mondlicht war schwach, die Schwaden, die vom Boden hochstiegen, erstickend, sie konnte das Kind den Berg hinauftragen, bis sie niemand mehr sah, und danach auf die andere Seite hinuntergehen. Ehe die Menschen ihren Betrug bemerkten, wäre sie verschwunden, und vielleicht würde man den Betrug nicht als solchen entlarven, lediglich vermuten, dass Scota in Andernwelt war. Doch je länger Eilidh verharrte, die Blicke ebenso spürte wie Farquhars regelmäßigen Atem, desto deutlicher wurde ihr, dass sie sich weder hinter einem Berg noch hinter Schweigen verstecken durfte.

Sie trug Scotas Maske, sie war es ihr und den Menschen schuldig, für sie zu sprechen. Und vor allem musste sie Kermac beweisen, dass sie nichts mit ihm gemein hatte und nicht nur an sich dachte.

Was soll ich sagen?

Was wollen die Menschen hören?

Nicht alle Gesichter waren ihr fremd. Da war Moira, die laut geseufzt hatte, als sie mit Farquhar auf dem Arm aus der Höhle getreten war. Da war Ainsley, die für ihren cremigen Quark und dottergelben Käse gerühmt wurde, aber selbst nichts davon herunterbekam. Da war Caitlyn, die ihre Kinder verloren hatte, alle Liebe auf ihre Tiere richtete und jedes Jahr emsig Laub sammelte, damit sie genug Winterfutter hatten … Die anderen – sie zählte knapp zwei Dutzend – kannte sie nicht beim Namen, aber die Gefühle, die sie in ihren Mienen las, waren ihr nicht fremd, sondern allzu vertraut. Angst, ein wenig Selbstverachtung darob und Sehnsucht, vor allem Sehnsucht.

Verschwinde im Nebel … dreh dich nicht um …

Eilidh ließ die letzte Gelegenheit zu gehen ungenutzt, legte Farquhar stattdessen behutsam auf einen Stein. Er war kalt, aber glatt, und an der Stelle, an der sein Kopf ruhte, mit Moos überzogen. Wenn er erwachte, würde sie wieder seine Mutter sein, doch jetzt … jetzt war sie Scota, jetzt musste sie Scota sein!

Als Scota war sie von einem ehrfürchtigen Raunen empfangen worden, und es wurde lauter, als sie Farquhar ablegte. Mit einer gebieterischen Handbewegung brachte sie die Menschen zum Schweigen. Verführerisch war es, gleichfalls still zu werden, es der schwarzen Nacht zu überlassen, den Willen der Götter zu bekunden. Aber Scota glaubte ja nicht mehr an die Götter, nur an sich selbst, und für Scota musste sie tun, was ihr am schwersten fiel – sie musste reden.

»Ich spreche nicht für mich«, setzte Eilidh an und bewirkte damit ein Seufzen. Moiras Blick wurde verklärt, und ihre Lippen zuckten, als Eilidh erst mit zittriger Stimme, dann immer lauter fortfuhr. »Ja, ich spreche nicht für mich, sondern für dich, Göttin der Sterne. So reich ist dein Schatz, ich hoffe, du gibst mir davon, damit ich dein Gold regnen lassen kann. Ich spreche für dich, Gott des Waldes. Deine Wurzeln sind kräftig, schlinge nur eine um mich, damit ich nicht wanke, und lass mich den Kopf so stolz heben, wie du die Äste gen Himmel reckst. Ich spreche für euch, ihr Götter der Tiere, die nächtens rascheln und schnüffeln und fliegen und kreischen. Sie finden Nahrung dort, wo niemand je Saatgut ausgestreut und keine Sichel je das Gras beschnitten hat. Lasst auch mich an diesem unwirtlichen Ort die Menschen satt machen. Ich spreche für dich, Göttin des Meeres, die du noch die spitzesten Klippen umarmst und geduldig wartest, bis sie geschmeidig werden, die du über deine stürmischen Kinder, die Wellen, lächelst und sie immer wieder zurückrufst in deine stillen, dunklen Arme. Gib mir ein wenig von der Macht, Inseln entstehen zu lassen, wenn auch nur winzig kleine, damit diese Menschen einen Zufluchtsort vor ihren Feinden finden. Und schließlich spreche ich für dich, Göttin des Todes. Du atmest ein, du atmest aus, das hast du immer getan, das wirst du immer tun. Daran wird kein Gekreisch und Geheul und Seufzen etwas ändern. Du atmest ein, du atmest aus, lass mich einen einzigen Atemzug mit dir machen, damit meine Stimme kräftig wird wie nie.«

Eilidh hielt kurz inne. Es war leicht, viel leichter als gedacht. Sie musste nur so sprechen, wie sie einst gesungen hatte – ohne sich Gedanken zu machen, ohne auf die Wirkung ihrer Töne zu achten, ohne diese festhalten zu wollen. Ein leerer Krug musste sie werden, der sich ganz von selbst füllte.

»Ihr seid heute hergekommen, weil ihr die Toten wiedersehen wollt«, sprach sie ins Dunkel der Samhuinn-Nacht, und es war ihr keine Überwindung mehr. »Ihr hofft, dass ich das Tor zu Andernwelt öffne und ihr wieder mit ihnen vereint seid. Aber lasst mich euch sagen: Andernwelt liegt inmitten der unsrigen, und das bedeutet, dass auch die Toten inmitten von uns leben. Wir müssen das Tor zu Andernwelt nicht hinter dem Nebel suchen, nicht hinter Steinen, nicht auf Bergen oder in Höhlen. Wir müssen es in unseren Herzen suchen, und wenn wir es dort finden, lässt es sich mit einem bloßen Atemzug aufstoßen.«

Eilidh hob die Hand noch höher. Die Maske war nicht länger unangenehm, sondern schien mit ihr zu verschmelzen. Das Holz wurde weich und geschmeidig, so wie der Stein ein wohliges Bett für den schlafenden Farquhar zu sein schien. Wieder fiel es ihr ganz leicht weiterzusprechen.

»Was ist es denn, was von den Toten geblieben ist? Oh, lasst euch sagen: Es sind nicht die Taten großer Männer, nicht der Ruhm oder die Siege von Königen, nicht das Silber, das ein gewitzter Händler scheffelt, nicht die Felle, die man erjagten Tieren vom Leib zieht. Nein, es ist die Liebe. Diese Liebe kann groß sein, selbst die kleiner Menschen. Wenn ihr mit den Toten sprechen, wenn ihr sie fühlen und umarmen wollt, dann gedenkt der Liebe, die ihr füreinander empfunden habt. Liebe für Kinder und Eltern, für Brüder und Schwestern, für Männer und Frauen. Folgt den Pfaden dieser Liebe, und sie führen euch ganz dicht an das Tor zu Andernwelt heran, desgleichen, wie sich die Toten von der anderen Seite her nähern. Kurz, ganz kurz schlagen ihre Herzen wieder, und das im selben Takt wie eure. Und kurz, ganz kurz streicheln die Toten eure Hände. Es ist egal, ob eure Haut weich oder ledrig ist, glatt oder faltig, verletzt oder heil. Gebt ihnen diese Berührung zurück, seid zart und sanft und leise dabei! Nicht mit Fäusten stößt man das Tor zu Andernwelt auf, sondern mit Liebkosungen und tränennassem Blick. Nicht mit Quietschen öffnet sich das Tor – nur ein Schleier flattert, leicht und lautlos wie der Nebel. Atmet ihn ein, atmet ihn aus. Werdet still in dieser stillsten aller Nächte, damit ihr nicht nur das Flüstern des Nebels, sondern die Lieder der Toten hört! Und dann ... dann geht zurück in euer altes Leben, um neu zu lieben.«

Trotz der Dunkelheit sah Eilidh in so vielen Augen Tränen glitzern.

Du hast dich geirrt, Kermac. Ich denke nicht nur an mich.

»Hier und heute ist die Stille mächtiger als das Laute«, schloss sie ihre Rede, »das Hässliche zählt mehr als das Schöne, das Verwundete mehr als das Heile, der Besiegte mehr als der Sieger. Reicht euch die Hände, schließt eure Augen, küsst die Toten.«

Alle gehorchten – bis auf eine. Moira saß zu weit am Rande, um jemandem die Hand zu geben, sie streckte sie Eilidh entgegen oder vielmehr der Frau, die sie für Scota hielt.

»Das Opfer!«, raunte sie. »Wenn wir den Göttern nicht geben, was sie fordern, erlauben sie den Toten nicht, bei uns Gast zu sein. Und die Toten selbst werden uns nicht trösten, sondern heimsuchen.«

Nahezu mitleidig blickte Eilidh auf sie hinab. Als ob man rotes Blut im silbergrauen Licht sehen könnte, fielen die Tropfen zu Boden ...

Aber sie wusste, sie hatte mehr gesagt, als sie sich je zugetraut hätte – jetzt musste sie wieder schweigen, musste wieder an sich selbst denken und mehr noch an ihren Sohn.

Eilidh ließ die Hände sinken und war nicht länger Scota.

»Gewiss«, sagte sie leise, »das Opfer ... ich werde es den Göttern darbringen ... Bleib du aber bei den anderen. Wenn ein Mensch, wie du einer bist, den Göttern gegenübertritt, wird er zu Asche zerfallen ...«

Und Moira glaubte ihr. Sie kam nicht auf den Gedanken, dass der Mond niemanden tötete, obwohl er die Farbe eines Schwertes hatte, und die Nacht niemanden verschlang, obwohl sie schwarz wie das Meer war. Sie kam auch nicht auf den Gedanken, dass die Götter niemals ein Kind verlangen würden.

Ein letztes Mal ließ Eilidh ihren Blick kreisen und nickte allen aufmunternd zu, ehe sie Farquhar nahm und den Berg hinter der Höhle hochstieg. Sie stolperte nicht über Steine, verfing sich nicht in Gebüsch, versank nicht in feuchten Mooren. Als hinter ihr nur mehr Schwärze war und vor ihr das Meer, bückte sie sich, nahm einen Stein und warf ihn im hohen Bogen ins Wasser. Das Klatschen, das ertönte, als er die Oberfläche durchschnitt, war nach der Stille fast schmerzhaft laut. Wer immer dieses Geräusch hörte, mochte denken, dass da ein Kind in die Tiefe geworfen und von den Fluten verschlungen worden war. Eilidh aber wusste es besser und drückte Farquhar fest an sich.

Kermac rührte sich immer noch nicht.

Schon mehrmals hatte sich Scota über ihn gebeugt, hatte seinem Atem ebenso gelauscht wie seinem Herzschlag. Der Atem war warm, der Herzschlag kräftig, die Augen aber blieben geschlossen, und von der Wunde am Hinterkopf sickerte Blut auf den Boden. Als zum ersten Mal ein Tropfen auf ihre Hände gefallen war, hatte sie diese rasch zurückgezogen, und als es verkrustete, war der Ekel noch gewachsen. Am liebsten wäre sie zum Meer gelaufen, um sich zu waschen. Aber das hätte bedeutet, Kermac allein zurückzulassen, und vor allem, dass sie sich vom Ekel besiegen ließ.

Heute bin ich die Siegerin. Heute wird er *den Ekel schlucken, nicht ich.*

Dazu musste er allerdings wach sein, und je länger seine Ohnmacht andauerte, desto unruhiger wurde Scota. Nicht nur, dass sie sich um Eilidh und Farquhar sorgte – sie konnte auch die Gefahr nicht leugnen, in der sie selbst schwebte. Nie hatte sie in den letzten Jahren den Schutz der flachen Berge aufgegeben und sich so weit in die Nähe von Dunvegan gewagt. Allerdings wollte sie diesem Unbehagen ebenso wenig nachgeben wie dem Ekel.

Heute bin ich die Siegerin. Heute bin ich die Herrin über mein Tun.

Schließlich band sie Kermacs Hände mit einem Strick zusammen, packte ihn entschlossen an den Beinen und zerrte ihn doch in Richtung Meer. Das Schwert, das er zuvor abgelegt hatte, ließ sie im Schatten der Bäume zurück. Erst grub sein Leib eine breite Spur in die Walderde, dann ins Moos, zuletzt ins Gras. Kleine Erdklümpchen und Steine blieben an seinen Haaren hängen, etliche Strähnen wurden ausgerissen. Sie würden dort, wo die Wunde klaffte, so schnell nicht nachwachsen. Wach wurde er allerdings nicht.

Das Meer war bleigrau. Nicht länger konnte Scota den Drang bezwingen, sich ihre Hände zu waschen. Sie tauchte sie unter, bis kein Tropfen von Kermacs Blut mehr daran haftete, und selbst dann war es ihr noch nicht genug. Sie rieb sie so lange, bis sie brannten, bis auch der Schmutz der letzten Jahre abgewaschen war. Sie biss sich die langen Fingernägel ab, damit nichts Dunkles mehr dahinter wuchern konnte, und spuckte sie ins Meer.

Danach blieb sie sitzen, genoss die kalte graue Stille, genoss vor allem die Macht, die in ihren sauberen, feinen, geröteten Händen lag.

Ich kann mit ihm tun, was ich will, ich kann ihn töten, ich kann ihn quälen, ich kann ihn verspotten.

Vor allem aber – und das war die größte Macht – konnte sie auch nichts von alledem tun.

Plötzlich war Scota sicher: Stünde sie jetzt vor dem Tor zu Andernwelt, würde sie es mit ihren machtvollen Händen mühelos öffnen, den Toten zuwinken, die Früchte von den Bäumen pflücken, die dort überreich wuchsen, und sie essen. Sie würden süß sein, nicht bitter, und sie würden sie satt machen, ohne schmerzhaft im Magen zu drücken. Mit den Händen gehörte auch ihr Hunger wieder ihr, ihr Leben, ihr Tod, ihre Zukunft.

Das ist meine Rache, das ist mein Samhuinn.

Um beides zu feiern, musste sie nichts tun, lediglich fühlen, wie sich die Scota von einst mit der Scota von jetzt vereinte, und die, die dazwischenstand – Kermacs Scota –, wie ein Schatten verblasste, weder in der hiesigen Welt noch in Andernwelt ihren Platz fand, sondern wie der Schmutz, das Blut und die abgebissenen Fingernägel im grauen Meer versank.

Das Wasser schien daran Gefallen zu finden, denn es stieg höher und leckte an Kermacs Beinen, und endlich begannen seine Lider zu zucken, kam ein Stöhnen über seine Lippen.

Scota erhob sich und stellte sich breitbeinig vor ihn, um auf ihn hinabzusehen. Der Wind hatte ihr die Kapuze vom Kopf geweht und ließ das rote Haar tanzen.

Noch waren seine Augen so schmal, dass sie sich nicht sicher sein konnte, ob er sie bereits geöffnet hatte, doch verräterischer als diese war sein schiefes Lächeln. Es war die einzige Waffe, die er noch hatte. Vergebens zerrte Kermac an den Fesseln, sah ein, dass er die Hände nicht bewegen konnte.

Aber dein Lächeln nutzt dir nichts, es ist zu schief, um mich zu treffen.

Scota lächelte auch, sie lächelte, wie sie seit Jahren nicht gelächelt hatte. Manchmal hatte sie spöttisch gelacht, manchmal mitleidig oder hoheitsvoll die Lippen verzogen, aber nie hatten diese bekundet, was nun ihre Hände bekundeten.

Ich bin sauber, ich bin leicht ... Wie ich die süßen Früchte genieße! Ihr Saft rinnt über mein Kinn, meine Lippen geben ein wohliges Schmatzen von sich. Du aber wirst nie wieder etwas genießen – das Brot wird künftig wie Asche schmecken und der Wein wie ...

»Wie willst du mich eigentlich töten?«, unterbrach er ihre Gedanken. »Deinen Strick hast du dafür verwendet, mich zu fesseln, mein Schwert liegt noch im Wald, und du trägst kein Messer an deinem Gürtel.«

Scota hörte nicht zu lächeln auf. »Wer weiß ...«, murmelte sie.

»Wenn du mich mit einem Stein erschlagen willst, musst du danach sichergehen, dass ich auch wirklich tot bin. Natürlich könntest du mich auch ins Wasser ziehen, dich auf mich setzen und warten, bis ich ertrunken bin.«

Je länger er sprach, desto größeren Gefallen schien er daran zu finden, sich seinen Tod auszumalen.

»Ich könnte natürlich auch das Schicksal meines Vaters teilen«, fuhr er fort. »Aber wenn du mir die Eier abschneiden und die Augen ausstechen willst, brauchst du erst recht ein Messer. Ärgerst du dich, weil du keins hast?«

Seine Lippen glichen einem toten Fisch, nur seine Augen waren nicht leer und starr wie die eines solchen. Schmerz stand darin – und Lust.

Mir wird der Schmerz nie Genuss sein – nicht mein Schmerz, aber deiner auch nicht.

»Ich brauche kein Messer«, sagte sie leise. Das Haar fiel wieder glatt über ihren Rücken, der Wind wagte nicht, mit seinem Heulen ihre Worte zu übertönen. »Genauso wenig brauche ich deinen Tod oder deinen Schmerz.«

»Was brauchst du dann?«, fragte Kermac misstrauisch.

Sein Lächeln war geschwunden. Tote Fische lächelten nicht.

Mit ihren sauberen Händen griff Scota in die Falten ihres Kleides. So schmutzverkrustet, wie es war, fiel es nicht in weichen Falten zu Boden, sondern glich einer Rinde. Zum ersten Mal seit Langem brauchte sie deren Schutz nicht. Sie zog das Kleid über ihre Knöchel, über ihre Knie, über ihre Schenkel, über ihre Scham. Schließlich war ihr Unterkörper nackt wie an dem Tag, da sie vor ihm gelegen hatte. Nun aber lag sie nicht, sie stand. Sie trat über ihn, ging ein wenig in die Hocke und entleerte sich über sein Gesicht.

Sie sah ihn nicht an, als er sich wand und dem heißen Strahl vergeblich zu entgehen versuchte. Ihre Hände blieben sauber. Als sie fertig war, ließ sie das Kleid wieder fallen.

»Nun weißt du es«, sagte sie ruhig.

Er spuckte, hustete, keuchte.

»Du kriegst kein Blut von mir«, fuhr sie fort, »du kriegst keine Tränen und keinen Schweiß, du kriegst einfach nur ... meine Pisse.«

Scota wandte sich dem Meer zu. Wie ihre Hände wollte sie ihre Beine waschen. Natürlich würden Hände wie Beine irgendwann wieder schmutzig werden, das ließ sich in ihrem kargen Heim nicht vermeiden, aber sie wusste, dass sie nie wieder an Kermac denken würde, dass sie nie wieder Angst vor ihren Erinnerungen haben würde.

»Du verfluchte ...«

Der Wind war weiterhin ihr Freund, nicht seiner, und verschluckte seine Worte.

Etwas anderes verschluckte er allerdings nicht – die Stimmen, die plötzlich ertönten, die schweren Schritte, die Männer ankündigten. Noch ehe Scota sie sehen konnte, fühlte sie, wie wütend sie waren – wütender noch als Kermac. Und anders als er lagen sie nicht gefesselt auf dem Boden, sondern hielten, wie Scota wenig später feststellte, Waffen in der Hand, Sicheln und Äxte und Hämmer. Der Wind konnte ihre Kutten blähen – eine Mauer errichten aber konnte er nicht, und sie waren längst zu nahe, um sich zu ducken und zu verstecken.

Kermac spuckte immer noch, und seine Worte quollen ihm feucht und stinkend aus dem Mund. »Du glaubst doch nicht, du kommst so einfach davon? Ich bin Eilidh nicht nur nachgeschlichen, um ein nettes Pläuschchen mit ihr zu halten. Welchen Nutzen hätte das für mich gehabt? Nein, ehe ich Dunvegan verließ, habe ich den Mönchen meine Hilfe angeboten. Alasdair hat sich geweigert, deiner habhaft zu werden, aber ich habe versprochen, sie dabei zu unterstützen, auf dass alle Welt begreift, wer der wahre Herr der Insel ist. Die Feiglinge haben die Nacht gefürchtet, doch du hast ihnen den Gefallen getan, bis zum Morgen auf sie zu warten. Was willst du gegen sie tun? Willst du dich auch über sie hocken? Ich fürchte, du hast keine Pisse mehr.«

Wieder folgte ein Spucken und Husten, und kurz war beides lauter als das Geschrei der Mönche.

Du wirst meine Pisse auch dann noch schmecken, wenn ich längst tot bin …

Und sterben würde sie, das wusste Scota plötzlich. Vielleicht umarmte der Wind sie nicht liebevoll, weil sie eine Rächerin, sondern weil sie eine Todgeweihte war. Vielleicht war es auch gar nicht der Wind, der wieder mit ihren Haaren spielte, sondern der Tod.

»Da ist sie, die verfluchte Hexe, ergreift sie!«

Nur mehr zwei Dutzend Schritte trennten die Männer von ihr. Vater Michael war nicht darunter, wahrscheinlich wollte er sich trotz all seinem Wettern nicht selbst die Hände schmutzig machen. Als ob sie jemals so sauber wie ihre werden könnten. Scota bückte sich nach einem Stein.

»Wirst du mich erschlagen, ehe sie dich erschlagen?«, fragte Kermac.

»Nein«, sagte sie, »ich werde mit dem Tod tanzen, und dabei will ich nicht auf toten Fischen ausrutschen.«

Sie schlug gerade fest genug auf seine Schläfe, dass er wieder das Bewusstsein verlor. Seine Haut berührte sie dabei nicht, und auch den Stein ließ sie gleich wieder fallen.

Nur mehr wenige Schritte waren die Mönche nun von ihr entfernt. Scota lief los und konnte den fünfen entwischen, die auf sie zustürzten. Wenig später stand sie vor weiteren, die aus einer anderen Richtung kamen, gleichfalls bewaffnet, schreiend und fluchend. Der einzige Weg, der ihr jetzt noch blieb, führte auf die Klippen zu.

Eine Horde Männer, eine junge Frau, der schroffe Fels, der Wind.

Scota atmete tief durch, als sie das äußerste Ende der Klippe erreichte. Sie hatte keine Angst, nicht vor den Männern und nicht vor dem Meer, glaubte vielmehr den Herzschlag der Insel zu spüren.

Wenn ich die Arme ausbreite, habe ich vielleicht Flügel wie sie. Und falls sie mich nicht tragen, kann ich auf dem Nebel gehen, der sich über dem Wasser zusammenbraut …

Wohin der Nebel sie tragen würde, wusste sie nicht, aber das machte ihr nichts. Sie wollte nur das wütende Gebrüll nicht länger hören müssen.

»Umkreist sie!«

»Der Nebel! Sie beschwört ihn! Sie ist eine Zauberin!«

»Sie hat die Insel verflucht!«

Es klang nicht menschlich, dieses Geschrei, eher wie das Kreischen aufgeschreckter Vögel oder wie das Grunzen eines wilden Ebers.

Erstickt am Schaum, der sich vor euren Lippen bildet! Ich aber werde das Tor zu Anderwelt überschreiten, ich werde leben.

Kaum mehr ein Schritt trennte sie vom Abgrund. Die Klippen waren dunkel vor Nässe, das Meer war tiefschwarz.

»Sie darf nicht davonkommen, diese verfluchte Gotteslästerin, diese Hexe, diese Heidin! Sie hat Unglück über die Insel gebracht.«

Der Nebel wurde dichter, aber dämpfte die Stimmen dennoch nicht. Kurz war sie versucht, sich umzudrehen und ihren Verfolgern ins Gesicht zu lachen.

Wenn jemand Unglück gebracht hat, wart ihr das! Mit eurem Geifern, mit euren kleinen Herzen, mit eurer Angst! Ihr Mönchlein habt in euren dunklen Kirchen gebetet, bis ihr heiser wart, aber Christus ist nicht vom Kreuz gestiegen, so wie ihr es den Menschen ständig versprecht. Seit Jahrhunderten hängt er schlaff da, sein Fleisch ist längst verwest. Nur weil ihr es aus Stein nachformt, stinkt es nicht. Betet, betet nur weiter, freut euch über meinen Tod. Wird das kräftige Gras darob weniger grün wachsen? Werden die rötlichen Berge erbeben? Werden die dichten Wälder ihr Laub verlieren? Gewiss nicht. Das Meer wird nicht lauter oder leiser rauschen, und ihr ... ihr werdet sein Lied immer noch nicht verstehen, das Lied dieser Insel.

Ja, all das wollte sie ihnen sagen und den Triumph auskosten, ihre vom Zorn verzerrten Gesichter noch tiefer erröten zu sehen. Doch als sie sich über die rauen Lippen leckte, wusste sie plötzlich, dass sich kein Wort lohnte und sie nie wieder eines sprechen würde. Anstelle eines letzten Grußes an die hiesige Welt hob sie schweigend die Arme und breitete sie weit aus.

»Ergreift sie! Sie wird für alles zahlen!«

Umarme mich, Nebel! Liebkose mich, Meer! Räche mich, Insel!

Ehe einer der Männer seine Hand nach ihr ausstrecken konnte, trat sie ins Nichts.

Aus der Ferne betrachtet war Scotas Haar nicht rot, sondern weiß wie der Himmel. Kurz sah es aus, als würde dieser Scota umarmen, doch dann überließ er sie den Meeresfluten. Und kurz sah es aus, als würden diese alles verschlingen, nur nicht das weiße Haar, doch dann versank auch dieses.

Bald waren die Fluten wieder glatt, als wäre nichts passiert. Ein Stein hätte länger Kreise gezogen als der Körper, der schmächtiger denn je gewirkt hatte. Die Mönche, die nun die Spitze der Klippe erreicht hatten und in die Tiefe starrten, waren dunkel wie das Meer. Eilidh konnte nicht in ihren Gesichtern lesen, aber ganz gleich, ob sie nun schadenfroh waren, enttäuscht, sie nicht selbst getötet zu haben, oder bestürzt, weil sie nie so weit hatten gehen wollen – am liebsten wäre sie hingerannt und hätte auch sie in die Tiefe gestoßen.

Nicht dass sie etwas gegen sie ausrichten würde. Und nicht dass sie ihre Welt aus dem Gleichgewicht bringen könnte.

Für die Mönche war schließlich alles gut. Die Sünderin hatte sich in die Tiefe gestürzt, die Insel Skye gehörte zwar weiterhin zu Ross, aber das Jenseits war wieder in ihrem Besitz.

Kraftlos ließ sich Eilidh auf die Knie fallen. Als sie Scota hatte fallen sehen, war sie für alle Laute taub gewesen – jetzt drang Sigurds Stimme zu ihr.

»Du kannst nichts mehr für sie tun. Beeil dich! Wir ... wir müssen zu Kieran.«

Er machte den Eindruck, als hätte er das Entsetzliche nicht gesehen oder es schon wieder vergessen. Das Rauschen des Meeres klang ja auch so gleichgültig wie zuvor, es war blind wie der Tod.

»Eilidh, komm zu dir!«

Ohne ihre Maske fror sie. Ganz steif war das Gesicht vom kühlen Morgenwind.

»Eilidh, wir ... wir müssen wirklich ...«

Sie fand die Stimme wieder. »Warum bist du überhaupt hier? Du hast doch so viel getrunken ...«

»Ein, zwei Stunden Schlaf, und ein, zwei Rülpser, dann bin ich wieder der Alte. Ich habe Kieran doch versprochen, dass ich dich und Farquhar wohlbehalten zu ihm bringe ... Bitte, Eilidh, nun komm!«

Kieran ... ja ... er wartete auf sie ... Farquhar schlief in ihren Armen ... Alle würden bezeugen, dass Scota ihn den Göttern geschenkt hatte, ehe sie den Mönchen in die Hände fiel ... Sie konnten die Insel verlassen, ohne dass jemand sie verfolgte ...

Als Sigurd an ihrem Arm zog, wehrte sie sich dennoch. »Lass mich!«

»Ach, Eilidh, so oft kann ich gar nicht rülpsen, dass ich euch beide tragen könnte!«

»Ich hab doch kein Gewicht«, murmelte sie. »Scota hat mir immer vorgeworfen, ich sei wie eine Feder. Wer weiß ... Wenn ich über die Klippen gestürzt wäre, wäre ich vielleicht davongeflogen ...«

»Was ihr zugestoßen ist, ist nicht deine Schuld. Ich wünschte, du hättest es nicht sehen müssen, und dennoch ...«

Abrupt brach er ab und zog sie in den Schatten eines Gebüschs. Verspätet begriff sie, dass die Mönche nicht länger in die Tiefe starrten, sondern näher gekommen waren.

»Kermac«, murmelte sie, »wo ist eigentlich Kermac? Er ... er war doch in Scotas Gewalt!«

Sigurd lugte über den Busch. »Wie's scheint, liegt er am Wasser und rührt sich nicht.«

»Ist er tot?«

Er kann nicht tot sein. Wenn er ins Wasser gefallen wäre, hätte dieses ihn wieder ausgespuckt. Allerdings, das Meer ist ja blind wie der Tod ...

»Ich weiß es nicht. Die Mönche haben ihn eben entdeckt, durchschneiden seine Fesseln ... Aber jetzt, jetzt gehen sie weiter. Für einen wie ihn beten sie nicht, und noch weniger sind sie bereit, ihn mit sich zu schleppen. Sie werden Vater Michael so bald wie möglich berichten wollen, was geschehen ist.«

»Sie werden ihm nicht nur berichten«, murmelte Eilidh düster. »Sie werden sich dessen rühmen und triumphieren, werden über Scota lästern und sie verfluchen. Das kann ich nicht zulassen!«

Eilidh sprang auf, drückte Farquhar in Sigurds Arme und nutzte seine Verwirrung, um davonzulaufen, ehe er sie festhalten konnte.

»Eilidh, bist du von Sinnen?«

»Bleib hier! Das hier muss ich allein tun«, warf sie ihm über die Schulter zu.

»Ja ... was denn?«

»Ich habe immer noch die Maske.«

»Und?«

Sie antwortete nicht.

Scota ist nicht tot, sie lebt noch. Das Meer und der Tod sind ja blind, sie haben gar nicht gesehen, dass es Scota war, die starb! Genauso gut hätte sie es sein können, sie, Eilidh!

Vom Morgentau feuchte Farne streichelten ihre Beine, als sie auf die Mönche zutrat – zurückzuhalten vermochten sie sie jedoch nicht. Und auch Sigurd fügte sich ihrem Willen, als er sah, wie sie sich im Gehen die Maske aufsetzte, sich auch die Kapuze über das blonde Haar zog.

»Wehe!«, rief sie den Mönchen entgegen, kaum dass diese sie erblickten. »Wehe euch!«

Die alte Eilidh wäre von ihrer hohen, bebenden Stimme verraten worden, doch die neue hatte in der Nacht zu reden gelernt.

»Wehe euch! Wehe euch! Ihr habt die Falsche getötet, eine ebenso rechtschaffene wie unschuldige Frau nämlich, Eilidh von Ross. Sie wollte auf mich einwirken, verhindern, dass ich Samhuinn feiere, doch ihr habt sie für den Teufel selbst gehalten.« Sie schüttelte den Kopf. »Wie kommt ihr auf die dumme Idee, dass der Teufel jemals die Gestalt einer Frau annehmen würde? Der Teufel liebt die Frauen nicht, er hasst sie. Er kann die Süße ihrer Milch nicht kosten, er kann das Gold nicht aus ihren Locken pressen, er vernimmt anstelle ihres machtvollen Raunens nur das Zischen einer Schlange. Er ist viel schwerer, viel plumper als jede Frau, denn wäre er's nicht, dann wäre er einst nicht vom Himmel gefallen wie ein verbrennender Stern, dann hätte er kein Loch in die Welt gerissen, aus dem die Hölle erstand, dann wäre er auch nicht dazu verdammt, in der Hölle hocken zu bleiben. Wäre er eine Frau, würde er euch Männer nicht quälen und verführen, sondern zum Himmelszelt hochklettern und sich wieder unauffällig unter die Engel mischen. Er ist keine Frau, und die, die ihr gejagt habt, war nicht Scota.

Ihr habt euch geirrt, ihr habt die Falsche getötet. Wehe euch! Wehe euch!«

Scota lebt, fügte sie in Gedanken hinzu, und ausgerechnet ihr, die ihr sie getötet habt, werdet ihr dieses Leben schenken, indem ihr aller Welt davon berichtet.

Die Gesichter wurden fahler als der kühle Morgen, etliche bekreuzigten sich. Anstatt auf Eilidh loszugehen, standen sie wie erstarrt da, sahen sich an, begannen erst zu beten, dann Fragen zu stellen.

»Wenn Eilidh unschuldig war, warum hat sie sich nicht zu erkennen gegeben? Wir haben sie nicht gestoßen, sie ist selbst gesprungen!«

»Doch nicht euretwegen«, erklärte Eilidh mit fester Stimme, »sondern aus Gram um ihren Sohn.«

Und sie lachte, lachte lauter, als der Teufel lachen konnte.

Die Bestürzung wuchs, die Empörung auch, und mit der Wut fanden die Mönche ihre Fassung wieder.

Eilidh machte nicht den Fehler, zum Meer zu laufen, sie flüchtete in den Schatten des Waldes. Fortan würde sie sich dort verstecken, in Höhlen oder in den Bergen. Nie wieder würde sie den Klippen zu nahe kommen, nie wieder würde sie am Rand des Abgrunds tänzeln.

XXXI.

Applecross
1306

Glynis, fiel Flora wieder ein, die junge Frau hieß Glynis …

Als ihre Worte verklungen waren, war Glynis bleich wie der Mond, und ihre Augen waren schwarz wie ein tiefer Brunnenschacht.

Es war alles eine Lüge …

»Was … was meinst du?«, setzte Flora stammelnd an. »Das verschwundene Kind, dass ich auf die Insel Skye reisen sollte und das Geheimnis klären … Das alles hast du gar nicht in einer Vision gesehen?«

Glynis lachte spröde. »Die einzige Vision meines Lebens hatte ich mit zwölf Jahren. Damals habe ich zum ersten Mal geblutet, mich erwachsen gefühlt und war fest entschlossen, Tavis, unseren Nachbarsjungen, zu heiraten. Ganz deutlich habe ich vor mir gesehen, wie wir gemeinsam in einem Häuschen lebten. Er würde in einer kleinen Werkstatt Töpfe, Spindeln und die Gewichte der Webstühle aus Speckstein herstellen, ich würde hinter dem Haus Flachs anbauen und daraus Stoffe und Öl machen. Ja, das war der Traum. Mein Leben sieht anders aus. Nicht dass er mich nicht wollte – aber er hat immer gesagt, er könne mich nicht heiraten, solange seine Mutter Nairna lebe, weil es keine Frau lange mit ihr unter einem Dach aushalte. Und die wiederum schreit seit Jahren, dass sie endlich sterben will, weil das Leben so langweilig ist, aber schafft es einfach nicht, den Tod zu bewegen, sie zu küssen. Wer mag's dem Tod verdenken? So zänkisch, wie ihre Stimme klingt, hat er wohl Angst, sie beißt ihm beim Küssen die Zunge ab. Das Bild von der Zukunft hat mich also betrogen, und den eigenen Wünschen zu trauen heißt, auf Wolken zu wandern. Mitleid brauche ich allerdings keins. Obwohl ich immer noch unverheiratet bin, habe ich kein schlechtes Leben. Peg MacIver ist eine gute Dienstherrin.«

Wenn es nach Flora gegangen wäre, hätte Glynis noch eine Weile weiterschwatzen können. Dass eine Alte nicht sterben konnte, war eine schönere Geschichte als die eines geopferten Kindes, der sie nun schon seit Wochen nachspürten. Wobei das Kind ja gar nicht geopfert worden war.

Es war alles eine Lüge …

»Es gab also nie ein Kind, dessen Schicksal mit dem von Flora verflochten ist?«, rief Ailean.

»Ich sah zumindest keins in den Flammen, sondern folgte nur dem Befehl, bestimmte Worte zu wählen. Ich merke mir alles, was man mir sagt, müsst ihr wissen. Nur weil ich mir etwas merke, weiß ich natürlich trotzdem, dass nicht alles ernst gemeint ist. Tavis' Mutter Nairna will zum Beispiel gar nicht sterben, obwohl sie's behauptet. Ja, sie behauptet es wahrscheinlich nur, weil sie's eben nicht will. Wenn du in den Schafstall gehst, um ein Tier zu schlachten, nimmst du schließlich auch keins, das dir trotzig entgegenstarrt.«

»Still!«

Die Stimme klang herrisch und brachte die junge Frau endlich zum Schweigen.

Eilidh war vorgetreten, ihre Augen glänzten fast silbrig. »Zunächst will ich wissen, wie du heißt«, erklärte sie, und nachdem die andere ihren Namen genannt hatte, fuhr sie entschlossen fort: »Gut, Glynis. Und jetzt will ich wissen, wer dich beauftragt hat, eine vermeintliche Vision vorzuspielen.«

»Nun, wer schon? Meine Herrin natürlich!«

»Peg MacIver!«

Eilidhs Stimme klang ganz ruhig, während Flora sich sicher war, dass sie selbst Pegs Namen nur hätte krächzen können. Peg MacIver ... ihre künftige Schwiegermutter, die vielleicht noch bösartiger als Tavis' Mutter war ... Diese wollte schließlich nur den Sohn für sich behalten und den Tod vertreiben. Was Peg wollte, wusste Flora nicht. Nur dass sie sich nicht mit zänkischen Worten begnügt, sondern ein Lügennetz gesponnen hatte, hinter dessen hauchdünnen Fäden sie die Wahrheit zu erkennen glaubte.

Sie hat mich nach Skye geschickt, um mich loszuwerden ...

»Zu ihr wollte ich gerade«, riss Glynis sie aus den Gedanken.

»Das führt mich zur dritten Frage«, sagte Eilidh. »Ganz Applecross schläft, du hingegen bist auf den Beinen. Warum? Schließlich hast du nicht ahnen können, dass du uns begegnen wirst.«

»Nein, gewiss nicht ... das ist wirklich ein sonderbarer Zufall. Wobei es gar keine Zufälle gibt, wenn ihr mich fragt. Dass die alte Nairna einfach nicht stirbt, ist auch kein Zufall, sondern ein Zeichen ... Dass Tavis nämlich ein tumber Tor ist. Dass ich ihn genauso wenig zum Mann will wie Nairna zur Schwiegermutter. Und dass der Flachs, den ich anbaue, eigentlich noch nie gut gediehen ist. Ich bin besser darin, mir Worte zu merken ...«

Und am allerbesten bist du darin, viele unnütze Worte zu machen, dachte Flora verärgert.

Während bei ihr nur die Ungeduld wuchs, wirkte Ailean plötzlich angespannt.

»Was meinst du mit einem sonderbaren Zufall?«

»Nun, dass ihr ausgerechnet in dieser Nacht zurückkehrt...«

»Was ist in dieser Nacht geschehen?« Ailean schrie jetzt.

Verspätet erkannte Flora, aus welcher Richtung Glynis kam – nämlich von der Kirche.

»Ach herrje«, sagte Glynis ungewohnt maulfaul.

»Was ist mit Iain?«, brüllte Ailean.

Beschwichtigend legte ihm Flora die Hand auf die Schulter – die erste Berührung seit ihrem Kuss. Sie hoffte, ihm zumindest ein wenig Stärke zu geben, auf dass er Glynis' nächste Worte ertragen konnte...

»Mir wär's lieber, ein anderer würde euch die traurige Nachricht überbringen«, sagte sie, »aber dafür ist's nun zu spät. Wochenlang kämpfte der Barde mit dem Tod. Erst schien es, als hätte er das Fieber überwunden, doch dann kam es zurück. Außerdem hat die Wunde nicht aufgehört zu bluten und zu eitern. Es tut mir leid, aber kurz vor Sonnenuntergang ist der Barde gestorben. Ich bin nur bis jetzt in der Kirche geblieben, weil der Priester die Gebete für seine Seele nicht allein sprechen wollte.«

Auf ihrer Reise hatten sie oft vom Tod gehört, manchmal hatte er sie selbst gestreift, aber nie hatten sie ihn mit eigenen Augen gesehen.

Er roch süßlich, nicht etwa nach Verwesung, sondern nach Bienenwachs. Der Priester hatte zwar keine Lust gehabt, noch länger neben einem Toten zu beten, und war schlafen gegangen, hatte zuvor aber einige Kerzen entzündet. Sie flackerten, als sie das Portal öffneten, und noch munterer als die Flammen tanzten die Schatten, die die Statuen der Evangelisten auf die

Wände warfen. Obwohl aus Stein, wirkten sie lebendig – zumindest viel lebendiger als Iain.

Sein Gesicht war grau, wenn auch noch nicht kalt und erstarrt. Ailean sank neben ihm auf den Boden, nahm seine Hand, zog sie an sein Gesicht, als hoffte er wider besseres Wissen, diese würde ihn streicheln. Ein Laut trat aus seiner Kehle, wie Flora ihn noch nie gehört hatte, gleich so, als wäre eine Saite seiner Harfe gerissen, die bis jetzt doch noch jedes Abenteuer heil überstanden hatte.

Entweder er kann nach dieser Nacht nicht mehr singen, oder er wird künftig so schön singen wie nie zuvor …

Sie war nicht sicher, was sie Ailean wünschen wollte, denn beides war mit Schmerz verbunden – einem Schmerz, den sie gern mit ihm geteilt hätte. Aber solange er die Hände des Toten hielt, wagte sie es nicht, zu ihm zu treten, ihm ihr Beileid zu bekunden und ihn zu umarmen. Das war sein Abschied, nicht ihrer. Die Trauer stand wie eine Wand zwischen ihnen, anstatt sie zusammenzuschweißen. Eine Weile starrte Flora ihn hilflos an, unfähig auszusprechen, was ihr durch den Kopf ging: Ich weiß, du fühlst dich als einsamster Mensch auf Erden, aber ich bin da, ich werde immer da sein. Doch dann wandte sie sich an Eilidh, die vom Schicksal noch grausamer geschlagen worden war. Ailean hatte seinen Lehrer verloren, sie ihren Sohn, und das nach allem, was ihre Geschichte erahnen ließ, ein zweites Mal.

Alles umsonst …

Wegen Eilidh waren sie auf den Baca Ruadh gestiegen, wegen Iain war diese zurück in die Welt gekehrt … Doch sie waren zu spät gekommen.

»Es tut mir so unendlich leid …«

Flora umarmte Eilidh, und ihr feines Haar zitterte wie die Kerzen. Ganz dicht an ihrem Ohr begann die alte Frau zu sprechen. Ihre Stimme klang zwar leise, aber nicht gebrochen.

»Iain war Aileans Meister, nicht wahr? Ihn zu verlieren muss sehr bitter für ihn sein. Singen ist ein wenig wie tanzen. Wenn man auf Zehenspitzen geht, ist es gut, jemanden zu haben, der einem die Hand reicht. Gewiss, ein wahrer Meister kann auch allein auf Zehenspitzen stehen, sogar fliegen. Und dennoch: Etwas zu können heißt nicht, etwas auch zu wollen. Ich ... ich wollte nach Samhuinn eigentlich auch nie wieder singen.«

Flora löste sich abrupt von Eilidh und starrte sie überrascht an. Sie konnte nicht entscheiden, was verwirrender war – was Eilidh sagte oder dass sie es mit so nüchterner Stimme tat.

»Iain ... er war doch dein Sohn ...«

Ein Keuchen kam über Eilidhs Lippen, das man für ein Lachen hätte halten können, wenn diese Stunde nicht so traurig gewesen wäre.

»Ach, richtig! Auch Ailean hat das vermutet ... Ich weiß gar nicht, wie ihr auf diese Idee gekommen seid! Aber nein, dieser Mann hier mag ein begnadeter Sänger gewesen sein, aber mein Sohn ist er ganz sicher nicht ...«

Flora wusste nicht, ob Ailean die Worte gehört hatte. Selbst wenn, schien ihr Sinn ihn nicht zu erreichen, denn anstatt darauf zu reagieren, verschränkte er behutsam Iains Hände auf dessen Brust.

Flora kämpfte darum, ruhig zu bleiben. »Aber wir sind doch abrupt aufgebrochen, als du von Iains Verwundung erfahren hast«, sagte sie mit gesenkter Stimme.

Nun war es an Eilidh, sie verwirrt zu mustern. »Ihr denkt, ich bin seinetwegen nach Applecross gekommen?«

»Warum denn dann? Etwa Moiras wegen?«

»Wie es aussieht, ist diese nicht hier. Nicht dass ich mit ihr nicht auch einiges zu besprechen habe, doch ihretwegen hätte ich meinen Unterschlupf nicht verlassen. Könnt ihr euch denn nicht denken …?«

Floras Gedanken erlahmten, und ehe sie eine Frage stellen konnte, fuhr Ailean zu ihnen herum.

»Still! Seid bitte einen Augenblick still.«

Flora erinnerte sich, dass er einst die erhabene Stille erwähnt hatte, die auf ein besonders schönes Lied folgen sollte. Iains Lied war verklungen, und da er noch mehr als Applaus diese Stille verdient hatte, schluckte Flora ihre Fragen.

Sie nahm Aileans Hand, umarmte ihn, zog seinen Kopf an ihre Brust und streichelte darüber. In die Stille mischte sich sein ersticktes Schluchzen.

Wir können noch mehr als streiten, mehr als singen, mehr als uns küssen … Wir können gemeinsam lachen und weinen, uns immer wieder versöhnen, uns ermutigen und stärken und in der schwärzesten Stunde füreinander da sein.

Der Morgen dämmerte, und das Licht der Kerzen stritt mit dem, das durch die Ritzen der Kirchwände drang. Staubflocken begannen, darin zu tanzen – die Einzigen, die Kraft hatten, sich zu bewegen. Iains Lippen wurden bläulich, Aileans Gesicht war bleich. Flora hatte sich auf den Boden gehockt und ihren Kopf zwischen den Knien verborgen, und als sie sich nun nach Stunden wieder erhob, waren ihre Hände so steif wie ihre Beine.

»Wir können nicht hierbleiben.«

Die eigene Stimme klang fremd. Während der Reise hatte sie mehrmals gedacht, sie hätte sich verändert, aber bis zum letzten Abend war sie die junge Frau geblieben, die glaubte, ihr Leben gehöre wieder ihr, sobald das Geheimnis geklärt war. Nun überwogen Erschöpfung und Trotz Floras Neugier.

Wenn Peg mich nicht belogen hätte, hätte ich Eilidh nie getroffen. Und da sie mich aus falschen Gründen auf die Reise schickte – was gehen mich Eilidhs richtige Gründe an, hierherzukommen?

Doch was waren Pegs Gründe, sie zu belügen? Warum hatte sie versucht, sie loszuwerden?

Floras Gedanken stießen schmerzhaft gegen die vielen Mauern in ihrem Kopf. Viel dicker schienen diese als die Wände der Kirche. Da war keine einzige Ritze, durch die das Licht der Wahrheit fließen und den Staub zum Tanzen bringen konnte.

Vielleicht hatte Peg sich mit David verschworen, vielleicht war sie schon lange vor dessen Mordversuch der Meinung gewesen, sie sei nicht die Richtige für ihren Sohn. So oder so, eine junge Frau wie sie, unerfahren und weltfremd, würde von einer gefahrvollen Reise nach Skye womöglich nicht wohlbehalten zurückkehren, und falls doch, erst viele Wochen oder Monate später. Genug Zeit also, die Verlobung zu lösen ...

Flora seufzte. Die Antworten, die sie sich gab, waren fast noch schmerzhafter als ihre Fragen. Obwohl sie nie die Scheu vor Peg verloren hatte – sie hatte ihr vertraut.

»Wir ... wir können hier nicht bleiben«, wiederholte sie.

Ailean rührte sich nicht. »Ich werde dafür sorgen, dass Iain anständig begraben wird, ich werde Lieder für ihn singen, und dann ...«

Er brach ab.

Und dann wirst du nach Irland zurückkehren. Kein Wunder, dass auch du zu müde geworden bist, um Fragen zu stellen. Aus ihnen lässt sich kein Lied machen und aus trostlosen Antworten noch weniger. In unserer Geschichte gibt es nur betrogene, verlassene, trauernde, einsame, verwirrte Menschen, keine Helden ...

Ailean erhob sich doch noch, aber nicht, um mit Flora und Eilidh zu gehen. »Ich muss den Priester suchen, ich muss fragen, was jetzt zu tun ist ...«, murmelte er kleinlauter als zuvor. »Ich ... ich weiß es einfach nicht.«

Er beugte sich ein letztes Mal über Iain. In der Nacht hatte er dessen Hände über der Brust gekreuzt, doch sie hatten sich gelöst. Hatte es zuerst ausgesehen, als würde er beten, schien er nun eine unsichtbare Harfe zu halten. Ailean murmelte etwas, das Flora nicht verstand. Jäh fühlte sie sich ihm fern wie nie. Das Geheimnis hatte ihnen beiden gehört – dieser Verlust hingegen war etwas, womit er allein fertig werden musste.

Auch der letzte bewegte Blick, den Ailean über seine Schulter warf, galt Iain, nicht ihr, und als sie ihm nachsah, wie er durch die Sakristei im Kreuzgang verschwand und seine Schritte langsam verklangen, fühlte sie sich leer und verzweifelt wie nie. Er ließ sie allein ... Iains wegen und weil sein Schmerz keinen Platz für anderes ließ ... Aber vielleicht auch, weil sie ihm nicht wichtig genug war ... die Erinnerung an den Kuss eher beschämend als berauschend ...

Flora schüttelte den Kopf. Sie ertrug es nicht, darüber nachzudenken, nicht jetzt, nicht, da sie kaum mit Eilidhs Enthüllungen fertig wurde.

Moira ... Ich muss Moira suchen!

Wo sie damit beginnen sollte, wusste sie allerdings nicht. Moira konnte noch auf der Burg sein, aber dort würde sie alsbald Peg oder David über den Weg laufen. Sie konnte Applecross verlassen haben, aber dann müsste Flora erneut auf Wanderung gehen und auf die Gastfreundschaft und Hilfe der Menschen setzen, und dazu war sie nicht nur zu müde, sondern auch zu hungrig und zu mutlos. Glynis fiel ihr ein, die wohl geschwätzig genug war, um ihr einen Hinweis zu geben, doch um mit ihr zu reden, musste sie erst recht die Burg betreten.

»Wir können hier nicht bleiben«, sagte sie ein drittes Mal, und es klang verzweifelt wie nie.

Fast war sie erleichtert, als die Kirchentür geöffnet wurde, weil sie nun keine Entscheidung mehr treffen musste. Das Licht, das von draußen hereindrang, war greller, als es nach einem düsteren Tag wie dem vorherigen zu erwarten stand. Es blendete Flora, sodass sie nur Konturen wahrnehmen konnte – die einer großen Gestalt und die einer kleineren. Kurz dachte sie, dass Ailean in Begleitung des Priesters zurückgekommen war, doch dessen Schritte wären schwer von Trauer gewesen, nicht forsch wie die, die jetzt auf dem Steinboden hallten.

Flora kniff die Augen zusammen, öffnete sie wieder. Das erste Mal, als sie diesem Mann begegnet war, hatte sie sich gefragt, was er von ihrem Anblick hielt – das letzte Mal hatte sie gewusst, dass sein Anblick sie auf ewig verstören würde, weil er an eine Bluttat erinnerte, dass sie ihn für immer fürchten ... dass sie ihn hassen würde. Jetzt stand in seinem Blick weder die Neugier eines Bräutigams noch die Kälte eines Mörders – vielmehr schien er aufrichtig besorgt.

David MacIver stürzte auf sie zu.

»Flora! Flora, endlich bist du wieder zurück! Als ich von deinem überstürzten Aufbruch hörte ... oh, ich hätte mir nie verzeihen können, wenn dir etwas zugestoßen wäre!«

Sie konnte nichts sagen. Die Beklommenheit schnürte ihr die Kehle zu, und diese rührte weniger von Davids Anblick als von dem der Frau, die am Portal stehen geblieben war. Peg MacIver.

Es war alles eine Lüge ...

Flora wich vor David zurück und schritt beherzt auf Peg zu. »Wo ist Moira?«, rief sie anklagend.

Es war nicht Peg, die antwortete, sondern David.

»Natürlich im Kerker, wo sonst?«

Seine Stimme klang nicht hart und kalt, wie sie sie in Erinnerung hatte, aber auch nicht so melodisch wie die von Ailean. Ach, Ailean ... Warum ließ er sie ausgerechnet jetzt allein, da sie ihn am dringendsten brauchte ... Sie war in Gefahr ... in großer Gefahr ... Wenn Moira als Zeugin der Bluttat im Kerker saß, dann würde ihr das gleiche Schicksal blühen ... Zumal Pegs Plan, sich ihrer ohne Blutvergießen zu entledigen, gescheitert war!

Doch David machte keine Anstalten, sie zu packen, und in Pegs Miene stand keine Feindseligkeit.

»Flora ...«, setzte sie ungewohnt sanft an.

»Moira in den Kerker werfen ... wie konntet ihr das nur!«, rief Flora empört.

Selbst wenn sie ihr dorthin folgen musste, würde sie sich erbittert wehren und aus voller Kehle schreien – lauter, als sie je gesungen hatte, lauter auch, als Iain hatte schreien können.

Pegs Stimme hingegen klang belegt. »Aber das war doch nicht unsere Entscheidung! Sie ... sie wollte selbst dorthin.«

»Sie wollte eingesperrt werden?«

Peg blieb ihr die Antwort schuldig.

Erst jetzt trat sie in die Kirche, und erst jetzt nahm sie Eilidh wahr. Diese starrte sie schon geraume Zeit an. Gleichwohl so unterschiedlich – die eine mit struppigem, die andere mit glänzendem Haar, die eine mit alten Fellen bekleidet, die andere in dunkle Seide gehüllt –, schienen die beiden Frauen einander zum Spiegelbild zu werden. Tiefe Bewegtheit einte sie.

Eilidh stammelte einen Namen, der Flora fremd war und doch wieder nicht, in ihren Augen glitzerten Tränen, die alsbald über ihre Wangen perlten, doch am erstauntesten war Flora über das, was Eilidh als Nächstes tat.

XXXII.

Skye
1266

»Ich will, dass du mich tötest«, sagte Eilidh zu Sigurd.

Nachdem sie sich lange genug vor den Mönchen versteckt, diese aufgegeben und sich auf den Heimweg gemacht hatten, hatten sie Duirinish verlassen, um Dunvegan einen großen Umweg gemacht und nun eine Moorlandschaft in der Nähe von Stein erreicht. Das Gras war nicht gelb, sondern grau, die Raben schossen über den farblosen Himmel. Weit und breit waren da keine Berge, von denen Eilidhs Worte widerhallten. Vielleicht hatte sie deshalb so lange gezögert, sie auszusprechen.

Sigurd starrte sie entgeistert an. »Ich soll was?«

Farquhar schlief auf Eilidhs Schoß. Sie konnte sich nicht erinnern, ihn oft so gehalten zu haben, wusste nur, dass sich dieser Augenblick für ewig in ihre Erinnerungen einbrennen würde. Sie atmete den Geruch seines Haars, seiner Haut, seiner Händchen ein.

Wenn er wach war, war er ein großer Junge, der sich den Männern näher wähnte als den Säuglingen, doch schlafend war er ein Kind … *ihr* Kind.

»Ich will, dass du mich tötest«, wiederholte sie, »zwar nicht meinen Leib, aber … meinen Namen. Was die Mönche erzählen werden, musst auch du so lange beteuern, bis alle es glauben werden: Eilidh, nicht Scota, ist über die Klippe gestürzt.«

Seine gerunzelte Stirn glättete sich. »Ach so!«, stieß er erleichtert aus. »Was du verlangst, war immer schon Teil deines Plans. Wenn jeder denkt, du wärst tot, kannst du mit Kieran und Farquhar gefahrlos die Insel verlassen ... Es ist genau das passiert, was du wolltest ...«

»Nein, ich wollte nie, dass Scota stirbt.«

Sie versenkte ihr Gesicht ein letztes Mal in Farquhars Haar.

Dein Geruch wird mich bis zum letzten Atemzug begleiten, aber du wirst niemals meine Angst riechen müssen ... niemals meinen Widerwillen vor der Welt ... niemals meine Selbstsucht.

»Ach, Eilidh«, seufzte Sigurd, »ihr Tod ist nicht deine Schuld, du musst kein schlechtes Gewissen haben, du bist nicht ...«

»Doch!«, unterbrach Eilidh ihn scharf. »Doch, ich trage die Schuld. Und es reicht nicht, einmal dröhnend zu lachen, um sie zu tilgen.«

Obwohl Sigurds Bart nicht mehr dicht war wie einst, erstickte er doch den ungläubigen Laut, der über seine Lippen kam. »Wir sollten weitergehen«, sagte er starrköpfig, »Kieran wartet gewiss ungeduldig.«

»Sag, hast du nicht zugehört?«, rief Eilidh. »Du musst mich töten! Das heißt, du musst auch ihm sagen, dass ich über die Klippen gestürzt bin.«

Ihre Stimme erinnerte an die nörgelnde von Ilisa, und erstmals verstand sie deren immerwährende schlechte Laune. Dieser riesige Mann bestand aus so viel Fleisch und so viel Haut, und doch schien es keine Stelle zu geben, an der man ihn packen konnte. Immer noch entwand er sich ihren Worten.

»Du hast so viel auf dich genommen, um mit ihm vereint zu sein – und jetzt … jetzt soll ich ihn belügen? Und dein Kind! Du kannst dein Kind nicht zurücklassen!«

Das habe ich doch schon längst …

»Du hast meinem toten Vater das Kind gestohlen«, erklärte sie kalt, »nun musst du ertragen, dass ich meins hergebe.«

Nicht länger konnte er sich begriffsstutzig stellen. Der Wind drückte das Gras nieder, als liefen unsichtbare Gestalten mit großen Schritten darüber hinweg. Gleicher Wind verwehte Sigurds Haar und seinen Bart, und das Gesicht darunter war ebenso nackt wie seine Verzweiflung.

»Das ist verrückt!«, schrie er wie ein waidwundes Tier, »du kannst so ein Opfer doch nicht für eine Tote bringen!«

»Du denkst, ich tue all das für Scota? O nein! Scota ist in Andernwelt, sie dreht sich bestimmt nicht nach mir um. Ich glaube auch nicht, dass ich ihren Tod je wiedergutmachen kann. Genauso wenig, wie Scota zuletzt glaubte, dass Haselnüsse Weisheit schenken.«

»Was?«

Du würdest Haselnüsse als Ganzes schlucken, weil sie zu klein für deinen großen Mund sind …

»Die Menschen von Skye … sie brauchen mich«, murmelte Eilidh, »Menschen, die ihre Liebsten verloren haben und Blut haben fließen sehen. Menschen wie ich. Ich habe immer Angst gehabt – seit dem Tod meines Vaters und wahrscheinlich auch zuvor. Die Welt war stets ein Ort für mich, von dem man am besten flieht, andere Menschen eine Bedrohung. Aber in der letzten Nacht, als ich Scotas Maske trug, da habe ich mich stark wie nie gefühlt. Ich konnte reden, ich konnte die Menschen trösten, ich war unverwundbarer, als die Liebe zu Kieran und unser Gesang mich je machten.«

»Aber Kieran … es … es wird ihm das Herz brechen.«

»Ja«, sagte Eilidh knapp, und ihre Stimme brach, »ja, ich weiß. Doch Scota hat gesagt, dass Freiheit wichtiger ist als Glück, und jetzt verstehe ich, was sie meinte. Freiheit bedeutet, keine Angst zu haben ...«

»Wenn du Scotas Maske trägst, wirst du diese Freiheit nicht finden. Sobald sich herumspricht, dass sie nicht nur Schuld an Farquhars Tod trägt, sondern auch an deinem, wird Alasdair sie jagen!«

»Ich werde mich auf den Baca Ruadh zurückziehen. Das ist ein verfluchter Berg, dorthin wird er sich nicht wagen.«

»Die Männer von Ross haben auf ihren Lanzen Kinder aufgespießt und Gottes Strafe nicht gefürchtet. Glaubst du, sie scheuen einen Berg?«

»Magaidh ...«, sagte Eilidh, »... sie hat mir ihre Hilfe angeboten ... Zunächst habe ich sie abgelehnt, denn ich wollte sie nicht in Gefahr bringen. Aber obwohl ich darauf bestanden habe, dass sie in der Samhuinn-Nacht auf Dunvegan bleibt, habe ich sie zuletzt doch um einen Gefallen gebeten. Sie wird Alasdair die Wahrheit sagen – dass Farquhar nämlich nicht sein Sohn ist, sondern Kierans. Welche Rachegelüste auch in ihm schwelen werden, von Herzen werden sie nicht kommen. Und den Mut und die Tatkraft, die ihm schon bisher fehlten, werden sie ihm nicht einbläuen. Dankbar wird er vielmehr sein, dass er uns beide los ist.«

Farquhar begann, unruhig zu werden, seine Lider zuckten, und er stöhnte im Schlaf. Wenn sie seine Stimme hörte, würde sie nicht gehen können, wenn sie in seine Augen schaute, sich nicht abwenden.

Sie küsste ihn auf den Mund. Er würde der letzte Mensch sein, den sie so küsste. Seine Lippen schmeckten nach Wind und Meer. Ihre würden nach nichts mehr schmecken und kalt werden – stumm aber nicht.

»Nimm ihn!«

Sigurd kreuzte seine Arme über der Brust. »Ich ... ich kann doch nicht ...«

»So nimm ihn endlich!«

Als er seinen Widerstand immer noch nicht aufgab, kramte Eilidh im Lederbeutel an ihrem Gürtel, zog den Spielstein hervor, den sie behalten hatte, und presste ihn in Sigurds Hände. Als riesige Pranken waren die ihr immer erschienen, die sie zu zermalmen drohten, doch jetzt wirkten sie plötzlich so klein wie er selbst. Er schien in der Nacht von Samhuinn geschrumpft zu sein.

»Jetzt ... jetzt hast du mir vergeben ...«, stammelte er und schluchzte.

Kurz war sie seine Tochter. Kurz war Farquhar ihr Sohn.

Seine Tochter würde sie bleiben, aber Farquhar übergab sie nun endgültig seinen Armen.

»Geh! Bitte geh!«

»Eilidh ...«

»Mach es mir nicht schwerer, als es ist.«

Endlich fügte er sich.

Behüte unseren Sohn, Kieran, liebe ihn, begleite ihn, sing an meiner statt für ihn.

Das Land war so flach, dass sie ihnen quälend lange hätte nachschauen können. Sie tat es nicht, sondern wandte ihnen den Rücken zu, hockte sich ins feuchte Gras. Auch wenn sie ihn nicht mehr sah, spürte sie jeden von Sigurds Schritten. Nach Scotas Tod hatte sie gedacht, dass sie nie wieder singen würde, doch nun tat sie es, sang nicht länger gegen die Angst an, sondern den Schmerz, sang von einem Raben und von einer Wölfin, die dazu verdammt waren, in zwei verschiedenen Welten zu leben und an deren Grenze zu wandeln. Ihre Liebe war groß, aber zugleich peinvoll. Mit den Jahren würde das Gefieder des Raben grau wie das Fell der Wölfin, und ihr Knurren klänge wie sein Krächzen. Nur bei ihrer letzten Begegnung färbte die untergehende Sonne sein Gefieder rötlich, als würde er brennen, und sie stieß ein Heulen aus, das klangvoll war wie nie. Sie und Kieran würden in ihren Welten gefangen bleiben, aber ihr Kind würde sie vereinen, das Kind, das stärker war als sie, das die Sprache der Raben und der Wölfe beherrschte und das sowohl Federn hatte zu fliegen als auch ein Fell, das es wärmte.

Als Eilidh aufhörte zu singen und hochblickte, war von dem mächtigen Sigurd nur mehr ein Punkt zu sehen, und selbst der entschwand bald und ließ nichts zurück als den farblosen Himmel und das farblose Land.

Während er wartete, erinnerte sich Kieran an den Tag, da er nicht weit von hier mit Bruder Patrick im kalten Wasser eines Tümpels gestanden hatte. Damals hatte er sich kaum zu rühren gewagt, auf dass sich die Kälte nicht noch tiefer in seine Glieder schnitt und seine Zehen erfroren und abfielen. An diesem Tag wagte er sich nicht zu rühren, weil er sich nicht eingestehen wollte, wie lange er bereits vergebens wartete und dass zwar nicht die Zehen, aber seine Hoffnung erfror.

Sie kommt nicht. Ich würde es spüren, wenn es anders wäre ... Ich würde es hören.

Der Wind würde sanfter pfeifen, das Gras sich weicher biegen, die Raben nicht finster krächzen, sondern verstummen. So aber verdunkelten sie den Himmel über ihm, und als ihr schwarzer Schatten auf ihn fiel, ahnte er, dass er Eilidh verloren hatte.

Er trat ganz nahe an das Ufer des Lochs, an dem sie ihr Treffen vereinbart hatten, bis das Wasser an seinen Füßen leckte, überlegte kurz, ob er sich ausziehen und untertauchen sollte, nicht um die Wollust zu töten, wie Bruder Patrick es einst bezweckt hatte, sondern um ein Opfer zu bringen und damit die Raben gnädig zu stimmen. Aber selbst wenn sie ihm freundlich gesinnt wären – die Raben konnten dem Leben nur von luftiger Höhe aus zusehen, die Macht, es zu wenden, hatten sie genauso wenig wie er.

Nicht dass er nicht doch auf Sigurd losstürzte, als er diesen endlich kommen sah. Nicht dass er nicht erst panisch, dann verzweifelt in seiner Miene nach etwas suchte, das die nur mehr glosende, längst nicht mehr brennende Hoffnung nährte. Und nicht, dass er nicht alle Raben gleichzeitig auf sich einhacken wähnte, als Sigurd düster den Kopf schüttelte.

Dann ertönte ein Laut, der die Raben übertönte – das Weinen eines Kindes.

»Er ist erwacht … und als er sah, dass er mit mir allein war … Er … er hat so große Angst«, stammelte Sigurd.

Vor mir doch auch, mich kennt er kaum besser, wollte Kieran sagen. Aber da streckte ihm Farquhar die Arme entgegen, klammerte sich an ihn, und Kieran drückte ihn an sich. Das Weinen des Kindes verstummte, das Krächzen der Raben auch.

Nach einer Stille, schwarz und tief wie das Loch, fragte Kieran: »Was ist geschehen?«

»Verlass die Insel so schnell wie möglich!«, erwiderte Sigurd. »Dreh dich nicht um, kehr niemals wieder zurück. Denk nicht an Eilidh, leb für deinen Sohn!«

Sigurd stammelte nicht länger, jeder seiner Befehle klang noch kälter als der andere. Wenn Kieran Mitleid herausgehört oder Sigurd sich in grausamen Schilderungen ergangen hätte, wäre er mitsamt dem Kind auf dem Arm niedergesunken, vielleicht sogar im Wasser untergegangen. So aber konnte er sich aufrecht halten.

»Wie?«, fragte er.

In wenigen Sätzen, die genauso hart und knapp waren wie seine Befehle, berichtete Sigurd, was in der Samhuinn-Nacht geschehen war – Scota hatte Eilidh geholfen und Farquhar nur vermeintlich geopfert, Eilidh war den Mönchen in die Hände geraten, ehe sie den Sohn in die Arme schließen konnte. Nur wie sie gestorben war, konnte er nicht in Worte fassen.

»Das Meer …«, schloss er lediglich.

Kieran wusste, was er in Wahrheit meinte.

Die Klippen.

So oft hatte sich Eilidh an den Abgrund herangewagt, so oft hatte er sie davor gewarnt.

Hast du denn keine Angst?

Natürlich habe ich Angst! Aber es ist meine Angst, nur meine …

Der Kleine begann wieder zu wimmern.

»Ich habe Fladen, getrockneten Fisch und Äpfel mitgebracht«, sagte Sigurd, »außerdem einen Schlauch mit Met, einen Feuerstein und Felle. Du wirst nach Irland gehen, nicht wahr? Am besten, du gibst deinem Sohn einen anderen Namen, damit nichts an seine Herkunft erinnert.«

Kieran nahm das Bündel entgegen. Seine Hand war jäh gefühllos, als hätte er sie wie die Füße ins Wasser getaucht. Ihm fiel kein anderer Name ein, ihm fiel – trotz Sigurds Gaben – auch nicht ein, wie er ohne Eilidh die lange Reise überstehen könnte.

Sigurd suchte seinen Blick. »Du wirst von deinem Gesang leben wie schon in den letzten Jahren.« Wieder klang es wie ein Befehl.

»Ich habe immer nur für Eilidh gesungen …«, entgegnete Kieran schwach.

»Jetzt singst du für euren Sohn.«

Sigurd ergriff seine Hand, und das Gefühl kehrte zurück. Die Raben krächzten zustimmend.

Wenn wir hoch genug fliegen, sehen wir das Leid nicht, und wenn du schön genug singst, bist du vielleicht auch blind dafür. Davonflattern – das ist es, was wir können. Das Flattern mit zauberhaften Lauten übertönen – das ist es, was du kannst.

Das Haar seines Sohnes kitzelte sein Gesicht, und Kieran presste ihn noch fester an sich, um ihn zu wärmen.

»Warum hat sie mich weggeschickt? Warum hat sie mich ihr nicht helfen lassen?«, rief er klagend. »Und warum ... warum ist das Vertrauen, das ich in sie gesetzt habe, vergebens gewesen?«

Niemand antwortete ihm, nicht Sigurd, nicht die Raben.

»Einen Namen«, ermahnte ihn dieser nur, »gib Farquhar einen anderen Namen.«

Einen Namen, mit dem Eilidh unseren Sohn nie gerufen hat und nie rufen wird ...

Oder vielleicht doch. Plötzlich hörte er den Namen. Das Meer sang ihn, der Wind flüsterte ihn, von allen Seiten kam er, so wie Eilidh jäh bei ihnen war, unberechenbar, unstet und genauso wenig fassbar wie einst ihre Töne, aber doch deutlich zu fühlen. Sie streichelte sein Gesicht und legte den Arm um seine Schultern.

Rabenkind. *Lhiannoo fithich.*

Obwohl Farquhar kein dunkles Haar, sondern Eilidhs blondes hatte, passte der Name wie kein zweiter. Er würde ihn Finn rufen.

Alasdair hatte sich verkrochen.

Zuvor, so erfuhr Kermac, hatte er Vater Michael empfangen, und zwischen den beiden war ein wüster Streit entbrannt.

Kermac konnte sich nicht vorstellen, dass Alasdair tatsächlich die Stimme erhoben hatte. Wahrscheinlich hatte er bloß genörgelt, als er den anderen für Eilidhs Tod verantwortlich gemacht hatte. Dass wiederum der Abt gebrüllt hatte, als er sich verteidigte, war schon eher denkbar, doch auch seine Stimme taugte mehr zum weibischen Gezeter als zu bedrohlichem Gebrüll.

Kermac wusste nicht, wen der beiden er mehr verabscheute und wessen gekränkter Tonfall unangenehmer klang.

So ist das Leben, ihr Narren! Wenn es dich anpisst, schluck es, wasch es ab, mach weiter. Aber seufze nicht, schimpf nicht, heul nicht.

Nach seiner Rückkehr nach Dunvegan wartete er ein paar Stunden, ging die Burgmauer entlang und atmete den aufziehenden Nebel ein. Gewiss würde die Trauer, zumal wenn er allein mit ihr war, Alasdair bald mürbe machen. Danach wäre seine Selbstachtung brüchig wie altes Leder, und er, Kermac, müsste gar nicht mehr mit scharfer Waffe darauf einhauen. Einige mitfühlende Sätze würden genügen, um das weinerliche Kind zu entblößen, das Alasdair immer gewesen war. Man könnte es leicht mit kleinen Drohungen einschüchtern und zuletzt mit ein paar freundlichen Worten wieder aufrichten. Kermac würde Alasdair tröstend die Hand auf die Schulter legen und dieser, endgültig einknickend, verkünden, dass er sich künftig in Delny verkriechen und ihm die Insel überlassen würde.

Als sein Haar feucht vom Nebel war und er guter Dinge Alasdairs Langhaus betrat, erlebte Kermac zwei Überraschungen. Zum einen stand Alasdair erstaunlich breitbeinig inmitten des Langhauses und hatte so gar nichts mit einem weinerlichen Kind gemein. Zum anderen war er nicht allein. Neben einer der Eichenbänke, die rund um die Feuerstelle standen, lag eine Tote.

Kermac nahm zunächst nichts anderes wahr als schlaffe Glieder unter rosiger Haut, üppige Rundungen und eine Fülle dunklen Haars, die ihre Züge verbargen. Als er sie anstieß, entdeckte er ein Stück Fell, das sie im Todeskampf von der Bank gezerrt hatte, und als er ihr einen zweiten Fußtritt versetzte, bekam er auch ihr Gesicht zu sehen und wie die Zunge, dick wie eine Schlange, aus dem Mund quoll.

Kermac riss seine schmalen Augen auf. Nie hätte er Alasdair zugetraut, ein Weib zu erwürgen, ausgerechnet Farquhars einstige Amme, in deren Kammer dieser bis zuletzt geschlafen hatte. Anstatt sich jedoch für seine Tat zu rechtfertigen, gar zu jammern und sich in Selbstmitleid zu suhlen, hielt Alasdair ihm den Rücken zugewandt. Er ließ die Schultern nicht hängen wie sonst, in der Miene konnte er gar nicht erst lesen.

»Schaff sie fort!«, befahl er hart.

Unwillkürlich glitt Kermacs Blick zu Alasdairs Händen. Es waren die gleichen wie am Tag zuvor, und dennoch schien mehr Kraft denn je in ihnen zu wohnen.

Unsinn!, schalt sich Kermac. Man gewinnt an Kraft, wenn man Männer tötet, nicht Weiber.

Ihn selbst hatte es schließlich auch nicht stärker gemacht, als er Kinder auf Lanzen gespießt hatte, nur sein Lächeln war schmaler geworden und sein Herz schwärzer. Und kräftige Hände hin oder her – Alasdair trug kein Schwert bei sich, ganz anders als er.

»Schaff sie fort!«, befahl Alasdair wieder.

»Aber, aber …« Kermacs Spott war nicht geschmeidig und leichtfüßig wie sonst, was ihn jedoch nicht davon abhielt, stichelnd fortzufahren: »Wer Kraft und Mut zu töten hat, sollte auch den Kadavern ins Gesicht schauen können und nicht die anderen die schmutzige Arbeit machen lassen.«

»Wenn ich mich recht erinnere, hast du die Toten damals

auch auf Skye liegen und verrotten lassen und nicht selbst begraben.«

Alasdair drehte sich langsam um. Sein Gesicht war ausdruckslos, doch er zog seinen Dolch, und Kermac erkannte, dass er keinem Mann gegenüberstand, der in Trauer, Weltschmerz oder Überdruss versank.

Bei der Amme hat er sich nur Mut gemacht ...

»Warum hast du sie getötet?«, fragte er trotz seines Unbehagens leichtfertig und stieg über die Tote hinweg. »Um sie zu bestrafen, weil sie nicht ordentlich auf deinen Sohn aufgepasst hat? Oder weil sie womöglich ahnte, dass er nicht dein Sohn ist, sondern nur ein Bastard?«

Eigentlich hatte er nicht so schnell zum Angriff übergehen wollen, Alasdair vielmehr langsam in die Enge treiben, doch so breitbeinig, wie der vor ihm stand, übermannte ihn die Ungeduld.

Alasdair zuckte nicht im Geringsten zusammen. »Seit wann interessieren dich Gründe, warum man Menschen tötet? Du konntest es stets ohne«, stieß er aus.

»Ach, wenn du willst, müssen wir nicht über die Amme sprechen«, gab Kermac vermeintlich gelassen zurück, obwohl er sich unmerklich anspannte. »Sprechen wir lieber über Farquhar. Ich ... ich weiß nämlich auch, dass er nicht dein Sohn war. Und mich wirst du wohl nicht so leicht zum Schweigen bringen.«

Alasdairs Körper blieb aus Stein, die Züge jedoch nicht. Kurz, ganz kurz entglitten sie ihm, ehe er die Fassung wiederfand. »Natürlich«, murmelte er, »sie hat es dir erzählt ...«

Wen meinte er? Eilidh, die Amme ... oder gar Magaidh? Seiner Schwester war am ehesten zuzutrauen, dass sie ihm die Wahrheit schonungslos ins Gesicht geschleudert hatte.

Kermac lachte auf. »Sag bloß, mein Schwesterchen ist dir

auch in die Hände geraten! Was hast du mit ihr gemacht? Hast du sie etwa auch erwürgt?«

»Es gibt viele Arten, Menschen mundtot zu machen.«

Die Drohung in seiner Stimme war unverhohlen. Unwillkürlich fuhr Kermacs Hand zu seinem Schwert.

»Was hast du mit Magaidh gemacht?«, fragte er wieder, und diesmal bebte seine Stimme.

»Die Frage ist doch eher, was ich mit dir machen werde«, gab Alasdair gedehnt zurück.

Schwert gegen Dolch, wie lachhaft!

»Seit wann liegt dir so viel an Taten?«, höhnte Kermac. »Du siehst doch immer nur zu. Das war so, als ich die Drecksarbeit für dich erledigt habe, und ebenso, als deine Frau dir Hörner aufgesetzt hat! Es waren nicht einmal spitze Hörner, mit denen du deinen Nebenbuhler hättest aufspießen können, sondern stumpfe wie die einer Kuh. Noch größer als die Hörner sind ihre Euter, und selbst die taugen bestenfalls dazu, saure Milch zu geben.«

Alasdair umklammerte den Dolch, aber hielt die Hand ganz ruhig.

Er wagt es nicht, er hat es noch nie gewagt, er ist ein Feigling. Jetzt mag er Angst um seinen Ruf haben, aber Angst ist eine viel zu rostige Rüstung, um damit siegreich in den Kampf zu ziehen.

Als Kermac sich mit der Zungenspitze über die Lippen fuhr, glaubte er, Scotas scharfe Pisse zu schmecken. Sei's drum! Davon würde er sich ebenso wenig bezwingen lassen wie vom Geschmack saurer Milch. Beides würde er Alasdair vor die Füße spucken!

»Wenn du klug bist, kehrst du zurück nach Ross!«, rief er. »Hier bist du ja doch nie glücklich geworden. Es muss keiner erfahren, dass Farquhar, der den Namen deines Vaters trägt, ein Bastard ist wie du. Ich verspreche dir zu schweigen, wenn du gehst.«

Die Augenlider zuckten nicht. »Es stimmt«, sagte Alasdair langsam, »ich war nicht glücklich auf Skye. Aber Eilidh war es.«

Kermac lachte, ohne zu lächeln. »Doch nicht deinetwegen!«

»Und? Das ahnte ich ja nie, das wollte ich nie wissen.«

»Der Stier hat nicht nur stumpfe Hörner ... obendrein trägt er einen Blumenkranz, der aus welken Lügen geflochten wurde, und das auch noch stolz! Aber du irrst, wenn du denkst, dass Lügen duften, nur weil dir die Wahrheit stinkt. Und glaub auch nicht, du kannst die Wahrheit mit einem Dolch aufspießen!«

Kermac zog das Schwert. Seine Hände zitterten stärker als die von Alasdair, nicht aus Angst, aber vor Müdigkeit. Seine Kopfwunde pochte, das Bild vor seinen Augen verschwamm.

»Wer sagt, dass Blut fließen muss?«, fragte Alasdair. »Und wer sagt, dass ich spitze Hörner brauche?«

Die tote Amme ... die dicke Zunge, die aus dem Mund quoll ... Bei ihr hatte er tatsächlich keinen Dolch gebraucht, nur seine bloßen Hände.

Mehr um die eigene Angst zu besiegen als den anderen, machte Kermac einen Satz auf Alasdair zu. Dessen Hände rührten sich nicht, weder die Hand, die den Dolch hielt, noch die zweite. Und doch – als Kermac das Schwert hob, nicht, um zuzuschlagen, so weit wollte er nicht gehen, nur um ihm zu drohen, ihn in die Knie zu zwingen und das weinerliche, feige Kind herauszukitzeln, traf ihn ein Schlag. So breitbeinig Alasdair auch eben noch gestanden hatte, so wendig war er nun. Er trat gegen sein Schienbein, dann rammte er ihm sein Knie ins Gemächt.

Die Hörner der Kuh muss man nicht fürchten, jedoch die Hufe ...

An einem anderen Tag hätte Kermac Alasdair ausweichen können, an einem anderen Tag hätte er den Schmerz bezwungen, aber nicht an diesem, nicht nach zwei Schlägen, die er auf den Kopf erhalten hatte, nicht nach langen Stunden der Ohnmacht und nicht mit dem grässlichen Geschmack im Mund. So krachte erst das Schwert auf den Boden, dann er selbst. Ein weiterer Schlag traf seinen Nacken, der letzte die Schultern. Als er lag, drückte Alasdair seinen Fuß ... seinen Huf auf ihn. Er war so schwer, der Mann besaß so viel Gewicht ...

»Es steckt ja doch Ehre in deinem Leib.« Der Atem wurde Kermac knapp.

»Du Dummkopf! Es geht nicht um meine Ehre, sondern um die von Eilidh! Auch wenn sie tot ist – ich werde niemals zulassen, dass man über meine schöne, zarte Frau als Ehebrecherin lästert!«

Kermac glaubte zu ersticken. Anders als die der Amme fand seine Zunge nicht den Weg aus seinem Mund, und noch schwerer als diese konnte er seine Wut schlucken.

»Du wächst einer Frau wegen über dich hinaus, die dich betrogen hat, mehr noch, verraten? Verräter foltert und zerstückelt man! Verräter sterben schreiend! Und nachdem sie gestorben sind, verbrennt man ihre Glieder und zerstreut ihre Asche!«

Aber Eilidh war im dunklen Meer versunken, ihr Tod war nicht feurig, nur Alasdairs Liebe zu ihr und sein Hass auf Kermac.

Kermac glaubte, die Funken auf seinen Kopf regnen zu spüren, als Alasdair zu sprechen begann.

»Niemand wird je die Wahrheit erfahren. Eilidh soll nicht als Weib eines Mannes gelten, der ihr nicht gab, was sie wollte, und der sein Kind nicht schützen konnte. Farquhar ist gestorben, weil er vom Pferd stürzte, und sie ist ihm aus Gram gefolgt. Jeder, der anderes behauptet, wird sterben oder verschwinden.«

Darum also hatte er die tote Amme erwürgt, darum hatte er Magaidh – wie auch immer – aus dem Weg geräumt. Vater Michael konnte er nicht töten, jedoch bestechen, denn noch lieber, als der Welt zu verkünden, dass Farquhar von einer Verrückten den Göttern geopfert worden war, würde der Silber einstecken. Was wiederum Scota anbelangte, würde er diese wohl in Ruhe lassen, solange sie die Geschehnisse rund um Samhuinn verschwieg.

»Du ... kannst ... mich ... doch ... nicht ...« Bei jedem Wort schien seine Zunge noch zu wachsen.

»Ich kann und ich werde!«, erwiderte Alasdair, und nie hatte er so gefährlich geflüstert. »Du bist der Sohn eines Verräters, du hast so viel Unheil über diese Insel gebracht. Jeder hasst dich, es gibt so viele Menschen, die dich am liebsten hinterrücks erschlagen würden. Glaubst du wirklich, irgendjemand stellt Fragen, wenn du plötzlich wie vom Erdboden verschluckt bist?«

»Ich habe immer nur getan, was getan werden musste!«

»Der, der die Latrinen reinigt, tut das auch, aber die Scheiße, die an seinen Händen klebt, stinkt deswegen nicht weniger. Und niemand will, dass diese Scheiße das eigene Wams beschmutzt.«

Der Dolch fiel zu Boden, ohne dass ein Klirren ertönte. Er war auf dem Fell zu liegen gekommen, das die Amme in ihrem Überlebenskampf von der Bank gezerrt hatte. Vergebens versuchte Kermac, nach ihm zu tasten.

Erwürgen, er wird mich erwürgen, wie man ein Weib erwürgt ...

Erst nach einer Weile ging ihm auf, dass Alasdair etwas viel Schlimmeres mit ihm vorhatte.

Kermac erwachte, das Licht schmeckte blutig. Aber nein, da war gar kein Licht, nur grauer Stein – unter ihm, über ihm, neben ihm. Vielleicht war er selbst aus Stein, aber dann würde es in seinem Mund nicht nach Blut schmecken, und er läge nicht in dieser Pfütze. Er benetzte seine Finger, fühlte laue Wärme, kostete.

Das war kein Blut, es waren auch keine Tränen und kein Schweiß, es war nur … Pisse.

Nichts anderes hatte er von Scota bekommen, und nichts anderes hatte er nun selbst der Welt zu geben. Von dieser Welt war nur ein Loch geblieben, und dieses Loch, das fühlte, das wusste Kermac plötzlich, würde nie wieder größer werden, nur er würde darin zu schrumpfen beginnen, bis aus dem stattlichen, muskulösen Mann eine Ratte geworden war, die sich vor Langeweile in den eigenen Schwanz biss.

Er schloss die Augen, wartete, dass der Schmerz hinter den Schläfen nachließ, öffnete sie wieder. Das Licht war so trüb wie zuvor, der Geschmack in seinem Mund salzig.

So schmeckte nicht Blut, sondern der Schwanz einer Ratte …

Warum hat er mich nicht umgebracht? Warum hat er mich nicht geblendet, mir die Eier abgeschnitten und mich daran ersticken lassen?

Er tastete nach seinem Gürtel. Wenn er ein Messer gehabt hätte, hätte er es selbst getan, aber es war nicht mehr da. Wie die Ratte hatte er zwar immerhin noch seine Zähne, aber anders als sie war er nicht wendig genug, um in seinen Schwanz zu beißen.

Er wand sich, stöhnte, die Pfütze um ihn herum wurde größer, es war nass, es war kalt.

Als er ein Trippeln hörte, erwartete er, dass Ratten ihm Gesellschaft leisteten, doch das Trippeln stammte von Frauenfüßen, und diese steckten in Lederschuhen, sodass die Pfütze ihnen nichts anhaben konnte. Wendig stieg sie ebenso über die Lake hinweg wie über ihn.

Kermac öffnete die Augen gerade weit genug, um sie zu erkennen, und er öffnete den Mund gerade weit genug, um verständliche Worte machen zu können.

»Will er uns etwa gemeinsam gefangen halten?«, höhnte er. »Wollen wir eine Wette abschließen, wer wen als Erstes auffrisst?«

Anstatt sich aufzurappeln, blieb er liegen.

»Ich bin nur hier, um mich zu verabschieden«, gab Magaidh zurück. »Für mich hat Alasdair ein anderes Gefängnis vorgesehen.«

Sie war sehr bleich, aber das mochte am grauen Licht liegen. Ihre Lippen waren schmal, doch sie schmeckte gewiss weder Blut noch Pisse.

»Er verheiratet mich …«, fügte sie hinzu. »Du bist der Einzige, von dem er mir gestattet, Abschied zu nehmen. Niemand sonst wird erfahren, was mir bestimmt ist. Ich werde Skye noch heute verlassen.«

Sie war ja keine Ratte, sie war nur eine Maus, sie hatte immer schon gräuliches Haar wie eine solche gehabt. Kermac konnte nur hoffen, dass ihr künftiger Ehemann kein dummer Kater war und sie entwischen ließ, sondern ein listiges Raubtier, das seinen Spaß mit ihr hatte.

»Warum hast du Alasdair die Wahrheit über Farquhar gesagt?«, keuchte er. »Warum hast du es nicht mir überlassen? Ich hätte ihn überrumpeln können, ich hätte …«

»Ich habe es getan, weil Eilidh mich darum gebeten hat«, unterbrach sie ihn hart.

»Na und? Sie ist doch tot und ihr verfluchter Bastard auch! Egal, was man tut, am Ende wartet immer nur der Tod.«

»Dein Ende ist nicht der Tod, sondern grauer Stein, und von dem werden deine Schreie vergeblich hallen.«

Wie klang es, wenn Ratten schrien? Wie ein Pfeifen, ein Zischen, ein Fauchen?

Nun rappelte sich Kermac doch noch auf. Auch wenn Magaidhs Gesicht bleich und ihre Lippen schmal waren, in den Augen stand kein Schmerz, nur Schadenfreude.

»Ich hoffe, du wirst unglücklich ...«, stieß er aus.

Als sie den Kopf schüttelte, berührte ihr Haar die Wand, aber noch grauer konnte es nicht werden. Seines hingegen, schwarz und üppig, würde nach und nach die Farbe verlieren, immer dünner werden und schließlich ausgehen. Seine Glieder würden steif, seine Haut würde faltig werden, er würde irgendwann die Feuchtigkeit nicht mehr spüren, und in seinem Mund würde es nicht mehr salzig, sondern nach nichts schmecken. Vielleicht würde er die eigene Pisse trinken, ohne sich zu ekeln.

»Warum hasst du mich so?«, fragte sie. »Ich bin nicht schuld daran, dass du hier bist ... das bist du selbst. Genau wie unser Vater ganz allein die Schuld an seinem Schicksal trug ...«

Als er versuchte, sich sein Gesicht in Erinnerung zu rufen, sah er nur Magaidh vor sich – nicht, wie sie jetzt vor ihm stand, sondern wie sie ihn als kleines Mädchen getröstet hatte, wenn die anderen ihn auslachten. Damals hatte sie noch kein mausgraues Haar gehabt, es musste an dem Tag ergraut sein, als der Vater gefoltert und getötet worden war.

»Wie hast du das damals nur ausgehalten?«, fragte er leise. »Warum hat es dich nicht zerfressen, ihn sterben zu sehen?«

Seine Stimme triefte nicht länger vor Hohn, sie klang menschlich, vielleicht zum letzten Mal, ehe er wie die Ratten pfeifen würde.

Magaidhs Lippen, glanzlos wie ihr Haar, verzogen sich zu einem Lächeln. »Frauen sind so viel stärker als Männer«, erwiderte sie. »Sie gebären Kinder unter Schmerzen. Ihr hingegen kämpft und sterbt nur unter Schmerzen.«

»Du hast doch nie ein Kind geboren!«

Ihm fehlte die Kraft, sich länger aufrecht zu halten, und er fiel wieder in die Pfütze. Diesmal stieg Magaidh nicht über ihn hinweg, sondern beugte sich ganz dicht über ihn. Ihr Lächeln wurde breiter und wärmer.

»Bis jetzt noch nicht, das stimmt«, sagte sie. »Vielleicht werde ich irgendwann eines zur Welt bringen, aber selbst wenn nicht ... Auf eine gewisse Art und Weise habe ich bereits einem Kind zum Leben verholfen. Einem Kind von meinem Fleisch und Blut.«

»Farquhar?«, fragte er tonlos.

»Nein, ihn meine ich nicht.« Ihr Lächeln wurde triumphierend. »Ich habe dafür gesorgt, dass dieses Kind verschwindet, ehe du ihm ein Leid zufügen kannst, dass du nicht einmal auf die Idee kommst, es würde existieren. Ich hoffe, ich werde es irgendwann wiedersehen, und dann werde ich ihm alles erzählen – alles über seine Mutter, aber nichts über seinen Vater. Ich werde deinen Namen nie wieder aussprechen, niemand wird das tun.«

Der Mund wurde ihm trocken. Er selbst könnte seinen Namen wieder und wieder schreien. Aber sein Name würde keine Schneisen in den Stein schlagen, sondern in der faulig stinkenden Pfütze ertrinken. Und irgendwann würde der Name aufgedunsen und blau sein und so grässlich stinken, dass nicht einmal die Ratten daran nagten.

XXXIII.

Applecross
1306

Flora hatte sich auf vieles gefasst gemacht – dass David sie in den Kerker werfen und vielleicht sogar ein Messer ziehen würde, oder dass Peg, falls er untätig bliebe, mit kalter Stimme den Befehl dazu erteilte. Doch David verstummte und trat zur Seite, und Peg sah nicht aus, als könnte sie jemals wieder etwas mit kalter Stimme sagen. Sie zitterte am ganzen Leib, als sie Eilidh erkannte, und noch mehr, als diese auf sie zuging und sie inniglich umarmte.

Zwei alte Frauen waren beide, die bei allem, was sie taten und sagten, für gewöhnlich größte Selbstbeherrschung und Gefasstheit zeigten. Nun aber wurden sie von Gefühlen überwältigt, die zu groß, zu heftig für Leib und Geist schienen – Erleichterung, Überraschung, Freude.

»Es … es scheint dir gut zu gehen!«, rief Eilidh. »Es scheint dir wirklich gut zu gehen! Oh, ich hatte damals solche Angst um dich. Erst habe ich befürchtet, du wärst tot, und als ich dann von deiner Heirat mit Bearnard MacIver erfuhr …«

Flora verstand kein Wort und noch weniger, als Peg antwortete. »Alasdair gab sich damit zufrieden, dass ich fern der Insel lebte, und das habe ich an Bearnards Seite gar nicht mal so schlecht getan … Aber dass du heute vor mir stehst … dass du noch lebst … das … das ist unfassbar! Alle haben behauptet, du seist gestorben!«

»Das war nicht ich, sondern Scota …«

»Wenn ich das gewusst hätte! Doch als sich damals auf Dunvegan herumsprach, dass Scota das Opfer vollzogen und Eilidh sich von den Klippen gestürzt habe, habe ich nie daran gezweifelt. Ich habe mir solche Vorwürfe gemacht, dass ich es nicht verhindern konnte. Das Einzige, was ich später noch für Eilidh … für dich tun konnte, war, allen Barden deine und Kierans Geschichte zu erzählen, sodass etwas von dieser Liebe lebendig bliebe und zugleich Alasdair heimgezahlt würde, dass er mich von Skye verbannt hat … Was wiederum Scota anbelangt … Oh, ich wäre niemals auf die Idee gekommen, Flora nach Skye zu schicken, wenn ich von ihrem frühen Tod auch nur geahnt hätte …«

Dass ihr Name fiel, machte es für Flora nicht leichter, die verworrenen Sätze zu begreifen. Sie wollte etwas sagen, aber brachte kein Wort hervor, suchte Pegs Blick, schaffte es jedoch nicht, deren Aufmerksamkeit auf sich zu ziehen, so ergriffen, wie sie Eilidh anstarrte. David hingegen löste sich aus seiner Starre, trat zu Flora und griff nach ihren Händen. Die Berührung löste vage Erinnerungen an den Tag aus, da sie ihn kennengelernt und beglückt festgestellt hatte, dass er ein stattlicher junger Mann war, doch noch viel eindringlichere an den Abend, da er versucht hatte, Iain zu töten. Nicht nur das Entsetzen von damals überkam sie, auch Wut, schreckliche Wut, hatte David doch nicht bloß den Barden ermordet, sondern all ihre Träume von einer gemeinsamen Zukunft mit einem Schlag zunichtegemacht.

Lieben hätte ich dich können, all meine Sehnsüchte von dir erfüllt wissen, ein sorgenfreies, behagliches Leben führen … Aber du … du hast alles zerstört.

»Fass mich nicht an! Fass mich bloß nicht an! Du hast Iain auf dem Gewissen!«, rief sie.

David zuckte zusammen. »Das ... das wollte ich nicht ... Ich wusste doch nicht ... Wenn ich die Worte richtig gedeutet hätte, ich wäre nie so weit gegangen ...« Er brach ab, um entschlossen hinzuzufügen: »Ich habe es doch nur getan, um mich, um dich, um uns alle zu schützen! Ich dachte, wir würden in großer Gefahr schweben.«

Seine Zerknirschung wirkte echt, aber vertrauen konnte Flora ihm trotzdem nicht.

»Moira!«, rief sie empört. »Du hast eben gesagt, sie sei im Kerker, und obendrein, dass sie das selbst wollte! Was hat das zu bedeuten, warum und wann ...«

Flora schluckte schwer. Sie sehnte sich nach Ailean, der zwar so wenig wie sie verstanden, aber mit etwas festerer Stimme Antworten gefordert hätte. Doch der kam nicht zurück, und Eilidh schien immer noch zu bewegt über das Wiedersehen mit Peg, als dass sie ihr Klarheit schenken konnte. Peg selbst jedoch fand ihre Fassung wieder und gesellte sich zu ihr und David. Wie David streckte sie ihre Hände nach ihr aus, und diesmal hatte Flora keine Kraft, sie zurückzustoßen.

»Ich glaube, ich schulde dir eine Erklärung«, murmelte sie.

Auch wenn die Berührung nicht unangenehm war, vielmehr tröstlich, wuchs Floras Misstrauen. »Glynis hat gesagt, dass alles gelogen war. Du ... du hast ihr die Worte eingegeben, die sie in der vermeintlichen Vision verkündete.«

Peg nickte. »Das stimmt«, gab sie zu, »aber das bedeutet nicht, dass es eine Lüge war.«

»Was war es denn dann?«, rief Flora ungeduldig.

Anstatt eine Antwort zu geben, deutete Peg auf Eilidh. »Wie es aussieht, bin ich nicht die Einzige, die sich jahrelang als eine andere ausgegeben hat. Eilidh ist von allen Scota gerufen worden, und was mich anbelangt … Nun, in gewisser Weise tragen wir alle zwei Namen, seit die normannische Lebenskultur an unseren Höfen Einzug gehalten hat. Einen schottischen und einen englischen.«

»Was hat das damit zu tun, dass …«

»Du wirst Flora gerufen«, unterbrach Peg sie, »doch als du geboren worden bist, haben deine Eltern dich gewiss nicht so, sondern Flóraidh genannt. Ich wiederum werde von allen Peg gerufen, was wiederum die Abkürzung von Margaret ist, und die gälische Form von Margaret ist …«

»… Magaidh«, schloss Flora verwirrt.

Eilidh schluckte schwer. »Sie … war eine Freundin«, bemerkte sie.

»Von dir?«

»Nein, von Scota …«

Flora wandte sich wieder an Peg. »Und deswegen hast du mich belogen? Deswegen hast du mich nach einem verschwundenen Kind suchen lassen? Eilidhs und Kierans Kind ist nicht verschwunden … zumindest ist es damals nicht gestorben. Warum also …«

Pegs Miene wurde weich und gütig, als sie ihr über die Wange strich. »Mit dem Kind, von dem Glynis in ihrer vermeintlichen Vision sprach, war nie Kierans und Eilidhs Sohn gemeint. Es geht um ein anderes Kind. Ein Kind, das meinetwegen verschwunden ist.«

»Welches … welches Kind?«

An Pegs Stelle antwortete Eilidh: »Als ich sie damals vor Samhuinn in meine Pläne einweihte oder zumindest in einen Teil davon, hat Magaidh mir die Wahrheit anvertraut. Bis heute tut es mir unendlich leid, dass ich nie selbst nach diesem Kind suchen konnte. Ich hätte es gern getan, doch nur Magaidh wusste von seinem Verbleib, und sie ist damals spurlos verschwunden. Als Ailean und du in meiner Höhle aufgetaucht seid, konnte ich mir bald einen Reim darauf machen, wer Peg MacIver ist. Nur ihretwegen bin ich überstürzt aufgebrochen. Ich musste die Gelegenheit nutzen, sie zu sehen, musste mich vergewissern, dass es ihr gut geht und sie nicht leiden musste – weder meinet- noch Scotas wegen. Vor allem hegte ich die Hoffnung, nun endlich zu erfahren, wo dieses Kind ist.«

Die Wahrheit war nicht greifbar, sondern fadenscheinig wie ein Spinnennetz. Versuchte man nach ihr zu fassen, rissen die Fäden oder man blieb daran kleben.

»Ich verstehe immer noch nicht ...«, setzte Flora an.

»Es gab einen guten Grund, warum ich dich nach Skye schickte«, sagte Peg.

Eilidh begriff früher als Flora, was damit gemeint war. »Ist sie ... ist sie tatsächlich ...«

»Ihre Enkeltochter, ja ...«

Kurz stieg in Flora das Bild ihrer Großmutter auf – der Mutter ihres Vaters, die ihr als Kind manchmal Lieder vorgesungen hatte, darunter das Wiegenlied, das sie später auf der Reise mit Ailean vorgetragen hatte. Aber sie spürte plötzlich, dass diese alte Frau mit dem schläfrigen Blick nicht gemeint war, vielmehr die Mutter ihrer Mutter. Schon Letztere hatte sie nie kennengelernt, weil sie so früh gestorben war. Sie kannte lediglich ihren Namen – Rhona – und wusste, dass sie dem Clan Munroe entstammte, aber sie konnte sich nicht erinnern, jemals von deren Eltern gehört zu haben.

»Dein Großvater mütterlicherseits ist Kermac MacMaghan«, erklärte Peg jetzt, »und deine Großmutter ...«

»Gütiger Himmel!«, stieß Flora aus. »Meine Großmutter ist Scota!«

Peg nickte. »So ist es. Du bist ihr Kindeskind und zugleich

meine Großnichte. Scota dachte damals, dass das Kind, das sie von meinem Bruder Kermac empfangen hat, tot geboren wurde. Aber so war es nicht ... Ich habe sie belogen ... sie und auch Moira, die ihr bei der Geburt beigestanden hat. Bis heute weiß ich nicht, ob das die grausamste Tat meines Lebens war oder die gnädigste. Erst wenn ich Scota in Andernwelt gegenüberstehen werde, werde ich das herausfinden.«

Peg ... nein, Magaidh versuchte, sie aus der Kirche zu ziehen, aber Flora versteifte sich. Nicht nur, dass sie das Gotteshaus nicht ohne Ailean verlassen wollte – überdies erschien es ihr der einzige vertraute Ort in Applecross zu sein.

»Ich bin Scotas Enkeltochter ...«, sagte sie wieder und wieder.

Magaidh ließ ihre Hände los und begann auf und ab zu gehen. Ihr Schatten war kleiner als der der Statuen. Das Unrecht schien schwer auf ihren Schultern zu lasten und den sonst so geraden Rücken zu krümmen – vielleicht, weil sie es nicht als solches benennen wollte.

»Ich werde den Tag der Geburt nie vergessen. Die Luft war schwer und stickig, von Schweiß, Blut und Scotas Schreien erfüllt. In der Nähe des Feuers brach mir ständig der Schweiß aus, doch kaum entfernte ich mich nur ein paar Schritte davon, war die Zugluft eiskalt. Stunde um Stunde verrann ... Es war immer quälender zuzusehen, wie Wehe um Wehe folgte ... ich fühlte mich hilflos ...«

»So hilflos kannst du nicht gewesen sein, wenn du Scota das Kind genommen hast!«, unterbrach Flora sie scharf.

»Zunächst dachte ich wirklich, das Kleine wäre tot – genau wie Scota und Moira davon überzeugt waren. Ich habe nie zuvor ein Neugeborenes gehalten, ich wusste nicht, dass nicht alle sofort zu schreien beginnen. Um Scota zu schonen und ja, ich gebe es zu, auch weil ich die stickige Enge nicht mehr ertrug, verließ ich mit ihm den Raum. Im Gang blieb ich stehen und presste das Kind unwillkürlich an mich. Ich war immer noch sicher, dass es tot war, aber ich dachte, dass ich ihm diese liebevolle Umarmung schuldig war, wenn die doch das Erste, Letzte und Einzige sein würde, das dieses unschuldige kleine Ding von der Welt bekäme. Scota hat es mir erst später anvertraut, ich hingegen wusste schon damals, dass es nicht nur ihr, sondern auch Kermacs Kind war. Ach, mein Bruder … Dass ich mittlerweile alles an ihm hasste, änderte nichts daran, dass ich ihn einst geliebt hatte, und irgendwo musste ich mit dieser Liebe hin. Also liebte ich dieses Kind … liebte es, als ich es für tot hielt, und noch mehr, als ich herausfand, dass es noch lebte.«

Kurz wurde es ganz still. Flora glaubte, das sanft glucksende Geräusch zu hören, das Neugeborene machten, wenn sie das erste Mal nach Luft schnappten.

Kein Lied dieser Welt kann jemals so schön klingen …

Nicht schön, sondern hart klang Floras Stimme nun. »Du hast Scota das Kind gestohlen!«

Kaum merklich zuckte Magaidh zusammen. »So kann man es natürlich sehen. Aber auf deiner Reise hast du sicherlich erfahren, dass ein und derselbe Fluss mal schmutzig braun schäumt und mal türkisfarben schimmert, je nachdem, wie das Licht darauf fällt und welchen Himmel er spiegelt. Ja, ich habe einer Mutter das Kind weggenommen. Ich habe aber auch eine geschändete Frau von der Last befreit, stets an das Schreckliche erinnert zu werden. Vielleicht hätte Scotas Liebe den Hass überwinden können, ich bin hingegen jemand, dem weder die Liebe noch der Hass ganz geheuer ist. Ich hielt es für das Beste, die Kleine fortzubringen … weit weg von Kermac und von Scota. Sie sollte für ihre Mutter weder zum Segen noch zum Fluch werden, sondern einfach nur ein Kind sein dürfen. Wenn sie lachte, sollte man nur ihr Lachen hören, nicht an das schiefe Grinsen ihres Vaters denken. Und wenn sie lief, sollte man sie behutsam auffangen, anstatt sie auf der Flucht vor der eigenen Geschichte mitzureißen.«

»Und deshalb hast du das Mädchen einer Fremden überlassen ...«

»Keiner Fremden, nein, einer Frau, mit der ich aufgewachsen bin. Joan MacMunroe konnte selbst nicht empfangen ... Dieses Kind ... es war ein überaus kostbares Geschenk für sie.«

»Das wäre es auch für Scota gewesen!«

»Mag sein. Aber damals dachte ich, dass ein Geschenk etwas wäre, das man freiwillig nimmt, nicht unter Zwang. Heute weiß ich es besser – dass wir das Gute nämlich oft nur bewirken, indem wir auf eigene Entscheidungen und Taten verzichten und es schlichtweg geschehen lassen. Aber ich fürchte, ich war nie sonderlich gut darin, meine Hände in den Schoß zu legen.«

»Deshalb hast du mich also nach Skye geschickt. Damit ich meine Großmutter finde ...«

»Wie alle anderen dachte ich, dass Eilidh damals gestorben wäre, nicht Scota. Dass diese immer noch lebte, konnte ich natürlich nicht wissen, aber dass du dich ihrer würdig erweisen würdest – ja, das wünschte ich mir von Herzen.« Magaidh seufzte. Ihre Stimme wurde etwas leiser, als sie fortfuhr, und in den Augen war nicht länger der Widerstreit zwischen Trotz und Schuld zu lesen, sondern leiser Tadel. »Als du hierherkamst, wusstest du nichts vom Leben. Du warst ein hübsches, liebes Mädchen, aber eines, das sich nur Gedanken über seine Kleider machte, nicht über dieses Land, eines, das nachplapperte, was immer es hörte. Deine Mutter Rhona habe ich nie kennengelernt, sie ist leider früh gestorben und hat nie die Wahrheit über ihre Herkunft erfahren. In dich habe ich viele Hoffnungen gesetzt …«

»Und die habe ich enttäuscht!«

Nur zu gut konnte Flora sich an das leise Unbehagen erinnern, das Magaidhs nachdenklicher, etwas abschätzender Blick in ihr ausgelöst hatte.

»Aber das gab dir nicht das Recht, mich fortzuschicken!«, rief sie aufgebracht. »Ich … ich hätte auf der Reise sterben können!«

Magaidhs Lippen verzogen sich zu einem Lächeln, das wohl dem spöttischen ihres Bruders glich. »Scotas Blut fließt in deinen Adern … So schnell stirbst du nicht.«

»Scota ist auch gestorben!«

»Aber nicht, weil sie kein weiches Bett hatte oder zu wenig zu essen. Und auch nicht, weil sie fror. In Scota brannte stets ein Feuer. Gewiss, nach all dem Schrecklichen, das sie durchmachen musste, erschien mir dieses Feuer als zu heiß, und mehr als einmal zweifelte ich an ihrem Verstand. Als sie damals Samhuinn feiern wollte, haderte ich wie nie zuvor mit der Entscheidung, ihr das Kind zu nehmen, und fühlte mich zugleich darin bestärkt. Nicht minder groß war der Zwiespalt, als ich glauben musste, sie hätte den kleinen Farquhar auf dem Gewissen. Wie auch immer: Ich wollte, dass du der jungen Scota gleichst, ehe sie Kermac in die Hände fiel. Deren Stärke wollte ich in dir entfesseln, deren Feuer in dir entzünden.«

»Und für wen sollte es brennen?«, rief Flora.

Zum ersten Mal seit Langem sprach David. »Als du nach Applecross kamst, hast du Robert the Bruce für einen Gotteslästerer und Mörder gehalten, nicht wahr? Ist das immer noch so, nachdem du so lange im Land unterwegs warst?«

Flora erinnerte sich an den Tag, da sie den betrunkenen Ailean zu wecken versucht hatte, die Frauen ihr aber keine große Hilfe gewesen waren, sondern über Robert gelästert hatten. Was geht es mich an?, hatte sie damals gerufen – und kurz lagen ihr jetzt die gleichen Worte auf den Lippen. Statt sie auszusprechen, schwieg sie verstockt.

»Die Grafschaft Ross steht treu zu England«, fuhr David mit gesenkter Stimme fort, »so zumindest scheint es. In Wahrheit denken auch hier viele, dass Robert the Bruce der Einzige ist, der Schottland führen, einen und befreien kann. Ich gehöre zu ihnen, mein Bruder auch, und selbst William von Ross ist Bruce' geheimer Fürsprecher. Er hat sich dem englischen König unterworfen, weil er nach langer Gefangenschaft in London keinen anderen Weg sah, seine Freiheit wiederzuerlangen, und er hat selbst die Gefangennahme von Roberts weiblicher Verwandtschaft befohlen, weil er sich ansonsten als Verräter offenbart hätte. Doch William wartet genau wie wir alle auf den Tag, da Robert nicht länger vor seinen Feinden flieht, sondern sich ihnen stellt und sie besiegt, auf den Tag schließlich, da Schottland frei sein wird und die westlichen Inseln wieder das werden, was sie einst waren – ein Ort nämlich, an dem Getreide und Tiere so gut wachsen und gedeihen wie nirgendwo sonst.« David hielt inne, um dann feierlich hinzuzufügen: »Das ist mein Ziel, dafür lebe ich.«

»Und ich«, bekräftigte Magaidh, »ich tue das auch. So wie für Scota nichts wichtiger war als Freiheit.«

Die feierlichen Worte genügten nicht, um Flora versöhnlich zu stimmen. »Und damit ich das lerne, hast du mich nach Skye geschickt?« Sie schüttelte empört den Kopf. »Dass du einer Mutter das Kind gestohlen hast, kannst du doch nicht wiedergutmachen, indem du dessen Tochter belügst!«

Magaidhs Lächeln wurde sanft. »Jetzt endlich erkenne ich

die starke, starrsinnige, unbeugsame Scota in dir wieder, so wie ich sie einst kennenlernte. Du gleichst ihr, wenn du lächelst, aber noch mehr, wenn du wütend bist und tobst. Bei deiner Ankunft in Applecross warst du ohne Lebenserfahrung. Deine Träume kreisten am Boden, sie hatten noch nicht zu fliegen gelernt. Deine Flügel waren zwar breit, aber du hattest sie noch nicht ausgestreckt. Wenn du hiergeblieben wärst und geheiratet hättest, hättest du nie das wahre Leben kennengelernt, nie diese Kraft in dir entdeckt, nie den Willen durchzuhalten, gleich, was geschehen wäre. Auch deshalb habe ich dich nach Skye, in Scotas Heimat, geschickt – auf dass dein wahres Erbe erwache.«

»Beinahe hätte ich Skye nicht erreicht. Tagelang sind wir auf Eilean Donan festgehalten worden!«

»Und doch hast du es geschafft, dich zu befreien. Ich habe gefühlt, dass du stark genug bist, alle Prüfungen zu bestehen. Und außerdem warst du nicht allein.«

Ailean ... richtig ... Er wollte den Priester suchen ... Iain lag ja immer noch hier ...

Das Entsetzen, den Toten kurz vergessen zu haben, war nicht minder groß als das schlechte Gewissen, weil sie immer noch nicht herausgefunden hatte, warum er sterben musste.

»Das verschwundene Kind war also Scotas Tochter und diese wiederum meine Mutter«, sagte sie. »Ich verstehe jetzt, weshalb du mich nach Skye geschickt hast, aber nicht, warum Moira im Kerker ist, und noch weniger, weshalb David mit einem Messer auf Iain losgegangen ist!« Sie wandte sich an David. »Wie ... wie konntest du nur? All das Geschwafel von Freiheit mag nicht darüber hinwegtäuschen, was du bist: ein gemeiner, eiskalter Mörder, nichts weiter!«

Der Blick seiner grünen Augen war nicht kalt, sondern flehentlich, und ließ ihn jünger wirken, als sie ihn in Erinnerung hatte.

»Es … es tut mir leid«, stammelte er, »es … es war ein Fehler … ein Irrtum …«

»Ein Irrtum? Es war Mord!«

»Doch nur, weil ich dachte …«

»Hat dich deine Mutter etwa auch belogen?«, fragte Flora.

»Nicht sie, sondern Moira … Dass die Grafschaft Ross heimlich auf Roberts Seite steht, das darf doch niemand wissen. Alle … alle könnten wir als Verräter im Kerker enden oder auf dem Richtplatz. Und als Moira sagte …«

Er brach ab.

»Was hat sie gesagt?«

Magaidh versuchte erneut, sie mit sich zu ziehen, und diesmal wehrte sich Flora nicht. »Am besten, wir verlassen die Kirche, damit der Tote zu ruhen vermag und die Mönche beten können. Frag Moira selbst, was sie getan hat. Und vor allem, warum.«

XXXIV.

Skye
1266–1271

Eilidh setzte nie wieder einen Schritt nach Glendale, doch anders als angekündigt wartete sie auch mit dem Aufbruch zum Baca Ruadh und zog sich stattdessen in eine Höhle nicht weit von Dunvegan zurück. Dass sie sich damit in größte Gefahr brachte, riskierte sie – erhoffte sie sich doch Magaidhs Besuch. Der aber blieb ebenso aus wie jedes andere Lebenszeichen von ihr. Seit Samhuinn hatte niemand sie mehr auf Dunvegan gesehen, und bald kam Eilidh zu dem Schluss, dass Magaidh entweder tot war oder die Insel verlassen hatte. Die alte Eilidh wäre unter dieser Schuld eingeknickt, die neue trug sie wacker. Noch mehr wollte sie allerdings nicht auf sich laden, und deshalb verbat sie auch Sigurd eines Tages, künftig noch einmal nach ihr zu sehen und ihr zu berichten. Nach allem, was er ihr von Alasdair erzählt hatte, ging dieser entschlossen und grausam gegen alle vor, die die Samhuinn-Nacht auch nur erwähnten, und sie wollte verhindern, dass er Sigurd für etwas anderes als einen alten jammernden Säufer hielt und dessen Geheimnis witterte.

Sigurd fügte sich widerwillig, schickte aber in der nächsten Zeit oft eine junge Frau, um nach ihr zu sehen. Sie hieß Coira, war noch jung, sah jedoch alt aus. Schon vor Jahren hatte sie von Scota und deren Wirken gehört, war immer neugierig darauf gewesen, sie kennenzulernen, und hatte etwas Suchendes im Blick, als sie ihr zum ersten Mal gegenübertrat. Doch als Eilidh nach ihren Sorgen fragte und sagte, dass sie sie gern mit ihr teilen würde, lachte sie nur.

»Meine Sorgen gehören mir allein«, erklärte Coira, »ich führe ein so einfaches Leben, da wird es ihnen ohnehin bald langweilig mit mir werden ... Und wenn nicht, dann sind sie gezwungen, mit mir zu altern. Auf dieser Welt bleibt nichts jung. Irgendwann verlieren selbst die schlimmsten Sorgen ihre Zähne.«

Wann immer Eilidh Besuch empfing – ob nun von Coira oder anderen Getreuen, die Alasdair heimlich trotzten –, trug sie ihre Holzmaske. Irgendwann vergaß sie, sie abzunehmen, wenn sie wieder allein war, und zuletzt schlief sie sogar mit ihr. Manchmal juckte morgens das Gesicht, aber noch öfter spürte sie sie gar nicht, als wäre sie mit dem Holz verwachsen.

Nur ein einziges Mal hätte sie die Maske am liebsten vom Gesicht gerissen. Heiße Tränen stiegen hoch, als Coira ihr eines Tages berichtete, dass Magaidh nicht gestorben, sondern nur verheiratet worden war – offenbar mit einem gewissen Bearnard aus dem Clan MacIver, der in der Grafschaft Ross lebte. Sie war erleichtert, dass Magaidh noch lebte, aber entsetzt, dass diese zu einer Ehe gezwungen worden war und Skye wohl nie wieder betreten würde. Und es machte sie traurig, dass sie sie nicht mehr fragen konnte, wo Scotas tot geglaubte Tochter aufwuchs.

In der Nacht vor Samhuinn hatte Magaidh ihr anvertraut, was sie damals getan hatte und dass die Erinnerung sie manchmal tröstete, aber manchmal auch quälte.

»Ich habe die Kleine vom Hass erlöst«, hatte Magaidh ihr gesagt, »aber zugleich habe ich sie der Liebe ihrer Mutter beraubt ... Was, wenn sie gezwungen ist, wie ich zu werden? Ich habe Kermac erst geliebt und später gehasst, ansonsten vermochte es niemand, solch starke Gefühle in mir auszulösen.«

Eilidh wusste nicht, ob das stimmte, hatte jedoch inständig gehofft, dass Scota eines Tages die Wahrheit erfahren würde. Nun aber war Scota tot, und sie selbst konnte nichts mit ihrem Wissen anfangen.

Das Bedauern darüber begleitete sie auch die kommende Zeit. Sorgen und Ängste – da hatte Coira vielleicht recht – mochten altern, das vage Gefühl eines Versäumnisses hingegen war beharrlich und ließ sich nicht abschütteln.

Coira war es schließlich auch, die sie vor den Mönchen warnte, nachdem sie einige von diesen nicht weit von ihrer Höhle entfernt beobachtet hatte. Damit war endgültig die Zeit gekommen, zum Baca Ruadh aufzubrechen. Auf dem langen Weg schwitzte Eilidh unter der Maske, doch als sie die Welt von oben betrachtete und selbst die Cuillins winzig wirkten, fühlte sie die Ahnung von Frieden.

Ihr Unterschlupf war nur mit Mühe zu erreichen, und dennoch bekam sie dort mehr Besuch als je zuvor. In dieser luftigen Höhe, wo der Wind meist lauter heulte, als Alasdairs Krieger grölen konnten, wurden sogar die Erinnerungen an Samhuinn belebt. Nie widersprach Eilidh, wenn man das geopferte Kind erwähnte, doch mit ihrer dumpfen Stimme erklärte sie zugleich unmissverständlich, dass sie zwar das Fest, aber niemals das Opfer zu wiederholen gedachte.

Keiner wagte es, sie dazu zu drängen, denn die, die wohl die energischsten Einwände hervorgebracht hätte, zählte nicht zu den Besuchern. Anders als Magaidh vermisste Eilidh sie nicht sofort, doch nach einigen Wochen und Monaten fragte sie sich, was wohl mit Moira geschehen war.

»Ich kann mich nicht erinnern, sie in letzter Zeit gesehen zu haben«, erklärte Coira, »vielleicht hat sie Magaidh aufs Festland begleitet.«

Insgeheim zweifelte Eilidh an dieser Erklärung, aber da sie keine andere bekam, verdrängte sie schließlich den Gedanken an die junge Frau. Ihre Maske mochte aus Holz sein, doch nie bohrte sich ein Splitter in ihr Fleisch – und jemand wie Moira, die ihr immer fremd geblieben war, vermochte erst recht nicht, zu einem zu werden.

Nur in ihren Träumen trug Eilidh die Maske nicht. Sie wagte sich darin auch an die Klippen heran, und wenn sie dort stand und aufs Meer starrte, glaubte sie, in weiter Ferne, wo der Himmel und das Wasser sich trafen und der Dunst ein graues Band webte, Kieran und Farquhar zu sehen. Kieran hatte sich nicht verändert, Farquhar wuchs erst zum schlaksigen Jungen, dann zu einem schönen großen Mann heran. Tränen stiegen ihr in die Augen, wann immer sie ihn hinter den lichten Schwaden erahnte, doch manchmal wunderte sie sich auch, warum er gar so dünn war, sein Haar so lang und lockig und dieses nicht etwa von hellem Blond, wie es einst in seiner Kindheit gewesen war, sondern von kräftigem Rot. Sie versuchte, näher an ihn heranzutreten, doch so wie sie früher vergebens nach ihrem eigenen Schatten gespäht hatte, wurden die Konturen des fernen Sohnes niemals schärfer.

Erst wenn sie erwachte, ging Eilidh auf, dass sie nicht nur von Farquhar geträumt hatte, sondern auch von Scotas Tochter.

Moira war wieder verflucht, vielleicht war sie es immer gewesen. Vielleicht war die Wölfin nicht vor Scota geflohen, sondern vor ihr. Ihr Fleisch zu zerreißen hätte schließlich auch bedeutet, von ihrem Schatten zu kosten, und dieser Schatten war nicht einfach nur schwarz, sondern faulig.

Nach Samhuinn kehrte Moira beglückt nach Dunvegan zurück. Es war das letzte Mal, dass sie Glück fühlte. Auf die dunkle Nacht folgte ein roter Tag.

Alasdair empfing sie mit einem Schlag, ihre Lippen platzten, und auch wenn sie vor Schreck den Schmerz nicht spürte, sah sie das Blut auf ihr Kleid tropfen. Ehe es versickerte, packte er sie an den Haaren und zerrte sie mit sich. Der Hof war voller Menschen, die erst erstarrten, dann zurückwichen. Allen stand die nackte Angst im Gesicht geschrieben, niemand half ihr.

Kaum erreichten sie das Langhaus, wurde Alasdair zum Wolf, und es gab keine Scota, die sie schützte. Als er mit ihr fertig war, blutete sie noch mehr. Er hatte sie zwar nicht geschändet, doch die Fäuste hatten das Versagen seines Geschlechts wettgemacht, und hinterher war sie sich nicht sicher, ob Schmerzen wirklich besser waren als Schande.

»Warum hast du meinen Sohn gestohlen, warum ausgerechnet du?«, schrie er, als er zu erschöpft war, weiter zuzuschlagen. »Ich ... ich habe dich doch damals verschont. Ich habe dich gerettet!«

Ihre Lippen waren zu taub, um zu sprechen.

»Du wirst den Rest deines Lebens für deine Tat büßen«, sagte er plötzlich ganz leise. »Jeder, der von deinem Geschick hört, weiß nun, was passiert, wenn er sich mit mir anlegt.«

Ob der Rest ihres Lebens einen Tag dauern würde, ein Jahr oder ein Jahrzehnt, sagte er nicht – in jedem Fall würde die Zeit ihr zu lang werden.

Warum war sie schon wieder verflucht? Warum noch immer?

Es war niemand da, der Antwort gab. Alasdair zerrte sie wieder an den Haaren durch den Hof, ihr wurde schwarz vor Augen, und als sie erneut Licht hätte wahrnehmen können, war da keines mehr, sondern nur Nebel. Sie hob die Hand und fühlte Stein. Sie lag also doch nicht inmitten von grauen Schwaden, sondern in einem Loch. Kalt war es auch.

»Wo bin ich?«, fragte sie.

Ein hoher Pfiff ertönte. Es klang wie Wind, doch der Wind würde nicht in dieses Loch dringen können.

»Wo bin ich?«, fragte sie wieder.

»Wo ist der Mond, wenn er nicht am Himmel steht?«, hörte sie eine Stimme. »Ist er nur verschwunden oder tot? Nun, irgendwann wird der Mond wieder dick und rund, wir hingegen werden hier verrotten.«

»Wo bin ich?«, fragte sie zum dritten Mal.

Aus dem Pfeifen wurde ein Kichern. »Alasdair will beweisen, dass er der Herr der Insel ist und keine Grausamkeit scheut. Und er muss dabei keine Rücksicht mehr auf Eilidh nehmen. Ein Narr ist er gleichwohl. In jeder Geschichte von einem Helden gibt es ein Ungeheuer, und der Held muss es töten, um ein solcher zu werden. Alasdair jedoch tötet uns nicht, sondern verscharrt uns in der Tiefe der Erde. Ha! Er ist kein Held, sondern immer noch ein Feigling.«

Moira rappelte sich auf. Da es so finster war, konnte sie die roten Spuren auf ihrem Kleid nicht sehen. Der Stoff haftete an ihrer Haut, vielleicht war er festgewachsen.

»In der Nacht, da ich Farquhar geholt und meine Angst bezwungen habe, habe ich doch das Ungeheuer besiegt ...«, murmelte sie.

»Nun, mir entkommst du nicht.« Sein Gelächter klang wie das Klirren von Scherben. »Vor welchem Tier fürchtest du dich am meisten?«

Vor ... vor einem Wolf, hätte sie fast gesagt. Sie tat es nicht.

»Vor einem Stier.«

»Einem Stier!« Das Gelächter schwoll an. »Wusstest du,

dass mir König Alexander zwanzig Kühe schenkte als Dank für meine Taten? Zwanzig Kühe dafür, dass ich Frauen schändete und Kinder aufspießte und Klöster in Brand setzte! Welch ein Lohn! Zwanzig Kühe!«

Erst jetzt erkannte sie die Stimme. Es war Kermac MacMaghan. Moira brachte keinen Ton heraus.

»Ich glaube, meine Kühe haben sich nie vermehrt«, fuhr Kermac fort und wurde wieder ernst. »Ich kann mich auch nicht erinnern, je ihr Fleisch gegessen oder ihre Milch getrunken zu haben. Außerdem sind Kühe keine Ungeheuer. Und Stiere auch nicht. Die wahren Ungeheuer sind …«

Er brach ab.

»Ja?«, fragte sie heiser.

Kermac kroch auf sie zu. Weder sie noch er würden jemals aufstehen können, solange sie in diesem Loch eingesperrt waren, dazu war die Decke zu niedrig.

»Die wahren Ungeheuer sind … Ratten.«

Die Zeit verging – zumindest war das wohl außerhalb des Kerkers so. Innerhalb seiner Mauern galten die Gesetze der Welt nicht. Es gab keinen Unterschied zwischen Vergangenheit und Zukunft, nur ein kaltes graues Meer aus Leid, Langeweile und Hoffnungslosigkeit, in dem Moira immer tiefer versank.

Sie verlernte zu wimmern und zu weinen, verlernte zu hungern und zu frieren. Manchmal betrachtete sie ihre zitternden Hände, hörte das eigene Zähneklappern und wunderte sich, wer diese Bewegungen machte und diese absonderlichen Geräusche von sich gab. Sie selbst war es nicht, es gab sie ja nicht länger, sie hatte keinen Namen mehr. Kermac sprach ihn nie aus, und ein anderer rief sie erst recht nicht.

In den ersten Wochen quälte er sie. Er schlug sie, zog sie an den Haaren, weckte sie, wenn sie schlief, verging sich an ihr. Damals glaubte sie noch, dass sie ihn hasste. Später verfaulte selbst seine Bösartigkeit in der Dunkelheit und Stille, und wenn sie ihn betrachtete, dachte sie manchmal, dass sie ihn nicht länger hasste, sondern vielmehr liebte. Sie wusste nicht, was schlimmer war.

Irgendwann war Kermac weder Freund noch Feind, sondern ein Teil von ihr. Wenn er auf die Welt schimpfte, wiederholte sie seine Worte, wenn er wie verrückt lachte, tat sie es ihm gleich, und als er irgendwann begann, seine Haare einzeln auszureißen, folgte sie dem Beispiel, bis sie keins mehr hatte.

Erst viel später begriff Moira, dass sie lange im Kerker gehockt haben musste, weil sie diesen nicht glatzköpfig verließ, sondern mit Locken, aber noch war sie gefangen und überzeugt, es zu bleiben.

Manchmal ertönten Schritte, manchmal sogar Stimmen. Brot und Wasser wurden ihnen gebracht, einmal sogar ein Fell, aber hinterher konnte sie sich immer nur an Füße erinnern, nie an Gesichter. Die Ratten interessierten sich auch nicht für Gesichter. Sie schnüffelten an ihren Füßen, stahlen ihnen ihr kärgliches Mahl und versuchten dann und wann, an ihnen selbst zu nagen.

Kermac machte sich einen Spaß daraus, sie mit der bloßen Hand zu erschlagen, und wenn die Wachtposten fahrlässig waren und ihre Ration karg ausfiel, aß er die Ratten und behauptete, ihr Blut würde süß schmecken, nicht salzig. Lange Zeit weigerte sich Moira, selbst eine zu kosten, doch dann kam ein Winter, der länger währte als die vorangegangenen. Selbst ihr Urin gefror und das Blut der Ratten erst recht. Erstmals leckte sie daran und stellte fest, dass es nach nichts schmeckte. Und erstmals sah sie Kermac wieder ins Gesicht.

Er hatte kein Haar mehr auf dem Kopf, aber sein Bart war gewachsen und reichte bis zur Brust. Er war steifer als sonst, und sie brauchte eine Weile, um zu begreifen, dass er nicht nur aus Barthaar bestand, sondern aus Eiszapfen.

Wenn ich sie berühre ... werden sie dann schmelzen oder werde ich noch steifer?

Nun, auch wenn sie es gewollt hätte, sie schaffte es nicht, zu ihm zu robben. Ein anderer beugte sich an ihrer statt über ihn. Sie war eingeschlafen, sodass sie nicht gemerkt hatte, wie dieser den Kerker betrat. Erst als er auf Kermac zukroch und seinen Namen nannte, fuhr sie hoch.

Es war das erste Mal seit Ewigkeiten, dass Kermacs Name fiel, das erste Mal seit langer Zeit, dass sie eine fremde Stimme hörte.

Moira war zu schlaftrunken, um sich herumzuwälzen und in sein Gesicht zu sehen, doch als der Fremde sich bückte, sah sie mehr als nur seine Stiefel.

Der Mann hatte rötliches Haar und einen ebenso rötlichen Ausschlag. Schön war er nicht, aber er war ein Mensch, keine Ratte. Er betrachtete Kermac eine Weile, redete dann auf ihn ein.

»Du kannst dich nicht an mich erinnern, ich hingegen weiß, wer du bist, Kermac MacMaghan. Ich weiß, was du getan hast. Seit Jahren habe ich auf diesen Augenblick gewartet. Ich habe davon geträumt, habe jedes Opfer in Kauf genommen, um endlich hier vor dir stehen zu können. Das Glück verhalf mir nicht dazu – jemand wie ich hat kein Glück –, aber der Winter. Selbst der muss dich hassen ...«

Moira war nicht sicher, ob sie das, was der Mann sagte, richtig verstand. Ihre Ohren waren des Hörens so entwöhnt wie die Lippen des Redens. Doch der Hass, den der Fremde beschwor, spiegelte sich nur allzu deutlich in seinem Gesicht, und sie hätte schwören können, dass er hier war, um sich zu rächen.

Kermac indes regte sich nicht. Seine Haut war blau, seine schmalen Augen versanken unter den Lidern, seine Brust schien sich nicht zu bewegen.

»Lebt er denn überhaupt noch?«, entfuhr es ihr krächzend.

Der rothaarige Mann blickte hoch. Bis jetzt hatte er sie gar nicht wahrgenommen, nun musterte er sie argwöhnisch und schien nachzudenken, ob sie zu Kermac gehörte oder ob der auch ihr schlimmster Feind war.

»Er lebt noch«, knurrte er schließlich. »Wie ich schon sagte, selbst der Winter hasst ihn. Er schenkt ihm nicht die Gnade zu erfrieren.«

Er wandte sich ab, redete wieder auf den reglosen Kermac ein, sprach von einem Sommertag viele Jahre zuvor, als er mit seiner Frau und dem kleinen Sohn die Kühe auf ein entlegenes Stück Wiese getrieben hatte, als Kermac sie aufhielt, und von seiner Frau verlangte, sie möge ihm ein Schälchen Milch melken.

»Unser Sohn war noch ganz klein«, fuhr der Fremde fort, »meine Frau trug ihn auf dem Rücken. Um die Kuh zu melken, legte sie ihn ab. Ich sehe es noch vor mir, wie seine nackten Beinchen strampelten und er vergnügt juchzte. Du, Kermac, hast nicht gejuchzt, aber gelächelt. Erst als dir meine Frau die Schale Milch gab, bist du ernst geworden. Du hast sie begehrlich angeschaut, du hast die Schale einfach fallen lassen, du hast gesagt: Ich wollte keine Kuhmilch, sondern die aus deinen Brüsten. Aber gib dir keine Mühe, ich hol sie mir schon selbst.«

Der Fremde schwieg, Kermac schwieg auch, wenngleich Moira nicht entging, dass er doch nicht so starr dalag wie vermutet. Er blinzelte.

Ob er wie sie an Milch dachte, süße, kräftige, nährende Milch?

Ich will wieder Milch trinken. Ich will, dass Kermac seine gerechte Strafe bekommt.

Die Kälte tat ihr plötzlich weh, ihr Herz war hungrig wie seit Langem nicht.

»Als ich dich zu Boden schlug, hast du dich nicht gewehrt«, murmelte der Mann. »Du hast dich fallen lassen, als wärst du ein Sack Mehl. Aber hinterher bist du wieder aufgestanden.«

Gleichwohl der Hass, der von dem Mann ausging, etwas in ihr zum Schmelzen brachte, hatte Moira jäh das Gefühl, ihre Ohren wären aus Eis. Die weiteren Worte drangen nicht zu ihr – was nicht bedeutete, dass sie vor den grässlichen Bildern bewahrt wurde. Von Kermac, der zur Gegenwehr ansetzte. Der erst den Mann überwältigte und fesselte und ihn hinterher zuschauen ließ, wie er sein Weib schändete und langsam tötete. Der dem Kind nichts tat und doch seinen Tod besiegelte, indem er ihm die es nährende Mutter nahm.

»Mein Sohn war zu klein, um etwas anderes zu sich zu nehmen als Milch. Den Herbst über nährten ihn ein paar Frauen aus dem Dorf, aber als der Winter kam und mit ihm der Hunger, wurde ihre Milch selbst für die eigenen Kinder zu knapp. Als mein Kleiner starb, habe ich den Winter verflucht. Heute lobe ich ihn mir. Der Wachmann, der euch bis jetzt das Essen brachte, ist im Eis eingebrochen und ersoffen. Und ich habe lange genug vor Alasdair von Ross gebuckelt, um den Befehl zu bekommen, fortan an seiner statt die Ratten zu füttern.«

Kermac blinzelte wieder. Er lächelte, wie er all die Jahre nie gelächelt hatte.

»Aber du willst mich nicht füttern«, flüsterte er und stieß dabei grauen Atem aus, »du willst mich töten.«

Der Fremde beugte sich über ihn. »Mein Weib hieß Saraid, mein Sohn hieß Rob, und ich ... ich bin Clach.«

Clach war auch das gälische Wort für Stein, dieser Mann hingegen war nicht aus Stein, er war aus Eis, kaltem, durchsichtigem, hartem Eis.

»Wie willst du mich ohne Schwert töten?«, fragte Kermac.

Nun war es Clach, der lächelte. »Wie ich schon sagte, selbst der Winter hasst dich.«

Er nahm einen Eiszapfen, ebenso spitz wie schwer, und trieb ihn in Kermacs Brust. Er nahm einen zweiten, rammte ihm diesen ins Gesicht, holte einen dritten, traf dieses Mal den Bauch.

Moira hörte auf zu zählen, hörte auf, darauf zu warten, dass Kermac schrie. Er tat es bis zuletzt nicht, er lächelte nur. Anfangs dachte sie noch, er würde nicht schreien, weil sein Leib zu steif gefroren war, um Schmerzen zu spüren, ja, dass das spitze Eis gar nicht erst in sein Fleisch dringen würde. Doch dann sah sie das Blut über den Boden laufen, warm und rot, vielleicht auch süß wie Milch, und plötzlich erkannte sie, warum er keinen Laut von sich gegeben hatte.

Er musste an Scota gedacht haben, er hatte sie ganz deutlich vor sich gesehen. Scota, die er in den letzten Jahren manchmal verspottet hatte, um Moira zu quälen, und der er doch zugutegehalten hatte, dass sie nicht geschrien hatte, als er über sie hergefallen war. Sie wusste, dass in der Stille Macht liegt, hatte er einmal gesagt.

Moira starrte in Kermacs gebrochene Augen, in seinen leeren Blick. Die Eiszapfen ragten wie Pfeile aus dem Leib. Das Lächeln war von seinen Lippen geschwunden, als hätte er begriffen, dass er sich getäuscht und Scota aus etwas anderem ihre Macht gezogen hatte als der Stille. In dieser Stille lag nämlich keine Macht. Nur der Tod. Ein einsamer, kalter, blutiger Tod.

Clach trat auf sie zu.

»Wirst du mich auch töten?«, fragte sie.

Sie spürte die Wärme seines Körpers, als er sich über sie beugte.

»Wie heißt du?«, gab er zurück.

Es dauerte lange, bis ihr der eigene Name wieder einfiel, und mit ihm besann sie sich auch alles anderen – dass sie so lange Zeit gefangen gehalten, gequält und geschändet worden war, dass sie das nicht verdient hatte, sondern alles richtig gemacht hatte, nämlich an Scota geglaubt und den Göttern gedient. Warum hatten diese sie in einem kalten Loch vergessen?

Moira schluchzte auf.

»Ich werde dich nicht töten. Ich habe nach Saraids Tod noch nicht wieder geheiratet. Ich kann ein neues Weib brauchen.«

Clach zog sie nach draußen. Die Nacht war eben erst vorüber und die Wintersonne bleich, sonst wäre sie wahrscheinlich sofort erblindet. Ihre Augen tränten gleichwohl.

»Ich habe ja weißes Haar«, brach es aus ihr heraus.

»Aber du hast noch alle Zähne«, stellte Clach fest. »Das bedeutet, du bist noch nicht alt.«

Moira war nicht alt, aber sie war auch nicht mehr jung. Sie sehnte sich nach Freiheit, ertrug sie jedoch nicht. Sie ekelte sich vor Clach, klammerte sich dennoch jede Nacht an ihn. Sie gewöhnte sich an seinen Geruch, und sie gewöhnte sich an seine Wärme, ohne zu wissen, ob er schwitzte und stank oder nicht. Was sie ihm bedeutete, sagte er ihr nie. Wahrscheinlich machte er sich keine Gedanken darüber – musste er doch alle darauf verwenden, um zu überleben.

Clach hatte Kermacs Leichnam und auch sie selbst aus

dem Kerker geschafft, ohne dass es zunächst jemand bemerkt hatte. Wochen später erst begann Alasdair Fragen zu stellen. Dass der Herr der Insel sich nie hatte bei ihnen blicken lassen, änderte wohl nichts daran, dass er jeden Tag an seine beiden Gefangenen dachte. Kermacs Leichnam konnte Clach ihm zeigen – die Eiszapfen waren geschmolzen, aber dieser noch nicht verwest –, den von Moira nicht. Zwar war Clach einfallsreich genug gewesen, eine kürzlich erfrorene Frau wieder auszugraben und diese an ihrer statt vorzuweisen, aber nicht klug genug zu bedenken, dass Alasdair Moira kannte.

»Ich habe am längsten Tag meines Lebens etliche Stunden bei ihr verbracht«, brüllte Alasdair, wie er früher nie gebrüllt hatte, »ich weiß, dass sie kein rotes Haar hat!«

Wenn Moira einfach verschwunden wäre, wäre es ihm wohl gleichgültig gewesen. Dass jemand sich die Mühe machte, zu lügen und zu betrügen, erweckte hingegen sein Misstrauen. Dieses Misstrauen hatte in den letzten Jahren mehr als nur einen Mann das Leben gekostet, und Clach wäre der nächste gewesen, wenn er nicht davongelaufen und überdies schneller als Alasdairs Leibwache gewesen wäre. Moira warf er sich einfach über die Schulter und nahm sie mit, und da sie nach der langen Gefangenschaft so leicht war, beschwerte sie seine Schritte kaum.

Wäre es nach ihr gegangen, wäre sie nach Glendale geflohen, um Scota zu fragen, warum sie immer noch verflucht war. Clach aber hatte ein anderes Ziel – Duntulm im Norden der Insel –, und sie war zu schwach, um sich zu wehren. Es war anstrengend genug, wieder die frische salzige Luft einzuatmen, den nackten blauen Himmel zu sehen, aufrecht stehen zu können, ohne sich den Kopf anzuschlagen. Einsamkeit und Kälte waren zwei gnädige Schwestern, weil sie so still waren.

Als ungleich zänkischer und aufwühlender erwiesen sich Angst, Entsetzen und Wut.

Warum hatte sie so viel erdulden müssen? Warum lebte sie immer noch?

»Duntulm wurde oft zerstört«, erklärte Clach, als sie ihr Ziel, eine Burg, die auf einer Felsspitze thronte, erreichten, »aber jedes Mal hat man es wieder neu aufgebaut. Nicht dass es lange stehen bleiben wird. Duntulm, so heißt es, sei verflucht.«

Er und alle anderen dachten wohl, dieser Fluch zeige sich in der oftmaligen Zerstörung, aber Moira wusste es besser. Verflucht war die Burg, weil man ihr nicht gönnte, Ruine zu bleiben, sondern immer wieder neu Stein auf Stein wuchtete und nicht hörte, wie der untere unter dem oberen ächzte.

Alasdair war ihr zum Fluch geworden, weil er sie gerettet hatte, und der Kerker wurde ihr zum Fluch, weil sie ihm entkommen war. Wäre sie noch dort, dann wäre sie sicher vor dem Leben und seinen grausamen Scherzen, außerhalb davon aber wurde sie zur Gejagten. Nicht lange nach ihrer Ankunft mussten sie Duntulm schon wieder verlassen, weil Alasdair nach ihnen suchen ließ.

Gewiss bereute Clach schon längst, sie gerettet und zu seiner Frau gemacht zu haben, doch er erklärte nur, dass sie Skye verlassen würden.

»Wohin gehen wir?«, fragte sie.

»Nicht weit von einer Bucht hier in der Nähe liegt Tulm Island«, sagte Clach, »und dahinter ein weiteres Eiland, das man nur bei klarem Wetter sehen kann. Es wird Tir-nan-Og genannt, die Insel der ewigen Jugend, wo die Sonne niemals untergeht und es immer Sommer ist.«

Clach klang schwärmerisch, Moira lachte trocken.

Moira glaubte nicht an einen solchen Ort. Im Kerker war die Sonne niemals aufgegangen, und es war immer Winter gewesen.

»Ich will nicht nach Tulm Island«, beharrte sie.

Ihr Starrsinn hielt Clach nicht davon ab, trotzdem ein kleines Boot zu beschaffen und es zu besteigen, aber da es nur ein Ruder hatte und kein Steuer, trieb der Wind sie ans schottische Festland. Der Winter war vorüber, als sie es erreichten, aber die Steine an der Küste waren so schwarz, dass sie die Dunkelheit ihrer Seele spiegelten. Seehunde lungerten darauf herum und brüllten sie an. Ihren klobigen Leibern konnte man ausweichen, ihren Feinden würden sie nicht so leicht entgehen.

Wir sind nicht in Sicherheit. Nicht hier. Nicht anderswo. Wir werden es nie sein.

Scota hätte sie von dem Geschick erlösen und ihr endlich erklären können, warum ihr all das Schreckliche zugestoßen war, Scota hätte die Götter wieder versöhnlich stimmen können. Doch sie würde Scota nie wiedersehen, sie würde nie den Willen der Götter begreifen.

XXXV.

Applecross
1306

Der Kerker war kein feuchtes Loch wie der auf Eilean Donan, sondern ein karger Raum mit steinernen Wänden. Von der Decke hingen Spinnweben, aber der Boden war mit frischem Stroh bedeckt, und durch eine kleine Luke schien Sonnenlicht, das sich jetzt, da der Abend nahte, rötlich färbte. Es fiel auf Moiras Gesicht, doch die schien es gar nicht wahrzunehmen, hielt ihre Augen vielmehr geschlossen und murmelte tonlose Worte. Die näher kommenden Schritte schreckten sie ebenso wenig auf wie Floras Stimme, als diese ihren Namen rief.

»Sie scheint in einer anderen Welt zu sein«, sagte Magaidh leise.

»War es wirklich notwendig, sie in den Kerker zu werfen?«

»Wie ich schon sagte ... sie selbst hat sich das gewünscht ... Nur hier fühlt sie sich sicher. Dieser Ort erinnert sie an die Jahre, da sie auf Skye eingesperrt war ...«

»Das muss grauenhaft gewesen sein!«

»Gewiss, aber dort lebte sie abgeschieden von aller Welt und hat sich in gewisser Weise selbst vergessen. Es ist ihr gelungen, all ihre Gefühle und Gedanken zu verdrängen. Als diese später wieder zum Leben erwachten, ist sie nie richtig glücklich geworden.«

Magaidh hatte ihr in der Zwischenzeit alles über Moiras Vergangenheit erzählt. Vergebens versuchte Flora, sich in Erinnerung zu rufen, ob diese jemals mit Gesten, Blicken oder Seufzern angedeutet hatte, dass sie eine gebrochene Frau war, hinter der unvorstellbares Leid lag. Moira war immer ein wenig träge gewesen, als wäre sie eben erst aus tiefstem Schlaf erwacht, hatte aber ihre Aufgaben sorgfältig ausgeführt, vor allem Handarbeiten. Sie hatte sich zwar nie als besonders liebevoll erwiesen, doch als verlässlich. Flora war sie Trost und Stütze gewesen, nicht, weil sie viel sprach, sie gar umarmte oder liebkoste, sondern weil sie immer da war.

Jetzt erkannte Flora, dass die Seele ihrer Dienerin in all der Zeit gleichsam über ihrem Körper geschwebt und nur eine leere Hülle zurückgelassen hatte. Der vermeintliche Friede war eine Grabesruhe gewesen, und aus der war sie jäh geweckt worden, als sie Iain getroffen, das Lied gehört und festgestellt hatte, dass Samhuinn ein großer Schwindel gewesen war.

»Moira?«, rief Flora wieder.

Die alte Frau regte sich nicht.

»Vielleicht warten wir eine Weile«, schlug Magaidh vor. »Es ist nicht so, dass sie immer nur schweigt. Ich habe sie in den letzten Wochen oft besucht, und manchmal hat sie mit mir geredet und mir erzählt, was nach ihrer Flucht aus dem Kerker passiert ist.«

Magaidh hatte Flora auch diese Geschichte erzählt.

Moira und Clach hatten in der Nähe von Duntulm Unterschlupf gefunden, dann aber vor Alasdairs Männern auf das Festland fliehen müssen. Eine Zeit lang hatten sie in einem Dorf gelebt, das Flora nicht fremd war. Es war eine der ersten Stationen auf ihrer Reise mit Ailean gewesen. Sie waren dort der alten Frau mit dem Huhn begegnet und von ihr mit einer Axt bedroht worden, kaum dass sie Eilidh und Kieran erwähnt hatten.

Diese alte Frau hieß Kíla und war noch jung, als sie Moira kennenlernte. Gastfreundlich und herzlich empfing sie diese und lauschte zunächst mit großer Neugier und Faszination, als Moira ihr von Scota und deren Macht erzählte. Doch als Moira ein Lamm opferte und sämtliches Fleisch verbrannte, zeigte Kíla kein Verständnis. Verschwendung sei das, erklärte sie böse.

»Der Fluch«, hielt Moira entgegen, »ich muss doch den Fluch von mir abwenden!«

Am Tag, nachdem sie das Lamm geopfert hatte, spürten Alasdairs Männer sie auf. Clach, Moiras Mann, wurde erschlagen, sie selbst von Kíla in ein Versteck gezerrt. Von dort aus mussten die beiden Frauen ohnmächtig zusehen, wie unzählige der Dorfbewohner mit Äxten niedergemetzelt wurden.

»Ich bin immer noch verflucht«, murmelte Moira. »Ich hätte nicht bloß ein Lamm opfern sollen, sondern ein Kind. So wie Scota.«

Ehe die Männer gingen, legten sie Feuer. Vergebens versuchte Kíla, ihr Haus zu retten, musste nicht nur dieses, sondern auch etliche Tiere verbrennen sehen. Laut klagte sie nicht nur über die Toten, sondern über die Verschwendung, und die Tiere klagten mit ihr. Die Schafe, so behauptete Kíla später, hätten in diesem Augenblick ein Muhen ausgestoßen, die Kühe ein Meckern und die Hühner ein Fauchen.

Als die Flammen ebenso verstummten wie die Tiere, wandte Kíla sich an Moira. Sie konnte nicht mehr schreien, nur mehr flüstern.

»Verrückt bist du, einfach nur verrückt. Sprich niemals wieder Scotas Namen aus. Mach, dass du fortkommst!«

Moira stand wie erstarrt da. Anders als ihr geheißen, nannte sie wieder und wieder Scotas Namen, auch den von Kermac, sprach sogar von Eilidh und Kieran, vom kleinen Farquhar. Gar nicht zu reden aufhören konnte sie, bis sie endlich ihre ganze Geschichte erzählt hatte, doch ihre Worte glichen dem Rauch, der von den verbrannten Häusern hochstieg. Er klarte die Luft nicht auf, sondern verpestete sie. Erst als Kíla mit einer Axt auf sie losging, lief sie davon.

Dass sie nähen, weben und Stoffe färben konnte, verschaffte ihr Zuflucht in einem weiteren Dorf. Dort versuchte sie gar nicht erst, erneut ein Tier zu opfern, sondern zog bald weiter, kam in eine Stadt und von da zu einer Burg. In dieser Burg schlief sie auf einem weicheren Bett als je zuvor und kam zu dem Schluss, dass das Verderben ausblieb, solange sie sich still und schläfrig stellte. Sie wurde gelobt, weil sie so feine Wolle spann, geschätzt, dass sie nicht tratschte, und schließlich mit der Aufgabe betraut, sich um die kleine Flora zu kümmern.

Bin ich dir ein Trost gewesen?, fragte diese sich, als sie Moira betrachtete. Hast du gedacht, du wärst von deinem Fluch befreit, als du mich gehalten hast?

Aber genau genommen hatte sie sie ja nie gehalten, sie nie an sich gezogen, nie liebevoll in ihre Wangen gekniffen …

»Ich würde ihr so gern helfen …«

»Hier wird es ihr an nichts fehlen«, sagte Magaidh. »Sie fühlt sich sicher. Nach dem Kerker war Freiheit nie ein Geschenk für sie, sondern eine Strafe.«

Obwohl Flora insgeheim wusste, dass Magaidh recht hatte, fiel es ihr schwer, wieder zu gehen.

»Moira!«, rief sie. »Moira!«

Diesmal flackerten die schweren Augenlider.

»Moira …« Floras Stimme war dunkler als sonst »Moira, ich bin es doch …«

Langsam, unendlich langsam drehte Moira ihren Kopf zu ihr, und als Flora der langjährigen Dienerin in die Augen blickte, kam ihr eine Idee, wie sie sie trösten und ihre Seelenpein etwas lindern könnte.

»Ich bin es ... Scota«, sagte sie. »Die Frau, die die Wölfe besiegt und die unberechenbaren Götter befriedet. Ich ... ich wollte dir nur sagen, dass du nicht mehr verflucht bist, dass alles gut ist.«

Als sie zu reden begonnen hatte, hatte sie sich noch wie eine Betrügerin gefühlt, doch als sie endete, wusste sie, dass sie das Richtige getan hatte. Moiras Lider sanken wieder ein wenig über die Augen, aber der Blick darunter war sorglos und friedlich. Im rötlichen Abendlicht glänzte das weiße Haar bronzen, und an Moiras feinem Lächeln erkannte Flora, dass sie die Wärme ebenso genoss wie die Wirkung ihrer Worte.

»Lass uns morgen wiederkommen«, murmelte Magaidh.

Flora war nicht sicher, ob sie je wieder zu Moira durchdringen würde. Sie konnte nur hoffen, dass die Wirkung ihrer Worte anhalten würde und ihr die quälenden Erinnerungen erspart blieben. Lautlos formten ihre Lippen ein Lebewohl.

Als Magaidh und Flora ins Freie traten, wurden sie von David schon ungeduldig erwartet. Er hätte sie am liebsten zu Moira begleitet, sich aber Magaidhs Verbot gefügt. Nun war auch seine Mutter der Meinung, dass eine Aussprache unaufschiebbar war.

»Du weißt jetzt, was am Tag vor eurer geplanten Hochzeit passiert ist. Du musst mit ihm darüber reden!«

Ihr Tonfall war mild, doch in ihrem Blick lag eine Befehlsgewalt, der Flora sich nicht entziehen konnte. Sie wusste ja selbst, dass sie David nicht ewig ausweichen konnte und mittlerweile auch, dass der nicht der eiskalte Mörder war, für den sie ihn so lange gehalten hatte. Dennoch fiel es ihr schwer, ihm in die Augen zu schauen.

»Lass uns in die Halle gehen«, schlug David vor.

Sie schüttelte den Kopf. Nie und nimmer würde sie mit ihm an den Ort zurückkehren, an dem er Iain niedergestochen hatte.

»Ich will im Hof bleiben«, beharrte sie.

Hier im Hof ... wo Ailean seinen Rausch ausgeschlafen hatte ... und der Wachtposten einen äußerst grässlichen Vorschlag gemacht hatte, wie man ihn wecken könnte ... Wo steckte Ailean bloß? Ailean ... den sie in all den Stunden, da so viel Verwirrendes auf sie eingeprasselt war, mehr als je zuvor vermisst hatte. Der sich wohl eben genauso verzagt fühlte wie sie. Dem sie in seiner Trauer um Iain beistehen und dem sie natürlich alles erzählen wollte. Dass Iain Moira schon vor dem festlichen Bankett getroffen hatte. Dass sie durch Zufall auf Skye zu sprechen gekommen waren. Dass Moira berichtet hatte, von dort zu stammen, und Iain wiederum, dass er einst dorthin gereist, einer Druidin begegnet war und von ihr ein Lied gelernt hatte. Moira war überzeugt gewesen, dass er von Scota sprach, doch als sie verlangt hatte, das Lied sofort zu hören, hatte Iain sie auf das Fest vertröstet ...

»Sag, hast du mir überhaupt zugehört?«

Davids Stimme riss sie aus den Gedanken, und verspätet ging ihr auf, dass er nun schon eine Weile auf sie eingeredet hatte. Obwohl seine Worte nicht zu ihr gedrungen waren, war sie überzeugt, dass es die gleichen waren wie zuvor. Er bat um Verzeihung, dass sie so Schreckliches hatte mitansehen müssen, hoffte auf ihr Verständnis, da sie nun seine Beweggründe kannte, und ebenso darauf, dass sie endlich heiraten würden.

Als sie ihn musterte, dachte sie zum ersten Mal nicht daran, wie er auf Iain eingestochen, sondern wie er ihr während des Festmahls das Fleisch in kleine Stücke geschnitten hatte. Damals hatte sie keinen Bissen hinuntergebracht, und plötzlich war sie sich sicher, dass sie auch künftig nicht von einem gemeinsamen Teller würde essen können.

Mir muss niemand mein Fleisch schneiden, das kann ich selbst ... Und mir muss auch niemand einen toten Schwan auftischen ... Lieber sitze ich am Wasser und sehe zu, wie er majestätisch vorbeizieht, wie die dunklen Fluten vom Wind gekräuselt werden und den leuchtenden Ginster widerspiegeln ...

»Also, was sagst du?«, bedrängte er sie.

»Ach, David ...«

Als Iain das Lied gesungen hatte, hatte Moira die Wahrheit erkannt. Dass das Kind noch lebte, Scota aber wohl nicht mehr. Dass die Götter an Samhuinn betrogen worden waren. Dass Scota sie von ihrem Fluch befreit hatte, aber seit dieser Nacht ein neuer über ihr lag. Und dass das der Grund war, warum das Pech an ihr klebte ...

Gewiss, die letzten Jahre war sie vom Unglück verschont geblieben, aber das lag wohl nur daran, dass sie Skye verlassen und die Götter ihren Betrug vergessen hatten. Iain hatte sie wieder daran erinnert, als er von dem starken, unbesiegbaren Kind gesungen hatte ...

Als der Barde nach draußen ging, um nach Ailean zu suchen, war sie ihm gefolgt.

»Du darfst dieses Lied nie wieder singen«, schrie sie, »du darfst die Götter nie wieder an den Betrug erinnern!«

Iain starrte sie verständnislos an, und verwirrt war auch

David, als er die laute Stimme der aufgeregten Frau vernahm. Nur zufällig war er hinzugekommen, weil er nach Flora sehen wollte.

»Was ... was hast du denn?«

»Der ... Sohn des Mönchs ...«, stammelte Moira, von ihren Gefühlen überwältigt. »Betrug ... Verrat ... Seinetwegen werden wir alle sterben.«

Das Fleisch, das David eben geschluckt hatte, musste plötzlich bitter schmecken. »Was schwafelst du denn da?«

»Er muss schweigen!«, schrie Moira. »Bring ihn zum Schweigen! Er darf nicht vor aller Welt hinausposaunen, dass das Rabenkind so stark ist ... so lebendig. Er stürzt uns ins Verderben! Niemand ... niemand darf die Wahrheit erfahren!«

Und David glaubte zu begreifen – desgleichen sein Bruder Cinead, der dem Bruder gefolgt war. Sie deuteten Moiras Worte falsch, kamen gar nicht auf die Idee, dass mit dem Sohn des Mönchs der kleine Farquhar gemeint war, sondern waren sich sicher, dass sie auf den Familiennamen des Grafen von Ross anspielte. MacIntasacairt lautete der – Sohn des Priesters –, weil der erste Graf von einem Priester abstammte.

»Betrug ... Verrat ...«, wiederholte David ihre Worte. »Du meinst ...«

Moira verzweifelte daran, dass man die Götter hinters Licht geführt hatte. David hingegen war überzeugt, dass sie vom geplanten Verrat an Edward von England sprach.

»Das Rabenkind!«, rief Moira. »Es darf nicht leben.«

»Das Rabenkind ...«, wiederholte David erbleichend.

Auch diesen Namen deutete er falsch. Für ein »Rabenkind« konnte man schließlich auch Robert the Bruce halten – den legitimen Nachfolger des schottischen Königs Alexander III., der seit seinem Sieg über die Norweger den Beinamen Bezwinger der Raben trug.

»Schweigen … er soll schweigen!«, rief Moira. »Er *muss* schweigen! Unser aller Leben steht auf dem Spiel, wenn er es nicht tut!«

Und die beiden Brüder hielten diese Worte nicht für wirres Gefasel, sondern für eine ernst zu nehmende Drohung. Würde den Engländern zu früh bekannt, dass sich die Männer von Ross heimlich gegen sie verschworen hatten, blieb ihnen nur Flucht oder Tod.

Nein, David und sein Bruder konnten nicht riskieren, dass ein Fremder wie Iain, den sie für einen englischen Spitzel hielten, die Wahrheit kundtat. Die Zeit, nach seiner Version der Wahrheit zu fragen, nahmen sie sich erst gar nicht. Sie vergossen sein Blut, ehe ihres floss, und als Flora hinzukam, konnten David und Cinead ihre Beweggründe nicht erklären, weil sie sie nicht in Gefahr bringen wollten. Sie brachen sofort zu William von Ross auf, um ihn vor weiteren Spitzeln zu warnen, und als sie nach Applecross zurückkehrten, war Flora schon nach Skye aufgebrochen.

Moira wiederum schenkte der Anblick des Verwundeten keinen Frieden. Er erinnerte sie an die eigenen Blessuren, und obwohl Iain nun schwieg, echote sein Lied noch in ihren Ohren. Sie floh vor dem Geschehen und fand später Schutz im Kerker.

»Flora, nun rede mit mir!«

»Aber …«, begann sie zögernd.

»Ich … ich habe meine Tat einem Priester anvertraut und bereits Buße für den Tod des Barden geleistet!«, fiel David ihr ins Wort. »Nur eine Pilgerfahrt steht noch aus. Ich werde aufbrechen, sobald wir verheiratet sind … und wir werden doch so bald wie möglich heiraten, nicht wahr?«

David hob flehentlich seine Hand. Diese Hand, das wusste Flora, würde nie wieder vor ihren Augen den Dolch auf einen

Unschuldigen richten. Hitzköpfig mochte David sein, aber nicht grausam, schlichter als seine weise Mutter, aber energisch, wenn es um den Kampf für ein freies Schottland ging. Und in jedem Fall war seine Zerknirschung ernst gemeint.

Er begnügte sich nicht, ihre Hand zu nehmen, sondern strich ihr zärtlich übers Haar, und kurz sah sie das Leben vor sich, das sie an seiner Seite erwartete. Es würde kein schlechtes Leben sein. Als seine Frau würde sie nicht frieren, nicht hungern, nie mehr unter freiem Himmel schlafen müssen. Sie müsste keinen Kerker fürchten, nicht vor Piraten fliehen, sich nicht in feuchte Höhlen verkriechen oder in stürmische Höhen hochsteigen. Vor allem wäre sie nicht gezwungen, mehr Fragen zu stellen, als sie Antworten erhoffen konnte.

»Nenn mir einen Zeitpunkt für unsere Hochzeit. Gewiss, nach der langen Reise willst du dich ausruhen … Es sei dir gegönnt. Wir warten ein wenig. Und vor allem vergessen wir, was geschehen ist. So sag doch etwas! Bitte sag etwas!«

Flora lächelte, nahm Davids Hand und strich ihrerseits über sein Gesicht.

Aber ich will doch nichts sagen! Ich will so viel lieber … singen!

Trotz ihrer Erschöpfung war Flora unruhig. Ihr wurde das gleiche Gemach zugewiesen wie vor ihrer Reise, doch während sie damals wach gelegen und sich ihre Zukunft in Ross ausgemalt hatte, kreisten ihre Gedanken nun um die Vergangenheit. Noch in den Träumen suchte diese sie heim. Als sie aufschreckte, vermeinte sie kurz, nicht in einem weichen Bett zu liegen, sondern auf dem harten Boden einer Höhle. Benommen erhob sie sich.

Wenn sie sich schon so fehl am Platz fühlte – wie musste es dann erst Eilidh gehen? In der Aufregung des vorangegangenen Tages hatte Flora gar nicht mehr auf sie geachtet, sie nicht gefragt, was sie nun vorhatte. Und außerdem hatte sich immer noch keine Gelegenheit geboten, mit Ailean zu sprechen und ihm alles zu erzählen – was in der fernen Vergangenheit geschehen war und auch, welche Entscheidung sie getroffen hatte.

Die Burgbewohner schienen noch zu schlafen, als Flora im Morgengrauen die Treppe hinunterstieg, erst die große Halle durchschritt, dann den Saal, in dem David Iain angegriffen hatte. Der Boden war verschmutzt, und die Binsen waren faulig, doch nichts erinnerte an die Bluttat.

Es bleiben so wenig Spuren von Tod und Leid … Ist Glück womöglich ebenfalls so vergänglich? War der Kuss, den ich mit Ailean tauschte, flüchtig, wie ein Lied es ist?

Sie beschleunigte den Schritt, überquerte nun fröstelnd den Hof. Zwei Feuer brannten, und vor einem hockte ein Mann und wärmte sich die Hände.

»Dich kenn ich doch!«, rief er ihr zu, von ihren schnellen Schritten aufgeschreckt.

Flora hielt inne und lächelte müde. Der Wachtposten von damals …

Heute würde sie nicht wie ein Mäuschen quieken, wenn er Anstalten machte, sein Gemächt aus der Hose zu ziehen. Allerdings hatte er das gar nicht im Sinn, sondern erhob sich gemächlich und schritt auf sie zu.

»Sag dem Barden, er soll sich beim nächsten Mal ein anderes Plätzchen suchen. Wenn ich ihn noch länger schnarchen höre, fallen mir selbst die Augen zu. Wie soll man eine ganze Nacht wach bleiben, wenn da einer liegt und wie in Mutters Schoß schläft?«

Das Schnarchen klang vertraut, und schon entdeckte Flora nicht weit vom Feuer entfernt Ailean auf dem Boden liegen. Trotz der unüberhörbaren Geräusche, die er von sich gab, packte sie die Angst, er wäre tot. Seine Glieder waren so schlaff, seine Haut war so blass, fast glich er dem toten Iain. Er würde doch nicht …?

Voller Panik hetzte sie zu ihm, rief seinen Namen, schüttelte ihn. Ailean rührte sich nicht, doch plötzlich stieg ihr der vertraute Geruch von Aqua vitae in die Nase. Ihre Angst wich Wut. Das durfte doch nicht wahr sein!

Flora versuchte, Ailean hochzuzerren, trat dann, als ihr das nicht gelang, mit dem Fuß in seine Seite. Das Schnarchen wurde zwar leiser, aber die Augen blieben geschlossen.

»Grundgütiger!«, rief sie erzürnt. »Warum hast du schon wieder so viel getrunken? Dir steht doch kein Auftritt bevor, für den du deinen Mut sammeln musst! Und Iain wolltest du doch mit Liedern ehren, nicht mit scharfem Gesöff. Herrje, du bist ein Narr! Selbst wenn du inzwischen herausgefunden hast, dass Iain einen sinnlosen Tod starb, ist das keine Ausrede. Die Wahrheit wird nicht schöner, wenn man sie lallend ausspricht.«

Eine Weile schimpfte Flora auf Ailean ein und kniff ihn, doch er rührte sich nicht. Erst als sie sich abwenden und davongehen wollte, wurde aus dem Schnarchen ein Stöhnen, und er öffnete seine Lider gerade weit genug, dass sie die glasigen Augen dahinter erkannte. Schon wollte sie zu einer neuen Tirade ansetzen, da hob er abwehrend die Hände.

»Bitte!«, stöhnte er. »Kein Geschrei mehr, das ertrage ich nicht.«

»Ich schreie nicht, ich rede ganz ruhig«, gab sie bissig zurück. »Es ist nicht meine Schuld, wenn es in deinen Ohren wie ein Kreischen klingt.«

Ailean versuchte, seinen Kopf zur Seite zu drehen, was ihm sichtliche Mühe und Schmerzen bereitete. »Das Licht ... bitte nimm das Licht weg.«

»Welches Licht? Ich halte keine Fackel in der Hand, falls du das glaubst, und der Sonne kann ich nun mal keine Befehle erteilen. Im Übrigen scheint diese erst schwach. Wenn du hier noch länger liegen bleibst, wirst du erfrieren.«

Sie klang nicht so, als hätte sie etwas dagegen einzuwenden.

Unter Ächzen und Gestöhn richtete Ailean sich auf. Seine Glieder waren zwar geschmeidiger als vermutet, doch das bedeutete anscheinend nicht, dass er auch nur eine Bewegung machen konnte, ohne dass ihm schier der Kopf zersprang.

»Wie konntest du dich einfach betrinken und mich allein lassen?«, fuhr Flora ihn an.

Er musste sich mit beiden Händen aufstützen, um nicht wieder umzufallen. »Was soll das heißen? Nicht ich habe dich, sondern du hast mich allein gelassen! Als ich in die Kirche zurückkehrte, war da nur Iains Leichnam. Du hingegen warst wie vom Erdboden verschluckt.«

»Das war doch nur, weil ...«

»Ich hatte keine Ahnung, was passiert sein könnte, ich war verrückt vor Sorge!«, fiel er ihr ins Wort.

»Und deshalb hast du dich betrunken?«

»Doch nicht deshalb. Ich habe dich gesucht.«

»Du hättest in der Burg nach mir fragen können.«

»Das habe ich ja getan. Nur aus diesem Grund habe ich das Aqua vitae getrunken.«

Flora starrte Ailean fragend an.

»Nun, du und David ...«, rief er anklagend, ... »ich habe euch hier im Hof stehen sehen und das ... ach, das war einfach zu viel ... Nicht dass ich dir das Glück nicht gönne ... aber warum glaubst du es ausgerechnet bei ihm zu finden?« Wieder folgte Gestöhn, doch er konnte seine Augen weiter als zuvor öffnen und sah sie vorwurfsvoll an. »Er hat Iain getötet! Welche Erklärung es auch immer dafür geben mag – du kannst ihm doch nicht wirklich verzeihen!«

Ihr Geist war ohne Zweifel wacher als seiner, trotzdem brauchte Flora eine Weile, um zu begreifen, was ihn so sehr quälte.

»Du denkst, ich hätte mich mit ihm versöhnt?«, rief sie belustigt. »Und dass ich ihn heiraten werde?«

»Danach sah es zumindest aus. Warum hättest du ihm sonst übers Gesicht gestreichelt – genauso wie er dich gestreichelt hat.« Ailean klang nicht nur wütend, sondern eifersüchtig.

Flora lachte.

»Hör zu lachen auf, mir platzt mein Schädel.«

»Und das hast du auch verdient. Ich habe David doch nur gestreichelt, um ihn zu trösten. Und ja, vielleicht kann ich ihm seine Tat vergeben. Und du auch, wenn du erst die Wahrheit kennst. Vergessen kann ich sie dennoch ganz sicher nicht. Und heiraten kann ich ihn schon gar nicht, nach allem, was ich auf unserer Reise über mich gelernt habe.«

»Und was wäre das?«, knurrte Ailean. »Da du einen Mann streichelst, wenn du ihn zurückweist, frage ich mich, welche Tirade mir blüht, so grob, wie du auf meine Brust hämmerst!«

Das tat sie tatsächlich, denn anders konnte sie ihrer Enttäuschung nicht Herr werden, dass er das, was sie ihm schon die ganze Zeit über sagen wollte, im betrunkenen Zustand hören würde. Allerdings war sein Blick mittlerweile ziemlich wach, und so begann sie zu erklären.

»Scota hat die Freiheit gesucht, Eilidh das Glück, und am Ende war es ausgerechnet Eilidh, die die Freiheit bekommen hat. Ich wiederum würde gern beides haben. Ich glaube nämlich nicht, dass es Glück ohne Freiheit gibt, zumindest nicht für mich.«

Ailean kniff die Augen zusammen. »So viele Worte am frühen Morgen. Ich glaube, ich muss mich wieder hinlegen.«

»Nichts da, du bleibst sitzen, sonst bitte ich den Wachtposten um Hilfe.«

»Erbarmen, Erbarmen! Schau nur! Ich schaffe es sogar aufzustehen, und wenn ich mich anstrenge, kann ich bestimmt auch gehen.«

Tatsächlich kam er auf die Beine, wenngleich seine Schritte mehr als wacklig gerieten. Schon beim Tor musste er sich wieder anlehnen.

»Was ist?«, rief er ihr dennoch gönnerhaft zu, als sie nicht folgte. »Willst du etwa hierbleiben? Ich dachte, du suchst die Freiheit.«

Eine weitere bissige Bemerkung lag ihr auf den Lippen, aber als sie sah, wie verzweifelt er seine schmerzenden Schläfen rieb, schluckte sie sie.

»Die Freiheit nehme ich mir schon selbst ...«, sagte sie, als sie ihn erreichte und sich bei ihm unterhakte, um ihn zu stützen, »aber beim Glück, beim Glück könntest du etwas nachhelfen.«

Aileans Kopfschmerzen schienen verflogen. »Du wirst David also nicht heiraten«, schloss er aus ihren Worten.

»Nein.«

»Und du wirst auch nicht hier in Applecross bleiben.«

»Nein.«

»Wirst du mich küssen?«

Er sah sie erwartungsfroh an.

»Nein!«, erklärte sie streng, um etwas milder hinzuzufügen: »Zumindest nicht, solange du nach Aqua vitae stinkst.

Jetzt tauchst du erst mal deinen Kopf in einen Eimer Wasser, dann setzen wir uns, und ich erzähle dir alles in Ruhe. Bis dein träger Geist endlich verstanden hat, was passiert ist, wirst du wohl wieder nüchtern sein.«

Die Sonne blieb blass, doch im Hof ging es bald so geschäftig zu, dass Flora und Ailean keine Ruhe hatten, um zu reden. Ein Schmied passte in der Nähe des Stalls schnaubenden Pferden Hufeisen an. Eine Magd stolperte mit einem Korb voller roter Äpfel und verstreute sie über den Hof. Ein Ferkel, das aus dem Stall geflohen war, entwischte etlichen, ehe das laut kreischende Tier wieder eingefangen werden konnte. Vor dem Portal der Kirche, wohin sie sich zurückziehen wollten, wurden sie wiederum von einem Bettler verjagt, sodass sie schließlich den Weg, auf dem sie in der vorletzten Nacht nach Applecross gekommen waren, auf und ab gingen.

Nicht dass es Ailean leichtfiel zu laufen, und nicht dass er nicht immer wieder nachfragen musste, um alles zu begreifen.

Flora war also Scotas Kindeskind.

Die MacIvers standen – so wie der Graf von Ross – heimlich auf Roberts Seite.

Moiras Geist war seit einer Kerkerhaft Jahre zuvor krank und sie die Schuldige an Iains Tod. David könnte Ailean natürlich auch dafür zürnen, aber der war zumindest mit dem Verlust seiner Braut bestraft worden.

»Denkst du, er wird dich einfach gehen lassen?«

Flora zuckte die Schultern. »Mein Vater ist tot, und meine übrigen Verwandten leben in Perth – also weit weg von Applecross. Bis sie erfahren, was geschehen ist, werde ich nicht mehr hier sein. Und Peg ... das heißt Magaidh, hat mich ausdrücklich ermutigt zu tun, was ich will.«

Der Genuss des Aqua vitae machte es Ailean nicht gerade leichter, mit alldem fertig zu werden – der Vergangenheit, Iains Tod, Floras Entschlossenheit und was er selbst für sie empfand. Dass Letzteres tief ging, hatte er bei ihrem ersten Kuss geahnt. Doch erst seit er sie vertraulich mit David gesehen hatte, davon überzeugt, sie verloren zu haben, wusste er, wie viel sie ihm bedeutete und wie unerträglich ihm die Vorstellung war, allein seiner Wege ziehen zu müssen, sie nie wieder halten und küssen zu können. Ja, lieber hätte er fortwährend mit ihr gestritten, als künftig ganz auf sie zu verzichten. Wobei er im Moment zu benebelt war, um ans Streiten zu denken. Er konnte ja nicht mal ihre resoluten Worte recht fassen.

»Und Eilidh?«, fragte er, als endlich alles gesagt war. »Was wird aus ihr?«

»Sie ist Magaidhs wegen hergekommen. Ich kann mir gut vorstellen, dass sie bleiben wird. Ob sie es aber inmitten von Menschen lange aushält ...«

»Jetzt, da sie Scotas Enkelin gefunden hat, muss sie nicht mehr Scota sein ...«

»Aber Eilidh zu sein muss sie auch erst wieder lernen.«

»Wer ist denn Eilidh, wenn nicht eine zutiefst einsame Frau?«

Flora zuckte erneut die Schultern, Ailean seufzte. Er hätte es der alten Frau von Herzen gegönnt, mit ihrem Sohn vereint zu sein, und der Gedanke, dass ihr das für immer versagt blieb, machte den Kopf fast noch schwerer als das Aqua vitae. Ehe er ihn allerdings sinken ließ, vernahm er einen hellen, klaren Laut. Tief in ihr Gespräch versunken, hatten sie beide nicht gemerkt, dass Eilidh sie gesehen hatte und ihnen gefolgt war. Ihren steifen Beinen merkte man das Alter und die Strapazen der letzten Tage deutlich an – ihrem Lachen nicht.

»Ihr wart so versessen darauf, die Wahrheit zu ergründen, dass euch etwas Wesentliches entgangen ist«, sagte sie seltsam belustigt.

Nein, dachte Ailean nahezu entsetzt, bitte nicht noch ein Geheimnis!

»Was meinst du?«, fragte er.

Eilidh legte ihre Hand auf seine Schulter. »Ihr habt mich in der Höhle angetroffen und daraus geschlossen, dass ich ein einsamer Mensch bin. Aber ich bekomme immer wieder Besuch … von meinem Sohn … meinen Enkelsöhnen … und auch von deren Kindern.«

Wären seine Sinne nicht so betäubt gewesen, er hätte vor Verwunderung aufgeschrien.

»Du hast deinen Sohn gefunden?«, rief Flora nicht minder verblüfft.

»Genau betrachtet hat er mich gefunden … Iain sei Dank.« Eilidhs Miene wurde wieder ernst. »Ich bin Iain nur einmal begegnet, aber ich möchte dabei sein, wenn er begraben wird. Ich … ich will ihm eine Feder ins Grab legen.«

»Eine Feder?«, fragte Ailean verständnislos.

»So ist es. Und diese Feder hat mehr Gewicht, als Scota einer solchen je zugetraut hätte. Ach, schaut mich nicht so überrascht an, ich will euch kein neues Rätsel zumuten. Macht euch lieber Gedanken um eure Zukunft, nicht länger um meine Vergangenheit, denn glaubt mir: Ich habe meinen Frieden gefunden. Dieser Friede ist nicht so süß wie das Glück und nicht so salzig wie die Freiheit, aber wenn man müde Zähne hat, die mehr Sand als Korn gekaut haben, ist er das Mahl, das man am meisten genießt.«

Nichts an Eilidh wirkte müde, als sie wieder auflachte. Es klang fröhlich, doch Ailean entging nicht, dass ihr Blick von der hübschesten und leichtfüßigsten Schwester des Schmerzes und der Trauer kündete, von Wehmut. Ein Stachel im Herz war auch diese, aber sie wuchs am Stängel einer duftenden Blume – der Erinnerung an schöne Tage.

»Was meinst du damit, dass wir etwas Wesentliches übersehen haben?«, fragte Flora.

»Nun, dass ihr einem meiner Enkelsöhne bereits begegnet seid.«

Wieder lachte sie, und diesmal klang es spöttisch.

XXXVI.

Skye
1280–1296

Die Menschen kamen mit vielen Fragen zu der Frau, die sie für Scota hielten, und wenn sie wieder gingen, vermeinten sie, die Antworten darauf bekommen zu haben. Vielleicht waren es ihre Geschichten, Segenssprüche oder Rituale, die das bewirkten, vielleicht war es schlichtweg der Blick auf die hohen Berge, in denen sich der Einzelne samt seiner Sorgen nichtiger fühlte als im Flachland. Eilidh redete ihre Ängste niemals klein, ob sie nun Tierseuchen galten, Überfällen oder Unfruchtbarkeit, doch der Wind vertrieb die gestammelten Worte zu schnell, als dass sie Macht erlangen konnten.

Jene, die einst die Samhuinn-Nacht bezeugt hatten, waren irgendwann zu alt und zu gebrechlich, um den Baca Ruadh zu besteigen, aber sie schickten ihre Kinder und Kindeskinder. Nur von Magaidh oder Moira hörte Eilidh nie wieder etwas. Nicht dass sie ernsthaft damit gerechnet hätte und nicht dass Sorgen und Schuld sie zermürbten. So wenig, wie man hier oben Getreide anbauen konnte, fanden ihre Erinnerungen einen fruchtbaren Boden, auf dem sie wachsen und sprießen konnten. Nur in den Träumen sah sie manchmal die beiden Frauen, Scotas Tochter, Kieran und Farquhar.

Auf ruhige Jahre folgten unruhige. Das Antlitz der Berge änderte sich nicht, umso mehr aber das des schottischen Königreichs. Zunächst erfuhr Eilidh von Alasdairs Tod – der wenig Veränderung brachte, da der neue, von Ross ernannte Sheriff mit ähnlich harter Hand regierte. Später hörte sie, dass auch König Alexander III. gestorben und sein einziger Erbe seine Enkelin Margarete war. Die Großen des Reichs waren bereit, das erst dreijährige Mädchen als Königin zu akzeptieren – das Schicksal war es nicht. Noch ehe das Schiff die junge Margarete, die in Norwegen geboren worden war, nach Schottland bringen konnte, begann sie zu husten. Bald spuckte sie Blut, und wenig später war sicher, dass sie niemals wieder spucken würde, auch nicht atmen, lachen, weinen … und schon gar kein Land regieren.

An Männern, die es an ihrer Stelle tun wollten, gab es keinen Mangel, doch keiner von ihnen war stark genug, sich zu behaupten – zumindest nicht gegen den englischen König. Der erklärte zwar, dass in Schottland ein Schotte regieren könne, aber wie dieser regierte, wollte er selbst bestimmen. Manche beugten sich seinem Machtanspruch, andere rebellierten.

Die Rinder auf Skye waren in diesen Jahren nicht weniger fett, die Ernten fielen auf Trotternish nicht magerer aus, und die Schafe mähten gleichgültig und gaben wie immer Wolle und Milch. Dennoch machten sich mehr Menschen als früher vom Festland oder den umliegenden Inseln nach Skye auf. Manche kamen als Piraten, um zu plündern und Häuser niederzubrennen, andere flohen zu verbündeten Clans. Und da gab es einen Barden, der eines Tages auf die Insel kam und Eilidh einen Besuch abstattete.

Aus Irland stamme er, berichtete er. Eigentlich habe er nur ein wenig durch die Lande ziehen, Clanführer besingen und neue Lieder lernen wollen, doch dann sei er vor einem Scharmützel auf ein Boot geflüchtet, und dieses sei nach Skye abgetrieben worden.

Er blieb, gewann die Insel lieb und besang ihre Schönheit – von ihrer Geschichte aber wusste er zu wenig und hoffte darum, von einer Frau, alt und geheimnisumwittert wie Eilidh, mehr darüber zu erfahren.

»Eine Schatzkiste bist du«, sagte er, »und wenn du mir nur ein wenig von deinen Erinnerungen schenkst, bin ich hinterher gewiss reich.«

Nicht dass Eilidh sehr freizügig war, wenn es galt, über die Vergangenheit zu reden. Nie nannte sie Namen, selten Ereignisse, und schon gar nicht deutete sie jemals die Wahrheit über Scotas Tod an. Dennoch erfüllte sie dem Barden die Bitte, und weil er stets dankbar lauschte, ein junger Mann in Farquhars Alter war und sie im Blau seiner Augen, tief und dunkel wie das Meer, versank, vertraute sie ihm eine Geschichte an, die sie lange Jahre in ihrem Herzen getragen hatte. Von einem Raben und einer Wölfin handelte, die nicht zueinanderfinden konnten, die aber gemeinsam ein Kind hatten, das stärker war als ihre Liebe und das anders als diese auf der rauen Welt überleben konnte.

Eigentlich hatte sie nur darüber sprechen wollen, doch als der Barde begann, eine Melodie zu summen, konnte Eilidh plötzlich nicht anders, als einzustimmen. Anfangs klangen ihre Töne krächzend, als hätte sich ihre Stimme an der Rinde eines Baums aufgeschürft, doch bald troff aus dieser Rinde sämiges, süßliches Harz.

»Wie merkwürdig«, sagte der Barde.

»Du hast nicht erwartet, dass ein altes Weib singen kann, oder?« Eilidh lachte.

»Nein, aber ich kenne dieses Lied. In Irland habe ich einen Barden kennengelernt, der dieses Lied andauernd gesungen hat.«

Eilidhs Lachen erstarb. Ihr Herzschlag, bis jetzt so gleichmäßig und langsam wie der der Erde, wurde holprig.

»Wie hieß der Barde?«, fragte sie heiser.

»Ich fürchte, ich kann mich nicht erinnern.«

»Hatte er einen Sohn?«

»Auch das weiß ich nicht mehr.«

»Du kannst mir einen Gefallen tun«, sagte sie unwillkürlich. »Von jenem Lied, das ich sang, ist die letzte Strophe in Irland nicht bekannt. Wenn du heimkehrst, dann sing sie so oft, dass alle Menschen auf der Grünen Insel sie hören.«

»Alle Menschen?« Nun war er es, der lachte. »Ich fürchte, das sind zu viele.«

»Dann sollen die es hören, die etwas auf Musik halten.«

Langes Schweigen folgte, und wieder war es der Blick seiner blauen Augen, der sie dazu ermutigte, besagte Strophe zu singen. Sie tat es mit zittriger Stimme und voller Zweifel, wusste sie doch nicht, ob sie Kierans Pein vergrößern oder seine Wunde heilen würde, wenn er sie tatsächlich eines Tages hörte. Allerdings war es ihm immer lieber gewesen, sie singen als schweigen zu hören.

In dieser letzten Strophe kämpfte die Wölfin gegen die zahlreichen Feinde, um ihr Kind zu schützen. Als sie keine Kraft mehr hatte, übergab sie es dem Raben, auf dass er mit ihm davonfliege und es in Sicherheit bringe. In luftiger Höhe konnten die Feinde des Kleinen nicht mehr habhaft werden, doch zugleich sah der Rabe von dort oben nicht, ob unter der blutbefleckten Brust der Wölfin das Herz noch schlug und ihr Atem noch ging. Reglos lag sie da. Der Mond, der ihr Kraft hätte geben können, war vom Himmel gefallen, das Meer leckte an ihren Füßen und drohte zu steigen. Nicht mehr lange, und das Kind würde dem Raben, der über der Wölfin kreiste, zu schwer werden. Er musste sich entscheiden, ob er mit ihm davonflog oder zurück zur Erde kehrte, um nach seiner Liebsten zu sehen. Des Kindes wegen entschied er sich fürs Fliegen, merkte jedoch nicht, dass er davonflatternd eine seiner schwarzen Federn verlor. Lautlos fiel sie direkt auf die Schnauze der Wölfin und kitzelte sie. Und die Wölfin erwachte, erhob sich, war zwar verwundet, jedoch stark genug, sich der Flut zu entziehen. Als sie endlich auf trockenem Boden stand, war das Meer schwarz wie eine Feder, diese aber weiß wie ihr Fell.

In der nächsten Zeit trug die Wölfin die Feder ebenso mit sich wie ihre Erinnerungen. Manchmal traute sie ihnen nicht, manchmal waren sie eindringlicher als alles, was sie jetzt erlebte. Manchmal waren sie ihr Trost, manchmal die größte Qual. Erst als die Wölfin alt und das Leben, das noch wartete, so viel kürzer sein würde als das zurückliegende, stieg sie auf einen hohen Berg, hielt die weiße Feder in den Wind und ließ sie los. Lange sah sie zu, wie die Feder von den unsichtbaren Händen des Windes ergriffen wurde und dieser mit ihr spielte. Immer höher stieg sie gen Himmel, wo die Raben flogen, um dann wieder auf den Boden zu sinken.

Auf die letzte Strophe des Liedes folgte langes nachdenkliches Schweigen.

»Aber Wölfinnen haben doch keine Federn«, sagte der Barde befremdet.

»Diese eine schon«, erwiderte Eilidh. »Wie ist dein Name, Barde?«

»Iain.«

»Nun, Iain, wenn der Richtige das Lied hört, dann sag ihm, wer es gesungen hat. Dass es eine alte Frau war, die in den Bergen lebt und die alle anderen für die letzte Druidin halten. Dass diese aber nicht Scota heißt, sondern … Eilidh.«

Sie sprach ihren Namen zum ersten Mal seit sehr langer Zeit wieder aus. Als Iain ihn wiederholte, klang es wie Musik.

»Und wie werde ich erkennen, dass der Richtige das Lied hört?«

»Daran, dass er ein Rabe ist, der den Mond anheult und sich nicht wundert, dass Wölfinnen Federn haben.«

Die Jahre vergingen. Der schottische König John Balliol wollte dem englischen beweisen, dass er auf gleich hohem Ross wie er ritt und nicht nur seine Steigbügel hielt. Doch sein berauschender Ritt währte nur kurz, und bald folgte ein umso schmerzhafterer Sturz. Er blieb für immer liegen, andere erhoben sich jedoch in seinem Namen, forderten allerdings vergebens Freiheit.

Wenn ihr dorthin geht, wo niemand wohnt, dann habt ihr Freiheit in Fülle, dachte Eilidh.

Aber sie wusste natürlich – Freiheit war wie Gold und nur kostbar, wenn andere da waren, die es stehlen konnten. Und falls die Menschen wirklich begännen, hier oben im Norden auf dem Baca Ruadh nach Freiheit zu suchen, wäre es mit ihrem Frieden bald vorbei.

Die Besuche der Menschen wurden seltener, doch eines Tages schlichen sich zwei Knaben an Eilidhs Höhle heran. Der eine hatte dunkles Haar, der andere blondes, Angst hatten sie beide. Aber zumindest der Ältere war zu trotzig, um sie zu zeigen.

Bald stellte sich heraus, dass sie nicht hier waren, um Trost und Rat zu suchen oder um Geschichten zu hören, sondern um ihren Mut zu beweisen.

»Glaub es mir doch«, raunte der Ältere, der mehr von diesem Mut besaß, »sie ist keine Hexe. Wenn sie eine wäre, würde sie im Licht zu Staub zerfallen.«

»Warum denn das?«

»Die Sonne kann Hexen nicht ausstehen.«

»Aber die Sonne scheint heute nicht.«

Wenn ihr wüsstet, wie geduldig die Sonnenstrahlen sind und wen sie schon gewärmt haben …

Laut sagte Eilidh nichts, tat vielmehr, als hätte sie die Jungen nicht gehört, als sie die Höhle betraten und nach etwas suchten, das sie stehlen könnten. Viel bot sich nicht an – ein paar Kräuter, Reisig oder Felle und Knochen von Tieren, die von der Decke hingen und deren Klappern Besuch ankündigte.

Der jüngere Knabe, der blonde, verging vor Angst, als sein Blick darauf fiel. »Und wenn das Kinderknochen sind?«, raunte er.

»Unsinn! Das sind Knochen von einem Hasen. Aber so, wie du schlotterst, bist du selbst ein Hase.«

»Bin ich nicht!«

»Bist du doch!«

»Hasen geben keinen Laut von sich, ich schon.«

»Aber du kannst nicht singen.«

»Ich *will* nicht singen, das ist ein Unterschied.«

Eilidh, die bis jetzt reglos in einer Ecke gekauert hatte, konnte sich nicht länger beherrschen und musste so laut lachen, dass die beiden erschrocken davonliefen. Erst am Abend kehrten sie zurück. Eilidh saß vor ihrer Höhle.

»Ich dachte, ihr hieltet mich für eine Hexe«, sagte sie.

Obwohl ängstlicher, gab der Blonde Antwort. »Mein Vater meint, all das Gerede von Hexen sei dummes Zeug.«

»Dann ist euer Vater ein kluger Mann. Wollt ihr euch setzen?«

Sie zögerten, aber waren nach dem langen Tag zu müde, um

stehen zu bleiben. Eilidh gab ihnen Kräutersud zu trinken. Er war bitter, doch nur der Ältere verzog seinen Mund.

»Wer ist denn euer Vater?«, fragte sie.

»Er ist ein bekannter Sackflötenspieler und auf die Insel gekommen, um in Dunvegan zu spielen.«

Erinnerungen stiegen hoch – bitterer als der Kräutersud, aber ebenso leicht zu schlucken wie dieser.

»Und ihr ... lernt ihr auch die Sackpfeife zu spielen?«

Der Ältere nickte. »Ja, aber vor allem zu singen. Ich ... ich werde eines Tages ein berühmter Barde sein.«

Er begann ein Lied anzustimmen, das zwar laut, aber falsch von den Wänden hallte. Der Jüngere duckte sich, als hätte er Schmerzen.

Eilidh lächelte. »Mir scheint, du magst keine Lieder.«

Der Knabe nickte kleinlaut. »Sie tun mir in den Ohren weh, ich kriege Kopfschmerzen davon.«

Ihr Lächeln wurde breiter. »Was magst du dann?«

»Ich kann gut schwimmen.«

Sein Bruder stieß ihn in die Seite. »Schäm dich!«, zischte er. »Wenn Vater dich hören könnte!«

Eilidh aber schüttelte mahnend den Kopf. »Was ist falsch daran, schwimmen zu können oder das Meer zu lieben? Wenn du über die Klippe stürzt, wirst du nicht untergehen. Manchmal ist es besser, wenn man schwimmen kann und nicht singen.«

»Und das sagst ausgerechnet du?«

Eilidh blickte ihn verwirrt an.

»Nun, unser Vater behauptet, dass du singen kannst und doch nicht untergehst, wenn du über eine Klippe fällst.«

Bis zu diesem Zeitpunkt hatte sie die Knaben nicht eingehend betrachtet. Nur ihre unterschiedliche Haarfarbe war ihr aufgefallen, dass sie schlaksig, wenngleich nicht mager waren und rote Wangen hatten. Jetzt musterte sie ihre Züge, und ein eigentümlicher Schmerz erfasste sie, nicht bitter wie die Erinnerungen, sondern süß. Seit Jahren hatte sie nichts Süßes mehr gekostet, seit Jahren hatte sie nicht dieses sehnsuchtsvolle Ziehen in ihrer Brust gespürt. Es fühlte sich an, als hätte sie zu viele Tränen geschluckt, anstatt sie zu weinen.

»Wer … wer ist euer Vater?« Eilidh flüsterte nur mehr.

»Kannst du wirklich schwimmen?«, fragte der Ältere neugierig. »Ich kenne nicht viele Frauen, die sich über Wasser halten können. Aber unser Vater behauptet, es muss so sein. Anders kann er sich nicht erklären, dass du noch lebst, obwohl die Mönche doch gesehen haben, wie du über die Klippe gefallen bist.«

Das Feuer, um das sie hockten, warf unruhige Schatten auf die Wände. Obwohl aus Stein, schienen diese genauso zu schmelzen wie etwas in ihrer Brust. Oder nein, nicht in ihrer Brust …

Die Holzmaske … Scotas Gesicht …

Sie nahm die Maske ab. »Wer ist euer Vater?«, fragte sie wieder.

Die beiden Knaben nannten nur ihre Namen, Niocal und Niall, nicht seinen, kramten stattdessen in ihrem Bündel und reichten ihr etwas.

Es war eine verblichene Rabenfeder.

Am nächsten Morgen stieg auch der Vater der Knaben zur Höhle hoch, blieb jedoch ein Stück weit von ihrem Eingang entfernt stehen. Eilidh hörte ihn, noch ehe er den Aufstieg ganz hinter sich gebracht hatte, und trat ihm entgegen. Der Tag war noch jung, die Sonne träge und rötlich. Sie hatte keine Kraft, sie zu Staub zerfallen zu lassen, selbst wenn sie eine

Hexe gewesen wäre, doch kurz hatte Eilidh Angst, dass der Schmerz es könnte. Beim Anblick des Mannes tobte er viel heftiger und nicht so süß wie am Tag zuvor in ihr.

So viele Jahre hatte sie versäumt, ihren Sohn zu betrachten, versäumt ihn zu lieben, versäumt, ihn zu halten, doch wofür? Was war ihr geblieben außer den spitzen Steinen, außer dem Blick auf die Wiesen, außer den Menschen, die ihre Maske kannten, nicht sie selbst?

Zögernd kam er auf sie zu. Er hatte immer noch ihr helles Haar.

»Farquhar …« Ihre Stimme klang rau, aber jung.

»Vater hat mich immer Finn gerufen«, erwiderte er, »und manchmal auch Rabenkind. Zwar habe ich oft eingewendet, dass Raben schwarz sind, während Finn ›der Helle‹ bedeutet, doch er hat behauptet, es gebe Raben mit weißen Federn. Iain hat das später auch gesagt … oder nein … Eigentlich hat er es gesungen.«

Finns Stimme hatte nichts mit dem wütenden Protestgeheul gemein, das er als Säugling so oft ausgestoßen hatte. Sie klang melodisch wie die seines Vaters. Er war auch nicht voller Ärger wie dieser. In seiner Miene stand der Friede eines Menschen, der tat, was er tun wollte, und konnte, was er tat.

Er soll Niall nicht zwingen, Musik zu machen, wenn der es nicht will … Das muss ich ihm unbedingt sagen. Vorausgesetzt, dass er mir erlaubt, Ratschläge zu geben, und mich nicht vielmehr hasst.

Wenn es allerdings so wäre, würden wohl keine Tränen in seinen Augen stehen und im Licht des Morgens bronzen schimmern.

»Finn …«, murmelte sie.

Er kam näher. »Vater … er … er wollte selbst kommen … aber dafür ist er zu krank.«

Der nächste Atemzug fühlte sich an, als würde sich ein Messer in ihre Brust bohren.

»Er lebt noch?«, stieß Eilidh aus.

Finn nickte. »Als wir vor einigen Wochen Irland verließen, konnten wir uns noch verabschieden ... Allerdings war er nicht mehr in der Lage, sich von seiner Bettstatt zu erheben. Und wie es mittlerweile um ihn steht ...« Er zuckte die Schultern. »Ich wäre gern bei ihm geblieben, aber nach Iains Besuch drängte er mich, sofort nach Skye zu reisen.«

Er wich nicht vor ihr zurück, als sie die Arme ausbreitete, legte vielmehr den Kopf auf ihre Schulter und umschlang seinerseits den schmächtigen Leib.

»Mutter«, sagte Finn leise. Keine Frage begleitete das schlichte Wort, kein Vorwurf, kein Zorn.

Lange hielt Eilidh die Augen geschlossen, um ihre Tränen zurückzuhalten. Als sie versiegten, öffnete sie sie wieder. Das rote Morgenlicht ertrank im Meer, in den Fluten wurde aus seinem Blut Gold. Weich wie Samt erschienen die sattgrünen Wiesen, die Berge des Festlands waren hingegen schneeweiß, als trügen sie ein prächtiges Perlengeschmeide.

Das Land war so schön ... Finn, dessen Kopf sie jetzt zwischen die Hände nahm, war so schön ... wie Kieran ...

Ja, kurz glaubte Eilidh ganz deutlich zu sehen, wie er dort auf einem der Felsen stand und ihnen lächelnd zuwinkte. Nicht kränklich und alt wirkte er, sondern jung und stark, und plötzlich wusste sie, dass er gestorben und ein letztes Mal zu ihr gekommen war. So schwerelos, wie er war, würde er sich in der schroffen Bergwelt nicht lange behaupten können, doch die wenigen Augenblicke genügten, um ihn um Verzeihung zu bitten.

Es tut mir leid, dass meine Liebe nur zum Singen taugte, nicht zum Leben, ich wünschte, ich hätte dir den Schmerz um mich erspart, ich wünschte, ich wäre mutig genug gewesen, damals Abschied von dir zu nehmen …

Der Schatten löste sich langsam auf, doch er hörte nicht zu lächeln auf. Jetzt … jetzt nehmen wir doch Abschied, antwortete Kieran. Ich kann dich nicht mehr küssen, dich nicht an mich ziehen und dir nicht mehr über den Kopf streicheln, aber unser Sohn kann es.

Und während Finn sie festhielt, sangen Kieran und Eilidh ein letztes Lied. Es wurde von den Fäden der Sonnenstrahlen und des Mondlichts gesponnen – Fäden, die niemals reißen würden, gleichwohl Kieran im Morgenrot verblich und Eilidh inmitten der Berge weiterlebte. Irgendwann würde auch sie die hiesige Welt verlassen, so lange auf den Wolken wandern, bis sie endlich mit ihm vereint war. Doch selbst dann würde das Lied auf der Insel Skye widerhallen, und jene, die ganz still waren und dem Flüstern des Nebels lauschten, würden es hören können.

Epilog

1308

Funken sprühten in die Nacht, tanzten eine Weile am schwarzen Himmel und regneten schließlich auf die Männer herab, die um das Feuer hockten. Etliche waren nach der siegreichen Schlacht niedergesunken, um sich auszuruhen, andere waren dabei, ein Ferkel aufzuspießen und zu braten, und einer rühmte sich laut seiner Taten, während er einen großen Felsbrocken hochhielt. Noch vor wenigen Stunden war der Teil einer mächtigen Mauer gewesen, doch die Männer hatten sie mit Rammböcken und einem Hagel an Steinkugeln so lange bearbeitet, bis diese in sich zusammengefallen war. Obwohl größer als der Kopf eines Kindes, ja größer noch als das gebratene Ferkel, warf der Ritter den Felsbrocken von einer in die andere Hand, als hätte er kein Gewicht, und stieß ein triumphierendes Heulen aus.

Das sind die Gesetze der neuen Welt, dachte Flora, als sie Hand in Hand mit Ailean an den Männern und dem, was von der Burg übrig geblieben war, vorbeiging. Steine sind nicht mehr schwer, und Engländer finden keine Zuflucht mehr hinter hohen Mauern. Bestenfalls können sie sich im Schatten der Berge verkriechen, doch dort finden sich die Schotten viel besser zurecht.

Sie hatte aufgehört, die Burgen zu zählen, die von Roberts Truppen bis auf die Grundmauern zerstört worden waren und deren traurige Überreste bewiesen, dass die Sieger dieser Tage nicht auf Stein setzten, sondern auf Nebel und Winde, auf Stolz, Ehre und Sehnsucht nach Freiheit.

»Über so einen Mann könnten wir doch singen«, schlug sie vor, »einen Mann, der einen riesigen Stein in den Händen hält, als wäre er ein kleiner Würfel.«

»Unsinn!«, widersprach Ailean. »Wer hört denn gern ein Lied über Steine? Die sind doch tot.«

»Tot wie König Edward von England, über den wir in den vergangenen Monaten viele Spottlieder gesungen haben.«

»Genau genommen nicht über ihn, sondern über seinen Nachfolger Edward II., der wieder seine Macht im eigenen Land festigen muss, anstatt sich die Schotten untertan zu machen.«

»Na ja, es ist wohl besser, heute nicht darüber zu singen. Wir wollen schließlich nicht den Anschein erwecken, dass Robert einfach nur Glück gehabt hat, weil der englische König gestorben ist, sondern seinen Mut loben, sich endlich aus seinem Versteck gewagt zu haben.«

»Seinen Mut und seine Kraft.«

»Womit wir wieder bei den Steinen wären ...«

»Aber Steinwerfer ist kein Beiname, den irgendein Mann mit Stolz trägt.«

»Nun, dann müssen wir uns eben ein besseres Wort ausdenken. Du rühmst dich doch andauernd deiner Fantasie!«

»Hm ...«, sinnierte Ailean. »Aus Stein sind auch Hämmer gemacht ...«

»Welcher Krieger wird schon gern mit einem Schmied verwechselt? Und außerdem galt der tote König Edward als Hammer der Schotten.«

»Nun, Robert hat diesen Hammer auf die Zehen der englischen Truppen fallen lassen ...«

»Das klingt aber dumm.«

»Dumm? Hast du eine Ahnung, wie weh es tut, wenn ...«

»Tu nicht so, als hättest du eine Ahnung davon. Du hast noch nie ernsthaft gekämpft.«

»Mit dir zu leben ist Kampf genug!«

Während sie immer heftiger stritten, hatten sie eines der Zelte erreicht, das im Schatten der zerstörten Burg errichtet worden war, doch sie schwiegen erst, als sie ein leises Lachen vernahmen.

»Wenn man euch hört, könnte man meinen, die Belagerung wäre noch im Gange!«

Heiß stieg es Flora ins Gesicht, und dass Robert the Bruce weiterlachte, machte es nicht leichter, ihre Scham zu verbergen.

»Ach herrje!«, rief er belustigt. »Jedes Mal, wenn ich euch begegne, glaube ich, ein MacDougall und ein MacDonald stünden sich gegenüber und würden sich einmal mehr befehden. Dabei seid ihr doch Mann und Frau.«

Wie die Männer, die über dem Feuer das Ferkel brieten oder mit Steinen warfen, war auch Robert grau von Staub und Schlamm, doch sein Schritt war federnder als in den Tagen, da sie ihn auf Eilean Donan kennengelernt hatten, der Bart kräftiger, die Augen funkelnder. Damals waren sie einem Flüchtenden begegnet – nun standen sie einem König gegenüber. Noch mochte dessen Krone etwas schief sitzen und nicht glänzen, denn noch waren die Engländer nicht vertrieben und würden bald heftigere Gegenwehr üben als während der ersten überraschenden Überfälle von Roberts Truppen. Aber das änderte nichts an dessen Entschlossenheit, den Kopf nie wieder einzuziehen.

»Hört lieber zu streiten auf, kommt, mit und erfreut mich mit einem eurer Lieder. Der Wein schmeckt süßer, wenn er mit Musik verdünnt wird.«

Robert winkte sie ins Zelt, das etwas schief stand und auf dessen Boden kaum Polster und Felle lagen. Flora störte sich nicht daran. In den zwei Jahren, da sie nun schon durch das Land zogen, hatte das harte Leben sie gestählt und das Gefühl von Freiheit und Abenteuer meist Hunger, Kälte, Nässe und manche Nacht unter freiem Himmel aufgewogen. Mal sangen sie in Dörfern und berichteten dort vom fernen Krieg, mal kreuzten ihre Wege den von Roberts Truppen. Hier wie dort kündeten ihre Lieder davon, dass sich das Blatt gewendet hatte und Schottlands Freiheit kein ängstliches Vögelchen mehr war, das im Käfig der Engländer hockte, sondern ein riesiger Adler, der seine Flügel ausgebreitet hatte und weite Bahnen am blauen Himmel zog – stets bereit, auf seine Beute hinabzustürzen und sie zu zerreißen.

»Nun denn! Beginnt!«, lud Robert sie ein, kaum dass Flora und Ailean auf dem Boden Platz genommen hatten.

Vorhin hatten sie sich nicht einig werden können, worüber sie singen wollten, aber sobald Ailean die Harfe zog und anstimmte, genügte ein Blick, um zu einer Entscheidung zu gelangen. Wenig später erfüllten die weichen Klänge des Instruments und ihre Stimmen das Zelt und vermochten kurz das Knistern der Flammen und das Grölen der Männer zu übertönen.

Nicht von einem Adler sangen sie, aber von zwei anderen Vögeln, die sich wie dieser Herren der Lüfte nennen konnten – von dem Falken mit seinem dunklen Gefieder, der über Wälder und Wiesen kreiste, und von der Möwe, die in strahlendes Weiß gekleidet den Himmel über dem Meer durchpflügte. Der Geruch der Wälder war süß, der des Meeres salzig, und wenn sich die beiden an den Grenzen ihrer Gebiete trafen, lachten sie sich oft aus. Du hast Angst vor dem Wasser, lästerte die Möwe, und du hast Angst vor dem Wald, gab der Falke spöttisch zurück. Doch da sie beide zeigen wollten, wie schön sie fliegen und wie weit sie ihre Flügel spannen konnten, zogen sie majestätisch ihre Kreise – der Falke über dem Wasser und die Möwe über dem Wald. Und wenn sich ihre Schreie vermischten, wurde ein wunderschönes Lied daraus, in das das Rauschen der Wellen ebenso einstimmte wie das der Äste und Blätter.

Wie immer überkam Flora ein Gefühl des tiefen Friedens, als ihre Stimmen den gleichen Rhythmus fanden und regelrecht verschmolzen. Sie vergaß den harten, verschmutzten Boden, vergaß die langen Märsche, die Erschöpfung und den leisen Zweifel, der sich in der Anfangszeit manchmal geregt hatte. Dieser Zweifel hatte keine Macht über die Musik, keine Macht über die Gewissheit, so will ich leben, singend und frei, keine Macht über ihre Liebe für Ailean, weil er der Mann war, der sie genau so haben wollte – singend und frei.

Robert lauschte tief bewegt. Auch er wusste, dass das Leben kein Spiel, sondern eine Kette an Prüfungen war, dass nicht jedes Opfer belohnt wurde und dass Siege nicht wie reife Äpfel vom Baum fielen. Nein, auf diesen Baum hochklettern musste man, um den Apfel selbst zu pflücken, und auf dem Weg in die luftige Krone riss man sich an der rauen Rinde die Hände auf und drohte mehr als einmal von einem Ast zu rutschen. Und dennoch – war das Ziel erreicht, fiel der Blick auf die grüne, hügelige Weite Schottlands, und die Äpfel, die man hier oben pflückte, schmeckten süßer und saftiger als die fauligen, die auf dem Boden lagen. Kleinmütige Menschen mochten beim Blick in die Tiefe Sorge haben, sich alle Knochen zu brechen, wenn sie fielen. Wer aber ein König war oder das

Kindeskind der stolzen Scota, war überzeugt, sich aus den Ästen neue Glieder machen zu können.

Robert lächelte versonnen.

»Der Falke und die Möwe, die im Streit liegen, soso. Meine Verbündeten wählen zwar andere Worte, aber sagen mir seit Wochen das Gleiche – dass ich Frieden mit William von Ross schließen muss, dass ich ihm nicht länger misstrauen darf, dass er sich zwar noch zu England bekennt, wenn er spricht, aber das gleiche Lied wie ich anstimmt, wenn er singt.«

Obwohl auch Flora und Ailean hofften, dass William sich bald offen zu Robert bekennen würde, hatten sie mit ihrem Lied auf etwas anderes angespielt, doch sie widersprachen ihm nicht, nein, sie erwiderten sein Lächeln und ließen ihn in dem Glauben, dass es tatsächlich um Politik gegangen war.

Erst als sie später – gestärkt von Wein, etwas Fleisch und Brot – das Zelt wieder verließen, brach Flora in Gelächter aus.

»Christina von Garmoran hätte sofort gemerkt, dass mit den zwei streitsüchtigen Vögeln wir beide gemeint sind, nicht etwa William von Ross und Robert the Bruce. Sie war schon damals überzeugt, du wärst mein Liebster.«

Ailean seufzte übertrieben. »Ich bin aber nicht dein Liebster, sondern dein Ehemann. Was blieb mir auch anderes übrig, als dich zu heiraten? Nachdem du David MacIver zurückgewiesen hast, hätte dich niemand genommen.«

»Nun, ein Trunkenbold wie du kann sich auch nicht gerade einer großen Auswahl junger hübscher Mädchen rühmen.«

»Wie oft soll ich noch sagen, dass ich nie wieder Aqua vitae anrühren werde?«

»Das hast du dir schon nach dem ersten Rausch geschworen, doch dann ...«

»Vielleicht werde ich wirklich wieder schwach. Wie soll

man ein bissiges Frauenzimmer wie dich auch ertragen, wenn man seinen Geist nicht regelmäßig betäubt?«

»Ich wäre nicht so bissig, wenn du etwas freundlichere Worte finden würdest.«

Ailean blieb stehen und strich Flora liebevoll über das Haar, ehe er sie an sich zog. »Leider bin ich noch nie gut darin gewesen, unsere Liebe mit Worten zu bekräftigen.«

»Du meinst, wir sollten stattdessen wieder singen?«

Er lächelte. »Nein, ich habe eine noch bessere Idee.«

Als sie sich küssten, roch er nach Staub und Schweiß, nach Heidekraut, Disteln und Ginster, nach sattem Gras und schwarzen Sümpfen, nach stürmischem Meer und schneebedeckten Bergen.

Flora sog den Geruch ein und labte sich an ihm.

So riecht Schottland, so riecht die Freiheit, so riecht unsere Liebe.

Historische Anmerkung

Ein guter Barde ist mit einem umfangreichen, über viele Jahre weitergegebenen Liederschatz vertraut, jedoch auch fähig, neue Verse zu reimen. Dementsprechend baut mein Roman auf überlieferten Tatsachen und frei Erfundenem auf.

Die meisten Protagonisten sind fiktiv, doch es sind reale politische Ereignisse, die ihr Leben prägen – so zum Beispiel der Konflikt zwischen der schottischen Krone und Norwegen, die beide einen Anspruch auf die westlichen Inseln erklärten. Er flammte erstmals 1248/49 auf, führte damals aber noch zu keinem Krieg, da der schottische König Alexander II. unerwartet starb.

Einen neuen Höhepunkt erreichte der Widerstreit mit dem Überfall des Grafen von Ross auf Skye, den auch abgebrühte Zeitgenossen als sehr grausam empfanden. Nicht nur dass Männer getötet, Frauen geschändet und Kloster in Brand gesteckt wurden, die Quellen berichten auch davon, dass Kinder auf Lanzen gespießt und wie Hunde geschüttelt wurden. Dafür verantwortlich gemacht wird ein gewisser Kermac MacMaghan, von dessen Leben allerdings kaum mehr bekannt ist als dieses brutale Wüten und dass er vom schottischen König dafür mit zwanzig Kühen belohnt wurde. Bei der Ausgestaltung seines Charakters beziehungsweise seiner Geschichte konnte ich meiner Fantasie deshalb weitgehend freien Lauf lassen.

Nach dem Überfall auf Skye folgten der Feldzug von König Hakon, sein Scheitern bei Largs im Oktober 1263 sowie der Friedensvertrag von Perth 1266, durch den die westlichen Inseln endgültig an die schottische Krone fielen. Echter Friede und Stabilität waren in der Region damit noch nicht erreicht. Wiederholt wurde die Bevölkerung der Insel Opfer von marodierenden Norwegern oder schottischen Gesetzlosen.

Auch was die Zeit der schottischen Unabhängigkeitskriege anbelangt, beziehe ich mich auf historische Ereignisse, wenngleich diese nicht immer zweifelsfrei rekonstruierbar sind. So ist nicht bekannt, wo genau sich der flüchtige Robert the Bruce im Frühjahr 1306 aufhielt. Sehr wahrscheinlich ist, dass er sich auf die Orkneyinseln zurückzog. Es gibt auch die Vermutung, dass er sich kurzfristig auf Eilean Donan Castle versteckte, während andere Historiker überzeugt sind, dass er sich dort erst 1307 aufgehalten hat. Dass die MacKenzies ebenso wie Christina von Garmoran schon damals zu Roberts Unterstützern zählten, ist belegt, desgleichen, dass Angus Og MacDonald etwa zu diesem Zeitpunkt in sein Lager wechselte. Dessen Gründe hierfür bleiben jedoch ein großes Rätsel der Geschichte, musste man Roberts politischen Erfolg damals doch noch stark bezweifeln. Manche Historiker werten Angus Ogs Feindschaft mit den englandtreuen MacDougals als entscheidendes Motiv, andere glauben, dass er sich schlichtweg als gastfreundlich erwies.

William II. von Ross gilt zunächst als Widersacher von Robert the Bruce – nicht zuletzt, weil er für die Gefangennahme von dessen weiblicher Verwandtschaft verantwortlich war. Dass ich ihn zu einem, wenn auch heimlichen, Befürworter von Roberts Sache machte, ist jedoch nicht völlig aus der Luft gegriffen. Viele Quellen deuten an, dass William sich erst nach einer langen, zermürbenden Gefangenschaft in London und mehr aus Berechnung als aus Überzeugung auf die Seite Englands schlug, darüber jedoch tief unglücklich war. 1306 blieb ihm gar nichts anderes übrig, als Roberts weibliche Verwandtschaft festzunehmen, hätte er doch sonst das Misstrauen von König Edward erweckt. Schon 1308 lief er allerdings in Roberts Lager über.

In dieser Zeit begann sich – nicht zuletzt aufgrund des Todes von König Edward I. – Roberts Blatt zu wenden. Baute er in den nächsten Jahren vor allem auf eine Guerillataktik, konnte er sechs Jahre später, 1314, die entscheidende Schlacht von Bannockburn für sich entscheiden und Schottland seine Unabhängigkeit zurückgeben. An seiner Seite kämpften damals nicht nur der Graf von Ross, sondern auch fünf- bis zehntausend Männer von Skye, darunter Angehörige des Clans MacLeod.

Ungleich schwerer als die politischen Eckdaten und die Lebenswege historischer Persönlichkeiten ist es, das Alltagsleben der damaligen Zeit zu rekonstruieren. Viele Quellen schweigen darüber, andere stammen aus der Feder von englischen oder normannischen Autoren, die der gälischen Kultur verächtlich bis feindselig gegenüberstanden. Lediglich archäologische Funde oder auch Lieder, die zwar oft erst ab dem 17. Jahrhundert niedergeschrieben wurden, deren Entstehung aber bis ins Mittelalter zurückreicht, geben Hinweise darauf, was die Menschen gegessen, wie sie sich gekleidet, wie sie gewohnt haben.

Eine noch größere Herausforderung ist es, stichhaltige Aussagen über die Mentalität der Menschen und ihren Glauben zu machen. Trotz der frühen Missionierung der westlichen Inseln und der zunehmenden Ausrichtung am englisch-normannischen Lebensstil kann man davon ausgehen, dass viele heidnische Bräuche überlebt haben und dass – wie insbesondere die regionalen Sagen und Märchen beweisen – viele Elemente aus keltischen und nordischen Mythen lebendig blieben. Die meisten Menschen waren wohl Eklektiker, das heißt, sie bedienten sich der Rituale, Bräuche und Glaubensinhalte mehrerer Kulturen, je nachdem, was gerade am nützlichsten und hilfreichsten erschien.

Inwiefern sich die schottischen Gälen bewusst als Nachkommen der Kelten gesehen haben und wie lebendig deren Weltbild im Mittelalter war, bleibt Spekulation. Desgleichen ist die keltische Religion und Kultur an sich kaum greifbar. Alles was wir darüber wissen, haben wir von Autoren der Antike erfahren, die sich oft nur auf eine bestimmte Region oder Zeit bezogen und vielen Vorurteilen aufsaßen.

Bis heute lässt sich deshalb nicht mit Sicherheit sagen, ob die Kelten neben Tieropfern auch Menschenopfer darbrachten. Ebenso lässt sich die ursprüngliche Bedeutung von Samhuinn, der Nacht der Vereinigung, nicht genau ergründen. Zwar wurde immer wieder versucht, aus späteren Halloweenbräuchen Rückschlüsse auf die Praktiken der Druiden zu ziehen, die anstelle von Süßigkeiten ein Kind verlangten und mit Rüben oder Kürbissen kundtaten, auf welche Familie ihre Wahl gefallen war, doch all das basiert nur auf Mutmaßungen.

Was in den Quellen und Liedern immer wieder ganz deutlich unterstrichen wird, ist die Liebe zur Heimat und die Schönheit des Landes. Wer heute das schottische Hochland und die Insel Skye bereist, kann das nur allzu gut nachvollziehen. In Gegenden, in denen manche Straße häufiger von Schafen und Kühen begangen, als von Autos befahren wird, wähnt man sich fernab der Zivilisation und kann sich darum gut ins Mittelalter zurückversetzen. Wirft man von Dunscaith aus einen Blick auf die majestätischen Cuillins und die kleinen Inseln im Meer, die sich seit Tausenden von Jahren kaum verändert haben, vermeint man das Lied der Nebelinsel tatsächlich zu hören …

Julia Kröhn